U0135604

古代文學多功能手冊

◉主　編　袁　野　許　霖
◉副主編　徐林英　夏正衡
李曉雲　祝一寰
蔣洪能　柳印生

建安出版社

參加編寫人員

丁鵬江　方　竟　王幼生　吳慈遠　何達鏞　陳文漢

孔令軍　田啓霖　刁樹仁　陳道平　陳曼開　祝一寰

許　霖　孫芳銘　朱萬成　柳印生　武克忠　袁　野

劉藝虹　劉麗娟　江文貴　徐　明　徐林英　徐瑞泰

湯光鴻　張　林　張培源　胡顯銀　夏正衡　高星斗

陸　軍　束有春　余志潮　曹小雲　陶　濤　蔣洪能

沈維驥　祁志祥　李立新　蔣家舉　彭　盈　譚景椿

李濟阻　李曉雲　吳　錦

序

包忠文

中國古代文學是源遠流長的華夏文明的重要構成，是一份燦爛輝煌、舉世艷羡的寶藏。在這裡，積澱著我們民族優秀的文化和精神傳統，閃耀著智慧、才能和創造的光輝。它那精湛不朽的藝術魅力、深沈博大的歷史凝聚力和感召力，曾經吸引了並將繼續吸引著世世代代的炎黃子孫，鼓舞和激勵他們開創更加美好的未來。古代文學所蘊含的這種歷史的、道德的、美學的、藝術的價値，永遠值得後人不斷加以認識、研究和利用，並隨著科學的發展和社會的進步而愈發深入、充分。所以，儘管當前已有不少古代文學方面的辭書、類書及專著，但遠遠不能說多了、夠了。對古代文學的內在價值的探求將是不斷深化、永無止境的，尤其在改革開放的今天，向青年一代普及、推廣古代文學知識，藉以陶冶他們的道德情操，提高他們的鑑賞能力和審美情趣，更是一項長期的、義不容辭的工作，一項澤被後世、功德無量的大業。

袁野、許霖等同志罄數年心血，在古代文學領域裡爬羅剔抉，掇拾菁華，搜集精要，編寫了《古代文學多功能手冊》，我感到分外高興。作爲一本面向廣大青年讀者的綜合性工具書，其規模適度，繁而不雜，簡而不陋，繁富與簡約之長兼而有之，確實體現了「多功能」的特色。全書在框架構造、內容安置、條目篩選及詳略搭配等方面，更有一些匠心獨到之處，可以說是工具書家族中的一朵別具風姿的花朵。

視角新穎而廣闊，是《古代文學多功能手冊》給我的第一個深刻印象。中國作爲人類文學藝術最早的發祥地之一，在相當長的歷史時期內是走在世界的前列的。我們的先人在漫長而豐富的藝術實踐中，曾經創造了許許多多文學上的「最」——這是民族文學的驕傲，也是世界文學的瑰寶！與之同時，由於歷史風塵的湮沒，也產生了一個個撲朔迷離、眾說紛紜的文學疑案，成爲人們不斷探索、尋覓的「謎」。令人不無遺憾的是，中國古代文學的這些意味無窮的「最」和「謎」，卻未能引起足夠的重視和研討——在現有的多種古代文學工具書中，鮮見這方面的內容。如今，袁野、許霖等同志知難而進，追溯歷史的蛛絲馬跡，在浩繁的古籍中披沙揀金，寫出了令人耳目一新的「古代文學之最」和「古代文學之謎」，可謂填補了工具書編纂的一個空白。雖然，他們的探索還只是初步的、不完備的，但啓迪人思路，開闢之功不可沒。我是懷著極大興趣閱讀的，相信廣大讀者也會感到興味盎然。

創作實踐和創作理論並重，是《古代文學多功能手冊》給我的又一個深刻印象。文學界曾有一種偏向：重視古代作品而輕視古代理論，對我國古人的理論思維和成就不以爲然。事實上，中國古代文學不但有光彩奪目的詩歌、小說、散文、戲劇等作品，其文藝理論的繁榮發達也絕不比其他任何民族遜色，甚至更有自己獨異的發現和創造。從先秦的「詩言志」到「體大思精」的《文心雕龍》以及唐宋之後不勝枚舉的詩話、詞話、曲話等等，它們構成了東方特有的文藝理論體系、獨樹一幟的文藝價値觀和審美觀。因此，我很欣賞這本手冊既有「古代著名作家」和「古代文學名著」，又爲「古代著名文論家」立傳，爲「古代文論名著」作切中肯綮的評說。這就大大拓展了讀者藝術視野和領域，有助於對古代文學獲得全面、整體的認識，並激勵後人在理論思維上創造的勇氣和自信心。

這本手冊的另一個特點是注意學知識和用知識的結合，熔學術性、知識性、趣味性、實用性於一爐。手冊所列的古代文學形象、流派、體裁、典故、術語、格言等，涉及到現代文化生活、學術活動和學校教學中不可或缺的基礎知識，使用率較高。一冊在手，讀者可化紛繁爲明晰，按圖索驥，得其精要。至於那些擲地有聲的格言，既是古人創作甘苦的結晶，又是對今人創作的重要啓示。我還要提及一點，手冊對知識性條目的介紹不滿足三言二語、見首不見尾，也不爲舊說、成說所囿，而是在探源、溯流、通變中力求詳實、完備，並儘可能博採衆家之長，吸收最新的學術成果，文字表述也做到了深入淺出、活潑暢達。因此，一般讀者在查閱中可獲得不少必要的知識，理清諸多文學史的脈絡、線索，有利於提高閱讀和鑑賞古代文學的水平；即使對於專業讀者來說，也不乏一定的借鑑和參考價値。

總之，我覺得《古代文學多功能手冊》是一本雅俗共賞的好讀物，一本有較強實用價値的工具書。讀者置於案頭，可收含英咀華、舉一反三、觸類旁通之功。當然，正如世上的一切事物不能盡善盡美一樣，此書也有不足之處，如作家作品的掛一漏萬、體例文風的不盡一致、某些內容的重疊交叉等，尚待進一步完善。但大醇而小疵，並不影響它在弘揚民族優秀文化方面的作用和價値，編寫者們不懈努力、孜孜以求的精神更應該受到稱讚。

値此書即將出版之際，我以欣喜之情，草就上述文字，表示祝賀之忱。是爲序。

言

《古代文學多功能手冊》是一本意在弘揚民族優秀傳統文化、普及中國古代文學知識的綜合性工具書。取名「多功能」，就是力求多角度地選取材料，多方面地展示古代文學的風貌特色，多層次地開拓讀者的文化視野和知識領域。因此，全書根據古代文學的諸種因素，分成「古代文學之最」、「古代文學之謎」、「古代著名作家」、「古代著名文論家」、「古代文學名著」、「古代文論名著」、「古代文學形象」、「古代文學流派」、「古代文學體裁」、「古代文學典故」、「古代文學術語」、「古代文學工具書」、「古代創作格言」等十三個部分、七九六條條目及一一五條格言。爲了方便讀者查閱，在編排上也採用多種形式，或以年代先後爲序（如作家、作品部分）、或以筆畫多少爲序（如典故部分）、或以文體性質分類（如體裁部分）。當讀者需要了解、研究某一古代文學問題時，可以分別到有關部分中查找，從而獲取必要的資料和線索。

本手冊以角度新、包容廣、實用性強作爲自己的追求目標。如「古代文學之最」、「古代文學之謎」所描述的中國古代文學的源遠流長和光輝成就，以及在歷史進程產生的一系列爭論未決又饒有情趣的問題，是本書的嘗試。古代文學的繁榮發展離不開創作實踐和理論建設的相輔相成，所以本手冊既錄有「古代著名作家」和「古代文學名著」，又錄有「古代著名文論家」和「古代文論名著」，以充分展現中國古代文學的全貌及其獨特的審美觀和價值觀。在燦若群星、浩如煙海的古代作家、作品中，不可能一一收錄盡述，本手冊側重選介各個歷史時期和文學流派中具有代表性的作家，並突出敍事性的作品和它們塑造的不朽的典型形象，酌收一些影響深遠的抒情名篇。對於內容相關或交叉的條目，則採取「詳見……」的辦法，以避免重複而徒增篇幅。此外，古代文學的流派、體裁、典故、術語等，所涉及的都是日常文化生活、學校教育和社會青年自學古代文學時經常碰到的問題，本手冊也儘量提供準確、明晰、生動活潑的知識性材料，做到學術性、知識性、趣味性、實用性的結合，使之能成爲廣大古代文學愛好者的良師益友。

本手冊的編寫過程和分工是這樣：首先由主編與副主編共同商討擬出全書的基本框架和條目，分別組織有關人員編寫，並分頭進行初審；然後稿子集中到南京，由許霖、徐林英二人負責對全部書稿再作最後審定，進行必要的增刪和調整，並統一體例和文風。各部分具體撰稿人：「古代文學之最」和「古代文學之謎」爲許霖、東有春、蔣家舉、陳文漢、余志潮、沈維驥；「古代著名作家」和「古代文學名著」爲徐林英、王幼生、高星斗、江文貴、蔣洪能、孔令軍、吳錦、孫芳銘、胡顯銀、徐瑞泰；「古代著名文論家」和「古代文論名著」爲許霖、祁志祥、柳印生、吳慈遠、張培源；「古代文學形象」和「古代文學流派」爲徐林英、譚景椿、方競、湯光鴻、李濟阻、彭盈；「古代文學體裁」和「古代文學典故」爲袁野、夏正衡、祝一寰、陳曼開、劉藝虹、劉麗娟、丁鵬江、徐明、刁樹仁、陸軍；「古代文學術語」和「古代文學工具書」爲李曉雲、李立新、田啓霖、陶濤、武克忠、張林、曹小雲、何達鏞；「古代創作格言」爲許霖、徐林英。

本手冊的編寫得到了南京大學圖書館館長包忠文教授的熱誠幫助和指導；撰稿中也曾參考國內有關論著，斟酌吸收了時賢的一些最新研究成果，未能一一注明，在此謹致謝忱。由於我們經驗不足，水平有限，加之時間倉促，資料欠缺，書中疏漏之處在所難免，敬請廣大讀者批評指正。

編　者

總目錄

分類條目表

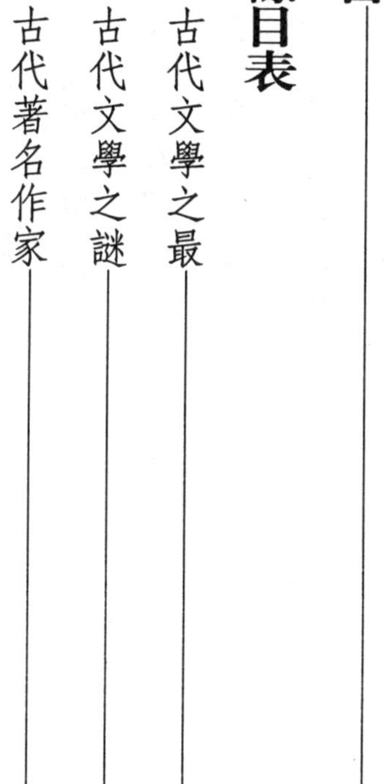

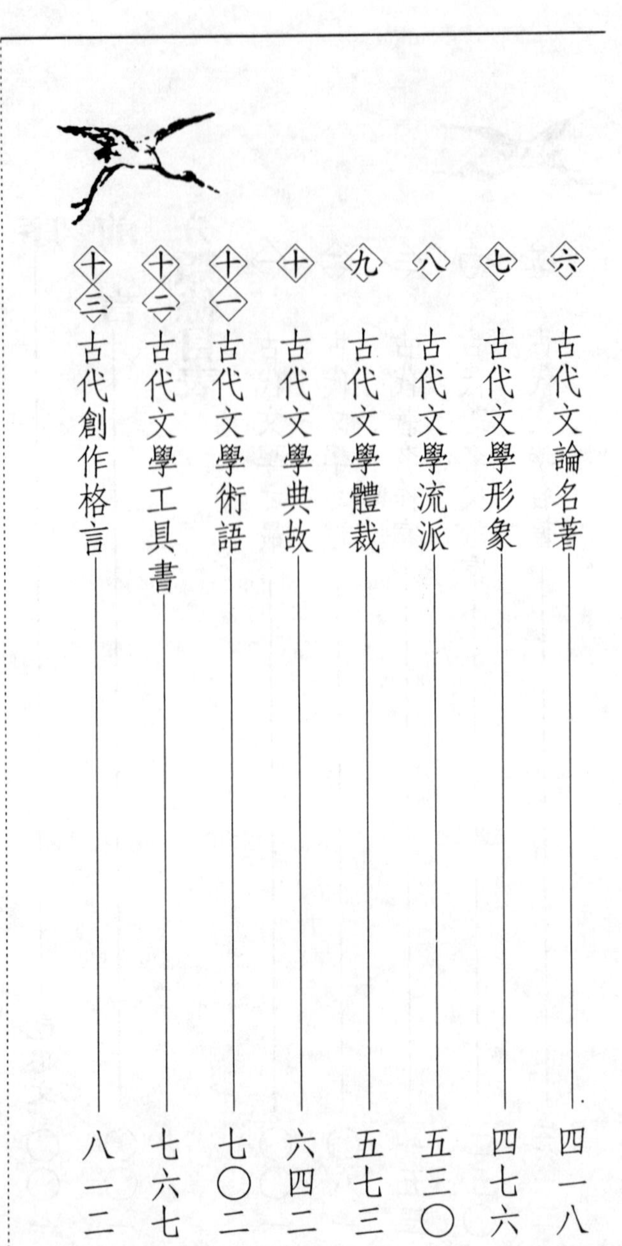

分類條目表

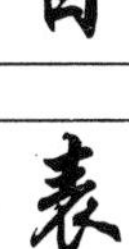

古代文學之最

古代文學之謎

古代著名作家

古代著名文論家

古代文學名著

古代文論名著

古代文學形象

古代文學流派

古代文學體裁

古代文學典故

古代文學術語

古代文學工具書

古代創作格言

古代文學之最

一　最早的歌謠

歌謠是民間文學的一種，是民歌、民謠和兒歌、童謠的總稱。在中國古代，以合樂爲歌，徒歌爲謠，現代統稱爲歌謠。我國有記錄的最早的歌謠是《擊壤歌》。《擊壤歌》又名《康衢謠》。其詞曰：「日出而作，日入而息，鑿井而飲，耕田而食，帝力於我何有哉！」據史籍推測，這首歌謠產生於迄今四千年前的唐堯時代。因爲當時還沒有文字，故迄今不少學者對其眞僞爭論不休。

這首歌謠叫「擊壤歌」，出自王充《論衡·藝增篇》。傳說唐堯是我國原始公社時的賢君，他以平陽（今山西臨汾）爲都，治理天下，深得民心，在位五十年，「其仁如天，其知如神」，制訂曆法，設置百官。在其執政期間，百姓安康，四海和平。《論衡》記載：「堯時五十之民，擊壤（壤是古人歌唱時所用的木製拍板）於途，觀者曰：『大哉，堯之德也！』擊壤者曰：『吾日出而作，日入而息，鑿井而飲，耕田而食，堯何等力！』」後世顧光觀輯皇甫謐《帝王世紀》（見《群書治要》卷十一引）將末句變爲「帝力於我何有哉？」「擊壤」之稱，劉熙《釋名》謂之「野老之戲」，則或古古相傳，本有此歌，亦未可知。

這首歌謠所以又名「康衢謠」，因在今臨汾市東北約五里處的康衢莊，還保留了一個不成形的土臺，傳說爲當時這個莊上的百姓所築。人們在勞動之餘，圍臺而唱此歌，故此臺名叫「擊壤臺」，此歌就因臺在康衢莊而得名「康衢謠」。後人曾在殘存的土臺上立碑刻《擊壤歌》於上。

二 最早的詩歌總集

我國最早的詩歌總集是《詩經》。《詩經》原稱《詩》或《詩三百》，漢代官方正式確認《詩》、《書》、《易》、《禮》、《樂》、《春秋》六部儒家經典爲「六經」，故後世稱爲《詩經》。漢代傳《詩》有四家：齊人轅固的《齊詩》、魯人申培的《魯詩》、燕人韓嬰的《韓詩》、魯人毛亨的《毛詩》，自東漢鄭玄爲《毛詩》作箋，學《毛詩》人漸多，其它三家漸微，直至亡佚。現在的《詩經》就是毛亨所傳的。

《詩經》在時間上縱跨西周初至春秋中葉近五百年光景，分布地區包括現在的山東、山西、河南、河北、陝西、安徽以及湖北北部的長江流域。《詩經》來源一般都主張「採詩觀風」說。《漢書·藝文志》：「古有採詩之官，王者所以觀風俗、知得失，自考正也。」《禮記·王制》、《國語》中的《周語》《晉語》、《漢書·食貨志》及何休《春秋公羊傳解詁》等，都有類似記載。現存《詩經》共三百零五篇，是當時樂官掌握大量詩篇後整理簡化而成。《史記·孔子世家》中孔子刪詩說是不可信的，因爲《左傳》襄公二十九年，吳公子季札到魯國觀周樂，樂官爲他演奏的詩歌，同現存《詩經》大致相等，而那時孔子只有八歲。孔子自衛返魯，已有六十九歲，之前他亦常說「詩三百」。不過，孔子後來以《詩經》爲教材，做了大量使「雅頌各得其所」的工作倒是事實。

詩三百皆可入樂，但曲調今已失傳，僅存歌詞而已。按音樂舞蹈分爲風、雅（大、小雅）、頌三部分。「風」是音樂的曲調，指民俗歌謠之詩，十五國風即十五個地區的歌謠，計一百六十篇，是《詩經》中的精華，它對周代奴隸制社會的政治、經濟、民族矛盾和階級矛盾以及勞動、婚姻、家庭等社會生活方面都作了生動反映。「雅」是王畿內的正樂，共一百零五篇，其中小雅七十四篇（不包括六篇有目無文的「笙詩」），大雅三十一篇，大都是貴族、士大夫及其樂官的唱詩，一方面是爲了「陳志」、「諷諫」，一方面是當朝會、宴饗、田獵、出師等隆重慶典聚會場合，作爲伴奏、舞唱或餘興使用的樂辭。大小雅之分，一說爲樂曲不同造成，一說大概先有的代代相傳的「雅」被稱爲大雅，而後來從各地採集到的可登「大雅之堂」的民間歌謠作爲補充者，稱爲小雅。「頌」是宗廟之音，用於天子、諸侯祭祀祖先、祈年拜神時的樂舞歌辭，共四十篇。其中《周頌》三十一篇，爲西周初周王的祭歌；《魯頌》四篇，是春秋時魯國的祭歌；《商頌》五篇，是春秋中葉宋人讚頌殷高宗和宋襄公的祭歌。《詩經》中的《關雎》、《鹿鳴》、《文王》、《清廟》分別爲風、大小雅和頌詩的起始篇，故稱爲「四始」。

《詩經》採用了賦、比、興三種表現手法，它們同風、雅、頌合稱「六義」。《詩經》大都爲四言，且重章疊韻，創作主體傾向是現實主義的。

《詩經》較流行的註本有：《毛詩正義》（漢毛亨傳、鄭玄箋、唐孔穎達疏），《詩集傳》

（宋朱熹著），《詩毛氏傳疏》（清陳奐著），《毛詩傳箋通釋》（清馬瑞辰著）。

三　最早的史詩

史詩是反映重大歷史事件或古代傳說，塑造著名英雄形象的長篇敍事詩。史詩結構宏偉，充滿幻想或神話色彩。我國最早的史詩是《詩經·大雅》中的《生民》、《公劉》、《緜》、《皇矣》、《大明》五首詩篇，它們比較完整地反映了周民族祖先艱難創業的歷程。

《生民》作爲周代開國史詩的第一篇，主要寫始祖后稷降生的神異事跡及其對農業生產的發明；《公劉》主要寫周族首領公劉率族人自邰遷豳，初步定居，並且建造房屋，開荒種地，發展農業生產的情景；《緜》是敍述文王祖父古公亶父率領族人遷居到岐山南的周原及其重建家園、發展生產的經過；《皇矣》主要歌頌周文王伐崇伐密的勝利，爲周人滅商打下了基礎；最後一篇《大明》記敍文王之子武王經過「牧野之戰」等的勝利，終於滅商而建立了周王朝。這五首詩內容連貫，線索明確，既有人物形象的刻畫，又有歷史事跡的鋪述，具有豐富的史料價值，是一組當之無愧的敍事史詩。

四　最早的女詩人

我國文學史上最早的有姓名的女詩人是許穆夫人。

許穆夫人是春秋時衛宣公之女，後嫁給許國國君穆公，故稱許穆夫人。《載馳》一詩奠定了她在中國文學史上第一位女詩人的地位。

衛懿公不理朝政，獨好養鶴，甚至讓鶴乘坐大夫們乘坐的軒車。西元前六六〇年，北狄伐衛，「將戰，國人受甲者皆曰：『使鶴！鶴實有祿位，余焉能戰！』」結果衛師大敗於滎澤（今河南滎澤縣北），衛懿公亦被狄人所殺。宋桓公連夜率師將衛敗亡之眾五千人接過黃河，居於漕邑，立懿公之子戴公為君。第二年，戴公死，文公即位，文公與許穆夫人同母所生。在衛國風雨飄搖、瀕臨亡國滅種危急時刻，許穆夫人返衛弔唁母國，並向同情衛國的大國呼救聲援。在齊國等幫助下，遷衛都於楚丘，使衛得以復存。《載馳》一詩就是許穆夫人返回漕邑，弔唁衛文公期間所作。這首愛國詩在當時廣為流傳，收入《詩經·鄘風》中。

《載馳》之「載」為語助詞，亦可釋為「又」。「馳」即策馬急驅之意。全詩四章，首章以「載馳載驅」發端，把讀者帶入烽火連天的戰爭歲月。正當詩人匆匆驅車回國時，許國大夫前來阻撓了。第二章寫許穆夫人義正辭嚴，拒絕阻撓。「既不我嘉，不能旋反」、「不能旋濟」，強烈愛國之心使她回衛鐵了心。第三章寫許穆夫人拋下許國大夫，義無反顧，揚長而去。第四章寫車馬終於進入衛國原野。「我行其野，芃芃其麥」的清醒畫面，洋溢出了詩人欣喜歡快之情。「控於大邦，誰因誰極」句，正是詩人為挽救衛國而提出的主張。劉向在《古列女傳》中，盛讚其「慈惠而遠識」。

全詩寫得感情眞摯，楚楚動人。把歸國弔唁這一題材巧妙安排在驅返途中，通過與許國大夫衝突情景描述，來展開感情的抒發，可謂獨具匠心。在寫法上，採取了低吟、陳述、慨嘆、抒情、呼告和散句排句相結合的句式，使全詩跌宕起伏，扣人心弦。

另外，《詩經》中的《邶風·泉水》、《衛風·竹竿》相傳亦為許穆夫人所作。

五　最早的愛情詩

我國最早的一首愛情詩是《詩經》之首——《國風·周南》中的《關雎》。古人解說此詩，常多附會之語，《毛詩序》和《詩集傳》均以爲此詩爲「詠后妃之德」；「魯詩」以爲是大臣（畢公）刺周康王好色晏起之作。其實這是一首地道的男女言情之作，是寫一個男子對女子的追求：

關關雎鳩，在河之洲。窈窕淑女，君子好逑。
參差荇菜，左右流之。窈窕淑女，寤寐求之。
求之不得，寤寐思服。悠哉悠哉，輾轉反側。
參差荇菜，左右採之。窈窕淑女，琴瑟友之。
參差荇菜，左右芼之。窈窕淑女，鐘鼓樂之。

全詩五章，章四句。首章以關雎雌雄和鳴於河之洲上，其配偶不亂之意，興喻淑女是君子的好配偶。「窈窕淑女，君子好逑」，是全詩綱目。第二章詩人將視角移至洲渚旁的荇菜上，即景生情，以荇菜流動無方，喻淑女之難求。第三章抒發求之不得之憂思。此章乃全詩關鍵，有承上啓下作用。方玉潤《詩經原始》認爲：「忽轉繁弦促音，通篇精神扼要在此，不然，前後平沓矣。」林義光《詩經通解》亦曰：「寐始覺而輾轉反側，則身猶在床。」這種對情人刻骨相思的心理描摹，可謂「哀而不傷」。最后兩章寫求得之喜悅。詩人以彈奏琴瑟，敲鼓擊鐘的熱鬧氣氛表現同所求的女子成婚。如果把這兩章解爲男子對未來婚禮場面的美好設想亦可。「友」「樂」二字，愜意快慰而無侈靡淫亂之意，可謂「樂而不淫」。

全詩格調清新，通篇成功地運用了興寄手法。四言一句，爲《詩經》典型句式。重章疊句外，還運用了大量雙聲疊韻連綿詞，如「窈窕」爲疊韻；「差參」爲雙聲；「輾轉」是雙聲疊韻；「關關」又是擬聲疊字。這些詞彙鑲嵌在詩中，使之讀來有一種音調和諧鏗鏘的美感。全詩偶句入韻，這種諧韻形式支配著兩千多年以來的我國古典詩歌。且三次換韻，又有虛字腳「之」字不入韻，而以虛字之前一字爲韻，這種用韻的參差變化，極大地增強了詩歌的節奏感和音樂美。

六　最早的春遊詩

春天，是風和日麗、萬物復甦的季節，久寒蟄居的人們，往往攜侶搭伴，來到野外，舒展筋骨，踏青觀光。我國在久遠的年代，人們就有春遊的習俗。從文獻記載看，《詩經·鄭風·溱洧》可謂是我國最早的一首春遊詩。全詩如下：

溱與洧，方渙渙兮。士與女，方秉蕑兮。女曰「觀乎？」士曰「既且。」「且往觀乎，洧之外，洵訏且樂。」維士與女，伊其相謔，贈之以勺藥。

溱與洧，瀏其清矣。士與女，殷其盈矣。女曰「觀乎？」士曰「既且。」「且往觀乎？洧之外，洵訏且樂。」維士與女，伊其將謔，贈之以勺藥。

春秋時鄭國（今河南新鄭一帶）風俗，是每年農曆三月上巳節，男女至溱、洧水邊，「招魂續魄，拂除不祥」，少男少女也在這時締結良緣。這首詩再現了當時的盛況：溱、洧兩川交匯，綠水盪漾，姑娘小伙子們紛紛來到水邊，採擷蘭草，互相贈送。春光復甦了萬物，也萌動了青年人的春心。一個姑娘主動向她所鍾情的小伙子發出了「且往觀乎」的邀請，小伙子儘管已去過一遍，但為了博得姑娘的歡心，高興地聽從了她的主意。在他們的身後，留下了一路歡歌笑語，在他們面前，呈現了一派士女歡樂的景象。少男少女們在這春意盎然的季節，無拘無束地互相調笑說愛，不僅作了感情交流，還互贈了寄寓愛情的芍藥花，結下了秦晉之好。

全詩基調健康，筆調輕快，人們在大自然的陶冶下，性情激盪，心花怒放。士與女的對話，樸實、眞摯、和諧，既無「淫侈」之氣，亦無「男女授受不親」的陳腐，富於濃郁的生活氣息，反映了上古時代人們淳樸、健康的精神風貌。

七　最早的詠物詩

詠物詩是詩人通過對一定物體的頌讚、描寫，來體現自己的情志理想和道德品質的詩篇。我國最早的一首詠物詩，是屈原的《橘頌》。

《橘頌》是屈原青年時期的作品，被後人收入屈原的《九章》中。通篇用四言與三言形式，與《九章》其它八篇形式不同。

全詩開頭提出橘樹乃「后皇嘉樹」，喜愛生長在水土肥沃、美麗富饒的「南國」，詩人不惜筆墨，反復歌詠了這一點：「受命不遷，生南國兮」；「深固難徙，更壹志兮」；「獨立不遷，豈不可喜兮」。頌橘之堅貞不拔，而屈原熱愛故土的深厚感情已力透紙背。「綠葉素榮，紛其可喜兮，曾枝剡棘，圓果摶兮。青黃雜糅，文章爛兮。」寫橘枝葉扶疏，碩果累累，色彩絢爛，突出了橘的外在美。而「精色內白」更突出了橘的內在美。通過這種讚其外貌又頌其內美，已表露出詩人對美好理想的追求和嚮往。「嗟爾幼志」以下，詩人視橘如人，發出了聲聲讚嘆：「蘇世獨立，橫而不流兮。閉心自愼，終不過失兮，秉德無私，參天地兮。」詩人對橘的敬佩讚賞之情砝碼越加越高，使人想到，這是橘的頌歌，又是詩人高貴品質的寫照。「願歲並謝，與長友兮。淑離不淫，梗其有理兮。年歲雖少，可師長兮。行比伯夷，置以爲像兮。」詩人與橘已達到了乳水交融的境地。使我們看到，詩人筆下的南國之橘是一個眞善美的形象，詩人以此自比，自勉，更顯得情思雋永，意味深長。全詩緊扣橘的特性與人的品格相似這一基本點，進行概括，明寫橘，暗寫人，旣讚美了橘的生長習性與特點，又讚美了人的崇高品格特點。淸人林雲銘在《楚辭燈》中提出：「看來兩段中句句是頌橘，句句不是頌橘。但是，原與橘分不得，是一是二，彼此互映，有鏡花水月之妙。」

從《橘頌》以後，不僅詠橘詩賦相繼不絕，更重要的是屈原開創了一種「託物言志」的「詠物詩」新詩體，在思想和藝術上都對後世產生了深遠影響。

八　最早的浪漫主義詩篇

浪漫主義是文學藝術創作基本方法之一。它在反映現實上，善於抒發對理想世界的熱烈追求，常用熱情奔飛的語言，瑰麗的想像和誇張的手法來塑造形象。它作爲一種文藝思潮，產生於近代歐洲資產階級革命時代。但通觀文學藝術發展史，各國文藝創作的客觀實際，自始就具備這種特色。就詩歌來講，我國最早的浪漫主義詩篇，是屈原的《九歌》。

《九歌》寫作時間，王逸、朱熹等認爲是作於頃襄王時屈原被逐到江南以後，王夫之認爲是屈原在懷王時見讒被疏後在江北所作。從《九歌》中沒有屈原後來作品那樣感時傷懷、憤世疾俗的憂傷憤激的情思看，《九歌》很可能是屈原青年時期的得意作品。

《九歌》是屈原在楚國民間祭神樂曲基礎上加工改造而成的，共有十一篇作品。爲什麼稱爲「九歌」呢？有人認爲其中的《國殤》是後人加進去的，而《禮魂》只能算「亂辭」；有人將《山鬼》、《國殤》、《禮魂》合爲一篇，理由是這三篇都是祭鬼；有人將《湘君》和《湘夫人》、《大司命》和《少司命》各合爲一篇，理由是所祭的是同類神。其實《九歌》並非指九篇歌曲，而是一首音樂的專名。洪興祖《楚辭補註》云：「以『九』爲名者，取『簫韶九成，啓《九辯》《九歌》之義』」。屈原不過是襲用夏代的舊名而已。現代學者也有訓「九」爲「鬼」之說，認爲「九歌」即爲「鬼歌」。其實《九歌》中的《山鬼》之「山鬼」原爲巫山女神，《國殤》雖是祭鬼，但爲國犧牲的烈士在屈原看來，非同一般而近於神靈，所以把他們當作神來配享，歌詞中的「身既死兮神以靈」即爲此意。概言之，《九歌》是可以配上樂曲演奏、舞蹈的祭神曲。

《九歌》十一篇依次是：

《東皇太一》，祭祀天神東皇太一的歌詞。舊稱「太一」爲星名，天之尊神，祠在楚東，以配東帝，故云「東皇」。

《東君》，祭祀太陽神的歌詞。

《雲中君》，祭祀雲神的歌詞。

《湘君》和《湘夫人》是姊妹篇，均爲祭祀湘水匹偶神的樂歌。傳說舜南巡，其二妃娥皇、女英後趕去，至洞庭湖畔，聞舜已死於蒼梧之野，她們南望哭泣，淚水灑在竹上，使竹布滿斑點，她們又自投湖水而死。當地人立祠祭祀，她們就成了湘水女神，舜亦爲湘水男神。也有人說，湘君是舜，湘夫人爲其二妃。《湘君》《湘夫人》即以他們愛情故事爲基本情節。

《大司命》，祭祀主宰人類壽夭之神大司命的樂歌。

《少司命》，祭祀掌管兒童命運和保護兒童的女神的樂歌。

《河伯》，祭祀黃河之神馮夷的樂歌。現代研究者認爲，全詩寫的是黃河之神河伯對洛水之神宓妃的戀情。

《山鬼》，是祭祀巫山女神的舞曲歌詞。

《國殤》，是禮讚爲國捐軀的戰士的樂歌。

《禮魂》，是送神曲，是祭祀終了時，巫覡們的「大合唱」，表現了一種載歌載舞的隆重場面。

這組歌詩，語言婉麗秀媚，感情眞摯濃烈。天上人間，人神雜處，彼此唱和。而這種關係在表現形式上，又是通過旣歌且舞的巫覡來溝通的。《九歌》中的形象，旣是超現實的神，又是現實中的人，他們有人的風姿、人的性格、人的生活、人的感情，表現出了人們對愛情、幸福和美的理想的熱烈追求。詩人把人的生活投影到神的故事中去，顯示了它的濃郁的浪漫主義色彩和特殊的藝術力量。

九 最早的抒情長詩

我國最早也是最長的抒情詩，是屈原的《離騷》。

《離騷》大約作於屈原再次被放逐時。全詩三七三句，長達二四九〇字，由三大部分組成。首敍詩人身世、品格、修養、理想和爲理想而進行的不屈鬥爭。詩人出生顯貴，寅年寅月寅日誕生，生辰吉利。有內美，重修能，是王之佐才。「忽奔走以先後兮，及前王之踵武」，道出了詩人爲王「導夫先路」的政治抱負。在「黨人偷樂」、「靈修數化」，「浩盪」、「蘭蕙」化而爲茅的艱難處境下，詩人不畏「身之殫殃」，唯「恐皇輿之敗績」，表現了對楚國的耿耿忠心。「雖體解吾猶未變」的錚錚誓言，不僅體現了詩人一腔愛國熱血，也突出了他「鷙鳥不群」的傲岸氣骨。在理想難以實現的情況下，詩人感情上掀起了巨大波瀾。第二部分，通過一系列幻想，反復抒寫了詩人「上下求索」的內心矛盾和鬥爭。女嬃的善意勸說，詩人通過就重華（舜）而陳辭的方式否定了。接著他上叩帝閽，下求佚女，開始了三次神遊。第一次，早晨從蒼梧出發，下午到了崑崙玄圃天帝的所在，但是帝閽「依閶闔而望予」，不開門。詩人只好開始第二次遠征。他渡過白水，登上閬風山，俯瞰高丘，哀嘆國中「無女」，於是只好委託「蹇修」、「鴆」等去向宓妃、有娀之女、有虞之二姚「求愛」。但是「閨中邃遠」，「哲王」「不寤」，報國無門。詩人不免悲痛難忍，請靈氛占卜，向巫咸請教，他們都鼓勵他離開楚國，到能施展自己才華的地方去，去尋找能夠舉賢授能，像湯、禹、武丁、周文王、齊桓公那樣的國君。考慮再三，詩人決定選擇吉日，離開楚國，於是他開始了第三次神遊。早晨從「天津」出發，歷盡千辛萬苦，又一次向西極崑崙天帝住所馳去。但是，當他升上日光照耀的天空時，忽然又看到了自己的故鄉，這次不僅詩人留戀故鄉不忍離去，連他的僕夫和拉車的馬也「蜷曲顧而不行」，詩人最終將自己的命運同楚國的命運緊緊拴在了一起。全詩第三部分以「亂曰」總括。故國不可離去，留下來又無人理解，前途阻隔，理想破滅，詩人內心彙集著無邊的苦悶悲哀，決心以生命去殉自己的祖國，發出了「既莫足與爲美政兮，吾將從彭咸之所居」的慨嘆。

全詩九曲迴腸，起落無跡，但通過詩人熾熱的愛國之情這根紅線貫穿到底，構成了一個和諧完美的樂章。全詩字裡行間，感情洋溢，詞采瑰麗，三次神遊，奔放的想像一浪高過一浪，壯麗景象層出不窮，使我們的心情無法平靜，胸襟頓覺開廓。豐富大膽的想像和對現實及理想的描繪相結合，驅神逐仙，說古道今，是古典浪漫主義的高度體現。

十　最早的抒情組詩

我國最早的影響深遠的抒情組詩，是《文選》收錄的無名氏《古詩十九首》。

《古詩十九首》皆爲五言，篇幅均較短小。非一人一時之作，大致產生於東漢末年的桓、靈之世，作者多屬下層文人。十九首詩，雖各自成篇，但都是詠嘆現實人生的抒情之作。其內容大致有兩類：

第一類，男女離愁別緒之辭。東漢末年，時代動盪，一些爲尋找政治上出路的中下層知識分子，遊學外地，不得還家，這樣，伴隨著外有遊子的鄉愁，內有思婦的閨怨，出現了大量遊子思婦之辭。如《明月何皎皎》寫遊子的久客思鄉之情；《行行重行行》寫思婦的閨怨。它如《涉江採芙蓉》、《庭中有奇樹》、《冉冉孤竹生》、《客從遠方來》等，都反映了這方面內容。

第二類，士人仕途理想及其失意之作。《青青陵上柏》中的「驅車策駑馬，遊戲宛與洛」；《今日良宴會》中的「何不策高足，先據要津路？無爲守貧賤，坎坷長苦辛」等句，表現了士人的追逐名利理想，其中也含有他們理想不能實現時的苦悶。《明月皎夜光》表現了失意者鬱鬱不得志的孤獨情趣。《生年不滿百》中「晝短苦夜長，何不秉燭遊？爲樂當及時，何能待來玆」，則表現了一種及時行樂、人生苦短的生活觀。這些都反映了當時中下層知識分子的精神面貌，同時也曲折地反映了東漢末大動亂前夕危機四伏的社會現實。

《古詩十九首》吸收了《詩經》、《楚辭》的藝術營養，學習了兩漢樂府民歌的抒情方法，藝術上取得了獨特成就。它的出現，標誌著漢代文人現實主義詩歌的藝術成就，達到了一個新高峰。

十一　最早的敘事長詩

敘事詩有完整的故事情節和人物形象。我國最早的長篇敘事詩，是產生於東漢末年的《孔雀東南飛》。此詩最初見於陳朝徐陵所編的《玉臺新詠》，題爲《古詩爲焦仲卿妻作》，這是歷經三百多年，在傳唱和傳寫中經後代詩人多次潤色而成的本子。宋郭茂倩《樂府詩集》載此詩於「雜曲歌辭」。因其首句爲「孔雀東南飛」，後人亦以此作爲篇名。

全詩三五五句，長達一七六五字，詳盡描寫了一個封建家庭悲劇的全過程，有力揭露了封建禮教的罪惡。主人公劉蘭芝是一個善良、勤勞、能幹、美麗而有教養的女子，嫁給廬江小吏焦仲卿，夫妻恩愛。但焦母對蘭芝百般挑剔，直至把蘭芝趕回娘家。劉、焦二人十分痛苦，希望重新團聚，發誓互不相負。但蘭芝哥哥逼她另嫁太守。在走投無路情況下，蘭芝「舉身赴清池」，焦仲卿也「自掛東南枝」，雙雙殉情。用血和淚釀成的悲劇，對封建宗法制和禮教進行了有力控訴批判。

全詩以自然流暢的語言和白描手法，刻劃了一群個性鮮明的人物形象。焦母的「槌床便大怒」和「小子無所畏，何敢助婦言」的詈罵：兇殘蠻橫；劉兄的「不嫁義郎體，其往欲何云」：趨炎附勢、薄情寡義而又尖酸刻毒。讀來無不聲情畢肖，形神皆備。

在情節處理上，有張有弛，平奇相間。「新婦起嚴妝」一節，外弛內張，愈寫蘭芝精妙無雙，愈顯示人物內心痛苦。太守迎親場面，是彼弛此張，金車彩禮的排場充滿歡快氣氛，則烘托了蘭芝內心的緊張。蘭芝的備妝待嫁，事情發展平直流暢，而「攬裙脫絲履，舉身赴清池」，卻又奇峰突起，撼人心靈。全詩結尾極富浪漫主義色彩，說劉蘭芝和焦仲卿兩人墳上的樹是「枝枝相覆蓋，葉葉相交通。中有雙飛鳥，自名爲鴛鴦。仰頭相向鳴，夜夜達五更。」既是對焦、劉堅貞愛情的讚頌，又是勞動人民對吃人的封建禮教進行頑強反抗意志的表現。

深刻的社會內容和高超的藝術手法相結合，使《孔雀東南飛》成爲歷代傳詠的佳篇，標誌了漢樂府發展的最高峰。

十二　最早的文人五言詩

漢初文人採用的詩歌形式，一是由《詩經》沿襲下來的四言體，一是模仿屈原的楚辭體。正當文人們走著這種格式固定的道路時，民間已出現了五言詩文學樣式。《漢書·五行志》載成帝時歌謠《邪徑》一首，就是整齊的五言體。到了東漢，樂府民歌中也湧現了大量五言體詩，如《孔雀東南飛》、《陌上桑》、《上山採蘼蕪》、《十五從軍征》、《江南》、《艷歌行》、《隴西行》等。五言詩在民間的流行，顯示了它在適應語言發展和節奏變化等方面的優越性，引起了文人們的注意，開始學習模仿。據現有資料，最早的、沒有爭議的一首文人五言詩，是東漢時汝南人應亨的《贈四王冠詩》。《贈四王冠詩》前有序云：「永平四年，外弟王景係兄弟四人並冠，故貽之詩。」永平四年，即西元六一年，這是我國五言詩產生確鑿可考的最早年代。全詩八句，皆爲祝頌之意：「濟濟四令弟，妙年踐二九，令月唯吉日，成服加元首。人咸飾其容，鮮能離塵垢，雖無兕觥爵，杯醮傳旨酒。」敘事老實，內容空泛，缺乏文采和形象性，顯得古拙僵直。後來班固的《詠史》一詩亦爲五言，但「質木無文」。說明當時文人作家運用這種新文體還很不熟悉，不免幼稚質樸。但從形式上看，這已是典型的五言體詩了。

自應亨、班固後，作新體五言詩的人漸多，如漢安帝時張衡的《同聲歌》一首，恆帝時秦嘉《贈婦詩》三首，靈帝以後酈炎的《見志詩》二首，趙壹《疾邪詩》二首，孔融的《九詩》二首等，藝術技巧也不斷提高。據後人考證，《古詩十九首》也是漢末無名氏文人之作。題材的多樣化，藝術上的純熟，說明五言詩已成爲文人作者得心應手的新形式。由於五言詩「指事造形，窮情寫物，最爲詳切」（《詩品》），逐步取代了四言詩地位，漢末建安初，出現了一個五言騰湧的時代。

十三　最早的文人七言詩

七言詩的出現，經歷了一個在民間長期醞釀的過程。漢桓帝初年，出現了七言歌體《小麥童謠》。後文人不斷仿作，相傳漢武帝時君臣在柏梁臺賦詩，七言二十六句，但那是「一句一意」的聯句，並非「連緒相承」的完整詩篇。東漢張衡的《四愁詩》，亦七言類也，但未脫騷體詩格式，又帶有民歌風味。另外，張衡的《思玄賦》末繫辭也是七言體，但未獨立成篇。我國現存最早最完整的文人七言詩，應該是曹丕的《燕歌行》。此詩句句用韻，意脈貫注，又一洗騷體舊跡。

《燕歌行》歷來被譽爲言情佳作。詩中表現的是空守閨閣的女子對遠出不歸的丈夫的思念之情。從一個側面反映了漢末動亂的社會生活。這首詩除具備七言詩形式外，藝術上也較成熟。

首先，詩歌成功地運用景物描寫渲染氣氛，襯托感情。全詩一開頭就用蕭瑟的秋風、零落的草木、南去的大雁，渲染出一種淒涼寂寞的氣氛。既爲全詩定下了纏綿悱惻的基調，又將女主人公思歸念遠之情襯托得格外哀怨淒涼。

其次，全詩仿效樂府民歌，用代言體形式讓思婦直接向遠方的丈夫傾吐心曲，對思婦心理作了細膩入微的刻畫，塑造了一個深情、柔順而又忠貞的思婦形象。如「賤妾煢煢守空房，憂來思君不敢忘，不覺淚下沾衣裳」，把思婦的孤獨淒淒而又不能自已的處境作了細微描繪。「援琴鳴弦發清商，短歌微吟不能長」至詩末「牽牛織女遙相望，爾獨何辜限河梁」句，把思婦百無聊賴、委屈不平而又無可奈何的形象，刻劃得豐滿淒楚，令人為之嘆，為之恨。

第三點，這首詩吸取了《詩經》中懷人之作常採用的遙體人情寫作手法，寫對方思歸，愈發顯示自己盼對方早日歸還的心情。如「慊慊思歸戀故鄉，何為淹留寄他方」，既充分體現了思婦對丈夫的深深眷念、體貼，也含有幾分嬌嗔與怨哀的韻味。

總之，這首詩語言淺切清新而又渾融深婉，質樸而又富麗，體現了樂府民歌與文人創作的完美結合。

十四　最早享有盛名的女詩人

如果說春秋時代的許穆夫人是最早但鮮為人知的女詩人的話，我國文學史上最早享有盛名的女詩人，則是蔡琰。

蔡琰（一七八—？），字文姬（一作昭姬），東漢陳留圉（今河南杞縣南）人，大文學家蔡邕之女，博學有才辯，尤其精通音律。一生道路坎坷不平。幼年隨父逃亡在外，十六歲嫁河東人衛仲道，夫亡，無子女，歸母家寡居。漢末大亂，父被王允殺害，文姬亦被董卓部將所虜，輾轉流落到南匈奴（故城在今內蒙古自治區），與左賢王成親，居匈奴十二年，生兩子。曹操統一北方後，因與蔡邕素來友善，念其無後，於建安十二年（西元二〇七）以金璧將文姬贖歸。歸漢後，再嫁董祀。並以驚人的記憶力，默寫出蔡邕散佚的詩文四百餘篇。

蔡琰是建安時代傑出的女詩人。其作品，據《隋書·經籍志》著錄有一卷，載入《後漢書》本傳的有《悲憤詩》兩篇，一為五言體，一為楚辭體。是作者「感傷離亂，追懷悲憤」的產物。載於宋郭茂倩《樂府詩集》和朱熹《楚辭後語》中的琴曲歌辭《胡笳十八拍》，相傳亦為她所作。其五言體《悲憤詩》最為著名。

五言體《悲憤詩》長達五四〇字，是我國文學史上第一篇女子創作的五言長篇敍事詩。全詩以血淚般的文字，描摹出了一幅悲涼的漢末社會動亂圖畫。全詩不僅敍寫了作者自身呻吟於刀斧之下的悲痛史，而且反映了當時人民在內禍外患的戰亂中所受的苦難。「斬截無孑遺，屍骸相撐拒。馬邊懸男頭，馬後載婦女」，一片白骨露野、婦孺蹂躪的淒殘景象。詩人把敍事與抒情、愛國之情與母子之情交織在一起，國難家恨緊緊相連。尤其是母子相別一場，令人五臟崩裂，具有強大藝術感染力。淸人沈德潛在《說詩晬語》中稱此詩「段落分明，而滅去脫御轉接痕跡，若斷若續，不碎不亂」；「激昂酸楚，讀去如驚蓬坐振，沙礫自飛，在東漢人中，力量最大」。這些評語毫不過分。

蔡琰的楚辭體《悲憤詩》共三十八句，題材內容與五言《悲憤詩》大致相同。《胡笳十八拍》也寫得氣魄雄偉，感情騰飛，讀之有呼天搶地、捶胸泣血之感，表現了一種哀婉動人、蒼涼悲壯的氣勢，也是古代抒情傑作之一。

十五　最早的詠史詩人

詠史詩就是借歷史上的古人古事來抒寫詩人自己的情懷抱負的詩歌。我國古代最早、最有影響的詠史詩人，是西晉太康年間的左思，他的《詠史》詩八首，集中歌吟了晉以前眾多歷史人物和歷史事件，筆力雄健，格調高亢，氣勢充沛，是文學史上的不朽之作。（詳見「古代著名作家」）

詠史詩在東漢之際雖然有人涉及，但大多「隱括本傳，不加藻飾」，即簡單客觀地複述、介紹歷史事實，文學成就和價值都不高。而左思的詠史詩「或先述己意，而以史事證之；或先述史事，而以己意斷之；或止述己意，而史事暗合；或止述史事，而己意默寓。」（張玉谷《左詩賞析》）這種錯綜史實，連類引喻，詠史和詠懷的完美結合，是對詠史詩的創造性發展，爲後代詠史詩創作的繁榮開了先河。

十六　最早描寫兒童形象的詩篇

我國詩歌史上第一篇集中筆墨，塑造活潑可愛的兒童形象的詩篇，是西晉著名詩人左思的《嬌女詩》。

《嬌女詩》爲五言古體詩，篇幅較長，共五六句，二八〇字。詩人以一種半嗔半喜的口吻，生動描寫兩個小女兒的種種嬌憨情態。在結構安排上，詩人先寫小嬌女紈素：「吾家有嬌女，皎皎頗白皙。小字爲紈素，口齒自清歷。鬢髮覆廣額，雙耳似連璧。明朝弄梳檯，黛眉類掃跡。濃朱衍丹脣，黃吻瀾漫赤。」次寫大嬌女惠芳：「其姊字惠芳，面目粲如畫。輕妝喜樓邊，臨鏡忘紡績。舉觚擬京兆，立的成復易。玩弄眉頰間，劇兼機杼役。從容好趙舞，延袖像飛翮。」最後則把姐妹兩人合起來寫，寫她們春天攀折花木，生摘果實：「馳騖翔園林，果下皆生摘」；冬天在雪地上遊戲：「務躡霜雪戲，重綦常累積。」有時也吹火烹茶，幫助做些家務：「止爲茶荈據，吹噓對鼎鑩。」有時又搞得「脂膩漫白袖，煙熏染阿錫。」等等。通篇語言質樸、通俗，間用俚語，對兒童的生理和心理特徵作了細緻入微的刻畫，誠如明人鍾惺所說：「通篇描寫嬌痴遊戲處不必言，如握筆、執書、紡績、機杼、文史、丹青、盤槅等事，都是成人正經事務，錯綜穿插，卻妙在不安詳，不老成，不的確，不閒整，字字是嬌女，不是成人。而女兒一段聰明，父母一段矜惜，筆端言外，可見可思」。（《古詩歸》）

由於《嬌女詩》把兒童形象納入了詩人的藝術視野，開拓了全新的題材領域，並創造了一種以幽默詼諧、令人忍俊不禁爲基調的寫法，影響所及，後世表現兒童生活和情態的詩歌作品日益增多了，如陶淵明的《責子》詩、李白的《寄東魯二稚子》、杜甫的《宗武生日》、盧仝的《寄男抱孫》、李商隱的《驕兒詩》等，從而形成了古代詩歌百花園中的一朵光彩奪目的奇葩。

十七　最早著名的山水詩人

山水詩是通過歌詠山水來表達詩人情感的詩歌樣式。我國最早以山水詩著稱的詩人，是南朝劉宋初年的謝靈運。（生平詳見「古代著名作家」）

謝靈運所生活的晉宋之際，政治昏暗，士大夫們紛紛把山水園林作爲全身遠禍之所，山水詩隨之漸多。而魏晉玄學又常將親近山水作爲保持個性完美的重要方面，玄言詩中常有山水成分。又，晉室南遷後，江南經濟大發展，士族地主於山水佳麗處廣建園林別墅，頻繁接觸自然，對山水之美認識日益加深。當枯燥空洞的玄言詩再也不能引起興趣時，吟詠山水成了他們新的出路，「莊老告退而山水方滋」的詩歌創作新潮湧現了。謝靈運可謂是第一位傑出的弄潮兒。《宋書》本傳稱他在會稽、永嘉、廬山等地，常「尋山陟嶺，必造幽峻；岩障千重，莫不盡備」，且「所至輒爲詩詠」，江南大地「千岩競秀、萬壑爭流」的雄姿美貌，在他筆下第一次得到了大量描繪。

謝靈運山水詩，天質奇麗，富艷絕倫，如芙蓉出水，嫵媚可愛，鍾嶸稱其爲「譬猶青松之拔灌木，白玉之映塵沙。」他的「潛虬媚幽姿，飛鴻響遠音」、「昏旦變氣候，山水含清暉」等詩句，清新開朗，艷麗天然。有些詩篇並非尋常流連光景之作，而是意境深邃，耐人尋味，如《於南山往北山，經湖中瞻眺》一詩，清人方東樹《昭昧詹言》稱「此詩精魂之厚，脈縷之密，精深華妙，元氣充溢，如精金美玉，光氣爛然。」有的詩寄託了作者對美好理想的追求，對坎坷身世的感慨，如《從斤竹澗越嶺西行》一詩，表達了詩人探索理想境界的美好願望。

謝靈運山水詩筆法多樣。有白描，如《登上戍石鼓山》一首；有工筆，如《初去郡》中「野曠沙岸淨，天高秋月明」句。有時工筆和白描交錯使用，如《登江中孤嶼》一詩。他的山水詩能使山水草木之奇麗，雲霞煙霧之變幻，滃勃起於紙上，故寫景雖不厭其煩，而其山水畫面卻無雷同之感。語言上，謝詩煉字鍛句，「穩老」、「典重」而又「沈厚濃密」。如「白雲抱幽石，綠筱媚清漣」，詩中有畫；「鳥鳴識夜棲，木落知風發」，詩中有音樂；「池塘生春草」句，如得神助。謝詩常採用敍事——寫景——說理三步章法，如《發歸瀨三瀑布望兩溪》即是，這種獨特的結構方法，層次分明，亦爲詩家之首創。

謝靈運山水詩不足處是用典過多，有時直接用經書子書原句入詩，玄理詩句還像遊魂一樣在字裡行間東閃西躲。結構上亦欠精當，「興會標舉」，愛把眼前山光水色、雲容花貌一併收進作品。寫景後喜發一通議論，有時畫蛇添足，大煞風景。但這些瑕不掩瑜，無礙他成爲「元嘉之雄」（《詩品·序》）的稱號。

十八　最早的詩文總集

將歷代詩文按一定標準選編成集，南北朝時梁代蕭統創其首，他的《文選》是我國最早的一部詩文總集。

蕭統（五〇一—五三一），字德施，小字維摩，南蘭陵（今江蘇常熟縣西北）人。南朝梁武帝蕭衍長子，未及即位而早卒，謚曰昭明，世稱「昭明太子」，故《文選》又稱《昭明文選》。《文選》原書三十卷，唐顯慶（六五六—六六七）年間，李善爲之作註，引證豐富，將書析爲六十卷，唐開元（七一三—七四二）年間，又有呂延濟、劉良、張銑、呂向、李周翰五人合註本，稱《五臣註文選》，宋人曾將兩註合刻爲一，稱《六臣註文選》，《文選》選錄先秦至梁朝普通七年（五二六）一百二十九位知名作家的詩文辭賦，分爲賦、詩、騷等三十九類，共計文章四百八十篇，詩歌七百多首。從一個側面反映了當時文體日繁，文藝理論日益精密的文學現象。

《文選》選文標準，序中作了交代。蕭統主張以「能文爲本」，所謂文，主要指詞藻、典故、聲律、對偶的運用，只有那些「事出於沈思，義歸乎翰藻」的文章才算文學作品，才能入選。而大膽地把經書、子書、歷史著作排斥於「文學」之外，概不入選，僅對史書中部分「綜輯辭采」、「錯比文華」的論贊加以擷取。由於這種選文標準，故《文選》中辭藻華麗、聲律和諧的楚辭、漢賦和六朝駢文占相當比重，詩歌也多是選的對偶句較嚴之作。

由於《文選》是各家代表作的總集，具有便利閱讀的條件，於是成了封建社會知識分子的必修課。宋代有「《文選》爛，秀才半」的諺語。後來更形成了專門學科——「文選學」。近人駱鴻凱著有《文選學》一書，是研究《文選》的重要參考資料。

現存《文選》有南宋淳熙八年（一一八一）尤袤刊本，明汲古閣刊本，清嘉慶間胡克家重刻尤本並附《考異》十卷，以後的本子多以胡本爲據。解放後，有一九七七年中華書局影印本。

十九　最早的專題詩集

我國最早的一部專題詩集，是南朝梁陳間的文學家徐陵（五〇七—五八三）編選的《玉臺新詠》。

《玉臺新詠》成書於梁代。「玉臺」一語，取義於《穆天子傳》，指帝王後庭。據近人考證，這是徐陵專爲梁元帝蕭繹的徐妃選編的，作爲她消遣解悶的讀物。其序文亦云：宮女們「優遊少託，寂寞多閒」，故而「撰錄艷歌，凡爲十卷」，以供她們「對玩於書帷，循環於纖手。」全書所收作家自漢至梁共一百三十一人（宋刻本一百十一人），八百七十篇作品（其中一百七十九篇宋刻未收），分編五言詩八卷，歌行一卷，五言二韻一卷，計十卷。明胡應麟說它「但輯閨房一體」；清紀容舒說「此書之例，非詞關閨闥者不收。」詩集的作品內容全與婦女有關，乃此書一絕。但由於原詩作者所處社會地位和生活經歷不一，行文風格有異，因而針對同一種題材所作的詩歌，其格調情趣也就異彩紛呈，良莠並存。

輕靡艷麗，這是詩集中以梁簡文帝爲代表的宮體詩人作品特色。他們醉心於描摹女性容顏、服飾、體態、舞姿以及寢室的枕、席、衾、帳等。格調低下，反映了封建貴族階層生活的空虛、荒淫，也反映了當時君主倡於先，臣僚步於後的綺靡詩風。

感情眞摯，語言純樸的思婦詩，在《玉臺新詠》中也占有相當部分。這些詩篇或抒思婦因時傷春，睹物思人，對「昔爲同池魚，今若商與參」的傷感；或傾吐女子內心唯恐「浮雲蔽白日，遊子不顧反」的哀憂；或者表達閨中女子對行人的忠貞愛情；或者描繪她們在初冬寒夜伴著冰冷月光搗衣裁剪，爲征人準備寒衣的情景。而那些叮嚀遊子「莫作瓶落井，一去無消息」的詩句及一些棄婦詩、皇妃失寵的哀怨之作，表現了當時婦女地位的低下和對男人的依附，吐露了她們內心的苦悶。

《玉臺新詠》還收錄了一些刻畫富有反抗性格的婦女形象的作品，如樂府古辭《日出東南隅行》、《皚如山上雪》，辛延年的《羽林郎》以及長篇敍事詩《孔雀東南飛》等，這是它的重大的歷史功績。

該書也選編了一些健康活潑而又雋秀的愛情詩，表達了情竇初開的少女們對美好愛情的嚮往和祝願，如西曲歌《陽判兒》、雜歌《青陽歌曲》等。另外，還收錄了一些其旨不在寫女性，只是「篇中字句有涉閨帷」的詩歌，如曹植的《美女篇》，以美女喻君子，希望得到明君的重用。

總之，《玉臺新詠》以不同的色調和情感勾勒出了紛然不同的畫面，其內容雖全涉女性，但並不全是靡靡之音，「未可概以淫艷斥之」（《四庫全書總目》）。

二十　最早的唐詩選集

我國現存最早的唐詩選集，是盛唐時一位太學生芮挺章編選的《國秀集》。《國秀集》現見載於中華書局上海編輯所一九五八年編輯出版的《唐人選唐詩（十種）》內。這十種選本是：一、佚名《唐寫本唐人選唐詩》；二、元結《篋中集》；三、殷璠《河岳英靈集》；四、芮挺章《國秀集》；五、令狐楚《御覽詩》；六、高仲武《中興間氣集》；七、姚合《極玄集》；八、韋莊《又玄集》；九、韋穀《才調集》；十、佚名《搜玉小集》。這些選本，是唐代詩歌高度繁榮的產物，而其中以《國秀集》最早。

《國秀集》卷首有一篇用駢體文寫的序言，宋人以爲是編者的朋友樓穎所作。序中說明此書共著錄唐玄宗開元以來到天寶三載三十年間的作家九十人，詩二百二十首。但現存通行本只有八十五人、二百十八首（《四庫全書提要》誤爲二百十一首）。

針對當時「風雅之後」「禮樂大壞」的文學現象和「諷者溺於所譽，志者乖其所之，務以聲折爲宏壯，勢奔爲清逸」的詩風，芮挺章「譴謫蕪穢，登納菁英，可被管弦者爲一集」，以別標一格，遂成《國秀集》。倡導詩歌在思想上要符合「雅正」，藝術上要「風流婉麗」。由於他過分強調詩歌的可歌性和形式美，在一定程度上否定了盛唐詩歌大膽創造和革新精神。所選詩作，雖大多爲反映現實，直抒胸臆，藝術上也較成熟，但也不乏枯燥無味，歌功頌德的應制奉和之作。另外，漏選了盛唐有代表性的李白、岑參的詩篇；有的被入選的作家，卻未收錄他們的代表作，如忽視了高適、李欣的樂府歌行體詩。

這個選本還選入了編者芮挺章和作序的樓穎的詩七首，實有文人互相標榜吹棒之嫌。

二十一　最大的唐詩總集

我國最大的一部唐代詩歌總集，是清代彭定求等編纂的《全唐詩》。

唐人詩篇，在唐宋時已有人彙輯，但不夠完備。到了明胡震亨的《唐音統籤》（一千三百三十三卷）和清初季振宜的《唐詩》（七百十七卷），採集宋元以來所刊刻、傳抄的唐人別集，並搜求遺佚，補輯散落，遂成爲網羅面較廣的唐詩總集。清初編纂《全唐詩》，即以胡、季兩書爲底本，再加校補而成。

《全唐詩》的修纂，始於康熙四十四年（一七〇五）三月，成於四十五年十月。當時入局參校者，有彭定求、楊中納等十人。全書大體依季氏書編次，不分初、盛、中、晚，並刪去《統籤》篇末章咒四卷，偈頌二十四卷。另外，當時還併用內府所藏唐人詩集參校，又旁採殘碑、斷碣、稗史、雜書之載，補苴所遺，成書九百卷，共收唐、五代二千二百餘詩人的詩作四萬八千九百多首。

《全唐詩》卷帙浩繁，對研究我國唐代的歷史、文化和文學，有重大參考價值。其特點，首先是「全」。它承受了在它以前各種唐詩彙輯本的成果，並在此基礎上，相當完備地搜羅了唐代三百年間無論成集的或零星的篇章單句的詩歌。使我們能大體概見唐詩全貌。其次是，胡、季二人不僅藏書豐富，又都是精鑑明家，對唐詩校勘用功甚深，《全唐詩》以他們二人的本子爲底本，價值更顯得出類拔萃。

《全唐詩》的不足處，首先是誤收漏收。如戴叔倫集中雜有元丁鶴年、明劉崧等人詩，徐鉉的詩竟遺漏二卷。第二是作家作品重出。如將盧仝一人誤分爲二，重出作品有時互註，有時無註等等。第三是小傳、小註有舛誤。如陸海小傳，將陸海之祖與陳子昂友誤以爲陸海與子昂友。第四是編次不甚得當。以皇帝、后妃及宗室諸王等詩列首，有官爵的則以登第之年爲主，未登第或雖登第無考者，以入仕之年爲主，體現了編者的封建意識。第五點是，對胡氏《統籤》引書出處大多删去，實爲可惜。

一九六〇年中華書局根據揚州詩局刻本校點重印了《全唐詩》，後附有日本毛河世寧纂輯的《全唐逸詩》三卷，精裝十二册。一九八二年中華書局出版王重民等編的《全唐詩外編》，專輯《全唐詩》遺漏之作。現今最新最便於檢閱的本子是一九八五年一月中華書局第三次《全唐詩》印刷本。共分平裝二十五册，不分函册，概以卷分，在每一分册前編加詩篇目錄，便於讀者研閱。

二十二　最早的小詩集

所謂小詩集，是就詩集中所收詩歌的數量少而言。我國最早的一部小詩集，是唐代元結的《篋中集》。

元結（七一九—七七二），字次山，號漫郎，聱叟，猗玕子，河南洛陽人。天寶十三載進士。曾參加討伐史思明之役，有戰功，後爲道州刺史。其詩歌、散文多涉時政，風格古樸。原著已散佚。後人輯有《元次山文集》。所編《篋中集》一卷，集其親友沈千運等七人詩二十四首。其中沈千運四首，王季友二首，于逖二首，孟雲卿五首，張彪四首，趙微明三首，元季川四首。這七人詩屬同調，元結將他們的詩編爲一集，與元結的詩歌理論有關。

元結論詩，繼承《詩經》風雅比興傳統，要求詩歌具有美刺的內容和質樸的風格，能發揮積極的社會作用，反對流連光景、浮艷雕飾之作，要求詩歌能「極帝王理亂之道，繫古人規諷之流」（《二風詩論》），以達到教育的目的。他編選沈千運等人的詩爲《篋中集》，一是因爲這七人的詩風「皆與時異」，符合自己的詩歌理論，另一方面也藉此進一步闡發他的詩歌理論。在《篋中集》序中，他寫到：「風雅不興，幾及千歲」，「近世作者，更相沿襲，拘限聲病，喜尚形似；且以流易爲辭，不知喪於雅正，然哉！彼則指詠時物，會諧絲竹，與歌兒舞女，生汚惑之聲於私室可矣。若令方直之士，大雅君子，聽而誦之，則未見其可矣。」這些感慨，已發中唐現實主義詩論之先聲。不過，完全排斥詩歌音律的主張，也顯然是片面的。

二十三　最早的文人詞作

詞是詩歌的一種。古代詞都合樂歌唱，故唐五代多稱爲曲、雜曲或曲子詞。詞體萌芽於南朝，形成於唐而盛行於宋，句子長短不一，故亦稱爲長短句。另有詩餘、樂府、琴趣、樂章等別稱。我國最早的文人詞作相傳爲李白的〔菩薩蠻〕和〔憶秦娥〕，宋代黃昇譽之爲「百代詞典之祖」。

〔菩薩蠻〕全詞是這樣的：

平林漠漠煙如織，寒山一帶傷心碧。暝色入高樓，有人樓上愁。

玉階空佇立，宿鳥歸飛急。何處是歸程，長亭更短亭。

這是一首懷人之作。夕陽西沈，閨中思婦愁緒伴隨薄暮般煙靄而愈來愈濃。當她身憑高樓，眺望平林時，寒碧的山光、昏暝的日色已和她孤獨身影融爲一體。歸林的宿鳥，更引起她對被長亭短亭阻隔的親人的憂慮和眷念。全詞寫思婦因日暮而樓上凝愁、階前佇立，因歸鳥而產生聯想，借用「煙」來渲染暮色，格調淒清哀婉，「歸程」二字，似乎給思婦心頭燃起了一點希望之光。

〔憶秦娥〕全詞是這樣的：

簫聲咽，秦娥夢斷秦樓月。秦樓月，年年柳色，霸陵傷別。

樂遊原上清秋節，咸陽古道音塵絕。音塵絕，西風殘照，漢家陵闕。

這是一首傷時懷古之作。全詞上片寫京城長安的一個女子（「秦娥」爲秦地美女的通稱），在一個簫聲嗚咽、月明如水的夜晚，回想起當年在灞橋與丈夫折柳話別的情景。下片通過當年重陽佳節與丈夫登高遠眺、同遊樂遊原的情趣，與今日「咸陽古道音塵絕」的對比，越發襯托出她的孤獨淒涼和對丈夫的思念。但全詞深層意蘊是借閨怨之情表興亡之感。全詞以漢喻唐，表現詞人對歷史的憑弔和對古文明的追懷。結尾兩句更顯出了這一特色。王國維《人間詞話》說得好：「太白純以氣象勝，『西風殘照，漢家陵闕』，寥寥八字，關盡千古登陵之口。」是詩筆，更是史筆，高度概括了漢唐帝國由盛漸衰的趨勢，寫得氣勢磅礴，境象闊大，深沈蘊藉。這首詞對後世影響很大，〔憶秦娥〕詞調一名〔秦樓月〕，即因此而得名。

二十四　最早的詞總集

我國最早編選詞的總集是唐末的《雲謠集》，但已散佚不全；現存傳世最早而又完備的詞總集，是五代後蜀趙崇祚所輯的《花間集》。

詞起源於隋唐時代的燕樂。自西元四世紀，西域音樂陸續從印度、中亞經新疆、甘肅而傳進中原，隋唐時普遍流行。因常用於宴會上，故稱燕樂（燕同宴）。最初爲燕樂塡的詞爲五、七言絕句，因其同結構參差的曲譜難以和諧統一，漸致出現了依樂譜節拍而塡製長短句的「詞」。原初的詞當出於樂工伶人之手，後來逐步在封建文人、宮庭帝王中風靡開來。

《雲謠集》收詞三十首。一九〇〇年發現於敦煌石窟，有兩個寫本殘卷，都在清末被英人斯坦因、法人伯希和竊走。一藏倫敦不列顛博物院，原題收詞三十首，存十八首。「傾杯樂」以下佚；一藏巴黎國家圖書館，存十四首，校除與倫敦本重複的「鳳歸雲」前二首，亦正好是三十首。它們是「鳳歸雲」、「破陣子」各爲四首、「天仙子」、「竹枝子」、「洞仙歌」、「浣沙溪」、「柳青娘」、「傾杯樂」、「內家嬌」、「拜新月」、「抛球樂」、「魚歌子」、「喜秋天」各二首。都是無名氏作品。所記詞曲名，在唐崔令欽《教坊記》內均可見到，故《雲謠集》約爲唐末時選編，抄寫於後梁、後唐間。

但是，《雲謠集》是近代發掘的文物，歷史上人們無從問津，且作者多爲民間無名氏。從傳世最早、最完備且又出之文人名家之手這一角度看，晚輯於《雲謠集》近半個世紀的《花間集》，還應是最早的詞集。

《花間集》共十卷，採選晚唐、五代溫庭筠等十八家詞五百首，內容大都寫上層享樂生活和閨情離思，詞風靡麗，顯示了我國九世紀中期到十七世紀前半期的士大夫文學頹廢風尚。但在詞的發展上，卻具有一定的承先啓後的樞紐作用，可作爲文學史和唐五代詞研究的參考資料。

《花間集》最早刻本，今存有南宋紹興十八年（一一四八）的晁謙本。另有四印齋影刻宋淳熙本，明毛晉刊本等。解放後有一九五八年人民文學出版社的李一氓新校本。

二十五　最早的女詞人

我國最早的一個女詞人是北宋的魏玩。

魏玩（約西元一〇七八年前後在世），字玉妝，襄陽（今湖北襄樊）人，魏泰（道輔）之姊，曾布（曾鞏的弟弟）之妻。宋徽宗時，曾布做過宰相，封魏玩爲魯國夫人，人稱魏夫人。原有《魏夫人集》，已佚。魏玩以博涉群書、工詩善文著稱。朱熹說：「本朝婦人能文者，唯魏夫人及李易安二人而已。」《苕溪漁隱叢話》引《詩說雋永》也說：「今代婦人能詩者，前有曾夫人魏，後有易安李。」可見，她在當時就頗負名望。

曾慥《樂府雅詞》錄魏玩的詞十首，黃昇《唐宋諸賢絕妙詞選》錄七首，《全宋詞》收十一首，周濟先輯有《魯國夫人詞》。在魏玩爲數不多的詞作中，數「江城子」、「卷珠簾」、「菩薩蠻」三首最爲膾炙人口，《江城子·春恨》是她的寄夫之作，抒發「別郎容易見郎難」的纏綿情緒，望郎君「爲報歸期須及早，休誤妾，一春閒」。感情眞摯純樸。「卷珠簾」則寫得淒婉，借海棠花花開花落，抒自己被親疏之狀。「淚濕海棠花枝處，東君空把奴分付」句，大有美人遲暮之感。「菩薩蠻」一首，黃昇《花菴詞選》題作「春景」，深得《國風·卷耳》之遺韻：「溪山掩映斜陽裡，樓臺影動鴛鴦起。隔岸兩三家，出牆紅杏花。　綠楊堤下路，早晚溪邊去。三見柳綿飛，離人猶未歸。」鴛鴦喜戲，溪山如畫，柳絮已飛三度，過盡千帆，卻不見離人歸來的蹤影。與唐人「忽見陌頭楊柳色，悔教夫婿覓封侯」相比，趣味相同而蘊藉過之。而「隔岸兩三家，出牆紅杏花」，爲葉紹翁「春色滿園關不住，一枝紅杏出牆來」所本，亦見出這首詞的影響來。

高宗南渡後，估計魏玩已不在人世，或許年事已高，故她的作品中，見不到像李清照詞中的悲傷離亂痕跡。

二十六　最早享有盛名的女詞人

兩宋詞壇，魏夫人爲第一女詞人，而在當時已負盛名，且對後世影響最大的女詞人，則當推李清照。（生平詳見「古代著名作家」）

李清照和秦觀都是婉約派詞最有代表性的作家，淸人王士禛的「婉約以易安爲宗」之說是有一定道理的。作爲一個傑出的婉約派女詞人，她以女性特有的細膩，善於巧妙捕捉自己在不同情況下的細微情感活動和形態特徵，以凝煉新穎的語言，創造出楚楚動人的藝術形象，以表現其眞摯而又強烈的情感。如「此情無計可消除，才下眉頭，卻上心頭」、「莫道不消魂，簾卷西風，人比黃花瘦」、「如今憔悴，風鬟霧鬢，怕見夜間出去。不如向簾兒底下，聽人笑語」等，把她作爲少婦時的傷離之情和孀居時的凄涼之態，表現得逼眞感人。

李清照詞善於用白描手法描寫景物，並通過景物的鋪排，以景托情，借景抒懷，大大增強了感情的濃度與分量。在「聲聲慢」中，她用「梧桐更兼細雨，到黃昏，點點滴滴」等多種景物襯托她孤寂凄涼的心情，十分成功。

李清照詞的語言，能將書面語的雅致、簡潔、含蓄和口語的形象生動、平易流暢完美地統一起來，形成了一種形象概括力、表現力極高而又無雕琢堆砌之弊，婉轉如珠，富有聲調美的語言風格。如「武陵春」的「只恐雙溪舴艋舟，載不動許多愁」、「如夢令」的「知否知否，應是綠肥紅瘦」、「聲聲慢」的「這次第，怎一個愁字了得」等，形象新穎，表情達意無不灑脫。「聲聲慢」中的「尋尋覓覓，冷冷清清，淒淒慘慘戚戚」，連用疊字，一氣貫下，毫無斧鑿痕跡。另外，她詞中的比喻如「人比黃花瘦」，比擬如「眠沙鷗鷺不回頭，似也恨人歸早」，也十分傳神貼切。

李清照原有《易安居士文集》和《易安詞》，均已散佚，後來有《漱玉詞》輯本，今人輯有《李清照集》。

二十七　最早的兒歌集

兒歌，我國古代文獻中一般稱作童謠或孺子歌、小兒謠、小兒語等。從史料記載看，我國最早的一部兒歌專集是《演小兒語》。

《演小兒語》的編者是明代刑部侍郎呂坤（一五三六—一六一八，字叔簡，號新吾，河南寧陵人）。呂坤的父親呂得勝（？—一五六八）曾編有《小兒語》、《女小兒語》各一卷，呂坤也編《續小兒語》三卷，合《演小兒語》共六卷，附在呂坤《去僞齋文集》後。

《演小兒語》共收搜集於河南、河北、陝西、山西等地的兒歌四十六首。編者對這些兒歌的思想內容均作了解釋和發揮，附在每首兒歌之後。這些解釋大部分是牽強附會的封建說教。爲了配合這些說教，編者對兒歌本文作了修改，幾乎每首兒歌都有修改的痕跡。

《演小兒語》以外的三種是呂氏父子創作的「兒歌」，目的是給兒童灌輸封建主義思想。但有些所講的立身處世之道，「若規若刺，若諷若嘲」，脫口而出，自然成音。在今天看來，對兒童進行教育，仍不失其意義，如「自家過失，不消遮掩，遮掩不得，又添一短」等，同時亦提出了身教重於言教的問題，如「老子終日浮水，兒子做了溺鬼；老子偷瓜盜果，兒子殺人放火」等（上引見呂得勝《小兒語》）。在《小兒語·序》和《續小兒語·序》中，呂氏父子分別闡釋了對兒歌的見解。他們首先拋開了封建神學天人感應說對兒歌的歪曲，認爲兒歌是兒童們「有知而能言」後娛樂遊戲的文學形式，指出了它在兒童中「群相習，代相傳，不知作所之」的集體性特點。其次，他們正確意識到了兒歌對兒童教育的影響：「一兒習之，諸兒流布」，「童時習之，終身體認」。第三點，他們認爲兒歌創作要「如其鄙俚，使童子樂聞而易曉」，聽了「鼓掌躍踴」。切不可「刻意求俗」而又不成，反使童子讀之有「謇謇惛惛」之感。

呂坤父子對民間兒歌的搜集和親自創作，表明兒歌這種俗文學現象已逐步受到了文人的高度重視，他們爲研究我國兒歌史的發展作出了一定貢獻。

二十八　最早的南北民間情歌集

我國最早的彙集南北方民間情歌的專集，是馮夢龍的《掛枝兒》（又名《打棗竿》）。

馮夢龍（一五七四—一六四六），字猶龍，一字子猶，又字耳猶，號姑蘇詞奴、墨憨子、顧曲散人，又署龍子猶，江蘇吳縣人，是明朝末年一位極爲活躍的多才多藝多產作家。他生於儒學家庭，童年苦讀，「尤明經學」。中年靠賣文爲生，在創作詩文同時，搜集整理了大量宋元以來的話本，寫成《喻世名言》、《警世通言》、《醒世恆言》，又花費大精力去搜集江南農村中傳唱的吳歌，編成《山歌》；搜集從農村到城鎮中南北方普遍流行的民間小曲，編成《挂枝兒》，爲中國民間文學研究作出了較大貢獻。

《山歌》和《掛枝兒》都是情歌專集，但《山歌》僅限於吳歌，而《掛枝兒》包容的卻是當時南北方民間普遍流行的情歌，且具有委婉細膩和粗獷潑辣相結合的風格特色。編這些情歌的目的，馮夢龍在《敍山歌》中指明，是爲了「借男女之眞情，發名敎之僞藥」。反對封建買賣婚姻，抨擊禮教對青年男女的迫害。

《掛枝兒》共分私、歡、想、別、隙、怨、感、詠、謔、雜等十部，總計存錄四百多首曲子。這些情歌眞摯樸素，婉轉心曲，刻劃入微，在表現青年男女愛情方面，能準確細膩地捕捉到戀愛婚姻各階段微妙複雜的感情變化，表現不同對象的性格心理特點，《錯認》一首，細緻入微地刻劃了一個初戀少女沒有戀愛經驗的逗人場面。《噴嚏》一首，淋漓盡致地刻劃了痴心女子思念之苦：「對妝檯忽然間打個噴嚏，想是有情哥思量我寄個信兒。難道他思量我剛剛一次？自從別了你，淚珠垂；似我這等把你思量也，想你的噴嚏兒常似雨。」想像奇特，構思精巧，表現了主人公的刻骨相思和奔放熱情。它如《送別》、《夢》、《查帳》、《同心》、《說夢》、《問咬》、《分離》等，都表現了絲絲之情，讀來頗富滋味。在描寫婚後生活的詩中，《書聲》可謂是一首傳神之作：「繡房兒正與書房近，猛聽得俏冤家讀書聲。停針就把書來聽：『湯之盤銘曰

：「苟日新，日日新，又日新」』。聖人的言語也，其實妙得緊。」丈夫埋頭讀書，妻子飛針走線，恬靜美滿。讀書聲引起妻子聯想：感情也會隨著歲月不斷更新，不覺綻放出甜蜜微笑。此曲在淺顯通俗敍述中，奇峰突起似地插入一段艱深古奧文字，卻又聽任那少婦斷章取義地理解聯想，映照對襯，極富意趣。馮夢龍在此曲下批曰：「好一個聰明婦人，強似老學究講書十倍。」

《掛枝兒》突出了民歌比喻的特點。《象棋》全用象棋術語比喻女子的愛的囑託，有期待，有告誡，言辭懇切，態度鮮明。它如《紅蜻蜓》、《蚊子》，都通過比喻，對那些薄幸負心男子進行了詼諧的嘲弄，表現了女性的戀愛觀。

儘管《掛枝兒》中有不少庸俗淫穢之作，但在明代文學花園中，堪稱「一朵奇葩」。當時的卓珂月曾說：「我明詩讓唐，詞讓宋，曲又讓元，庶己吳歌掛枝兒、羅江怨、打棗竿、銀絞絲之類，爲我明一絕耳」（見陳宏緒《寒夜錄》）！

二十九　最早的國歌

國歌是國家正式規定的代表本國的歌曲。我國最早的國歌是清代的《鞏金甌》。

我國古代的歷代王朝，直到十九世紀後期，都沒有國歌。後受西方國家影響，清朝的一些官吏開始提出要譜寫國歌。出使英法俄國的大臣曾紀澤（一八三九－一八九〇）首先向朝廷呈上了「國樂」草案，但未能批准。一八九五年新建陸軍後，清政府制訂了一首陸軍軍歌，於是在海外需要演奏國歌時，就用這首軍歌權代國歌。直到宣統三年（一九一一），清政府終於制定了中國歷史上的第一首國歌——《鞏金甌》。歌詞內容是：「鞏金甌，承天幬，民物欣鳧藻，喜同胞，清時幸遭。眞熙皥，帝國蒼穹保，天高高，海滔滔。」「甌」，是盆盂一類的瓦器。「金甌」是一種盛酒器，人們常以此來比喻疆土完固，《南史·朱異傳》有：「我國家猶若金甌，無一傷缺。」也有用來指代國土，如清詩人張維屏《雨前》詩有「早籌金策固金甌」句。「鞏金甌」也就是希望國土像金甌一樣永遠牢固。這首帝國的國歌，竭力爲清王朝歌功頌德，粉飾太平，並祈禱瀕臨崩潰的清帝國能金甌永保，但沒等它在全國傳播，辛亥革命就爆發了。如其說它是對清王朝的讚歌，不如說它是一首清帝國行將滅亡前的輓歌。

三十　最早的散文總集

我國古代文學中，凡不押韻、不重排偶的散體文章，包括經傳史書在內的概稱爲散文。現存最早的散文總集是儒家的六經之一的《尙書》。

據考，《尙書》原有一百篇，相傳爲孔子編定，秦焚書後，漢初搜集得二十九篇，其中秦博士濟南伏生背誦得二十八篇，宣帝時民間獻僞書《太誓》一篇，《太誓》後又失傳，現僅存二十八篇，都是用漢初隸書寫的，故曰《今文尙書》。漢武帝時，魯恭王劉餘壞孔子舊宅，在牆壁中發現了用戰國時蝌蚪文字寫的《尙書》，稱爲《古文尙書》。經孔安國考證，《古文尙書》比《今文尙書》多十六篇，計四十四篇。後這十六篇至西晉時又失傳了。東晉人梅頤僞造《古文尙書》二十五篇呈給皇帝，再加《今文尙書》二十八篇及從中分出的五篇，湊成五十八篇。這個本子被儒家奉爲經典，傳了一千多年，直到清代考據家閻若璩經過細心研究，運用大量可靠材料，才揭穿了晉人作僞之跡。僞書剔除後，只有伏生所授《今文尙書》二十八篇是可靠的，保存至今。

《尙書》是一部有關夏商周歷史的古代文獻彙編，上起唐虞，下迄秦穆公時代。材料編排按朝代先後爲序，分爲《夏書》、《商書》、《周書》三部分。其中《夏書》有《堯典》、《皐陶謨》、《禹貢》、《甘誓》四篇；《商書》有《湯誓》、《盤庚》、《高中肜日》、《西伯戡黎》、《微子》五篇；《周書》有《牧誓》、《洪範》、《金滕》、《大誥》、《康誥》、《酒誥》、《梓材》、《召誥》、《洛誥》、《多士》、《無逸》、《君奭》、《多方》、《立政》、《顧命》、《呂刑》、《文侯之命》、《費誓》、《秦誓》十九篇。

《尙書》內容分典、謨、訓、誥、誓、命等，主要是記錄帝王的訓詞、政府的文告、臣下的謀策，征伐前的誓言及其它重要史實經過。從體裁看，它是一部古老的記敘文和論說文相雜的散文集子。書中最早具備散文形式的作品是《盤庚篇》，盤庚遷殷時，對世族百官、百姓和庶民的訓話，寫得繪聲繪色，比喻也形象生動。爲了說服大家遷都，他把舊都比作「顚木」，新都比作「顚木」新生的「由蘖」。勸告群臣服從王命，要「若網在綱，有條而不紊；若農服田力穡，乃亦有秋。」他責備群臣以「浮言」鼓動群眾，好比「火之燎於原，不可向邇」，無法撲滅。《周書》中的幾篇「誥詞」，是周初散文代表作，內容都是當時的口語記錄和文告。其中的《無逸》篇，記載了周初統治者汲取殷亡教訓而「敬天保民」思想。在結構上，敍述頗有條理和層次。總起來看，這些奴隸制時代的散文，文辭艱澀，正如韓愈所說：「周誥殷盤，佶屈聱牙」。雖不完全具備文學特質，卻是後來發展的波瀾壯闊的散文長河中的開端。《堯典》、《皐陶謨》等文字流暢，乃戰國時人所作；《秦誓》寫秦穆公表示悔過，較通俗，當是春秋時代作品。

《尚書》中《禹貢》分九州、導山水，對後世地理學影響深廣；《洪範》的「五行」說，推動了中國哲學思想發展；而《大禹謨》中的「人心唯危，道心唯微，唯精唯一，允執厥中」，則被宋儒認爲是堯舜禹相授的「十六字心傳」，成爲宋儒理學之宗。

三十一　最早的哲理散文

內容包蘊著一定的哲學道理，行文毋須押韻、不重排偶的散體文章，一般稱爲哲理散文。我國最早的哲理散文是《周易》（《易經》、《易》）。

《周易》是古代占卦之書，涉及內容有關於古代原始戰爭、祭祀、婚姻、生產勞動的某些情況，也包含了豐富繁雜的哲學思想。全書分《經》和《傳》兩部分。

《經》包括《卦辭》和《爻辭》兩方面，是卜官們卜筮時所下的斷語。《卦》以乾（☰）、坤（☷）、坎（☵）、離（☲）、巽（☴）、震（☳）、艮（☶）、兌（☱）八卦爲主，八卦互疊和自疊，構成六十四卦，其中「—」代表陽，「--」代表陰。《爻辭》是每卦有一條卦辭，六條爻辭，合計三百八十四爻。《經》內容古奧，舊傳伏羲作《卦》，文王作《爻》；一以爲文王作《卦》，周公作《爻》。此書大抵成於殷周之際，其中故事，最晚者，在文武之世。

《傳》即《易傳》，也就是「十翼」。謂《周易》古經之有傳，猶鳥之有翼也。「十翼」是《彖》上下、《象》上下、《繫辭》上下、《文言》、《說卦》、《序卦》、《雜卦》。一般認爲是戰國及秦漢間儒者所作。十篇非一人一時而成，但各篇觀點還是互相協調，構成了一套宏闊的哲學體系。

《繫辭上》有「易有太極，是生兩儀，兩儀生四象，四象生八卦」。此處「太極」就是指一種淳和未分的氣，由它生出陰陽（「兩儀」），由陰陽生出四時（「四象」），再由四時生出金木水火土等。關於「卦」的來源，《繫辭下》指出：「古者庖犧氏之王天下也，仰則觀象於天，俯則觀法於地，觀鳥獸之文與地之宜，近取諸身，遠取諸物。於是始作八卦。」體現了一定的唯物論思想。「有天地然後有萬物，有萬物然後有男女」，體現了對自然和人類本身奧祕的積極探索。但其「易與天地準」的世界圖式論思想，帶有唯心成分。《周易》也充滿了辯證法思想。如「剛柔相推而生變化」、「一陰一陽之謂道」、「日新之謂盛德，生生之謂易」，肯定了事物變化的普遍永恆性，肯定了對立面的相摩相盪、互相轉化是事物發展的根本規律。但它的「天尊地卑，乾坤定矣。卑高以陳，貴賤位矣」的觀點卻是形而上學的。它如「見群龍無首」、「無平不陂、無往不復」，亦帶有機械循環論色彩。《周易》的「孚」、「道」、「形而上」、「形而下」等哲學範疇，對中國哲學史至今產生著重大影響。

《周易》充滿了哲理性的語彙。如「天行健，君子以自強不息；地勢坤，君子以厚德載物」，對我們民族精神素質影響深廣。「君子知微知彰，知柔知剛」，「與天地合其德，與日月合其明，與四時合其序」，以達到「先天而天弗違，後天而奉天時」境界，與荀子「制天命而用之」有一脈相承關係。「方以類聚，物以群分」等，更成爲後世成語。

三十二　最早的論辯散文

隨著理性思維的發達，我國戰國時期出現了百家爭鳴的輝煌局面，與此相適應的是，記錄當時人物互相辯詰的散文產生了。我國最早的論辯散文是《孟子》。

孟子（約西元前三七二——前二八九），名軻，鄒國（今山東省鄒縣）人，是春秋時魯國貴族孟孫氏的後裔，沒落爲「士」，受學於孔子之孫子思的門人，成爲儒家曾子、子思學派的繼承者，曾周遊列國，干說時君。但當時「天下方務於合縱連橫，以攻伐爲賢，而孟軻乃述唐、虞、三代之德，是以所如者不合」。退而與萬章之徒，序《詩》、《書》，述仲尼之意，作《孟子》七篇。

《孟子》七篇，以每篇第一句中的幾個字爲篇名，是一種語錄體散文，但它已從《論語》的簡明質樸發展爲長篇巨制，是古典散文從章到篇的劃時代作品。全書以問答方式展開雄辯的說理。主要內容包括孟子的政治活動、政治學說、哲學思想和個性修養，而「仁政」思想又是其核心。孟子生當學術思想蓬勃發展的百家爭鳴時代，爲了適應時代要求，就必須以文理密察、縱橫馳騁、波瀾壯闊的論辯形式闡述自己的觀點，宣傳「一家之言」，並持之有故，言之有理地向異己學派作鬥爭。孟子也說：「予豈好辯哉！予不得已也。」孟子好辯，且比別人略高一籌，就是因爲他「知言」。他說：「詖辭知其所蔽，淫辭知其所陷，邪辭知其所離，遁辭知其所窮。」這種本領對於他的創作也十分重要。

《孟子》的論辯色彩主要表現爲常以譬喻作爲闡明抽象道理的手段。如用「日攘人一雞」改爲「月攘人一雞」的偷盜行爲作比，指責那些不能立即改正錯誤的人；用「五十步笑百步」批評梁惠王的不仁；用「揠苗助長」諷刺那些放任自流的懶漢。論辯色彩又表現爲因勢利導、欲擒故縱的方法，針對不同對象、不同問題，進行步步緊逼，引之入彀。如《有爲神農之言者許行章》，爲了反駁農家「賢者與民並耕」的主張，採取了歸謬法，氣勢咄咄逼人，使陳相的觀點在孟子的反詰中不攻自破。當陳相承認「百工之事故不可耕且爲也」後，孟子又借題發揮，闡釋自己的「勞心」「勞力」之觀點，洋洋灑灑，形成一種無可辯駁氣勢。在「齊桓晉文之事」和「王之臣有託其妻於其友」等章中，他採取迂迴辯論的戰術，抓住對方心理進行誘導，以彼之矛攻彼之盾，常常弄得齊宣王不是自責「吾昏」、「不敏」，就是「王顧左右而言他」，顯示了高超的辯才。

由於孟子「平治天下」的宏圖未展，故論辯時常感情激越，在學術爭鳴時，時有偏激之言，乃至於斥責詈罵。他批評楊朱和墨翟時說：「楊氏爲我，是無君也；墨氏兼愛，是無父也。無父無君，是禽獸也。」這種對政治和學術的激越之情，使其辯論文章呈現出一種曉暢犀利的風格。《孟子》註本中，漢代趙岐《孟子註疏》、宋朱熹《孟子集註》、清焦循《孟子正義》及今人李炳英《孟子文選》等版本較流行。

三十三　最早的神話著述

神話反映古代人們對世界起源、自然現象及社會生活的原始理解，並採用超自然的形象和幻想的表現形式。古代生產力水平低下，人們不能科學地解釋世界起源、自然現象和社會生活的矛盾、變化，因此常藉助幼稚的想像和幻想，把自然力擬人化。神話往往表現古代人們對自然力的鬥爭和對理想的追求，富有積極的浪漫主義氣息。我國最早的神話著述是《山海經》。

作，那是不可信的。

《山海經》原爲口頭傳說，可能戰國時記錄成文，秦漢間又有增補，傳說爲夏禹、伯益所

《山海經》今傳十八卷，分《山經》、《海經》兩大類。全書原來圖文並茂，稱爲《山海經圖》。後流傳日久，圖畫部分散佚。今人袁珂《山海經校註》已增補不少。

《山海經》是有關我國氏族社會狀況最原始的資料，內涵豐富。它記載了傳說中的山川地理、金玉礦產、奇鳥異獸、殊域風情、民族歷史、宗教民俗，而神話傳說記載最富姿色。其中的「夸父追日」、「常羲生月」、「精衛塡海」、「羿鬥鑿齒」、「鯀禹治水」，至今廣爲流傳，對後來神話學的發展和中國古代誌怪小說的萌芽，都有重大作用。這些遠古時代的神話和古地理知識，曲折地反映了當時的人們奇妙的幻想和與大自然作鬥爭的堅強信念，是我國初民思想狀況的集中體現。

《山海經》一書，晉郭璞曾作註，其後考證註釋者頗多，以淸代畢沅《山海經新校正》和郝懿行《山海經箋疏》較爲精詳。袁珂的《山海經校註》便於初學。

三十四　最早的自傳作品

敍述自己生平經歷的書或文章稱爲自傳作品。我國最早的自傳作品是司馬遷的《太史公自序》（原標題爲《太史公書序略》）。

《太史公自序》是《史記》的最後一篇，它概述了司馬氏家族世系、家學淵源、司馬遷著述動機和《史記》全書意旨，是一篇內容豐富、學術價値極高的自傳自註體論文。

《自序》首先追溯司馬氏世系由來，追溯祖先世典天官和職掌周史，旨在揭示作者的胸襟和歷史使命，爲《史記》的撰寫張本。

《自序》第二部分援引其父司馬談《論六家之要指》一文。司馬談對陰陽、儒、墨、名、法、道德六家學術均有褒貶，但更突出了道家學術主張。體現了他認爲漢初黃老哲學出現時的無爲政治要比武帝時崇儒出現的多慾政治好這一政治主張，這對司馬遷後來《史記》的最後定稿影響很大，體現了其家學淵源。

《自序》第三部分是司馬遷自我生平簡介。作者首先記敘了一生中的三次壯遊，爲《史記》的寫作提供了第一手素材。司馬談去世後，司馬遷牢記父親遺願，「紬史記、石室金匱之書」，爲《史記》寫作作精神準備。他同上大夫壺遂的對話，體現了司馬遷作爲史官的崇高歷史責任感：「廢明聖盛德不載，滅功臣、世家、賢大夫之業不述，墮先人所言，罪莫大焉。」竭力讚頌《春秋》「上明三王之道，下辨人事之紀，別嫌疑，明是非」，「撥亂世，反之正」，藉以闡明《史記》的宗旨，在遭李陵之禍後，他以歷史上的周文王、孔子、屈原、孫子等先賢發憤著述行爲勉勵自己，忍辱苟活，完成《史記》的寫作。

《自序》最後一部分是《史記》一百三十篇序目提要。作者用極簡練的語言概括爲什麼要寫某篇某傳的理由，夾敘夾議，集中反映了司馬遷對歷史事件和人物褒貶的觀點，對《史記》作了很有價值的自註和補充。「網羅天下放失舊聞」，「原始察終，見盛觀衰」，既體現了司馬遷的唯物主義歷史觀，又可謂是後世史傳文學開山的綱領。

三十五　最早的遊記專著

通過記敍遊覽經歷，以反映某地的政治生活、社會生活、風土人情和山川景物、名勝古跡，並表達作者的一定思想感情的文章，稱之爲遊記。我國最早的一部遊記專著是《佛國記》。《佛國記》又名《高僧法顯傳》、《歷遊天竺記傳》，東晉宋高僧法顯所著。法顯（三三四—四二〇），原姓龔，平陽郡武陽（今山西省襄陵縣）人。他常嘆經律缺誤，誓志尋求，於東晉隆安三年（三九九，一說爲隆安二年；一說爲晉義熙中葉，四〇五）與慧景、道整、慧應、慧嵬等九人，從長安出發，穿行於流沙、戈壁、大山、高原地帶，越過蔥嶺至天竺（印度）尋求戒律。他遍歷北、西印度及中、東印度各地三十餘國，朝拜了佛跡，取了經典，後又下南印度，再踏錫蘭、蘇門答臘、爪哇等地，渡南中國海及東海，於安帝義熙八年（四一二）七月，在山東半島嶗山登陸，前後歷時十三年又四個月。同行的人，中途或走散或死亡，只法顯一人返歸，此時他已七十八歲。回國後，定居建康（南京），一邊與天竺禪師參互辨定，翻譯帶回來的眾多經卷，一邊將親身經歷和見聞寫成《佛國記》一書。法顯無疑是我國旅行史上漫遊中印度及航海旅行的第一人，他的《佛國記》也無疑是現存最早的一部遊記專著。

《佛國記》一卷，見載於《隋書·經籍志》地理類，註曰「沙門釋法顯撰」。《四庫全書總目提要》謂其敍述古雅，非後來行記所及。全書九千五百餘字，對所歷三十餘國的山川風物作了簡潔扼要的記載，材料詳實豐富，對佛教在中國的傳播起了不可估量的作用。《佛國記》作爲地理和歷史文獻，爲我們研究古代西域諸國的山川形勢、風土人情、經濟生活、宗教典籍等提供了寶貴資料，也是我們最早認識西域概況的第一本入門書。

《佛國記》先後被翻譯成西歐各國文字，並加以註解和考證，日本也有不少學者從事《佛國記》的研究。

三十六　最早的山水遊記

山水遊記是一種模山範水、專門記遊的文章。作者憑親身經歷，描寫山川勝景、自然風物，以抒發自己的切身感受。它與那些只憑耳聞或專憑虛構而寫的山水苑林辭賦以及那些代作的臺閣名勝記有別。臺閣名勝記記事性強，且是刻石的，山水遊記則不刻石。盛唐詩人元結《右溪記》一文，記道州（今湖南道縣）城郊一條小溪的秀麗景色，被認爲是山水遊記體文學的開山之作，但此水雖記山水，仍不屬規範的遊記體作品，因其文末有「刻銘石上，彰示來者」字樣，當屬刻石的山水銘文。從文體發展上說，規範的山水遊記的開山之作，當是柳宗元的《永州八記》。

《永州八記》包括連續性的八篇記遊作品：《始得西山宴遊記》、《鈷鉧潭記》、《鈷鉧潭西小丘記》、《至小丘西小石潭記》、《袁家渴記》、《石渠記》、《石澗記》、《小石城山記》。柳宗元被貶永州十年，到處搜奇覓勝，以簡潔雋秀的語言，刻畫了所到之處的秀麗自然景物，並從他獨特感受中透露出他的身世遭遇和心境。這組作品是我國遊記體散文中的珍品。其中的第四篇《小石潭記》尤爲佳妙：「……伐竹取道，下見水潭，水尤清冽。全石以爲底，近岸卷石底以出，爲坻爲嶼，爲嵁爲岩。青樹翠蔓，蒙絡搖綴，參差披拂。」「潭中魚可百許頭，皆若空游無所依。日光下澈，影布石上，佁然不動，俶爾遠逝，往來翕忽，似與遊者相樂。」「坐潭上，四面竹樹環合，寂寞無人，淒神寒骨，悄愴幽邃。以其境過淸，不可久居，乃記之而去。」這是該篇的幾個精彩片段。全篇簡短，著墨不多，但點染景物妙得其神。文中寫潭水、游魚、岩山、竹木，歷歷如繪，富有立體感。寫潭水之「淸」，爲下文「以其境過淸，不可久居」作鋪墊，將自己當時失意心情，巧妙地寄寓在淒淸幽邃的自然環境之中，使主客體達到了和諧統一，堪稱寫景記遊之絕唱。

三十七　最早的劇目

劇目是指戲劇的名目。我國最早的劇目是漢代的《東海黃公》。

《東海黃公》故事內容，張衡《西京賦》敘評曰：「東海黃公，赤刀粵祝（手里拿著刀，口里念著南方人的符咒），冀厭（想降伏）白虎，卒不能救。挾邪作蠱，於是不售。」葛洪《西京雜記》亦曰：「有東海人黃公，少時爲術，能制禦蛇虎。佩赤金刀，以絳繒束髮，立興雲霧，坐成山河。及衰老，氣力羸憊，飲酒過度，不能復行其術。秦末有白虎見於東海，黃公乃以赤刀往厭之。術既不行，遂爲虎所殺。三輔人俗用以爲戲。漢帝亦取以爲角觝之戲焉。」在漢代，社會上出現一種靠經營所謂「長生不老藥」，或搞「點鐵成金術」爲生的「方士」，他們很受統治者寵幸。《東海黃公》在當時演出，已具有揭露批判方士欺世盜名的內容，對統治者亦不無諷刺。說明我國戲劇從產生之日起，就能大膽反映現實，鞭撻生活中的醜惡現象。

《東海黃公》演出形式屬「角觝戲」，即演員最後用角力、相撲的形式表演，整個戲無唱無白。它與民間摔跤、相撲表演不同的是，已包含完整的故事情節和特定的背景，兩個演員都有特定的服裝和化裝，扮演黃公的必須用絳繒束髮，手持金赤刀，他的對手必須扮成虎形，不是單純的競技表演。它已突破了古代倡優即興逗樂與諷刺的形式，演變爲戲劇了。

《東海黃公》的出現，說明了戲曲藝術和其他許多藝術一樣起源於民間。《東海黃公》傳入宮庭後，漢武帝「亦取以爲角觝之戲焉」，被改變成了人獸相搏的角觝戲。再到後來，作爲娛樂觀賞的戲劇逐漸增加了教化的功能。

三十八　最早的劇本

我國現存最早最原始的劇本是古維吾爾語（回鶻語）寫本《彌勒會見記》。

《彌勒會見記》是一九五九年在新疆哈密縣出土的。寫本形式爲梵筴式。用回鶻文黑墨兩面書寫。寫本共約二百九十三葉（五百八十六面），其中完整無缺和大體完好的約一百一十四葉。實物現存新疆博物館。

本世紀初，德國考古隊在吐魯番地區也獲得回鶻文《彌勒會見記》的幾個抄本的殘卷，其中以所謂勝金口本保留下的葉數較多（完整的不過十數張，餘爲殘卷），但也約占全書十分之一。我國哈密本雖在數量上遠遠超過德國存本，但仍不是完整本。據初本整理，哈密本是由一幕序文和二十幕正文構成的。每幕前都用紅墨標出演出場地。另德國本尚有第二十六、二十七兩幕（哈密本缺），當是該劇的尾聲。

據考，《彌勒會見記》至遲應寫於西元八至九世紀之間。它的作者譯者情況是：先爲聖月菩薩大師根據印度語原本改成古代焉耆語，後再由智護法師從焉耆語翻譯成突厥語（即回鶻語）。

這是個充滿濃厚宗教色彩的劇本，它以對話形式展開劇情。內容主要表現彌勒佛生平事業。彌勒小時受業於跋多利婆羅門，後接受師傅派遣，去會見釋迦牟尼，出家成爲佛門弟子。彌勒苦心學佛，因憐恤世上受苦衆生，請求降生在翅頭末城國王餉法的大臣善淨家中，經過一番曲折道路，在龍花菩提樹下終成正覺，並解救了受苦衆生。

據考，新疆塔里木盆地從古代起不僅以歌舞著稱，而且古代雛形的戲劇表演亦很早產生，並給內地漢族戲劇產生和發展以很大影響。《舊唐書·音樂志》有「撥頭者，出西域」一說。王國維《宋元戲曲考》亦作了詳盡說明。

《彌勒會見記》還只能視爲粗俗的原始劇本。中國戲曲趨於成熟，是以南宋初溫州地區南戲的出現爲標誌的。《張協狀元》就是保留下來的傳世最早的南戲劇本。

三十九　最早的南戲劇目

「南戲」，又叫「戲文」，原是浙江溫州一帶地方性劇種，早在宋徽宗宣和年間（一一一九—一一二五）產生，當時叫「溫州雜劇」或「永嘉雜劇」。在文字上，純爲南方民間文學，以風格醇樸著稱，是宋雜劇、唱賺、宋詞及里巷歌謠等綜合發展的產物。我國最早的南戲劇目，據《草木子》、《猥談》、《南詞敍錄》等書載，有《趙貞女蔡二郎》（一名《趙貞女》）和《王魁負桂英》（一名《王魁》）兩種，並稱爲「戲文之首」。兩種劇本今均不傳，只留下殘篇。因南戲絕大多數不署作者姓名，故只知兩部劇本爲「永嘉人所作」。

這兩部劇本體現了早期南戲最突出的主題：描寫「婚變」，批判負心男子。《趙貞女》內容，據《南詞敘錄》載，即寫蔡伯喈「棄親背婦，爲暴雷震死」。其情節與元末明初高則誠《琵琶記》有別。《王魁》故事最早見於宋張邦畿《侍小兒名錄拾遺》和羅燁《醉翁談錄》，敘述王魁中狀元後，負妓女出身的妻子桂英，後爲桂英鬼魂所捉。它是元代尙仲賢《神廟王魁負桂英》雜劇及明代王玉峰《焚香記》的祖本。

《趙貞女》和《王魁》裡的男主角，都是出身寒微的讀書人，一旦得官，就拋棄了「糟糠之妻」，甚至不惜下毒手置之於死地。《趙》劇中的蔡伯喈馬踏了上京尋夫的趙五娘；《王》劇中的王魁一封休書逼死了焦桂英。但戲劇結尾都給負心者以嚴厲懲罰。作者馳騁想像，藉助天雷和鬼神，使得被壓迫的婦女冤仇得報，表現了古代勞動人民在無力伸張正義的社會條件下，只好藉助自然力量來使惡人得惡報的願望。但這種結局處理易產生宣傳迷信、痲痹人民的作用，帶來消極影響。

四十　最早的南戲劇本

我國現存最早的南戲劇本是《張協狀元》。

從史料看，《趙貞女》和《王魁》只能作爲最早的南戲劇目處理，而內容最爲完整的最早南戲劇本，當推《張協狀元》。據戲中下場詩有「不許留人到四更」句（「四更」乃宋人之口語，終宋之世無五更之說，見《新義錄》）和故事結構分析，此劇大致爲南宋中葉前作品，疑爲溫州人所作。

劇本寫狀元負心之事：四川人張協於赴京趕考途中，在五磯山被強盜搶走盤纏並被打傷，投一古破廟，廟裡住著一個父母雙亡的貧女，爲之看護。張協感女厚情求婚，結爲夫妻。婚後，貧女剪髮資助張協上京應試。協中狀元後遊街，宰相王德用之女贈絲鞭欲締婚姻，協不受，王女憤死。廟中貧女千里跋涉前來尋夫，協又將其趕回原籍。協僉判梓州，再過五磯山，貧女見之，義正辭嚴予以斥責。協嫌其賤微，老羞成怒，拔劍砍傷貧女。時宰相王德用思圖報復張協，受詔判梓州，途宿破廟，詢得其情，收貧女爲義女，並位居張上，斥其拒婚之非，張悔懼，欲娶王義女。洞房之夜，張協始知所娶即前遺棄之結髮妻子。兩人雖有一番糾葛，但終成眷屬。故事對張協忘恩負義有所鞭撻，但也反映了當時社會中出現的富貴易妻的普遍現象，具有一定的認識意義。

《張協狀元》在表現手段上，接受了許多民間歌舞、諸宮調的因素，在演出和塑造人物的手法上，也頗多吸收了話本、諸宮調以及傀儡戲的藝術經驗，但說白冗長堆砌，實開後世傳奇駢偶之例。雖吸收了宋雜劇藝術形式，但結構顯得鬆散，所謂「中間唯有笑偏饒」的「諢砌」之類滑稽戲還時常生硬地夾在戲劇進行之中。

四十一　最早的崑劇劇本

崑劇，亦叫「崑山腔」、「崑曲」、「崑腔」，起源於江蘇崑山。曲調細膩宛轉，有「水磨腔」之稱。伴奏樂器兼用笛、簫、笙、琵琶等。據明魏良輔《南詞引正》，崑劇爲元末顧堅所創。明嘉靖年間，魏良輔吸收海鹽腔、弋陽腔，對傳統崑山腔進行改造，創爲「新聲」，「而梁伯龍獨得其傳，著《浣紗記》傳奇，梨園子弟喜歌之」（《漁磯漫鈔·崑曲》）。可見，一曲《浣紗記》，不僅是最早的崑劇劇本，也爲崑劇登上戲曲音樂的寶座奠定了基礎。

梁魚辰，字伯龍，號少伯，一號仇池外史，江蘇崑山人，大約生活於嘉靖後期歷隆慶以至萬曆初年，是一位戲曲家和詩人。他的《浣紗記》之所以能盛行於時，除音律和諧的崑腔特點外，更重要的是劇本本身具有的現實主義精神，在於它在舞臺上對昏君奸臣的批判。《浣紗記》據舊本《吳越春秋》改編，故又曰《吳越春秋》。它通過范蠡和西施悲歡離合的愛情故事反映了春秋時吳越兩國興亡過程。與歷史不同的是，劇本擺脫了從作者個人恩怨、際遇出發的狹隘圈子，力圖按生活本身的邏輯來反映牽涉面很廣的政治鬥爭眞實情況。劇本除精緻地描寫了范蠡和西施的愛情以及越王終於報仇雪恥，所著力批判的是沈湎酒色、聽信讒言、不納忠諫的吳王夫差和那個貪婪、缺乏遠見、左右皇帝的太宰伯嚭。而這個昏君寵信權奸以致誤國的社會問題，正是嘉靖、萬曆時期，在統治集團內部閣權紛爭的歷史背景下，士大夫和廣大市民階層所關心的現實問題。正是這種新內容和新形式的結合，才使得《浣紗記》成爲新崑山腔的開山之作。

《浣紗記》的愛情描寫，拋棄了世俗的貞潔觀，范蠡並不因西施入了吳宮而對她冷眼相待。這在大肆鼓吹程朱理學「餓死事小，失節事大」的明代，在充斥著「義夫節婦」的劇壇上，無疑是颳來了一股清新的春風。

作品突出了西施的愛國思想，也刻劃了她追懷故國家園、懷念父母和范蠡的複雜心情，性格鮮明飽滿。劇尾對范蠡、西施愛情處理亦別開生面，拋開了夫貴妻榮、升官晉爵的傳統俗套，寫范蠡「功成不受上將軍」，飄然歸隱，泛舟五湖。這無疑也是對統治者「飛鳥盡，良弓藏；狡兔死，走狗烹；敵國破，謀臣亡」的只可慮始、不可樂成的有力批判。

四十二　最早的政治劇

及時反映現實生活中重大階級鬥爭和階級關係的劇本，可稱爲政治劇。我國最早的一個現實題材的政治劇，是明朝嘉靖年間的《鳴鳳記》。

明朝嘉靖皇帝是個道教迷，終日不理政事，大權由內閣首輔嚴嵩獨攬十七年之久，造成了嘉靖時期政治黑暗的局面。嘉靖四十四年，嚴嵩下臺，其子嚴世蕃被誅，朝野相慶。《鳴鳳記》及時反映了這一現實政治鬥爭，是當時影響很大的一個時事劇。

《鳴鳳記》首先對嚴氏父子罪惡作了深刻揭露，描寫他們如何排斥異己，殺害忠良，重用親信以及如何恣情享樂。嚴嵩用陰謀手段陷害內閣首輔夏言和兵部主事楊繼盛等後，當上了首輔，兒子也擢居高位，中京有「大丞相」、「小丞相」之謠。嚴氏父子搜刮民財，賣官鬻爵，占地八萬六千五百畝，廳堂宇舍三千八百間，莊宅四十二處，形成了嚴家小王朝。其次，劇本對嚴嵩的乾兒義子趙文華、鄢懋卿也進行了辛辣嘲諷。通過趙文華出場自白，勾勒出這個「附勢趨權」、「吮癰舐痔」的無恥之徒的嘴臉。「花樓春宴」一場，通過趙、鄢二奸鬥豪場面，活脫了這幫小人卑鄙齷齪的靈魂。而「文華祭海」一場，更是暴露了他們小人得志便猖狂的中山狼面目。另外，《鳴鳳記》還通過藝術手段，對當時嚴嵩一夥用無辜百姓的頭來冒充倭寇的頭邀功請賞的罪行，進行了強烈譴責。與此同時，《鳴鳳記》正面歌頌了夏言等「八諫臣」的形象，並通過他們同嚴氏父子的尖銳鬥爭來展開情節，把一場震動朝野的鬥爭搬上了舞臺。

相傳此劇爲王世貞及其門人所作。焦循《劇說》卷三載：「詞初成時，命優人演之，邀縣令同觀；令變色起謝，欲亟去。弇州（世貞）徐出邸抄示之曰：『嵩父子已敗矣！』乃終宴。」可見，《鳴鳳記》是在嚴氏父子倒臺後即刻上演的劇目。

四十三　最早傳入西方的劇本

我國最早傳入西方的劇本，是元代紀君祥的雜劇《趙氏孤兒》。約在一七三二—一七三三年間，《趙氏孤兒》首先傳入法國。一七三四年二月，巴黎的《水星雜誌》刊登了該劇的節譯；一七三五年出版的《中國通志》裡又登載了該劇的法文全譯本，譯者是一位在中國傳教的耶穌會士，華名叫馬若瑟。《趙氏孤兒》傳入歐洲後，引起了西方戲劇家的極大興趣，他們紛紛對劇本加以改編，其中以法國啓蒙運動的領袖伏爾泰（一六九四—一七七八）的改編本最爲著名。

《趙氏孤兒》全名爲《趙氏孤兒大報仇》（一作《冤報冤趙氏孤兒》），取材於歷史故事。春秋時，晉靈公聽信奸臣屠岸賈的讒言，將忠心爲國的大臣趙盾全家三百餘口抄斬。盾子趙朔之妻是晉公主，被禁於深宮，後產下一遺腹子。屠岸賈爲斬草除根，又想加以殺害，幸得趙朔門客程嬰扮作醫生混入宮門，將孤兒藏於藥箱中攜出。屠岸賈見走失孤兒，十分驚恐，竟下令將全國嬰兒拘來，盡行殺戮。程嬰在危難中向已退隱的中大夫公孫杵臼求計，決定獻己子，暗換孤兒，以保全忠良後代及全國嬰兒。杵臼則毅然承擔窩藏孤兒的罪名，遭屠岸賈殺害。二十年後，孤兒長大成人。程嬰將趙氏被害經過繪成圖畫，一一講述給孤兒聽。於是，孤兒終報前仇，殺死屠岸賈等。《趙氏孤兒》所極力讚揚的古代義士堅持正義、捨己爲人、視死如歸的優秀品德，深深打動了伏爾泰。伏爾泰將劇本易名為《中國孤兒》，又將原劇的時間背景後移到十八世紀，並根據新古典主義的戲劇創作原則，把原劇本故事的時間跨度從二十多年縮短至一個晝夜。劇情也大大地簡化，只保留了搜孤救孤的情節段落，又仿照當時「英雄劇」的寫法，加入了一個戀愛的故事情節，把原來的三幕擴大為五幕。伏爾泰改編的《中國孤兒》於一七五五年在巴黎皇家劇院上演。隨後又出版了劇本，受到當時西方戲劇界和評論界的廣泛好評，不久又有英、德、俄、意等文字的譯本。

四十四　最大的戲曲選集

我國古代篇幅最大、流傳最廣的戲曲選集，是明代汲古閣主人毛晉編輯刻印的《六十種曲》。

毛晉（一五九九—一六五九），字子晉，又名鳳苞，字子久，江蘇常熟人。他是我國歷史上最著名的藏書家、出版家之一，好古博覽，嗜書成癖，搜求古書異本，不遺餘力，聚書富甲天下。他建造汲古閣、目耕樓，藏書多達八萬四千餘冊。凡求得祕籍善本，或手自校訂，或延請專家名士勘閱，然後刊行於世，校勘、雕版、紙墨都很講究。毛晉一生刻書多達六百餘種，在私家刻書業中可謂空前絕後。《六十種曲》雖不及他的《十三經註疏》、《十七史》等宏偉工程，但在戲曲文獻中，卻是沒有匹敵的泱泱大國。

《六十種曲》即「六十個劇本」，分為六套刊行，每套選收十種，各套之前都題寫有弁語序言。它們的編印規劃和內容大致是這樣劃分的：第一套選收「純忠孝，眞節義」為主題的劇本，如《琵琶記》、《浣紗記》、《精忠記》等；第二套主要收錄「麗情流逸」的愛情劇，如《西廂記》、《紅拂記》、《還魂記》等；第三套則是側重描寫才子的風流韻事的作品，如《春蕪記》、《琴心記》、《玉鏡記》等；第四套全收敷演妓女愛情故事的劇目，如《繡襦記》、《紅梨記》、《玉環記》等；第五套偏重收「離奇」、「怪誕」、「龜毛兔角」之作，如《蕉帕記》、《灌園記》、《義俠記》等；第六套屬於補充性的附編，劇目較雜，內容也不大集中，有南戲的《白兔記》、《殺狗記》，也有改編湯顯祖的《還魂記》而成的《牡丹亭記》。

《六十種曲》之所以能廣泛而長久地流傳於世，主要是選收劇目得當。編者披沙揀金，照顧各面，既做到內容豐富充實，又兼顧篇幅適中。像「荊、劉、拜、殺」和《琵琶記》是宋元南戲的傳世名篇，對傳奇的發展產生過巨大的影響。明代傳奇中的精品及戲曲巨匠湯顯祖的全部作品，也都被選收進來；同時也收錄了一些雖非上乘之作，但在嚴奉曲律、音韻協調、詼諧幽默、機趣橫生等某一方面有顯著特色的作品，如《西樓記》、《獅吼記》等。因此，《六十種曲》是我們研究和了解明代傳奇的一部極有價值的古代選本。

《六十種曲》最早刻本是汲古閣的原刻本，清初的重刻本校勘欠精，版本的價值不及原刻本。現在通行易得的是中華書局的重印本。

四十五　最早的說唱文學

說唱文學是指有說有唱，以唱爲主的文學樣式。我國最早的說唱文學是唐代的「變文」。一九〇〇年在敦煌藏經洞發現，又稱爲「敦煌變文」，簡稱爲「變」。

變文大約產生於唐朝前期七世紀中葉。當時的寺僧們爲向人們宣講佛經故事，邊說唱，邊向聽眾展示圖畫，以增強藝術效果，其圖稱爲「變相」，記錄這種講唱故事的文本便叫做「變文」。變文語言通俗，說唱結合，韻白相間。在同群眾接觸過程中，由開始專講唱佛經故事增加了非宗教的現實內容，講唱者除寺僧外，出現了以轉變爲職業的民間藝人。變文內容大致有二。

第一類專講佛經故事，宣揚佛經教義。其方法有兩種，一是先引述一段經文，再邊講邊唱，敷衍鋪陳，常將一二十字的經文，鋪染爲三五千字的長篇，如《維摩詰經變文》、《阿彌陀經變文》、《妙法蓮華經變文》。此種變文也被稱爲「講經文」。二是直接講唱佛經神變故事，不引經文。講唱者據佛經中的一個故事，一個傳說，自由抒寫闡揚，揮灑成篇。有些作品生活氣息濃，情節、人物形象生動有趣。如《降魔變文》、《目蓮救母變文》等。這類作品大都宣傳因果報應、地獄輪迴的佛教思想。

第二類是以歷史故事、民間傳說和現實內容爲題材的變文。這類變文通過對不同時期不同人物的謳歌和評論，表現人民的愛憎，反映人民的疾苦，揭露和譴責封建制度與醜惡的社會現象，如《伍子胥變文》、《王昭君變文》等；同時也歌頌了堅貞眞摯的愛情（如《孟姜女變文》）以及維護國家統一的愛國主義精神（如《張議潮變文》、《張淮深變文》）。其中《伍子胥變文》是我國較早也較完整的一部演唱文學作品，《張議潮變文》和《張淮深變文》是直接以唐代民族英雄張議潮、張淮深生平事跡爲題材的。

在藝術手法上，變文詩文相間、說唱結合、交替往復地演唱故事的方法，雖受印度佛教經籍散韻合組文體和我國六朝駢散並用文體的影響，但爲我國說唱文學開了新紀元，尤其對宋元以來的話本、諸宮調、寶卷、彈詞等文學樣式有著不可分割的關係。其次，變文設想奇特，富浪漫主義色彩。如《降魔變文》中寫舍利弗與六師鬥法一段，《目蓮變文》中地獄景物描繪，警世駭俗，令人嘆絕。而《伍子胥變文》中「白骨流血」、《孟姜女變文》中「滴血驗骨」雖屬怪誕，卻能激起人們對封建社會的不滿和反抗。第三點，變文已能初步運用生動的情節刻畫人物，塑造出了像目蓮、伍子胥這些棱角分明、血肉豐滿的形象。但是，變文敍事缺乏後世小說家的傳神之筆，不能更深刻地展示人物精神世界和心理狀態，有呆板之弊。

解放後，整理出版過《敦煌變文彙錄》、《敦煌變文集》，後者據一百八十七個寫本，整理出七十八篇作品，是研究變文的一部最豐富的輯本。

四十六　最早的小說

小說的基本特徵一般說是具備較完整的故事情節，具體的環境描寫，以及塑造多種多樣人物形象來反映社會生活。就此來看，我國最早的一部小說是漢代無名氏的《燕丹子》。

《燕丹子》最早見於《隋書·經籍志》小說家類，一卷，不著撰人姓名。《舊唐書·經籍志》、《新唐書·藝文志》均有《燕丹子》三卷，題燕丹子撰，大概是望文生義，以爲《燕丹子》同《老子》等書一樣，是一家之言。此書傳本極少，據清人孫星衍校刻《燕丹子·敍》載，《四庫全書》將《燕丹子》從《永樂大典》中輯出，列入小說家存目。孫星衍先後將其刻入《岱南閣叢書》、《問經堂叢書》、《平津館叢書》，後者問世晚，有詳細校勘，現通行的幾種版本都是從孫氏刻本傳下來的。

《燕丹子》成書年代，孫氏認爲「在史遷、劉向之前」。《文獻通考·經籍考》引《周氏涉筆》亦認爲係秦漢間古書，是《史記》事本。後來的宋濂《諸子辨》亦說它是「決爲秦漢間人作」。秦漢間，民間已廣泛流傳著燕丹子任用荊軻謀刺秦王嬴政的故事，漢石刻亦有此類畫像，鄒陽《獄中上梁王書》中已有「白虹貫日」說法，可以推測，此書是在民間傳說基礎上，由漢代無名氏寫成的。胡應麟在《少室山房筆叢》卷三十二中，稱之爲「古今小說雜傳之祖」。

《燕丹子》敘事詳備，脈絡貫通。第一卷寫太子丹質於秦而秦王遇之無禮，又以「烏白頭、馬生角」等荒誕要求阻止太子丹回歸。太子丹逃歸後，與其傅麴武始通信，後面議，欲以「一劍之任」、「須臾之間」以「解丹萬世之恥」。麴武致書反對，繼之面諫，但太子「不說」、「睡臥不聽」。無奈，麴武向丹推薦了田光。第二卷寫田光向太子丹又引薦了荊軻，並「呑舌而死」以示爲丹保密。第三卷主要寫荊軻感太子知遇之恩，以樊於期之頭與燕督亢圖入秦，誘刺秦王。未果，爲秦王所殺。小說完整地反映了燕丹子逃歸、報仇、失敗的過程。情節緊張曲折，富有傳奇色彩。燕丹子回歸時，烏頭眞的變白、馬頭生角、機橋不發，奇而不誕；「圖窮匕首見」一段更是驚心動魄，扣人心弦。小說注意細節描寫。如「進金擲龜」、「膾千里馬肝」、「截美人手」、「易水送別」等場面，刻劃細緻逼眞。小說人物形象鮮明。太子丹的心胸狹窄，不以國事爲己任與又能禮賢下士的青年統治者形象，荊軻、田光、樊於期的知恩必報的俠義之士形象，秦王的奸詐和臨危不亂，都塑造得十分成功。在塑造人物形象時，嫻熟地運用了反襯手法，如第二卷中田光在向太子丹敍述了夏扶、宋意、武陽三人怒而「面赤」、「面青」、「面白」後，才引出了「怒而色不變」的荆軻，突出了荆軻的神勇。小說行文注意前後照應，如第二卷交代了武陽的「怒而面白」、荆軻的「怒而色不變」後，第三卷寫荆軻、武陽面對秦王及秦國群臣「皆呼萬歲」的氣氛，武陽是「兩足不能相過，面如死灰色」；荆軻從容自若，最後是「倚柱而笑，箕踞而罵」，突出了他的神勇悲壯。

總之，《燕丹子》一書，長於敍事，嫺於辭令，文采足觀，與後來「小說」之界說殆無二致。

四十七　最早的紀實小說

我國最早的一部紀實小說是《晏子春秋》。

晏子（？—前五〇〇），名晏嬰，字平仲，夷維（今山東高密）人。春秋時齊國名相，歷任齊靈公、莊公和景公三朝。《晏子春秋》一書，比較詳細地記敍了晏子的省刑愛民、薄斂節儉、選賢任能等政治主張以及反對神巫祭祀求福的思想，同時，也反映了他作爲一個傑出的外交家的外交生涯。全書共八卷二一五篇，分內外篇。其特點是採用短篇故事的形式，夾敍夾議地表現晏子的思想、言行、個性、習慣等，給讀者塑造了一個機智勇敢，能言善辨，克己厚人的形象。就這些故事本身而言，頗有戲劇性、傳奇性，很有外傳外史的味道，帶著一定的想像和虛構色彩，近似於小說。所以，從文學角度來考察，《晏子春秋》可稱爲我國最早的一部紀實性短篇小說集。

《晏子春秋》語言生動活潑，明白易懂。尤其是記載晏嬰向統治者進諫時的語言，更富有生氣和個性化色彩。晏子時而犯顏直諫，時而以彼之矛攻彼之盾，時而因勢利導、借題發揮，時而又話含機鋒、綿裡藏針，突出了他的政治家的非凡才能和氣度。此外，全書亦多用誇張、對比、襯托及氣氛渲染的手法，使人物形象的個性特徵十分鮮明，與後世的紀實小說創作極爲相似。

關於這部書的作者，大致有三種說法，一說爲晏嬰作，二說爲墨子門徒僞託，三說爲六朝人僞託。作者很可能是位對晏嬰生活非常熟悉的人。

四十八　最早的誌怪小說集

我國現存最早的一部內容完整的誌怪小說集，是干寶輯錄的《搜神記》，在這之前雖有過《列異傳》，但全書早已亡佚不傳了。

干寶，字令升，新蔡（今屬河南）人。東晉史學家和文學家。他性好陰陽數術，迷信鬼神，《搜神記》乃其「發明神道之不誣」輯錄而成。《搜神記》原三十卷，《隋書·經籍志》、《舊唐書·藝文志》入史部雜傳類。《新唐書·藝文志》改入小說家類。原書已佚，今本二十卷，係明胡應麟從《北堂書鈔》、《藝文類聚》、《初學記》、《法苑珠林》、《太平御覽》諸書中輯錄。全書共包括大小故事四五四條，內容大致包括神仙方士的幻異之術，神靈感應和怪物變化之事，以及精怪、妖魅的故事。（詳見「古代文學名著」）

四十九　最早的誌人小說集

記錄人物軼事的小說又稱「誌人小說」。從史料記載看，我國最早記錄人物軼事的小說是東晉裴啓的《語林》。但原書已佚，僅魯迅《古小說鉤沈》中有輯本，而其內容又大都見於後來的《世說新語》，所以，現存比較可靠的我國最早誌人小說集，是《世說新語》。

作者劉義慶（四〇三—四四四），彭城（今江蘇徐州市）人。是南朝宋武帝劉裕的姪子，襲封臨川王，官至尙書左僕射、中書令。《世說新語》唐以前稱《世說》、《世說新書》。大約到宋代始稱《世說新語》，是劉義慶在其手下文士協助下，搜集整理而成。此書按《隋書·經籍志》著錄爲八卷，到宋代由晏殊刪併爲上中下三卷，而各卷又分上下部。梁劉孝標爲此書作註，引用了四百多種古籍，爲此書增色不少，故劉註《世說新語》爲歷代所珍貴。

《世說新語》依內容分爲「德行」、「言語」、「政事」、「文學」等三十六門，每門多者數十條，少者數條。通過對漢末到東晉間人物軼事和言談的記敍，既反映出動盪社會的黑暗現實，又刻畫了形形色色的人物形象。（詳見「古代文學名著」）

五十　最早的筆記小說集

以隨筆方式記錄軼事掌故，兼以虛構的小說樣式稱爲筆記小說，一般多由分條的短篇彙集而成。我國最早的筆記小說集是葛洪的《西京雜記》。

葛洪（約二八四—三六四），字稚川，號抱朴子，曾任丞相掾、句漏令等職，東晉著名道學家和醫學家。還著有《抱朴子》、《神仙傳》等書。

《西京雜記》之「西京」指西漢京都長安。全書原爲二卷，後分爲六卷，共一二九條。所記多爲西漢統治者和文人軼事掌故，間有怪誕傳說。其中如南粵王趙佗獻南海島嶼所產珊瑚樹於長安，有關古墓發掘的記載等，頗有歷史資料價值。王昭君不賂畫工而遠嫁匈奴、漢元帝爲一個女子畫像而一日殺死六個畫工的故事，暴露了漢元帝的殘暴荒淫和漢宮庭生活的腐朽。通過對未央宮、昆明池、上林苑建造的記錄，對漢代大興土木、不恤民力的弊端作了揭露。又如記漢武帝盛飾鞍轡，以致相習成風；韓嫣以金丸爲彈，以玳瑁爲床；趙飛燕女弟賀飛燕冊立爲皇后的禮物和女弟所居昭陽殿的建築陳設，等等，都對漢代君臣窮奢極慾、勞民傷財的罪惡作了批判。它如論賦家之心，論《爾雅》作者，論司馬遷發憤著《史記》，論金石爲開，以及九月九日佩茱萸、飲菊花酒之類，涉及到人物評述和習俗風尚，亦可補史籍所不足。

這部筆記小說常採用第一人稱敍述，使故事有眞實感。某些細節刻畫能給人留下深刻印象，如「作新豐移舊社」條，寫得十分傳神，反映了當時建築工人高度的建築技巧。

在塑造人物形象時，也不乏佳筆。如匡衡「鑿壁引光」一段，通過直接描寫和側面烘托的方法，介紹了西漢著名經學家匡衡早年苦學成才的事跡。他穿壁引光，做幫工而不要報酬，只求借書遍讀等，描寫了匡衡苦學精神。時人之語與「邑人挫服，倒屣而去」場面，側面烘托了匡衡的學識淵博。

此書「摭採繁富，取裁不竭」，「意緒秀發，文筆可觀」，對後來的筆記小說創作產生了不同程度的作用和影響。

五十一 最早的小說總集

將歷代眾多小說彙集成冊，稱爲小說總集。我國最早且最大的小說總集是北宋初李昉等編纂的《太平廣記》。

李昉（九二五—九九六），北宋文學家。字明遠，深州饒陽（今屬河北）人。歷仕後漢、後周兩朝，入宋累官右僕射、中書侍郎平章事。李昉等奉宋太祖趙匡義之命，彙輯野史傳記小說諸家，於太平興國三年（九七八）編成，六年（九八一）雕版成，遂命名爲《太平廣記》。這是一部集宋代以前文言小說之大成的總集。全書上起先秦兩漢，下逮北宋初年，所錄均爲成書或成篇作品，共約七千則，成書五百卷，目錄十卷，分五十五部，約三百萬字。各篇不按時代先後而依類編次爲九十二大類，一千五百餘小類。採錄書籍三百四十三種（據書前所列引用書目統計，但經查核原書，實引者四百七十五種，其中現存者僅二百三十五種）。這些有價值的書多已散佚，賴《太平廣記》收錄而得以保存。魯迅所編《唐宋傳奇集》、汪闢疆輯錄的《唐人小說》，大都源於此書。

宋太宗命臣子編纂此書的目的，在於消極防範，籠絡諸國降臣，免得他們「或宣或怨」。但書成後，客觀價值出乎決策者意料之外。它留給人們許多文字優美，形象鮮明，情節生動，故事性強的小說，幾乎成了一部百科資料集。此書內容包括史料、傳記、詩文、地理、博物、制度、傳說、文物、醫藥、藝術，乃至卜筮星相等。至今尚有人從中發掘自然科學和醫學等方面資料。

《太平廣記》版本極爲罕見，自明以後，付梓刊印日盛。今日所見，有明談愷刻本、長洲許自昌刊本、吳郡沈氏野竹齋鈔本，清代有陳鱣校本、黃晟刊本。一九六一年中華書局據談刻本進行了重新排印。齊魯書社一九八〇年出版的《太平廣記選》，是繼魯迅、汪闢疆後，又一部比較好的唐人小說資料。

五十二　最早的小說叢集

小說叢集是指選取若干種小說或其中的一些篇章彙集編成的一套書。我國最早的一部小說叢集是明朝陸楫等編彙的《古今說海》。

陸楫，字思豫，上海人。同時參加編纂這本書的還有黃良玉、姚如晦、顧應夫、唐世具等人。

《古今說海》共有一百四十二卷，分說選、說淵、說略、說纂四部和小錄、偏記、別傳、雜記、逸事、散錄、雜纂七家。收集了唐、宋至明代的小說一百三十五種，內容涉及異域風土、奇聞異事、歷史宗教、典章制度等。在叢集的序言中，編者曾對這套叢書作了說明：「凡古今野史外記，叢說脞語、藝術怪錄、虞初稗官之流，靡不品騭抉擇，區別彙分，勒成一書，刊爲四部，總而名之，曰《古今說海》。」

這部叢書所收集的小說，具有一定的史料價值，爲歷代研究者所重視。

五十三　最早的傳奇小說

「傳奇」小說因唐人裴鉶《傳奇》小說集而得名。一般用於指稱唐宋人用文言文寫成的、情節奇特、神異的誌怪小說。我國最早的一部傳奇小說是《古鏡記》。

關於《古鏡記》的作者，《崇文目錄》認爲是唐代王勔作，王度爲小說中的人物。但傳統說法認爲，這部小說是隋末唐初的王度所作。

王度，生於隋朝開皇（西元五八一—五九〇）初期，死於唐朝武德（西元六一八—六二五）年間，太原人。在隋朝官御史、著作郎、芮城令，曾奉詔撰國史。他和其兄王通、其弟王績都是當時名士。

《古鏡記》中記載：王度在隋朝大業七年（六一一）五月，從一個姓侯的讀書人那裡得到一面寶鏡，到大業十三年七月十五日，寶鏡竟從鏡匣中不翼而飛。故事以寶鏡爲線索貫串成章，寫一面古鏡爲人制妖、降魔、護身、治病等一系列小故事。書中雖對隋末唐初社會動盪有所涉及（如廬山書生蘇賓對王度之弟王績所講的一席話），但作者著意描繪的還是寶鏡的靈異。

整部小說無中心情節，各個故事之間也缺乏有機聯繫，但篇幅大、條理清晰、情節曲折。小說在一般描寫古鏡靈異的情況下，中間又通過王度弟弟王績的口述，介紹了寶鏡的特異功能，避免了行文的呆板。小說頗有文采，非粗陳梗概的六朝誌怪小說可比。它不僅構思奇特，語言通俗生動，且寶鏡制妖的每一個小故事均有比較嚴密的構思和緊湊的情節。顯得一波未平一波又起。從體制上看，《古鏡記》是由六朝誌怪發展到唐代傳奇的一種過渡形式，可視作最早的傳奇作品。

隋唐時，以古鏡爲題材的作品甚多，沒有一篇可與《古鏡記》媲美。

五十四　最早的武俠小說

晚唐時期，藩鎮割據，你爭我奪，他們往往蓄養刺客以牽制和威脅對方。而神仙方術之盛，又賦予這些俠客以超現實的神祕主義色彩。處於水深火熱之中而又找不到出路的人們，也希望有這樣一些人來仗義鋤奸。於是，唐人傳奇（小說）中武俠小說題材便應運而生了。我國最早的一篇武俠小說是唐代傳奇《紅線傳》。

《紅線傳》作者袁郊，唐代文學家，生前與溫庭筠友善，有傳奇小說《甘澤謠》一卷傳世，《紅線傳》是其中一篇。

《紅線傳》中寫唐代潞州節度使薛嵩，因憂慮魏博節度使田承嗣對他的武力兼併，薛嵩的掌箋青衣女紅線，自告奮勇，黑夜潛入魏郡，盜取田承嗣枕邊的金盒，並對田進行了嚴厲警告。小說充滿了知遇報恩的思想和神祕色彩。但對安史之亂後李唐王朝藩鎮跋扈的現象有所反映。小說在描寫紅線制止了田承嗣想吞滅掉薛嵩的陰謀企圖後說：「兩地保其城池，萬人全其性命，使亂臣知懼，烈士安謀，某一婦人，功亦不小」。表現了人民反對藩鎮戰爭、渴望和平幸福的美好願望。

自《紅線傳》後，唐代出現了裴鉶的《聶隱娘傳》、《崑崙奴傳》，杜光庭的《虬髯客傳》，薛調的《無雙傳》等一系列武俠小說。這些小說對宋元時期「朴刀」、「桿棒」之類的俠客義士為主體的話本，特別是明清兩代的公案小說、俠義公案小說都產生了深遠影響。

五十五　最早的神魔小說

魯迅先生在《中國小說史略》中指出：儒道佛三教之爭，歷來「都無解決，互相容忍，乃曰『同源』，所謂義利邪正善惡是非眞妄諸端，皆混而又析之，統於二元，雖無專名，謂之神魔，蓋可賅括矣。其在小說，則明初之《平妖傳》已開其先，而繼起之作尤夥。」據此可知，我國最早的一部神魔小說是《平妖傳》（又名《三遂平妖傳》）。

《平妖傳》敍北宋文彥博討平王則、永兒夫婦的故事。據《宋史·明鎬傳》，王則，本涿州人，歲荒，逃至恩州，聚眾起兵，號東平郡王，六十六日而平。因當日助文彥博作戰者，有化身諸葛遂智的彈子和尚，又有馬遂和李遂，三人皆名「遂」，故又名《三遂平妖傳》。

王則領導的農民義軍，利用彌敎傳布變革世道的輿論，宣傳「義軍破趙得勝」，表現了他們推翻宋王朝的意志。書中頗多妖法，但在那神魔鬼怪故事中，反映出了人民的痛苦生活和社會黑暗面貌。農民義軍之所以崛起，《平妖傳》有詩說得明白：「君遠天高兩不靈，濫官污吏敢橫行，腰間寶劍如秋水，要與人間斷不平。」由於統治者借妖術以愚民，所以，王則等才得以用妖術進行造反，所謂「妖不自作，皆由人興」，這裡的「人」，首先是封建昏君。但是，小說把農民起義說成是邪，把一大批「有情之物」說成是妖，充分暴露了作者的封建正統思想。小說對王則的失敗表示欣喜：「神器從來不可干，替天稱帝誰能安？」贊同反對貪官污吏，卻不許推翻王權，也是作者階級時代局限的反映。

《平妖傳》人物形象有血有肉，眞實生動。故事情節引人入勝，文字樸素，口語色彩較濃。爲後來《西遊記》等神魔小說的問世提供了極好的借鑑，人稱「堪與《水滸》相頡頏。」

《平妖傳》現有兩種版本，一爲《三遂平妖傳》四卷二十回本，一爲《新平妖傳》四十回本。傳統說法認爲，《平妖傳》原係元末明初羅貫中著，只有二十回，明末馮夢龍於萬曆四十八年（一六二〇）增補爲四十回。但今人有提出異議者。認爲四十回本應爲羅貫中原著，所謂二十回本的「羅貫中原本」乃是馮夢龍對四十回本濫加刪削改成。馮氏偷梁換柱、本末倒置地把刪削後的本子說成羅氏所作，以示其簡古，欺騙世人。

五十六　最早的《水滸》本子

最早見於記載的《水滸》本子，是《忠義水滸傳》一百卷本；而現在傳世的最早的本子，則是《忠義水滸傳》百回本。

《忠義水滸傳》一百卷本是明代高儒在《百川書志》中著錄的，上有「錢塘施耐庵的本，後學羅貫中編次」字樣，此本今已不傳。今日所見最早的《水滸傳》本子是明代萬曆十七年刻的天都外臣序本——《忠義水滸傳》百回本。明代沈德符《野獲編》曰：「武定侯郭勛，在世宗朝好文，多藝能數。今新安所刻《水滸傳》善本，即其家所傳，前有汪太函序，託名『天都外臣』者」。清初周亮工《因書屋書影》又指出：「故老傳聞，羅氏爲《水滸傳》一百回，各以妖語引其首，嘉靖時郭武定（勛）重刻其書，削其致語，獨存本傳。」由此推出，天都外臣序本即是嘉靖時郭勛的刻本。明代萬曆末年（一六一〇年左右）杭州容與堂刻本（藏北京圖書館）就是以這個本子爲底本，建國後影印過。

除此外，《水滸傳》還有百二十回本和七十回本傳世。百二十回《忠義水滸全傳》本，初刻於萬曆末年，這就是楊定見本。這個本子和百回本在七十五回以後涉及的有關詔書、表文、文告中所署年月，均相同。如宋江破遼後，兩種本子都有「宣和四年冬月」的詔書（見八十九回），宋江破方臘後上給朝廷的表文署「宣和五年九月」（百回本九十九回，百二十回本百十九回）。

而百二十回本「征田虎」、「征王慶」二十回（第九十一回到一百十回）故事，根本沒有留給活動時間，矛盾明顯，可見爲後人補寫後插進去的。明崇禎十四年（一六一四）左右，金聖嘆把《水滸傳》七十一回以後受招安以下部分刪除了，止於盧俊義驚噩夢，梁山一百單八將被斬殺作結，又把第一回改爲楔子，成爲七十回本，即《第五才子書水滸傳》本。七十回本流行了三世紀之久，傳布極廣。金「腰斬」《水滸》目的何在，學術界莫衷一是，但金的貫華堂本比較精練集中。解放後，這幾種版本都重新影印或排印過。

五十七　最早的章回俠義小說

我國最早的一部章回俠義小說是《兒女英雄傳》（初名《正法眼藏五十三參》，再名《金玉緣》），民間流行本則名《俠女十三妹》。

作者文康，清代小說家。姓費莫，字鐵仙，一字悔庵，號燕北閒人。滿洲鑲紅旗人。曾官至安徽徽州知府，後改任駐西藏大臣，因病未就任，卒於家中。文康晚境淒涼，諸子不肖，塊然獨處，以筆墨自遣。而此時正是《紅樓夢》風行之際，時人以爲《紅樓夢》是在諷刺旗人，文康對此亦不滿，所以，和《紅樓夢》取著對壘的形勢，寫出了《兒女英雄傳》。他雖然對封建社會上層的腐爛生活和不肖子孫禍國敗家的種種行徑深有感觸，但並不像曹雪芹那樣失望，希望出現明君懲處佞臣、忠臣孝子維繫綱紀、力挽將傾之大廈的局面，所以書中字裡行間，規勸人們恪守三綱五常，去幹「忠孝節義」的英雄兒女事業。

小說原爲五十三回，回爲一卷；蠹蝕之餘，僅有四十卷可讀，其餘十三卷殘缺零落，不能綴輯，且筆墨弇陋。故全書四十回傳世，大約作於道光或咸豐年間，現存光緒四年（一八七八）聚珍堂活字本。小說儘管著力描寫了「作善降祥」的家庭發達史，塑造了安學海、安驥、何玉鳳、張金鳳這些「忠孝節義」的兒女英雄，但它「繪聲狀物，甚有平話習氣，是俠義小說之在清，正接宋人話本正脈」（《中國小說史略》），是我國最早的一部章回俠義小說。

五十八　最早的推理小說

推理是在許多已知判斷基礎上作出的新的判斷。推理小說往往與公案小說密不可分，它描寫主人公如何通過掌握大量材料，進行分析綜合，得出新的結論，使案件得以圓滿解決。析案斷獄的過程，實際上是一個嚴密的邏輯推理過程。在我國古典小說中，《包公案》可算是一部最早的推理小說。

《包公案》原名《龍圖公案》，全稱《增像包龍圖判百家公案》。有繁簡兩種版本，明朝萬曆年間（約一五七三—一六一九）成書。現通行本是藻文堂刻本《百斷奇觀重訂龍圖公案》，前有清嘉慶十三年戊辰（一八〇八）春月孝岡李西橋的序，十卷，每卷十則，共一百則。每則敘述一個宋朝龍圖閣直學士、開封府知府包拯（西元九九九—一〇六二）斷案的故事，塑造了一個廉潔、執法嚴峻、不畏強權的包公形象。

包公在審理案件時，重證據，重調查研究，在掌握了大量事實基礎上，進行周密的邏輯推理，使案犯難逃法網，使冤假錯案得到平反昭雪。如卷二《白塔巷》、《殺假僧》，卷三《試假反試眞》等，不僅體現了包公的足智多謀，也體現了他運用邏輯推理的有力手段，使得犯罪者一個個束手就擒。但是，小說在描寫包公辦案時，常有鬼神暗示和幫助，如《龜入廢井》、《鳥喚孤客》等，都安排了神靈顯靈，觀音託夢，鬼魂告狀，鳥獸報恩之類情節，削弱了小說的現實意義。

《包公案》在章法上，往往是先敍述案情和訴狀，後邊是判詞和結局，「文意甚拙，蓋僅識字者所爲」（魯迅《中國小說史略》）。但是，由於其故事情節離奇曲折，加上其內容有符合人民要求減輕封建統治壓迫的願望的一面，所以在民間廣有影響。清代有記錄說書藝人石玉昆的說唱詞而加工整理成的《龍圖公案》傳抄本，另一種抄本題爲《龍圖耳錄》，刪去了唱詞，改成了小說。光緒年間，問竹主人又將《龍圖耳錄》加工刊印，題名《忠烈俠義傳》，又名《三俠五義》，後改爲《七俠五義》。

五十九　最大的公案小說

公案小說從話本故事演變而來，大多描寫封建社會中官府偵察破案的故事，其中兼有綠林豪傑及英雄俠義諸事。我國最大的公案小說是《施公案全傳》（簡稱《施公案》）。全書五二八回，一一七萬字。

《施公案》演義清康熙年間的歷史事實，在民間廣爲流傳基礎上，由說唱藝人敷衍加工而成。從《施公案》早期（道光四年，一八二四）刊本刊有嘉慶三年（一七九八）序文推斷，大約成書於乾嘉之際。當時全書僅有九十七回，書名《施公案奇聞》，又名《百斷奇觀》。書刊行後曾一度「海內風行」，從乾嘉之際到咸同之間一再擴充，續凡十次，至光緒二十九年（一九〇三），發展成五二八回的長篇巨製，成爲今日的規模。

《施公案》作爲我國最大一部清官與俠義合流的公案小說，其內容主要在記敘康熙年間施仕綸爲泰州知州至漕運總督時，鋤奸折獄、除暴安良的故事。全書描寫了近二百個大小案例，案件中主要打擊對象是貪官污吏、豪霸劣紳和刑事罪犯。案件審理雖是依據封建朝庭的王法刑律，但圍繞著施公判案折獄的進程，也形象地向人們展現了封建社會罪惡的畫卷，在一定程度上爲受苦受難的黎民百姓伸張了正義，具有較強的人民性。施公的輔佐黃天霸，是一個爭議較大的人物。他是綠林豪傑金鏢黃三太之子，以三太臨死時「一人成名，九祖光榮；作賊爲寇，究竟不久」的告誡作爲隱身山林的指導思想。當他爲朋友報仇，夜入縣衙行刺被擒後，經不住施公「忠孝節義」的說教而拜倒在施公腳下，願「少效犬馬之勞」，並以「全信難以全義」爲由，殺害了結義兄弟武天虬和濮天雕，逼死了義嫂，他爲了能「福蔭子孫後世」，他「傷卻江湖朋友，四海忘交」而在所不惜。黃天霸與綠林好漢們的這種瓜葛，牽涉到人們對當時綠林好漢的性質理解問題。可以肯定的是，他鎮壓山東境內抗清農民于六、于七的行爲是反動的。

全書洋洋百萬餘言，無貫穿終始的故事主線，只是緊扣施仕綸作爲封建社會的「賢臣」、「良吏」，黃天霸作爲輔佐「清官」判案折獄的「豪俠」、「義士」來安排故事，推進情節。而他們的形象正是在故事發展中得到了刻劃。小說據歷史眞實，寫施公是個「十不全」且身體瘦小羸弱的醜陋人物，所到之處極不爲人所重，小說藉此反襯他的清廉、秉正和賢明，外在醜與內在美形成對比，頗具立體感。

《施公案》長期為說唱藝人在歌樓茶舍中流傳，故有囉嗦重複、拖沓不通之嫌。用大量方言土語入文，卻亦質樸自然。

作為最大的一部公案小說，《施公案》對後來戲劇電影影響不小，京劇《惡虎村》、《洗浮山》、《落馬湖》、《盜御馬》、《連環套》及現代電影《金鏢黃天霸》均取材於此。

六十　最早的文學批評專著

建安以前，在先秦和兩漢的典籍文獻中，雖然散存著不少有關文學的言論，涉及到一些文學批評的原則或作家作品的評述，但沒有形成自覺的文學批評意識和專著。我國第一部自覺的、比較系統的文學批評專著，是三國魏文帝曹丕的《典論·論文》。

建安時代，由於社會政治狀況及時代思潮的變化，文學創作的自覺精神顯著提高，創作活動也很活躍，加之東漢桓靈之世品評人物的淸議風氣的影響，品評文章的風氣也逐漸形成。《典論·論文》正是這種社會風氣和自覺精神的產物。曹丕首先有意識地探索並企圖解決文學發展中的一系列共同的問題，諸如對文學的獨立地位和社會價值、文學的風格特徵和創作個性、文學批評的風氣和態度等，都提出了一些富有啓示性、創見性的觀點，標誌著我國古代的文學理論和批評進入一個新的自覺和成熟的時期。後世的文論家陸機、劉勰、鍾嶸等，正是沿著他所開拓的道路繼續前進的。（詳見「古代文論名著」）

六十一　最早研究靈感的著作

靈感是創作過程中客觀存在的一種高度亢奮的、富有創造性的心理現象和心理功能，我國古代往往叫做「興」、「興會」或「機遇」。最早研究這個問題的，是西晉陸機的《文賦》：

若夫應感之會，通塞之紀，來不可遏，去不可止。藏若景滅，行猶響起。方天機之駿利，夫何紛而不理？思風發於胸臆，言泉流於脣齒。紛葳蕤以馺遝，唯毫素之所擬。文徽徽以溢目，音泠泠而盈耳。及其六情底滯，志往神留，兀若枯木，豁若涸流。覽營魂以探賾，頓精爽於自求。理翳翳而愈伏，思乙乙其若抽。是故或竭情而多悔，或率意而寡尤。雖茲物之在我，非余力之所戮。故時撫空懷而自惋，吾未識夫開塞之所由也。

這段話的大意是：創作的「感興」、「機遇」，來的時候不可阻遏，去的時候不能制止。來的時候，像聲響突起；去的時候，像影子般的消逝。感興一來，文思敏捷鋒利，什麼紛繁的意念不能加以梳理？此刻，思緒如和風從胸中吹出，語言像清泉從口中流瀉。文思活躍、豐富，可以隨筆揮灑。文采華美，目不暇接；音韻清越，耳不暇聞。而興會一去，喜怒哀樂之情就如塞如滯，心志損喪，神氣鈍澀，像枯樹木立，涸泉空虛。即使嘔心瀝血去探求，想方設法去追尋，然而文理卻隱伏起來，難以找尋；思路像抽絲一樣，斷斷續續了。所以，有時候你竭盡心智寫出來的東西卻甚多遺憾，信筆率意之作反而很少毛病。雖然創作這事在於自己，但文思的有無卻又非個人所能完全把握的。因此，我時常撫胸慨嘆，搞不清其中的原因。

在這裡，陸機以他的切身體驗和理性思考，對創作靈感這一現象作了形象、生動描繪。所謂「天機駿利」和「六情底滯」，正是靈感的降臨與消失兩種不同的創作情態。同時，陸機的這段話裡，還對靈感的「突發性」（「來不可遏，去不可止」）、「短暫性」（「藏若景滅，行猶響起」）、「創造性」（「思風發於胸臆，言泉流於脣齒」）等諸種特徵，作了一定的探討和闡述。這是創作理論上的一個重要發現，重大貢獻。雖然他還不能完全搞清楚這種心理現象和心理功能，但並沒有像古希臘的柏拉圖那樣，歸結爲「神靈的憑附」或「上天的啓示」，而是實實在在地說「吾未識夫開塞之所由也。」顯示了一種嚴謹的、値得稱道的治學態度。

從陸機之後，談論靈感這個問題的人就較多了，如杜甫說：「下筆如有神」，陸游說：「妙手偶得之」。以及明代謝榛的《四溟詩話》：「詩有天機，待時而發，觸物而成，雖幽探苦索，不易得也。」清代梅曾亮的《鉢山餘霞閣記》：「文在天地，如雲物煙景焉，一俯仰之間，而遁乎萬里之外。故善爲文者，無失其機。」等等。這些論述，可以說與陸機的《文賦》都是一脈相承的。

六十二 最傑出的文學理論巨著

在我國漫長的封建社會中，可以稱得上「前無古人，後無來者」的文學理論巨著，是南朝梁代劉勰的《文心雕龍》。魯迅先生曾把它與古希臘亞里士多德的《詩學》相並列，認爲它們都是「解析神質，包舉洪纖，開源發流，爲世楷式。」可見，《文心雕龍》不僅是我國古代文學理論的高峰，在整個世界文學理論發展史上，也是一座輝煌的豐碑！

《文心雕龍》五十篇，包容了總論（全書的思想理論基礎）、文體論、創作論、批評論各個方面，其體大思精，論述的系統、周密、詳備，不僅遠遠超過他的前人，對後世的文學理論和批評更產生了深遠、巨大的影響，直至今天，仍不失其燦爛的理論光彩。（詳見「古代文論名著」）

六十三　最早的詩論專著

詩論就是對詩歌的性質、源流、種類及詩人和作品的風格特色等方面作專門性的研究和探討，並以此來闡述自己的詩歌理論主張。我國最早的一部詩論專著，是南朝梁代鍾嶸的《詩品》（明清以前稱《詩評》）。

《詩品》是仿照漢代「九品論人，七略裁士」的著作先例而寫成的品評詩人的著作，意在糾正當時詩壇的混亂局面。全詩所論範圍主要是五言詩，共品評了兩漢至梁代的詩人一百二十二人，計上品十一人，中品三十九人，下品七十二人。對每一詩人均有簡要評語，探討其淵源，標舉其特色，指陳其短長，言簡意賅，極有見地。另有《詩品序》，全面闡明自己詩歌理論觀點。《詩品》開闢了詩學理論研究的新途徑，給予後世很大的啓發和影響。（詳見「古代文論名著」）

六十四　最早的詩話著作

詩話就是以隨筆漫談的方式來評論詩歌，從作品評述、背景考證到聲律研究、字句分析，以及詩人創作和生活中的佚聞趣事，均可作爲詩話的內容。這是我國古代詩歌評論的獨特形式。關於詩話的起源，歷來說法不一，或謂肇自三代，或稱始自鍾嶸。不過，第一次明確以「詩話」作書名的，是北宋著名的文學家歐陽修。他的《六一詩話》是公認最早的詩話著作。

《六一詩話》亦稱《六一居士詩話》、《歐陽公詩話》，凡一卷，共二十八條。書中敘論了詩詞作者的身世及作品與社會現實的聯繫，在藝術上崇尚自然含蓄，重視多種藝術風格。自《六一詩話》之後，歷代詩話著作日益增多，以至成了古代詩歌評論的一種最主要的形式。

六十五　最早的論詞著作

詞至宋代，漸成大觀，隨之詞學理論也開始萌芽。李清照《論詞》問世，宣告了我國第一部論詞專著的問世。

這篇詞論，批評北宋作家，止於元絳、晁端禮，而不提及周邦彥，也無一語涉及靖康之亂，可能是李清照早年遭亂之前的作品。從她後期詞作看，已突破了《論詞》的理論界限。

《論詞》是北宋婉約派詞學理論的結晶。它闡述了詞的發展過程，提出了詞「別是一家」的觀點。強調歌詞應分五音、五聲、六律、清濁、輕重，保持婉約派的傳統風格。

在評論歷代詞人中，《論詞》反對晚唐、五代詞作的「鄭衛之聲」、「亡國之音」的思想內容，也反對柳永的「詞語塵下」。認爲晏殊、歐陽修、蘇軾雖「學際天人，作爲小歌詞，直如酌蠡水於大海，然皆句讀不葺之詩爾，又往往不協音律者。」反對以詩爲詞。又認爲王安石、曾子固「文章似西漢，若作一小歌詞，則人必絕倒，不可讀也。」反對以文爲詞。認爲只有晏幾道、賀方回、秦少游、黃魯直的詞才體現了「別是一家」的特色。

《論詞》提倡高雅、渾成、協樂、鋪敘、典重、故實的詞風，反映了以周邦彥爲代表的婉約派詞學理論，與周邦彥的《清眞詞》相較，正有「波瀾莫二」之感。其理論在一定程度上，束縛了詞的題材和主題，有消極保守之嫌。

《論詞》是宋代詞壇上有自己見解、有組織條理的第一篇詞論，也是我國最早的一部詞論專著，並且是我國婦女作的第一篇文學批評專文。

六十六　最早的戲劇論著作

我國最早的一部關於戲劇家和戲劇文學作品研究的理論著作，是元代鍾嗣成編著的《錄鬼簿》。該書成稿於元至順元年（一三三〇），共兩卷，比較豐富地記載了中國古代戲曲的鼎盛時期，即元代書會「才人」、「名公」的戲曲、散曲作家的生平事跡和作品目錄，並作了一些頗有見地的介紹和評論，是研究我國古典戲曲和金元文學的寶貴資料。（詳見「古代文論名著」）

六十七　最早的小說論著作

我國最早的一部關於小說創作經驗和理論的著作，是宋末元初人羅燁編著的《醉翁談錄》。該書凡十集，每集兩卷，收錄許多宋代的小說、戲曲和其他通俗文學的資料。該書卷首《舌耕敍引》中的「小說引子」和「小說開闢」，對當時流行的話本小說的地位、價值及藝術特徵，作了較爲深入、全面的分析和總結；並從題材上著眼，對話本小說作了八種分類。所以，它是我國古代小說理論的確立並日趨成熟的標誌。（詳見「古代文論名著」）

一　三皇五帝究竟是誰？

茫茫遠古，流傳下了幾位大智大勇、無所不能，做了很多造福於人類的事的人，那就是三皇、五帝。他們不僅是歷史上的先祖，也是古典文學中經常出現的重要人物。然而，他們是誰？由於古籍記載各異，至今難以確定。

最早提出「三皇」這一統稱的是《呂氏春秋》，最早具體指出三皇是誰的，是《史記》所載的李斯奏議。李斯奏稱：「古有天皇，有地皇，有泰皇，泰皇最貴。」此後關於三皇是誰的不同記載便陸續出現，如《三五歷記》記載的是天皇、地皇、人皇；《春秋緯·運斗樞》記載的是伏羲、女媧、神農；《白虎通義》則是伏羲、神農、祝融；《通鑑外記》卻說是伏羲、神農、共工；《禮緯·含義嘉》又說成是燧人、伏羲、神農。由此看來，除了天、地、人、泰四者尚不十分具體，可稱三皇者仍有六人之多。

然而，古籍中記載何以皆以「三皇」爲限呢？這是因爲我們的祖先極爲崇尚「三」這個字，認爲它具有增加和發展之意。所謂「一生二，二生三，三生萬物」。而「皇」字又是一個神聖而高尚、權威無比、主宰萬物的稱號。那麼，究竟誰配稱三皇呢？上述諸說中，伏羲、神農爲各家所共有。將女媧列入其中，是因爲她不僅「補蒼天」、「立四極」，而且「摶黃土作人，劇務力不暇供，乃引繩於泥中，舉以爲人」，創造了人類；燧人鑽木取火，使人們能吃到味美的熟食，促進了人類自身的進化，進入三皇理所當然。祝融，據《山海經》記載說，他是一位「絕地通天」，使人神分界的英雄，身手不凡，功勞也不少。至於共工，他在與顓頊爭奪帝位的鬥爭中，「怒而觸不周之山，天柱折，地維絕，天傾西北，故日月星辰移焉；地不滿東南，故水潦塵埃歸焉。」改變了人類的生存環境，列爲三皇，也不爲過。有人認爲，由燧人、伏羲、神農並稱三皇爲好。理由是，燧人的名字，反映了原始人的學會用火；而伏羲和神農，一個反映了原始人的肉食狩獵，一個反映了原始人的莊稼採擷，他們三者統稱三皇正是當時生活的寫照，客觀地反映了那時的社會經濟狀況。對此，還有待評說。

三皇無定說，自古如此，五帝情況怎樣呢？

五帝說大概形成於周、秦之際。它是「五方」、「五行」之說在社會的應用。五帝是誰？《史記·五帝本紀》的記載是黃帝、顓頊、帝嚳、唐堯、虞舜；《禮記·月令》的記載是太皞、炎帝、黃帝、少皞、顓頊；《帝王世紀》的記載是少昊、顓頊、高辛、唐堯、虞舜，等等。這些不同說法中哪種理由較充分呢？《史記·五帝本紀》立說的根據是，黃爲中和之色，象徵萬世不易，黃帝製作了不易變更的制度；顓頊之名是專政天下之道的意思；嚳，極也，其意爲能窮極道德，是最講德行的；堯，有清妙高遠之意，人們認爲他能博衍眾聖之長；舜，意味著綿延下去，是能繼承並推行堯道之意。這種認識符合當時的實際，反映傳說中的五帝時代已出現了制度和實行某種專制的統治者，已開始向階級社會邁進了，故此說較可信。《禮記·月令》的解釋是五方說，認爲：「東方木也，其帝太皞」，「南方火也，其帝炎帝」，「中央土也，其帝黃帝」，「西方金也，其帝少皞」，「北方水也，其帝顓頊」。這樣認識還是符合當時人的認識水平的，且此說包括了炎、黃二帝在內，今天我們常說中華民族是炎黃子孫，從這個角度看，也是有可信成分的。這種不同，一時恐怕難以統一的。

二 「笙詩」為何有目無辭？

笙詩是《詩經·小雅》中《南陔》、《白華》、《華黍》、《由庚》、《崇丘》、《由儀》等六篇有目無辭佚詩的合稱，也稱《六笙詩》。這六篇詩已亡佚，據《儀禮·燕禮》記載，以笙爲樂，因而得名。

這六首詩爲何「有目無辭」？歷來有兩種說法。第一，有人說笙詩是用笙伴奏的詩，本來是有辭的，後來失傳了。此說依據有三：一、《詩序》謂有義亡其辭；二、在《釋文》中說，《南陔》諸詩，在孔子刪定三百一十一篇內，遭戰國及秦而亡；三、子夏序詩，篇義合編，故詩雖亡而義猶在。第二，有人說笙詩是笙樂的名目，在演唱時進行伴奏，本無辭，此說依據是：宋朱熹在《詩集傳》中說，《南陔》諸詩爲笙詩，有聲無辭，猶今之曲譜。

上述兩種說法，今人多認爲第一種說法較爲合理。《詩經》中的詩，都是辭和樂曲的合體，就是說，有辭就有樂曲，有樂曲就有辭。以此類推，笙詩也理所當然的有辭有樂曲，而不可能「有聲無辭」。因此，今人多認爲「有義亡其辭」。但事實的眞相到底如何，還要進一步探討。

三　《詩經》分「三體」還是「四體」？

《詩經》是我國古代第一部詩歌總集，大約於西元前六世紀前後就在社會上流行了，對它的詮釋便隨之而出，並進而造成迷離恍惚的問題。其中，它究竟該分爲「風」、「雅」、「頌」三體，還是「南」、「風」、「雅」、「頌」四體，便是令人迷惑的問題之一。

分《詩經》爲「風」、「雅」、「頌」三體，源於《周禮·春官》：「大（右）師教六詩：曰風、曰賦、曰比、曰興、曰雅、曰頌。」後來，《毛詩序》又把「六詩」叫做「六義」。古今學者對這兩個名詞有種種不同說法，其中，唐人孔穎達在《毛詩正義》中說得較好：

風、雅、頌者，詩篇之異體；賦、比、興者，詩文之異辭耳。大小不同，而得併爲六義者，賦、比、興是詩之所用，風、雅、頌是詩之成形，用彼三事，成此三事，是故同稱爲義。

他的意思是說，風、雅、頌是詩的體制；賦、比、興是詩的表現手法。宋人朱熹也在其《朱子語類》一書中說，風、雅、頌是「三經」，賦、比、興是「三緯」等等。儘管表述不一，但實質上都認爲風、雅、頌是《詩經》的種類，賦、比、興是《詩經》的表現形式。這個觀點，在孔穎達、朱熹等的一再肯定張揚下，影響很大，使古今學者大都認爲這是正確的說法。持這觀點的學者，一般都認爲《周南》、《召南》是地名，但對「風詩」中《周南》、《召南》爲什麼不著「風」字的問題均沒有能闡述清楚，既然二南是地名，且又爲該地之樂名，何以同屬風詩的其他十三國國樂，不同樣以其地名來命名，卻一定都要在國名後綴以「風」呢？可見二南與十三國風似有所別。

《詩經》分爲三體之說難以自圓其說，分《詩經》爲「四體」便應運而生。宋人王質在其《詩總聞》裡首先指出：「《南》，樂歌名也」，並因此把《詩經》分爲「南」、「風」、「雅」、「頌」四個種類。同時，程大昌也力主此說。後世的顧炎武、梁啓超、陸侃如、馮沅君等也都給以首肯，並加以較詳細的論述。概括一下，持這種主張的人都認爲，《周南》、《召南》與《邶風》、《鄘風》、《周頌》、《魯頌》一樣，都是前係「國土」，後爲「詩之體」，不過，他們用來說明「南」是一種樂歌名的語言材料的出處又幾乎是相同的。所以，今人袁梅《詩經譯註·序》中，認爲這個觀點「只是大體上指出了南是《詩》中獨立的一種樂歌，但是尚不確知其所以然。」此說法較中肯。《詩》到底分「三體」或「四體」，還有待進一步研究。

四 《國風》是否出於民間？

作爲我國最古老的一部詩歌總集《詩經》，其中最有文學價值的部分便是有「國風」。對「風」的解釋，有人列舉自古以來有十三種解釋，如把那些分歧的定義歸納起來，大致有五種：一是《詩序》從封建政治道德的教化作用來強作解釋，意義含混不清，不得正解。二是鄭樵、朱熹的解釋，認爲《風》是鄉土之音，民俗歌謠之詩。三是崔述、梁啓超的解釋，認爲風是詩體。四是近人章太炎的解釋，認爲風是吟詠和背誦的詩。五是據《詩經》內證和《左傳》記事，風是樂調，無論其含義如何，對其來源的爭論也一直沒有停止，採詩說便是其中最有代表性的一種。

採詩之制，先秦書中沒有明確記載，漢代有王官採詩和各國獻詩兩說。

班固《漢書·食貨志》：「孟春之月，群居者將散，行人振木鐸徇於路以採詩，獻於太師，以其音律以聞於天子。」同書《藝文志》：「古有採詩之官，王者所以觀風俗，知得失，自考正也。」這是說王官下至各國採詩。

何休註《公羊傳·宣公十五年》：「男女有所怨恨，相從而歌，飢者歌其食，勞者歌其事。男子六十，女子五十無子者，官衣食之，使之民間求詩。鄉移於邑，邑移於國，國以聞於天子。故王者不出牖戶，盡知天下所苦。」這就是說不是專職的王官下來採詩，是由各國自採以獻於天子的。

對以上兩種看法，不同意前說的人認爲，先秦書中並沒有說春秋時有採詩之官，《左傳》：「遒人以木鐸徇於路」一句中的「遒人」是宣令之官，下至各國是爲巡查民情宣布政令，不必是爲採詩。《春秋》對王官至魯皆有記載，並無王官至魯採詩記載。春秋時代分崩離析，王室衰微，派王官遍行各國採詩，勢所難能。由此所見，王官採詩並無定制。

不同意後說的人認爲，十五國風實際上是十五個地方的土樂，「周南」、「召南」、「唐」、「豳」、「王」五者是指地域，不是指國名，說是各國所獻就講不通。再者，列國若各獻詩，何以沒有宋風、魯風、楚風，東遷後沒有滅亡的一些小國也沒有獻詩。由此可見，各國獻詩也無定制。

近世學者又提出太師（樂官）搜集整理之說。古代設樂官是有定制的，至漢代依然沿襲，《漢書·郊祀志》：「乃立樂府，採詩夜誦，有趙、代、秦、楚之謳，以李延年爲協律都尉，多舉司馬相如等造爲詩賦，略論律呂，以合八音之調，作十九章之歌。」《國語·魯語》：「正考父校商之各頌十二篇於周太師。」《禮記·王制》：「天子五年一巡守。歲二月樂巡守……命太師陳風以觀民俗。」這些記載都說明周太師有採詩陳詩等使命。

因史無明據，古無定制，對《詩經》中民間詩歌採集的具體情況，誰也無法作出確定的答案，我們可以不拘泥於一說，王官採詩可能有，是否設專職官員遍至各國採詩倒不一定。即使是宣令官，也未嘗不可以順帶搜集點民歌以觀民俗，各國獻詩也可能有，諸侯向天子進獻女樂和貴族之間互贈女樂，本是各國各地音樂傳播的一種渠道。當然有進獻的也有不進獻的，也不一定凡進獻的都能保存下來。樂官採集和整理也是可信的。因爲他們的專職就是採集、製作和演出。總之，三百篇的編採集中可以經過多種渠道，最後都在樂官那裡集中進行整理加工，製作成合樂的樂歌，其源出於民間是合理的。

五　孔子是否刪過《詩》？

《詩經》作爲我國古代的一部詩歌總集，由於流傳的廣泛，和古代種種條件的限制，至今日留下了不少疑案。孔子是否刪過詩，便是疑案之一。

《史記·孔子世家》及《漢書·藝文志》都曾敍述孔子和《易》、《詩》、《書》等經的關係，是爲孔子「刪詩書，定禮樂」之說的較早而完整的記錄。持這種觀點的學者有歐陽修、王應麟、鄭樵、顧炎武等人。他們經過不斷的補充發展，使此說不斷完善。

一、漢代距春秋、戰國不遠，司馬遷所依據的材料自然比後人要多，也更可信可靠。

二、書傳所載詩事很多，按《詩譜》所記，有十代二十代國君才採錄一首，可見刪去不少，孔子從許多詩中選取三百零五篇，編而爲教科書，是可能的。

三、孔子刪詩，或只刪若干章、句、字的。

持不同意見的有孔穎達、葉適、朱熹、王士禎、崔述等人，近代的顧頡剛、錢玄同、范文瀾等都基本上持這種觀點。其主要理由有：

（一）孔子自己及其門人弟子都沒有說過「刪詩」的事。孔子是喜歡表功的，他正過樂，就說：「吾自衞反（返）魯，然後樂正，雅、頌各得其所。」（《論語·子罕》）「刪詩」這樣的大事，他能不說嗎？而且他自己還講過好幾次：「誦詩三百」，可見，在他以前《詩》三百篇就有了。

（二）《左傳》記的吳公子季札到魯國觀周樂時，魯國樂師演唱的十五《國風》及《雅》、《頌》各部分，與今本《詩經》完全一樣，而這時孔子還不滿十歲，可見在孔子以前《詩》三百已經定型了。

（三）在孔子時代，王朝、諸侯都使用《詩》，大學小學都學習《詩》，如果孔子自己刪除一部分，誰會聽從呢？

（四）《詩經》中有不少「淫詩」，這些不符合孔子禮樂仁政思想的詩，爲什麼沒有刪掉？

（五）孔子自己只說「正樂」，並沒有說「刪詩」。

以上兩種觀點，論戰了一千多年，孰是孰非還需進一步研究。

六　《詩序》是何人所撰？

《詩序》的作者是誰？古今聚訟紛紜。本世紀初，胡樸安彙集古人十三家之說，有孔子作、子夏作、詩人自作，毛亨作，衛宏作，或子夏、毛亨、衛宏合作，國史作，漢儒續作等不同說法；胡氏引錄《四庫全書總目提要》的辨析，也辨析不清。近人張西堂彙集十六家之說，蔣善國引據各家總括八說，究其雜亂而爭論不休的原因，一則因爲原始材料少，而且不可靠，缺乏令人信服的根據；二則是封建學者對《詩序》的不同態度，以及他們的宗派門戶之見和捨本求末的學風。《詩序》給各篇詩所作的題解，大多牽強附會，有人爲捍衛其權威地位，便假託這些序說是孔子或其嫡傳弟子所作，掛上聖賢的招牌，博取人們的崇信。那些不同學術觀點的人便指出《詩序》的謬妄，否定其爲聖賢所爲，宋代的鄭樵乾脆就說《詩序》「是村野妄人所作」。

現代的《詩經》學者，對《詩序》的作者問題，基本上有兩種意見。

一種意見是據《後漢書·衛宏傳》記載，認爲《詩序》爲衛宏所作。魯迅先生在《漢文學史綱要》中也引述了這個記載，傾向於此說。

一種意見認爲，《詩序》不是一時一人所作，而是在漢代毛詩流傳的百年過程中，經過許多人的增續造成的。胡念貽《論漢和宋代的詩經研究及其在清代的繼承和發展》對此意見作了總結：「……各詩的序，首序（即首句）和後序（即首句以後文字）可以分開，後序有的文繁，有的文簡，可見經過不同的人增續。因此有卜商、毛公合作和毛公、衛宏合作一類說法。其實合作者不是卜商、毛公，而是漢代的毛詩家，其中可能有毛公、有衛宏，還有其他什麼人。另外，序文和傳文大部分相應，有的不相應，不相應處，正是繼續增修時所留下的漏洞。」這種說法也許揭示了事實的眞相。

七　屈原生於何年？

我國文學史上第一個大詩人屈原，他的生年，本來很簡單。因爲，屈原自己在《離騷》一文開頭就敘述了他的家世和出生之年：

帝高陽之苗裔兮，朕皇考曰伯庸。
攝提貞於孟陬兮，惟庚寅吾以降。

這就是說，當舊星曆學上稱爲攝提格的太歲逢寅的那年正月（孟陬），又是庚寅的那一天，我出生了。但由於後人用以推算的曆法不一，得出了不同的結果，問題便變得複雜而難於解決了。據譚介甫《屈賦新編》上卷《本論·離騷第七》、游國恩《屈原》中《詩人的降生》等書所述，歸納起來大致有五種說法：

（一）鄒漢勛用陰曆推算，定於楚宣王二十七年戊寅《西元前三四三》正月十三日。
（二）清人陳暘用周曆推算，定於戊寅年正月二十二日出生，比鄒漢勛差十日。
（三）劉師培《古曆管窺》中用夏曆推算，與鄒全同。
（四）郭沫若《屈原研究》中，用「太歲超辰法」推算，定於楚宣王三十年（西元前三四〇）正月初七日生。
（五）浦江淸用漢代前後各種曆法推算，定於楚威王元年（西元前三三九）正月十四日。（

見其《屈原生年月日的推算》）

屈原究竟生於何年？還有待於學術界的深入研究。比較而言，當以浦江清先生推算的最為精細。因此，也可以說：屈原生於西元前三三九年舊曆正月十四日。

不管怎樣，有一點是肯定的。屈原一直認為自己的生日是個美好的時辰。他在《離騷》中說：

皇覽揆余初度兮，肇錫余以嘉名。

名余曰「正則」兮，字余曰「靈均」。

他父親很重視他的生日（初度，指初生時的日月），因而，按照曆數來為他命名。他也以此而自豪，視為一種天賦的「內美」。「紛吾既有此內美兮，又重之以修能。」這就是說，自己的生日具有天地之美的本性。

八 屈原故里在何處？

偉大詩人屈原的出生年月是個謎，他的出生地也是個撲朔迷離的問題。長期以來，人們一直認為是湖北秭歸縣。當地流傳著許多有關屈原的古跡，如去城六七里靠大江的屈原沱，三閭鄉的屈原宅，宅東北有女嬃擣衣石，等等。郭沫若一九六五年就曾給秭歸題詞「屈原故里」。然而，新編《江陵縣志·屈原傳》卻對這一定論提出了挑戰，他們認為屈原故里是湖北江陵，其理由有以下幾點：

一、屈氏家族與楚王的伴隨關係。屈氏家族是楚國世襲貴族，王室權臣，隨楚王居於國都郢

（江陵紀南城）。而屈原誕生的楚宣王二十七年左右，當時的郢都並無戰亂，屈氏家族也不可能遷徙到遠離郢都的秭歸而生屈原。

二、屈原的自述。屈原在《哀郢》詩中說：「發郢都而去閭兮。」經江陵紀南城考古證明：城南一片，即今紀南鄉松柏村範圍，就是當年楚三大貴族的住處「閭」。可見，屈原一直生活在江陵一帶。

三、前人的記載。史籍中最早關於屈原出生地的記載，見於西漢文學家東方朔爲追悼屈原的《七諫》，他說：「平（屈原）生於閭兮。」與屈原自述相印證，也表明是江陵。

此外，屈原在《離騷》涉及的巫風、俚語，場所與江陵地區吻合，特別是其中描述他兒時常用菱、荷葉做衣裳、穿戴，至今仍是江陵平原湖區兒童的玩耍方式。

應該說，上述考證是認眞的、嚴謹的，是較有說服力的。但由此下斷語，似乎還爲時過早。屈原的故里究竟是秭歸還是江陵，學術界還將進一步爭論下去。

九　《離騷》作於何時？

屈原的代表作《離騷》作於何時？歷代學者說法不一。據《史記·屈原列傳》記載：「懷王使屈原造爲憲令，屈平屬草稾未定，上官大夫見而欲奪之，屈平不與，因讒之……王怒而疏屈平。」屈原因此「憂愁幽思而作《離騷》。」這之後，劉向在《新序·節士》中說：「屈原者，名平，楚之同姓大夫。有博通之知，淸潔之行，懷王用之。……上及令尹子蘭，司馬之椒，內賂夫人鄭袖，共讒屈原。屈原遂放於外，乃作《離騷》。」這兩段最早的記載，在內容上詳略不同，但都認爲《離騷》作於懷王時代。這應該說是比較可信的。

當然，也有人認爲《離騷》是頃襄王時屈原放逐江南時所作的。或者是剛被疏時所作的。從作品的具體內容看，顯然不太可能。因爲《離騷》所敍述的個人遭遇，思想的變化，感情的憂憤深廣等，都是政治上屢經挫折後的表現，而不是早期剛被排擠時情緒的流露。《離騷》中說：「初既與余成言兮，後悔遁而有他。余既不難夫離別兮，傷靈修之數化。」所指的是懷王十一年曾率五國士兵攻秦。十六年貪圖秦地而絕齊。後來悔悟被張儀所欺騙，在十七年又兩次攻秦。在不斷失利後，十八年又在張儀的愚弄下，叛縱親而和秦。此後，二十年又聯齊，二十五年又與秦結黃棘之盟，懷王完全投到秦國的懷抱中了。屈原只有經過這一段歷史變革之後，才能說出「傷靈修之數化」的沈痛的話來。而且「九死未悔」、「體解未變」等語言，也只有是久經挫折之後，才能發出來的誓詞。再從《離騷》中反復申訴的年歲看：「及年歲之未晏兮，時亦猶其未央」，「及余飾之方壯兮，周流觀乎上下」，「老冉冉其將至兮，恐修名之不立」，總是在將老未老之際。從《離騷》中所反映的楚國政治形勢看：「唯黨人之偷樂兮，路幽昧以險隘，豈余身之憚殃兮，恐皇輿之敗績。」又是將敗未敗之時。這個時期似應在懷王二十五年，屈原三十六歲。屈原經過一段政治變革之後，看到懷王終於完全倒向秦國一邊，心情極其悲痛，便離開郢都去漢北，在遠離郢都時，便開始了《離騷》的寫作，到漢北完成了全部的詩稿。

十 《離騷》二字何解？

《離騷》作爲屈原的代表作，是他自敍生平、志向的一首長篇抒情詩。詩中集中敍述了詩人把祖國推上富強的道路，甚至由它來統一中國的理想，並表現出詩人對實現這一崇高理想的熱烈追求和不懈的鬥爭。然而，幾千年過去了，對《離騷》二字的理解，至今依然眾說紛紜。古今的解釋大體有如下幾種：

一、認爲是遭遇憂患。司馬遷《史記·屈原列傳》說：「故憂愁幽思而作離騷，《離騷》者，猶離憂也。」班固《離騷贊序》說：「離，猶遭也；騷，憂也，明己遭憂作辭也。」應劭說：「離，遭也；騷，憂也。」司馬遷和班固的說法或許都出於淮南王劉安的《離騷傳》，只是此傳不傳，難以對證。

二、認爲是離別的憂愁。王逸《楚辭章句》說：「離，別也，騷，愁也，經，徑也。言己放逐離別，中心愁思，猶以道徑以諷諫君也。」

三、認爲是牢騷。據《漢書·揚雄傳》記載，揚雄曾摹仿《離騷》作了一篇《反離騷》，又摹仿《九章》名篇作了《畔離騷》。「畔」與「叛」通用，「牢愁」即牢騷。所以《畔牢騷》也即《反離騷》，也就是自我寬解，有牢騷不平之意。後人常把發泄不平之氣比爲「發牢騷」，便從此始。

四、認爲是歌曲的名稱，今人游國恩在《楚辭概論》中主此說。

近年來，由於研究的進一步深入，《離騷》二字的含義別解依然非常活躍。牛貴琥在《古文考辨二題·離騷題意新解》一文中解釋說，「離騷」就是陳述的意思。田彬著文《〈離騷〉篇名源自苗語》一文中說，離騷源自苗語，應詮釋爲「言志述懷之歌詩」。郭祥貴《「離騷」別解》中認爲「離騷」即「琴騷」，是用琴彈的一首曲子。黃靈庚的《「離騷」別義十則》則較全面地羅列成說，進行考辨。

對於這個難題，儘管眾說紛紜，然而，漢儒舊說是最值得肯定的，尤其是舊說中的第一種較爲可信，因爲司馬遷上距屈原的時代不過百餘年，語言的變化不會很大，對屈原的語言是完全理解的。司馬遷的這種解釋，在屈原自己的作品中，也可以找到內證。像《離騷》中的「進不入以離尤兮」，《九歌·山鬼》中的「思公子兮徒離憂」即是。司馬遷在《屈原列傳》中也講得清楚：「屈平疾王聽之不聰也，讒諂之蔽明也，邪曲之害公也，方正之不容也，故憂愁幽思而作《離騷》。」可見《離騷》即遭遇「憂愁幽思」的意思。另外，從語言結構上看，上動下名，構成詩的題目，在屈原作品中也不乏其例，像《九章》中的《惜誦》、《抽思》等，這都證明了司馬遷的說法比較接近事實。當然，作爲一個學術問題還可以繼續討論下去。

十一　宋玉作品有多少？

宋玉是繼屈原之後的辭賦大家，他從屈原所創造的騷體詩變化出賦的體裁，以展開描寫和刻畫入微的手法，豐富和發展了騷賦的表現藝術，與屈原並稱爲「屈宋」。但是，關於這位辭賦家的生平，現在知道得很少。根據現在可見的零星材料，僅可知他是楚國人，生活年代比屈原稍晚，曾入仕於頃襄王朝，官位不高，頗不得意，至於這位辭賦家究竟有哪些作品，至今還沒有得出一致的看法。

據《漢書·藝文志》記載，宋玉有賦十六篇，但現存僅有十四篇。王逸的《楚辭章句》載兩篇

：《九辯》、《招魂》；蕭統的《文選》載五篇：《風賦》、《高唐賦》、《神女賦》、《登徒子好色賦》、《對楚王問》；無名氏的《古文苑》載六篇：《笛賦》、《大言賦》、《小言賦》、《諷賦》、《釣賦》、《舞賦》；嚴可均的《全上古文》載《高唐對》。《風賦》、《高唐賦》、《神女賦》、《登徒子好色賦》、《笛賦》、《大言賦》、《小言賦》、《諷賦》、《釣賦》、《舞賦》這十篇賦，游國恩、劉大白、陸侃如等著名學者都懷疑非宋玉所作。陸侃如在《宋玉評傳》一書中認爲，從賦的發展歷史來看，最早的是荀卿的詩經式的賦，晚一些的是以賈誼爲代表的楚辭式的賦，司馬相如等賦家所寫的散文式的賦是更晚一些的賦。傳爲宋玉的十篇賦，既不是與荀卿一樣的詩經式，也不是與賈誼一樣的楚辭式，卻是與司馬相如一樣的散文式，作爲賦的創始人的宋玉用最晚的賦的形式寫賦，這是不可能的。同時，這些賦中說及楚襄王，必有一「楚」字，如「楚襄王與宋玉遊於雲夢之浦」等。人稱本國國君，決不會在謚號上加本國國名，以此可知這十篇賦決非楚國宋玉所作。這些賦大多敍宋玉與楚襄王的談話，是以第三人稱記敍的，也說明不是宋玉所作。陸侃如認爲《舞賦》是東漢中年傅毅的作品，其餘九篇賦則都作於司馬相如之後。劉大白從用韻的角度考證，說明這十篇賦中多不合秦古韻，並非宋玉作品。

陸侃如認爲《高唐對》就是《高唐賦》的首段，既然《高唐賦》非宋玉作，《高唐對》當然也不可能出自宋玉之手。他又認爲《對楚王問》約是秦末漢初時人所作，因它記著宋玉的談話，故誤認爲宋玉的作品。這樣，宋玉所作的，只剩下《招魂》、《九辯》兩篇了。

《招魂》也有不少人認爲是屈原所作，司馬遷《史記·屈原傳贊》說：「余讀《離騷》、《天問》、《招魂》、《哀郢》，悲其志。」明確指出《招魂》是屈原的作品。林雲銘的《楚辭證》、蔣驥的《山帶閣註楚辭》，以及近人梁啓超等都認爲《招魂》爲屈原而非宋玉所作。

認爲《九辯》爲宋玉所作的人雖多，但也有不同意見。如梁章鉅的《文選旁證》說：「《九辯》無哀師意，恐非宋玉所作。」也說《九辯》爲屈原所作。《焦氏筆乘》說：「《離騷經》『啓《九辯》與《九歌》兮』，即後之《九歌》、《九辯》，皆原自作無疑。」此外，梁啓超等人，也都認爲《九辯》爲屈原所作。

雖然《漢書·藝文志》說宋玉有賦十六篇，《楚辭章句》、《文選》等書，實載十四篇，但這十四篇是否宋玉所作，都有爭議。宋玉究竟有哪些作品，是我國文學史上沒有解決的一個難題。

十二　《左傳》的作者是誰？

《左傳》是《春秋左氏傳》的簡稱，它記載了從西元前七二二年（魯隱公元年）到西元前四六八年（魯哀公二十七年）的歷史，甚至提到三家分晉的事。

關於《左傳》的作者，在中國經學史、史學史上，是一個紛爭不已的問題。《左傳》的作者，目前主要有三種說法：一、認爲此書出自左丘明之手。《史記·十二諸侯年表序》及孔穎達是此說的主要代表。二、認爲此書出自漢代劉歆之手。此說源自清代經學家劉逢祿《左氏春秋考證》，之後，康有爲《新學僞經考》中又大張其幟，成一家之言。三、認爲此書係戰國時人根據各國史料輯錄而成。宋代即有人持此說，比如王應麟《困學紀聞》卷六：「王介甫疑左氏爲六國時人者十一事。」葉夢得亦持此說，鄭樵甚至認爲係六國時楚人所作。近代不少學者也都如此認爲。

當然，以上只是主要的三種見解，而即使同一種看法中，也還有不少分歧。事實究竟如何呢？恐怕永遠是一個謎了。

十三 句踐是否「臥薪嘗膽」？

據傳春秋時期，越王句踐被吳王夫差打敗，他不得不屈辱求和。但句踐爲了滅吳雪恥，激勵自己，在室中吊了一個苦膽，不論坐、立、行、臥，都要嘗嘗苦膽的味道；而且每晚都睡在硬柴上，就這樣十多年的苦筋乏體，終於滅了吳國。這個故事在中國家喻戶曉，成爲美談。然而句踐眞的是「臥薪嘗膽」嗎？各種資料和一些學者說法不一。

最早記載句踐事跡的是《左傳》和《國語》，《左傳》的「定公」和「哀公」兩部分中，曾大量記述越王句踐的事跡。《國語》的《吳語》和《越語》中也詳細記載了越王句踐和吳王夫差戰爭勝敗的經過。但是，這些史籍中，從來沒有記載句踐臥薪嘗膽的文字。司馬遷在《史記》的《越王句踐世家》中記述了越王句踐曾經「置膽於坐，坐臥則仰膽，飲食亦嘗膽。」這已經有了嘗膽的說法，但沒有記載關於句踐臥薪的事。到東漢時期，袁康、吳平作《越絕書》、趙曄作《吳越春秋》，專門記載春秋時吳越兩國的史事。前書既沒有提到臥薪，也沒有嘗膽之說；後書也僅記載越王句踐「懸膽於戶，出入嘗之，不絕於口」，而根本沒有臥薪之事。由此看來，嘗膽一說出現於西漢，而臥薪之事至東漢時仍沒有記載。

據查考，把臥薪和嘗膽作爲一個成語來使用的是蘇軾。他在一篇遊戲性質的書信體文章《擬孫權答曹操書》中，爲三國時代的孫權起草了一封答曹操的書信，蘇軾設想孫權曾「臥薪嘗膽」，但這與句踐是不相干的。南宋呂祖謙在《左氏傳說》中，曾談及吳王夫差有「坐薪嘗膽」一事。明朝張溥在《春秋列國論》中說：「夫差即位，臥薪嘗膽，」後來馬驌在《左傳事緯》和《繹史》兩書中，都把「臥薪嘗膽」說成是吳王夫差的事情。另外，如眞德秀、黃震，也都說越王句踐曾經「臥薪嘗膽」。「臥薪嘗膽」一詞自蘇軾一提出到明代，此事指夫差還是句踐，尙無定論。但是到了明末淸初由於吳乘權的史書《綱鑑易知錄》和小說家馮夢龍的《東周列國志》都說是句踐「臥薪嘗膽」。這樣，句踐「臥薪嘗膽」的故事就愈傳愈廣了。

也有一些學者認定，句踐「臥薪嘗膽」之事在東漢的《吳越春秋》中已有之。那麼，句踐眞的「臥薪嘗膽」嗎？說是眞的，歷史記載卻出現得這樣晚，似爲後人編造和誤傳；若說是假的，卻又流傳甚廣，而且也有憑有據，一時間還很難判定其眞僞。

十四　王昭君為何出塞？

被譽爲中國古代「四大美人」之一的王昭君，儘管《漢書·匈奴傳》和《後漢書·匈奴傳》等正史都有記載，但對她爲何出塞匈奴，歷來衆說不一。

一說是被毛延壽所害。據說漢元帝選女入宮，是按畫工的畫像挑選宮女的，許多深居後宮的宮女爲了能被皇上幸召，都想把自己畫得美些。所以，她們不惜重金賄賂畫工。王昭君初入宮，一是不懂這些規矩，二又自恃美貌，不愁皇上不召見。據說，毛延壽曾在畫到王昭君的眼睛時暗示她說：「這畫人的傳神之筆在於點睛，眞是一點千金呀！」但王昭君沒予理睬，揚長而去了。毛延壽惱羞成怒，便把該點到王昭君眼睛上的那點點在了她的臉上。就這樣王昭君在掖庭裏苦守了數年。恰巧這時匈奴呼韓邪單于來朝，要求娶漢人女子爲妻。漢元帝覺得這正是和親的好時機，於是便賜給他五名宮女。王昭君久居深宮，面見皇帝無望，滿懷積怨，主動要求去匈奴。元帝只道是一個平常姿色的女子，也就同意她出塞了。

也有人說王昭君出塞，是毛延壽設下的救國之策。據傳，王昭君初被選入宮時毛延壽見其容貌絕世，生怕漢元帝沈溺女色而誤國。就在畫王昭君肖像時，故意把她醜化了。正好這時呼韓邪單于入朝要娶漢人女子爲妻，元帝本想把醜人給他，結果卻誤將王昭君這個美人送了出去。有詩寫道：「延壽丹青本誑君，和親猶未歛胡塵，穹廬自恨嬪戎主，泉壤相逢愧漢臣。玉骨已消青冢底，香魂猶繞黑河濱。愁雲晴鎖天山路，野花閒花也怨春。」據說，王昭君後來爲匈奴生了一男二女，爲匈奴和親作了大貢獻。

但是，王昭君到底爲何出塞？這還是歷史學家和文學家一時難以斷淸的公案。

十五　「東臨碣石」的碣石今何在？

曹操在建安十二年（二〇五）北征烏桓回軍途中，在碣石登臨觀海，寫下《觀滄海》壯麗詩篇。「東臨碣石，以觀滄海」。當年曹孟德登臨的碣石至今在哪裏呢？自漢代以來，衆說紛紜，懸而未決。

《漢書·武帝紀》載，元封元年（前一一〇），武帝「行自泰山，復東巡海上，至碣石。」註引東漢文穎說：「（碣石）在遼西絫縣。絫縣今罷，屬臨榆。此石著海旁。」郭璞《山海經》註、酈道元《水經註》均從此說。《水經註》中《濡水註》曰：「絫縣碣石山……漢武帝亦嘗登之，以望巨海，而勒其石於此，今枕海有石如埇道數十里，當山頂有大石如柱形，往往而見，在於巨海之中……世名之天橋柱也，狀若人造，要亦非人力所就。」清初胡渭的《禹貢錐指》認爲：滄海桑田，碣石已淪於海底。此說影響極大，以至不少古典文學選本和中國文學史著作對《觀滄海》中「碣石」的註釋，幾乎都認爲它早已沈淪於海。

近幾十年來，關於古碣石地望問題的討論，也一直未停息過。顧頡剛在《中國古代地理名著選讀（第一輯）》《禹貢》篇註釋中，經過分析，認爲「以《禹貢》著作年代在戰國時看來，文穎說比較可靠」，「漢初期傳的碣石在絫縣（故城在今昌黎縣縣南），應該與《禹貢》作者的觀念一致。」馮君實據歷代記事和詩篇的描繪，考察了碣石的自然面貌和它的重要戰略地位後指出：在歷來關於碣石地望問題的爭論中，昌黎境內有碣石是人所公認的，勿庸置辯。」如果沒有理由證明臨榆碣石沈於大海或爲積層所掩埋，那它在今天就不但存在，而且可以從榆關鎮以南沿海找到它，可能就是今天的北戴河海濱，具體地說就是金山嘴。」譚其驤一九七六年發表的《碣石考》一文，指出魏武東臨的碣石即今昌黎縣境之大碣石山。在他主編的《中國歷史地圖集》的有關圖幅內，亦標明碣石位於昌黎之北。此後不少人從有關碣石的各個側面加以論證，觀點基本上與譚氏相同。近年出版的一些工具書，如《辭海》、《辭源》都主張碣石在昌黎的說法。

這個公案至今誰也未能說服誰，孰是孰非，難以定奪。

十六　孔融因何被殺？

孔融爲何被曹操殺害，一直是中國文學史上的一個謎。范曄在《後漢書·孔融傳》中曾詳細地描述孔融被殺害的幾件事。一是嘲諷曹丕納甄氏。二是嘲諷曹操征烏桓。三是嘲諷曹操酒禁。他惹起了曹操的忌恨，因而招來殺身之禍。後世學者多認爲孔融與曹操的矛盾主要是雙方性格不合所致。張璠的《漢記》認爲「融所建明，不識時務。又天性氣爽，頗推平生之意，狎侮太祖。……太祖外雖寬容，而內不能平。」陳壽在《魏志·崔琰傳》中也說：「初，太祖性忌，有所不堪者，魯國孔融，南陽許攸、婁圭，皆以恃舊不虔見誅。」這裡道出了孔融被殺是因爲性格上的原因。還有袁淑、顏之推都從性格上尋找了孔融被殺的原因。但也有人認爲孔融「差不多是因爲酒送了命的。」王瑤在《中國文學史論集》裡就說孔融爲飲酒辯護，抨擊曹操酒禁，最後惹惱曹操的。

建國以來，一些學者從政治上加以解釋。郭沫若在《替曹公翻案》一文中認爲孔融被殺是因爲他與曹操的「法令相抵觸」，呂今果也說孔融是「在政治上對曹操不滿的人」。吳澤則認爲曹操殺孔融是爲了「清除世族地主反動言論及其代理人」。以後的文學史多持這種觀點。也有人從派系上分析孔融被殺的原因。翦伯贊在《中國史綱要》中說：「曹操統一中原後，開始向那些不親附自己的士人展開了進攻」。先後殺掉了最狂妄的名士孔融等人。余冠英在《漢魏六朝詩選》中說：孔融「性剛直，放言無忌憚」。曹操見他不受籠絡，名望又高，怕成爲反對勢力，終於將他殺害。

徐公持在《孔融爲什麼被殺》一文中認爲，僅僅從政治上加以分析是不能令人滿意的。他說，孔融在很多的具體事件上是與曹操合作的。孔融在《崇國防疏》中指斥劉表，投入曹操陣營。在招王朗書中，又對曹操大表欽佩。三首《六言詩》中，也從政治上把曹操大大頌揚一番。在《與曹公盛孝章書》中把曹操譽爲齊桓公。徐公持認爲孔融被曹操殺害除了他後期政治上對曹操不滿外，還有其性格上的原因。孔融是孔子二十世孫，出自名門，又自少譽滿淸流，養成了自視甚高，疏狂傲世的脾性。他不分場合地對曹操進行諷刺揶揄，在政治上帶有敵意，損毀曹操的形象，曹操忍無可忍，最終招致被殺。他被殺既有政治因素，也有濃厚的性格悲劇色彩。

十七　陶淵明是不是漢族人？

陶淵明是晉宋時代的偉大詩人，是我國「田園詩派」的創始人，但他出身漢族還是奚族，卻是一個爭議很大的問題。

把陶淵明出身何族作爲一個問題提出來的是近代學者陳寅恪。他認爲陶淵明不是出身漢族，而是奚族。陳氏立論的主要依據有三條：

其一，陶淵明的曾祖、晉大司馬陶侃本不是「潯陽柴桑人」，而是鄱陽人，在東晉平吳後才遷家於潯陽，而鄱陽原是奚族居住的地區。他說：「《晉書》、《陶侃傳》略云：『陶侃本鄱陽人，吳平徙家廬江之潯陽』。」爲何鄱陽境內的奚族人在東晉平吳後要遷到潯陽呢？他解釋說：「鄱陽境內的奚族人以勇悍善戰之故，晉平吳後，遂徙於廬江郡內。當日交通較爲便利之潯陽，易於控制。」其二，他引《世說新語》溫嶠罵陶侃「奚狗」爲例，認爲陶侃是奚族人。其三，陳寅恪詳細列舉分析了史傳所載陶侃後人在晉宋時的情況，得出結論說：「其諸子兇暴虓武，頗似善戰之奚人，似更爲可疑。」

陳寅恪先生所持的三條論據雖然微弱，但早在這之前，《晉書》有一條記載，對陶侃出身何族就有所懷疑。據《晉書·陶侃傳》說：陶侃「望非世族，俗異諸華」。意思是陶 侃不是出身名門望族，他的生活習慣跟華夏地區也不相同。暗指陶侃出身低微而且也不是漢族。陳氏大概就是據此而引申發揮的吧？或許正由於這個原因，陶侃在晉代儘管做到了大司馬的高官，還仍然遭到同僚的歧視，陶淵明的一生不得志，大概也與此有關。

不過，陳寅恪先生的「陶侃、陶淵明出身奚族」說，遭到許多人的反對。古直在《陶侃及陶淵明是漢族還是奚族呢》一文中，針對陳寅恪的說法，爲陶侃、陶淵明出身並非奚族作了認眞辨析。他說溫嶠罵陶侃是奚狗，就好像古代北方人罵南方人爲蠻子。蠻子固非少數民族，那麼奚狗也不是奚人。而且，陶侃的後人中也有不兇暴的。因此，不能斷定陶侃就是奚族人。陶侃不是奚人，那麼陶淵明是漢族人當屬無疑。

陶淵明究竟是漢族人還是奚族人，有待於進一步探討。

十八 「桃花源」在哪裡？

陶淵明在他那篇清新飄逸、雋麗恬淡的《桃花源詩並記》中，描繪了一個自由、安樂的理想世界，那麼，這個「芳草鮮美、落英繽紛」的「桃花源」究竟在哪裡呢？

湖南桃源縣西南十五公里的小溪，俯臨沅水，背倚青山，景色綺麗，一向被人們稱作陶淵明筆下的「桃花源」。

另一說認爲「桃花源」是湘西武陵地區的苗家寨。據《苗族簡史》載：武陵地區的苗族人民當時只是父系氏族初期，人們是「相命肆農耕，日入以所憩……。」如此世外仙境一般的苗家社會初被當作「異聞」，爲陶淵明所聞，就寫下了這幅社會景象。此外，武陵地區苗族人民素有崇拜桃樹及見客人「便邀還家，設酒殺雞作食」的習俗，如此等等，都足以說明陶淵明筆下的桃花源就是指武陵地區的苗家社會。

除了桃源縣或武陵苗家寨，還有一些地方被認爲是陶淵明筆下的「桃花源」。

古代海州（今連雲港市）有兩個武陵的地名，一個是載入《魏書》的「武陵郡」，遺址在今贛榆縣河城子村；一個在宿城山西麓。此地有一個宿城山凹，三面環山，一面向海，中間是一片美麗坦盪的平川，這樣的世外樂土在陶淵明寫《桃花源記》以前就已聞名。恰巧在隆安三年（三九九）因孫恩起義，第二年陶淵明任鎭軍劉牢之的參軍，「往來海上」。他當時已厭倦軍旅生活，懷念安適的田園生活，當他發現宿城山這塊樂土時就會情不自禁地寫出自己的內心情感。《桃花源記》裡的「屋舍儼然，有良田美池」的景象正是對宿城山的眞實描繪。

淸末兩江總督陶澍自稱是陶潛的後裔，也是研究陶淵明的專家，他常對人們講述宿城一帶「雞犬桑麻」的「太平景象」。並且在宿城法起寺旁建起了「晉鎭軍參軍陶靖節先生祠堂」，合《五柳先生傳》的文意，仿陶潛故居的特點，在門前植五株柳樹，並栽植桃花，使陶淵明祠「倚天照海，朱霞靄霄，雲臺倍覺鮮明」。陶澍還爲陶祠書額：「羲皇丘人」，對聯是：「此間亦有南山，看雲歸欲夕，鳥倦知還風景何殊栗里；在昔曾遊東海，憶芳草緣溪，林花夾岸，煙村別出桃源。」「晉鎮軍參軍陶靖節先生祠堂」隸書刻石的匾額至今猶在。

陶淵明筆下的「桃花源」究竟是幻覺還是實境？它到底在哪裡呢？這是人們一直在猜測著的一個謎。

十九　回文詩體為誰所創製？

回文詩就是一種「回復讀之，皆歌而成文」的詩體，亦作「迴文詩」。這種詩可以倒過來閱讀，有的甚至可以反復迴旋，得到多篇完整、明晰的詩章，因而別有一番情趣和興味。古代寫回文詩的人甚眾，連一些著名詩人也時有所作，如南朝齊代王融的《春遊回文》、唐代陸龜蒙的《曉起即事寄皮襲美回文》、北宋王安石的《客懷回文》等。宋詞中亦不乏回文之作，如郭世模的《瑞鷓鴣·席上》即是一首著名的回文詞。宋以後，回文詩體愈加受到人們的重視，不但作者比比皆是，研究者也不乏其人。大詩人陸游的外甥桑世昌就曾輯有《回文類聚》四卷，清代學者朱象賢又輯有《回文續編》十卷，康熙年間又合刊印行，爲我們研究回文詩體留下了豐富的資料。

然而，這種回文詩體爲誰創製的呢？千餘年來爭論不休，至今尚未統一。大致有四種說法：

一說是道原。此說見於劉勰的《文心雕龍·明詩篇》：「回文所興，則道原爲始。」

二是說竇滔妻，即蘇蕙。《回文類聚》桑世昌自序引《詩苑類格》云：「回文始於竇滔妻，反復皆可成章。」

三說是傅咸、溫嶠。清人汪師韓說：「傅咸有回文反復詩，溫嶠有回文詩。《詩苑類格》謂回文出於竇滔妻，非也。」（《詩學纂聞》）汪氏之說大概根據晚唐詩人皮日休的《雜體詩序》：「晉傅咸有回文反復詩二首云，反復其文者，以示憂心展轉也。『悠悠遠邁獨茕茕』是也，由是反復興焉。晉溫嶠有回文虛言詩云：『寧神靜泊，損有崇亡』，由是回文興也。」四說是蘇伯玉妻。朱象賢《回文類聚·序》云：「詩體不一，而回文尤異。自蘇伯玉妻《盤中詩》爲肇端，竇滔妻作《璇璣圖》而大備。今之屈曲成文者，《盤中》之遺也；反復往回，左右相通，巡還成句，及交加借字，三、四、五、六、七言互誦者，皆《璇璣》之製也。」

上列四說，孰是孰非？一直沒有定論。目前通行的一些權威性的工具書，也是各取一說令人無所適從。如《辭海》「回文詩」條說：「相傳始於晉代傅咸、溫嶠，詩皆不傳。今所見有蘇蕙《璇璣圖》等。」《辭源》「回文」條稱：「南朝劉勰《文心雕龍·明詩》說回文爲道原所製，已失傳。今所傳者以南朝宋蘇伯玉妻《盤中詩》爲最古。」

我們不妨作一些辨析。竇滔妻（蘇蕙）本是前秦人，晚於傅咸、溫嶠，因而「回文始於竇滔妻」之說不能成立。而蘇伯玉妻的《盤中詩》雖然「屈曲成文」，但只能「從中央周四角」地順誦，」並不可以倒讀，故不可視爲具有語序意義的能「反復往回」的回文詩，稱之爲「肇端」、「最古」也是不確切的。如此看來，剩下來只有傅咸、溫嶠和道原二說了。遺憾的是，道原其詩失傳，其人也無考，我們一時也難定其先後，只能「存闕置疑」了。

二十　山水詩的創始人是誰？

我國古代詩歌發展到晉宋之際，描繪自然山水風光的山水詩日益崛起，並取代了統治詩壇百年之久的玄言詩。《文心雕龍·明詩》對此有清楚的論述：「宋初文詠，體有因革。莊老告退，山水方滋。」然而，誰是我國山水詩的創始人呢？這一問題，我國學術界較一致的說法是：南朝宋代詩人謝靈運。例如，《辭海·文學分冊》「謝靈運」條云：「其詩大都描寫會稽、永嘉、廬山等地的山水名勝，善於刻畫自然景物，開文學史上山水詩一派。」游國恩等主編的《中國文學史》亦云：「謝靈運……大量創作山水詩，在藝術上又有新的創造，終於確立了山水詩在士族詩壇上的統治地位。」還有人說得更明確：「文學史上第一個以山水爲題材進行大量詩歌創作的詩人是謝靈運。」（韋鳳娟等《新編中國文學史》）

不過，問題似乎還不能下定論，古今都有不同的說法。早如鍾嶸在《詩品》中，認爲山水詩的創始人是東晉末年的謝混，說：「逮義熙中，謝益壽斐然繼作。」只是謝混的作品大多散失了，存在的詩作僅有五首，且其中只有《遊西池》一首可以算得上山水詩，完全談不上「斐然繼作」，因而後人也無法對他的山水詩所取得的成績做出判斷。

近來又有人撰文說，山水詩的眞正創始人應該是東晉初年的庾闡。他是晉元帝咸和年間人，比謝靈運早半個多世紀。庾闡的詩歌現存二十首，除去《遊仙詩》十首，其他皆是山水詩。這些詩作的題材是山水景物，主旨也是表現大自然的美，表現景物的技巧也較成熟。如此說來，庾闡的山水之作是否可以看作是山水詩的眞正開端呢？不然，因爲庾闡的山水之作顯然存在一些問題，如景觀的中心不夠突出，情與景的結合還停留在表層，缺少更深的意蘊；加之作品的數量不夠豐贍，創作的局面不夠廣闊，在詩壇影響力也很有限，要把它說成山水詩的創始人，未免有溢美之嫌了。

其實，早在《詩經》中就開始出現了一些山水詩句了；東晉的玄言詩更包容著山水詩的因素，因為士族文人往往把清談玄理與登臨山水聯繫一起，常常發揮老莊的自然哲學來讚美江南的名山勝水，這種情況該如何看待呢？所以，「山水詩的創始人」的標準究竟該怎樣確定，是一個需要繼續討論的學術問題。

二十一　最早的七言詩是哪首？

同其他文學樣式一樣，七言詩也是在民間興起的。漢代的樂府民歌中，就經常出現完整的七言詩句。如「秋風肅肅晨風颸，東方須與高知之」（《有所思》），「冬雷滾滾夏雨雪」（《上邪》）等。文人作七言詩，一般以張衡的《四愁詩》為最早：

一思曰：

我所思兮在太山，欲往從之梁父艱。
側身東望涕沾翰，美人贈我金錯刀。
何以報之英瓊瑤，路遠莫致倚逍遙。
何為懷憂心煩勞。

二思曰：

我所思兮在桂林，欲往從之湘水深。
側身南望涕沾襟，美人贈我金琅玕。

何以報之雙玉盤，路遠莫致倚惆悵。

何為懷憂心煩傷。

三思曰：

我所思兮在漢陽，欲往從之隴阪長。

側身西望涕沾裳，美人贈我貂襜褕。

何以報之明月珠，路遠莫致倚踟躕。

何為懷憂心煩紆。

四思曰：

我所思兮在雁門，欲往從之雪霧霧。

側身北望涕沾巾，美人贈我錦繡段。

何以報之春玉案，路遠莫致倚增嘆。

何為懷憂心煩惋。

詩的形式已相當整齊，但每段的第一句都夾了一個虛詞「兮」，似未完全擺脫騷體影響；而這種句式，又可追溯到秦漢之際劉邦的《大風歌》：

大風起兮雲飛揚，威加海內兮歸故鄉，

安得猛士兮守四方。

項羽的《垓下歌》：

力拔山兮氣蓋世，時不利兮騅不逝。
騅不逝兮可奈何，虞兮虞兮奈若何。

還有荊軻歌的《易水歌》：

風蕭蕭兮易水寒，壯士一去兮不復還。

在文人七言詩中最完整、最著名的，當推漢末曹丕的兩首《燕歌行》：

秋風蕭瑟天氣涼，草木搖落露爲霜。
群燕辭歸雁南翔，念君客遊多思腸。
慊慊思歸戀故鄉，君何淹留寄他方。
賤妾煢煢守空房，憂來思君不敢忘，
不覺淚下沾衣裳。援琴鳴弦發清商，
短歌微吟不能長。明月皎皎照我床，
星漢西流夜未央。牽牛織女遙相望，
爾獨何辜限河梁。

別日何易會日難，山川悠遠路漫漫。
鬱陶思君未敢言，寄聲浮雲往不還。
涕零雨面毀容顏，誰能懷憂獨不嘆。

展詩清歌聊自寬，樂往哀來摧肺肝。
耿耿伏枕不能眠，披衣出戶步東西。
仰看星月觀雲間，飛鳥晨鳴聲可憐。
留連顧懷不能存。

自曹丕以後，七言詩的寫作沈寂了兩個世紀，直到南朝劉宋鮑照以後才趨成熟並普遍爲文人採用。七言詩的成立和成熟都較五言詩爲晚，這是因爲當時統治階級只把五言詩採入樂府，被之管弦，廣爲流傳，而摒棄七言，認爲其不登大雅之堂，限制了它的風行和普及。晉人傅玄在《擬四愁詩序》中說：「昔張平子（即張衡）作《四愁詩》，體小而俗，七言類也」，就透露了此中消息。

二十二　李白生於何地？

李白在中國可謂是家喻戶曉，婦孺皆知。這樣一位大詩人，他出生於何地？一千多年來，卻衆說不一。

李白的同時代人，如他的從叔、唐代著名的書法家李陽冰；他的詩文集《李翰林集》的編者和序言作者魏萬；他好友范倫的兒子范傳正等人，都說李白是蜀人。李陽冰在《草堂集序》中寫道：「李白，字太白，隴西成紀人，……神龍之始，逃歸於蜀。」范傳正在《唐左拾遺翰林學士李公新基碑》中也寫道：「公名白，字太白，其先隴西成紀人……（若父）神龍初，潛還廣漢，因僑爲郡人。」李白自己也說他是蜀人。他在《渡荆門送別》詩中這樣寫道：「渡遠荆門外，來從夢國遊。山隨平野盡，江入大荒流。月下飛天鏡，雲生結海樓。遙憐故鄉水，萬里送行舟。」這是李白離開蜀中，乘船過三峽至荊州時寫的一首詩。他把從三峽奔騰而下的長江水稱作「故鄉水」。可見，他是把長江上游的巴蜀看作是自己的故鄉。

四川省江油縣青蓮鎮西北有一座匡山，相傳是李白少年時代讀書的地方。鎮西半里左右有清代乾隆年間重建的李白故居「隴西院」。院後有李白胞妹月圓之墓。院門有聯云：「弟妹墓猶存，莫謂詩人空浪跡；藝文志可考，由來此地是故居。」與「隴西院」相望還有「太白祠」。江油縣西，還有一座長庚寺，內有宋人楊遂撰寫的《唐李先生彰明縣舊宅碑並序》，上寫道：「先生舊宅在青蓮鄉……」。清代同治年間江油縣令瞿楫在《江油縣志》中寫道：「匡山下臨涪江水，中有謫仙之故里……。」這些材料都說明，李白的籍貫是在蜀中。

但是，李宜琛一九二六年在《晨報副刊》上發表《李白底籍貫與生地》一文，他通過對李白生卒年月的考證，斷定「太白不生於四川，而生於被流放的地方。」這也就是最早的西域說。一九三五年，陳寅恪也發表文章說：「太白生於西域，不生於中國。」這一觀點，贊同者頗多。不過，對於具體的出生地還有分歧，有人說在「碎葉」；有人認爲在「呾邏私城」，即今中亞碎葉之西八百五十里。

郭沫若在《李白與杜甫》一書中提出李白「出生於中央亞細亞的碎葉城」，即今吉爾吉斯斯坦境內的托克馬克。郭沫若的這一說法得到眾多人士的響應。

除了以上幾種看法，還有人認爲「李白是生於條支」，即今阿富汗中都一帶，其治所就是昔之鶴悉郡，今之加茲尼；也有人說李白是生於焉耆碎葉，即今新疆境內博斯騰湖畔的庫爾勒和焉耆回族自治縣一帶。

二十三「百代詞曲之祖」出自誰手？

《菩薩蠻》（平林漠漠煙如織）、《憶秦娥》（簫聲咽）二詞，被宋人黃昇譽爲「百代詞曲之祖」。但是，開百代詞曲之疆的這兩首詞是誰所作，卻歷來衆說紛紜，莫衷一是。

最早認爲此二詞是李白所撰的，是黃昇的《花庵詞選》。後來，宋時的文瑩和尙又維護此說。他在《湘山野錄》云：《菩薩蠻》一詞不知何人寫在鼎州滄水驛樓，更不知爲何人撰。後來在內翰曾布家得到古本，才知道是李白寫的。此說一出，許多人都附會是出自李白之筆。吳梅說，在《菩薩蠻》、《憶秦娥》二詞之前雖然也有不少詞，但都堂廡不大，難成大觀。唯有《菩薩蠻》的繁情促節，《憶秦娥》的長吟遠慕，才是獨冠古今的佳詞。而開百代詞曲之疆的非李白不可，所以論詞不得不首推李白。陳廷焯頌揚這兩首詞，神在個中，音流弦外，是詞之鼻祖，也認定是李白所作。近代國學大師王國維也認爲是李白的作品，他在《人間詞話》裡稱讚李白「純以氣象勝。『西風殘照，漢家陵闕』，寥寥八字，遂關千古登臨之口。」

但也有人持疑義。蘇鶚在《杜陽雜編卷上》認爲，《菩薩蠻》這種曲詞是唐宣宗初年才有的，比李白生活的開元、天寶時代要晚，李白不可能預料此曲將興而率先製詞。否定最強烈的是明人胡應麟，他認爲李白倜儻飄逸，風雅自狂。連七言律詩都鄙夷而不屑爲，怎會寫這種詞呢？況且此二詞雖然工麗，然而卻氣象衰颯，與李白超然風致，有著天壤之別。即使李白眞來制詞，也決不會寫出這種詞句。並且進一步推斷這是溫飛卿之輩所作嫁名於李白的。有人甚至認爲唐宣宗愛唱《菩薩蠻》詞，令狐丞相趨炎附勢，曲意逢迎，於是把溫飛卿的作品，僞託李白而祕密奉獻，所以相信是李白寫的人便越來越多。

此外，也有反對僞託說的。吳衡照稱頌此二詞「神理高絕」，斷言決非溫飛卿之流能寫出來的。沈括在《夢溪筆談》中說，隋「煬帝世已有」詞，怎能說李白「何得預制」？！除《菩薩蠻》、《憶秦娥》二詞外，李白還寫過《淸平樂》。另據宋人吳曾《能改齋漫錄》記載，李白確曾刻石爲詞。外域樂曲從隋唐逐漸傳入中原，而且已較廣泛。憑李白橫溢的才華，偶然興發制詞，也不是不可能的。而且還判定很可能李白於某日黃昏登上湖南鼎州滄水驛樓，觸景生情，寫下千古絕唱《菩薩蠻》。還有人推斷李白當時約二十五歲左右，而《憶秦娥》和《淸平樂》均作於《菩薩蠻》之後，約在李白去長安前後。

二十四　《登鸛雀樓》的作者是誰？

白日依山盡，黃河入海流。

欲窮千里目，更上一層樓。

這首情景交融，富於哲理的詩篇，千百年來，傳誦不絕。但是，它的作者又是誰呢？

現在通行的說法是王之渙。各種唐詩選本，多將王之渙當作《登鸛雀樓》的作者。此說最早的、也是最有權威的依據，是宋太宗時李昉等奉敕編纂的《文苑英華》。

但是在《文苑英華》問世一百年後，北宋著名的大科學家沈括在《夢溪筆談》第十五卷載「

河中府鸛雀樓，三層，前瞻中條，下瞰大河，唐人詩者甚多，唯李益、王文煥、暢渚三篇能狀其景。……王文煥詩曰：『白日依山盡……』。」王文煥爲誰，沈括沒說，至今也無從考究。當時彭乘《墨客揮犀》和李頎《古今詩話》所錄，也和《夢溪筆談》說法相同。對這一問題，司馬光在《司馬溫公詩話》中還加以說明：「唐之中葉，文章特盛，其姓名湮沒，不傳於世者甚眾，如河中府鸛雀樓有王文美、暢渚二詩……。」（美似爲「奐」之誤。）依司馬光之說，在鸛雀樓上題詩的王文奐，因文名不昌而爲時光湮沒，其詩作也被記在王之渙名下，致使後人以訛傳訛。這樣，《登鸛雀樓》的作者不是王之渙，而是王文奐。

然而，現存最早的唐詩選本《國秀集》卻另持異說。《國秀集》編選了自唐玄宗開元以來至天寶三年的三十多年的優秀詩作二百一十八首。此書卷下選有王之渙三篇：《涼州詞》二，《宴詞》一，獨無《登鸛雀樓》詩。而該詩卻以《登樓》爲題，列在處士朱斌名下。編撰者芮挺章身爲國子生，選同時之詩，且王之渙又非無名小輩，芮當不至於張冠李戴。

晚唐、宋初，《國秀集》曾一度浸藏，不爲世人所知。當它再次出現之際，《文苑英華》已問世百年左右，李昉等無緣見到此書，不錄朱斌也就不足爲怪了。

南宋洪邁所編御本《萬首唐人絕句》，共百卷，一萬四百七十七首，採自唐代諸家詩文集，是唐人絕句的總彙。明萬曆年間，趙宧光、黃習遠在原選本基礎上又整理、增補，爲現存絕句總集中較好的選本。該書第二卷選王之渙《送別》一首，朱斌一首即《登樓》。所以，說該詩作者是朱斌，是有根有據的。

那麼，《登鸛雀樓》的作者究竟是誰呢？王文奐、王之渙，還是朱斌？這樁千年懸案，至今還沒有斷清。

二十五 《漁歌子》是誰的作品？

西塞山前白鷺飛，
桃花流水鱖魚肥。
青箬笠，綠蓑衣，
斜風細雨不須歸。

這首千古流傳、膾炙人口的名詞，不但爲各種唐宋詩詞集子所收錄，而且被選進了中學語文課本中。關於它的作者，一向認爲是唐人張志和，是其傳世的《漁歌子》五首之一。張志和（約七三〇—八一〇），字子同，金華（浙江金華）人。唐肅宗時曾待詔翰林，做過左金吾衛錄事參軍，後因事被貶爲南蒲尉。赦還以後，絕意仕途，隱遁江湖，自號「煙波釣徒」。他對文藝多所通曉，凡歌詞、書畫、擊鼓、吹笛等，無不精工。據傳《漁歌子》五首，便是他借鑑民間的漁歌而作的。詞中既有民間歌謠的質樸、清新，又融和著文人淡泊、澄潔的高情遠致。

但是，近來有人考證出，《漁歌子》五首的眞正作者是唐代著名書法家兼詩人顏眞卿。其依據是唐朱景玄的《唐朝名畫錄》：「張志和或號煙波子，常漁釣於洞庭湖。初，顏魯公（顏眞卿曾封魯國公，謚文忠）典吳關，知其高節，以《漁歌》五首贈。張乃爲卷軸，隨句賦象，人物、舟船、鳥獸、煙波、風月，皆依其文。曲盡其妙，爲世之雅律，深得其妙。」按這種說法，情況當是這樣：《漁歌子》五首是顏眞卿貶官湖州刺史時贈給張志和的作品，意在借漁父形象讚揚「隱而有名」的張志和的漁釣生活和隱逸情操；張志和則按顏詞意境繪爲丹青。據說，朱景玄撰《唐朝名畫錄》是信守「尋其蹤跡，不見者不錄，見者必書」的原則的，他親眼見過張志和的《漁歌》圖和顏眞卿的《漁歌》詞，畫卷共五幅，每幅圖上題顏眞卿的詞一首，下是張志和「隨句賦象」的畫。朱景玄還對這一詞畫共軸、珠聯璧合的眞品，作了一番認眞的比較研究和鑑賞品評，得出「皆依其文」、「曲盡其妙」的結論。

朱景玄言之鑿鑿，似乎不容置疑。然而又爲何不見其他文獻記載？且近千年來卻無人爲之辨說？這仍然是令人迷惑的。

二十六　杜甫死因是什麼？

唐代大詩人杜甫一生窮愁潦倒，晚年更加凄慘，就連他的死因也無人確切地知道，這是自唐中葉以來一致爭論的問題。

一說是「啖牛肉白酒而死」。據《舊唐書·杜甫傳》載：「永泰二年（當作大曆五年），啖牛肉白酒，一夕而卒於耒陽，時年五十九。」《新唐書》也記載：「大曆中，出瞿塘……大水遽至，涉旬不得食，縣令具舟迎之，乃得還，令嘗饋牛炙白酒，大醉，一夕卒。年五十九。」看來，杜甫啖牛肉白酒，一夕而卒是傳統權威的說法。但是，牛肉白酒是怎樣使杜甫致死的？人們又有不同的解釋。唐人鄭處海指明：杜甫是吃得過多，脹飫而死的。郭沫若在《李白與杜甫》一書中，對杜甫的死因作過專門的論述。他認爲杜甫確實死於牛肉白酒，但不是「飫死」，而是由於中毒。郭老分析說：杜甫阻水耒陽時，正值暑天，聶令送來的牛肉白酒杜甫一次沒吃完，剩下的由於冷藏不好腐敗了。腐肉是有毒的，尤其在腐敗後的二十四至二十八小時毒性最烈。杜甫吃了腐肉又有白酒加速毒素在血液中循環，很快就死亡了。

二是溺死說。最早是唐人李觀在《杜詩補遺》中提出的。書云：「甫往耒陽，聶令不禮。一日，過江上洲中，醉宿酒家，是夕江水暴漲，爲驚湍漂漫，其屍不知落於何處。洎玄宗還南內，思子美，詔天下求之，聶令乃積空土於江上，曰：『子美爲牛肉白酒脹飫而死，葬於此矣！』」對這種說法，眾多的人認爲是無稽之談，後世有鄧昂、錢謙益諸家爲之辨誣。他們說：玄宗死於寶應元年（七六二），他怎能在大曆五年（七七〇）思子美呢？有人想像出杜甫是與屈原一樣懷沙自沈的，這樣正好「三賢」（屈原、李白、杜甫）同歸一水了。不過，這一想像沒有絲毫根據。

較多的研究者則堅持杜甫是病死湘江舟中的觀點，並且作了一番詳細的合情入理的解釋。大曆五年四月，湖南兵馬使臧玠作亂，當時在潭州貧病交加的杜甫倉皇攜家出逃，在耒陽縣境內的方田驛時，突然被大水所阻，只得泊於方田。杜甫在這裡五六天得不到食物，耒陽縣令聶氏聞訊著人送去食物。後因水勢不退，詩人只好掉頭下衡州。大水退後，聶令派人在江上尋找杜甫，不見蹤跡，當即斷定杜甫葬身大水，於是建了一座衣冠冢於耒陽縣北，以紀念杜甫。杜甫在大曆五年的一秋一冬都居於艙內，風痹病日益加劇，終致臥病舟中。偏偏這時他的幼女夭亡，於是在寫出長詩《風疾舟中伏枕書懷奉呈湖南親友》之後，這位偉大的詩人便溘然長辭了。杜甫死後，家人無力歸葬，遂暫厝偃師，葬於首陽山下。杜嗣業曾請元稹爲他的祖父作墓誌銘，銘文中有「偏舟下荆楚間，竟以寓卒，旅殯岳陽，享年五十有九。」這也可以作爲杜甫病死湘江舟中的證據。

杜甫是歿於牛肉白酒，還是葬身大水或是病死舟中，現在還尚難作定論，有待研究者進一步的探討。

二十七　杜甫葬於何地？

一位天才的現實主義詩人杜甫，身世竟如此淒涼，死後四十年，孫子杜嗣業才憑藉乞討安葬了他。由於詩人漂泊流離的曲折遭遇，產生了他葬於何地的這個紛爭不止的問題。

一說是湖南的耒陽縣。據《耒陽縣志》載：杜甫「初避亂入蜀，往依嚴武。……一夕大醉，宿江上酒家，爲水漂溺。遺靴洲上，聶令徙置，爲墳墓焉。」從《耒陽縣志》看，杜甫溺死江中，被水漂走，連屍體都找不到，聶令只好拾起他的留在洲上的靴子葬進墳墓，這確實是一件十分悲哀的事。如此看來，耒陽杜甫的墓其實只是一個衣冠冢。杜甫的這個墓明代嘉靖年間還重新修建過。

第二種意見是認爲杜甫葬在河南偃師。唐代詩人元稹應杜嗣業的請求，爲杜甫寫了一篇墓誌銘。他在《唐故檢校工部員外郎杜君墓繫銘》中寫道：「適遇子美之孫嗣業，啓子美之柩之襄祔事於偃師。途次於荆，雅知余愛其大父之爲文，拜余爲誌。辭不能絕，今因繫其官閥而銘其卒……。嗣業貧無以給喪，收拾乞匄，焦勞晝夜，去子美，歿後餘四十年，然後卒先人之志，亦足爲難矣。」元稹爲杜甫寫的墓誌銘甚爲重要，它是杜甫葬於河南偃師說的重要根據。河南《偃師縣志》載：「杜甫墓在縣西土婁村。明《一統志》：杜甫墓在首陽山。《通志》：杜甫墓在土婁村，元和八年元微之誌其墓。毓倬按：《舊唐書》甫本傳載，宗武子嗣業，遷甫之柩歸葬於偃師縣西首陽山之前。唐元稹墓誌亦云，啓子美之柩之襄祔事於偃師。祔者，祔當陽侯之墓也。是杜甫墓在偃師土婁，毫無疑義，杜公墓乾隆初年村民侵爲麥地，邑令朱續志訪出，造塋樹碑，載《藝文志》。」可見《偃師縣志》也稱杜甫葬在偃師。

三說杜甫葬在岳陽。清代同治年間的《巴陵縣志》卷二十《冢墓》根據元稹撰寫的杜甫墓誌銘，說杜甫葬在岳陽：「杜甫墓在岳州，今不知其處。按元微之墓誌，扁舟下湘江，竟以寓卒，旅殯岳陽，是杜墓在岳陽也。元和中，孫嗣業遷墓偃師，後人遂失其殯處。」從這段文字記載來看，岳陽確曾有過杜甫的權厝冢，後來杜嗣業把它遷到偃師去了。

第四種說法是杜甫葬在平江。這一說比岳陽說更早。嘉慶《平江縣志》載：「左拾遺杜甫墓在小田。按元微之墓誌，旅殯岳陽四十餘年。平爲岳屬，岳陽之殯，直言平耳。歸祔因宗武意中事，而大曆干戈擾攘，殯不果歸，流寓而遂家焉，無足怪者。」《平江縣志》認爲杜甫葬在平江小田，這是因爲杜甫靈柩在大曆年間因戰亂歸喪未成，同時他的子孫也就在平江生活下來。李元度《杜工部墓考》也認爲杜甫葬在平江小田。

總此四種說法，耒陽有的似乎只是衣冠冢，岳陽的也只是權厝冢，杜甫的墓到底在河南偃師還是湖南平江，目前學術界沒有一個統一的看法。

二十八　韓愈死於硫磺嗎？

自唐代大詩人白居易在《思舊》詩中寫下「退之服硫磺，一病訖不痊」後，人們紛紛推測，這個「退之」是不是唐宋八大家之一的韓退之，即韓愈。如果眞是他，那麼他眞的是死於硫磺嗎？

最早提出白居易詩中的「退之」指韓愈的是五代的陶穀。他在《清異尋》中說：「昌黎公愈晚頗親粉脂，故事服食，用硫磺末攪粥飯啖雞男，不使交，千日烹庖，名『火靈庫』。公間日進一只焉，始亦見功，終致絕命。」陶穀雖然對韓愈死於硫磺的經過作了說明，但沒有根據。

清代錢大昕在《十駕齋養新錄》卷十六中，對人們以白居易詩「爲昌黎晚年惑金石藥之證」表示懷疑。他舉方崧卿的一條辨證。方崧卿據《衛府君墓誌》說，當時也有一個字退之的人叫衛中立，他「餌奇藥求不死，而卒死。」白居易詩中「退之服硫磺」者，是衛中立。錢大昕還進一步提出：韓愈「長慶三年作《李干墓誌》，力識六七公皆以藥敗。明年則公卒，豈咫尺之間身試其禍哉？」他認爲，韓愈不是那種表面上斥責別人服丹藥，而背地裡卻自己吃丹藥追求長生不死的人。

陳寅恪在《元白詩箋證稿·附說·白樂天之思想行爲與佛道關係》中，力駁衛退之之說。他的理由是白居易所結交的朋友都是像韓愈、元稹「所謂第一流人物」，而衛中立並非是進士出身，是個小人物，白居易在詩中不會提到他的。他還強調，陶穀生活在五代，與韓愈生活的「元和長慶時代不甚遠，其說當有所據。」他認定白居易詩中的「退之」就是韓愈。

也有人對陳寅恪的觀點提出質疑。他們說：「從一般的情理來推測，『詩中之退之』斷無是昌黎韓愈之理。」但是也不是衛中立。這是因爲：第一，白居易所交結的朋友並非都是「所謂第一流人物」，況且白居易與韓愈的交情相當平淡，極少來往，甚至有不滿情緒。白居易對韓愈的死從來沒寫過一首悼亡詩和一篇緬懷文章，怎麼突然在《思舊》詩中提起他呢？白居易和衛中立更是毫無關係，也絕不會在《思舊》詩中提到他的。另外，在韓愈在世的元和、長慶時代，不僅韓愈自己沒有說過他服食丹藥之事，他的朋友也不曾說起過。可見陶穀的說法是不足信的。那麼，這個「退之」又是誰呢？到目前爲止，還沒有發現唐代第三個字叫退之的人。「退之」二字很可能是「杓直」之誤。杓直是李建的字，他與白居易關係十分親密，而且是死於服食丹藥的。白居易在詩文中曾多次提到李建。由此看來，《思舊》詩中的「退之」就是他了。但是這僅僅是推測，沒有可靠的根據。

白居易《思舊》詩中的死於硫磺的「退之」是誰？是韓愈、衛中立或者李建，還是另有他人，這是個惑人千載的謎。

二十九　李商隱《無題》詩主旨何在？

李商隱是唐代傑出的詩人，他的詩思深意遠，情致纏綿，有百寶流蘇的綺麗，有千絲織網的細密，有行雲流水的空明，閃爍著迷人的光彩，使讀者迴腸盪氣，不能自已。其中他的《無題》詩尤爲珠圓玉潤，琢煉精瑩，傳誦千古。

李商隱以《無題》爲題的詩共十五首。關於這類詩他曾經解釋說：「爲芳草以怨王孫，借美人以喻君子。」又說：「巧囀豈能體無意」，「楚雨含情皆有託」。加之這類詩典麗有餘，明快不足，讀後餘味無窮。而仔細解來卻很困難，因此，對李商隱的《無題》詩，向來有艷情詩和政治詩兩種說法。

比較普遍的觀點是認爲李商隱的《無題》詩是愛情詩。一般人認爲《無題》詩的代表作「相見時難別亦難，東風無力百花殘。……」這首詩是描寫了在瀕臨於絕望中還顯出了無比強烈的力量的執著的愛情，成爲描寫愛情的絕唱。《無題》詩中的其他詩句如「身無彩鳳雙飛翼，心有靈犀一點通」；「暮心莫共花爭發，一寸相思一寸灰」。對於愛情的描寫深刻感人，能搖盪人心靈。再如對「來自空言去絕蹤，月斜樓上五更鐘。……劉郎已恨蓬山遠，更隔蓬山一萬重」這首詩，多數人認爲它描寫了詩人對愛情的要求得不到滿足，因而就對愛情產生了種種渴望和幻想。但馮浩卻認爲它是詩人怨恨令狐綯不了解自己心情的政治詩。他解釋說：「首章二句謂綯來相見，僅有空言，去則更絕蹤矣。令狐爲內職，故次句點入朝時也『夢爲遠別』緊接次句，猶下云隔萬重也。『書被催成』蓋令狐促義山而攜入朝，文集有《上陶啓》，可類推也。五、六言留宿，蓬山，唐人每以比翰林仙署，怨恨之至，故言更隔萬重也。若誤認艷體，則翡翠被中，芙蓉褥上，既已惠然肯來，豈尙有撫空言而有夢別催書之情事哉？」馮浩就是這樣以「實有寄託者多，直作艷情者少」的觀點來解釋李商隱的《無題》詩的。朱鶴齡更是幾乎把李商隱所有的愛情詩都說成是「美人香草」的「忠憤」之情的寄託。他說由於當時「閹人橫暴」和「黨禍蔓延」，詩人「厄蹇當途，沈淪記室。其身危，則顯言不可而曲之，其思苦，則莊語不可而漫語之，計莫若瑤臺璚宇，歌筵舞榭之間，言之可以無罪，而聞之足以動。」他認爲李商隱的《無題》詩儘管表面爲寫愛情，而實際卻都是政治詩。淸代的程夢星及近代的張爾田等對《無題》詩的解釋都持此觀點。

在主張《無題》詩是艷情或政治詩以外，清人屈復有一段話很發人深思。他說：「凡詩有所寄託，有可知者，有不可知者。……若《錦瑟》、《無題》、《玉山》諸篇，皆男女慕悅之詞，知其有寄托而已，若必求其何事人以實之則鑿矣。今但就詩論詩，不敢附會牽扯。」的確，李商隱的《無題》並非作於一地一時，它取材廣泛，內容多樣，既有寄意深遠的政治詩，也有風華綺麗的愛情詩，還有其他的抒情詩，難以一概而論。對《無題》詩具體篇章的爭論還會隨著對李商隱詩歌藝術魅力的探討延續下去。

三十　寒山寺古鐘的下落

月落烏啼霜滿天，江楓漁火對愁眠。

姑蘇城外寒山寺，夜半鐘聲到客船。

這首七絕是唐代大詩人張繼歌詠蘇州寒山寺的絕唱。千百年來，詩以景傳，景以詩名，寒山寺成爲名揚中外的遊覽勝地。日本遊客都以能在歲末之夜聆聽「夜半鐘聲」爲榮。然而，寒山寺古鐘今又在哪兒呢？爲什麼寒山寺只有一口清代所鑄的鐘和一口日本鐘呢？

說來十分有趣。寒山寺原名妙利善明塔院，初建於五代梁天監年間（五〇二—五一九）。寒山寺古鐘也就是當時所鑄的。到唐代，據《清一統志》載：「相傳寒山、拾得嘗至此」，才改名爲寒山寺。寒山、拾得都是唐時高僧，皆有詩集傳世。到元朝末年寒山寺毀於戰禍，以後雖經多次修建，卻屢遭火災，日趨敗落。那口有名的古鐘也不知去向。據說這口鐘聲音異常宏亮，在夜深人靜時敲起來，連十幾里外的蘇州城內都能隱約地聽見。寺廟裡是不可沒有鐘的，所以，到了明代嘉靖間，本寂禪師又主持建樓鑄鐘。才子畫家唐寅曾寫了一篇《姑蘇寒山寺化鐘疏》，記載了化緣募鐘的始末。他的好友文徵明還手書張繼《楓橋夜泊》刻碑立於寺內。據《寒山寺志》載：沒有多久，「鐘遇倭變銷爲炮」，文徵明的手書詩碑也毀於火。直到清光緒三十二年（一九〇六），江蘇巡撫陳夔龍才重修寺廟，並又鑄了一口大鐘。著名文人俞曲園在《重修寒山寺記》中說：「堂之西尚有隙地，乃構重屋，是曰鐘樓，鑄銅爲鐘懸其上，以存古跡。」這口鐘今天仍然懸於寺內西側的八角樓上。俞曲園還補書了張繼的詩，這塊碑刻也陳列在寒山寺的碑廊裡。與此同時，日本各界人士募捐集款，由小林誠義等一批日本優秀工匠精心製作，鑄成一對青銅奶頭姐妹鐘，一口懸於日本館山寺，一口送到寒山寺大雄寶殿內。日本首相伊藤博文侯爵還親自撰寫了銘文和銘詩刻於鐘上。銘云：「姑蘇非異域，有路傳鐘聲。勿說盛衰跡，法燈滅又明。」寒山寺建成至今已經一千四百六十多年了，古鐘佚失，明鐘被毀，唯有清鐘與日鐘聲韻長存。

那口古鐘究竟到哪裡去了呢？康有爲在一八八〇年二月二十五日到蘇州寒山寺遊覽，看到古鐘已佚，明鐘復毀，感慨萬千，寫下了一首七絕：「鐘聲已渡海雲東，冷盡寒山古寺楓。勿使豐干又饒舌，他人再到不空空。」又說：「唐人鐘已爲日人取去。」康有爲博學多識，言古鐘被日人取走必有所據，可惜他沒說出出處。與此相同，日本人也說寒山寺古鐘流入日本了。伊藤博文在贈鐘銘文中說：「姑蘇寒山寺歷劫年久，唐時鐘聲，空於張繼詩中傳耳。嘗聞寺鐘轉入我邦，今失所在，於山田寒山搜索甚力，而遂不能得焉。」但他的根據是什麼，也無從查考，十分令人惋惜。

三十一　「烏啼」、「江楓」指什麼？

唐朝詩人張繼的《楓橋夜泊》：「月落烏啼霜滿天，江楓漁火對愁眠。姑蘇城外寒山寺，夜半鐘聲到客船。」這是一首吟誦千古的佳作，但同時也留下一串難解的謎。爭議大多以「烏啼」、「江楓」爲焦點，對詩作不同的解釋。

一般認爲，這是詩人遊歷蘇州時所寫的一首題詠詩，詩的前兩句寫詩人泊舟楓橋之夜所看到的天空、水面、岸上的遠近景物，用落月、啼烏、霜天、江楓、漁火來烘托客思旅愁和靜夜境界。

但有人對《楓橋夜泊》作這樣的註釋：烏啼、江、楓，是當時的三座橋名：烏啼指烏啼橋，楓即楓橋，江則是指江村橋，現在寒山寺前還有此橋。愁眠，是山名。於是兩句詩就成了這樣的意思：月亮西斜到了烏啼橋下，滿天霜降；江村橋和楓橋之間漁火點點，與愁眠山遙相對應。這種理解，自成一說。

還有人提出：楓橋所在的楓江古爲封江。宋代周遵道《豹隱紀談》認爲，楓橋舊作封橋，是宋仁宗時一位名叫王珪的大官僚，書張繼詩碑時將「封」改爲「楓」的。宋人朱長文在《吳郡圖經續記》中則認爲，是以前把此橋誤作封橋，而到王珪，才改正爲楓橋。有人以爲「封」是封鎖的意思，封江位於京杭大運河的分水處，地勢險要，是古代兵家必爭之地，隋唐時爲了禦衛蘇州城，經常封江和封橋，於是就有了封橋和封江的名字。王珪書張繼詩碑，改「封」爲「楓」，後代因循相襲，又把唐宋吟詠封橋的詩篇，一律改「封橋」爲「楓橋」，遂使「封」爲「楓」取而代之。

有人認爲：「江楓漁火」，本是「江村漁火」。宋龔明之《中吳紀聞》認爲：江楓應作「江村」。現在，有人從植物生態學指出楓不能種在江畔，江邊有楓是不可能的。有的提出唐代到過蘇州的著名詩人，如李白、白居易、杜牧等，在描寫蘇州景物的衆多詩篇中都沒有一個「楓」字；蘇州的楓樹是明朝時候范仲淹的後代范允臨從福建移植過來的。又證之現在有江村橋，當是好事者取張繼詩中「江村」一詞以作橋名。而「江村漁火」，也正符合唐代這一帶是水澤漁村的地理環境。

三十二　「杏花村」在何處？

清明時節雨紛紛，路上行人欲斷魂。
借問酒家何處有，牧童遙指杏花村。

一曲絕句，含蓄精煉，情景交融。在短短的四句詩中，寫出了一個完整而幽美的景象，因而，傳誦千古。但是杜牧詩中的杏花村在哪裏呢？千餘年來紛爭不息，近些年來，爭論更烈。

一說杏花村在安徽省貴池縣城西。理由是杜牧在會昌四年（八四四）九月由黃州刺史遷池州刺史（今貴池），會昌六年九月又遷睦州刺史，在池州整整兩年；而且貴池縣城西有杏花村，素產名酒。因此，清人郎遂寫了《貴池縣杏花村志》，將杜牧詩《杏花村》收入；後來《江南通志》亦將該詩收入，並說杜牧詩中的杏花村在貴池。然細細體味杜牧《杏花村》詩，又會產生疑案：一是假如杜牧是在赴池州作官的路上，即會昌四年九月作此詩，離清明時節尙遠，何以會提及路上的斷魂之人呢？二是假如杜牧是在池州爲官時所作，從會昌四年九月至第二年的清明時節，近半年之久，豈有不知城西數里的杏花村有好酒賣嗎？還要向牧童「借問」？三是杜牧在貴池爲官，要吃杏花村酒，自有當差的服侍，怎會自己尋覓酒店呢？

二說杏花村在山西省汾陽縣。理由是，相傳南北朝以來，汾陽就以產酒著名，汾酒享有「甘泉佳釀」之譽；天下杏花村之多難以數計，而唯有這般名酒的杏花村確實在汾陽。但繆鉞編著的《杜牧年譜》中，關於杜牧的生平事跡，每年行動，歷歷可考，唯獨沒有提到他到過汾陽。所以，杜牧「借問」酒家，牧童「遙指」的杏花村，不可能在山西省汾陽縣。

也有說杏花村在江蘇豐縣城東南十五里處。理由是：杜牧一生自外郡遷官赴京共四次，有三次經過豐縣；豐縣杏花村即在運河至宋州的道上，所以杜牧經過豐縣，寫一首《杏花村》的詩，是合情入理的。二是蘇軾寫了一首關於豐縣朱陳村嫁娶的詩，詩中道：「我是朱陳舊使君，勸農曾入杏花村。而今風揚那堪畫，縣吏摧錢夜打門」。其詩正好暗合杜牧的《杏花村》詩。三是《豐縣志》自明代版版皆收入杜牧的《杏花村》一詩。然而如今豐縣城東南十五里一帶並無杏花村。只有一村——張杏村，至今家家門前庭院植有杏樹三五株。但這個村子從不產酒，看來豐縣說也讓人懷疑。

第四說是泛指。指種植著杏花的村子，藉此烘托全詩的氛圍，不一定指某一個杏花村。但不少人反對此說。杜牧詩大都實指。假使他不親眼見到一個杏花村，他的詩興豈會無感而發？

三十三　漢唐陽關為何銷聲匿跡？

陽關，曾經牽動了唐代許多詩人的心弦，它的名字屢屢見諸詩句：「二年領公事，兩度過陽關」（岑參）、「邊愁離上國，春夢失陽關」（李嶠）、「紅綻櫻桃含白雪，斷腸聲裡唱陽關」（李商隱）。特別是王維創作了千古傳唱的《渭城曲》，陽關之名更是婦孺皆知：

渭城朝雨浥輕塵，客舍青青柳色新。
勸君更盡一杯酒，西出陽關無故人。

音樂家又依據這首詩的意境，創作出名曲《陽關三疊》，那悠揚的旋律，激越的琴聲，更令人心馳渭水，神往陽關，油然而生一種蒼涼壯闊的美感。

據我國史籍記載，西漢武帝時，爲抗擊匈奴，聯絡西域，加強了對河西走廊這個戰略要地的控制。元鼎六年（西元前一一一），由酒泉郡分置敦煌郡，下轄六縣，其一爲龍勒。龍勒境內有兩座軍事重鎮，一爲玉門關，另一爲陽關。從長安出發，過陽關，經婼羌、且末、于闐，越蔥嶺、波斯到小亞西亞半島，就是歷史上著名的「絲綢之路」。直至唐代，在漢龍勒故地置壽昌縣，陽關繼續作爲邊塞重鎮而爲人矚目。唐高僧玄奘從印度取經歸來，就是取道天山南路，東入陽關的。

然而奇怪的是，這個屢見於漢唐史籍和詩文的赫赫有名的陽關，在唐代以後竟然銷聲匿跡了。不但名不再見於詩文，甚至在地理上也失去了它的蹤跡。陽關，成了一個捉摸不透的歷史之跡。

陽關隱去，古往今來許多人孜孜探尋而不得，更使它的地理環境蒙上種種神祕色彩。直至近年來，經甘肅省考古隊和酒泉文物普查隊的多次實地考查，終於在敦煌縣西南百餘里處的沙灘中，發現了大型板築遺址，經過試掘，房基清晰，排列有序，面積達上萬平方米；還發現了窯址、耕地遺址以及地埂、水渠遺跡，分布面積有十餘平方華里之闊，因此推定：漢唐時代的陽關就在這裡，而且是一個人煙密集、經濟繁榮的地方。過陽關以西便進入了窮荒絕域之地，風物與內地大不相同，所以「西出陽關」在唐人的心目中，是一個不辭艱辛、令人尊敬的壯舉。

那麼，陽關爲何消失的呢？結合地理形勢和文獻材料推斷，主要由於來自西南方的風沙逐漸向東北侵襲，逼迫人們向東後撤，宋、遼之後，人們完全離開了陽關地區，陽關及壽昌縣終於被流沙吞沒；再加之當時頻繁的戰爭，大規模的開荒屯墾，破壞了這裡的植被和水源，生態環境逐年遭受破壞，更難以抵擋風沙的侵襲，人們只好拋棄這塊繁榮一時的地方。於是，昔日的湖水浩渺變成今日的茫茫飛沙，後人在感嘆之餘，只能從藝術的夢幻中領略漢唐陽關的盛況了。

三十四 「雪中芭蕉」是否合理？

北宋沈括《夢溪筆談》卷十七記載這樣一件事：「彥遠《畫評》言王維畫物，多不問四時，如畫花往往桃、杏、芙蓉、蓮花同畫一景。予家所藏摩詰（王維）畫《袁安卧雪圖》，有雪中芭蕉。此乃得心應手，意到便成，故造理入神，迴得天意。此難可與俗人論也。」從此，王維的「雪中芭蕉」是否合乎情理，便成了千年聚訟不已的問題，直到今天仍然沒有統一的看法。

一是指責王維的「雪中芭蕉」犯了常識性的錯誤。明代謝肇淛首先發難，他在《文海披沙》中說：「王右丞雪中芭蕉，雖閩廣有之，然關中極寒之地，豈容有此耶？」這就是說，「雪中芭蕉」這一景象，在地屬南方的福建、廣東一帶或許可能出現，但袁安臥雪的地點是河南洛陽，這裡屬於北方的「極寒之地」，冬天絕無可能生長芭蕉，因此，王維畫「雪中芭蕉」便是一件荒唐可笑的事情。

二是讚賞王維畫意不畫形，貴在神似，不求形似。王士禛爲之辯解最力，他說：「世謂王右丞畫雪中芭蕉，其詩亦然。如『九江楓樹幾回青，一片揚州五湖白』，下連用蘭陵鎭、富春郭、石頭城諸地名，皆寥遠不相屬。大抵古人詩畫，只取興會神到，若刻舟緣木求之，失其指矣。」（《帶經堂詩話》卷三）在王士禛看來，這是一種「興會神到」的高超藝術手法，觀者大可不必責難王維，而應該忘形得意，從中獲取豐富、深遠的藝術美感。

三是認爲王維在畫中寄寓著高妙的佛學禪理。持此說者有清人金農。他一方面推崇「王右丞雪中芭蕉爲畫苑奇構」，一方面又說：「芭蕉乃商飆速朽之物，豈能凌冬不凋乎？」因此推斷王維不可能不知道這一點，而之所以這樣畫，在於「右丞深於禪理，故有是畫，以喩沙門不壞之身，四時保其堅固也。」（《雜畫題記》）所以，王維有意識地把不存在於同一時節的雪和芭蕉擺在一起，是寄託佛家隱喩和寓意的，具有妙不可言的境界。

上述種種爭論，顯然涉及到生活眞實和藝術眞實及兩者關係的問題，彼此可以見仁見智，看法不必強求一律。至於王維作此畫的本意究竟是什麼，因年代久遠，也很難說淸楚的。但有一點可以肯定，「雪中芭蕉」作爲一種大膽而奇特的藝術現象，將長久地成爲人們津津樂道的話題。

三十五　宋詞有無「豪放」「婉約」之分？

一般文學史家在論及宋詞時都認爲宋詞分「豪放」和「婉約」兩派。然而這種劃分又有許多人不願認可，因此，關於宋詞有沒有「豪放派」和「婉約派」，形成了一個難於一致的局面。

第一種觀點是完全否認宋詞流派的存在。施蟄存指出：婉約、豪放僅是作品風格，而風格的形成取決於思想感情。宋人論詞，初無兩派之分，所謂流派，「固有許多人向同一風格寫作，蔚爲風氣，故得以成爲一個流派。東坡稼軒，才情面目不同，豈得謂之同派？」我們無法開出一個「豪放派」與「婉約派」的圈子。何況豪放、婉約也不是對立面。清人論詞也從不分「婉約」、「豪放」兩派。吳世昌從北宋詞的創作著眼，指出如「塞下秋來風景異」、「大江東去」等這一類的豪放之作不滿十首，根本說不上派。如果眞有這一派，那又有多少人組成？派主是誰？寫出了多少豪放詞？收在哪個集子裡？所以，他們認爲，不宜說宋詞有婉約、豪放兩派之分。

第二種觀點則堅持宋詞有「豪放」、「婉約」兩派。在宋時就有人把宋詞分爲婉約、豪放兩派。俞文豹在《吹劍續錄》中載一軼事：人稱蘇東坡詞如「關西大漢，銅琵琶，鐵綽板，引吭高歌『大江東去』」，柳永的詞只適合「十七八歲的女郎，執紅板，曼聲輕唱『楊柳岸曉風殘月』」。這就是對「豪放」、「婉約」兩派作品的形象的區分。明人張綖說：「少游（秦觀）多婉約，子瞻（蘇軾）多豪放」，亦即就此而言。王士禛在《花草蒙拾》中說：「張南湖（綖）論詞有二，一曰婉約，一曰豪放，僕謂婉約以易安（李淸照）爲宗，豪放以幼安（辛棄疾）爲首。」確實如此，宋代雖然詞派林立，但基本不出婉約、豪放兩大類。

第三種意見是認爲宋詞的「派」有兩種含義。它既指流派也指風格，宋人雖分婉約、豪放，但都是指藝術風格而論的。平心而論，強以豪放、婉約分派，並非宋人原貌，其實這不過是同一文體的不同風格，完全可以並行不悖。

第四種觀點實際上是對第二種意見的補充和發揮。他們認爲，流派的眾多和風格的多樣化是宋詞繁榮的重要標誌。宋詞粗分有婉約、豪放兩大派，其實它們根本沒有明顯的界限，相反，倒相互滲透，相互影響，豪放中寓婉約，婉約中寄豪放，而且還有的作家游離於兩派之外。

第五種是折中型的。他們認爲「體」與「派」在我國習慣上區別甚微，稱體者，每可稱派。一般「體」多指形式與體裁，「派」多指風格和品流。他們說宋詞中的豪放、婉約之間沒有不可逾越的鴻溝，更不是相互對立與排斥的。同一詞家的作品，二者兼有者很多，沒有必要作硬性規定。

三十六　蘇軾通音律嗎？

蘇軾是我國文學史上傑出的詩人、散文家、詞人。他的詩影響了宋代的詩風，散文與「韓柳歐」並稱四大家，同時他的詞也具有很大的藝術創造性。不過李清照在她的《論詞》一文中，批評蘇軾的詞「不協音律」。那麼，蘇軾的音樂才能到底怎樣呢？他通音律嗎？這是自宋一直爭論至今的問題。

南宋女詞人李清照說：「至晏元獻、歐陽永叔、蘇子瞻，學際天人，作爲小歌詞，直如酌蠡水於大海，然皆句讀不葺之詩耳，又往往不協音律」。李清照的這段評論對後世影響很大。《樂府指迷》的作者沈義父也認爲蘇東坡和辛棄疾不曉音律，而且被後世不曉音律，「故爲豪放、不羈之語」的詞人拿去做幌子。蔡嵩雲爲《樂府指迷》作《箋釋》就明確指出，蘇詞「豪放處多不協律」。彭乘則進一步認爲蘇詞之所以不協律入腔，是因爲詞人自己不會唱曲，他在《墨客揮犀》卷四中說：「子瞻常自言平生有三不如人，謂著棋、吃酒、唱曲也。然三者亦何用於人？子瞻之詞雖工，而不入腔，正以不能唱曲耳。」他認爲蘇軾連曲都不會唱，哪裡會通曉音律呢！

然而，現代的一些學者如沈祖棻等就認爲蘇軾通音律，根據是史籍中有不少蘇軾通詞樂的記載。例如，蘇軾在《書彭城觀月詩》中就說他自是會唱的：「余十八年前，中秋與子由觀月彭城，作此詩，以《陽關》歌之。今復此夜，宿於贛上，獨歌此曲，聊復書之。」另外，《能改齋漫錄》卷十七也記載：蘇軾能倚聲寫《戚氏》詞，讓妓女在歌筵上歌唱，從「坐中隨聲擊節」來看，詞是合樂的。《侯鯖錄》卷三也載蘇軾能將不協律的琴曲《瑤池燕》的詞改寫成《閨宛》，也說明他是通音律的。蘇軾的《與朱康叔書》，親自記載了他把原來不入樂的陶潛《歸去來辭》，改寫成《般涉調·哨遍》，把原來的詞註入音樂的生命。以上的這些材料都說明蘇軾是通曉音律的。

第三種觀點認爲蘇軾詞有不合音律處，往往是詞人「筆興所至」，是有意爲之的變化。蘇軾能歌會唱，通曉詞樂，只是不喜剪裁以就聲律。「蘇門四學士」之一的晁補之說過這麼一段話：「蘇東坡詞，人謂多不諧音律。然居士詞橫放傑出，自是曲子中縛不住者。」陸游在《老學庵筆記》卷五也說：「公非不能歌，但豪放，不喜剪裁以就聲律耳。」王灼《碧雞漫志》卷二則說：「東坡先生非醉心於音律者。」此外，還有章鋋也是這種觀點。

三十七　《滿江紅》是否岳飛所作？

一首《滿江紅》（怒髮沖冠）充滿了愛國激情，數百年傳誦不絕。許多人一直把它看做是岳飛生平壯志和精忠報國英雄精神的眞實寫照，它眞的是岳飛作品嗎？有人開始懷疑它的眞實性。

第一位對《滿江紅》作者提出懷疑的學者是余嘉錫。他在《四庫提要辨證》的《岳武穆遺文》一節中對《滿江紅》眞僞提出質疑。他認爲，此詞不首見於宋、元諸書記載，突然出現於明代嘉靖年間，這不能不令人生疑。再說，岳飛之子岳霖、孫岳珂兩代不遺餘力地搜求岳飛遺稿，而在他們所編的《岳王家集》中，卻未錄此詞。據此，余嘉錫認爲《滿江紅》不會是岳飛所作。夏承燾在《岳飛〈滿江紅〉詞考辨》一文中贊同並發揮補充了余的觀點。他說：「以地理常識說，岳飛伐金要直搗金國上京的黃龍府，黃龍府在今吉林，而賀蘭山在今西北甘肅河套之西，南宋時屬西夏，並非金國地區。這首詞若眞出於岳飛之手，不應該方向乖背如此！」並進一步指出：『踏破賀蘭山闕』在明代中葉實在是一句抗戰口號，在南宋決不會有此！」他推測這首詞可能是明代參加過賀蘭山抵抗韃靼族侵擾有文學修養的將帥所爲。

臺灣古典文學研究界對《滿江紅》問題也較爲關注。孫述宇在《中國時報》發表文章，除了贊同余、夏之說外，還從詞的內容和風格上提出質疑。他認爲《滿江紅》慷慨激昂，而岳飛的另一首詞《小重山》則低細婉轉，兩首詞格調相去甚遠。風格之所以大相徑庭，實是因爲這二詞不是出於同一人之手。所以，他也懷疑《滿江紅》是僞作。

針對上述論斷，許多學者則堅持《滿江紅》是岳飛的作品。一說賀蘭山同「長安」、「天山」一類地名一樣，可用作比喻性的泛稱，岳飛是把賀蘭山當作黃龍府。蘇位在香港《大公報》撰文，認爲西夏與北宋自來都有戰事，對峙局面直到宋眞宗，仁宗賄賂求和，才暫告緩和的。岳飛對這一發生在五十餘年前的事十分熟悉。所以，《滿江紅》一詞提到的賀蘭山，是借指敵境也未嘗不可，不能簡單地看成違背地理常識。第二種看法是以靳極蒼爲代表的史文隱逸說。他們認爲古人藏書，往往自視爲珍寶，不願與外人道，因而某些珍藏的典籍手稿尚未公之於世時，雖有人極力尋訪，也不能備載無遺。再者，岳飛遇害時，家存文稿全被查收。在他死後，秦檜及其餘黨又執政數十載，又有誰敢提岳飛的片紙隻字呢？元朝，岳飛還是驅除的對象，所以，直到明代岳飛的作品才出現於世，並不值得大驚小怪！第三種看法是王樹聲提出的。他說：「根據作品的風格來斷定作者也並不太可靠。一個作者的風格固然有它的基本特徵和一貫性，但也不排除隨著題材、處境，作者的心情、寫作目的等主客觀條件的變化而發生變化的可能性。」不能僅以《滿江紅》與岳飛《小重山》風格不同，就斷定《滿江紅》非岳飛所作。此外，還有人結合詞句，根據史實，考察出岳飛寫《滿江紅》的具體時間。

三十八　蔡伯喈是怎樣的形象？

在我國古典劇作中，《琵琶記》歷來是爭論最多的一部作品，其中對主要人物蔡伯喈形象的評價，便是爭論的焦點之一。

一是肯定派。他們認爲高則誠通過改編使蔡伯喈從單一的性格發展成爲多面性的典型。戴不凡說：「這是一個異常眞實的性格。」浦江清、王季思、趙景深、鍾惦棐、冬尼、許之喬等都認爲作品寫出了他不想應考，父親蔡公不從；考中狀元，牛府招他入贅，他辭婚，牛丞相不從；他辭官，朝廷又不從的內心苦悶。把人物放在特定的環境裡來塑造，合乎人情。董每戡認爲：「塑造這樣複雜、細緻、左右搖擺、矛盾的人物，在高明以前還沒有過。」俞平伯認爲，陳士美、王十朋、蔡伯喈，代表了舊知識分子在婚姻問題上的三種類型。丁力和溫陵甚至說，在他身上有對生活自由和個性解放的追求。范寧說：「《琵琶記》裡不能沒有封建倫理的東西，可是在趙五娘和蔡伯喈身上，是表現了一般的夫婦感情，」實際上他也肯定了蔡伯喈的形象。陳友琴說《琵琶記》之所以具有感人的力量，就是因爲這種「深摯的人情味」。

第二種觀點是否定蔡伯喈這個形象。徐朔方認爲這個形象是不眞實的，而且自相矛盾。作品對他的過錯作了曲意的回護。他說：「從趙五娘、張大公來看，蔡伯喈是一個很壞的人。」並且指出：「如果作者能把一個人物寫成思想上的矛盾，這是作者的成功，如果作者處理人物時發生了矛盾，就是失敗。」他還強調說：「三不從」本身就有問題，辭婚不從，卻不向皇帝說出家中已有妻室。鄧紹基認爲，造成趙五娘的悲劇事件，「主要是牛相的利己主義的行爲所造成的。蔡伯喈本身……也有不可逃避的責任。作者在劇中企圖掩蓋造成悲劇的原因」。他接著又說：「作品主要通過兩個人，一個是牛氏，一個是蔡伯喈，狂熱地宣傳了封建禮教。」

高明把譴責蔡伯喈背親棄婦的《趙貞女》改爲歌頌蔡伯喈「全忠全孝」的《琵琶記》，蔡伯喈形象的這一改編，包孕了多重意象，令後世的學者紛爭不止。蔡伯喈到底是個什麼樣的形象，還有待於學術界的進一步深入地探討。

三十九　馬謖該不該斬？

《三國演義》中諸葛亮揮淚斬馬謖的故事，幾乎婦孺皆知。但失街亭的責任眞的該由馬謖負嗎？是不是僅僅由於馬謖的過失導致諸葛亮北伐的失敗？有人認爲馬謖被斬是咎由自取，有人則認爲諸葛亮「不必戮謖以謝眾」。兩派各執一說，相持不下。

一是認爲馬謖「罪在必誅」。朱大渭在《馬謖被殺眞相》一文中指出，馬謖被斬，不是僅僅街亭一戰失敗直接所致，諸葛亮常說勝敗乃兵家常事，不會由於一戰失利就將其斬首示眾。馬謖被斬是因爲他違犯了軍法，又畏罪潛逃，朱大渭認爲，馬謖失街亭，是違抗諸葛亮的正確指揮造成的。《三國志·蜀書·諸葛亮傳》載：「謖違亮節度，舉動失宜，大爲郃所破」。諸葛亮一向軍紀嚴明，馬謖在戰爭的最關鍵的街亭大敗，違抗了軍法，從而構成了嚴重的罪行，所以，諸葛亮當時將他斬首。正如諸葛亮回答蔣琬時說：「若不按軍法斬馬，誰還服從指揮，如何能『討賊』呢？」朱大渭還進一步指出，馬謖並未承認錯誤，還居然畏罪潛逃，「按當時軍紀，將士臨陣退卻和逃亡，都是要殺頭的」。所以說，馬謖該斬。還有人說，馬謖是一個趙括式的危險人物，臨陣前獨斷專行，不聽副將王平苦勸，生搬硬套「置之死地而後生」的兵法，輕視敵人，是十足的「成事不足，敗事有餘」的人，爲絕後患，應當斬頭。

二是認爲馬謖實不該斬。持此說的有乃源先生。他在《該不該斬馬謖》一文中認爲：馬謖在當時是一個不可多得的傑出將才。南征攻心的策略就是馬謖建議的。雖然劉備一再說馬謖「言過其實，不可大用」。但是諸葛亮還是因爲馬謖確實「才之過人」而用他。然而，諸葛亮犯了一個錯誤：馬謖只當過縣令、太守和參軍，從來沒有統軍獨當一面的經驗，大敵當前，一下子讓他「統大眾在前」，沒有諸般鍛煉和豐富的經驗，突然遇上強敵，「自然不免失敗」。諸葛亮沒有識其長短而量才使用，也沒有讓他揚長補短，臨戰「違眾拔謖」，敗了就「戮謖以謝眾」。同時，馬謖不但沒有畏懼投降，而且認識了錯誤。所以，乃源認爲馬謖實在是不該斬！

上述說法孰是孰非？由於現存資料較少，歷史眞相和是非曲折恐怕還很難斷定。

四十《水滸》的作者是誰？

《水滸》是我國傑出的長篇白話小說，在文學史上有著特殊地位。它的作者，不見於正史，現存其他資料的記載又五花八門，所以，歷代學者見解紛紜。綜而觀之，各種觀點可分四類。（一）是託名說。主此說者認爲歷史上本無施耐庵其人，一些署爲施耐庵著的，乃他人託名；另有署羅貫中的，也是託名。但究竟何人所託，各家又有分歧。（一）「施耐庵」大概是「烏有先生」、「亡是公」一流的人，是一個假託的名字。這是胡適在《水滸傳考證》中提出的觀點。（二）「疑施乃演爲繁本者之託名」。這是魯迅在《中國小說史略》中提出的觀點。（三）「集體創作說。日本松枝茂夫提出。《水滸傳》的著作權，與其說讓施羅二人獨占，倒不如說應當歸之於無數無名的中國群眾。」聶紺弩也認爲「《水滸》不是一人寫成的，也不是一次寫成的；是經過很多人、很長時期、很多次修改才完成的。」徐朔方說，「《水滸傳》是世世代代書會才人和民間藝人的創造性勞動的結晶，它沒有一般意義的作者。這一說附者甚多。（四）郭勛託名說。張國光戴不凡認爲，「施耐庵實無其人」，而是正德、嘉靖年間官僚政客、武定侯郭勛的託名。張國光也發表了一系列論文力主郭勛及其門客託名說。

二是施、羅合作說。所謂合作，不一定指兩人商量好的合作。先後對該書形成作出貢獻，也是合作。各種明版《水滸》的署名，不外羅貫中、施耐庵二人，不過有的是合題，有的分題罷了。如何合作，又有三種觀點。（一）施作羅續說。這是金聖嘆在刪評《水滸》時提出的。一九一六年錢靜芳爲《水滸》作序道：「《水滸》實元季施耐庵先生撰。羅所編者，特征四寇之水滸耳。」（二）施著羅編說。明高儒《百川書志》著錄的《水滸》百回本的作者題爲「錢塘施耐庵的本，羅貫中編次」。郭勛刻本則題爲「施耐庵集撰、羅貫中纂修」。論者都認爲，所謂「的本」即「眞本」，即施耐庵原著本。但也有人認爲，「的本」乃是話本，施耐庵僅草就水滸話本，而羅貫中才是小說《水滸》的主要作者。（三）羅作施改說。一九三〇年李逸侯提出，明初羅貫中作了一百回《水滸》，明中葉施耐庵「運用他高明的文學技術和偉大的創造力」創作了七十回本的《水滸》。還有的說：「施耐庵就羅貫中的原本或接近原本的某本加工改寫的」。其理由是：《水滸》先簡後繁，而簡本僅題羅貫中，繁本則施羅並題，可見羅氏先作，施氏後改。

三是羅貫中編纂說。此說者認爲《水滸》主要作者實是羅貫中，而施耐庵僅是託名。羅爾綱在《水滸眞義考》中指出，羅貫中確有其人，是元末明初一位「有志圖王者」，曾幫助過張士誠起義，七十一回本《水滸》即出其手。《水滸》寫了農民革命，他「爲了避禍，就揑造了一個烏有先生施耐庵爲著者，而把自己放在『編次』之列。」

四是施耐庵編纂說。不少《水滸》版本和論著對其作者只題施耐庵一人。這又分三種情形。

（一）稱一百二十回本《水滸全傳》作者僅施氏一人。如光緒大道堂刊本、民國萬有文庫本、上海中西書局本等均持此說。（二）不問版本回數，只籠統稱《水滸》作者是施耐庵。如中國科學院文學研究所《中國文學史》等。（三）只稱七十回本或七十一回本作者是施耐庵。如民國亞東圖書館胡適序本、解放後人民文學出版社歷次出版的七十一回本等。

四十一《西遊記》的主旨何在？

《西遊記》問世四百多年來，爭議最大的是它體現了什麼主旨。早在《西遊記》問世不久就有種種說法；建國以來對《西遊記》主題的討論更加激烈，大致有七種觀點。

一是張天翼的主題「矛盾」說。他一九五四年在《人民文學》發表《〈西遊記〉札記》一文，提出：《西遊記》中神佛是「封建社會的統治階級」，妖魔是反抗統治者的造反「農民」。所以，孫悟空大鬧天宮是描寫農民起義，鬧天宮不成就是表現起義失敗。孫悟空先是造反英雄，後又投降了，並且鎮壓先前一起造反的兄弟。因此造成了「主題問題上的矛盾」。

二是李希凡的主題「轉化」說。他認爲《西遊記》七回以後，主題有「顯著的轉化」；「如果說前七回是反映了『人民反正統的情緒』，那麼，七回以後卻轉到歌頌人民征服困難的主題。」主題「轉化」後不再是本來意義上的神魔對立，正統與「邪」的矛盾了，而是神話英雄孫悟空和阻礙他完成取經偉業的一切惡勢力的矛盾。李希凡進一步指出：「如果把《西遊記》裡的許多生動活潑、富於變化的神話故事，都設想成現實生活的階級矛盾的反映」，就會「曲解了取經神話優美的主題」。他一再重申：「我是主張主題轉化說的」，並表示不贊成「主題只有一個」的說法。

第三種是主題「統一」說，以胡光舟爲代表。他認爲：「我們不妨說《西遊記》有雙重主題。大鬧天宮重在表現對傳統勢力的反抗；取經故事重在表現對理想光明的追求。它們不但沒有矛盾，卻是很好地統一在大鬧天宮和西天取經這兩個故事所共同具有的正義性之中。統一在孫悟空這個中國人民所熱愛的理想主義英雄形象之中。」

第四種觀點是朱彤的「歌頌市民」說。朱彤分析說：孫悟空的形象就是新興市民社會勢力的政治思想面貌，在文學上的理想化了的浪漫主義形式的表現。他的反抗精神「正是新興市民社會勢力反抗封建進步性一面在藝術創作中帶有誇張性的昇華」。在吳承恩的時代，代表資本主義萌芽的新興市民，始終是與封建統治階級對立的。朱彤還指出：「在封建勢力還處於相對強大，新興勢力還很弱小的條件下，他們之間的矛盾，有時可以出現暫時的緩和，但卻永遠不能消除，一有適當時機就一定要出現新的對抗。孫悟空與天庭統治者之間，就始終處在這樣複雜、微妙的關係之中。」所以，朱彤認爲，《西遊記》是歌頌新興事物的反抗的主題。

第五種觀點是朱式平的「安天醫國」說。他認爲「作者通過這個形象表現了『安天』、『醫國』所需要的力量、智慧和鬥爭精神」。朱式平分析說，「鬧天」的主題實則是「安天」。而取經路上除妖降怪，表現出了爲封建階級「醫國」的思想。他得出結論：「作者的『安天』、『醫國』思想」，貫串於大鬧天宮和西天取經兩個部分，「構成完整的思想體系」。

第六是主題「反動」說。持此說者有劉遠達、丁黎、傅繼俊。劉說：孫悟空的塑造就是樹立爲「向封建統治者『悔過自新』，『改邪歸正』的一個犯上作亂的榜樣。」傅認爲：孫悟空是造反者的叛徒。《西遊記》就是「鼓吹了投降，讚美了變節，推崇了叛徒」。與此相同，丁也認爲：「孫悟空從魔到神的轉變，實質就是叛逆英雄蛻變爲統治階級的幫兇和打手」，而《西遊記》也就成爲「一部鎭壓和瓦解人民反抗之『經』」。

第七是「人生哲理」說。主此說者是金紫千。他說：「《西遊記》故事顯然在告訴人們這樣一條哲理：人的思想只有歸於正道，才能達到理想的目標」。《西遊記》就「形象地、曲折地寫出了這條人生道路，同時，又生動地表現了這條人生哲理」。

四十二　孫悟空原型疑案

百回本《西遊記》中的孫悟空是個極富浪漫主義特色的形象，在中國文學史上獨放異彩。但是，孫悟空的形象的原型卻是一個爭論已久的問題。總的來說，有以下幾種主要的觀點。

第一種看法：孫悟空就是古代神話中的無支祁的變形。這是魯迅最早就唐人李湯《古岳瀆經》中無支祁與孫悟空之間關係闡述的精闢見解。《古岳瀆經》對水怪無支祁作了這樣的描寫：「禹理水，三至桐柏山，驚風走雷，不號不鳴，五伯擁川，天者肅兵，功不能興。禹怒，召集百靈……乃招淮渦水神，名無支祁，善應對言語，辨江淮之深淺，原隰之遠近，形若猿猴，縮踔疾奔，輕利倏忽，聞視不可久……。」這個無支祁就是孫悟空的原型。恰巧《西遊記》的作者吳承恩是淮安人，多少會受到這個神話故事的影響。所以，魯迅在《中國小說史略》裡指出：「吳承恩《西遊記》又移其神變奮迅之狀於孫悟空，於是禹伏無支祁故事遂以淫沒也。」

第二種意見是孫悟空的原型是印度史詩《羅摩衍那》中的神猴哈奴曼。這說以胡適爲代表。他聽說在印度最古老的紀事詩《拉摩傳》裡有一個神猴哈奴曼，大鬧過魔宮，便斷定孫悟空「這個神通廣大的猴子，不是國貨，乃是一件從印度進口」的外國貨。日本學者中野教授也強調，孫悟空那種一個觔斗能翻出十萬八千里的廣大神通，是受印度史詩《羅摩衍那》裡神猴哈奴曼的影響。

上述兩種觀點長期爭執不下，後來又出現了一種：「混同說」。即認爲孫悟空是繼承無支祁，同時又受到哈奴曼的影響的「混血猴」。他們說：到《大唐三藏取經詩話》時，猴行者是一個已經「人（神）化」的猴精，初具人、神、魔三位一體的特徵。它與神話裡的無支祁十分相似，孫悟空顯然繼承了無支祁的部分特徵。他們還說：早在三國時代就有印度佛典傳入中國，其中就有「人王與猴王共戰邪龍」、「猴猿大鬧天宮」等有關哈奴曼的故事。《西遊記》中的孫悟空與哈奴曼有許多相似之處，所以，他們強調：孫悟空的原型是一個集合體。

此外，日本學者還根據佛經提出好幾種看法，說孫悟空的原型是「佛典產生」等等。他們也講得有根有據，頗使人贊同。

《西遊記》所描寫的唐僧西天取經故事，不是吳承恩的一次性創作所完成的。它由歷史故事發展爲《西遊記》這樣複雜的文學故事，從猴行者到孫悟空，經歷了數百年漫長的歲月，其中不少材料支離散亂，面目不清，孫悟空的形象也很難找出他的淵源。所以，各家只是見仁見智，很難裁定哪一說正確。

法。

四十三　《金瓶梅》為何人作？

《金瓶梅》作者之爭，從晚明開始，迄今已近四百年之久，仍無定論。大致有以下幾種看法。

一是王世貞說。吳晗一九三三年十月十日在《文學季刊》創刊號上發表了《〈金瓶梅〉的著作時代及其社會背景》一文，用嚴謹的史學考證方法，查閱了大量的正史、野史、筆記，以翔實的史實作依據，剖析了前人的關於王世貞說。還有的研究者根據《明史·王世貞傳》和《萬曆野獲編》以及有關王世貞的身世、生平、籍貫、愛好、文學素養、社會經歷、思想風貌、創作時間、生活習慣等，「與《金瓶梅》全書對勘」，認爲作品所描寫的內容與王世貞的各種情況都「很對口徑」。「王世貞的影子完全攝在《金瓶梅》中」，所以，「王世貞是最有條件寫此書的作者」。

二是李開先說。有人認爲李開先的身世、生平和「對詞曲等市井文學的極深的愛好和修養」等，與前人對《金瓶梅》作者的說法不謀而合。同時，李開先的《寶劍記》與《金瓶梅》也有許多相同之處。《金瓶梅》和《三國演義》、《水滸傳》、《西遊記》一樣，都是在民間藝人中長期流傳之後，經作家個人寫定的，而這個寫定者，就是李開先。

三是賈三近說。有的研究者從新發現的《三希堂法帖》第一冊中王羲之《快雪時晴帖》後的四篇題跋中，糾正了《萬曆野獲編》的作者沈德符的錯誤，否定了王世貞說。他們認爲《金瓶梅》的作者是賈三近。理由是：萬曆年間賈三近的生平經歷、文學素養、世界觀和精神氣質、筆名都和《金瓶梅》全書所反映的內容較爲相符。賈三近所作的《左掖漫錄》就是《金瓶梅》的原稿。

四是吳儂說。所謂「吳儂」，是對「生長在吳語地區，或是受吳語影響較深的人」的昵稱。有的研究者從《金瓶梅》一書中多次運用吳語詞彙這一點來證明「改定此書的作者當爲一吳儂」，不一定是山東人。還有人指出，作者對山東的地理「似乎十分模糊」，可見不是山東人。

五是民間藝人集體創作說。有人以明人有關《金瓶梅》的記載，詞語源流及書中保留的說唱文學特點的例證認爲，《金瓶海》不是哪一個創作出來的，而是「在同一時間或不同時間裡」，由許多民間藝人參加的、經過多人加工、整理的作品。還有人更進一步指出，在《金瓶梅詞話》以前，應該有一部《金瓶梅說唱詞話》，後來卻把這部《金瓶梅說唱詞話》改寫爲《金瓶梅詞話》。

第六是屠隆說。這是十分流行的觀點。此說的研究者從《金瓶梅》內容分析，作者應是一名不得志，看穿世事，不滿現實，玩世不恭，而又做過京官，「好敍男女情慾和熟悉小說戲曲遊戲文字」的人。明代萬曆年間文學家屠隆在《開卷一笑》中曾用過「笑笑先生」的代名，而「蘭陵」應爲江蘇武進，是屠隆祖先居住過的地方。萬曆二十年，屠隆在京師正意氣風發之時，被訐與西寧侯縱淫而罷官，使他看透世態的艱險，從此更縱情於詩酒聲色。這種遭遇和身世以及對社會的認識都與《金瓶梅》的作者是相同的。同時，他對人慾「既想治慾，又覺得慾根難除」的看法，也與《金瓶梅》既「企圖否定過度的淫慾」，又「不自覺地流露出讚賞」的觀點是吻合的。這些，都是產生《金瓶梅》的特殊的思想基礎。

各家對《金瓶梅》作者的研究，都有助於深入探討此書的思想意義和美學價值。我們更期待著這個謎早日解開。

四十四《醒世姻緣傳》的作者是誰？

誰是《醒世姻緣傳》的著作者，學術界有分歧，而且是一個長時間來尙未解決的問題。原書僅題爲「西周生輯著，然藜子校定」，另在弁語之後署「環碧主人題」，凡例後的跋語提到「其中有評數則，係葛受之筆……然不知葛君何人也」，跋下則署「東嶺學道人題」。出現的這一系列名字，恍恍惚惚，故弄狡獪，給後世的學者留下了一個謎。

最初指出《醒世姻緣傳》作者姓名的是淸人楊復吉。他在其《夢闌瑣筆》中說：「留仙（蒲松齡）尙有《醒世姻緣》小說，蓋實有所指」。他的觀點引起了人們極大的關注。胡適在一九三一—一九三二年爲上海亞東圖書館刊印的《醒世姻緣傳》作的考證，並附印孫楷第的研究成果，進一步證明該書是蒲松齡的作品。其理由有五：一、《聊齋志異》中反映的輪迴果報的佛教因果觀，以及儒家的倫常觀，與《醒世姻緣傳》的觀點相同。二、《醒世姻緣傳》所用的語言是蒲氏家鄉一帶土語。而與蒲氏現存的俚曲等通俗作品中的土語一致，不但讀音一致，而且書寫情況也大體一致。三、《醒世姻緣傳》中提到《水滸傳》、《西遊記》，特別是《金瓶梅》中的事典，證明其上限在《金瓶梅》一書傳播的一六一〇年以後的時間。四、以書中所反映的自然災害，考察濟南府、章丘、淄川的方志，與明末淸初記載多所吻合。推測可知，本書當完成於蒲氏六十五歲左右時。五、日本在享保十三年（淸雍正六年）已有《醒世姻緣傳》所記序、跋、凡例與今通行本全同，則此書刊行最遲也在雍正六年以前。

從以上看，本書的作者鄉里應是淄博、濟南地區以內，寫作時間在清初左右，其人的思想與《聊齋志異》一致，其善於運用山東方言以及行文富有幽默諷刺感也與蒲松齡的俚曲一致，其主要情節與蒲氏的《江城》、《禳妒咒》基本相同。而且蒲松齡死後六十年由第一批刊刻《聊齋志異》的山東萊陽趙其杲傳出本書的作者也是蒲松齡。假設不是蒲松齡，在當時當地還找不出另一個合適的人來。

但是對上述推斷也有持反對意見的。路大荒、王守義、金性堯等都對胡適的觀點給以否決。不過，到目前爲止還沒有提出有力的積極的反證。

四十五 《紅樓夢》誕生在何處？

《紅樓夢》這一不朽世界名著，是曹雪芹在什麼地方創作出來的？這是一個學者和讀者都十分感興趣，卻又撲朔迷離的問題，諸種說法叫人眞假難辨。最近，又一些紅學家尋蹤覓跡，據說終於找到了《紅樓夢》的誕生地，這就是北京西郊香山的櫻桃溝。

這一說法的主要依據，是《紅樓夢》中的許多藝術描寫，都是受香山的自然景物和社會素材的啓發而攝下的。例如《紅樓夢》的開卷提到一僧一道席地而坐於青埂峰下，「見著這塊鮮瑩明潔的石頭笑道，形體倒是個寶物，只是沒有實在的好處。」如今櫻桃溝的亂石叢中，確有一塊形似大元寶的巨石。曹雪芹於是借用元寶石的特徵，對男主人公進行了烘托比興的傳奇創作，叫他投胎墜地之時就口含一塊「通靈寶玉」，命名爲賈（假）寶玉，並把書名取作《石頭記》。再如，香山碧雲寺以西河灘裡有一種黑色石頭，此石不染衣服不髒手，用它畫眉一擦就掉。這種色黑而本質潔淨的山村石頭，正是林黛玉之名的由來。更使人感到離奇和巧合的，是櫻桃溝大元寶石的旁邊，有一處「木石前盟」的奇觀。只見一塊高兩三丈、寸草不生的巨石上，頂部居然挺立著一棵蒼勁的古柏，那卷虬的根鬚外裸著，仔細看去，原來主根扎進巨石，並以千鈞之力掙開一條裂縫，根鬚一直穿透石底。裂石底下凹陷一穴，有臉大小，積有一泓盆泉水。讓人百思不解的是，這掬清液如天然甘露，夏天暴雨不溢，冬天嚴寒不結冰。樹生石中，緊緊相擁，難怪曹雪芹形容寶黛的愛情是「木石前盟」。

此外，據史料記載，曹家自官勢凋落後，時值盛年的曹雪芹便歸隱香山八旗護軍營之一的正白旗村，過著清貧生活。七十年代初，居住在正白旗村三十九號的一位退休教師，偶然從住室牆皮剝落處，發現了曹雪芹的好友鄂比當年的題壁詩。經考證，這所旗下老屋，正是曹雪芹的舊居，題詩處就是他創作《石頭記》的書齋抗風軒。這一發現和上述景象的結合，使一些紅學家更加認定香山櫻桃溝是《紅樓夢》的誕生地了。

這種說法能否算作定論呢？恐怕還不能，因爲其中有不少偶然巧合之處，有些顯然屬於牽強附會的臆測。所以，《紅樓夢》的誕生地究竟在哪裡？還將吸引人們繼續探究。

四十六　京華何處大觀園？

《紅樓夢》所精心描繪的「大觀園」的遺址究竟何在？這是熱心的讀者時常談論的話題。百餘年來紅學界關於它的傳說和猜測也不絕如縷，種種穿鑿附會令人眼花繚亂，或說在南京，或說在北京，但一直沒有結果，以至有人在遍尋「大觀園」遺址不獲後，作詩感嘆：

一夢紅樓二百秋，大觀園址費尋求。
燕都建鄴渾閒話，旱海枯泉妄覓舟！

儘管如此，人們並沒有放棄對「大觀園」遺址的探求，特別是有關曹家房產的奏摺檔案被發現以後，對於「大觀園」在北京的說法，似乎得到了強有力的佐證，又引起紅學界的一番熱鬧。據奏摺中說，曹家「唯京中住房二所」，一所「在外城鮮魚口」，另一所在城內。前者與書中「大觀園」的環境氣氛顯然不合，當排除在外；而城內的一所卻值得探究，或許可以揭開「大觀園」的遺址之謎吧？但偌大的京城，這所住房又在哪裡呢？據紅學家煞費苦心的考證，指出了兩地處所：一處是北京東城，「貢院」附近，其依據是曹雪芹的祖父曹寅《楝亭詩鈔別集》中有一句注云：「芷園鄰試院」。這「芷園」曾是山水石閣，白石蒼苔滿園的，與「大觀園」頗相似；而「貢院」東南處有滄子河，這又與「大觀園」所描寫的「引泉水而入」一事聯繫得上。

另一處論證最多的，是「大觀園在北京城內西北角」。這「西北角」之說又有兩處：一為後海醇王府。據《燕市貞明錄》說：「後海醇王府在焉，前海垂楊夾道，錯落有致，或曰是《石頭記》之『大觀園』。」但經具體考察，此處地理環境雖像，而內景不符，因此不免令人失望。於是，紅學家的目光大都集中到另一處——後海的恭王府。他們對「恭王府」的歷史沿革作了認真考查，其大致線索是：曹家府邸——和珅府——恭王府——輔仁大學——北京藝術學院。人們還翻出四十年代輔仁大學測繪的一張恭王府平面圖，將圖中的有關建築與「大觀園」中的內景一一比附對照，如沁芳閘、瀟湘館、怡紅院、紫菱洲等等，巧合之處頗多。

以上種種關於「大觀園」遺址的說法，儘管言之鑿鑿、煞有介事，是否可以消除人們心頭的疑慮？不然。因爲《紅樓夢》畢竟是一部小說，「大觀園」畢竟是藝術概括的典型環境。人世間是否眞的存在過「大觀園」或者它的藍圖呢？這恐怕是一個永將令人神往又很難有明確結論的話題。

古代著名作家

一　**屈原**（約前三四〇—前二七七）　戰國時期偉大的愛國詩人，是我國文學史上「楚辭」這一獨特文體的創始者和奠基者。屈原名平，字原；又自名正則，字靈均，出身於楚國一個沒落的貴族家庭。他爲人「博聞強記，明於治亂，嫺於辭令」，曾經深得楚懷王的信任，擔任懷王左徒、三閭大夫等要職，「入則與王圖議政事，以出號令。出則接遇賓客，應對諸侯。」但當時楚國面臨著複雜的政治局面：內政中保守派與改革派的鬥爭。也表現在外交上親秦與親齊的鬥爭。前者以公子子蘭等貴族集團爲代表，後者以屈原爲代表。屈原抱有進步的政治理想，十分自負地想爲楚王做一個政治上的帶路人，因而主張修明法度，舉賢授能，聯齊抗秦。但是，在同楚國腐朽貴族子蘭、靳尙之流鬥爭中，遭讒被疏。西元前三〇四年左右，被懷王放逐漢北。在此期間，楚國屢遭秦劫，懷王被張儀「六百里商於之地」誘惑至秦，身死異地。前二九八年，頃襄王接位，繼續奉行對秦投降政策，於前二八六年左右，再次放逐屈原。屈原長期流浪沅湘流域。前二七八年，秦將白起攻陷楚郢都，頃襄王逃往陳城。目睹楚國山河破碎、人民流離悲慘情景，想到自己「美政」理想因昏君佞臣阻隔難以實現，屈原徹底絕望了，遂自沈汨羅江，結束了光輝一生。

屈原所作《離騷》、《九章》等篇，反復陳述其政治主張，揭露反動貴族昏庸腐朽、排斥賢能的種種罪行，表現了爲楚國命運的深切憂慮和爲理想而奮鬥的獻身精神。他的《天問》對自然現象、社會歷史等方面問題提出了質疑，是一篇奇文，體現了一定的樸素唯物主義思想。在楚民間巫歌基礎上，他寫下了《九歌》等優美樂章。他以華麗的語言，豐富的想像，融神話傳說與歷史現實爲一體，創造了富於積極浪漫精神的楚辭文學。

屈原作品，《漢書·藝文志》著錄二十五篇。今見最早的《楚辭》註本是東漢王逸的《楚辭章句》，其中標明二十五篇是：《離騷》、《九歌》（十一篇）、《天問》、《九章》、《遠遊》、《卜居》、《漁夫》。後來學者據《史記》認定《招魂》爲屈原所作，《遠遊》、《卜居》、《漁父》爲漢人據屈原傳說敷衍而成，基本上肯定屈原作品爲二十三篇。

二　宋玉（生卒年不詳）　屈原之後著名的楚辭作家。關於宋玉的生平，由於史籍記載都很簡略，而且彼此牴牾，因而難以確定。唯一較可靠的材料，是《史記·屈原賈生列傳》末尾所說的幾句話：「屈原既死之後，楚有宋玉、唐勒、景差之徒者，皆好辭而以賦見稱。然皆祖屈原之從容詞令，終莫敢直諫。」據此可以推定，他大約生活在楚頃襄王時期，是屈原的後輩和學生，出身低微，政治上不得意，主要繼承屈原從事楚辭創作。

宋玉的作品，《漢書·藝文志》著錄賦十六篇，其編目已不可考。然《楚辭章句》載有《招魂》和《九辯》；《文選》載有《風賦》、《高唐賦》、《神女賦》、《登徒子好色賦》、《對楚王問》;另《古文苑》還載有《笛賦》等六篇。經前人考證,《招魂》及《古文苑》中的六篇賦作,已定爲僞作。《文選》中的五篇,則眞僞難辨。現在看來,宋玉流傳的作品中,最可靠的只有《九辯》一篇,但這並不影響他在文學史上應有的地位,因爲《九辯》確實是一篇優秀的楚辭作品。《九辯》長達二五五句,深刻抒述了作者落拓不遇的悲愁,流露抑鬱不平的情緒,並在一定程度上揭露了當時的社會黑暗,如「世雷同而炫耀兮,何毀譽之昧昧」等。《九辯》在藝術上也有相當的獨創性,善於通過自然景物抒寫自己內心的激情,造成一種情景交融的境界,如開頭「悲哉!秋之爲氣也」的一段描寫,把蕭瑟的秋景、遠行的淒愴和送別的愁緒,以及貧士所遇的不平和孤獨惆悵融合爲一、互相襯托,具有強烈的藝術感染力。千百年來不少文人學士推崇這一篇作品,而「悲秋」之成爲中國古代詩歌不斷重複的主題,都與此有關。文學史上常以屈宋並稱,宋固不如屈,但無疑是屈原藝術的優秀繼承者,對後世文學發展產生過不容忽視的影響。

三 司馬相如(前一七九—前一一七) 西漢最大的辭賦作家,字長卿,蜀郡成都人。景帝時爲武騎常侍,後免官遊梁,與鄒陽、枚乘同爲梁孝王門客,作《子虛賦》而爲人稱頌。過幾年又歸蜀,以琴挑臨邛富人卓王孫的寡女卓文君夜奔。回成都後,因「家徒四壁立」,再返臨邛以賣酒爲生。漢武帝即位,對相如的《子虛賦》大爲賞識,得以召見。相如乃改賦天子遊獵之事,寫了《上林賦》。武帝更加高興,任用爲郎,開始了宮庭做官的生活。武帝信任相如,曾命他出使「通西南夷」,又著《難蜀父老》一文,對溝通中原與西南少數民族關係起了積極作用。晚年以病免官,家居而卒。

司馬相如的《子虛》、《上林》是漢賦的代表作。賦中假設子虛、烏有先生，大肆誇耀、鋪陳漢天子上林苑的壯麗及天子射獵的盛舉。其寫作特色是鋪張揚厲，層層渲染，大量運用對偶、排比句式，以形成文章壯闊的氣勢和富麗的辭采。當然，也有誇張失實、鋪張過分、堆砌辭藻的毛病。《子虛》、《上林》賦的出現不是偶然的，它們反映了空前統一、繁榮的漢帝國的風貌，以及封建統治階級處於上升時期的信心和發揚蹈厲的精神。另外，它們還確立了一個「勸百諷一」的賦頌傳統。漢賦自司馬相如開始，以歌頌王朝聲威和氣魄爲主要內容，後世辭賦家也相沿不衰，於是奠定一種大賦的體制。司馬相如還著有《大人賦》、《長門賦》、《哀秦二世賦》等騷體作品，以及散文《諭巴蜀檄》、《難蜀父老》、《封禪文》等。總之，司馬相如是漢賦全盛時期的代表作家，他的作品歌頌了統一的漢帝國的顯赫聲威和氣魄，也反映了統治階級的無比驕奢和荒樂，有一定的時代意義。而由此形成的賦頌傳統，又往往流爲粉飾太平，對封建帝王貢諛獻媚，從而對後世文學起到消極作用。司馬相如的原集已散佚，明人輯有《司馬文園集》。

四　司馬遷（約前一四五—前八七？）　西漢傑出的史學家、文學家。字子長。左馮翊夏陽（今陝西韓城）人。父司馬談爲漢太史令，學識廣博，通儒、墨、名、法及陰陽五家，並富有批判精神。司馬遷在幼年時代曾有過一段「耕牧河山之陽」的生活，十歲時，隨父至長安，開始「誦古文」，曾受業於經學大師董仲舒、孔安國。二十歲開始漫遊生活，到過今天的湖北、湖南、江西、安徽、浙江、江蘇、山東、河南等地，歸後「仕爲郎中」。又奉使征西南，後侍從武帝巡狩、封禪，足跡幾乎遍及全國。所到之處，探訪蹤跡，搜羅遺聞舊事，考察風土人情，爲以後寫

《史記》打下了良好的基礎。元豐三年（前一〇八），繼父職，任太史令，得以飽覽皇家藏書及文書檔案。太初元年（前一〇四），與唐都等改革曆法，共訂「太初曆」，其後，他就稟承父命，正式開始寫作《史記》。天漢二年（前九九），遭李陵之禍，被捕下獄，次年，被處腐刑。太始元年（前九六）出獄，任中書令。深以受刑爲恥，以先賢遭遇自勉，發憤繼續著書，於太始四年（前九三）前完成了《史記》這部富有史學和文學價值的光輝著作。（詳見「古代文學名著」）

另據《漢書·藝文志》載，司馬遷另有賦八篇，今存《悲士不遇賦》一篇。原有集，今僅存《報任少卿書》，表達了作者爲完成《史記》而忍辱含垢的痛苦心情，是了解作者生平、思想的重要文獻。

五　曹植（一九二—二三二）　建安詩人，曹操第三子。字子建，沛國譙（今安徽亳縣）人。十多歲時，能誦讀詩論及辭賦數十萬言，並會寫文章。建安十五年（西元二〇一），鄴城銅雀臺新成，曹操帶諸子登臺，要他們各作賦一篇。植時年十八，揮筆而就，寫得最好。由於植少有文才，深得其父寵愛，曹操曾幾次欲立爲太子，後因他「任性而行，不自雕勵，飲酒不節」，失去操的歡心，又引起了曹丕對他的猜忌。西元二二〇年曹丕即位後，植備受打擊、迫害，屢遭貶爵，多次變更封地。丕死，曹睿即位後，處境依然沒有多大改變。他多次上表求試，都未見用，汲汲無歡，最後發病而死，因曾封陳王，死後諡思。故世稱陳思王。曹植是建安時期最負盛譽的作家，鍾嶸《詩品》稱之爲「建安之傑」。現存詩八十多首，辭賦、散文四十多篇。

曹植創作以曹丕稱帝爲界，分爲前後兩個時期。前期以才華深得曹操的賞識與寵愛，生活優裕，志滿意得，詩歌內容主要抒寫個人懷抱，表現積極向上的進取精神，情調樂觀開朗。如《白馬篇》、《薤露篇》、《鰕䱇篇》等。在《白馬篇》中詩人塑造了「捐軀赴國難，視死忽如歸」的遊俠兒形象，讚揚了他奮不顧身的英勇行爲。雖寫遊俠兒，實乃詩人自況。早年隨軍征戰，目睹了戰爭造成的悲慘景象，少數作品反映了這一社會問題。如《送應氏》第一首。詩中寫道「不見舊耆老，但睹新少年」，「中野何蕭條，千里無人煙」。這一時期還寫了一些流連光景的應酬詩、消遣詩，如《公宴》、《侍太子》、《鬥雞詩》等。

後期受曹丕父子的迫害，理想不能實現，作品常常表現壯志未酬的悲憤痛苦，抒發慷慨不平的心情，如《雜詩》其五、其六。還有些詩揭露了統治者對他的迫害，如《野田黃雀行》、《贈白馬王彪》。後詩反映了曹魏集團內部骨肉相殘的現實，控訴了曹丕及其羽翼對他的迫害，抒發了苦悶憤懣之情。個別詩篇反映了人民的疾苦，如《泰山梁甫行》。植詩以五言爲主，他是文學史上公認的五言詩的奠基人，清代吳喬在《圍爐詩話》中說：「五言詩盛於建安，陳思王爲之冠冕。」他善於向民歌學習，繼承了漢樂府的傳統，汲取了《古詩十九首》的成就，把自己的遭遇和體會融進詩篇，大大地開拓了五言詩的境界，爲五言詩的發展作出了重要貢獻。其詩內容充實，抒情氣息很濃；還講究形式的完美，注意辭藻的華美和對仗、警句的運用。鍾嶸《詩品》稱其詩「骨氣奇高，詞采華茂，情兼雅怨，體被文質，粲溢古今，卓而不群。」從內容到形式給予植詩極高的評價，其辭賦都是抒情小賦，以《洛神賦》爲代表。它熔鑄神話題材，通過夢幻境界，描寫一個人神戀愛的悲劇。想像豐富，抒寫細膩，詞采流麗，抒情意味很濃。散文亦有不少名篇，如《與楊德祖書》、《與吳季重書》、《求自試表》、《求通親親表》等，都是言辭激切、情文並茂之作。原有集，已佚，宋人輯有《曹子建集》。淸人丁晏《曹集詮評》是較完整的本子。

六　阮籍（二一〇—二六三）　魏晉時期的文學家、思想家，正始文學的主要代表。字嗣宗，陳留尉氏（今河南開封）人。曾爲步兵校尉，也稱阮步兵。與嵇康齊名，爲「竹林七賢」之一。他早年「好詩書」，有「濟世志」，但處於魏晉易代之際，在統治階級內部的殘酷鬥爭中，不僅抱負無由施展，自身的安全也沒有保障。於是轉而崇尚老莊思想，對黑暗的現實採取了消極反抗的態度，終日「飲酒昏酣，遺落世事」，言談交際更是「發言玄遠，口不臧否人物。」其實，他表面行動上佯狂怪誕，內心卻十分痛苦。這種寓藏在內心的、無由發泄的痛苦和憤懣在詩歌中用隱約曲折的形式傾瀉出來，這就是著名的八十二首五言《詠懷詩》。

《詠懷詩》眞實地表現了詩人一生的複雜的思想感情，其中有生活在黑暗現實裡的內心苦悶、孤獨、索寂，如「夜中不能寐」、「獨坐空堂上」等詩；有刺激詩人心靈的政治恐怖和生命難保的憂懼，如「嘉樹下成蹊」、「一日復一夕」等詩；有不滿黑暗殘暴的統治，嘲諷統治者的荒淫腐朽，如「駕言發魏都」、「徘徊蓬地上」等。當然，也有不少詩篇表現了詩人意志消沈、畏禍避世的消極情緒。《詠懷詩》是阮籍，也是整個正始文學中最重要的作品，對後世作家有很大的影響。陶淵明的《飲酒》、庾信的《擬詠懷》，陳子昂的《感遇》等詠懷之作，都是繼承《詠懷詩》這一傳統而來的。

阮籍還工文，他的《大人先生傳》是一篇很有價值的散文。傳中所塑造的超世獨往、與道合一的大人先生形象，雖然是虛幻的，但對封建社會的批判和揭露卻是深刻尖銳的，所謂「君立而虐興，臣設而賊生，坐制禮法，束縛下民」，一語便揭穿了封建統治的本質。他的《達莊論》以老莊思想批判「禮法」，亦爲人傳誦。阮籍原有集，已散佚，後人輯有《阮步兵集》。

七　左思（約二五〇—三〇五）　西晉著名文學家，字太沖，臨淄（今山東臨淄）人，出身寒微，後因妹左棻入宮爲妃，移居京都，官祕書郎。曾以十年時間寫成《三都賦》，一時間洛陽爲之紙貴。晚年退居在家，專意典籍，不問世事。存詩十四首，其中《詠史》詩八首爲代表作，《文心雕龍》有「盡銳於《三都》，拔萃於《詠史》」之譽。其作品主要見於《文選》和《玉臺新詠》，後人輯有《左太沖集》。

左思的《詠史》不僅涉及歷史面較廣，而且繼承和發展了建安文學反映現實，抒寫情懷的傳統，表現了自己建功立業的抱負（如「弱冠弄柔翰」），同時，陳古刺今，對當時的門閥制度進行了猛烈的抨擊。《詠史》第二首「鬱鬱澗底松」，詩人以松、苗爲喻，形象地揭露了當時「上品無寒門，下品無世族」的腐朽門閥制。第五首「皓天舒白日」，以激揚的情調表現了詩人摒棄榮華富貴，堅決與門閥制絕裂的態度。第六首「荆軻飲燕市」，借讚揚荆軻酒酣高歌、睥睨四海的精神，表現了對豪門貴族的極端蔑視：「貴者雖自貴，視之若埃塵。賤者雖自賤，重之若千鈞。」其《招隱詩》二首也表現了不與亂世同流合污的精神。

左思的《詠史》等詩中還始終散發著一股牢騷不平之氣，後人稱之爲「文典以怨」。由於他志高才雄，富有反抗精神，故其詠史詩以高亢的情調，充實的內容，精切形象的語言，宏放充沛的氣勢和勁挺矯健的筆力，形成了一種被鍾嶸稱頌的「左思風力」，對後來的詠史詩產生了深遠影響，爲後世將詠史與詠懷完美結合，樹立了典範。他的《三都賦序》批評漢賦的形式主義傾向，對於賦體文學創作提出了一些很有影響的見解。

八　陶淵明（三六五－四二七）　字元亮，或說名潛，字淵明，潯陽柴桑（今江西九江）人。東晉詩人。他死後，友人顏延之等仰慕其高風亮節，私謚「靖節」，世稱「靖節先生」。又因曾作《五柳先生傳》以自況，故有「五柳先生」之稱。曾祖陶侃官至大司馬，祖父茂，父逸做過太守、縣令一類的官。至淵明時，家境已衰落。由於家庭敎養和儒家思想的影響，他少有「大濟蒼生」的壯志和「騫翮思遠翥」的雄心。二十九歲時首次出仕，任江州祭酒，由於不堪吏職，不久解職歸田。後又做過鎭軍參軍、建威參軍、彭澤令等職。因現實黑暗，抱負無由施展，又因性愛自由，不屈己從俗，不願與統治者同流合污，四十歲那年在做了八十多天的彭澤令後便決計歸田了。晉安帝義熙末年，徵他爲著作郎，辭不就。此後一直過著躬耕隱居的生活。現存詩一百二十餘首，散文、辭賦十餘篇。

陶淵明長期生活在農村，親自參加勞動，接近了農民，對農村生活多有體驗，寫出了大量歌詠農村景色和村居生活的詩歌，即「田園詩」，成爲我國文學史上最早大量創作「田園詩」的詩人。如《歸園田居》、《庚戌歲九月於西田穫早稻》、《移居》、《癸卯歲始春懷古田舍》、《飲酒》等，這些詩或歌詠田園風光，或描繪勞動景象，或讚美勞動生活，或傾吐自己親自耕作的體會及同農民友好交往的歡悅心情。通過這些具體的田園生活內容的描寫，表達自己對黑暗現實的強烈憎恨和對污濁官場的深惡痛絕，以及對田園生活的無比熱愛，顯示了不與統治者同流合污的精神。

晚年創作的《桃花源詩並記》，描繪了一個與現實社會相對立的理想境界——桃花源，在這裡雖有父子而無君臣，沒有剝削壓迫，人人勞動，安居樂業。這種理想在當時雖不可能實現，但曲折地反映了中世紀農民反對封建統治，追求幸福美好生活的願望。除田園詩外，還有詠史詩、哲理詩。前者如《詠荊軻》、《詠三良》、《讀山海經》中的一部分，慷慨悲涼，寄予著對黑暗勢力不妥協的抗爭精神，表現了陶詩「金剛怒目」式的特點。後者如《形影神》三首，表現了詩人的哲學思想。當然，陶詩中也流露了樂天安命、人生無常的消極思想。

陶詩藝術成就極高，他善於運用白描手法，通過平凡的生活素材表現出不平凡的生活情趣，達到了情景交融的藝術境界。陶詩不事雕飾，語言平淡，質樸精練，形成了平淡自然，而又韻味雋永的獨特風格。他又擅長散文辭賦，以樸素的語言抒寫眞情實感，無雕琢氣息，如《桃花源記》、《五柳先生傳》、《與子儼等疏》。《五柳先生傳》不到二百字，以簡潔的文字寫出了自己的愛好、生活態度及思想性格等各個方面，形象地勾畫出了詩人自我形象。賦以《歸去來兮辭》最爲著名。描寫了迷途折回的喜悅之情及對田園生活的無比熱愛。語言流暢，音節諧美。歐陽修說：「晉無文章，唯陶淵明《歸去來兮辭》而已。」在形式主義文風盛行的東晉時代，陶詩不爲世人所重，直到唐代才被推崇，在文學史上產生了深遠的影響。後代有成就的詩人，如王維、李白、杜甫、陸游等，無不從他的作品中汲取營養。有《陶淵明集》。

九　謝靈運（三八五－四三三）　南朝宋詩人。祖籍陳郡陽夏（今河南太康縣附近），世居會稽（今浙江紹興）。出身東晉大族，謝玄之孫。十八歲，襲封康樂公，世稱謝康樂。幼時寄居於外，族人呼之客兒、阿客，故又稱謝客。劉裕代晉，降公爵爲侯，任散騎常侍。少帝時，出爲永嘉太守。他熱中政治權勢，「自謂才能宜參權要，既不見知，常懷憤憤」（《宋書·謝靈運傳》），因此做永嘉太守後就肆意遨遊山水，民間聽訟，不復關懷。不久辭官，隱居會稽，營建別墅，鑿山浚湖，帶著童僕探奇訪勝，藉以排遣政治上的不滿情緒。宋文帝登基，徵召爲祕書監，始不肯就職，經光祿大夫范泰的催促，方才到任。後又任侍中、臨川內史等職。元嘉十年，被誣告謀反，朝廷派人收捕他。他起兵反抗，並作詩說「韓亡子房奮，秦帝魯連恥」後被捕，流放廣州，終被殺。

謝少好學，博覽群書，性喜遊覽，酷愛山水，寫了大量的山水詩，是最早以山水詩著稱的詩人。其山水詩大多爲任永嘉太守後作。這些詩以富麗精工的語言，描繪了祖國秀麗的山川自然風光，如《石壁精舍還湖中作》、《登池上樓》、《登江中孤嶼》、《從斤竹澗越嶺西行》等。詩人描繪自然景物，或採用工筆，或運用意筆，皆能巧奪天工，極富奇趣。謝詩講究雕琢字句，如「白雲抱幽石，綠筱媚清漣」（《過始寧野》），這裡的「抱」、「媚」很有表現力，把自然景物寫得活生生的。由於詩人觀察景物細緻入微，加之高度的藝術修養，所以常於精工富麗之中，藝術地再現自然美，給人清新可愛之感。像「野曠沙岸淨，天高秋月明」（《初去郡》），「池塘生春草，園柳變鳴禽」（《登池上樓》），「明月照積雪，朔風勁且哀」（《歲暮》），「春晚綠野秀，岩高白雲屯」（《入彭蠡湖口》）等，都是歷來傳誦的名句，恰如鮑照所說「如初發芙蓉，自然可愛」。

謝詩中往往玄理過多，在寫景之餘，點綴幾句玄理，讀之不免令人生厭，大煞風景。受階級地位和世界觀的限制，謝詩反映社會生活面較狹窄，也缺乏進步的理想，有些作品流露出了消極出世的思想。但謝畢竟是扭轉玄言詩風的第一個詩人，他把山水作爲描寫對象引進詩裡，開始了詩的題材，使詩歌的表現領域擴大了。正因此，他被稱爲山水詩的鼻祖。他的創作給當時文壇帶來了一股新鮮氣息，劉勰《文心雕龍·明詩》說「宋初文詠，體有因革，莊老告退，而山水方滋。」他以後，謝眺、何遜、孟浩然、王維等山水詩人相繼出現，他們以優美的山水詩篇豐富了詩歌園地，形成了文學史上的山水詩派。原有集，已散佚，明人焦竑輯有《謝康樂集》。

十　鮑照（約四一四—四六六）　南朝宋齊時代的著名詩人。字明遠，東海（今江蘇連雲港市）人。他出身寒微，少有文學才情，因獻詩臨川王劉義慶，得到賞識，擢爲國侍郎。以後作過秣陵令、永嘉令、臨海王子頊參軍，世稱鮑參軍。後子頊起兵失敗，他也死於亂軍之中。有《鮑參軍集》。

鮑照由於「身地孤賤」，曾從事農耕，生活在門閥士族統治的時代，時時受到壓抑。這種社會地位和生活經歷使他選擇了一條與同時代的謝靈運完全不同的創作道路。鮑照現存詩二百多首，其中樂府詩占八十多首。他的樂府詩繼承和發揚了漢魏樂府民歌的傳統精神，描繪了廣泛的社會生活，對受壓迫的人們表示了深刻的同情。如《代放歌行》、《代白頭吟》等。邊塞戰爭，征夫戍卒的生活，也是鮑照樂府詩的一個重要內容，如《代出自薊北門行》、《代東武吟》等。最能顯示鮑反抗現實的精神和藝術上獨創性的，是他的七言和雜言樂府詩，特別是《擬行路難》十八首，對士族門閥的壓迫表現了強烈的不滿和反抗，字裡行間迴盪著一股悲憤不平之氣，如「瀉水置平地」、「對案不能食」等篇章。在這一組詩裡，也寫到了邊塞戍卒的生活及思婦寡居的悲嘆，如「君不見少壯從軍去」、「春禽喈喈旦暮鳴」等篇章。因此，《擬行路難》是一組成就非常傑出的樂府詩，思想內容既豐富深刻，感情也強烈奔放。所用的七言、雜言詩體，音節又激昂頓挫，富有變化，更使其思想內容煥發出新的光彩。人們讀之感到「發唱驚挺」、「傾炫心魄」，並非偶然的。同時，它爲七言詩的進一步發展樹立了榜樣，開拓了寬廣的道路。自此以後，七言體就在南北朝文人詩歌中日益繁榮起來了。

總之，鮑照可以說是南北朝時代獨樹一幟、成就顯赫的詩人，他的七言和五言樂府作品，深受唐代的李白、高適、岑參、杜甫的喜愛，杜甫詩中常常提到鮑照，更以「俊逸鮑參軍」譽之，可見其影響之深遠。

十一　庾信（五一三—五八一）　北朝文學家。字子山，南陽新野（今河南新野）人。著名宮廷文人庾肩吾之子。自幼聰敏，博覽群書，尤好《左傳》。十五歲作梁昭明太子蕭統的東宮侍讀，十九歲作蕭綱的東宮抄撰學士。侯景之亂，他任建康令，後兵潰逃至湖北江陵。梁元帝即位，任右位將軍。梁元帝承聖三年（五五四），奉命出使西魏，時值西魏派兵攻打梁朝，不久江陵陷落，梁元帝投降後被殺。梁朝覆滅，他被留長安，屈仕敵國。後又仕北周，官至驃騎大將軍，開府儀同三司，故世稱庾開府。

庾信的作品以四十二歲出使西魏爲界，分爲前後兩個時期。前期完全是一個宮廷文學侍臣，所作多是一些無聊的宮體詩，形式綺艷，內容貧乏。如《詠舞》、《奉和示內人》。與另一宮體詩人徐陵齊名，時有「徐庾體」之稱。唯少數寫景詩，尚有清新之意。後期國破家亡，羈旅北地，欲歸不得，官位雖高，卻十分痛苦，其思想創作也因此發生了變化，作品大多抒寫「鄉關之思」和亡國之痛。這一時期的詩，以《擬詠懷》二十七首爲代表作。這些詩內容深刻，非一時所作，傾訴了深沈的故國之思和身世飄零的無限悲痛，情調蒼涼凄楚。一些描繪北國風光的寫景詩，清新剛健，別具一格。小詩《寄王琳》、《寄徐陵》等，情眞意切，含蓄雋永，可謂開後來五言絕句之先河。其賦以《哀江南賦》爲代表，這是歷敘梁代興亡和個人身世的長賦，揭露了梁朝政治的窳敗，統治者的腐朽無能與爭權奪利的醜惡面目，及其給國家人民帶來的災難，抒發了自己的故國之思和鄉關之情。《枯樹賦》、《小園賦》是抒情短賦名作，主要是寫自己的身世之感。前者說「此樹婆娑，生意盡矣」，實乃自況之辭。後者多白描名句，如「一寸二寸之魚，三竿兩竿之竹」，清新可愛。駢文的成就也很高，以《哀江南賦序》最爲著名，它概括了賦的大意，說明創作該賦的動機。

庾信後期詩、賦、駢文，內容充實，風格蒼勁悲涼，一變前期綺艷輕靡之風。杜甫說「庾信文章老更成，凌雲健筆意縱橫。」（《戲爲六絕句》）「庾信平生最蕭瑟，暮年詩賦動江關。」

（《詠懷古跡》），正確評價了庾信後期創作。庾信是南北朝最後一個優秀作家，他的創作初步融合了南北文風，取得了卓越成就。原有集二十一卷，已散佚，後人輯有《庾子山集》，清代倪璠註本較好，今人有譚正璧等編的《庾信詩賦選》。

十二　王績（五八五—六四四）　唐朝詩人。字無功，嘗耕東皋，自號東皋子，絳州龍門（今山西河津）人，一說太原祁（今山西祁縣）人，是文中子王通之弟。出身於貴族地主家庭。性愛曠達，嗜酒如命。隋初，舉孝悌廉潔，授祕書省正字，不樂在朝，求爲六合縣丞，以嗜酒被劾。隋末大亂，乃還故里。唐武德初年（六一八），以原官待詔門下省，時省官例，日給良酒三升。侍中陳叔達聞其好酒，特准日給一斗，時人號爲「斗酒學士」。後棄官隱居。他在《自撰墓誌》中云「才高位下，免責而已，天子不知，公卿不識，四十五十，而無聞焉。」由此可以想見其憤懣之情。他生當隋唐變亂之際，早年曾有事業抱負，但仕途失意，變得心灰意冷，看不到出路，採取了逃避現實的態度。

王績的作品多以酒和隱逸生活爲題材，讚美嵇康、阮籍、陶潛，常以他們自比，作詩也模仿他們，但缺乏陶詩那種內在的理想和熱情，作品中表現出封建士大夫閒適懶散、消極厭世的生活態度。如《醉後》云「阮籍醒時少，陶潛醉日多。百年何足度，乘興且長歌。」《田家》云「阮[illegible]，嵇康意氣疎。相逢一醉飽，獨坐數行書。」《過酒家》云「此日長昏飲，非關養性靈何忍獨爲醒？」後一首表現出對現實的不滿，卻又無可奈何。王績詩語言質樸，[illegible]了宮體詩的脂粉氣息。其表現個人生活和情感的詩篇，感情眞摯，毫無矯飾，這在初唐詩壇確是獨創一格。名作《野望》、《秋夜喜逢王處士》，寫景如畫，風格恬淡清新，開唐代山水田園詩派之先聲，對唐初五言律詩的發展有一定的貢獻。《在京思故園見鄉人問》一詩，用一連串的問話，表現自己思念家園的殷切心情，堪稱佳作。除詩外，王績還寫有散文，如《答馮子華處士說》、《五斗先生傳》、《自撰墓誌》等，表明詩人對現實的態度及人生理想。其作品《舊唐書·經籍志》著錄集五卷，已散佚，後人輯有《東皋子集》三卷。

十三　王勃（六五〇—六七六）　唐初著名詩人。字子安，絳州龍門（今山西河津縣）人。隋代著名學者王通之孫，唐初詩人王績姪孫。幼而聰慧，據《舊唐書·文苑傳》載，六歲能作文。九歲讀顏師古《漢書註》，作《指瑕》十卷，以擿其失。麟德初年（六四四），太常伯劉祥道巡行關內，他上書自陳，劉嘆爲神童，表薦於朝，對策高第，授朝散郎。沛王聞其名，乃召爲府修撰。時長安諸王盛行鬥雞，王勃戲作《鬥雞檄》，假託沛王雞傳檄聲討英王雞。高宗覽文大怒，以爲挑撥諸王關係，把勃逐出沛王府。勃遂遠遊江漢，客居蜀中，聞虢州多藥草，求爲虢州參軍。恃才傲物，爲同僚所嫉。後因擅殺官奴，犯死罪，遇赦革職。時其父王福疇任雍州司功參軍，受累而貶爲交趾令。勃渡海探父，溺水，驚悸而死。

王勃是個才學俱富的詩人。他對初唐浮艷詩風極爲不滿，指出這種作品「爭構纖微，競爲雕刻」、「骨氣都盡，剛健不聞」，他「思革其弊」。其作品雖未擺脫齊梁宮體詩的習氣，但以自己的創作實踐，突破了宮體詩的內容，擴大了詩歌題材。勃存詩不多，但一些登山臨水懷鄉別友之作，很具特色，已形成自己的風格。《滕王閣》一詩，抒寫自己觸景興懷、弔古傷今之情，氣勢雄放，風格高昂。五言律詩《送杜少府之任蜀州》，既寫出了眞摯的友情，又表現出作者曠達爽朗的胸懷，情調樂觀，風格淸新剛健。其中的「海內存知己，天涯若比鄰」已成爲千古傳誦的名句。五絕《山中》抒寫客居懷鄉的心情。《採蓮曲》雖承襲樂府民歌，但能把意境開拓出去，由採蓮而想到關山阻隔的征客，採用三、五、七字雜言句式，語言活潑，節奏和諧。其文以《滕王閣序》最爲著名。文中描繪滕王閣四周景物和宴會盛況，結尾抒發羈旅之情。意境開闊，詞采絢麗，對仗工整。其中的名句「落霞與孤鶩齊飛，秋水共長天一色」，雖脫胎於庾信的「落花與芝蓋同飛，楊柳共春旗一色」（《三月三日華林園馬射賦》），卻能推陳出新，故爲後世稱頌。有些作品表現了因政治上不得意而發出的不平之鳴，如《澗底寒松賦》中云「徒志遠而心屈，遂才高而位下」，以澗底寒松自比，表達不得意的抑鬱之情。

王勃與楊炯、駱賓王、盧照鄰合稱「初唐四傑」。他們在唐詩開創時期，都肩負起時代的使命，努力擺脫齊梁詩風的影響，積極開拓詩歌的表現領域，對詩的格律形式也有所探索，顯示出唐詩健康發展的方向，故杜甫云「王楊盧駱當時體，輕薄爲文哂未休。爾曹身與名俱滅，不廢江河萬古流。」（《戲爲六絕句》其二）。「四傑」中王勃成就最高。原有集三十卷，已佚。明人輯有《王子安集》。

十四　陳子昂（六六一－七〇二）　唐代文學家。字伯玉，梓州射洪（今四川射洪縣）人，出身世代豪富的家庭。年輕時使氣任俠，十七八歲後始致力讀書，「數年之間，經史百家，罔不該覽。」二十一歲入長安，遊太學，初試落第。二十四歲中進士，後上書詣闕，爲武則天賞識，擢爲麟臺正字。垂拱二年（六八六），從喬知之北征，到過塞北，歸來後任右冑曹參軍，遷右拾遺。直言敢諫，力陳時弊。延載元年（六九四）被陷入獄，後獲釋。萬歲通天元年（六九六），任建安王武攸宜的參謀，隨軍東征，抵禦契丹，到過燕京一帶地方。因和武攸宜意見不合，遭受排斥打擊。聖曆元年（六九八），因始終不得志，以父老爲名，辭官還鄉。後武三思指使射洪縣令段簡誣陷他，再次下獄，憂憤而死。

陳子昂是唐代詩歌的革新者。他在《與東方左史虬修竹篇序》中批評了「採麗競繁」，「興寄都絕」的齊梁形式主義詩風，標舉「漢魏風骨」，強調恢復和發揚《詩經》與建安文學的優良傳統，即詩歌要有充實的內容。他不僅在理論上倡導革新，並在創作中努力實踐，寫出了許多優秀作品，對同時代和以後的唐代詩人產生了深遠影響。現存詩一百二十餘首，《感遇》詩三十八首，《薊丘覽古》七首和《登幽州臺歌》是其代表作。《感遇》三十八首，非一時一地之作，內容豐富，或借古喻今，抒發自己的懷抱；或託物寄情，對現實有所揭露和諷刺；或者直接反映現實；或感嘆人生禍福的無常，表現對神仙和隱逸生活的嚮往。《薊丘覽古》七首和《登幽州臺歌》是隨武攸宜出征時所作，前者借古諷今，抒發自己遭受打擊、懷才不遇、壯志未酬的悲憤情緒。詩人抱著這樣的心情，登上古老的幽州臺，眺望著蒼茫、遼闊的宇宙和祖國北方壯麗的河山，弔古傷今，慷慨悲歌：「前不見古人，後不見來者，念天地之悠悠，獨愴然而涕下。」他擅長五古，五律也寫得很出色，如《度荊門望楚》、《白帝城懷古》、《峴山懷古》、《送魏大從軍》等，是初唐律詩中的佳作。

陳子昂的詩善用比興手法，風格豪放遒勁，語言質樸，不假雕飾。他的詩歌創作沖破了統治詩壇數百年的「逶迤頽靡」的詩風，繼承並發展了建安、正始以來詩歌「風骨」、「興寄」的優良傳統，爲唐代詩歌的健康發展開闢了道路，做出了巨大貢獻，深得後人讚譽，杜甫說：「公生揚馬後，名與日月懸」（《陳拾遺故宅》），韓愈說「國朝文章盛，子昂始高蹈」（《薦士》），「論功若準平關例，合著黃金鑄子昂」（元好問《論詩絕句三十首》）。其所作碑誌表序，皆爲駢文；對策，奏疏則一掃駢文陋習，內容充實，質樸清新，語言暢達，開韓柳古文運動之先河。有《陳伯玉集》。

十五　孟浩然（六八九—七四〇）　襄州襄陽（今湖北襄樊市）人。少好節義，喜爲鄉里救患解紛。少年時代在家閉門苦學，曾一度隱居鹿門山。四十歲時遊長安，應進士不第，還襄陽。曾漫遊江淮吳越等地，後重回故鄉。開元二十五年（七三七），張九齡出任荊州長史，召爲從事，不久歸隱故鄉。後病疽死。

孟一生雖過著隱居生活，但其內心卻十分矛盾、痛苦，「三十既成立，吁嗟命不通……感激遂彈冠，安能守固窮？」（《書懷貽京邑同好》）表明了詩人對仕途的熱望及期待朋友們援引的心情。當求仕的希望完全落空後，他的心情便轉爲憤激，「寂寞竟何待，朝朝空自歸……只應守寂寞，還掩故園扉。」（《留別王侍御維》）到了晚年，這種仕與隱的矛盾才沖淡下來。由於詩人一生經歷簡單，沒有入過仕途，沒有經歷很多生活風波，因此詩歌內容比較狹窄，多寫隱逸生活和山水景物，表現潔身自好的情趣，也流露了求仕不通的苦悶。

山水田園詩是孟浩然的代表作品。他是唐代第一個大量寫作山水詩的詩人，是王維的先行者，故世每以王孟並稱。其山水詩有壯闊的山川景物的描繪，如《自潯陽泛舟至明海作》、《與顏錢塘登樟亭望海潮作》、《臨洞庭湖贈張丞相》等，皆能從大處落墨，寫出雄偉壯麗的山川景色，後一首中的「氣蒸雲夢澤，波撼岳陽城」是歷來傳誦的名句。詩人最擅長的還是描寫山林隱逸者的幽居生活，如《夏日南亭懷辛大》、《閒園懷蘇子》、《夜歸鹿門歌》等，對幽棲生活的情趣都有深切的體察與生動的描述。他爲數不多的田園詩，也寫得眞摯生動，富有生活氣息。如《過故人莊》、《遊精思觀回王白雲在後》。前者寫農家生活，簡樸而親切；後者寫故人情誼，淳淡而深厚。五絕《春曉》、《宿建德江》，寫得含蓄、清麗，耐人咀嚼，歷來爲人傳誦。現存詩二百六十餘首，以五言詩著稱，而尤工五律和排律。

孟浩然善於以清淡的筆觸，描繪秀麗的景色，意境清遠，多自然超妙之趣，形成恬淡孤清的風格，在盛唐詩壇獨標一格，杜甫讚云「清詩句句盡堪傳」（《解悶》其六）。注重錘煉字句，語言精練自然，所謂「文不按古，匠心獨妙」（王士源《孟浩然集序》）。有《孟浩然集》。

十六　王昌齡（約六九八—七五七）　字少伯，長安人，一說太原（今山西太原市）人。出身寒微，早年生活貧困。開元十五年（七二七）進士，授祕書省校書郎，開元二十二年登博學宏詞科，調汜水尉。開元二十七年，貶謫嶺南。次年出任江寧丞。天寶七年（七四八）因事貶龍標（今湖南省黔陽縣）尉。安史亂後，居鄉里，爲刺史閭丘曉殺。後世稱爲王江寧或王龍標。

王昌齡以詩而名重一時，當時即有「詩家天子王江寧」之稱（《唐才子傳》卷二）。殷璠編

《河岳英靈傑》收入詩人二十四人，其中王昌齡詩入選最多。現存詩一百八十餘首，內容廣泛，大致可歸爲兩類，一類是邊塞詩，也是詩人最著稱的。這些詩大都用樂府舊題抒寫邊防戰士愛國立功和思念家鄉的心情，詩體多用易於入樂的七絕。《從軍行》、《出塞》這兩組絕句向來被推爲邊塞詩的名作。在這些詩裡，作者選擇了最有典型意義的畫面，從各個角度刻畫了戰士們複雜矛盾的心理狀態。《從軍行》其四、其五寫出了戰士們保衞邊疆的壯志豪情：「黃沙百戰穿金甲，不破樓蘭終不還。」《從軍行》其一、其二則抒寫了征戍者的離愁鄉思，筆觸溫柔、纏綿，用景物渲染情感，極委婉動人，雖寫「邊愁」，卻意境開闊。代表作《出塞》其一「秦時明月漢時關」，集中表達了戍邊者和廣大人民的共同願望：希望國家將帥得人，邊防鞏固，使他們能夠獲得和平的生活。氣勢雄渾，感情深沈，曾被明代李攀龍推爲唐人七絕的壓卷之作。還有些邊塞詩寫征戍者的不幸，「紛紛幾萬人，去者無全生」（《塞下曲》）。《箜篌引》、《代扶風主人答》描述了老將歸來後淒涼孤苦的生活。另一類是描寫婦女生活的小詩。或寫宮女的不幸遭遇，表達其哀愁與幽恨之情，格調哀怨，如《春宮曲》、《西宮春怨》、《長信秋詞》等。或寫思婦的情懷和少女的天眞爛漫，文筆細膩，清新優美，如《閨怨》、《越女》、《採蓮曲》等。此外，還有感慨時政和贈別之作，如《芙蓉樓送辛漸》，是送別詩中的名篇。

王昌齡擅長絕句，現存詩中絕句有八十多首，將近占他的詩歌總數的一半。他對七絕用力最專，成就最高，向與李白並稱。明代焦竑《詩評》說「龍標、隴西，眞七絕當家，足稱聯璧。」後代稱其爲「七絕聖手」。據《舊唐書》本傳及《新唐書·藝文志》載，原有集五卷，《宋史·藝文志》著錄爲十卷，皆佚。明人輯有《王昌齡集》。

十七　王維（七〇一—七六一）　字摩詰，祖籍太原祁（今山西祁縣），工詩、善畫，通音律。開元九年（七二一）進士及第，任太樂丞，因伶人舞黃獅子牽累，貶爲濟州（今山東長清縣）司庫參軍。開元二十二年（七三四），張九齡執政，擢爲右拾遺，遷監察御史。開元二十五年秋，出使塞上，在涼州河西節度府兼任判官。開元二十七年回長安，任殿中侍御史。四十歲後過著亦官亦隱的生活，先後隱居於終南山和輞川別墅。安祿山攻陷兩京，爲叛軍所獲，被迫受僞職。亂平，貶爲太子中允，累遷太子中庶子，中書舍人，官至尚書右丞，故世稱王右丞。

王維的思想以四十歲爲界分爲前後兩期，前期嚮往開明政治，傾向進步，後期徹底消沈，對現實漠不關心，晚年更是篤志奉佛，每「退朝之後，焚香獨坐，以禪誦爲事」。現存詩四百餘首，這些作品因詩人前後期思想的不同，因而在內容、風格上亦有不同。前期寫過一些遊俠詩、邊塞詩。其遊俠詩反映了盛唐時代蓬勃向上的進取精神，慷慨激昂，充滿浪漫主義豪情，如《少年行》、《夷門歌》等。邊塞詩抒發了邊防戰士爲保衛疆土而奮不顧身的英雄氣概，如《使至塞上》、《隴西行》、《從軍行》等。此外還有一些詩譏彈貴戚宦官、揭露封建黑暗，如《濟上四賢詠》、《不遇詠》等，譴責了鬥雞走馬的「繁華子」的驕奢生活，對有志之士的坎坷不遇深表憤惋。《隴頭吟》、《老將行》指責了封建統治階級對身經百戰的沙場老將的冷漠無情。後期詩歌主要描寫田園山水的景物，表達閒情逸致。這類詩不僅數量多，而且藝術成就較高，形成了獨特的藝術風格。如《漢江臨泛》、《終南山》二首，氣魄宏大，意境開闊，前寫臨水，後寫登山，大筆揮灑，描繪了祖國壯麗的河山景色，「江流天地外，山色有無中」，「白雲回望合，青靄入看無」是歷來傳誦的名句。《山居秋冥》以細膩的文筆，抓住富有特徵性的景物，勾勒出一幅秋雨之後的山色圖。《渭川田家》、《終南別業》、《鹿柴》、《竹里館》、《鳥鳴澗》等，再現了幽靜恬適的自然美，但充滿封建士大夫的閒情逸致和虛無冷寂的情調，對後世有消極影響。除這些外，還寫有贈別、懷遠等抒情絕句，如《送元二使安西》、《送沈子福歸江東》、《九月九日憶山東兄弟》、《相思》等。

王維詩藝術成就極高，既善於描繪雄奇壯闊的山川景物，又善於刻畫幽深恬靜的自然風光，詩情與畫意融為一體，既有陶詩渾融完整的意境，又有謝詩精工刻畫的描寫。蘇軾說：「味摩詰之詩，詩中有畫，觀摩詰之畫，畫中有詩。」語言清新凝煉，樸素之中有潤澤華采，深得陶詩「清腴」的特色，擅長各種詩體，尤以五律和絕句著名。有《王右丞集》。

十八　李白（七〇一—七六二）　字太白，祖籍隴西成紀（今甘肅天水附近），先世在隋末因罪徙居中亞。他誕生於中亞的碎葉（今吉爾吉斯斯坦托克馬克），五歲時隨父遷居綿州彰明縣（今四川江油縣）青蓮鄕，因自號青蓮居士。少好劍術，輕財任俠，善作詩賦。二十歲前後，遊歷成都、峨眉山等處。二十五歲「仗劍去國，辭親遠遊」，希望實現其「安黎元」、「濟蒼生」，「使寰區大定，海縣清一」的政治理想。出蜀後，漫遊洞庭、廬山、金陵、揚州等地。復折回湖北，寓居安陸，與高宗時宰相許圉師的孫女結婚。繼而北上太原，東至齊魯，南遊江浙等地，遊蹤遍及大半個中國，對社會生活有所體驗。天寶元年（七四二），因吳筠推薦，應詔入京。太子賓客賀知章見之，以為「天上謫仙人」，玄宗命其供俸翰林。由於不受重視，加之權貴詆毀，深感抱負無由施展，遂上書請還。天寶三年春離京，開始了第二次漫遊生活。於洛陽遇杜甫，汴州遇高適，三人同暢遊梁園（開封）、濟南等地。此後，詩人南遊江浙，北涉燕趙，往來於齊魯間。安史亂後，他滿懷愛國熱情，參加永王李璘幕府。後因永王圖謀奪權，兵敗被殺，李白受牽連下獄，出獄後流放夜郎（今貴州桐梓一帶），行至巫山，遇赦東還。後往來於金陵、宣城間。上元二年（七六一），聞李光弼率大軍征討史朝義，由當塗北上，請纓殺敵，行至金陵，因病折回。次年病死於族叔、當塗縣令李陽冰家。

李白的思想比較複雜，既有儒家積極用世的一面，又有道家遺世獨立、放浪自由的一面，還有遊俠思想的影響，而「功成身退」則是支配他一生的主導思想。他是繼屈原之後我國古代最偉大的浪漫主義詩人。現存詩九百多首，這些詩內容廣泛，表現了他一生的思想和經歷，反映了盛唐時代的社會面貌。或抨擊腐朽政局，揭露黑暗現實，抒寫自己的政治抱負及其與現實的矛盾。如《古風五十九首》，這些詩非一時一地之作，其中許多詩篇具有強烈的揭露和批判精神。《梁甫吟》、《遠別離》、《行路難》、《答王十二寒夜獨酌有懷》、《夢遊天姥吟留別》、《宣州謝眺樓餞別校書叔雲》等，同是這方面的代表作。「安能摧眉折腰事權貴，使我不得開心顏」，「長風破浪會有時，直掛雲帆濟滄海」，表現了詩人蔑視權貴、傲岸不屈的反抗精神和對理想的強烈追求。或抒寫其關心國事、同情人民疾苦的思想感情，如《塞下曲》六首、《古風·西上蓮花山》、《南奔書懷》、《丁都護歌》、《宿五松山下荀媼家》、《秋浦歌爐火照天地》等。或歌頌祖國壯麗的河山，如《廬山謠》、《望天門山》、《早發白帝城》等，「飛流直下三千尺，疑是銀河落九天」，「兩岸猿聲啼不住，輕舟已過萬重山」，爲千古名句。此外，還有一些詩同情婦女的不幸，反映青年男女的愛情生活，如《子夜吳歌》四首、《長門怨》、《白頭吟》、《長干行》等。

李白善於向民歌和前代詩人學習，敢於創新，詩歌創作取得了輝煌的成就。豪邁奔放的感情，豐富奇特的想像，大膽的誇張，跳躍多變的結構，神話傳說的運用，形成了李白詩歌的浪漫主義特色，也使詩人登上了浪漫主義詩歌藝術的高峰，故杜甫稱其詩「筆落驚風雨，詩成泣鬼神」。在詩歌形式上，衆體兼備，尤擅七古和七絕。其七絕和王昌齡的七絕，被後人奉爲唐人絕句的典範。他與杜甫等人共同推進並完成了陳子昂所開創的詩歌革新運動，譜寫了我國詩歌史上最輝煌的篇章，影響十分深遠。韓愈說「李杜文章在，光焰萬丈長」（《調張籍》）。有《李太白集》。

十九　高適（約七〇二—七六五）　字達夫，一字仲武，渤海蓨（今河北景縣）人。早年生活困頓，「以求丐自給」。二十歲曾到長安，求仕不遇。遂北上薊門，漫遊燕趙，欲於邊塞尋求立功報國的機會，未能如願。後歸梁宋，或隱於博徒，或混跡漁樵。期間與李白、杜甫相遇，同遊齊趙等地，飲酒遊獵，懷古賦詩。天寶八載（七四九），由宋州刺史張九皋推薦，舉有道科，任封丘尉。因不甘作「拜迎官長」、「鞭撻黎庶」的小官，不久辭官，客遊河西。由於河西節度史哥舒翰的推薦，掌幕府書記。安史之亂發生，拜爲左拾遺，轉監察御史，佐哥舒翰守潼關。潼關失守後，奔赴行在，向玄宗陳述兵敗之因，深得玄宗賞識，連升侍御史、諫議大夫。肅宗即位，歷任御史大夫、淮南節度史、劍南西川節度史。代宗時，官至散騎常侍，封渤海縣侯。

高適是盛唐著名的邊塞詩人，與岑參齊名，並稱「高岑」。他曾幾次到過邊遠地區，對邊塞生活深有體會，寫出了許多反映邊塞情況和士兵疾苦，表現其安定邊疆和建功立業精神的詩篇。如漫遊燕趙、梁、宋時所作《塞上》、《塞下曲》、《薊中作》、《薊門五首》等詩，就表現了詩人以身許國，建立功業的抱負，反映了他對邊防問題的憂慮，「常懷感激心，願效縱橫漠」，「轉鬥豈長策？和親非遠圖」（《塞上》）。《燕歌行》是其代表作。此詩以高度的藝術概括，把荒涼絕漠的自然環境，如火如荼的戰爭氣氛，士兵在戰鬥中複雜的內心活動融合在一起，形成了全詩的雄厚深廣、悲壯激昂的藝術風格。作者熱情地歌頌了戰士們爲國損軀的精神，揭露了將軍和士兵苦樂懸殊的生活以及他們對戰爭的不同態度。他半生流浪，窮愁潦倒，較多地接觸了下層人民，體會了他們的疾苦，並把它反映在詩歌中，如《自淇涉黃河途中作》其九，《東平路中遇大水》等，描寫了人民在遭受水旱災害後，衣食無著，卻還不能幸免賦稅的生活景象。《封丘縣》則表現了詩人不願充當統治階級爪牙的可貴思想：「拜迎官長心欲碎，鞭撻黎庶令人悲」。另外還寫有感懷、詠史、贈別之類的詩，如《別韋參軍》、《別董大》等，寄意深厚，其中的名句「丈夫不作兒女別，臨曲涕淚沾衣巾」，「莫愁前路無知己，天下誰人不識君」，向爲人傳誦。後期官位日高，好詩漸少，《人日寄杜二拾遺》仍能保持前期詩風。

高適的詩感情眞摯，風格雄厚渾樸，筆勢豪建。殷璠《河岳英靈集》評其詩「多胸臆語，兼有氣骨，故朝野通賞其文」。他的古詩，常運用對偶，講究韻律，讀來抑揚頓挫，婉轉流暢，對後來的歌行很有影響。據《舊唐書》本傳及《新唐書·藝文志》載，原有集二十卷，已散佚，宋人輯有《高常侍集》十卷。

二十　岑參（七一五—七七〇）　河南南陽人。曾祖父、伯祖父、伯父，皆官至宰相，父做過刺史。他兩歲喪父，家境貧困。從兄受書，刻苦自學，遍覽經史，尤善爲文。二十歲至長安，獻書求仕，以後曾北遊河朔。天寶三年（七四四）舉進士，任兵曹參軍。天寶八年隨高仙芝到安西，充節度史幕府書記，不久回長安。天寶十三年再次出塞，任安西節度史封常清的判官，往來於北庭、輪臺間。安史亂後從酒泉到了鳳翔（唐玄宗行在地），因杜甫和房琯的推薦，任右補闕。因上書指斥權佞，轉爲起居舍人，不久出爲虢州長史。大曆元年杜鴻漸作劍南節度史，岑參被任爲嘉州刺史，故世稱岑嘉州。後罷官，客死成都旅舍。

岑參的詩題材廣泛，或感嘆身世，或贈答朋友，或描繪山水，或反映邊塞生活。山水詩大多爲早年出塞前作，詩風頗似謝眺、何遜，但意境新奇，故杜甫說「岑參兄弟皆好奇」（《渼陂行》）。其創作最有成就的是邊塞詩。他曾幾度出塞，久佐戎幕，對邊地征戰生活和塞外風光有長期的觀察和體會，因此寫出了許多優秀的邊塞詩。他的邊塞詩不只描繪了西北邊塞的奇異景色，如火山雲、天山雪等，更重要的是滿懷豪情地歌頌了唐軍的強大聲威和將士們英勇無敵的戰鬥精神，反映了邊防戰士不畏艱苦、爲國建功立業的豪情壯志，具有濃厚的浪漫主義色彩。《走馬川行奉送封大夫出師西征》、《白雪歌送武判官歸京》、《輪臺歌奉送封大師出師西征》、

《熱海行送崔侍御還京》、《逢入京使》等，皆爲唐代邊塞詩中的名篇。《走馬川行》，詩人以雄渾的畫筆，極力渲染朔風夜吼，飛沙走石的自然環境，及來勢逼人的匈奴騎兵，表現出將士們英勇無畏的精神和必勝的信心。《白雪歌》描寫了塞外的奇寒和天山瀚海的壯麗雪景，表達了詩人惜別思鄉之情。「忽如一夜春風來，千樹萬樹梨花開」，是歷來傳誦的名句。

岑參詩形式多樣，尤長於七言歌行。其邊塞詩大多即事命題，絕少因襲。他的詩極富浪漫主義特色，氣勢雄偉，想像豐富，色彩瑰麗，熱情奔放。語言通俗明快，變化自如。杜確《岑嘉州詩集序》說他的詩「每一篇絕筆，則人人傳寫，雖閭里士庶，戎夷蠻貊，莫不諷誦吟習焉。」可見其詩流傳之廣。向與高適齊名，並稱「高岑」，同爲盛唐邊塞詩派的傑出代表。南宋陸游極讚賞其詩，「以爲太白、子美之後一人而已」（《跋岑嘉州詩集》）。《新唐書·藝文志》著錄有《岑參集》十卷，已散佚，今傳後人所輯《岑嘉州詩集》八卷。

二十一　杜甫（七一二—七七〇）　字子美，自稱少陵野老，故有杜少陵之稱。祖籍襄陽（今湖北），生於河南鞏縣。杜審言之孫。幼而好學，七歲開始吟詩。二十歲後先後南遊吳越，北遊齊趙等地。天寶三年（七四四），與李白、高適等人相識，結下深厚友誼。次年到長安，應試不第。困居長安十年，「致君堯舜上，再使風俗淳」的抱負無由施展，並且過著「朝扣富兒門，暮隨肥馬塵」的屈辱生活。天寶十四年，始任右衛率府胄曹參軍。隨即赴奉先（今陝西蒲城）探家，不久安史亂起，他帶著家人，顚沛流亡。後安頓家人於鄜州羌村，隻身北往靈武，投奔唐肅宗。中途爲叛軍所俘，押回長安。次年，脫身逃至鳳翔，謁見肅宗，任左拾遺。因上書營救房琯，觸怒肅宗，貶爲華州司功參軍。乾元二年（七五九），關內大旱，棄官經秦州、同谷，至成都。得嚴武等人幫助，於浣花溪畔營建草堂，世稱「杜甫草堂」。後因嚴武的推薦，任節度參謀，檢校工部員外郎，故世稱杜工部。嚴武卒，攜家至夔州。後出蜀，漂泊於岳州、潭州、衡州一帶，生活貧困，最後病死在由長沙到岳陽的一條破船上。

杜甫是我國古代最偉大的現實主義詩人，他生活在唐帝國由盛而衰的急劇轉變的時代，他的詩歌廣泛而深刻地反映了這一時代的社會面貌，具有鮮明的時代色彩和強烈的政治傾向，被公認爲「詩史」。他同情人民，反映了當時人民的苦難和願望，如「三吏」、「三別」，傾訴了廣大人民在安史亂中遭受的痛楚，表現了他們爲平定叛亂而積極參戰的愛國精神；《三絕句》、《征夫》、《王命》等反映了軍閥混戰和外族入侵給人民帶來的禍患；《自京赴奉先詠懷五百字》等揭露了賦稅的沈重和嚴重的階級對立：「彤庭所分帛，本自寒女出；鞭撻其夫家，聚斂供城闕」，「朱門酒肉臭，路有凍死骨」。《茅屋爲秋風所破歌》則表現了杜甫「寧苦身以利人」的精神。他的詩深刻地揭露了統治集團的種種罪惡，如《前出塞》、《兵車行》抨擊唐玄宗的窮兵黷武：「邊庭流血成海水，武皇開邊意未已」。《麗人行》揭露了楊國忠兄妹荒淫奢侈的生活。《遺遇》、《枯棕》、《歲晏行》揭露了官吏對人民的殘酷剝削：「況聞處處鬻男女，割慈忍愛還租庸」。詩人熱愛祖國，始終關注著祖國的命運，如《春望》、《悲陳陶》、《北征》、《洗兵馬》、《聞官軍收河南河北》等詩，都洋溢著強烈的愛國主義精神；像「濟時敢愛死，寂寞壯心驚」、「向來憂國淚，寂寞灑衣巾」、「不眠憂戰伐，無力正乾坤」這類詩句是很多的。

杜甫詩具有高度的藝術性，其敍事詩善於選取典型事例，進行高度概括，並寓情於事；其抒情詩善於解剖自己曲折矛盾的內心世界，往往寄情於景，融景入情，形成了沈鬱頓挫的藝術風格。語言雅俗併收，又注意錘煉字句，自稱「語不驚人誓不休」。他刻苦學習，辛勤寫作，「盡得古今之體勢，而兼人人之所獨專」（元稹《杜工部墓繫銘》）。擅長五七言古體和律詩，並創造了「即事名篇」的新樂府，開中唐新樂府運動之先河。杜甫繼承和發揚了我國現實主義詩歌的優良傳統，並把它推向高峰，因而被尊爲「詩聖」。其詩對後世影響深遠，是歷代詩人學習的典範。有《杜工部集》。

二十二　劉禹錫（七七二—八四二）　字夢得，洛陽（今河南洛陽市）人，自稱中山（今河北定縣）人。貞元七年（七九一）進士，後又中博學宏詞科。初爲太子校書，累遷監察御史。永貞元年（八〇五），因參加王叔文集團的進步政治改革遭到失敗，貶爲朗州（今湖南常德）司馬。憲宗元和九年（八一四），召還京都，因作《戲贈看花諸君子》詩，觸怒執政者，外放到連州（今廣東連縣）做刺史。以後還做過夔州（四川奉節）、和州（今安徽和縣）的刺史。後入朝爲主客郎中，以太子賓客分司東都，世稱劉賓客。官終檢校禮部尚書。與柳宗元交誼最深，世稱「劉柳」。晚年在洛陽與白居易相唱和，並稱「劉白」。

劉禹錫的詩歌創作有多方面的成就。長期的放逐生活，使他心中激憤，不能自平，寫了許多諷刺詩，最著名的是遊玄都觀時寫的《元和十年自朗州召至京戲贈看花諸君子》，因此詩再度被貶。後又寫了《再遊玄都觀絕句》，仍然以嘲諷的口吻說「種桃道士歸何處？前度劉郎今又來」，表現了其頑強的鬥爭精神。《飛鳶操》、《聚蚊謠》、《百舌吟》、《昏鏡詞》、《養鷙詞》等諷刺詩，用比興手法，藉助詠物，痛斥權貴，發泄其胸中鬱憤。《酬樂天揚州初逢席上見贈》，曲折地表達了他遭受政敵打擊，長期遠貶異地的憤慨不平之情。其中的「沈舟側畔千帆過，病樹前頭萬木春」一聯，深寓哲理，向爲傳誦。《西塞山懷古》、《金陵五題》、《金陵懷古》等懷古詩，感慨歷代興亡，世事變遷，寓意深遠，格調沈鬱蒼涼。

劉禹錫長期流放外地，他有感於民歌的「含思婉轉」，有意識地學習屈原作《九歌》的精神，寫了許多民歌體的小詩，在唐詩中別開生面，對後世影響很大。如《竹枝詞》、《浪淘沙》、《淮陰行》、《堤上行》等，多描寫愛情、勞動生活和地方風物，格調清新，語言流暢，韻味無窮。「東邊日出西邊雨，道是無晴卻有晴」，「花紅易衰似郎意，水流無限似儂愁」是膾炙人口的名句。其詩雄渾爽朗，音節和諧響亮。胡震亨云「其詩氣該古今，詞總華實，運用似無甚過人，卻都愜人意，語語可歌。」（《唐音癸籤》）白居易稱之爲「詩豪」，宋代的蘇軾、黃庭堅也很推崇他。其文以《陋室銘》較著名。《天論》三篇，繼柳宗元的《天說》進一步闡發了無神論的思想，體現了他的唯物主義精神。有《劉夢得文集》四十卷，收文二百多篇，詩八百餘首。

二十三　韋應物（七三七—七九〇）　京兆長安（今陝西西安市）人。天寶末年，以三衛郎侍玄宗，放浪不檢。後來悔悟，折節讀書，應舉中進士。永泰（七六五—七六六）時任洛陽丞，轉京兆功曹等職。建中二年（七八一），任比部員外郎，不久出任滁州刺史，轉江州刺史。後又入朝爲左司郎中。貞元四年（七八八），出任蘇州刺史。後人因稱他韋江州、韋蘇州或韋左司。

韋應物的生活道路頗爲曲折，其作品內容也因而比較複雜。或關懷同情人民疾苦，如《始至郡》、《雜體五首》其三、《採玉行》、《夏冰歌》、《高陵書情寄三原盧少府》等。或諷刺豪門貴族奢侈享樂的生活，痛斥殘害百姓的官吏，如《長安道》、《貴遊行》、《擬古十二首》其三、《廣德中洛陽作》。故白居易評他的這些詩說，「才麗之外，頗近興諷」（《與元九書》）。宦海浮沈，他很苦悶，也頗有感觸，因而寫了一些感慨時事和個人遭遇的詩，如《睢陽感懷》、《經函谷關》、《登高望洛城作》、《同德寺閣集眺》、《登重玄寺閣》等。但韋應物還是以寫田園山水詩著稱，他的田園山水詩不僅數量多，而且藝術成就也較高。如《觀田家》一詩，生活氣息較濃，比王維的《渭川田家》、孟浩然的《過故人莊》更接近勞動人民的感情。《滁州西澗》描繪春雨中荒山野渡的優美畫面，反映了行人待渡的悵惘心情，「眞而不樸，華而不綺」，是向爲人傳誦的名篇。此外如《寄全椒山中道士》、《淮上即事寄廣陵親故》、《賦得暮雨送李冑》、《春遊南亭》、《遊開元精舍》等，也是較爲流傳的佳作。他受陶淵明影響很深，藝術風格上屬於王孟田園山水詩派，後世或以陶、韋並稱，或以王、孟、韋、柳並稱。其詩語言簡淡，絕去雕飾，風格秀朗，氣韻澄澈，藝術上已達到非常純熟的境界。有《韋蘇州集》（一稱《韋江州集》）十卷。

二十四　元結（七一九——七七二）　字次山，郡望河南（今河南洛陽市），世居太原（今山西太原市），後移居魯山（今河南魯山縣）。早年曾經歷過一段「耕藝山田」「與丐者爲友」的生活。天寶十二年（七五三）登進士第。安史之亂，曾率鄰里一起逃難，避難於猗玗洞，因自號猗玕子。乾元二年（七五九），由蘇明源推薦，召入長安，上《時議》三篇，陳述兵勢，遂擢爲山南東道節度參謀，於唐、鄧、汝等州招募義軍，抗擊史思明，以戰功升任水部員外郎，荊南節度判官。廣德元年（七六三），出任道州刺史，在州減免租稅，招撫流亡。後改任容州都督充本管經略守提使。因遭權臣嫉妒，辭官歸隱。

元結是一個「嘗欲濟時難」的詩人，他不滿政治腐敗，曾多次上書，指責官吏，陳述人民疾苦，要求改革朝政。在文學上，反對「拘限聲病，喜尚形似」的淫靡文風，要求詩歌能「極帝王理亂之道，繫古人規諷之流」，達到「上感於上，下化於下」的政治目的。乾元三年（七六〇），編《篋中集》，收錄同時代詩人沈遷運、孟雲卿等七人反映現實的詩二十四首，並作《篋中集序》，闡明自己的文學主張，其詩歌理論，開中唐新樂府運動之先聲。他的詩注重反映社會現實和人民疾苦，早期所作的《憫荒詩》、《繫樂府十二首》反映了人民的苦難生活，表現了對人民的深厚同情。安史之亂後，對現實有進一步的認識，詩歌中反映的人民疾苦更深刻，也更細緻，這個時期的代表作有《舂陵行》、《賊退示官吏》，反映了戰亂後道州人民傷亡疲敝的情形，譴責了統治者的嚴刑苛斂，表現了爲民請命的高尚感情，「何人採國風，吾欲獻此詞」。故杜甫在《同元使君舂陵行》中熱情地稱讚這兩首詩說「道州憂黎庶，詞氣浩縱橫。兩章對秋月，一字偕華星。」《忝官引》、《酬孟武昌苦雪》、《喻常吾直》等詩，也都富有批判現實的精神。《石魚湖上醉歌》、《欸乃曲》等山水詩寫得眞樸自然。其詩大都是古體，語言質樸，缺乏文采。其散文如《丐論》、《化虎論》、《惡圓》等篇，洗淨駢風，內容多諷刺時政，譏評世俗，對韓愈、柳宗元的諷刺散文有一定影響。《石溪記》、《茅閣記》等，開柳宗元山水遊記的先河。有《元次山集》。

二十五　韓愈（七六八—八二四）　字退之，河陽（今河南孟縣）人。自謂郡望昌黎，後世稱韓昌黎。三歲而孤，由嫂撫養成人。少時好學，及長，盡通六經百家之學。貞元八年（七九二）進士。先後任宣武及寧武節度使判官。貞元末，官監察御史，因關中大旱，上疏請免徭役賦稅，指斥朝政，貶爲陽山令。憲宗元和元年（八〇八）召爲國子博士。後歷任河南令、比部郎中、史館修撰、中書舍人等職。元和十二年，從裴度平淮西吳元濟有功，升爲刑部侍郎。元和十四年，諫迎佛骨，觸怒憲宗，幾乎被殺，幸裴度等援救，改貶爲潮州刺史。同年冬，改貶爲袁州刺史。穆宗即位，召回京都，任兵部侍郎，又轉吏部侍郎，世稱韓吏部。諡號「文」，故世稱韓文公。

韓愈關心國家命運和民生疾苦，反對藩鎮割據，維護王朝統一，反對官吏的聚斂橫行，排斥佛老，提倡儒家思想。反對六朝以來駢偶的文風，主張繼承先秦兩漢以來的散文傳統，強調「文以載道」、「文道合一」，要求文章有充實的內容，並做到文從字順，務去陳言，和柳宗元共同倡導了唐代的古文運動。其散文今存三百餘篇，內容豐富，形式多樣。記敍文中，無論寫人、記事、狀物，都很重視形象的鮮明和完整，如《張中丞傳後敍》、《柳子厚墓誌銘》等。前篇寫南霽雲斷指斥責賀蘭進明一事，著墨不多，就使一個忠勇堅貞的形象呼之欲出。《送李愿歸盤谷序》借隱士李愿之口，刻畫和揭露大官僚的醜態及官場的醜惡，窮形盡相，令人啼笑皆非，蘇軾譽之爲唐代第一篇文章。其抒情文與敍事緊密融合，如《祭十二郎文》，一反傳統祭文的格套，結合家庭、身世和生活瑣事，抒寫他悼念亡姪的悲痛，感情眞摯，淒楚動人，前人讚爲「祭文中千年絕調」。其說理文很少引經據典地說教，常常採用形象化的語言、生動的比喻和鮮明的對比手法，表明自己的觀點，具有較強的說服力。如《師說》中分別以「古之聖人」與「今眾人」，擇師教子與自己恥於從師，「巫醫百工之人」與「士大夫之族」兩兩對比，有力地說服了從師的必要性。《雜說》其四以「千里馬常有，而伯樂不常有」比喻賢才難遇知己，寄予了對自己遭遇的深深不平。其文雄奇奔放，遒勁有力，條理暢達，語言精練。

韓愈又是中唐一位重要的詩人。其詩能別開生面，勇於獨創。以文爲詩，力求新奇，形成了奇崛險怪的風格。代表作有《山石》、《南山》、《八月十五夜贈張功曹》、《左遷至藍關示姪孫湘》、《早春呈水部張十八助教》等。韓愈的詩歌糾正了大曆以來的平庸詩風，對當時和後世有很大影響。有《昌黎先生集》。

二十六　柳宗元（七七三—八一九）　字子厚，河東解縣（今山西運城縣）人，世稱柳河東。少勤奮好學，十三歲即善作文。貞元九年（七九三）進士。貞元十二年登博學宏詞科。先後任集賢殿正字、藍田縣尉和監察御史裡行。順宗時，參加王叔文政治革新集團，任爲禮部員外郎，積極從事政治、經濟、軍事等方面的革新。革新失敗，柳宗元被貶爲永州司馬。十年後，改爲柳州刺史，故世稱柳柳州。憲宗元和十四年（八一九），病死於柳州任上，年僅四十七歲。

柳宗元和韓愈齊名，是唐代古文運動的主要倡導者之一。他主張文以明道，反對「貴辭而矜書，粉澤以爲工，遒密以爲能」的頹靡文風（《報崔黯秀才論爲文書》），認爲眞正好的作品應該是充實的內容和完美的形式的統一，二者不可偏廢。他寫了許多政論和哲理散文，如《天問》、《天對》、《貞符》、《非國語》、《封建論》等。在這些論文中，他闡述了自己的唯物論思想，批判唯心主義的天命論和各種迷信思想，猛烈地抨擊當時的腐朽勢力。這類文章內容新穎，結構縝密，說理透徹。

柳宗元創造性地繼承前人的成就，大量地創作寓言，使寓言成爲一種獨立的文學樣式，如著名的《三戒》、《羆說》、《蝜蝂傳》等，尖銳地諷刺了當時腐敗的社會現象，筆鋒犀利，發人深省。其傳記散文大都取材於那些被侮辱被損害的社會下層人物，如《種樹郭橐駝傳》、《梓人傳》、《童區寄傳》、《段太尉逸事狀》等，後者塑造了一個能夠爲民除害的正直官吏的形象。《捕蛇者說》通過蔣氏祖孫三代的不幸遭遇，揭露了「苛政猛於虎」的現實，表達了其憎恨封建苛政，同情勞動人民的鮮明態度。其山水遊記，文筆清新優美，富有詩情畫意，往往在客觀景物的描寫之中，融進自己的悲憤感情和寂寞情懷，如《永州八記》。

柳宗元還是一位傑出的詩人，他的詩大多作於貶官之後。或抒發自己悲憤抑鬱和離鄉去國的情思，如《登柳州城樓寄漳汀封連四州》、《與浩初上人同看山寄京華親故》、《別舍弟宗一》等。或反映勞動人民的痛苦生活，表達對人民的同情，如《田家》三首。或託言禽鳥，藉助神話，以自況身世，諷刺現實，如《跂烏詞》、《放鷓鴣詞》、《行路難》等。此外他還寫有山水詩，如《南澗中題》、《夏初雨後尋愚溪》、《漁翁》、《江雪》等，寫得情致深婉，峻潔疏淡。歷來評論家把他與陶淵明並稱。有《河東先生集》四十五卷。

二十七　白居易（七七二—八四六）　字樂天，晚居香山，自號香山居士，又曾官太子少傅，後人因稱白香山、白傅或白太傅。原籍太原，後遷居下邽（今陝西渭南縣），生於河南新鄭。祖、父皆以明經出身。十一歲時因戰亂避難越中，常「衣食不充，凍餒並至」，較多地體會了社會生活和民間疾苦，對以後創作有很大影響。貞元十六年（八〇〇）進士，授祕書省校書郎。元和二年（八〇七），授翰林學士，次年任左拾遺。元和十年，宰相武元衡被刺殺，白上書請急捕兇手，以雪國恥，權貴怒其越職奏事，造謠中傷，遂貶爲江州司馬，後升任忠州刺史。長慶元年（八二一），被召回京，任主客郎中，知制誥。因統治者內部鬥爭激烈，政見不被採納，自動提出外任的要求，不久出任杭州刺史，後改任蘇州刺史。在任上，興修水利，關心人民生活，受到當地人民的愛戴。此後，又曾歷任祕書監、河南尹、太子少傅等職。辭官後閒居洛陽履道里，作《醉吟先生傳》，以醉吟自樂。

白居易是中唐新樂府運動的主要倡導者，他繼承了《詩經》以來現實主義詩歌創作的優良傳統，建立了現實主義詩歌理論，主張「文章合爲時而著，歌詩合爲事而作」，認爲詩歌應該反映人民疾苦：「唯歌人民病」、「但傷民病痛」，反對「嘲風雪，弄花草」的頹靡文風，強調內容決定形式，形式爲內容服務：「繫於意，不繫於文」。他以這種理論指導自己的創作實踐，取得了巨大成就。現存詩三千首，是唐代詩人中創作最多的一個。

詩人曾將自己五十一歲以前的詩分爲諷喻、閒適、感傷、雜律四類，其中詩人最重視，價值最高的，是諷喻詩。諷喻詩中以《新樂府》五十首、《秦中吟》十首最爲著名。這些詩廣泛地反映了中唐時期的社會矛盾及人民的痛苦，並表達了對人民的深切同情。《重賦》、《觀刈麥》、《採地黃者》反映了人民的苦難生活：「願易馬殘粟，救此苦飢腸！」《杜陵叟》、《賣炭翁》、《紅線毯》等揭露了統治者橫徵暴斂的罪行，「剝我身上帛，奪我口中粟。虐人害物即豺狼，何必鉤爪鋸牙食人肉！」《輕肥》、《買花》、《歌舞》等揭露了統治階級荒淫奢侈的生活。《西涼伎》、《縛戎人》、《城鹽州》等譴責統治者的昏庸腐朽及邊將擁兵自重的醜態，表現了人民收復失地的願望。《上陽白髮人》、《井底引銀瓶》、《母別子》等反映了婦女的悲慘命運。感傷詩中的《長恨歌》、《琵琶行》，是我國古代長篇敍事詩的傑作。這兩首詩敍事完整，情節曲折，描寫細膩，抒情氣氛濃厚，深爲後人喜愛和傳誦。

白詩主題鮮明，語言通俗易懂，當時就流傳於社會各階層，並傳至日本、高麗等國，「自篇章以來，未有如是流傳之廣者」（元稹《白氏長慶集序》）。其詩對當時及後代產生了深遠的影響。著有《白氏長慶集》七十五卷，今存七十一卷。

二十八　元稹（七七九—八三一）　字微之，河南（今河南洛陽市）人。八歲喪父。幼年家貧，刻苦讀書。貞元九年（七九三）明經及第，授校書郎，後官監察御史。直言敢諫，與宦官及守舊官僚鬥爭，被貶爲江陵士曹參軍，徙通州司馬。後與守舊勢力妥協，借宦官崔潭峻、魏弘簡等的援引，擢祠部郎中，遷中書舍人，翰林學士承旨。穆宗長慶二年（八二二）和裴度同拜相，因與魏弘簡合謀詆毀裴度，出爲同州刺史，後轉越州刺史兼浙東觀察使。文宗時官武昌節度使，太和五年卒於任上。

元稹和白居易齊名，時稱「元白」。他與白居易文學觀點完全一致，是新樂府運動的倡導者之一。最早注意到李紳的《新題樂府》並起而和之。他推崇杜甫「即事名篇，無復倚傍」的創作經驗，反對「沿襲古題」，主張「刺美見（現）事」，對新樂府運動的開展起了巨大的推動作用。他把自己的詩分爲古諷、樂諷、古體、新題樂府、律詩、艷詩六類，而尤重視樂府一類的諷喻詩。他的樂府詩廣泛反映了當時的社會現實，如《田家詞》，揭露官吏的橫暴，同情農民的疾苦。《織婦詞》描寫勞動婦女的悲慘命運，譴責統治者的無止貪慾。《估客樂》揭露商人唯利是圖的本質。長篇敘事詩《連昌宮詞》借宮邊老人之口，揭露唐玄宗的荒淫誤國，最後提出「努力廟謨休用兵」的政治主張，結構完整，描寫細緻，寓意明顯，向與白居易的《長恨歌》並稱。此外，元稹的悼亡詩和艷體詩也寫得很成功，如七律《遣悲懷》三首、《春曉》等，感情眞摯，文辭清雋，「昔日戲言身後世，今朝都到眼前來」，「唯將終夜長開眼，報答平生未展眉」等句，屬對工整，如話家常，向爲人傳誦。小詩《行宮》寫宮女閒說玄宗舊事，語意含蓄，甚爲前人稱道。

元稹後期依附宦官，詩作多寫身邊瑣事，缺乏社會內容。另有傳奇《鶯鶯傳》，描寫張生與崔鶯鶯的愛情故事，元代王實甫的《西廂記》就取材於此。有《元氏長慶集》一百卷，今存六十卷。

二十九　李賀（七九〇—八一六）　字長吉，河南福昌（今河南宜陽縣）人，中唐時期的傑出詩人。出身於沒落的皇室後裔的家庭。七歲能辭章，十五六歲時即工樂府詩，深得韓愈、皇甫湜賞識，名聲大震。李賀少有遠大抱負，但因避諱父名晉肅（「晉」、「進」同音），不能參加進士考試。韓愈爲之作《諱辨》，然終未能應試登第，因而失去了進身之路，只做過三年奉禮郎的小官。鬱鬱不得志，辭官歸故居。死時年僅二十七歲。相傳他作詩非常勤奮刻苦，常騎瘦馬出遊，背一古錦囊，遇有所得，即書投囊中，及暮歸，足成之，非大醉弔喪日率如此。現存詩二百四十餘首。

李賀一生不得志，其詩充滿了遭逢不逞、懷才不遇的憤懣與牢騷。如《開愁歌》云「我當二十不得意，一心愁謝如枯蘭。衣如飛鶉馬如狗，臨歧擊劍生銅吼。」《致酒行》云「我有迷魂招不得，雄雞一聲天下白。少年心事當拏云，誰念幽寒坐嗚呃？」這種思想在《馬詩》、《詒歌》、《秋來》等詩中均有反映。與此相聯繫，他在詩中常抒寫自己的雄心壯志，表現對國家命運的關心，如《南園》其五、其六，「男兒何不帶吳鉤，收取關山五十州。請君暫上凌煙閣，若個書生萬戶侯？」《雁門太守行》描寫並歌頌了邊防將士誓死報國的決心。有些詩同情人民的疾苦，如《感諷》其一、《老夫採玉歌》。有些詩揭露官僚豪奢，諷刺皇帝求仙，如《秦宮詩》、《榮華樂》、《苦晝短》。《夢天》、《蘇小小墓》、《天上謠》、《羅浮山人與葛篇》等詩，則以神仙鬼怪爲題材，描繪陰森詭異的幽靈世界，虛構出美麗而永恆的神仙國土，表現其憎恨現實、無力改變現實、轉而厭棄現實的情緒。

李賀詩歌繼承了屈原、李白詩歌的浪漫主義精神，又受到韓愈「務去陳言」的影響，在藝術上大膽創造，力求別開生面。其詩想像豐富，構思新奇，意境恍惚迷離，語言瑰麗，形成一種奇崛幽峭，穠麗淒清的獨特風格。因生命短促，生活狹窄，故其詩內容不夠豐富，並帶有比較濃厚的感傷情調。藝術上過分追求奇詭險怪，有些詩往往流於晦澀荒誕。有《昌谷集》四卷，亦稱《李長吉歌詩》。

三十　杜牧（八〇三—八五三）　字牧之，京兆萬年（今陝西西安）人。宰相杜佑之孫。家住長安樊川，世稱杜樊川。太和二年（八二八）進士，又舉賢良方正，授弘文館校書郎。因爲人剛直，遭受排擠，曾在沈傳師江西觀察使、宣歙觀察使及牛僧孺淮南節度使幕府爲幕僚十年。太和九年（八三五），入朝爲監察御史，後受宰相李德裕排擠，出爲黃州、池州、睦州等地刺史。李德裕失勢，入朝爲司勛員外郎。宣宗大中年間，官至中書舍人。

杜牧生活在社會矛盾極爲尖銳的晚唐時代，他關心政治，早年很有抱負，希望國家統一、繁榮。在《原十六衛》、《罪言》、《論戰》、《守論》、《上李司徒相公論用兵書》等文章中探討財賦、戰爭、治亂等問題。在文學上，主張文章應「以意爲主，以氣爲輔，以辭采章句爲兵衛」。（《答莊充書》）其詩多有愛國憂民、指陳時政之作。如《感懷詩》，慨嘆藩鎮割據、急徵厚斂造成的民生憔悴，希望有所作爲。《郡齋獨酌》抒發了自己的理想和抱負：「豈爲妻子計，未去山林藏?平生五色線，願補舜衣裳。弘歌敎燕趙，蘭芷浴河湟。」《河湟》、《早雁》慨嘆朝政昏亂、國勢衰微，外族入侵，以致民不聊生。其詠史詩或借歷史題材諷刺現實，如《過華清宮三絕句》，借唐玄宗、楊貴妃的故事，諷刺晚唐統治者的驕奢荒淫。或表明自己的獨創見解，帶有明顯的史論特色，如《赤壁》、《烏江亭》等，就是對歷史上興亡成敗的關鍵問題發表議論：「東風不與周郎便，銅雀春深鎖二喬」，「江東子弟多才俊，捲土重來未可知」，這種論史絕句的形式頗爲後人效仿。其抒情寫景的七言絕句，藝術上有很高的成就，如《江南春》、《泊秦淮》、《山行》、《清明》等，這些詩不只描繪出一幅幅色彩鮮明的圖畫，而且通過所描寫的景物，表達自己豪爽的情思，有時微有哀傷。杜牧在《獻詩啓》中說：「某苦心爲詩，本求高絕，不務奇麗，不涉習俗，不今不古，處於中間。」其詩在晚唐詩壇確能獨標一格。與李商隱齊名，後世稱「小杜」，以別於杜甫。兼工賦及古文。《阿房宮賦》，狀物抒情，描寫生動。《李長吉歌詩序》見解精闢，語言精練流暢。有《樊川文集》二十卷。

三十一　李商隱（八一三—八五八）　字義山，號玉谿生，懷州河內（今河南沁陽）人，出身於沒落的小官僚家庭。初學古文，十七歲時以文才見知於牛（僧孺）黨令狐楚，改從令狐楚學駢文奏章，引爲幕府巡官。二十五歲時，由令狐楚之子令狐綯推薦，中進士，授祕書省校書郎，補宏農尉。次年入李（德裕）黨涇原節度使王茂元幕府爲書記，王愛其才，以女嫁之。時牛李黨爭激烈，牛黨人因罵其「背恩」，李被捲入政治漩渦中。此後牛黨執政，李商隱一直遭受排擠，長期在外任幕僚之職，最後客死於滎陽。

李商隱和杜牧齊名，世稱「小李杜」，以別於李白和杜甫。又與溫庭筠齊名，人稱「溫李」。其早年詩作多表現自己對現實的關心及壯懷豪情。如《行次西郊作一百韻》，廣泛深刻地反映了當時京城郊外農村破產的圖景，表現了自己「理與亂，繫人不繫天」的政治見解。《安定城樓》抒寫自己的政治抱負，表現詩人對國家命運的擔憂。《有感》二首、《重有感》、《哭劉賁》痛斥宦官擅權。《井絡》、《韓碑》、《隨師東》等詩反對藩鎮割據。其詠史詩數量多，質量高。或批判歷史上帝王們的荒淫奢侈，引爲現實的殷鑑，如《北齊》、《南朝》、《隋宮》、《瑤池》等；或寄託自己懷才不遇的悲憤，如《賈生》等。李詩中，最足以代表他的風格，最爲人們傳誦的，是愛情詩，這類詩或名「無題」，或取篇中兩字爲題。如《無題》（昨夜星辰昨夜風）、《無題》（相見時難別亦難）等，表現士大夫愛情生活的特點和弱點，寫得一往情深，優美動人，感情細膩眞摯，音調和諧婉轉。其中的「身無彩鳳雙飛翼，心有靈犀一點通」、「春蠶到死絲方盡，蠟炬成灰淚始乾」爲膾炙人口的名句。因政治上的失望，李後期詩歌多藉助於寫景詠物，感嘆人世淪落和世運衰微，情調憂鬱哀傷，如《登樂遊園》、《宿駱氏亭寄懷崔雍崔袞》、《花下醉》、《杜工部蜀中離席》等。

李商隱在詩歌藝術上，善於廣泛地多方面地學習前人（如齊梁詩、杜甫、韓愈、李賀等），形成了深情綿邈、綺麗精工的獨特風格。其詩構思縝密，想像豐富，語言優美。工於近體，尤擅七言律詩和七絕。部分作品因過於講究辭藻，用典過多，晦澀難懂，產生了不良影響。有《李義山詩集》三卷。文集已佚，後人輯有《樊南文集》、《樊南文集外編》。

三十二　杜荀鶴（八四六—九〇七）　字彥之，自號九華山人，池州石埭（今安徽石埭縣）人。出身貧寒，自謂「天地最窮人」。早有詩名，然因無人援引，屢試不第，常常慨嘆：「空有篇章傳海內，更無親族在朝中」。大順二年（八九一）舉進士，時已四十六歲。後爲宣州田頵的幕客，唐亡，依朱溫，得其賞識，任爲翰林學士，僅五日而卒。

杜荀鶴很有政治抱負，他說：「共有人間事，須懷濟物情」（《與友對酒飲》），「男兒出門志，不獨爲身謀」（《秋宿山館》）。其文學主張和白居易接近，詩中自云「詩旨未能忘救物」（《自敍》），「言論關事務，篇章見國風」（《秋日山中》）。特定的生活經歷使他對社會的黑暗和人民的痛苦有比較深切的了解，流落不遇的生活境遇又使他把全部心血用在詩歌創作上，因而他的詩相當全面地反映了唐末的黑暗現實和人民的災難。《旅泊遇郡中叛亂示同志》揭露軍閥趁火打劫、屠殺人民的罪行：「遍搜寶貨無藏處，亂殺平人不怕天」。《山中寡婦》揭露賦稅的苛重，反映農民的悲慘命運：「任是深山更深處，也應無計避徵徭」。《再經胡城縣》控訴地方官吏靠屠殺人民起家，表現了對人民的極大同情和對官吏的無比憎恨：「去歲曾經此縣城，縣民無口不冤聲。今來縣宰加朱紱，便是生靈血染成！」《亂後逢村叟》、《題所居村舍》描繪了戰亂後農村凋敝、民不聊生的景象。但他也寫過不少酬唱投獻和流露頹廢思想情緒的詩篇。其詩語言淺近通俗，風格清新流利。專攻近體，尤擅七律。自編《唐風集》三卷，錄詩三百餘首，今傳。

三十三　**溫庭筠**（約八一二—約八七〇）　晚唐著名詩人、詞人。本名岐，字飛卿，太原祁（今山西祁縣）人。出身於沒落貴族家庭，唐初宰相溫彥博裔孫。才思敏捷，每入試，押官定的八韻，叉手八次而八韻成，時稱「溫八叉」。因行爲不檢，長期出入歌樓妓館，爲士大夫不齒，屢試不第，終身窮困潦倒。大中十三年（八五九），任隨縣尉。後任方城尉，官終國子助教。世稱溫方城、溫助教。

溫庭筠精通音律，「能逐弦吹之音，爲惻艷之詞」（《舊唐書本傳》）。工詩能詞。詩與李商隱齊名，時稱「溫李」，但思想內容和藝術成就遠不及李詩。其詩多表現個人的淪落不遇和青樓艷情，很少反映時政，辭藻華麗。少數詩篇反映農民疾苦，如《燒歌》、《罩魚歌》。《過陳琳墓》、《經五丈原》、《蘇武廟》等弔古傷今之作，感慨深沈。《處士盧岵山居》、《利州南渡》、《商山早行》等山水、記遊之作，藝術形象較爲鮮明。後者中的「雞聲茅店月，人跡板橋霜」，用疏淡的筆墨勾勒出富有畫意的山村秋天早晨的圖畫，向稱名句。溫庭筠是晚唐寫詞最多的作家，現存詞約七十餘首，藝術成就也在晚唐諸詞人之上。其詞內容狹窄，多描寫婦女的容貌、服飾和情態，風格濃艷。如《菩薩蠻》（小山重疊金明滅），用艷麗的筆墨，細膩地刻畫一個剛剛睡醒的女人梳洗打扮的情態。《望江南》（梳洗罷）《更漏子》（玉爐香），表現婦女的離愁別恨，語言簡潔，形象鮮明，向爲膾炙人口的名篇。其詞中也有一些文詞清麗、富有詩意的句子，如「江上柳如煙，雁飛殘月天」（《菩薩蠻》）、「花落子歸啼，綠窗殘夢迷」（《菩薩蠻》）等。溫詞善於捕捉富有特徵性的景物，構成完整的藝術境界，表現人物的情思，筆法含蓄，音律和諧，對詞的發展有一定推動作用。但傷於柔弱，給後代詞人帶來消極影響，形成了一個以他爲「鼻祖」的「花間詞派」。原有詞集《握蘭集》三卷、《金荃集》十卷，《詩集》五卷，皆佚。後人輯有《金奩集》、《溫庭筠詩集》。

三十四　李煜（九三七—九七八）　五代南唐後主，傑出的詞人。字重光，初名從嘉，號鍾隱，徐州（今屬江蘇）人。他工書，善畫，洞曉音律，具有多方面的文藝才能。繼中主即位之後，南唐形勢已岌岌可危，但他仍縱情聲色，侈陳遊宴，過了十幾年苟且偷安的生活。後南唐爲宋所滅，他被俘到汴京，又過了兩年屈辱的囚徒生活，終於在九七八年的七夕，被宋太宗派人毒死。

李煜由南唐國主降爲囚徒的巨大變化，對他的詩詞創作有重大影響，使前後期呈現出不同的風貌。前期詞主要表現對宮廷豪華生活的迷戀，實際是南朝宮體和花間詞風的繼續。但隨著南唐內外危機的深化，他也逐漸感到無法擺脫的沒落命運，因而在部分詞作中流露了沈重的哀愁。南唐的滅亡使他失掉了皇帝的寶座，也使他從醉生夢死的生活中清醒過來，不得不面對殘酷的現實，傾瀉心中的深哀巨痛。因此，李煜後期的詞，主要抒寫懷舊傷今、吟嘆身世的複雜情緒，並和亡國的隱痛相結合，表露出亡國君主特有的濃厚的感傷情調，如名篇《虞美人》、《浪淘沙》等，在題材和意境上突破了晚唐五代花間詞派以艷情爲主的藩籬，具有眞切、感人的力量。

李煜在詞史上的地位，主要決定於他的藝術成就。他直接傾瀉自己的深哀和劇痛，擺脫了那種花間樽前、淺吟低唱的傳統風格，使詞成爲言志述懷的一種新詩體。他善於用白描手法抒寫生活感受，善於用貼切的比喻將抽象的感情形象化，如「恰似一江春水向東流」、「流水落花春去也」等，形象鮮明，意境深遠，語言也明淨、清新、優美、雋永，並接近口語。這些藝術上的探索和成就是值得稱道的。李煜的作品，由後人與其父李璟（中主）的作品合刻爲《南唐二主詞》。

三十五　范仲淹（九八九—一〇五二）　北宋著名政治家、文學家。字希文，吳縣（今江蘇蘇州）人。大中祥符進士，官至樞密副使，參知政事，諡文正。他是一位有理想、有抱負的政治活動家，在宋仁宗慶曆年間推行政治改革運動，即「慶曆新政」。政治上頗有貢獻。范仲淹少時貧困好學，出仕後有敢言之名，深懷憂國憂民思想。仁宗天聖中任西溪鹽官，泰州知州張綸從其議，修建捍海堰，使大量土地不受海潮淹沒。寶元三年（一〇四〇）西夏攻延州，他與韓琦同任陝西經略副使，改革軍制，鞏固邊防，對保衛邊防作出貢獻。慶曆三年（一〇四三年）任參知政事，建議十事，主張建立嚴密的任官制度，注意農桑，整頓武備，推行法制，減輕徭役。因爲保守派反對，不能實現。他亦罷去執政，出任陝西四路宣撫使。後在赴潁州途中病死。

范仲淹站在政治改革的立場上，積極反對西昆體，主張文章要有利於團結敎化，有現實內容，對當時的政治改革起積極作用。他的文章可以說實踐了自己的文學主張。其政論散文具有指陳時弊、力求革新的內容，就是敍事、寫景和抒情的散文，也大都抒發政治抱負和政治改革主張。如著名的《岳陽樓記》描寫洞庭景色的陰晴變化引起登臨者或悲或喜的感情變化，最後在即事和即景的結合中，提煉出「先天下之憂而憂，後天下之樂而樂」的激勵人心、千古生輝的名句，顯示了寬廣的胸襟和高尙的抱負。通篇情景交融，詞采瑰麗，形象鮮明，境界闊大，具有高超的藝術技巧。他的詩詞流傳下來雖不多，但質量較高，爲世稱道。詩如《江上漁者》反映漁民在大風大浪中浮沈出沒，表達詩人對他們命運的關切和同情。全詩畫面開闊，語意警策。詞如《漁家傲》描寫塞上風光，格調慷慨悲壯，風格挺拔勁健，爲宋詞中獨樹一幟的名篇。有《范文正公集》。

三十六　歐陽修（一〇〇七—一〇七二）　北宋傑出文學家和文壇領袖。字永叔，號醉翁，六一居士，諡文忠，廬陵（江西吉安）人。他四歲喪父，家境貧寒，母親用蘆荻畫地教他識字。二十四歲中進士後，登上北宋政治舞臺，曾任樞密副使，參知政事。他為官正直敢言，關心人民疾苦，早年在范仲淹為代表的改革派和呂夷簡為代表的保守派的激烈鬥爭中，積極主張輕賦稅，除積弊，實行「寬簡」的政治，因而也屢遭排擠，曾貶官滁州、潁川等地。但晚年隨著官職的提高，政治上傾向保守，反對王安石推行新法，曾上疏指陳青苗法之弊等。

歐陽修在文學上提倡詩文革新，主張文學「明道」、「致用」，提出「國之文章，應於風化，風化厚薄，見乎文章」，堅決反對西昆派的浮靡之風。歐陽修作為北宋古文運動的領袖，還積極培養後進，藉助科舉考試來提倡平實樸素的文風。曾鞏、蘇軾、蘇轍等人，都曾得到他的揄揚提拔。歐陽修的政論散文直接為政治鬥爭服務，筆鋒犀利，說理暢達，如膾炙人口的《朋黨論》、《五代史伶官傳序》等，或直斥保守派對革新人士的誣蔑，諷諫統治者應該退惡任賢；或提供歷史教訓，說明國家的「盛衰之理」。他的狀物寫景，敘事懷人的散文，更是寫得搖曳多姿，具有強烈的藝術感染力。如《醉翁亭記》、《秋聲賦》等，語言自然流暢，抒情委婉含蓄，章法曲折變化，顯示了藝術上的獨創性。他還是北宋著名詩人，許多作品能反映人民疾苦，現實意義較強，如《食糟民》揭示了官與民的貧富懸殊，《明妃曲和王介甫》借王昭君的故事譴責了昏庸誤國的統治者。他的詩歌也頗多抒寫個人生活情趣的作品，能表現新穎獨到的意境。如《畫眉鳥》、《黃溪夜泊》等。

歐陽修還創作了二百多首詞，其詞風格婉麗，內容大多表現愛情生活，如著名的《踏莎行》

，也有抒個人抱負的作品，如《平山堂》等，雖然承襲南唐餘風，但格調較高，情思深遠。成就遠在馮延巳、晏殊之上。此外他還和宋祁合修《新唐書》，並獨選《新五代史》，在史學上有著傑出的貢獻。有《歐陽文忠集》。

三十七　王安石（一〇二一—一〇八六）　北宋傑出的政治家、文學家、思想家。字介甫，號半山，臨川（今江西撫州）人。他出生於中下層官僚家庭，少有壯志，常以天下爲己任。二十二歲（慶曆三年）即中進士。仁宗嘉祐三年（一〇五八），王安石寫《上仁宗皇帝言事書》即後人常說的萬言書，主張改革政治。神宗熙寧二年（一〇六九）被任爲參知政事（副宰相），次年拜相。他積極推行青苗、均輸、市易、免役、農田水利等新法，抑制大官僚地主和豪商的特權，以期富國強兵，緩和階級矛盾。由於保守派固執反對，新政推行迭遭阻礙。後罷相。晚年退居江寧（今江蘇南京），憂憤成疾而卒，年六十六。封荊國公，世稱荊公。卒謚文。

王安石一生爲實現自己的政治理想而鬥爭，他把自己的文學創作也與政治活動密切聯繫起來，提倡「適用爲本」的創作觀念，認爲「文者，務爲有補於世而已矣。」因此，他的詩文的政治色彩較濃，直接爲他的政治鬥爭服務。他的散文以政論性爲多，大多針對時弊，有較強的說服力。如《本朝百年無事札子》，通過對北宋百年來政治情況的分析，指出「大有爲之時，正在今日」，希望神宗在政治上有所建樹。王安石的詩歌也與散文一樣，具有充實的政治內容和現實意義。如《河北民》、《兼併》、《收鹽》等詩，都表現對人民疾苦的同情，對社會前途的憂慮，以及主張改革弊政的進步理想。他的詠史和懷古詩，也大都寄託遠大的政治抱負和批判精神，如

《商鞅》、《范增》、《張良》等篇。《明妃曲》二首更別出心裁，立意高遠，一時廣爲傳誦。他晚年所寫的一些描寫湖光山色的小詩，構思新穎別致，語言千錘百煉，妥貼自然，自成一家，對宋詩發展起了相當大的推動作用。當然也有一些詩喜造硬語，押險韻，有不良影響。又如《答司馬諫議書》中，剖析司馬光對新法的指責，提出了「天變不足畏，祖宗不足法，人言不足恤」的著名論點。言簡意賅，措詞委婉而堅決。正因爲王安石散文立意超群，語言簡煉樸素，具有較強的概括力和邏輯性，被列爲「唐宋八大家」之一。他的詞作雖不多，而風格高峻，如《桂枝香·金陵懷古》，就是宋詞中傳唱千古的名篇。王安石還著有《鍾山日錄》、《字說》、《三經新義》等，多已散失，現存有《臨川集》、《臨川集拾遺》；另編有《唐百家詩選》。

三十八　蘇軾（一〇三七—一一〇一）　北宋傑出的文學家、書畫家。字子瞻，號東坡居士，眉山（今屬四川）人。蘇洵子。他出身於一個頗有文化修養的家庭，父是當時著名的文學家，母親也知書識文。蘇軾少年時期就積極關心當時社會的人情風俗和政治措施，後知密州、徐州、湖州。蘇軾年輕時也主張政治上有所改革，但中年後趨向保守，反對王安石新法，因而以作詩「謗訕朝廷」罪貶謫黃州。哲宗即位，舊黨執政，蘇軾任翰林學士，不久又受到舊黨中某些人的排擠，出知杭州、潁州、定州，最後又貶謫嶺南的惠州和海南的儋州，最後北還，病死常州，追諡文忠。與父洵弟轍合稱「三蘇」。

蘇軾在政治上雖傾向舊黨，但也有改革弊政的要求。歷任地方官吏時，關心人民疾苦，注意興修水利，發展農業生產，做了不少有益於人民的事情。他的思想比較複雜，儒家思想和佛老思想在他的世界觀中是既矛盾又統一的。這又必然表現在文學創作中。他的政論散文、歷史散文從儒家政治理想出發，廣引歷史事實加以論證，精神上繼承了賈誼、陸贄的傳統，如《策略》、《策別》、《策斷》及《平王論》、《留侯論》等。抒情散文則表現了較濃厚的佛老思想，如膾炙人口的前後《赤壁賦》，既流露了政治挫折後的苦悶心情，又顯示了灑脫超然的人生態度。文筆縱橫恣肆、明白暢達、清新自然，爲「唐宋八大家」之一。蘇軾工詩擅詞，開詞中豪放一派，進一步開拓詞的題材和境界，諸如懷古、感舊、記遊、說理等題材，他都可以用詞來表達，如《江城子·密州出獵》、《水調歌頭·中秋》、《念奴嬌·赤壁懷古》等。無論是抒寫政治抱負還是吟詠自然景色，都體現出豪邁豁達的精神和雄渾風格，對後代影響深遠。蘇詩各體皆工，七言各體尤其擅長，內容上能同情人民疾苦，揭露統治者的罪惡，歌頌優美的山水風光；當然也有部分表現隨緣自足、逃避現實的消沈之作。他的創作力旺盛，著述極爲豐富，《東坡全集》有一百多卷，有詩二千七百多首，詞三百多首和許多優美散文。他的詩、詞、文中所表現的豪邁氣象、深邃內容和獨特的藝術風格，是北宋詩文革新運動的重大成果，表現了當時文學的最高成就。

此外，蘇軾還是著名的書畫家，擅長行、楷書，取法顏眞卿、李邕等人，而能自創新意。用筆豐腴跌宕，有天眞爛漫之趣。與蔡襄、黃庭堅、米芾並稱「宋四家」。也能畫竹，善作枯木怪石。論畫主張神似。高度評價「詩中有畫，畫中有詩」的藝術境界。有《東坡七集》。書法存世者有《前赤壁賦》、《祭黃幾道文》、《黃州寒食詩帖》、《枯木怪石圖》等。

三十九　黃庭堅（一〇四五—一一〇五）　北宋著名詩人、書法家，字魯直，號山谷道人、涪翁，分寧（今江西修水）人。神宗時教授北京（河北大名）國子監，以詩爲蘇軾所稱賞，與秦觀、張耒、晁補之齊名，後人並稱「蘇門四學士」。哲宗時舊黨執政，擢作國史編修官，後新黨復用，遭到貶謫，死於宜州（廣西宜山）。

黃庭堅同他的前輩一樣，猛烈攻擊西昆體的形式主義，針對西昆派詩人講究聲律、對偶、辭藻，他試圖在立意、用事、謀篇、琢句等方面作些新探索，而且務求爭新出奇，提出「文章最忌隨人後」。到北宋後期，以黃庭堅爲首形成了江西詩派。黃庭堅在詩法上標榜杜甫、韓愈，但未能很好繼承他們的現實主義精神，提倡「老杜作詩，退之作文，無一字無來處」，以及「雖取古人之陳言入於翰墨，如靈丹一粒，點鐵成金也。」這樣，他又走上了新的形式主義，在反庸俗和錘煉字句方面雖有成就，卻忽視思想內容，多寫個人日常生活瑣事，且偏重形式而未能很好表達自己的眞情實感，作品顯得奇拗硬澀。當然，作爲一個開創詩歌流派的藝術大匠，有時也能擺脫刻意好奇的風氣，寫出一些清新流暢的佳作，如《雨中登岳陽樓望君山》、《登快閣》等，別具一番情趣和境界。在詩論方面，謂詩歌不當有「訕謗侵陵」的內容，但在若干作品中仍表現出傾向舊黨的政治態度。所以，黃庭堅是個較複雜的人物，他對中國文學的影響，有積極、良好的一面，也不乏消極因素。黃庭堅還能詞，兼擅行、草書，初以周越爲師，後取法顏眞卿及懷素，受楊凝式影響，尤得力於《瘞鶴銘》。以側險取勢，縱橫奇倔，自成風格。爲「宋四家」之一。有《山谷集》。自選其詩文名《山谷精華錄》。詞集名《山谷琴趣外篇》。書跡有《華嚴疏》、《松風閣詩》、《王長者·史詩老墓誌銘》及草書《廉頗藺相如傳》等。

四十　秦觀（一〇四九－一一〇〇）　字少游、太虛，號淮海居士，江蘇高郵人。宋神宗元豐八年（一〇八五）進士，哲宗時歷任太學博士，祕書省正字兼國史院編修官。紹聖初新黨執政，因其政治上傾向於舊黨，被視爲元祐黨人，貶爲監處州酒稅，又遷杭州、郴州、橫州、雷州，卒於放還途中。曾受學於蘇軾門下，爲「蘇門四學士」之一。有《淮海集》四十卷行世，其中《長短句》（又名《淮海詞》）三卷，存詞九十餘首。

秦觀的詞主要寫與歌妓舞女的交往、依戀，和失意潦倒的愁恨，內容狹窄，情調低沈感傷，所言不外「情」、「愁」二字而已，詞風柔婉纖弱，但其藝術成就較高。

他善於把男女的思戀懷想，同個人政治上的坎坷遭遇、生活上的困頓經歷結合在一起，運用清新淡雅的語言，刻畫出幽怨凄迷的形象，表現一種惆悵落寞的心境和哀怨感傷的情緒。如《滿庭芳》「山抹微雲」一詞，把離別時的感傷情緒和秋晚日暮的悲涼景象融成一片，裸露出了一個潦倒失意者的無限凄楚情懷。他有極其敏鋭的形象感受能力，且把強烈的主觀感情注入這些捕捉到的形象中，造成一種強烈的感染效果。他的一些名句，如「綠荷多少夕陽中，知爲阿誰凝恨背西風」（《虞美人》）、「困倚危樓，過盡飛鴻字字愁」（《減字木蘭花》）、「自在飛花輕似夢，無邊絲雨細如愁」（《浣溪沙》）、「春去也，飛紅萬點愁如海」（《千秋歲》）等，都體現了這種特點。

秦觀詞清新婉麗，語言優美。用典少、套語少，間亦吸收口語入詞，顯示一種流暢而不鬆散，典雅而不奧澀的風格。人稱其爲婉約派詞人中的語言大師。

四十一　李清照（一〇八四－約一一五五）　南宋傑出女詞人。號易安居士，濟南（今屬山東）人。其父李格非是當時著名學者，母親王氏也知書能文。她自少便有詩名。丈夫趙明誠是金石考據家。婚後，夫婦倆共同校勘古書，唱和詩詞，或鑑賞書畫鼎彝，生活比較美滿、輕閒、優裕。靖康二年，金兵入侵，李清照和趙明誠相繼避兵江南，所藏的金石書畫喪失殆盡，後趙明誠又病死建康，她就輾轉漂流於杭州、越州、金華一帶，在孤苦生活中度過了晚年。

李清照的詩、詞、散文創作都有較高成就，但最擅長的還是詞。她的詩詞創作以南渡爲界，分爲前後兩期。前期的詞的內容主要表現少女、少婦的生活，委婉而含蓄地抒寫閨中的寂寞和離情，風格清秀，語言新巧，如《如夢令》（常記溪亭日暮）、《醉花陰》（薄霧濃雲愁永晝）等都是傳唱一時的名篇。總的來說，這一時期的詞的題材比較狹窄，情緒也偏於感傷。從靖康元年起，李清照連續遭到國破、家亡、夫死的苦難，過著長期的流亡生活，因而詞風劇變，創作了許多感人至深的作品。例如，表現個人不幸生活遭遇，也表達了人們離鄉背井、骨肉分散的共同感受，如《菩薩蠻》、《念奴嬌》、《聲聲慢》等。此外，《永遇樂》含蓄而深沈地表現了對現實的不滿和關切，《漁家傲》則流露了無家可歸的痛苦心情，以及要求擺脫現實的苦悶和對自由、美好生活的嚮往。李清照在藝術上雖然繼承婉約派詞風，但由於一生經歷比晏幾道、秦觀等人更加艱苦曲折，加之藝術上的多方面才能，因而成就超過了他們。她善用白描手法，語言明白如話，不加粉飾而又流轉如珠，富有音律美。她後期的詞還兼有豪放派之長，在兩宋詞壇上獨樹一幟，對後世影響頗大。

李清照遺留下來的少數詩文，大都是南渡後的作品。如《金石錄後序》介紹了《金石錄》的內容和成書過程，也回憶了自婚後三十四年的憂患得失，是一篇優美動人的散文。詩歌如《夏日絕句》、《上兵部尚書胡公》等，關心現實，積極進取，內容剛健清新，與詞風大不相同。李清照還有《詞論》一篇，提出詞「別是一家」之說。反對以詩文之法作詞，嚴格區分詩詞界限，論詞強調音律，崇尚典雅、情致。留有《易安居士文集》，《易安詞》已散佚。後人有《漱玉詞》輯本，今人輯有《李清照集》。

四十二　辛棄疾（一一四〇——一二〇七）　南宋傑出的愛國主義詞人。字幼安，號稼軒，歷城（今屬山東）人。出生時山東已爲金人所占，北方人民的災難在他童年生活中留下了深刻的印記。二十一歲即參加抗金義軍，後歸南宋，歷任湖北、江西、湖南、福建、浙東安撫使等職。任職期間，採取積極措施，招集流亡，訓練軍隊，獎勵耕戰，注意安定民生，打擊貪污強暴。一生堅決主張抗金，收歸失地。在《美芹十論》、《九議》等奏疏中，具體分析當時政治軍事形勢，有力駁斥妥協投降論調，要求加強作戰士兵，激勵士氣，以恢復失地，統一中國。但未被南宋王朝所納，並遭主和派打擊，曾長期落職閒居於江西上饒一帶，最後懷著壯志不酬的遺恨而與世長辭。

辛棄疾的文學創作以詞爲主，他的《稼軒詞》存詞六百多首，在思想內容和藝術成就上也是豐富多彩，別開生面的。思想內容以愛國主義和戰鬥精神爲主旋律。他不能忍受南北分裂的局面，堅決主張抗擊金兵，對苟安東南的南宋王朝也頗爲不滿，辛辣嘲諷那些腐朽昏庸的投降派官僚，寫出了一系列正氣凜然、慷慨激昂的作品。辛詞在傾訴懷才不遇，抱志莫伸的憤慨方面，也別開生面，獨樹一幟。他常借雄偉的河山和歷史上的英雄人物來抒寫自己的理想、追求和苦悶，《水龍吟·登建康賞心亭》就是這種悲壯感人的代表作。辛棄疾在隱居期間，還寫過不少描寫流連詩酒、嘯傲山林及表現農村風光的小詞，給人清新質樸的感覺，進一步擴大了詞的題材。當然，部分作品也流露出一些消極情緒。辛詞的藝術風格多彩多姿，而以豪放爲主。他善於創造雄奇闊大的意境，熱情洋溢，筆墨酣暢，氣勢飛舞，想像新奇，筆力雄厚，富有浪漫主義色彩。他還創造性地融會詩歌、散文、辭賦等各種文藝形式的優長，豐富了詞的表現手法和語言技巧。如果說蘇軾是以詩爲詞，辛棄疾則以文爲詞。總之，不論是思想內容和藝術成就方面，辛詞在我國詞的發展史上都占有突出的地位，後人把他與蘇軾齊名，稱之「蘇辛」，是當之無愧的。留有《稼軒長短句》，今人輯有《辛稼軒詩文鈔存》。

四十三　陸游（一一二五－一二一〇）　字務觀，號放翁，越州山陰（今浙江紹興）人。他生活在民族矛盾異常尖銳的南宋時代。出生的第二年，金兵攻陷北宋首都汴京，襁褓之中就嘗到了顛沛流離之苦。父親陸宰是具有愛國思想的士大夫，曾給幼年時代的陸游以良好的愛國的思想影響。陸游從小就立下了「上馬擊狂胡，下馬草軍書」的壯志。

陸游自幼好學不倦，自稱「我生學語即耽書，萬卷縱橫眼欲枯」。十七八歲開始有詩名，二十九歲到臨安參加進士考試，名列第一，因名居秦檜的孫子秦塤之前，又「喜論恢復」，被秦檜把名字除掉，直到這個大漢奸死後，陸游才被起用。三十六歲時被薦調到朝廷，他向孝宗提出了許多抗敵復國的積極建議，但因張浚北伐失利，主戰派失勢，陸游被投降派加上「交結台諫，鼓唱是非，力說張浚用兵」的罪名，罷黜還鄉。陸游在故鄉鏡湖邊閒居了五年，四十六歲時才奉命到四川任夔州通判，在赴任路上足足半年的旅程中，詩人飽覽祖國壯麗河山，將一路見聞寫在散文集《入蜀記》中。四十八歲那年，陸游受到川陜宣撫使王炎的邀請，在幕中助理軍務。此時他換上了戎裝，馳騁在國防邊線南鄭一帶，戍衛在大散關頭，詩人在生活和創作上出現了一個新天地，這個時期他寫出了許多熱情高漲的愛國詩篇。不久王炎被調離川陜，詩人不得不離開前線。五十歲時，陸游被邀請到范成大的帥府去擔任參議官。他和范成大本是詩文之交，友誼頗深，不拘僚屬的禮套，加以抗金復國的抱負和個人的功名事業都得不到伸展，於是成天飲酒作詩，借酒澆愁，同僚們譏笑他「不拘禮法，恃酒頹放」，他就索性自號爲「放翁」。

五十四歲以後，陸游離蜀東歸，先後在福建、江西、浙江等地作官，六十六歲後罷職。在此後的二十年中，詩人長期住在農村，在簡樸清貧的生活中度著他的晚年，但抗金救國的信念始終沒有磨滅。到了嘉定二年十二月二十九日，八十六歲的老詩人終於抱著國恥未雪的遺恨，長辭人間。臨終前寫下了著名的《示兒詩》：「死去原知萬事空，但悲不見九州同。王師北定中原日，家祭無忘告乃翁。」

陸游是我國古代詩人中創作最多的一個，今存詩九千三百多首。愛國思想如一根紅線貫串在他的全部創作中。他的詩表現了對祖國的熱愛和憂慮，歌頌了北方軍民收復失地的鬥爭，抨擊了南宋小朝廷苟且偷安的無恥行徑，抒發了殺敵報國、恢復中原的雄心壯志。在這些詩中充滿著慷慨激昂、悲憤深沈的感情。詩人的強烈的愛國主義精神，不但在南宋文壇，就是在整個中國古代文學史上也是不可多見的。堪稱偉大的愛國詩人。

陸游的詩在藝術風格上最顯著的特色是熱情洶湧，雄渾奔放，明朗曉暢，明白如話，無論是煉字琢句，用典對仗，都能做到自然工妙，毫無生硬矯作之感，故有「小李白」之稱。

陸游還是優秀的詞家，他特別喜愛梅花，一生寫了一百多首詠梅詩詞，借梅花寄寓自己高潔的情懷。有《劍南詩稿》、《渭南文集》。

四十四　楊萬里（一一二七—一二〇六）　字廷秀，號誠齋，吉州吉水（今江西吉水縣）人。南宋高宗紹興二十四年進士，歷任太常博士、寶謨閣學士、祕書監等職。他生活在南渡後不久，正是南宋王朝執行投降政策、喪權辱國無以復加的時代。他性情剛直，不逢迎權貴，當時奸相韓侂胄當政，想網羅他為羽翼，請他為其新築的南園作記，他竟以「官可棄，記不可作」的話斷然拒絕，晚年家居十五年不出，後因韓當權誤國、盲目用兵而憂憤成疾，抱恨辭世。

楊萬里為官較清廉正直，當他長子赴任零陵（今湖南省零陵縣）主簿時，他作詩一再叮囑要注重名節，不要鑽營官位。「借令巧鑽得，遺臭千載心為寒」；「高位莫愛渠，愛了高位失丈夫」。作者也能看到人民的疾苦：「稻雲不雨不多黃，蕎麥空花早著霜，幾分忍飢度殘歲，不堪歲裡閏添長。」從這首題為《憫農》的小詩裡可以看到農民在難忍的飢寒中苟延著漫長難熬的歲月。他還看到了即使在豐收之後，那晶瑩潔白的稻米也輪不到農民自己享用，「問渠田父定無飢，卻道官人那得知：未送太倉新玉粒，敢先云子滑流匙！」（《至後入城道中雜興》）由此可以看出，楊萬里不失為一個具有愛國思想的、能夠看到人民疾苦的、正直的詩人。

楊萬里在詩歌創作上有自己的鮮明的特色。他大量描寫的是自然景物，山光水色、陰晴雨雪，甚至自然界的一草一木、一蟲一石，都被他當作詩材，由於他觀察細緻入微，領會深刻，所以他的詩寫來意境新穎，描繪逼眞，具有形象而詞意明顯的特點。他的《小池》一詩就是因此而膾炙人口的：「泉眼無聲惜細流，樹陰照水愛晴柔，小荷才露尖尖角，早有蜻蜓立上頭。」

楊萬里的詩歌在語言上的特點是形象鮮明，含意明白，口語化。他很少「取古人之陳言入翰墨」，而注意吸取口語、俚語、歌謠中的語言，形成了新鮮活潑、雅俗共賞的清新自然的詩風，時稱「誠齋體」，在當時的詩壇上產生了頗大的影響。比如他的一首《竹枝歌》簡直像隨口唱出的一首山歌，新鮮而自然：「吳儂一隊好兒郎，只要船行不要忙，著力大家齊一拽，前頭管取到丹陽。」南宋人把陸游、范成大、楊萬里、尤袤稱作「中興四大詩人」，但楊萬里的詩歌在思想上和藝術上都比不上陸游，也不及范成大，他對詩歌的主要貢獻就是爲當時的詩壇吹進了一股清新的空氣，擺脫了江西詩派一字一典、奇儉古怪的詩風。

楊萬里現存詩四千二百多首，但缺乏深刻反映社會生活的作品，在思想性上也沒有達到一定的深度，在大量的風景詩裡也沒有概括性很高而能激動人心的作品，所以，他的詩幾乎首首可讀，卻很少驚人的傑作。有《誠齋集》。

四十五　范成大（一一二三—一一九三）　字致能，號石湖居士，吳郡（今江蘇省蘇州市）人。他出生的那一年正值金兵大舉南侵，次年，徽、欽二帝被虜，北宋滅亡。他幼年家境貧寒，十四五歲時，父母相繼去世。二十九歲中進士，歷任徽州司戶參軍、知處州（今浙江麗水縣）、祕書省正字、吏部員外郎等職。宋孝宗乾道六年（一一七〇），范成大奉命假資政殿大學士銜出使金國，談判修訂「隆興和約」。這次出使雖不果而還，但他面對金主，慷慨陳詞，保持了民族尊嚴，不辱使命，受時人稱道。在出使途中，他根據親身的見聞感受，寫下了七十二首富有愛國思想的詩篇和一卷日記《攬轡錄》。此後他歷任靜江（桂林）、成都、明州（寧波）、建康（南京）等地行政長官，並曾在孝宗淳熙五年（一一七八）做了兩個月的參知政事。晚年歸隱石湖，自號石湖居士，寫下了有名的《四時田園雜興》詩六十首和《臘月村田樂府》十首，描寫了江南農村的優美景色和農民的樸實生活，歌頌了勞動的喜悅，揭露了統治階級對農民的剝削，成為他詩歌創作中最有光彩的部分。

范成大是一個比較正直、有正義感和愛國心的人，他從年輕時就主張收復疆土；他關心社會生活和人民疾苦，他對現實生活有一定的接觸和理解，所以雖然在中年以後身居要位，家蓄聲伎，過著顯宦優遊舒適的生活，但也還能寫出一些反映社會現實、表現勞動人民生活的、有價值的作品來。如他的《催租行》一詩具體生動地揭露了里正無恥的公然勒索，而農民則忍氣吞聲，好言相求：「輸租得鈔官更催，踉蹌里正敲門來。手持文書雜嗔喜：『我亦來營醉歸爾！』床頭慳囊大如拳，撲破正有三百錢：『不堪供君成一醉，聊復償君草鞋費。』」而在他的《後催租行》中，我們看到這位無力繳租的農民雖已賣掉兩個女兒，但第三個女兒又面臨被出賣的命運：「賣衣得錢都納卻，病骨雖寒聊免縛。去年衣盡到家口，大女臨歧兩分首；今年次女已引媒，亦復驅將換升斗。室中更有第三女，明年不怕催租苦。」

范成大在使金時所作的愛國詩篇，記錄了故都汴京人民的愛國情緒，淪陷區的荒涼景象，人民被奴役的痛苦，抒發了自己的愛國憂國情思。且看他寫的著名的《州橋》：「州橋南北是天街，父老年年等駕回；忍淚失聲問使者：『幾時眞有六軍來？』」這些冒險向使臣打聽官軍消息的父老，遮道向詩人羅拜，期望國家的「六軍」能光復失地，來救援他們，既表達中原父老的痛苦與渴望，也引動了詩人的悲憤。

在范成大歸隱後的十年間，完成了詩人以描寫農村獨樹一幟的創作過程。但他的詩裡的農村總有「模範農村」的味道，比如「身外水天銀一色，城中有此月明無？」「霜風擣盡千林葉，閒倚筇枝數鸛巢」「晚來拭淨南窗紙，更覺斜陽一倍紅」（皆見《四時田園雜興》）就不能說是農民的興致和情懷。

范詩共一千九百多首，最有價值的是愛國詩和田園詩，表現了他愛國者的人格和人道主義者的胸懷，詩風「清新嫵媚」，確是南宋時陸游以外的一個傑出作家。有《石湖居士集》。

四十六　文天祥（一二三六—一二八二）　字宋瑞，號文山，吉州廬陵（今江西吉安縣）人。二十歲中狀元。累官湖南提刑、贛州知府。德祐元年（一二七五），元兵大舉南侵，恭帝詔天下勤王，文天祥在江西募義軍北上抗擊。第二年，元兵進逼臨安（南宋國都，今浙江杭州），文天祥奉命赴元營議和，慷慨陳詞，堅強不屈，遭元兵扣留，被迫北上，乘間得脫，歷盡艱險，九死一生，到達福州，繼續組織兵力抗擊元軍。祥興元年（一二七八）在海豐（今廣東海豐縣）兵敗被俘，押往大都（今北京市），囚禁三年，每次嚴詞拒絕勸降，堅貞不屈，至元十九年十二月初九

（一二八三年初）從容就義，時年四十七歲，成爲我國歷史上與岳飛先後齊名的民族英雄。

文天祥的詩、詞、文都有較高的成就。他起兵抗元，在自己的創作道路上也發生了顯著轉變，此後的作品，大都記述他抗元的經歷，抒發了「忠肝義膽」，表現了我國人民堅決反抗民族壓迫的鬥爭精神。他最有名的詩是《正氣歌》，這是他被俘後在元都燕京的一個土室中寫成的。當時他經受著多種迫害，他以「浩然正氣」頑強地坦然活下去，堅不屈服，直至被殺害。他的「正氣」是偉大的愛國主義精神與崇高的民族氣節的體現。全詩用了許多典故來說明這種「正氣」的不可屈辱。

文天祥的另一首著名詩作是《過零丁洋》，這是在他被俘的第二年，漢奸張弘範強迫他招降堅持抵抗的張世傑，他寫了這首詩表示了自己堅定不移的愛國之心：「辛苦遭逢起一經，干戈寥落四周星，山河破碎風飄絮，身世沈浮雨打萍。惶恐灘頭說惶恐，零丁洋裡嘆零丁。人生自古誰無死，留取丹心照汗青。」這首詩是民族英雄視死如歸、大義凜然的自白。

他的詞同樣也表現了崇高的愛國主義精神和英雄氣魄，沒有一絲萎靡頹廢的情調。如：「水天空闊，恨東風不借，世間英物。蜀鳥吳花殘照裡，忍見荒城頹壁。銅雀春情，金人秋淚，此恨憑誰雪？堂堂劍氣，斗牛空認奇傑。」

文天祥一生的著述詩文，收在《文山先生全集》中，共二十卷。他的重要作品都收在《指南錄》和《指南後錄》中，這是他在戰亂中編寫的紀事詩集，得名於其中的詩句：「臣心一片磁針石，不指南方誓不休。」這些詩洋溢著堅貞不屈的愛國精神。風格沈鬱悲壯，激切動人。《指南錄》中第一首詩《赴闕》就表現了這種風格：「楚目穿春袖，吳霜透曉鞴。壯心欲填海，苦膽爲憂天。役役慚金注，悠悠嘆瓦全。丈夫竟何事，一日定千年。」

文天祥是宋代末年的政治家，又是有成就的愛國詩人。有《文山全集》。

四十七　關漢卿（生卒年不詳）　號已齋叟，大都（今北京）人。他大約生於元太宗在位的時代（一二二九——一二四一），卒於元成宗大德年間（一二九七——一三〇七），曾任太醫院尹。從一些片斷材料看，關漢卿讀書很多，擅長詩、文、詞、曲的寫作，又能歌舞、吹彈。元末熊自得編纂的《析律志》中載有關漢卿的小傳，說他「生而倜儻，博學能文，滑稽多智，蘊藉風流，爲一時之冠。」

關漢卿的一生，主要從事戲劇創作活動，是當時民間雜劇創作團體——玉京書會的領導人。他和當時許多著名的戲劇家是摯友，與著名女藝人珠簾秀交往密切，和一些民間藝人也經常來往，關漢卿生活的年代，階級矛盾、民族矛盾異常尖銳複雜，勞動人民身受雙重壓迫，苦難深重，他長期生活在下層社會，熟悉了被壓迫人民的生活，了解他們的痛苦，同情他們的遭遇。即使那些爲統治階級所不齒的娼妓、婢僕，關漢卿也看到了他們美麗的靈魂，看到了蘊藏在他們中間的勇敢、機智、聰明的優秀品質和與惡勢力鬥爭的頑強精神。他用戲曲來反映他們的痛苦和不平，歌頌他們的聰明才智；同時他自己經常「躬踐排場、面敷粉墨」，參加他們的演出。關漢卿有著是非分明、愛憎鮮明的感情，在惡勢力面前始終保持著藝術家高貴的良心。他描寫自己說：「我是蒸不爛，煮不熟，捶不扁，炒不爆，響當當的一粒銅豌豆」。（〔南呂一枝花：不伏老」）他還說：「一管筆在手，敢搦孫吳兵鬥。」（〈大石調靑杏子：騁懷〉）可見他是有意識地運用雜劇藝術爲武器，向黑暗的現實作不調和的鬥爭。

關漢卿的主要成就在雜劇方面，他一共寫了六十多種雜劇，現保存下來的只有十八個劇本。就這些劇本來看，題材廣泛，內容豐富，思想性和藝術性達到了高度統一。著名悲劇《竇娥冤》是關漢卿的代表作，也是我國古代戲劇中悲劇的代表作。全劇通過高利貸的盤剝、地痞惡棍的橫行霸道、官吏的貪贓枉法等幾方面猛烈抨擊了封建社會的腐敗、殘酷和黑暗，熱情歌頌了善良婦女反抗鬥爭的堅強不屈精神。

其他的著名雜劇還有一些，如《望江亭》寫女主人公譚記兒機智勇敢地和豪門權勢楊衙內進行鬥爭，捍衛了自己和丈夫白士中的幸福生活；《救風塵》寫妓女趙盼兒爲了拯救上當受騙的宋引章，憑藉自己的美貌和智慧，戰勝了花花公子周舍，把宋引章救出了火坑；還有取材於歷史故事、歌頌英雄人物的《單刀會》，描寫愛情的《拜月亭》等。

關漢卿的作品不僅有深刻的思想性和強烈的戰鬥性，而且有很高的藝術性。他善於塑造各式各樣的典型人物，把這些人物寫得栩栩如生，繪聲繪色，有血有肉，個性鮮明。關漢卿是語言藝術的大師，他的語言樸素而眞摯、平易而深刻，充分做到了典型化、個性化，通俗生動，自然流暢。

關漢卿在我國戲劇發展中作出了傑出的貢獻，有著極其重要的地位。中國的戲劇特別是元雜劇的發展、完善和成熟始於關漢卿，而且他的雜劇給以後的文學創作特別是戲劇創作以巨大的多方面的影響。傳世劇作有十八種，收入今人所編的《關漢卿戲劇集》。

四十八　王實甫（約一二六〇——一三三六）　王實甫，名德信，大都（今北京）人。關於他生平事跡的記載很少。從他的一首題爲《退隱》的散曲中，我們可以知道他做過官，後來退隱在家，「有微資堪贍賙，有園林堪縱遊」；這首散曲中還說：「百年期六分甘到手」，由此可知他至少活了六十歲。明人賈仲明爲他寫的《凌波仙》弔詞中說：「作詞章，風韻美。士林中，等輩伏低。」說明他在當時的雜劇作家中是成就最高的。他創作雜劇的主要活動時期大約是在元成宗大德年間（一二九七——一三〇七）。據元代鍾嗣成所著《錄鬼簿》所載，王實甫寫的雜劇有十四種，而全存的只有《崔鶯鶯待月西廂記》、《呂蒙正風雪破窯記》和《四丞相歌舞麗春堂》三種，殘存的有《蘇小卿月夜販茶船》和《韓彩雲絲竹芙蓉亭》兩種。王實甫留下的散曲很少，在《金元散曲》中，只有他的小令一首、套數兩套和殘曲一套。

《西廂記》是王實甫的代表作，是我國文學史上的一部傑出的名著，也是我國較早的一部規模巨大、成就突出的戲劇作品。賈仲明的《凌波仙》詞中說：「新雜劇，舊傳奇，《西廂記》，天下奪魁。」可見對這部《西廂記》在當時已經有了很高的評價。

《西廂記》的故事最早見於唐代元稹所寫的《鶯鶯傳》，但對《西廂記》影響最大的還是金代董解元《西廂記諸宮調》，它爲王實甫的《西廂記》奠定了基礎。《王西廂》的故事與《董西廂》基本相同，但作了進一步的加工、改造、發展、提高，摒棄了《董西廂》中一些不合理的情節，刪減了蕪雜的枝蔓，使人物的性格更爲鮮明，戲劇衝突更加集中。如《董西廂》中差不多有六分之一的篇幅敘述孫飛虎兵圍普救寺的事件，離主題較遠，王實甫對此大加刪減，突出了故事的中心。《王西廂》在語言上也更爲精練，人物的心理描寫也更爲細緻，由於王實甫的天才的創造，《西廂記》才成爲我國古典戲曲中一顆璀璨的明珠。

《破窯記》寫宋代呂蒙正和劉月娥的故事，反映了封建社會裡下層知識分子的貧困，受侮辱、遭冷遇，當時他們只有依靠博取官職才能改善自己的生活命運。劇中女主角劉月娥是一個性情溫柔而意志堅強的女性，她毅然離開自己生長的豪富人家，而搬到破窯中和呂蒙正過貧賤夫妻的生活。她的父親劉員外卻恥笑呂蒙正是「叫化頭」，不惜把女兒趕出家門；而後來呂蒙正做了官，他又趕來相認，口口聲聲：「我的女婿」，充分暴露了這種嫌貧愛富的勢利小人的醜態。《麗春堂》寫了金代丞相樂善和右副統軍使李圭明爭暗鬥的故事，揭露了封建統治集團內部的矛盾和污濁黑暗。以上兩種雜劇的成就和影響，雖遠不及《西廂記》，但至今有時還出現在戲曲舞臺上。

四十九　白樸（一二二六—約一三〇六）　字仁甫，後改太素，號蘭谷。隩州（今山西省河曲縣）人，後流寓眞定（今河北省正定縣），所以又有人說他是眞定人。他出生在一個官宦家庭，父親白華是金朝的樞密院判，他幼年隨父居住在金朝的首都南京（今河南開封）。金哀宗天興元年（一二三二），白樸七歲時，蒙古軍隊大舉進攻南京，金朝軍馬都元帥崔立投降蒙古，南京城陷，崔立劫掠了不少王公大臣的妻女獻給蒙古軍隊，白樸的母親也在其中。幼年遭遇的家國之難，對白樸的生活和思想都有很大影響。金亡之後，他不願出仕元朝，在元世祖時他曾謝絕當時的中書右丞相史天澤的薦舉。他「放浪形骸」，玩世不恭，在詞作中感嘆歷代的興亡，寄託了自己懷念故國的感情。

白樸是元代雜劇作家中的重要人物，是「元曲四大家」之一。他寫了十六個雜劇，流傳下來的有：《裴少俊牆頭馬上》、《唐明皇秋夜梧桐雨》、《董秀英花月東牆記》，此外還保存了《韓翠顰御水流紅葉》、《李克用箭射雙雕》兩個劇本的殘曲。

《牆頭馬上》是白樸的雜劇中成就最高的作品，它與關漢卿的《拜月亭》、王實甫的《西廂記》、鄭光祖的《倩女離魂》並稱元代雜劇中的四大愛情劇。《牆頭馬上》是一部愛情喜劇，和《西廂記》一樣，通過一對青年男女的自由相戀的故事，極力宣揚男女自由結合的合理性，對爲了自由結婚而敢於反抗封建禮教的主人公李千金給予了熱情歌頌和讚美。故事的大意是：貴公子裴少俊在外面認識了少女李千金，由戀愛而結婚，生了一雙兒女，但公子怕父親知道，便把李千金及他的兒女藏在後花園內。過了七年，終於被父親發現，趕走了李千金，並留下了兒女。後來裴少俊做了官，找到李千金，要求重作夫婦，她堅決不肯；少俊的父親也趕來求情，最後她還是在兒女的痛哭聲中動了情，答應了重作夫婦。《牆頭馬上》的戲劇性很強，衝突寫得比較充分，人物顯示了鮮明、獨特的個性，在藝術上達到了很高的水平。

《梧桐雨》是白樸的另一個名作，它借鑑《長恨歌》，寫了唐明皇李隆基和貴妃楊玉環的愛情故事。作品一開始，揭露了唐明皇荒淫無度的生活，接著就著重歌頌了他對貴妃堅貞不渝的愛情；作者筆下的楊貴妃對明皇也是深有感情的，卻又寫她和安祿山有曖昧關係。作者既要歌頌唐明皇和楊貴妃的愛情，同情他們的悲劇，又使人覺得唐明皇荒淫無度、楊貴妃對愛情不忠實，這種明顯的矛盾無法得到統一，可以看出作者的創作思想不夠明確，致使作品的主題不突出，傾向性不強，結構也有些鬆散。比起他自己寫的《牆頭馬上》要遜色得多。

白樸還是一個寫詞曲的高手。他的詞和散曲創作都頗有特色，既善於描摹自然景物，又能夠刻畫人物的內心世界；語言工整，文字也清麗。

五十　馬致遠（約一二五〇—約一三二四）　字千里，號東籬，大都（今北京）人，是十三世紀末元代重要的戲劇家，也是「元曲四大家」之一。他在大都大約生活了二十年，少年時追求過功名，在元世祖至元二十二年（一二八五）以後，曾任江浙省務提舉。以後官場不得志，退居林下，過著「酒中仙，塵外客，林間友」的隱居生活。元貞時，曾與李時中等合組「元貞書會」，在這個時期中他寫了不少劇本，直到晚年還堅持雜劇創作。

馬致遠的雜劇現存目十多種，流傳下來的只有七種：《破幽夢孤雁漢宮秋》、《江州司馬青衫淚》、《呂洞賓三醉岳陽樓》、《馬丹陽三度任瘋子》、《西華山陳摶高臥》、《半夜雷轟薦福碑》、《開壇闡教黃粱夢》（與人合寫）。其中以《漢宮秋》成就最高，是馬致遠雜劇中突出的優秀作品。《漢宮秋》是寫漢元帝以宮女王嬙（昭君）和番的故事。作者不拘泥於史實細節，在歷史故事的基礎上創造了一些情節，如毛延壽投番獻策、王昭君投江等，增強了戲劇衝突，他又描寫了漢元帝對王昭君的愛情，突出了王昭君對祖國的感情，增加了戲劇的悲劇色彩，使王昭君這一形象更加光輝，全劇的主題思想更爲積極。直到今天，王昭君的形象還活在舞臺上。

與《漢宮秋》相比，馬致遠其他的雜劇就遜色得多。以《任瘋子》爲代表的幾個「神仙道化」劇，多數是借佛道度脫的虛無縹緲的故事，宣揚人生如夢修眞歸隱的消極遁世思想，客觀上痲痹了人民對黑暗現實的反抗意志，這是馬致遠在雜劇創作中的落後、消極的一面。當時曾有「萬花叢裡馬神仙」的說法，可見他當時所起的消極作用是很大的。

在元代散曲中，馬致遠的作品占重要地位，影響很大。他寫了一百二十多首散曲，這個數量比關漢卿、白樸兩人現存散曲的總和還要多。馬致遠的散曲也流露著消極遁世思想，反映了他政治上不得意的情懷。比如他在《金字經》中寫道：「夜來西風勁，九天雕鶚飛。困煞中原一布衣。想，故人知未知？登樓意，恨無上天梯。」他「恨無上天梯」，不能上天，便退隱山林，寄情詩酒：「東籬本是風月主，晚節園林趣。一枕葫蘆架，幾行垂楊樹，是搭兒快活閒住處。」（《清江引·野興》）「花開但願人長久，人閒難得花依舊，夕陽暫留。酒中仙，塵外客，林間友。」（《雙調·行香子》）作者的這種生活態度，必然地嚴重影響了他的創作。

馬致遠描寫自然景物的散曲反映了他的很高的藝術才能。比如他的題爲《秋思》的〔天淨沙〕：「枯藤老樹昏鴉，小橋流水人家，古道西風瘦馬。夕陽西下，斷腸人在天涯。」作者巧妙地把九種事物羅列在一起，勾畫出了秋天的蕭瑟淒涼的傍晚景色，烘托出一個遠離家鄉的旅人。這裡既寫景，又寫人，以景物來烘托人的感情，藝術技巧十分高明。他的散曲語言清新俊麗，寫景逼眞自然，確是元代散曲大家。散曲有輯本《東籬樂府》。

五十一　鄭光祖（生卒年不詳）　鄭光祖，字德輝，平陽襄陵（今山西臨汾市附近）人。曾做過杭州路吏。死在杭州。他是元代雜劇發展後期階段的重要的代表作家，當時他的名氣很大，《錄鬼簿》中說他「名香天下，聲振閨閣，伶倫輩稱『鄭老先生』，皆知其爲德輝也」。以後又被譽爲「元曲四大家」，與關漢卿、白樸、馬致遠並列。

在後期雜劇作家中，鄭光祖的作品數量最多，創作了十八種雜劇，現存八種，題材大部分是歷史故事，而優秀作品卻是愛情劇。《迷靑瑣倩女離魂》是鄭光祖雜劇的代表作，描寫了張倩女思戀王文舉而魂離軀體與他結合的故事。張倩女和王文舉是「指腹爲親」的未婚夫妻，由於倩女母親的阻礙，被迫以兄妹的關係分離。倩女內心的怨恨和憂慮，再加上相思的折磨，終於病倒在床。倩女具有不妥協的反抗性格，她毫不掩飾自己的愛情和痛苦，對她的母親說，只有王生才能治好她的病，「若肯成就了燕爾新婚，強如吃龍肝鳳髓」，表現了她公然蔑視禮法的勇氣。作者又通過倩女「離魂」追隨王文舉的幻想情節，來表現她追求理想愛情的勝利，使這個人物形象的大膽反抗的性格更加鮮明。

《倩女離魂》在藝術上也有顯著的成就。如第二折倩女靈魂日夜沿江追趕王文舉時的情景描繪、心理刻畫，都是逼眞細緻，聲色俱佳，富於詩情畫意；第三折寫倩女臥病相思感傷命運的心理描寫，是十分細膩傳神的。

鄭光祖現存的另一個愛情劇《㑳梅香翰林風月》，從故事情節結構到人物形象的塑造，都可見模仿《西廂記》的痕跡，在思想和藝術上沒有什麼特色。

鄭光祖的《醉思鄉王粲登樓》，寫的是持才自傲的王粲懷才不遇的故事，情節簡單，缺乏戲劇性，成就不高；但抒發了封建時代知識分子窮困抑塞的憤慨，流露了作者對現實社會的不滿。

五十二　施耐庵（約一二九六—一三七〇）　元末明初小說家。興化白駒場人（今分屬江蘇興化、大豐兩縣），童年隨父至蘇州，二十八九歲時中舉人，曾補山東鄆城儒學訓導，得以遍搜梁山泊附近有關宋江一夥英雄遺事，爲創作《水滸傳》打下基礎。三十五歲中進士，出仕錢塘兩年。因「不合當道權貴」，棄官隱居著《水滸》。施耐庵曾一度應聘於張士誠，朱元璋滅張後，爲避禍回江北故土，繼續撰寫《水滸傳》。他的代表作有《水滸傳》。（詳見「古代文學名著」）

五十三　羅貫中（約一三三〇—一四〇〇）　元末明初小說家。名本，號湖海散人。山西太原人，流寓杭州。相傳是施耐庵的門人。他所生活的時代正是民族矛盾和階級矛盾極其尖銳複雜的時代，社會動盪不安。他「有志圖王」，東奔西走，投入反元大起義的洪流，是個有政治抱負，想做一番事業的人。據傳曾作過吳王張士誠的幕客。後朱元璋統一天下，他遂退而專事小說、戲曲創作。他廣泛涉獵史書，非常熟悉歷史；多年浪跡天涯，接近人民，有豐富的閱歷；元末如火如荼的起義鬥爭，使他擴大了生活視野，加深了生活體驗，鍛煉了政治才幹，豐富了軍事鬥爭知識，這爲他描寫重大政治、軍事鬥爭的歷史題材提供了極好條件。他有多方面的藝術才能，除小說、戲曲外，樂府、隱語也「極爲清新」。但主要成就在小說方面，撰有長篇小說《三國志演義》、《隋唐兩朝志傳》、《殘唐五代史演義傳》、《三遂平妖傳》及雜劇《風雲會》等。其中影響最大的是《三國志演義》。（詳見「古代文學名著」）

五十四　吳承恩（約一五〇〇—一五八二）　明朝小說家。字汝忠，號射陽山人，淮安府山陽縣

（今江蘇淮安）人。出身於由小仕宦沒落爲商人的家庭。「性敏多慧，博極群書」，少年即以詩文書畫名冠鄉里。然鄉試「屢困場屋」，年近半百才補爲貢生。時倭寇侵擾，吳承恩請纓自效未成，回淮安與自少好友、正守制家居的南京國子監祭酒沈坤（嘉靖二十年狀元）組織狀元兵，謀劃戰策，爲江北肅清倭患盡力。六十多歲時曾出任長興縣丞，因恥折腰，被上司誣以瀆職貪污，報獄。後查無實據獲釋，再補荊府紀善。他悲憤之餘，拂袖而歸。晚年隱歸鄉里，以詩文自娛。有詩文《射陽先生存稿》、小說《禹鼎志》，《西遊記》是他的代表作。（詳見「古代文學名著二」）

五十五　馮夢龍（一五七四—一六四六）　字猶龍，又字耳猶、子猶，自號姑蘇詞奴、顧曲散人、墨憨子、龍子猶，吳縣（今江蘇蘇州）人。他和哥哥馮夢桂、弟弟馮夢熊並稱「吳下三馮」。崇禎三年（一六三一）貢生，做過福建壽寧縣知縣，曾上疏陳述當時國家政治的腐敗和經濟的窮困。唐王在福州登位時，他曾刊印書冊，宣傳抗戰，對反清鬥爭起了一定作用。在明王朝將要滅亡時，他編寫了《甲申紀事》和《中興偉略》，還寫了兩首《離亂歌》，對農民起義軍和清兵都表示不滿。清順治二年（一六四六）去世，死因不詳，一說是明亡殉難。

馮夢龍是很有成就的通俗文學作家，他畢生從事通俗文學的搜集、整理、研究工作，他編輯、改寫、創作、出版的小說、戲曲、民歌等通俗文學作品很多。他刪改、整理了《新灌園》、《邯鄲記》等十幾個劇本；搜集了宋至明代的短篇小說，編寫成「三言」（《喻世明言》、《警世通言》、《醒世恆言》）；增補了長篇小說《平妖傳》，改寫了《新列國志》；採集民歌，編了《掛枝兒》、《山歌》兩個集子；編了散曲集《太霞新奏》；編纂了《智囊》、《古今譚概》、《情史》和《笑府》等通俗文學小品集。可以說，馮夢龍是一個全能的通俗文學工作者，在他的辛勤努力下，許多流傳在人民口頭上的故事、歌曲、笑話、小品被保存了下來，一直流傳至今。

馮夢龍所編訂的「三言」是影響最大的一部短篇小說集。這部話本集共有一百二十篇，多為宋元舊作，也有明人舊作。也有擬作。這些作品通過種種不同的生活場面的描寫，有的歌頌了青年男女堅貞不渝的愛情和追求自由愛情的鬥爭精神，有的頌揚小手工業者和小本商人輕財重義的高尚行為，有的指責官僚和地主的橫行霸道、陷害無辜平民的罪行，有的揭露封建家庭中的矛盾與糾紛，還有的描寫了邊陲蠻荒之地的風情，奇奇怪怪，無所不有。這些作品中的人物的精神面貌，基本上反映了封建地主階級逐漸衰落和市民階層逐漸興起的時代特徵。

馮夢龍的文學觀是比較進步的。他把民歌比擬做《國風》，認為都是「情眞」之作，「不可廢」。他強調通俗文學的作用，認為「日誦《孝經》、《論語》，其感人未必如是之捷且深」。他把一向受歧視、受排擠的通俗文學，提到了重要地位上來，而且與封建社會尊之為聖經的《孝經》、《論語》並列，這是一種「離經叛道」的大膽行為，是具有一定進步意義的觀點。

馮夢龍的作品中還有不少缺點，有些作品表現了他的士大夫階層的趣味觀點，在具體描寫中有某些不健康的東西，有的甚至有露骨的色情描寫，有的還散布封建節孝和宿命論的落後成分。

五十六　李開先（一五〇二——一五六〇）　明代著名戲曲家。字伯華，號中麓，山東章丘人。他的詩文、雜劇、傳奇現已全部彙編成《李開先集》。

他於嘉靖八年中進士，歷任戶部主事、吏部員外郎、太常寺少卿等職。他曾經到上黨、寧夏地區送軍餉，深感邊境堪憂。嘉靖二十年（一五四一）大旱，災民遍野，李開先曾上書皇帝，力陳時弊。後因受到排擠，自請罷官。

他平生愛好詞曲，常與二三友人集會作曲，「竟日無休」。罷官回鄉後，致力於詞曲、戲劇與民間文學的創作和研究。他與唐宋派散文作家王愼中、唐順之等號稱「嘉靖八才子」。曾拜訪過雜劇、散曲作家王九思、康海。家中藏書衆多，收藏的詞曲作品和各種劇本尤其豐富，曾評選了一些散曲和雜劇的曲文，成《詞謔》一卷。他整理元代雜劇編成《改定元賢傳奇》，爲他的戲劇創作打下了堅實的基礎。

李開先最有代表性的作品是傳奇《寶劍記》。這是以《水滸傳》中林沖故事爲藍本而創作的。它寫北宋禁軍教頭上疏彈劾奸臣童貫、高俅生事害民。高俅一夥以借看寶劍爲名，使林沖誤入軍機要地白虎堂，以行刺的罪名被抓起來，投入監獄，發配滄州。林沖妻子張貞娘，爲求丈夫安全，去東廟燒香，遇到高俅兒子高明。高明企圖霸占貞娘，一邊威逼，一邊派人去滄州行刺林沖。林沖殺了來人，上了梁山。貞娘使女錦兒冒充貞娘，被搶到高家。錦兒旋即自殺，張貞娘得以逃生。後來遇到亂軍，出家修行。宋江受招安，回到朝廷，林沖親自處決高俅。到廟裡燒香還願，終於與貞娘重新團圓。《水滸傳》中的林沖是草莽英雄，一介武夫，《寶劍記》中的林沖有更多的士大夫氣質，他出身官宦世家，飽讀經史，忠孝爲本。而他與高俅一夥的矛盾起因不再是高銜內想霸占他的妻子，而是一再彈劾高俅一夥的迷惑君心，擅權誤國。這實際上反映了明代中葉正直官僚反對權奸的鬥爭。前人曾指出，李開先是借高俅等人影射嚴嵩父子，而林沖則是作者自況。《寶劍記》中最著名的是第三十七齣《夜奔》，它描寫了林沖既有忠君愛國之情，又被逼上梁山的複雜心理。這齣戲至今還在崑曲舞臺上演出。

《寶劍記》出現之後，明代傳奇開始繁榮起來。這是李開先對明代戲劇發展作出的貢獻。

五十七　梁辰魚（一五一九—一五九一）　明代著名的戲曲家。字伯龍，號少伯，自署仇池外史。江蘇崑山人。

他出生於仕宦之家，祖父梁紈曾任福建泉州同知，父親梁介爲浙江平陽訓導。但他自己卻一生失意，以例貢太學生，「究亦弗就」。

梁辰魚年輕時有抱負，喜好談兵習武，曾營建華屋，招來四方奇人異士，一同擊劍唱曲。也曾遊歷浙江、湖北、山東、河南，廣交天下豪傑，以期施展才華，但未能如願。嘉靖四十一年（一五六二），曾被浙東抗倭總督胡宗憲聘爲書記，後胡依附嚴嵩被捕，梁辰魚只得回到故鄉，隱居田園。轉而寄居金陵，經常出入青樓酒肆。隆慶四年（一五七〇），重返故鄉，專心研究崑山腔，不久創作了著名的《浣紗記》，這是第一部用魏良輔改進後的崑山腔演唱的劇作，對崑山腔的傳播起了很大的作用。

《浣紗記》又名《吳越春秋》，通過西施、范蠡悲歡離合的愛情故事反映吳越兩國的興亡。他們的定情物爲一縷浣紗，因而題爲《浣紗記》。劇本寫范蠡與西施相愛，約爲婚姻。但未及成婚，越國已被吳國打敗。勾踐投降，忍辱負重爲吳王夫差養馬三年，回到越國後，選擇美女進獻吳王。范蠡重新找到西施，希望她到吳國去，認爲這樣才能恢復越國，兩人團聚。西施到了吳國，吳王沈湎酒色，寵幸佞臣，終於國破人亡。范蠡從吳王宮中迎回西施，知道越王「可與共患難，不可與共安樂」，帶著西施，泛舟太湖，飄然遠赴齊國。作品歌頌了爲國家而作出自我犧牲的西施和范蠡，劇中西施說：「國家事極大，姻親事極小。」范蠡動員西施入吳時也說：「若能飄然一往，則國既可存，我身亦可保，後會有期，未可知也，」作者表現這種把國家利益放在個人幸福之上的高尚的思想品德，在以前的戲曲中是很少見的。范蠡功成身退，表明他熱愛祖國而又始終對統治者保持清醒的頭腦，是對封建統治者取得勝利後殺戮功臣的一種批判。范蠡和西施的愛情，具有共同理想的基礎，擺脫了封建貞操觀念的束縛，這給當時大量宣揚忠孝節烈的明代劇壇，吹來了一股新的氣息。作品中把吳越兩國作了鮮明的對照，越國君臣上下同心，爲恢復國家而發憤努力；吳國君王荒淫無道，殺忠親奸。吳國反勝爲敗爲越國所滅，乃勢所必然。這在當時有很大現實意義。明代中葉，權奸當道，朝政日非，北方蒙古族的進逼，東南沿海有倭寇入侵，作者通過吳越興亡的描寫，正是希望明王朝勵精圖治。《浣紗記》對越國發憤圖強表現得不夠，連卧薪嘗膽也沒有描寫，劇中吳王圓夢、公孫聖顯聖等迷信情節也不可取。結構較鬆散。這些都是它的局限。

此外，梁辰魚還有雜劇《紅線女》、《紅綃》，散曲集《江東白苧》、《二十一史彈詞》等。

五十八　湯顯祖（一五五〇——一六一六）　字義仍，號若士，又號海若，別署清遠道人，江西臨川人。他出生在一個書香人家，早年即有文名，二十一歲中舉。他生活在明代政治極爲腐朽的時代，皇帝昏庸，宰相擅權，宦官橫行。他爲人正直，不肯阿附權貴。三十一歲進京赴考，由於他不肯與宰相張居正的兒子結交，而未被錄取。直到張居正死後，他才在三十四歲時中進士。又因不肯趨附首輔申時行等，出任南京太常寺博士。

在政治上，湯顯祖反對權奸、宦官的態度是堅決的。東林黨領袖鄒元標、顧憲成都是他的好朋友。神宗萬曆十九年，湯顯祖任南京吏部主事時，寫了《論輔臣科臣疏》，評議朝政，指斥嚴嵩、張居正這兩位前任首輔，抨擊執政首輔申時行的專橫和任用私人，還牽扯到皇帝本人，因此被貶到廣東徐聞縣作典吏。兩年後調任浙江遂昌知縣。他抑制豪強，關心民生疾苦，釋放囚犯回家過年，看花燈；五年內沒有拘捕過一名婦女，沒有打死過一名囚犯。這些措施受到人民的擁護，卻遭到統治集團的嫉恨，終於被劾辭職歸家。此後他隱居家中，讀書著作，養親教子，直至逝世。

湯顯祖的時代出現了左派王學思想，反對朱熹哲學在思想上的統治地位，一時間形成了自由思想與自由講學的空氣。湯顯祖從他的老師羅汝芳那裡直接接受了王學左派思想，他又很崇拜左派王學的代表人物、進步的思想家李贄。湯顯祖又與當時以佛教禪宗思想來反對程朱理學的達觀（紫柏）禪師交往密切。李贄和達觀被湯顯祖尊爲一「雄」一「傑」。湯顯祖在創作中所表現出來的反抗、蔑視權貴、揭露腐敗政治和要求個性解放的思想，在很大程度上受到了李贄和達觀的影響。

由於政治上的失意和佛老思想的影響，湯顯祖晚年消極思想較多。曾組織了一個叫「棲賢蓮社」的佛會。這種人生如夢、消極出世的思想，也反映在他後期的作品中。

湯顯祖的詩作有一千餘首，文章五百餘篇，數量是可觀的，但大多數是應酬贈答之作，成就不等。有少數詩作，也反映一些社會問題，在藝術上也有相當的成就，具有一定的進步意義。

湯顯祖的五種傳奇，是他作品中的精華部分——《紫簫記》、《紫釵記》、《牡丹亭》、《邯鄲記》、《南柯記》。《牡丹亭》是湯顯祖的代表作，明代傳奇的最高峰。《牡丹亭》通過杜麗娘和柳夢梅的愛情故事，揭露了封建禮教和青年男女愛情生活的矛盾，暴露了封建統治階級家庭關係的冷酷和虛僞；同時又熱情地歌頌了青年男女追求自由愛情的鬥爭精神。明代統治階級大力推崇程朱理學，極力表彰婦女貞節，在這種情況下，《牡丹亭》提出了背叛封建禮教這個鮮明的主題，有著強烈的時代意義。

五十九　袁宏道（一五六八——一六一〇）　明代著名文學家。字中郎，號石公，湖北公安人。兄袁宗道，弟袁中道，世稱「三袁」，爲公安派的代表人物，袁宏道最爲著名。有《袁中郎集》。

萬曆二十年（一五九二）中進士。萬曆二十三年（一五九五）爲吳縣知縣，有政績，但不久即辭去，遍遊江南名勝。萬曆二十六年（一五九八）起任順天府教授、國子監助教和禮部主事，不久請假回鄉。萬曆三十四年（一六〇六）起任禮部郎官，不到兩年，因病歸去。袁宏道三次做官，總時間不過五六年。他鄙棄官場、不慕榮利，對當時政治有所不滿。

袁宏道作爲公安派的健將，在文學理論上頗有建樹。他就學李贄，受到了深刻的影響。首先，他認爲文隨時變，各個不同的時代有各種不同的文學。因此，反對貴古賤今，蹈襲擬古。他說：「文之不能不古而今也，時使之也。」「夫古有古之時，今有今之時，襲古人語言之跡，而冒以爲古，是處嚴冬而襲夏之葛者也」（《雪濤閣集序》）。其次，他主張詩文應該創新，不能拘於舊法，墨守成規。「文章新奇，無定格式，只要發人所不能發，句法、字法、調法，一一從自己胸中流出，此眞新奇也」（《答李元善》）。第三，提倡性靈。「獨抒性靈，不拘格套」是他文學主張的核心。性靈指人的精神、氣質和感情。這是從李贄的童心說發展而來的。同時，他強調自然趣味，「詩以趣爲主」（《西京稿序》），「世人所難得者唯趣。趣如山上之色，水中之味，花中之光，女中之態」，「趣得之自然者深，得之學問者淺」（《敍陳正甫會心集》）。第四，推崇民間通俗文學，因爲它「任性而發」，表達了人們的眞性情。他肯定《水滸傳》：「少年工諧謔，頗溺滑稽傳。後來讀《水滸》，文字益奇變」（《聽朱生說水滸傳》）。這些見解對前後七子的復古主義思潮與擬古文風起了極大的衝擊作用。但是，他們以爲「性靈無涯，搜之愈出，」忽視社會實踐對創作的決定意義，有很大的局限性。

在創作上，他的散文較有成就。一些遊記、隨筆之類的小品文，或抒情或敍事，自由揮灑，清新活潑。《滿井遊記》就寫得新穎別致。它避開了一般描寫春遊的俗套，盡情抒發對早春二月的獨特感受。讚美大地在寒冷的冬季中甦醒過來，萬物在春天萌發的勃勃生機。傳記文以《徐文長傳》爲代表，刻畫了徐文長耿介孤傲的品質、反抗傳統的態度以及他的詩文書畫的特質，表現了他的精神風貌，給人以深刻的印象。袁宏道的詩歌如《逋賦謠》、《猛虎行》、《巷門歌》等，表現了他對民生疾苦的關懷和對現實的不滿。

六十 孟稱舜（約一六〇〇—一六五五）　明末清初戲曲家。字子若，一字子塞，又作子適。山陰（今浙江紹興）人。

他的父親孟應麟，是耿介、忠直的封建士大夫。他深受父親影響，爲人方正，曾加入張采、張溥的復社。孟稱舜仕途坎坷，屢試不第，入清後曾任松陽令。晚年「濁酒數杯燈一盞，老夫和淚寫新詞」，生活困頓，寫作不輟。

孟稱舜自幼好讀《離騷》、《九歌》，工於詩文詞曲，尤致力於戲劇創作。曾編《古今雜劇合選》，收元明雜劇五十餘種，以風格的秀麗與雄健爲區別，分爲《柳枝集》和《酹江集》。還校刻了鍾嗣成的《錄鬼簿》。作有傳奇五種、雜劇六種，今存傳奇《二胥記》、《嬌紅記》、《貞文記》，雜劇《英雄成敗》、《死裡逃生》、《花前一笑》、《眼兒媚》、《桃花人面》。《二胥記》寫伍子胥亡楚、申包胥復楚的故事，以申包胥及其妻子鍾離的悲歡離合爲全戲關鍵。《貞文記》敍沈佺、張玉娘的婚姻故事。兩人已經定婚，中途發生變故，雙雙殉情而死。孟稱舜創作的雜劇以《桃花人面》最著名。它寫崔護和葉蓁兒的愛情故事。人面桃花，春光綺麗，極富抒情意味，文辭也華麗動人，充滿詩意。《英雄成敗》是一部感憤時世的歷史劇，寫黃巢因狀元落第，終至起兵反唐的故事。作者對黃巢作了正面描寫，把他處理成一個失敗的英雄，性格相當鮮明。《死裡逃生》描寫和尙們汚辱婦女的罪惡，戲劇衝突緊張，結構完整。他的代表作，則是

《嬌紅記》。

孟稱舜在戲曲理論上也頗有建樹。《古今名劇合選序》集中反映了他的戲曲主張。他強調戲曲要「因事以造形、隨物而賦象」；要重視舞臺性，學戲者「置身場上」，撰曲者「化其身爲曲中主人」；他主張藝術風格多樣，豪放與清婉，不可強定高低。

六十一　陳子龍（一六〇八—一六四七）　明末著名愛國詩人。字臥子，一字懋中，又字人中，號鐵符，華亭（今上海松江）人。有《陳忠裕公全集》。

他出生於封建士族家庭，「自幼讀書，不好章句，喜論當世之故」。崇禎十年進士，選爲紹興推官。後擢兵科給事中。清兵入關後，事福王於南京，爲權奸所嫉，辭職歸家。南京失陷，於松江起兵抗清，失敗後避亂山中。最後以聯絡太湖義軍圖謀舉事失敗被俘，在押送途中，乘間投水殉國，表現了壯烈的民族氣節。

陳子龍的文學活動和他的政治生涯密切相關。在明清易代之際，他寫下了大量氣壯山河的詩篇，充滿了挽救民族危亡的急切呼籲，閃耀著愛國主義的思想光輝。崇禎初，他參加以張溥爲首的「復社」，又和夏允彝、徐孚遠等人結「幾社」。兩社都繼承東林黨人的主張，以復興古學相期勉，以文章氣節相砥礪，力圖挽救明王朝的危機。他和徐孚遠等編成《皇明經世文編》五百餘篇，選文都是「有涉世務國政者」。崇禎十四年張溥卒後，陳子龍被推爲復社領袖。

他贊同前後「七子」復古的文學主張，但他是站在現實政治基礎上，以復古批判當前。因此，作爲明末詩壇盟主，他的詩歌具有強烈的現實性和鮮明的政治性。當時一些重大的政治事件、軍事成敗和人民疾苦在他的詩歌裡都有所反映。

他的《小車行》、《賣兒行》等詩篇反映了明末大災荒中百姓流離失所、飢寒交迫、賣兒鬻女的情景。《小車行》中寫道：「小車斑斑黃塵晚，夫爲推，婦爲輓。出門茫然何所之，靑靑者榆療我飢，願得樂土共哺糜。」現實中沒有「樂土」，只得「躑躅空巷淚如雨」。作於明亡前夕的《遼事雜詩》十首，感嘆淸兵入侵，屢屢戰敗，進逼北京城下，造成一片荒涼殘破的情景。「共道安危任樽俎，即今誰是出群才」，誰人才能挽救國家危亡。明代滅亡後，他在吳中作《秋日雜感》十首，形象地表現了淸兵入侵江南帶來的災難，懷念故國，哀悼死難烈士，並謀求恢復的深切感情。他的詩歌深沈凝重，悲壯蒼涼，被譽爲明詩殿軍。

他有《湘眞閣》、《幽蘭草》詞集，使衰微的明代詞壇爲之一振。《點絳脣》（春日風雨有感）「滿眼韶華，東風慣是吹紅去。幾番煙霧，只有花難護。夢裡相思，故國王孫路。春無主，杜鵑啼處，淚染胭脂雨。」風雨送春、杜鵑啼血，暗寓對故國的懷念。他的詞對淸代三百年詞的中興起了良好的影響。

六十二　黃宗羲（一六一〇——一六九五）　明末淸初著名的思想家、史學家、文學家。字太沖，號南雷，學者稱黎洲先生。浙江餘姚人。

他是東林子弟的代表人物。崇禎十一年，爲了阻止閹黨阮大鋮出山，他和吳應箕等人在南京作了公開揭露。後阮大鋮得志，黃宗羲因此被捕。淸兵攻陷南京後，他回到浙東，起義抗淸，爲魯王監察御史。他還在海上及寧波地區進行抗淸鬥爭。因擔心老母被害，易名還鄉，堅持民族氣節，從事著述和講學活動。康熙十七年（一六七八），他堅決拒絕了「博學鴻儒」的薦舉。

他在史學方面，所著《明儒學案》和《宋元學案》是我國最早的有系統的學術史著作，開創了浙東史學研究的風尚。《明夷待訪錄》則集中體現了他的民主主義思想。其中的《原君》猛烈地抨擊了封建專制政治，認爲皇帝把天下當作自己的產業，進行殘酷的剝削和壓迫，乃「天下之大害」。

在文學方面，他主張詩文反映現實，表達眞情實意；要言之有物，反對「徒欲激昂於篇章字句之間，組織紉綴以求勝」的「空無一物」的作品。他不滿明前後七子的擬古之風，強調性情，認爲「凡情之至者，其文未有不至者也」。他的很多傳記散文表揚了抗敵的民族英雄和愛國的節義之士。堅持抗清鬥爭十九年的張煌言和保藏義士頭顱達十二年的陸宇鼎，黃宗羲都爲他們寫了感人肺腑的墓誌。他的《張南垣傳》和《柳敬亭傳》是根據吳偉業原文改寫的。《柳敬亭傳》刻畫著名說書藝人柳敬亭的風貌，表現他的說書藝術令人「蘿咍嘔噱」、「悽慨涕泣」。《張南垣傳》讚美了造園藝人張南垣高妙的藝術才能。黃宗羲的詩多故國之悲，懷舊之感。如《感舊》：「南都防亂急鴟鳥，余亦連章禍自邀。可怪江南營帝業，只爲阮氏殺周鑣！」追念與阮大鋮的鬥爭，悲嘆南明王朝的覆滅。

黃宗羲學問廣博，對天文、算術、經史百家以及佛道，無不研究，和孫奇逢、李顒並稱三大儒。他的思想、學術研究對後世產生的影響很大。

六十三　顧炎武（一六一三——一六八二）　江蘇崑山人，明清之際的思想家、學者。初名絳，明亡後改炎武，字寧人，別號亭林，晚年一度化名蔣山傭。出生於江南大族，少時從祖父和嗣母讀書，打下了很扎實的學術基礎。嗣母經常對他進行愛國思想教育，對他一生的思想發展，影響很大。顧炎武是明末諸生，崇禎末年參加過復社，吟詩作文，評論時政，頗有名氣。

清兵入關之後，顧炎武的母親絕食殉難，遺命誡後人勿事二姓。他先後接受了南明福王和唐王的委派，進行抗清鬥爭；同時參加了崑山當地人民自發的武裝起義。失敗後，先在江浙一帶流轉，而後離開江南，遍遊華北，訪問先朝遺老，觀察中原地區和塞外的地理形勢和經濟資源，並在雁門之北、五臺之東集資墾荒，建立廬舍，爲進行隱蔽的抗清鬥爭做準備。他主張爲人要「行己有恥」。他曾倡導「天下興亡，匹夫有責」，激發人們的愛國思想和志氣。由於他有崇高的民族氣節和淵博的學術修養，因此受到廣大愛國的正直的知識分子的愛戴和尊敬。他在奔波流轉中也因此而經常受到清政府的監視和迫害。康熙七年，他因文字獄牽連，在濟南下獄，十月獲釋。他的外甥徐乾學在清廷做了大官，在江南購置田產請他去安享晚年清福，被他拒絕。康熙十年，有人舉薦他助修《明史》，也被他當面拒絕。康熙十七年，有人舉薦他應博學鴻儒科，又被他堅決辭謝，以死自誓不赴，直至晚年他仍堅持不仕清廷。康熙二十一年，病死於山西曲沃，年七十歲。

顧炎武不僅是一個著名的愛國主義思想家和清代考據學的創始人，而且他的詩歌創作也有很高的成就。顧炎武今存的詩有四百多首，絕大多數都寓有強烈的家國興亡之感，極少世俗酬應之作。沈德潛說他的詩「詞必己出，事必精當，風霜之氣，松柏之質，兩者兼有。」（《明詩別裁》）詩人在題爲《精衛》的詩裡莊嚴宣誓：「我願平東海，身沈心不改。大海無平期，我心無絕時！」充分表現了他的堅貞不屈、爲國犧牲的決心和壯志。在詩人死前的兩年，他的妻子在故鄉病故，他寫了《悼亡》詩寄託哀思：「貞姑馬鬣在江村，送汝黃泉六歲孫。地下相煩告公姥，遺民猶有一人存！」從這首詩裡可以看出顧炎武頑強戰鬥精神是堅持不變、生死不渝的。

顧炎武又是一位成績卓著的學者，他在漫遊中對山川形勢、民情風俗進行認眞調查，他對歷代典章制度、政治沿革和經史百家之說都有深入的研究。晚年治經，側重考證，對開創清代樸學風氣影響很大。

他的主要著作有《日知錄》、《亭林詩文集》、《天下郡國利病書》、《肇域志》、《音學五書》等。

六十四　洪昇（一六四五—一七〇四）　淸代戲劇家，字昉思，號稗畦，浙江錢塘（杭州）人。出身書香門第，世宦之家，從小受到良好的文學熏陶，才情高俊，勤奮好學，一方面受業於名師，一方面又同中下層文人、優伶、僧道廣泛交遊。這些都對他日後的戲曲創作產生深刻的影響。他曾懷著濟世安民的態度謀取功名，於康熙七年（一六六八）進國子監肄業，前後在北京生活了十六年，直到康熙二十九年（一六九〇）因在佟皇后的喪期演唱他的傳奇《長生殿》而被劾入獄，受到削籍回鄉的處分。從此斷絕了仕途。他回到故鄉後，過著窮困潦倒、鬱鬱寡歡的生活。康熙四十三年(一七〇四)乘船經烏鎭，酒醉後落水而死。

劇作家洪昇也是富有才情的詩人，今存有《嘯月樓集》、《稗畦集》、《稗畦續集》，疏淡成家，獨具一格。他的劇作有傳奇《長生殿》、《回文錦》、《回龍記》、《錦繡圖》、《鬧高唐》、《孝節坊》、《天涯淚》、《青衫濕》、《長虹橋》等九種；雜劇《四嬋娟》一種。現存《長生殿》、《四嬋娟》兩本。其他僅有劇目，戲文亡佚。《長生殿》是他的代表作。（詳見「古代文學名著」）

六十五　孔尚任（一六四八—一七一八）　字聘之，又字季重，號東塘，又號雲亭山人。山東曲阜人。孔子六十四代孫。

孔尚任出生時，明代剛滅亡，各地抗清運動相繼被鎮壓，僅明桂王朱由榔和鄭成功還在一隅堅持抗清。孔尚任的父親是一個不願與清王朝合作而崇尚民族氣節的人。孔尚任受家庭影響，自幼培養了民族氣節和愛國思想。三十七歲以前，他隱居在曲阜縣北石門山中，過著「養親不仕」、閉門讀書的生活。此時他開始醞釀寫作《桃花扇》，藉以抒發思念故國的悲懷，歌頌愛國人物，批判禍國殃民的無恥敗類。

康熙二十四年（一六八五）清聖祖玄燁南巡時到曲阜祭孔，孔尚任作爲孔子後裔被舉薦在御前講經，頗受康熙賞識，被任命爲國子監博士，他懷著感激零涕的心情到北京開始了仕宦生涯。在此後的三年中，他隨工部侍郎孫古豐到淮、揚一帶治水災。官宦生涯使孔尚任看到了官場的黑暗和人民的疾苦，對現實有了比較清醒的認識，思想發生了重大變化。在這期間，他到處奔波，也遊歷了揚州、南京一帶，憑弔了前朝的歷史遺跡，接觸了一些明朝遺老如冒辟疆、曾石濤等人，獲得了極爲豐富的關於南明興亡的遺聞和史料，這些都對他完成《桃花扇》的創作起了很大作用。

康熙二十九年（一六九〇），他回到北京，不再熱中於官宦生涯，決意最後完成《桃花扇》，用以「懲創人心，為末世之一救」（《桃花扇小引》）。康熙三十八年（一六九九），「三易稿而書成」，獲得了很大的成功。接著在第二年，他被免官。離京時所寫《留別王阮亭先生》一詩云：「揮淚酬知己，歌騷問上天。真嫌芳草穢，未信美人妍。」表現了他的激憤的心情。他回到曲阜故鄉，度過了清寒的晚年。

孔尚任的文學創作活動時間前後近四十年，作品數量也多。他的詩文集有《湖海集》、《石門集》、《長留集》、《岸堂稿》等，一般說來還有一定的現實意義，揭露了一些社會問題，也有一些是和親友的唱酬之作。

孔尚任的《桃花扇》是一部具有積極的思想性和高度的藝術性的歷史傳奇。《桃花扇》的主題正如作者自己所說：是「借離合之情，寫興亡之感」。作品通過復社文人侯方域和秦淮歌妓李香君的離合悲歡的愛情故事，描寫了南明覆亡的悲劇歷史，揭示南明亡國的原因，抒發了「亡國之劇痛」，表現了愛國思想。劇本的主題思想是積極的、明確的。《桃花扇》是一部反映了愛國主義思想的優秀作品。

六十六　蒲松齡（一六四〇——一七一五）　字留仙，一字劍臣，別號柳泉，山東淄川人。清初著名的小說家。他誕生在一個沒落的地主家庭裡。在他祖父蒲生汭的時代，家庭已開始衰微；到他父親蒲槃時，家道中落，不得已棄學從商。蒲松齡就是在家境貧困的環境中長大的。他的住處簡陋，「唯農場住屋三間，曠無四壁，小樹叢叢，蓬蒿滿之。」（《原配劉孺人行實》）過的是「經歲不知肉味」，「十年貧病出無驢」的清苦生活。尤其因悍嫂不能相容而分家時，更是困苦不堪。到了六十多歲的暮年，還要奔波勞碌，四處謀生。

蒲松齡自幼羨慕功名，十九歲初應童子試，即考中縣府道三個第一，補博士弟子員，但此後卻屢試不中。科舉的失意對他的刺激很大，加上長期居住在鄉村，接觸下層人民，他的思想感情發生了很大的變化，頭腦逐漸清醒，看到了社會上很多不合理的東西。一方面他感到悲哀，他高喊「世上何人解愛才」（《聊齋詩集》），自比為「抱玉」的卞和，痛惜無人賞識；一方面他感到憤怒，他說：「仕途黑暗，公道不彰，非袖金輸璧，不能自達於聖明。真令人憤氣塡胸，欲望望然哭向南山而去。」在這種「憤氣塡胸」的心境中，產生了《聊齋志異》這部膾炙人口、家喻戶曉的巨著。（詳見「古典文學名著」）

不過，蒲松齡在心灰意懶中，仍不泯科舉之心，在七十二歲時，長孫立德考中，他還作詩勉勵說：「天命雖難違，人事貴自勵。無似乃祖空白頭，一經終老良足羞。」也就是在這一年，他終於做上了歲貢生，但不久就與世長辭了。蒲松齡還作詩千餘首及戲文、俚曲，有《蒲松齡集》行世。

六十七　方苞（一六六八—一七四九）　清代散文家，字鳳九，號靈皋，晚年號望溪，安徽桐城人。他出生在書香門第，父仲舒好詩文，兄舟、弟林都勤學善時文。方苞自幼聰穎好學，四五歲能屬對，誦章句，七歲讀《史記》，十歲開始讀經書古文，皆能誦記。以後又讀遍所能找到的唐宋以來解釋五經的書籍。三十二歲取得江南鄉試第一名，已有文名。三十九歲（康熙四十五年）中進士。五年後，他的同鄉戴名世因所著《南山集》中有不滿清朝統治的文字，被凌遲處死、並慘遭滅族。因此書的木版藏在他家，他又爲此書作過序，而受牽連被逮捕。初下江寧獄，後解到北京下刑部獄。被定緩刑，後經大學士李光竭力營救而從寬治罪，入獄兩年後獲釋，被編入旗下爲奴，在康熙皇帝的南書房作御用文人，編校《御製樂律》等書。雍正時，詔免旗下奴籍，任內閣學士。乾隆初年，官至禮部侍郎。

方苞致力於寫作古文，是「桐城派」的創始人之一。他建立了比較系統的古文基本理論，這種理論實質上是唐、宋古文運動所提出的「文」、「道」合一的主張的繼續與發展，在創作方法上他強調「義法」。所謂「義法」，「義」即「言有物」，「法」即「言有序」，提倡義理、考據、詞章三者並重。在語言風格上追求「雅潔」。他所作散文，多爲經說及書序碑傳一類，語言簡潔，結構嚴謹，明白曉暢，在寫作技巧上有可供借鑑處，但立論大體本程、朱學說，宣傳封建禮教，可取之處不多。有少數作品內容較好，如《獄中雜記》，記敘了他在獄中耳聞目睹的種種黑暗事實，客觀上暴露了在所謂康熙盛世中監獄制度和司法、吏治的腐朽黑暗，是作者文章中較有積極意義的一篇。他的作品大部分收入《方望溪先生全集》中。

六十八　姚鼐（一七三二—一八一五）　清代散文家。字姬傳，一字夢谷，住室名惜抱軒，世稱惜抱先生。安徽桐城人。

乾隆二十八年（一七六三）中進士，授兵部主事，升刑部郎中，又曾任四庫全書纂修官，因與紀昀意見不合，一年餘即辭官歸鄉。乾隆三十九年（一七七四）離京師過泰安，與摯友朱子潁同登泰山遊覽，作《登泰山記》。辭官後，先後在梅山、鍾山、紫陽、敬敷等書院講學四十多年。

姚鼐是清代「桐城派」的奠基人之一。他與方苞、劉大櫆都是安徽桐城人，都是散文作家，又有共同的文學主張，於是後來便稱他們爲「桐城派」。姚鼐發展了方苞、劉大櫆的古文理論，他提出了「義理、考據、詞章，三者不可偏廢」的口號，就是說寫文章必須以「考據」、「詞章」爲手段，來闡明儒家的「義理」，三者必須結合。他所講求的文章的神理氣味、格律聲色等，意在闡述文章內容與形式的關係，但實際上仍著重於形式與技巧。他所作多爲書序、碑傳，本著程、朱理學的思想觀點，文章追求雅潔、嚴整，其中很少有傳誦後世的佳作。

姚鼐有些散文寫得很精彩，如《登泰山記》，用簡潔、凝煉的語言，緊扣冬季特點，抓住日觀峰觀日出的主要活動，記敘了泰山的位置、形勢和它的景色，給人留下深刻印象。他的主要著作是《惜抱軒詩文集》，他選編的《古文辭類纂》是學習古文的楷模，流傳很廣。

六十九　吳敬梓（一七〇一—一七五四）　清代著名作家。字敏軒，號粒民，晚年又自稱文木老人，安徽全椒人。有《儒林外史》和《文木山房集》。

他出身於官僚地主家庭。曾祖吳國對是順治年間探花，由編修做到侍讀。「一時名公巨卿多出其門」，祖輩也多顯達。但到了他父親霖起時，家道日漸衰微。吳霖起是康熙年間拔貢，做過江蘇贛榆縣教諭，人品高尚，不慕名利，對吳敬梓的思想有一定影響。吳敬梓幼年刻苦讀書，隨父宦遊大江南北。二十三歲時父親去世，曾和同族弟兄爲爭奪遺產發生過一場糾紛。他不善治家，「性耽揮霍」；性格豪爽，助人爲樂，幾年之間把家產變賣殆盡，被族人看作敗家子。三十三歲時移家南京，住在秦淮河邊。在家境已經很困難的情況下，仍舊愛好賓客交遊，「四方文酒之士，走金陵者胥推先生爲盟主」（金和《儒林外史·跋》）。和他經常聚會的文人有程廷祚、樊明徵、吳蒙泉等，不少人成爲他《儒林外史》中人物的原型。

吳敬梓二十三歲中秀才，二十九歲參加科考遭到斥逐，此後再沒有參加考試。三十六歲時，安徽巡撫趙國麟舉他去北京應博學鴻詞廷試，他藉口生病沒有去。吳敬梓生活在康熙末年和雍正、乾隆年間，清王朝推行科舉考試、懷柔封建士大夫的政策，取得了很大的效果，人們的反抗情緒受到壓抑。一般的知識分子追求功名富貴，以八股制藝爲安身立命之本。吳敬梓由於科舉考試的失意，同時在和那些官僚紳士、名流、淸客的長期周旋中，看透了他們卑污的靈魂。他自己在由富變窮的困頓之中，飽嘗世態炎涼、人情冷暖，對現實有了淸醒的認識，從而厭棄功名富貴，痛恨八股制藝。他提出過「如何父師訓，專儲制舉才」的疑問。他「生平見才士，汲引如不及；獨嫉時文士如仇，其尤工者，則尤嫉之」（程晉芳《文木先生傳》）。在《儒林外史》中，他借王冕的口批評八股取士制度說：「這個法卻定的不好！將來讀書人既有此一條榮身之路，把那文行出處都看得輕了。」

吳敬梓批判科舉制度，蔑視八股文，痛恨社會上種種不良風氣，但他不可能找到改造社會的正確途徑。爲了挽救衰微的世風，他倡議捐資修復泰伯祠，希冀發揚光大儒家的禮治思想。他崇奉早期的儒家學說，寫過《詩說》七卷。可惜已經亡佚。他還懷著憤世嫉俗的心情，創作了嘲諷儒林的長篇傑作《儒林外史》。吳敬梓晚年生活十分艱難，依靠賣書賣文和朋友們的周濟過活。「冬日苦寒，無酒食，邀同好汪京門、樊聖謨輩五六人，乘月出城南門，繞城堞行數十里，歌吟嘯呼，相與應和；逮明，入水西門，各大笑散去。夜夜如是，謂之『暖足』。」（程晉芳《文木先生傳》）五十一歲時，乾隆南巡，別人夾道迎拜，他卻「企腳高卧向栩床」，表示了一種鄙薄的態度。在揚州有一些親戚，因此他經常到揚州居住。五十四歲時，在揚州去世。

吳敬梓最著名的作品是長篇小說《儒林外史》，大約完成於五十歲以前。這部小說著重抨擊科舉制度，刻畫醉心功名利祿的士人的種種醜態，揭露了封建社會的黑暗和腐朽。他通過杜少卿的形象體現了自己的精神風貌。尤其值得重視的是這部書的諷刺藝術。魯迅說過，有了《儒林外史》，「於是說部中乃始有足稱諷刺之書」（《中國小說史略》）。它奠定了我國古典諷刺小說的基礎，晚清譴責小說深受其影響。魯迅的運用諷刺手法也和儒林外史有一定的聯繫。

七十　曹雪芹（約一七一五—一七六四）　中國文學史上的偉大作家之一。名霑，字夢阮，號芹溪居士。一說字芹圃，號雪芹。原籍遼陽，爲滿洲正白旗「包衣」人。自曾祖曹璽起，曹家三代任江寧織造，其祖曹寅尤爲康熙帝所信任。康熙六次南巡，五次以江寧織造署爲行宮。雍正即位後，在統治階級內部政治鬥爭的牽連下，曹家遭受了沈重的打擊，其父曹頫被革職查辦，抄家封門。曹家也結束了在江寧六十餘年的生活，遷居到北京。這時，曹雪芹大約十三四歲。曹家在北京有過一段「中興」時期，但到了乾隆十三年之後，家勢徹底敗落了，由一個繁華的封建大官僚地主家庭而陷於艱難困頓。

曹雪芹晚年在北京西郊過著貧困淒涼的生活，敦誠《贈曹雪芹詩》說：「滿徑蓬蒿老不華，舉家食粥酒常賒。衡門僻巷愁今雨，廢館頹樓夢舊家。」後貧病而卒，年未及五十。他性情高傲，嗜酒健談，工詩善畫，具有深厚的文化修養和卓越的藝術才能。家道中落的人生經歷，封建末世的衰敗現實，以及後期生活在下層人民中間，因而對當時社會複雜的政治鬥爭和思想鬥爭有著眞切具體的感受，看到了封建統治階級內部分崩離析的歷史趨勢。於是，他以十年時間，反復增刪五次，潛心於《石頭記》（即《紅樓夢》）的創作。書中通過一個貴族大家庭的盛衰變遷的描寫，塑造了衆多典型人物形象，成爲我國古典小說中最偉大的現實主義作品，無論其思想性還是藝術性，都達到了前所未有的高峰。（詳見「古代文學名著」）遺憾的是，這部偉大的作品只完成了前八十回，曹雪芹便在喪子的悲痛及貧病交加中去世，「孤兒渺漠魂應逐，新婦飄零目豈瞑?」成爲中國文學史上一個無法彌補的重大損失！今傳《紅樓夢》的後四十回，一般認爲是高鶚所續。由於《紅樓夢》集中國古典小說思想藝術成就之大成，因而剛一問世便不脛而走，轟動文壇，並形成了一個專門研究它的「紅學」，社會上也廣爲流傳「開談不說《紅樓夢》，讀盡詩書也枉然」的說法，可見其影響的深遠、廣泛。

七十一、李汝珍（約一七六三—約一八三〇）　清代著名作家。字松石，直隸大興（今北京市）人。年輕時跟著做官的哥哥李汝璜生活在淮南、淮北一帶。他不喜八股文，科舉功名一無成就。一八〇一年起曾到河南做過縣丞，參加過治理黃河的工作。晚年在江蘇海州度過。

李汝珍「讀書不屑屑章句帖括之學，以其暇旁及雜流，如壬遁、星卜、象緯、篆隸之類，靡不日涉以博其趣。而於音韻之學，尤能窮源索隱，心領神悟。」《李氏音鑑》是他的音韻學專著，還寫過圍棋棋譜，也精通醫道。他的代表作《鏡花緣》就是在淵博的學識基礎上寫成的。（詳見「古代文學名著」）此外，李汝珍還撰有《音鑑》一書。

七十二　龔自珍（一七九二—一八四一）　字璱人，號定庵，浙江仁和（今杭州）人。出身於世代文士官僚的家庭。他二十七歲中舉，三十八歲中進士，先後任內閣中書、禮部主事等小官；四十八歲辭官南歸，五十歲（一八四一）暴卒於丹陽書院。

龔自珍的仕途不得意，主要因爲他的思想不容於當世。龔自珍生活的時代，正是中國封建社會面臨著內憂外患的時代，他是一個敢於面對現實、希圖改革的人。十二歲時，他接受了外祖父段玉裁（著名文字學家）的熏陶，有很深的經學根底，可是他沒有囿於經學的藩籬，而是主張「經世致用」。龔自珍的中心思想是社會批判和改良論。他認爲清王朝已値「衰世」，提出了改革主張，如廢科舉，開言路等等。龔自珍思想的另一個特點是帶有較鮮明的民主主義色彩。他貴性、重情，厭惡卑污的世俗，要求保持人的尊嚴。這一點表現了對封建思想和道德的叛逆。

清代末年面臨著帝國主義侵略的危機，龔自珍堅決主張反抗外國侵略，提出禁鴉片、和外國進行平等貿易等正確主張。

因此，龔自珍在中國近代史上，首先是一個傑出的資產階級啓蒙思想家，同時也是一個傑出的文學家。

龔自珍的文學創作，有詩詞和散文，以詩成就爲最高。他一生留下詩詞七百多篇，文章三百多篇。僅在他辭官後的一年裡，就寫了三百一十五首絕句，自編成《己亥雜詩》。這一大型組詩內容非常豐富，有往事回憶，有身世感慨，有記事，有述懷，有贈答，是詩人一生生活和思想的總結，這樣的自敍詩，在文學史上是一種獨創。在《己亥雜詩》中有一些佳作名句，早已是膾炙人口了。如：「九州生氣恃風雷，萬馬齊瘖究可哀。我勸天公重抖擻，不拘一格降人才」。這首詩在批判現實的同時，表現了對理想的追求，他呼喚著「風雷」來沖垮這個「萬馬齊瘖」的政治局面而創造出一個充滿生氣的世界。再如「浩蕩離愁白日斜，吟鞭東指即天涯。落紅不是無情物，化作春泥更護花。」詩人雖然感到自己爲世所棄，但他不認爲自己是失敗者，這種「化作春泥更護花」的高尙思想，表現了詩人堅強不屈的戰鬥精神。

龔自珍的散文大部分是政治和學術論文，有的倡言改革，批判的鋒芒直指最高統治階層，預言王朝即將覆亡。抨擊淸王朝對人才的摧殘是龔自珍詩文的一項重要內容，他晚年寫的《病梅館記》就是這方面的代表作。這篇以梅爲吟，曲折地揭露了封建思想和病態社會對人的束縛與迫害，表現了強烈的追求個性解放的願望。

七十三　黃遵憲（一八四八—一九〇五）　字公度，別號人境廬主人，廣東嘉應（今梅縣）人。近代文學史上傑出的愛國主義的新派詩人。

黃遵憲出身於沒落的官僚地主家庭，二十九歲中舉人。三十歲被派出國，歷任駐日、英參贊及駐舊金山、新加坡總領事。他廣泛地直接地接觸到西方資產階級民主主義的思想、文化，考察了資產階級的政治制度，因此確立了學習西方和改良變法的思想。四十七歲奉調回國，成爲維新變法的活躍人物，他創辦《時務報》，與梁啓超交往甚密，還在湖南協助陳寶箴推行新政。戊戌政變時曾被搜捕，不久獲釋。此後未再出仕，老死故鄉。詩人的一生不斷地追求進步的事物和思想，致力於革新政治，始終不渝。他在逝世前一年的詩中說：「人言二十世紀，無復容帝制，舉世趨大同，度勢有必至。」（《病中紀夢述寄梁任公》）可見他堅信帝制的滅亡，大同的必至。

黃遵憲是一個政治家，他說：「吾論詩以言志爲體，以感人爲用。」他的詩以寄託政治思想爲內容，以教育、感化別人爲目的。所作大多緊緊地聯繫實際，眞實地反映近代中國社會，具有豐富的思想內容。他的詩抨擊封建知識分子的保守、頑固，希望有「識時知今」的賢人來「校時弊」：「古人豈我欺，今昔誇勢異。儒生不出門，勿論當世事。識時貴知今，通情貴閱世。卓哉千古賢，獨能救時弊。」他面對帝國主義的侵略，「時時發狂疾，痛灑憂天淚。」他決心「荷戈當一兵，吾亦從殺賊。」還寫過軍歌一組：《出軍歌》、《軍中歌》、《旋軍歌》，提倡尙武精神，鼓舞抗戰情緒。他熱情歌頌中法戰爭中英勇殺敵的馮將軍：「將軍氣湧高於山，看我長驅出玉關。平生蓄養敢死隊，不斬樓蘭今不還。」在甲午戰爭中，詩人又寫了《悲平壤》、《哀旅順》、《哭威海》、《度遼將軍》等一系列詩篇，記敍了戰爭的實況，歌頌了保衛祖國的戰將，諷刺了清軍的朽敗。詩人在詩歌中還表現了對人民疾苦的深切同情：「龍衣將瓦覆，牛矢壓牆高。憂患家多口，荒涼地不毛。最憐羅馬拜，中婦乞錢號。」

由此可見，黃遵憲詩歌的題材達到了空前的廣泛，充滿著愛國主義、民族主義、民主主義的精神，使他成爲我國古典詩歌發展最後階段的一個傑出詩人。

黃遵憲是「新派詩」的創始者。他主張「古人未有之物，未闢之境，耳目所歷，皆筆而書之。」如《今別離》四首，分別歌詠輪船、火車、電報、照相、東西半球的晝夜相反，《記事》八首還描寫了美國總統競選，給詩歌帶來了新鮮氣息。他還主張「我手寫吾口」，他的詩歌都是長篇敍事的形式，長於古體，但語言通俗，大膽地用新名詞、譯音名詞、口語俗言，形成了語言典雅而又平易的獨特風格。他創造的「新派詩」是「詩界革命」的一個碩果，促使舊體詩發生了變化。但他的詩歌理論和詩歌創作都還受到時代和階級的局限，表現有明顯的改良主義色彩。

七十四　李寶嘉（一八六七—一九〇七）　清末小說家。字伯元，號南亭亭長，江蘇武進人，出身於封建官僚家庭。他多才多藝，擅長詩賦、篆刻等，但累應省試不第。科場的失意，刺激了他對封建社會的不滿，慨嘆「世界昏昏成黑暗，未知何日放光明？書生一掬傷時淚，誓灑大千救眾生」。於是到上海，潛心著書以暴露封建官場的腐敗昏暗。他在上海先後創辦《指南報》、《遊戲報》、《海上繁華報》、《繡像小說》等報刊雜誌，並陸續創作了《官場現形記》、《文明小史》、《活地獄》、《海天鴻雪記》、《中國現在記》、《南亭亭長筆記》、《庚子國變彈詞》等長篇小說及彈詞，其中以《官場現形記》最爲著名，開了晚清暴露社會黑暗、指斥政治腐敗、反映資產階級改良主義的譴責小說的先河，與吳趼人的《二十年目睹之怪現狀》、劉鶚的《老殘遊記》、曾樸的《孽海花》並稱爲「晚淸四大譴責小說」。（詳見「古代文學名著」）

古代著名文論家

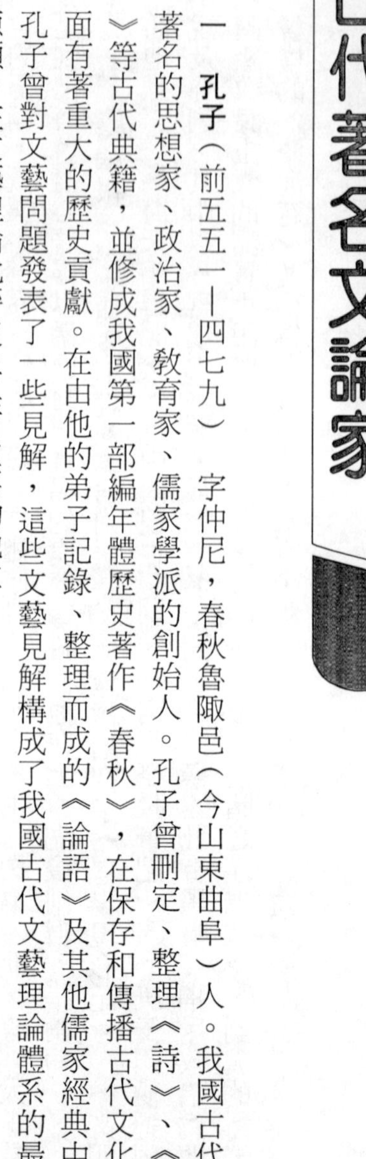

一 **孔子**（前五五一—四七九） 字仲尼，春秋魯陬邑（今山東曲阜）人。我國古代最著名的思想家、政治家、教育家、儒家學派的創始人。孔子曾刪定、整理《詩》、《書》等古代典籍，並修成我國第一部編年體歷史著作《春秋》，在保存和傳播古代文化方面有著重大的歷史貢獻。在由他的弟子記錄、整理而成的《論語》及其他儒家經典中，孔子曾對文藝問題發表了一些見解，這些文藝見解構成了我國古代文藝理論體系的最初源頭，在文藝理論批評史上具有重要的地位。

孔子非常重視文藝的社會作用，提出「不學詩，無以言」（《論語·季氏》）、「興於詩，立於禮，成於樂」（《論語·泰伯》）等，把文藝與日常言行、道德修養聯繫起來。他的「詩可以興，可以觀，可以群，可以怨」（《論語·陽貨》）之說，全面闡述了文藝的教育作用、認識作用和美感作用，對後世產生了深遠的影響，是歷代進步文人反對脫離現實的不良文風的重要思想武器。孔子的審美理想是「中和」，即提倡「樂而不淫，哀而不傷」（《論語·八佾》）的中和之美，要求文藝表現的情感要適度、平和，有所節制，恰如其分，歡樂而不至於極度狂歡，悲哀而不至於無限傷痛。在文與質即形式與內容的關係上，主張文質兼備，內容與形式的和諧統一：「質勝文則野，文勝質則史。文質彬彬，然後君子。」（《論語·雍也》）只有這樣才能「盡美矣，又盡善矣。」（《八佾》）此外，在自然審美中，孔子提出了「智者樂水，仁者樂山」（《雍也》）的見解，強調自然美的道德觀照等等，深刻地影響著後世的文藝創作和理論批評。

二 王充

王充（二七—一〇一？） 字仲任，會稽上虞（今浙江上虞）人，東漢傑出的思想家和文論家。他出身於「細族孤門」，家以農桑為業。青年時期曾受業太學，師事著名的史學家班彪，博覽群書，精通經籍，但一生政治上不得志，只作過幾任小官，後專心從事著述，留下八十五篇、二十餘萬言的《論衡》。這是一部「疾虛妄」的著作，在我國思想史上和文學批評史上都具有重要的地位。

王充的文學觀點主要見於《論衡》中的《藝增》、《超奇》、《佚文》、《案書》、《對作》、《自紀》等篇。他重視文章的社會功能，說：「夫文人文章，豈徒調墨弄筆，為美麗之觀哉？」（《佚文》）因而要求文人擔負起「勸善懲惡」、「匡濟薄俗」的教育任務，提出了「為世用者，百篇無害；不為世用者，一章無補」（《自紀》）的著名觀點。以此為出發點，王充主張文章的內容和形式的統一，說：「定意於筆，筆集成文，文具情顯。」（《佚文》）所謂「文」指形式，「意」、「情」指內容，二者是「外內表裡，自相副稱。」（《超奇》）他還主張文章語言的明白曉暢，書面語言和口語的一致，說：「夫文由（猶）語也，或淺露分別，或深迂優雅，孰為辯者？故口言以明志，言恐滅遺，故著之文字。文字與言同趨，何為猶當閉隱指意？」

這些主張是對當時「華而不實，僞而不眞」的文風的尖銳批判。

王充在哲學思想上反對盲目崇古，在文章寫作上也要求革新創造，反對模仿和因襲，認爲文章不能千篇一律，每篇都應該有自己的特殊風貌。因此，他對那些不敢越雷池一步，一味泥古、復古的觀點進行辛辣、尖銳的嘲諷：「謂文當與前合，是謂舜目當復八彩，禹目當復重瞳。」（《自紀》）他還以孔子爲例：「孔子得史記以作《春秋》，及其立義創意，褒貶賞誅，不復因史記者，眇思自出於胸中也。」（《超奇》）這些積極進步的文學觀點，與當時文壇上「尊古卑今」、模擬因襲的不良傾向，形成了強烈鮮明的對照，並對後世產生了深刻的影響，是值得人們重視的文學理論遺產。

當然，王充的文學思想也有不足之處，例如對文學的誇張手法和虛構特徵缺乏全面、合理的認識；在反對虛妄、迷信的同時，對古代的一些優美神話傳說也一概加以排斥，這是需要注意的。

三　曹丕（一八七—二二六）字子桓，沛國譙（今安徽亳州市）人。曹操次子。生長於戎旅間，嫻習弓馬。曹操死後，襲位爲魏王，後代漢帝自立，國號魏，建都洛陽。曹丕在位七年，實行「九品中正法」，確立豪族地主在政治上的特權。死後追稱文帝。據《三國志·魏志》本傳載：「帝好文學，以著述爲務，自所勒成垂百篇。」有《魏文帝集》行世。

曹丕是著名的文學家，在詩歌創作上有一定的成就。他的詩歌有兩個特點：一個是偏重於描寫男女愛情和遊子思婦的題材，風格淸麗、委婉；一個是形式多種多樣，四言、五言、六言、七言、雜言詩無所不有，但成就較高的還是五言詩和七言詩。他的五言詩，如《清河作》、《於清河見輓船士新婚與妻別》、《雜詩》，或寫對誠篤的愛情嚮往，或寫新婚的離別的苦痛，或寫遊子滯留他鄉的心境，都眞切感人，明顯看出漢樂府和古詩的影響。他的七言詩《燕歌行》最爲著名。這首詩細膩委婉地表現出思婦的相思之情，語言也淺顯清麗，最能表現曹丕詩歌的一般風格。這首詩也是現存最早的完整的文人的七言詩，對七言詩的形成有一定的貢獻。他也擅長寫作散文。《與吳質書》、《又與吳質書》，悼念故友，哀婉動人。這對後來抒情散文的發展是有影響的。

曹丕也是著名的文學理論批評家。他所著《典論》一書，是一部綜合性的學術著作，計五卷、二十篇，其中有政治性的論文，也有記敍性的散文。原書已佚，僅存《奸說》、《內誡》、《論周成漢昭》、《論太宗》、《論孝武》等篇以及文學批評著述《論文》。原書全貌已無法看到，從僅存的篇目看，主要是偏重於已往政治得失的歷史考察的。曹丕的文學思想和見解主要見於《典論·論文》以及他的《與吳質書》，這是我國文學理論批評史上有廣泛影響的重要文獻，具有開拓性的歷史功績。（詳見「古代文論名著」）

四　陸機（二六一——三〇三）　字士衡，吳郡華亭（今上海松江縣）人。吳大司馬陸抗之子，少時曾任吳門牙將。吳亡後居家讀書，十年不仕。晉太康年間，與弟陸雲同赴洛陽，文才傾動一時，有「二陸」之稱。歷任太子洗馬、著作郎、中書郎等職。後由成都王司馬穎薦爲平原內史，故世稱陸平原。及成都王討長沙王（司馬義），任陸機爲後將軍、河北大都督，兵敗被讒，爲司馬穎所殺。有《陸士衡集》（一名《陸平原集》）。

陸機是太康文壇重要的詩人和文論家。詩作今存一一六首，大多表現士大夫的一般感慨，題材較貧乏；也有部分內容較充實、感情較眞摯的樂府詩。形式上講詞藻和對偶，工整華美，對當時的文風影響很大。另有賦二十五篇，文二十二篇，成就較高，顯示了運用駢儷文字的熟練技巧。

陸機在文學理論上的重要建樹，是精心結撰的名篇《文賦》。他進一步深化、發展了曹丕的文學思想，第一個把創作過程、方法、形式、技巧等問題提到了文學理論和批評的議程，對後世的文論家有著深刻的影響。（詳見「古代文論名著」）

五 沈約（四四一—五一三） 字休文，吳興武康（今浙江德清縣）人，南朝著名的史學家和文壇領袖。沈約歷仕宋、齊二朝，後助梁武帝登位，封建昌縣侯，官至尙書令。在文學創作上，他是「永明體」的主要開創者和領袖，注重聲律對偶，著意雕飾，詩風浮靡。著作大多亡佚，今僅存《宋書》。明人輯有《沈隱侯集》。

沈約在文學理論上的重要貢獻，是總結前人聲韻研究的成果和詩歌創作運用聲律的實踐經驗，創立了聲律論，提出「四聲」（平、上、去、入）和「八病」（平頭、上尾、蜂腰、鶴膝、大韻、小韻、旁紐、正紐）之說。他曾撰寫《四聲譜》（已佚），專門研究聲律理論。聲律論的提出雖然給詩歌創作帶來了一些不必要的禁忌，但推進了五言古體詩向律詩(近體詩)的演變進程，在詩歌發展史上具有重要意義。對於聲律論，沈約曾說：「自騷人以來，此祕未睹」，它確實引起了人們對詩歌格律和音樂美的普遍重視，其功績是不可抹煞的。沈約所撰寫的《宋書·謝靈運傳論》，也是古代文學批評史上一篇產生過重大影響的著述。他提出了「以情緯文，以文被質」的觀點，主張文學作品應該情文互用，做到內容和形式的統一，這是富有深刻見地的。

六　劉勰（約四六五—約五三二）　字彥和。南朝梁文學批評家。祖籍東莞莒（今山東莒縣），世居京口（今江蘇鎮江）。據《梁書》本傳載，他的父親劉尚，做過越騎校尉，社會地位不高。劉勰早年喪父，家境貧寒，他立志苦讀，不曾婚娶。後投奔定林寺（在南京），依附當時著名的和尚僧佑十餘年，鑽研佛教經論，編定大量經藏，撰寫寺塔與名僧的碑誌。在梁朝他做過幾次小官，開始爲奉朝請，接著任臨川王宏的記室，後來放作太末（今浙江龍遊縣）的縣令，政聲很好。以後又任仁威將軍南康王的記室，兼東宮通事舍人，深得太子蕭統的器重，故世稱「劉舍人」。晚年，劉勰奉命於定林寺撰經，功成後削髮，正式出家，皈依佛門，更名慧地，不久就死了。劉勰爲文長於佛理，文思緻密，意無不達。南齊末年寫成文學理論批評巨著《文心雕龍》。劉勰曾有文集傳世，至隋唐時亡佚。現存的遺文僅有《滅惑論》和《梁建安王造剡山石城寺石像碑》兩篇。

《文心雕龍》是一部在我國文學理論批評史上具有總結性的、里程碑意義的輝煌巨著。從魏晉到齊梁，文學創作經歷了幾次較大的變革，創作的經驗和教訓更加豐富，文學理論方面的著述也日益增多。正是在這種現實基礎上，劉勰承前啓後、兼收並蓄，創作了《文心雕龍》。全書五十篇，包括總論、文體論、創作論、批評論四個主要部分，其體系之完整、結構之嚴謹、論述之精鑿，遠遠超過了前代和同時代的文學理論家，標誌著我國古代文學理論和文學批評發展的高峰。魯迅先生曾把《文心雕龍》與古希臘亞里士多德的《詩學》相提並論，譽之「解析神質，包舉洪纖，開源發流，爲世楷式。」（《論詩題記》）可見劉勰不僅是中國古代最傑出的文論家，在世界文學理論史上也是一位卓立不朽的巨人。（詳見「古代文論名著」）

七　鍾嶸（四六八—五一八）　南朝梁文學家和批評家，字仲偉，一作偉長，潁川長社（今河南長葛縣）人。齊永明（四八三—四九四）中，曾爲國子生，甚得祭酒王儉賞識。永元（四九九—五〇一）末，官至司徒行參軍。衡陽王元簡出守會稽，引爲寧朔記室，專掌文翰，後遷西中郎將晉安王記室，故稱爲鍾記室。不久卒於官。他的《詩品》即寫成於這一時期。鍾嶸爲人剛直不阿，曾上書諫皇帝躬親細務，觸怒齊明帝。後又上書力陳時弊，抨擊官僚勾結、賄賂盛行的不良風氣。事跡見《梁書·文學傳》、《南史·文學傳》。

鍾嶸生活的時代，詩風的衰落已相當嚴重。當時士族社會形成一種以寫詩爲時髦的風氣，王公搢紳之士談論詩歌，更是「隨其嗜慾」、「準的無依」。

鍾嶸於梁武帝天監十二年（五一三）寫成了我國古代第一部詩歌理論批評專著《詩品》。正是這部名著奠定了他在文學理論批評史上的不朽地位，成爲繼劉勰之後的又一位傑出的古代文論家。《詩品》分上中下三品，共品評了兩漢至梁代的一二二位詩人，所論的範圍主要是五言詩。全書通過對具體作家作品的評論來體現自己的創作主張，並批評當時文壇的混亂和弊端，爲五言詩的健康發展指明正確的道路。《詩品》在批評標準和批評方法上都具有獨創精神，開闢了詩歌研究的新途徑。後世的司空圖、嚴羽、胡應麟、王士禛等人的詩論著作，在觀點、方法甚至詞句形式上，都受到了鍾嶸不同程度的啓發和影響。（詳見「古代文論名著」）

八　殷璠（生卒年不詳）　約爲中唐時人，出生於丹陽（今屬江蘇）。生平事跡不詳。他的著述，據《新唐書·藝文志》，除《河岳英靈集》二卷外，尚有《丹陽集》一卷，今已亡佚。《河岳英靈集》是一部詩歌選本，其中選錄了王維、王昌齡、儲光羲、常建、李白等盛唐時代二十四位作家的詩歌二百餘首，選者對每個作家都作了簡要而比較中肯的評論。選本有評語，就現存的詩選來說，殷璠這書是最早的，可說是創舉。後代如鍾惺的《古詩歸》、《唐詩歸》、王夫之的《古詩評選》、《唐詩評選》，王士禛的《唐賢三昧集》都是。至於專選同時代詩人作品的集子，後代如宋人謝翺的《天地間集》，元人杜本的《谷音》，清初錢謙益的《吾炙集》，陳維崧的《篋衍集》等，又都是濫觴於《河岳英靈集》的。

作者的文論見解，主要見於《河岳英靈集》和《河岳英靈集集論》中。其中值得注意的觀點有三。一、首次標舉「興象」概念。這「興」已不是指方法，而是指意思，是「興托」、「興寄」之「興」，故「興象」即「意象」，它是後世「意境」概念的雛形。殷璠以「興象」論詩，更深入地接觸到詩歌的藝術特徵，後世分析唐代詩論，都把他歸入皎然、司空圖藝術論派一路，是有道理的。二、對音律的看法。作者一方面受到鍾嶸崇尚自然音節觀點的影響，反對「拘忌」聲病，指出：「夫能文者，匪謂四聲盡要流美，八病咸須避之」（《集論》），只要「詩多直致」，即使「語少對切，或五字並側，或十字俱平，而逸價終存」（《序》），「未爲深缺」

（《集論》），另方面，他又不完全與主張盡廢聲病的鍾嶸相同，主張儘量吸收齊梁以來聲律方面的研究成果，所謂「論宮商則太康不逮」（《集論》），只要不損害「氣骨」的表達。作者在聲律方面表現出來的「既閒新聲，復曉古體」的態度的確是「頗異諸家」（《集論》），獨具特色的。三、作者提出：「夫文有神來、氣來、情來」，這是對以往神思說、文氣說、言情說的全面的總結和繼承，合而論文，頗爲精辟。

九　皎然（生卒年不詳）　中唐時代詩僧，本名謝清晝，又稱晝，湖州長城（今浙江湖州市一帶）人。謝靈運十世孫。主要活動於大曆、貞元時代。童年即隨法侶，一生居吳興東溪草堂，與當時士大夫如顏眞卿、韋應物、李陽冰、顧況等互相唱和，時號「江東名僧」。有詩文集《杼山集》。論詩著作除《詩式》外，傳世者尚有《詩議》、《詩評》。《詩式》有一卷本（收入何文煥輯《歷代詩話》）、五卷本（收入《十萬卷樓叢書》）兩種，可參看。《詩式》運用比較辯證的方法，對許多藝術問題都作了頗爲精深的說明，開了以禪論詩的先河，不愧爲唐朝詩學的重要著作。（詳見「古代文論名著」）

十　白居易（七七二—八四六）　字樂天，下邽（今陝西渭南）人。他不僅是中唐時期的大詩人，而且又是傑出的文學批評家。他總結了過去《樂記》、《詩大序》以至唐代陳子昂、杜甫等的關於詩歌的進步理論，結合時代需要，闡發了他的現實主義詩歌理論。首先，他從文學與現實、政治的關係著眼，認爲文學是現實、政治的反映，而不是言之無物，徒具形式的一紙「空文」，所以他提出：「文章合爲時而著，歌詩合爲事而作。」（《與元九書》）「爲詩意如何？六義互鋪陳。風雅比興外，未嘗著空文。」（《讀張籍古樂府》）「總而言之，爲君、爲臣、爲民、爲物、爲事而作，不爲文而作也。」（《新樂府序》）《寄唐生》詩中說：「篇篇無空文，句句必盡規。」「非求宮律高，不務文字奇。惟歌生民病，願得天子知。」亦是此義。他評價歷代詩人，對「嘲風雪，弄花草」的詩歌（包括相當部分的吟詠自然美的詩歌）一概加以貶斥，並以此批評屈原、陶潛、李白等人，也是由此出發的。這一方面體現了作者的人民性、責任感，同時也暴露了作者的某種褊狹和片面。其次，他反復強調詩歌的社會作用，這就是「救濟人病，裨補時缺」，上以「補察時政」，下以「泄導人情」（《與元九書》）。因此，他尤其強調詩歌的「風雅比興」（指《風》詩《雅》詩及《詩經》用比、興手法表現的反映現實、諷刺政治的精神內容），特別是「諷刺」。《新樂府五十首》末篇《採詩官》中說「欲開壅蔽達人情，先向歌詩求諷刺。」是對「諷刺」的明確標舉。爲了讓詩歌較好地發揮社會作用，他提倡一種平易自然、直率眞切的藝術風格：「其辭質而徑，欲見之者易諭也；其言直而切，欲聞之者深誡也；其事核而實，使採之者傳信也；其體順而肆，可以播於樂章歌曲也。」（《新樂府序》）後世有人嫌其詩風直露，蓋由此也。再次，作者重視詩歌的諷諭內容，也不完全忽視形式。他在《與元九書》中給詩歌下的定義是「根情，苗言，華聲，實義」（「義」是「六義」之義，引申爲思想寄託），完整地表述了他的文質統一觀。然而事實上，他是重內容更甚於重形式的。唐代文論分藝術論與功利論兩路，通常，人們把白居易和韓愈看作功利論的代表。

十一　韓愈（七六八—八二四）　字退之，河內河陽（今河南孟縣）人。官至吏部侍郎。他不僅是唐代傑出的作家，而且是傑出的理論家。他的文學理論論文，有《答李翊書》、《進學解》、《送孟東野序》、《荆潭唱和詩序》等。在這些論文中，韓愈提出了一系列值得注意的見解。一、從愛好古道出發，提倡古文反對駢文。韓愈十分重視古道。他說：「愈之所志於古者，不惟其辭之好，好其道焉爾。」（《答李秀才書》）「愈……志在古道」（《答陳生書》），「愈之爲古文，豈獨取其句讀不類於今者耶？思古人而不得見，學古道則欲兼通其辭；通其辭者，本志乎古道者也。」（《題歐陽生哀辭後》）所謂「古道」，即他在《原道》一文中標舉的儒家之道。爲了掌握「古道」，他竭力倡導古文：「愈之志在古道，又甚好其辭。」（《答陳生書》）「學古道則欲兼通其辭」（《題歐陽生哀辭後》）。所謂古文，即先秦兩漢通行的散體文。他倡導載道的古文，是爲了反對華而不實，「類於俳優者之辭」的駢文（《答崔立之書》）。二、重視作家的道德修養，把它作爲古文創作的重要條件。《答李翊書》說：「將蘄至於古之立言者，則無望其速成，無誘於勢利，養其根而竢其實，加其膏而希其光。根之茂者其實遂，膏之沃者其光曄。仁義之人，其言藹如也。」據此他提出著名的養氣說：「氣，水也，言，浮物也；水大而物之浮者大小畢浮。氣之與言猶是也，氣盛則言之短長與聲之高下者皆宜。」（《答李翊書》）所謂「氣」是指作者的精神狀態，「氣盛」是指作者精神狀態的充實郁勃，它是作者深入進行道德修養的結果。三、「不平則鳴」說。這個說法是在《送孟東野序》中首先提出的。序一開始便說：「大凡物不得其平則鳴。」接著以草木金石受到外部的撓擊而發出聲音爲喻，說明人類的言語文章都是由於「不平則鳴」產生的。在《荆潭唱和詩序》中，他又進一步提出「文窮益工」

說：「夫和平之音淡薄，而愁思之聲要妙，歡愉之辭難工，而窮苦之言易好也。」韓愈此說，是對司馬遷「發憤著書」說的進一步發展，客觀上具有反道統的意義，爲後世作家揭露社會的黑暗、傾吐內心的眞情實感提供了理論的依據。四、韓愈論創作，在表現形式上，一方面主張要有創造性，務去陳言，詞必己出，以「鈎章棘句」（《貞曜先生墓誌銘》）「怪怪奇奇」（《送窮文》）爲極致，一方面又主張以「文從字順」（《南陽樊紹述墓誌銘》）、「章妥句適」（皇甫湜《韓文公墓誌銘》）爲指歸。前者爲皇甫湜繼承，後者爲李翱相傳，並爲歐陽修、唐順之等人加以發展。

十二　司空圖（八三七—九〇八）　唐末詩人，詩論家。字表聖，河中虞鄉（今山西永濟縣）人。唐懿宗咸通末年進士，曾任過禮部郎中。僖宗時，官至中書舍人，知制誥。唐末農民大起義，他遁隱中條山王官谷，自號知非子、耐辱居士，作休休亭，賦詩爲文。「此身閒得易爲家，業是吟詩與看花。」以「吟詩」「看花」爲業，可見他的逸致閒情。朱全忠稱帝，召他爲官，他絕食而死。《新唐書》卷一九四有傳。著作有《司空表聖文集》、《司空表聖詩集》，《全唐詩》輯其詩爲三卷。他的詩論著作《二十四詩品》，在文學批評史上有重要的地位。此外還有《與王駕評詩書》、《與李生論詩書》等。

司空圖欲以儒家治世之道補救時弊。他在《將儒》篇中說：「儒以將道，肥其內也；武以將威，肅其外也。未有內自瘠而外能勸者焉。……嗟夫，道之不可振也久矣。」他所說的「道」即「孔孟之道」。所以，他的美學思想也未能脫離「詩貫六義」的傳統。司空圖和佛教、道教均有聯繫。但他尊崇的是「佛首而儒其業者」（《送草書贈歸越》）。他也主張情與道合，心與道契，但他並不想成仙，自稱「狂才應不是仙才」（《編閣有感》）。他受佛、道的消極出世思想的影響，但也繼承了老莊的樸素的辯證法。他總結唐代詩歌創作的藝術經驗，滲透了素樸的辯證法思想。

在詩歌理論上，司空圖繼承和發揚了前人的「文外之旨」和「文外之意」的觀點。他主張詩歌要有「韻外之致」、「味外之旨」，即要求詩歌創作要比它的語言本身有更生動、更含蓄的東西，做到「近而不浮，遠而不盡」，給讀者留下聯想與回味的餘地，從而收到「思於境諧」的藝術效果。司空圖還提出了「象外之象」、「景外之景」說。他引了戴容州的話：「詩家之景，如藍田日暖，良玉生煙，可望而不可置於眉睫之前也。」從藝術的虛與實，神似與形似的辯證關係上，他進行了可貴的探索。（詳見「古代文論名著」）

十三　歐陽修（一〇〇七—一〇七二）　字永叔，號醉翁、六一居士。廬陵（今江西吉安）人。政治上，他積極參加以范仲淹爲首的政治改革，提出過不少改革弊政的主張。創作上，他是當時公認的文壇領袖，詩、詞、散文都很有成就。理論上，他晚年所著的《六一詩話》是一部以「詩話」題名的最早著作，開啓了以隨筆漫談的批評方法論詩的風氣，成爲後來各家詩話的先聲。（詳見「古代文論名著」）他的《答吳充秀才書》、《梅聖俞詩集序》都是重要的文學論文，當中提出了一些重要觀點，可視爲詩文革新運動的理論主張。這些觀點主要有二：一、道勝文至。歐陽修針對宋初文壇片面追求文辭的華麗而言不及物的不良風氣，提出：「大抵道勝者，文不難而自至也。」（《答吳充秀才書》）如果徒在文辭方面追求，是「愈力愈勤而愈不至」的（同前）。值得注意的是，歐氏所言之道，雖不出儒道範圍，然主旨不在倫理綱常，而在關心百事。他所不滿於當時文士之文的，正在於它們「棄百事不關於心」（同前）。這一點，與柳宗元的「輔時及物之道」相類。二、詩窮而後工。韓愈曾說過：「歡愉之辭難工，而窮苦之言易好。」（《荊潭唱和集序》）歐陽修則進一步接觸到作家的生活遭遇對其創作成就的重要作用：「蓋世所傳詩者，多出於古窮人之辭也。凡士之蘊其所有而不得施於世者，多喜自放於山巔水涯，外見蟲魚草木風雲鳥獸之狀類，往往探其奇怪，內有憂思感憤之鬱積，其興於怨刺，以道羈臣寡婦之所嘆，而寫人情之難言，蓋愈窮則愈工。然則非詩之能窮人，殆窮者而後工也。」（《梅聖俞詩集序》）此外，在作文方法上，他繼承唐劉知己在《史通·敍事》中提出的尙簡觀點，提出行文措辭要「文簡而意深」（《論尹師魯墓誌》），處理題材要「紀大而略小」（《與杜訢論祁公墓誌》書）；總之，要「簡而有法」（《論尹師魯墓誌》）；在語言風格方面，他吸收韓愈「文從字順」的一面而加以發展，形成平淡自然的風格（曾鞏《與王介甫書》引：「歐云：『孟韓文雖高，不必似之也，取其自然耳。』」），這些，對後世的散文創作，都產生了很大影響。

十四　蘇軾（一〇三七—一一〇一）　字子瞻，號東坡居士。眉山（今屬四川）人。他不僅是一位在詩文、書畫創作上有極高成就的作家、書畫家，而且是位很有見地的文藝理論家。他的文藝思想，集中體現在「辭達」說這樣的系統中。他反復強調辭達，以此爲文學的極詣：「辭至於達，止矣，不可以有加矣。」（《答王庠書》）「辭」要能「達」，首先必須具備充實的內容，因此，蘇軾標舉詩文皆須「有爲而作」，「言必中當世之過」（《鳧繹先生詩集敍》），對那種「遊談以爲高」、「枝詞以爲美」、沒有「實用」的「空文」，他屢屢加以批評。他說：「夫昔之爲文者，非能爲之爲工，乃不能爲之爲工也……軾與弟轍爲文至多，而未嘗敢有作文之意。」（《江行唱和集序》）亦是此意。那麼，「辭」要表達的內容是什麼呢？蘇軾指出，是「了然於心」的「物之妙」（《答謝民師書》），它既不是儒家、理學家的論理綱常之道，也不同於政治家文論（王安石）所講的事功，而是作者從自然、社會現象中把握到的特徵或者說是審美意象。爲了獲得這「物之妙」，蘇軾要求對外物作冷靜的觀察：「欲令詩語妙，無厭空且靜。靜故了群動，空故納萬境。」（《送參寥師》）這「物之妙」不是純客觀的物，而是審美意象，要得到它，作者必須和外物保持一種超功利的態度：「君子可以寓意於物，而不可留意於物。寓意於物，雖微物足以爲樂，雖尤物不足以爲病；留意於物，雖微物足以爲病，雖尤物不足以樂。」（《寶繪堂紀》）「余之無所往而不樂者，蓋遊於物之外也。」（《超然臺記》）「辭」既然是爲表達「物之妙」服務的，所以，有什麼樣的「物之妙」，就有什麼樣的文辭：「吾文如萬斛泉源，不擇地而出，在平地滔滔汩汩，雖一日千里無難。及其與山石曲折，隨物賦形而不可知也。所可知者，常行於所當行，常止於不可不止……」（《文說》）如此，他就提出了「隨物賦形」的創作方法。內容決定形式，二者的結合生成風格，內容千變萬化，作品風格也就「姿態橫生」（《答謝民師書》），不管是豪放的，還是含蓄的，各種風格都有存在的合理性。這就是蘇軾的風格論。

「辭」表達「物之妙」的過程是「自然」的過程，然而它不是不需要文字技巧的，恰恰相反，它是建立在高超的技巧之上的：「夫言止於達意，即疑若不文，是大不然。求物之妙，如繫風捕影，能使是物了然於心者，蓋千萬人而不一遇也，而況能使了然於口與手者乎？是之謂辭達。辭至於能達，則文不可勝用矣。」（《答謝民師書》）所以，凡符合「辭達」標準的，即使看似平淡也可咀嚼出它包含的濃麗：「所貴乎枯淡者，謂其外枯而中膏，似淡而實美。」（《東坡題跋》）「韋應物、柳宗元發纖穠於簡古，寄至味於淡泊。」（《書黃子思詩集後》）

除「辭達」說之外，蘇軾鄙薄形似、以傳神爲貴的《書鄢陵王主簿所畫折枝》（「論畫以形似，見與兒童鄰。賦詩必此詩，定知非詩人……」）及對詩畫共同特徵的論述也時常爲人徵引（《韓幹馬》：「少陵翰墨無形畫，韓幹丹青不語詩。」《書摩詰藍田煙雨圖》：「味摩詰之詩，詩中有畫；觀摩詰之畫，畫中有詩。」）蘇軾的文論，是眞正藝術家的文論，在宋代文論中具有鮮明的特色。

十五　吳可（生卒年不詳）　字思道，祖籍甌寧（今福建建甌縣），生於金陵（今南京市），嘗官於汴京。建炎以後，轉徙楚、豫等地，至乾道、淳熙間尚在。有《藏海居士集》二卷、《藏海詩話》一卷。給他在文學批評史上帶來位置的，主要是他的《學詩詩》（載《詩人玉屑》卷一）。以禪論詩，源頭可上溯到唐皎然（「但見情性，不睹文字」）、司空圖（「不著一字，盡得風流」），延及北宋，禪學益盛，以禪論詩，更成風氣。蘇軾、黃庭堅、曾幾、楊萬里、戴復古、葛天民等詩人都認爲學詩與參禪有許多相通之處。吳可的《學詩詩》正代表了這種風氣。吳氏此作出來後，深得詩人們的贊同，龔相、趙蕃都有過和作。它直接開啓南宋嚴羽的詩論。

詩共有三首。主要觀點有：一、主張創新。「學詩渾似學參禪，頭上安頭不足傳。跳出少陵窠臼外，丈夫志氣本沖天。」這是把禪宗呵佛罵祖、「學我者死」，「汝欲稗販我耶」的精神貫徹到詩論中來。北宋晚期，由於黃庭堅等人的提倡，宗杜成爲風氣。吳可此論，要求「跳出少陵窠臼」，在當時確屬有「沖天」的膽量。二、創新必建立在學習的基礎上。學習與創新的關係好比是漸修與頓悟的關係，只有長期漸修，才能一朝頓悟：「學詩渾似學參禪，竹榻蒲團不計年。直待自家都了得，等閒拈出便超然。」用韓駒的話說即：「學詩當如初學禪，未悟且遍參諸方；一朝悟罷正法眼，信手拈出皆成章。」（《贈趙伯魚》）三、創新如同頓悟一樣是不可勉強的，它是在學習、漸修的基礎上自然而然達到的，因而吳可崇尙自然：「春草池塘一句子，驚天動地至今傳。」這個意思被明代都穆進一步闡明了：「切莫嘔心並剔肺，須知妙語出天然。」（《學詩詩》）四、由此也不難看出，在語言文字與內容的關係上：吳可是鄙薄文字、惟心得（自家了得）、實境（春草池塘）是尙的。禪宗認爲，「言語道斷」，語言不能表現佛道，反映在詩論上，就是「欲參詩律似參禪，妙趣不由文字傳。」（《論詩七絕》）禪宗又認爲，心即是道，青青翠竹、鬱鬱黃花、擔水劈柴，無不是道所幻現，反映在詩論上，也就是「但寫眞情並實境」（都穆《學詩詩》），亦即吳可所謂的「自家了得」和「春草池塘」。

十六　張戒（生卒年不詳）南宋初期人，字定復，祖籍絳州正平（今山西新絳）。宋高宗時爲殿中侍御史、司農少卿等職。後因和趙鼎、岳飛一起反對和議，被劾革職，不知所終。著有《歲寒堂詩話》二卷，是宋代一本影響頗大的詩論。針對當時文壇「專意詠物」、「以用事爲博」、

「以押韻爲工」的詩風，張戒重申：「言志乃詩人之本意。」「志」表現在作品中，可以是「意」、「情」、「味」、「氣」、「韻」，總之，它屬於詩人的一種主觀精神。由此出發，他批評「專意詠物」，「只知用事、押韻之爲詩」的創作傾向，指出這樣會使「詩人之本旨掃地盡矣。」這對反對形式主義的詩風是有一定積極意義的。（詳見「古代文論名著」）

十七　朱熹（一一三〇—一二〇〇）　字元晦，號晦庵，婺源（今屬江西）人。紹興進士，官至寶文閣待制。晚年退居福建講學。著作很多，有《朱子大全》、《朱子語類》等。他是南宋著名的哲學家（理學家）、教育家、文學家。在道學家中，他的詩歌藝術性最高；在南宋文壇上，他的文章也很有特點。在文學批評上，他的《詩集傳》、《楚辭集註》是有名的。作爲一個理學家，他的文學思想中有保守、迂腐的一面；作爲一個富有文學修養和創作經驗的人，他的文論詩論中又有比較通達、值得肯定的一面。

道文一貫，是他的主要文學觀點。他說：「若曰惟其文之取，而不復議其理之是非，則是道自道，文自文也。道外有物，固不足以爲道；且文而無理，又安足以爲文乎？蓋道無適而不存者也，故即文以講道，則文與道兩得而一以貫之，否則亦將兩失之矣。」（《與汪尙書》）又說：「道者文之根本，文者道之枝葉，惟其根本乎道，所以發之於文者皆道也。」（《語類》卷一三九）主張「文本乎道」，「文以講道」，表面上與古文家無異，但實質卻不同。古文家講「文以明道」，是爲了提高「文」的價値，目的還在「文」，並不否定「文」的獨立價値；朱熹講「文從道中流出」，文道一貫，不能兩分，則否定「文」的自身價値，目的只在「道」（「理」）。

因此，他對李漢說的「文者貫道之器」和歐陽修、蘇軾說的「文與道俱」的觀點給以一再批評。這是對周敦頤、程頤諸理學家重道輕文觀點的繼續發揮，反映了南宋理學家文論的普遍觀點。據此，他對唐宋古文家和時文重文輕道、甚至作文害道的情況作了批判。

在論詩時他也表現過同樣的論點：「今言詩不必作，且道恐分了爲學工夫，然到極處當自知作詩果無益。」（《語類》卷一四〇）由於重道輕文，所以在形式上他強調質樸自然，而愈是古代的作品愈如此，所以形成尊古、復古的觀點。這些都表現出理學家迂腐的一面。而他論《國風》：「多出於里巷歌謠之作，所謂男女相與詠歌，各言其情者也。」（《詩集傳序》）論用事：「或言今人作詩，多要有出處。曰：『關關雎鳩』，有何出處？」（《語類》卷一四〇）評李白詩：「非無法度，乃從容於法度之中。」（《語類》卷一三九）都本因主張言理而抹殺風詩的眞實內容和法度的作用；他評陶潛：「人皆說是平淡，據某看，他自豪放，但豪放得來不覺耳。」（《語類》卷一四〇）評黃庭堅：「如《離騷》初無奇字，只恁說將去，自是好，後來如魯直恁地著力做，卻自是不好。」（《語類》卷一三九）亦是有見識的好意見。另外，他解釋賦比興：「賦者，數陳其事而直言之者也。」「比者，以彼物比此物也。」「興者，先言他物以引起所詠之詞也。」（《詩集傳》卷一）一直是最權威的解釋。

十八　姜夔（約一一五五—約一二二一）　字堯章，號白石道人，鄱陽（今屬江西）人。屢試不第，終身未仕。能詩，尤以詞名，有《白石道人詩集》、《白石道人歌曲》。文論著作有《白石道人詩說》。《詩說》的主要內容，一是以獨造爲宗：「作者求與古人合，不若求與古人異；求與古人異，不若求與古人合而不能合，不求與古人異而不能不異。」二是反對議論、雕琢，崇尚含蓄風格：「句中有餘味，篇中有餘意，善之善者也。」三是論述了藝術技巧方面的諸多問題。如情景交融問題：「意中有景，景中有意」；如何用事問題：「僻事實用，熟事虛用」，「學有餘而約以用之，善用事者也。」文外之意與文的辯證關係：「文以文而工，不以文而妙；然捨文無妙。」清空古雅問題：「句意欲深、欲遠，句調欲清、欲古、欲和。」如何措辭、敍事、結篇問題：「難說處一語而盡，易說處莫便放過」，「人所易言，我寡言之；人所難言，我易言之，自不俗。」「意有餘而約以盡之，善措辭者也。」「乍敍事而間以理言，得活法者也。」「篇終出人意表，或反終篇之意，皆妙。」詩的四種高妙問題：「一曰理高妙，二曰意高妙，三曰想高妙，四曰自然高妙；寫出幽微，如清潭見底，曰想高妙；礙而實通，曰理高妙；出事意外，曰意高妙；非常非怪，剝落文采，知其妙而不知其所以妙，曰自然高妙。」等等。其中，「意中有景」云云，雖說的如何寫景，卻最早接觸到情景交融問題。「僻事實用」云云，是對皎然「用事不直，由深於義類」的具體發展。「捨文無妙」之說，是對司空圖「不著一字，盡得風流」的補充。而「清古」、「飄逸」之論，則對標舉「清空」、「古雅」的張炎詞論有直接影響。總之，《詩說》結合作者的創作體會，運用辯證的方法（在這點上明顯地看出皎然對他的影響），對許多藝術問題發表了比較精到的意見，是宋代探討詩歌藝術方法、技巧的值得一讀的著作。而零碎、缺乏系統性，則是此著的不足。

十九　張炎（一二四八—一三二〇）　字叔夏，號玉田、樂笑翁，祖籍西秦（今甘肅天水），寓居臨安（今浙江杭州）。他生活在宋末元初之際，曾北遊大都求官，失意而歸。晚年生計艱難，潦倒終身。在詩詞創作上，張炎繼承婉約派的傳統，重視音韻格律，講究藝術技巧，頗有盛名，《四庫提要》稱之「宋、元之間，亦可謂江東獨秀矣。」有《山中白雲》詞集八卷。

張炎畢生從事詞的寫作和研究，晚年著成《詞源》一書，確立了他在詞學史上的地位。《詞源》分上下卷，上卷專論樂律，下卷論述頗廣，有音譜、拍眼、制曲、句法、字面、虛字、清空、意趣、用事、詠物、節序、賦情等，是一部系統探討作詞藝術技巧的著作。（詳見「古代文論名著」）

二十　嚴羽（生卒年不詳）　主要生活於南宋理宗在位期間，至度宗即位時仍在世。字丹丘，一字儀卿，自號滄浪逋客。邵武（今屬福建）人。嚴羽一生際遇不佳，流落江湖，頗多懷才不遇、感時傷世之作。詩集名《滄浪先生吟卷》（或名《滄浪吟》、《滄浪集》），二卷，收入古近體詩一百四十六首。有《邵武徐氏叢書·樵川二家詩》本。嚴羽的詩歌創作成就不大，但對詩歌理論頗有建樹，其代表論詩著作有《滄浪詩話》，附於詩集之後；單行本亦見於多種叢書，何文煥《歷代詩話》就收有《滄浪詩話》。嚴羽在詩風上主要傾向於王維、孟浩然一路。這恰與他詩論中重性情、格力、氣象而論述中心則在妙悟、興致、意象上相映成趣。《滄浪詩話》分《詩辨》、《詩體》、《詩法》、《詩評》、《考證》五章，對詩歌的內部規律提出了許多精微獨到的見解。（詳見「古代文論名著」）

二十一　方回（一二二七—一三〇七）　字萬里，號虛谷，又號紫陽，徽州歙縣（今安徽歙縣）

人。宋末曾知嚴州，後舉城降元，授建德路總管。著有《桐江集》八卷，《續集》三十七卷。方回對文學批評的主要貢獻，是選評唐宋近體詩輯成《瀛奎津髓》四十九卷。《四庫提要》評曰：「其詩專主江西（指江西詩派），平生宗旨，悉見所編《瀛奎津髓》中。」

方回繼承和發揮了江西詩派的理論，在《瀛奎津髓》中首倡「一祖三宗」之說，即以杜甫為祖，以黃庭堅、陳師道、陳與義為宗。此說影響頗大，在宋末江西派詩風漸衰之際，起了抬高江西派的地位、重振詩派的作用。特別值得注意的是，他推崇杜甫，認為杜詩「一節高一節，愈老愈剝落」、「老杜詩為唐詩之冠」。這對擴大杜詩的影響，是有積極意義的。方回還提出「格高」的詩歌主張，說：「詩先看格高而意又到，語又工，為上；意到語工而格不高，次之；無格無意，又無語，下矣。」（《瀛奎津髓》卷二十一）所謂「格高」，就是高尚眞率的人格與蒼勁自然的風格的結合，這是有見地的。從此出發，方回在評註作品中，不時流露感慨時事之情，對流連風花雪月的作品表現不滿。此外，方回重視江西派的詩法、詩格理論，要求在形式和技巧上下功夫，這對詩歌創作和鑑賞也有一定借鑑意義。當然，方回主要是發揮江西派的理論主張，難免有其片面性，如說「黃（庭堅）、陳（師道）詩為宋詩之冠」，顯然是不符合事實的溢美之詞，這也反映了他不重視詩歌的現實內容和社會作用的局限性。

二十二　王若虛（一一七四－一二四三）　字從之，號慵夫、滹南遺老，藁城（今屬河北）人。承安二年經義進士，曾官金翰林直學士，金亡不仕。有《滹南遺老集》四十五卷。其中，有《詩話》三卷，《文辨》四卷，《論詩》多首，為文論著作。

王氏文論，受蘇軾影響較多，亦不乏己見。其中心觀點是「辭達理順」：「凡辭達理順，無可瑕疵者，皆在所取可也。」（《滹南詩話》）因此，一、他認爲文章「以意爲主」，在「意」之中，又以「自得」爲貴。《滹南詩話》說：「古之詩人，雖趣尚不同，體制不一，要皆出於自得。」《論詩》又說：「文章自得方爲貴。」二、他認爲作文只有大體的方法，沒有具體的方法。這就是他提出的著名論點：文章「定體則無，大體須有。」（《文辨》）「大體」的方法，大抵即他講的「以意爲主」、「隨物賦形」，「定體」的方法，大抵即字法、句法、章法等死法。以此，他批評「近歲諸公」「開口輒以《三百篇》、《十九首》爲準」的現象：「然世間萬變皆與古不同，何獨文章而可以一律限之乎？」（《滹南詩話》）《文辨》中他又批評時人的擬古風氣。黃庭堅大講「定法」，他給予尖銳的鞭撻：「魯直開口論句法……而門徒親黨以衣鉢相傳，號稱法嗣，豈詩人之眞理也哉？」（《滹南詩話》）三、從「辭達理順」、「不主故常」出發，對當時文壇對白居易的責難和尙簡風氣發表了正確的意見。論白居易，他說：「樂天之詩，情致曲盡，入人肝脾，隨物賦形，所在充滿，殆與元氣相侔。至長韻大篇，動數百千言，而順適愜當，句句如一，無爭張牽強之態，此豈撚斷吟鬚、悲鳴口吻者之所能至哉！而世或以淺易輕之，蓋不足與言矣。」「張舜民謂樂天《新樂府》幾乎罵，乃爲《孤憤吟》五十篇以壓之。然其詩不傳，亦略無稱道者，而樂天之作自若也。公詩雖涉淺易，要是大才，殆與元氣相侔。」（《滹南詩話》）論片面尙簡風氣，他說：「若以文章正理論之，亦惟適其宜而已，豈專以是（按：指簡）爲貴哉？蓋簡而不已，其弊將至於儉陋而不足觀也已。」（《文辨》）都頗富識見。此外，他要求詩歌用典「渾然天成，如肺肝中流出」，又對東坡的「論畫以形似，見與兒童鄰。賦詩必此詩，定非知詩人」一詩加以補充詮解：此「論妙在形似之外，而非遺其形似；不窘於題，而要不失其題」（《滹南詩話》），也爲時人稱道。

二十三　元好問（一一九〇—一二五七）　字裕之，號遺山，太原秀容（今山西忻縣）人。金興定五年進士，曾爲金尙書省左司員外郎等官，金亡不仕。有《遺山集》四十卷，編金人詩爲《中州集》十卷。他的理論著作，有《論詩三十首》、《杜詩學引》、《楊叔能小亨集引》、《陶然集詩序》。論詩絕句，濫觴於杜甫《戲爲六絕句》。宋以後作者不下數十家，大體上可分爲二大流別。從南宋戴復古的《論詩十絕》起，到淸代趙執信、趙翼、宋湘、張向陶、丘逢甲諸家的論詩絕句，屬於對理論的闡說；從元好問《論詩三十首》起，到淸代王士禛、袁枚、洪亮吉、李希聖、陳衍諸家的論詩絕句，屬於對作家作品的品評。元好問爲金、元二代著名詩人，《論詩三十首》雖屬於作家作品的評論，但實際體現了一家宗旨。在主張「眞」、「誠」、「自得」，反對摹擬、柔靡、輕艷、險怪、雕琢等形式主義弊病方面，元好問與王若虛是一致的，在批評「鬥靡誇多」、「鋪張排比」、「俳諧怒罵」，即以學問爲詩、以議論爲詩的蘇、黃詩風方面，元好問亦未超出嚴羽。

元氏有新見的是這樣幾個觀點。一、把深入生活看作是創作出好詩的關鍵因素。《絕句》說：「眼處心生句自神，暗中摸索總非眞。畫圖臨出秦川景，筆到長安有幾人？」淸代王夫之把「身之所處」視爲作詩的「鐵門限」，精神與此是一脈相通的。二、對詩中用事方法的論述。

《杜詩學引》說：「竊嘗謂子美之妙，釋氏所謂『學至於無學』者耳。今觀其詩，如元氣淋漓，隨物賦形……則九經百氏古人之精華，所以膏潤其筆端者，猶可彷彿其餘韻也。夫金屑丹砂、芝朮參桂，識者例能指名之；至於合而爲劑，其君臣佐使之互用，甘苦酸鹹之相入，有不可復以金屑丹砂、芝朮參桂名之者矣。故謂杜詩爲無一字無來處亦可也，謂不以古人中來，亦可也。前人論子美用故事，有『著鹽水中』之喻，固善矣……」這裡，他用「學至於無學」、「著鹽水中」說明用事之妙，很有貢獻。三、對雄渾剛健風格的崇尚。終宋之世，崇尚意餘言外的含蓄風格是主導傾向。元氏受時代喪亂與北方山河的激發，通過對張華、溫庭筠、李商隱、秦觀等纖弱風格的批評，對曹操、劉楨、劉琨、《敕勒歌》、韓愈的儘情讚揚，表現了對剛健豪壯的風格的神往，體現了與宋人詩論的不同特色。

二十四　鍾嗣成（生卒年不詳）　元代人，字繼先，號丑齋，汴梁（今河南開封）人，寄居杭州。屢試不第，杜門家居從事戲曲著述。所作雜劇有《章臺柳》、《錢神論》等七種，已佚。現僅存散曲數十首。他的《錄鬼簿》，是現存中國戲曲史上第一部比較系統的戲曲史和批評著作。序作於元文宗至順元年（一三三〇），而書中記事，訖於順帝至正五年（一三四五），可知此書成於順帝時。書中載金到元中期以前的雜劇及散曲作家的小傳和作品名目，並在介紹和評價中提出對戲劇創作的要求和批評標準。（詳見「古代文論名著」）

二十五　高棅（一三五〇—一四二三）　名廷禮，字彥恢，號漫士，福建長樂人。明代永樂初，自布衣召入翰林爲待詔，後遷典籍。他能詩善畫，與林鴻、王偁、陳亮、鄭定、唐泰、王恭、王褒、周玄、黃玄號稱「閩中十子」。他的作品多寫個人日常生活，有《嘯臺集》、《木天淸氣集》。他論詩主唐音，經過幾十年的精心採摭，編選《唐詩品彙》九十卷，又拾遺十卷，收錄唐貞觀至天祐年間六百二十位詩人、五千七百六十九首作品。按五古、七古、五絕、七絕、五律、五排律、七律等七種體裁編次，每體之中又分正始、正宗、大家、名家、羽翼、接武、正變、餘響、旁流等九格。《唐詩品彙》在唐詩的分期及品評詩歌的途徑、方法等方面，都有獨到的見解和貢獻。（詳見「古代文論名著」）

二十六　李夢陽（一四七三——一五三〇）　字天賜，又字獻吉，號空同子。慶陽（今屬甘肅）人，後徙河南扶溝。弘治進士，曾官戶部郎中、江西提學副使。政治上表現比較正直。作品有《空同集》。他是明初前七子的主要代表。

明成化以後，粉飾太平的臺閣體詩文風靡一時，李東陽爲首的茶陵派試圖有所改革，但並無成就。與此同時，文壇上「理氣詩」亦較流行。針對這種形勢，李夢陽倡言復古，主張文學秦漢，詩學盛唐，賦騷學唐、漢之上（《缶音集序》），想以此來改革當時的文風。在學習的方法上，他認爲古人的作品無論修辭、音調，還是篇章的結構，都有一成不變的法式，只要嚴格地遵守這種法則，就可以得到古人的格調，作品也就可以得到與古人相同的成就。因此，他反復論述法度和摹擬問題。《答周子書》說：「文必有法式，然後中諧音度。如方圓之於規矩，古人用之，非自作之，實天生之也。今人法式古人，非法式古人也，實物之自則也。」《駁何氏論文書》說：「是以古之文者，一揮而眾善具也。然其翕闢頓挫，尺尺而寸寸之，未始無法也。所謂圓規而方矩者也。」《再與何氏書》說：「古人之作，其法雖多端，大抵前疏者後必密，半闊者半必細，一實者必一虛，疊景者意必二。」可知他主張的復古重在形式上摹擬，與創新相左。到了晚年，他思想有了轉變，在《詩集自序》中，他否定了自己的擬古主義作品，通過對王叔武論點的轉述，說明「眞詩乃在民間」，進而承認自己的作品不是眞詩。此外，他的「情動乎遇」的觀點也是較著名的。《梅月先生序》說：「情者，動乎遇者也。幽岩寂濱，深野曠林，百卉既痱，乃有縞焉。山英之媚枯，綴疏橫斜，嶔崎清淺之區，則何遇之不動矣！……故遇者物也，動者情也，情動則會，心會則契，神契則音，所謂隨遇而發者也。……故天下無不根之萌，君子無不根之情，憂樂潛之中，而後感觸應之外。故遇者因乎情，情者形乎遇。」這論述到物我雙向交流的問題，較前人有關論述要深入一步。

二十七　王世貞（一五二六—一五九〇）　字元美，號鳳洲、弇州山人，太倉（今屬江蘇）人。嘉靖二十六年進士，官至南京刑部尚書。曾與嚴嵩作過鬥爭。有《弇州山人四部稿》。他是明代後七子的重要代表。有文學批評專著《藝苑巵言》。

與前七子一樣，他也是主張「文必秦漢，詩必盛唐」的。他說：「西京之文實，東京之文弱，猶未離實也。六朝之文浮，離實矣。唐之文庸，猶未離浮也。宋之文陋，離浮矣，愈下矣，元無文。」（《藝苑巵言》）又說：「盛唐之於詩也，其氣定，其聲鏗以平，其色麗以雅，其力沈而雄，其言融而無跡。故曰：盛唐其則也。」（《徐汝思詩集序》）與其他擬古者一樣，他所強調的也是法度。「七言律……篇法有起、有束、有放、有斂、有喚、有應，大抵一開則一闔，一揚則一抑，一象則一意，無偏用者。句法有直下者，有倒插者，倒插最難，非老杜不能也。字法有虛、有實、有沈、有響，虛響易工，沈實難至。」「首尾開闔，繁簡奇正，各極其度，篇法也。抑揚頓挫，長短節奏，各極其致，句法也。點綴關鍵，金石綺綜，各極其造，字法也。」（《藝苑巵言》）雖有形式主義之嫌，但也對藝術形式美規律提供了些建設性意見。另外，他論詩亦重格調，而其格調論又有與李東陽、李夢陽、李攀龍所講有不同處。他說：「才生思，思生調，調生格。思即才之用，調即思之境，格即調之界。」（《藝苑巵言》）把才、思作爲調、格的基礎，並論述了四者間的關係，是較以前深入的。王氏又受嚴羽影響，就「妙語」和「意境」發表過意見：「西京建安，似非琢磨可到，要在專習，凝領之久，神與境會，忽然而來，渾然而就，無歧級可尋，無色聲可指」；「有俱屬象而妙者，有俱屬意而妙者，有俱作高調而妙者，有直下不對偶而妙者，皆興與境詣，神合氣定使之然。」（《藝苑巵言》）又崇尚王維一派詩的平淡無跡，這些深得清代王士禛的稱道。

此外，王世貞的曲論也有一定影響。他的曲論集中見於《藝苑巵言》的附錄卷一，即《弇州山人四部稿》卷一百五十二，後人摘出單刻行世，題作《曲藻》。曲論中論述到戲曲的發展、戲曲應有「動人」的藝術感染力、衡量戲曲作品成功的標準（「體貼人情，委曲心盡；描寫物態，仿佛如生」）等問題，有可取之處。

二十八　謝榛（一四九五—一五七五）　字茂秦，自號四溟山人，山東臨清人。眇一目，以布衣終身。作品有《四溟集》，理論著作有《四溟詩話》。

謝榛是明後七子之一，在詩論方面，與李攀龍、王世貞一樣，主張摹仿盛唐，雖然如此，他還有不少好的見解。首先，他提倡性情之眞，反對無病呻吟。他下面的這段話頗有名：「今之學子美者，處富有而言窮愁，遇承平而言干戈，不老曰老，無病曰病，此摹擬太甚，殊非性情之眞也。」這實際上已露出反七子擬古的叛逆聲音。其次是對詩中情、景關係的論述。「景多則堆垛，情多則音弱」（《四溟詩話》卷一）；「作詩本乎情景，孤不自成，兩不相背……景乃詩之媒，情乃詩之胚，合而爲詩。」（《四溟詩話》卷三）；「詩乃模寫情景之具」（《四溟詩話》卷四）。謝榛以前，唐王昌齡《詩格》曾說過：「詩一向言意，則不清及無味；一向言景，亦無味，事須景與意相兼始好。」姜夔《白石道人詩說》謂「意中有景，景中有意。」謝榛對前人的情景交融論作了發展，爲清王夫之的進一步豐富提供了理論成果。再次，他論述了詩歌創作中先辭後意的特殊現象：「凡作詩先得警句，以爲發興之端，全章之主。格由主定，意從客生」，「詩以一句爲主，落於某韻，意隨字生，豈必先立意哉？」他認爲如以意爲先，一則流於議論而落入宋體，二則爲意所束縛，辭就難於求工，所以他反對「辭前意」，強調「辭後意」：「或造句弗就，勿令疲其神思，且閱書醒心，忽然有得，意隨筆生」；「或因字得句，句由韻成，出乎天然，句意雙美。……此乃外來者無窮，所謂辭後意也。」一般論創作，都講先意後辭，謝榛則特別指出由辭生意的現象，確是道他人所未道。由於詩歌是語言的藝術，因而創作中出現先辭後意的現象是可能的。謝的不足，只在於把這種現象誇大了。

此外，他論作詩方法說：「貴同乎不同之間，同則太熟，不同則太生。二者似易實難。握之在手，主之在心，使其堅不可脫，則能近而不熟，遠而不生。」實際上論及摹仿與變革的辯證關係。又強調興趣，以爲「自然妙者爲上，情工者次之」，這與後來王士禛的「神韻」相近，總之，《四溟詩話》道出了些詩歌藝術的精微語，在後代影響較大。

二十九　袁宏道（一五六八—一六一〇）　字中郎，又字無學，號石公。湖廣公安（今屬湖北）人。萬曆十六年舉人，二十年進士。官終稽勛郎中。早年曾問學李贄，因此頗受李贄思想影響。與兄宗道、弟中道時號「三袁」，被稱爲「公安派」，宏道實爲領袖。

袁宏道不僅在創作上很有成就，在理論上也有一套系統的主張，成爲公安派文學綱領。一、反對盲目擬古，提倡文隨時變。《雪濤閣集序》說：「文之不能不古而今也，時使之也。……夫古有古之時，今有今之時，襲古人語言之跡，而冒以爲古，是處嚴冬而襲夏之葛者也。」《敍小修詩》說：「蓋詩文至近代而卑極矣！文則必欲準於秦漢，詩則必欲準於盛唐，剿襲模擬，影響步趨，見人有一語不相肖者，則共指以爲野狐外道，曾不知文準秦漢矣，秦漢人曷嘗字字學《六經》歟？詩準盛唐矣，盛唐人曷嘗字字學漢魏歟？秦漢而學《六經》，豈復有秦漢之文？盛唐而學漢魏，豈復有盛唐之詩？唯夫代有升降，而法不相沿，各極其變，各窮其趣，所以可貴，原不可以優劣論也。」《與江進之尺牘》說：「世道既變，文亦因之．今之不必摹古者，亦勢也。」七子也講變，不過他們的文學演變論是文學倒退論，所以他們要擬古，袁宏道則揭示了文學演變的歷史必然性，認爲文學演變是文學的發展，所以他強調創新。二、文學如何創新呢？他提出的口號是「獨抒性靈，不拘格套」。《敍竹林集》說：「善畫者，師物不師人；善學者，師心不師道；善爲詩者，師森羅萬象，不師先輩。」《敍小修詩》稱道小修說：「大都獨抒性靈，不拘格套，非從自己胸臆中流出，不肯下筆。」這便形成「性靈」說。三、由此出發，他一反溫柔敦厚的詩教和褒揚含蓄貶斥直露風格的流行偏見，爲直露的詩風辯護說：「愁極則吟，故嘗以貧病無聊之苦，發之於詩，每每若哭若罵，不勝其哀生失路之感，余讀而悲之。大概情至之語，自能感人，是謂有詩可傳也。而或者猶以太露病之，曾不知情隨境變，字逐情生，但恐不達，何露之有！」（《敍小修詩》）他在唐代詩人中特好白居易，亦體現了這一點。四、他的「性靈」偏指直覺性的審美情感，故其論文又崇尚「趣」和「韻」。如他在《敍陳正甫會心集》中說：「世人所難得者唯趣。趣如山上之色，水中之味，花中之光，女中之態，雖善說者，不能下一語，唯會心者知之」。又說：「夫趣，得之自然者深，得之學問者淺。」五、由於民間文學是眞情實感的表露，所以他尤加肯定。袁宏道的文論，包含著個性解放的要求，具有衝破封建思想束縛的意義，爲反對形式主義、擬古主義樹立了一面旗幟，一直影響到淸代袁枚的詩論。

三十　唐順之（一五〇七—一五六〇）　字應德，一字義修，武進（今屬江蘇常州）人。明嘉靖八年會試第一，官翰林編修，後調兵部主事。曾在崇明抵禦倭寇，以功升右僉都御史、代鳳陽巡撫。人稱荊川先生。著有《荊川先生文集》，共十七卷，其中文十三卷，詩四卷。輯有《文編》六十四卷，集取由周迄宋之文，分體編列，其中選錄了大量唐宋文章。他與王愼中、茅坤、歸有光合稱「唐宋派」，是明代散文的重要作家。

唐順之的文學觀點，代表了唐宋派的文學主張，在唐宋派中也最具理論性。首先，針對明七子「文必秦漢」的主張，唐順之標舉唐宋散文來與之對抗。他認爲唐宋散文較之秦漢，不僅各有千秋，而且間或有所超越，因之學者如果取法唐宋，也就不一定要再遠紹秦漢了。他編選《文編》，多選唐宋散文，就體現了這個觀點。其次，他提出，學習古人文章，不應在字句上摹擬，而應學習古人以文傳神的「自然法則」，用以表達自己的精神識見。由此他提出「神明變化」之法：「……文不能無法。是編者，文之工匠而法之至也。聖人以神明而達之於文，文士研精於文以窺神明之奧。……所謂法者，神明之變化也。」（《文編序》）「……然而文之必有法，出乎自然而不可易者，則不容異也。」（《董中峰侍郎文集序》）大抵唐宋派所講的法是活法，相當於蘇東坡講的「隨物賦形」、不主故常的「辭達」之法，而七子所講的法是死法，是字法、句法、章法這類具體的寫作方法。在方法論上，唐宋派與七子也顯示出對立。第三，本色論。《又與洪方洲書》說：「近來覺得詩文一事，只是直寫胸臆，如諺語所謂『開口見喉嚨』者，使後人讀之，如眞見其面目，瑜瑕俱不容掩，所謂本色，此爲上乘文字。」《答茅鹿門知縣第二書》說：「只就文章家論之，雖其繩墨布置、奇正轉折，自有專門師法，至於中一段精神命脈骨髓，則非洗滌心源，獨立物表，具古今隻眼者，不足以與此。今有兩人：其一人心地超然，所謂具千古隻眼人也，即使未嘗操紙筆呻吟學爲文章，但直攄胸臆，信手寫出……便是宇宙間一樣絕好文字；其一人猶然塵中人也，雖其專專學爲文章，其於所謂繩墨布置，則盡是矣……索其所謂眞精神與千古不可磨滅之見，絕無有也，則文雖工而不免爲下格。此文章本色也。……」所謂「本色」，即文章內容，即「眞精神」與「千古不可磨滅之見」，只要有了它，即便形式淺易通俗，也不失爲上乘之作。這個見解是有見地的。

三十一　李贄（一五二七—一六〇二）　號卓吾，又號宏甫，別署溫陵居士等，福建泉州晉江人。嘉靖三十一年舉人，官至雲南姚安知府，五十四歲辭官後著書講學。他繼承和發展了泰州學派王艮、何心隱、羅汝芳等人的進步思想，公開以「異端」自居，激烈地評判孔孟之道和宋明理學，認爲《六經》、《論語》、《孟子》並非「萬世之至論」，「存天理，滅人慾」是虛僞說教。最後以「敢倡亂道，惑世誣民」的罪名被捕入獄而死。著作有《李氏焚書》、《續焚書》、《藏書》、《續藏書》、《初潭集》等。

在文學理論上，李贄有著極大的貢獻。針對當時文壇上瀰漫的擬古風氣，李贄提出「童心說」。所謂「童心」，就是眞心，「夫童心者，絕假純眞，最初一念之本心也。」（《焚書》卷三）只有出自童心之作才是至文：「天下之至文，未有不出乎童心焉者也。」（同上）由此他提出，文是有感而發，有爲而作的：「且夫世之眞能文者，比其初皆非有意於爲文也。其胸中有如許無狀可怪之事，其喉間有如許欲吐而不敢吐之物，其口頭又時時有許多欲語而莫可所以告語之處，蓄極積久，勢不能遏。一旦觸景生情，觸目興嘆，奪他人之酒杯，澆自己之壘塊，訴心中之不平，感數奇於千載。」（《雜說》）因此，他反對無病呻吟或言不由衷的假文：「文非感時發己……皆是無病呻吟，不能工。」（《復焦遊園》）「童心既障，於是發而爲言語，則言語不由衷……夫既以聞見道理爲心矣，則所言者皆聞見道理之言，非童心自出之言也。言雖工，於我何與？豈非以假人言假言，而事假事文假文乎？」（《焚書》卷三）

由於李贄認爲只要表現了眞情實感就是至文，所以他並不講究形式錘煉，而崇尙樸素自然：「風行水上之文，決不在於一字一句之奇。若夫結構之密，偶切之對，依於理道，合乎法度，首尾相應，虛實相生，種種禪病皆所以語文，而皆不可以語天下之至文也。」（《雜說》）

在文學發展上，李贄的觀點也是很明智的：「文章與時高下。……五言興則四言爲古，唐律興則五言又爲古，今之近體，既以唐爲古，則知萬世而下，當復以我爲唐無疑也。」（《時文後序》）從對發展變化的肯定出發，李贄抨擊了七子，把新出現的小說、戲曲看作是「古今至文」：「詩何必古選，文何必先秦，降而爲六朝，變而爲近體，又變而爲傳奇，變而爲院本，爲雜劇，爲《西廂記》，爲《水滸傳》……皆古今至文，不可得而時勢先後論也。」（《焚書》卷三《童心說》）在這個基礎上，李贄對小說、戲曲進行了評點。他評點的小說是《水滸傳》。他認爲《水滸傳》是「發憤之作」。作者「雖生元日，實憤宋事」。統治者的腐敗荒淫和屈膝投降的對外政策是《水滸傳》產生的根源，這是有見識的，但他把《水滸傳》的主題歸結爲「忠義」，把一心招安的宋江說成「忠義之烈」，則暴露出歷史的局限性。在具體品評中，李贄處處肯定梁山好漢的「忠義」和上層社會的黑暗，緊扣「官逼民反」這一特點；還對人物形象塑造、情節結構的安排、細節描寫、景物點綴、氣氛烘托發表了一些可取的意見。他評點的戲曲，有《琵琶記》、《拜月亭》、《紅拂記》、《玉合記》、《崑崙奴》等多種。他評論戲曲，能夠注意藝術形式和表現技巧的分析。如評《玉合記》，指出了該劇在故事情節方面的得失，提出出故事情節發展的疾徐張弛應力求「盡美」與「知趣」的要求。評《拜月亭》時，對劇曲、念白、情節作了分析。

李贄的童心說，後來爲公安派的性靈說直接繼承；他的小說評點和戲曲評點，開創了文學批評的特殊形式，使他在中國小說批評史和戲曲批評史上都占有重要位置。

三十二　馮夢龍（一五七四—一六四六）　字猶龍，別署子猶、顧曲散人、墨憨齋主人等，長洲（今江蘇吳縣）人。崇禎三年貢生，曾任福建壽寧縣知縣。其思想受李贄等人影響頗深，特別重視小說戲曲和民間文學，畢生從事通俗文學的搜集、整理和編輯工作，貢獻很大。

他的小說批評理論，主要反映在他所編纂的「三言」的三篇序言及部分眉批中，這些序言雖有「綠天館主人」、「無礙居士」、「可一居士」等不同署名，但一般都認爲是出自馮夢龍的手筆。在這三篇序言中，他對小說的內容、形式、虛構與眞實的關係、審美教育作用和小說發展的歷史都作了論述。關於內容，要具有「導愚」、「醒世」、「振恆心」的教育意義，而「爲六經國史之補」，萬不可「以淫談褻語，取快一時，貽穢百世」（《醒世恆言序》）。關於形式，他從小說要爲讀者大眾所理解的角度出發，要求用通俗的白話取代文言。他在《古今小說序》中指出：「大抵唐人選言，入於文心；宋人通俗，諧於里耳。天下之文心少而里耳多，則小說之資於選言者少，而資於通俗者多。」在《醒世恆言序》中指出：「尙理或病於艱深，修詞或傷於藻繪」，都是不宜於小說的。這實際上也說明了由唐人傳奇變爲宋之話本的社會根源。關於小說的虛構與眞實的關係，他認爲小說中的人和事不應拘泥於現實：「人不必有其事，事不必麗其人」，但又必須符合生活事理：「事贗而理亦眞」，「觸性性通，導情情出」，而且對眞事的描寫也不一定就符合事理，這當中還有對現實事物的本質能否準確把握和反映的問題，所以他要求「事眞而理不贗」（以上皆見《警世通言序》）。後來脂硯齋評《紅樓夢》時說「事之所無，而理之必有」，與此是相通的。

關於小說的審美教育作用，他在《警世通言序》中曾舉了個生動的例子：「里中兒代庖而創其指，不呼痛。或怪之，曰：『吾頃從玄妙觀聽說《三國志》來，關雲長刮骨療毒，且談笑自若，我何痛爲！』」在《古今小說序》中他明確指出小說的感人作用在《孝經》、《論語》之上：「試令說話人當場描寫可喜可愕，可悲可泣，可歌可舞；再欲捉刀，再欲下拜，再欲決脰，再欲捐金；怯者勇，淫者貞，薄者敦，頑鈍者汗下。雖小誦《孝經》《論語》，其感人未必如是捷且深也。」這裡的他把羅燁的意見發揮得更詳盡了。

論小說歷史，他認爲第一階段是「始乎周季」，《韓非子》、《列子》中的故事傳說是小說之祖。第二階段是「盛於唐」，這時文人傳奇勃興。第三階段是「浸淫於宋」，通俗話本的出現，直到《三國》、《水滸》、《平妖》諸傳將小說的發展推向了高潮。第四階段是明代，小說得到進一步發展，「演義一斑，往往有過宋人者。」（《古今小說序》）這就爲我國古代小說的流變初步理出了線索。

馮夢龍的小說理論，集中反映了晚明小說界的進步觀點，把宋末羅燁的理論向前大大推進了一步，爲清代小說理論的進一步發展提供了準備。此外，他在爲自己編纂的民歌專集《山歌》所作的序中盛推民歌之「眞」，批判詩文之「假」，亦是常爲人稱道的觀點。

三十三　朱權（？—一四四八）　明太祖朱元璋的第十七子，洪武二十四年封於大寧，永樂元年改封於南昌，晚年熱衷於修眞養性，有臞仙、涵虛子、丹邱先生等別號。卒後謚獻王，世稱寧獻王。朱權博古好學，廣泛涉獵諸子百家，卜筮修煉、詩詞歷史等各類書籍，尤其愛好戲曲，著有雜劇《沖漠子獨步大羅天》等十二種，現存兩種。其戲曲論著有《太和正音譜》、《務頭集韻》、《瓊林雅韻》三種，後兩種均亡佚。《太和正音譜》寫成於一三九八年，其主要內容有戲曲（包括散曲）理論、戲曲史料、北雜劇曲譜及其典型作品舉例，是明初僅見的一本戲曲理論專著。（詳見「古代文論名著」）

三十四　何良俊（一五〇六—一五七三）　字元朗，號柘湖，華亭（今上海市松江縣）人。曾任南京翰林院孔目，後棄官專門從事著述。他對音律有很深的造詣，愛好詩文和戲曲，著有《柘湖集》、《何氏語林》、《四友齋叢說》。他關於戲曲的論述見於《四友齋叢說》卷三十七「詞曲」部。

何良俊的曲論只有三十則，可它的影響卻不小。首先，他提出「本色」論。他說：「蓋《西廂》全帶脂粉，《琵琶》專弄學問，其本色語少，蓋塡詞須用本色語，方是作家。」由是可知他的「本色」，一與「脂粉」相對，指語言的樸素，一與用事相對，指語言的通俗。在他之前，李開先已標舉「本色」，不過李的「本色」偏指語言的「明白而不難知」，何良俊豐富了「本色」論，後來臧懋循、徐渭、沈璟等人的理論中，都可看到何的影響。其次，何良俊繼承明初朱權重視音律的觀點，提出：「夫旣謂之辭，寧聲叶而辭不工，無寧辭工而聲不叶」。這種觀點，雖然注意到由詞創作的特殊性，然而卻包含著因聲害意的不足，後來，沈璟把這種不足進一步發展了：「寧叶律而詞不工，讀之不成句，而謳之始叶，是曲中之巧。」再則，他對於一些具體作品的評論，一反流俗之見，在當時戲曲界也引起過強烈反響。如評論《琵琶記》、《西廂記》：「近代人雜劇以王實甫之《西廂記》，戲文以高則誠之《琵琶記》為絕唱，大不然。」「二家之辭，即譬之李、杜，若謂李杜之詩為不工，固不可；苟以為詩必以李杜為極致，亦豈然哉！……今元人之詞，往往有出於二家之上者。蓋《西廂》全帶脂粉，《琵琶》專弄學問，其本色語少。蓋塡詞須用本色語，方是作家，苟詩家獨取李杜，則沈、宋、王、孟、韋、柳、元、白將盡廢之耶？」又以為《拜月亭》傳奇高於《琵琶記》一籌，鄭德輝的《㑳梅香》勝過《西廂記》：「《拜月亭》……余謂其高出於《琵琶記》遠甚。蓋才藻雖不及高，然終是當行。……如《走雨》、《錯認》、《上路》、館驛中相逢數折，彼此問答，皆不須賓白，而敘說情事，宛轉詳盡，全不費詞，可謂妙絕。……正詞家所謂『本色語』。」何氏此論，與時人相左，當時有人贊成，有人反對，王世貞、臧懋循、王驥德、呂天成等人都參加了這場爭論。

三十五　徐渭　（一五二一—一五九三）　初字文清，改字文長，號天池，又號青藤，另有青藤道士等別號。山陰（今浙江紹興）人。年輕時屢試不第，但才情很高，曾為浙閩總督聘作幕府，為抗倭軍事出謀劃策。他的詩、文、書、畫都有特色，亦擅戲曲，有雜劇《四聲猿》。文學理論上，他的《南詞敘錄》是我國第一部關於南戲的理論批評專著。南戲原是浙江溫州一帶的地方戲曲，南宋時曾盛行一時。元代，北雜劇崛起，南戲在民間仍相當繁榮。到了明代，繼承南戲傳統的傳奇大量湧現，把雄稱劇壇的雜劇擠下了寶座。逐漸形成了北曲雜劇衰微、南戲傳奇勃興的局面。但是，在戲曲領域，南戲一直不受重視。「北雜劇有《點鬼簿》，院本有《樂府雜錄》，曲選有《太平樂府》，記載詳矣，惟南戲無人選集，亦無表其名目者」，他撰寫《南詞敍錄》，正是要提高南戲的地位。（詳見「古代文論名著」）

三十六　王驥德（？—一六二三）　字伯良、伯駿，號方諸生，別署秦樓外史，會稽（今浙江紹興）人。早年師事徐渭，後與沈璟、呂天成等人過往甚密。著有雜劇、傳奇多種，現存傳奇《題紅記》和雜劇《男王后》兩種。詩文有《方諸館集》。曾校註元雜劇《西廂記》。王驥德主要成就在戲曲理論批評方面，著有《曲律》四卷。他雖是吳江派中堅人物，然而立論卻能取吳江派、臨川派兩家之長，去兩家之短，在總結創作經驗的基礎上，建立了比較系統的戲曲理論，從而達到明代戲曲理論批評的高峰。（詳見「古代文論名著」）

三十七　王夫之（一六一九—一六九二）　字而農，號薑齋，湖南衡陽人，晚年居衡陽石船山，因稱船山先生。清兵進入湖南，他在衡山舉兵抵抗，參加南明桂王政權，任行人。後從事研究和著述，著書一百餘種，收入後人所輯《船山遺書》的有七十種。

王夫之的文學批評論著，有以評論《詩經》爲主的《詩繹》（一作《詩譯》）；《夕堂永日緒論》，其內編論詩，外編論時文兼及古文；《南窗漫記》，大都記錄同時參加抗清活動者的作品。鄧顯鶴《船山著述目錄》著錄有《薑齋詩話》三卷，即《詩繹》、《夕堂永日緒論內編》、《南窗漫記》；丁福保《清詩話》中的《薑齋詩話》所收爲前兩種；人民文學出版社《薑齋詩話》

、《薑齋詩話箋註》則包括上述四種。此外王夫之在《古詩評選》、《唐詩評選》、《明詩評選》、《楚辭通釋》中也多有論詩見解。

「情景論」是王夫之詩文理論的重要內容。他繼承前人觀點，論述更加深透：「情景名爲二，而實不可離。神於詩者，妙合無垠。巧者則有情中景，景中情。」「夫景以情合，情以景生，初不相離，唯意所適。截分兩橛，則情不足興而景非其景。」「含情而能達，會景而生心，體物而得神，則自有通靈之句，參化工之妙。」（《夕堂永日緒論內編》）「情景雖有在心在物之分，而景生情，情生景，哀樂之觸，榮悴之迎，互藏其宅。」（《詩繹》）這實際上不僅論述到作品中情景交融的問題，而且觸及情景相互生發，主客體雙向交流這個藝術家把握世界的特殊方式。詩中之「情」，即作品之「意」，王夫之是很重視「意」的：「無論詩歌與長行文字，俱以意爲主。意猶帥也，無帥之兵，謂之烏合。……煙雲泉石，花鳥苔林，金鋪錦帳，寓意則靈。」（《夕堂永日緒論內編》）而論詩重「景」，又使他重視「身之所歷，目之所見」，他指出這是作者不能逾越的「鐵門限」（同上）。由於論文以意爲主，所以他反對自立門庭，自縛縛人：「立門庭者必餖飣，非餖飣不可以立門庭。」「才立一門庭，則但有其格局，更無性情，更無興會，更無思致；自縛縛人，誰爲之解者？」（《夕堂永日緒論內編》）此外，他在論述興、觀、群、怨時反對以溫柔敦厚爲風格的極致，崇尚大膽的揭露與直切的風格，也是值得注意的觀點。

三十八　金人瑞（一六〇八—一六六一）　原名采，字若采，又名喟，號聖嘆，本姓張，江蘇吳縣人。明諸生。入清後以哭廟案被殺。著有詩集《沈吟樓詩選》等。曾以《離騷》、《史記》、杜詩、《水滸》、《西廂記》合稱「六才子書」，尤以批點小說《水滸》、戲曲《西廂》著稱於世。他早年失怙，家境中落，清兵南下時，「苦遭喪亂，家貧無資」，直到晚年亦無多大改變。困苦的生活、低下的地位以及明末清初思想界進步思潮的影響，給他思想上打下了反對封建專制、要求個性解放的烙印，這些在他的文學理論中都有鮮明反映。

在詩論上，他的觀點直接稟承李贄、袁宏道，認爲：「詩者，人之心頭忽然之一聲耳。不問婦人孺子，晨朝夜半，莫不有之。今有與生之孩，其目未之能瞤也，其拳未之能舒也，而手支足屈，口中啞然，弟熟視之，此固詩也。天下未有不動於心，而其口有聲者也。天下未有已動於心，而其口無聲者也。動於心，聲於口，謂之詩。」（轉引自劉若愚《中國的文學理論》第三章）

他的小說理論，見他刪改評點的《第五才子書施耐庵水滸傳》。在對《水滸》的思想評價上，金人瑞表現出矛盾性：一方面，他從維護封建統治出發，對書中「犯上作亂」部分加以否定，把梁山英雄說成「盜賊」，主張把他們斬盡殺絕；另一方面，他又不滿社會現實，同情人民疾苦，認爲梁山起義是由統治者的昏暗逼出來的，因而對梁山英雄的一些反抗鬥爭加以熱情讚美，從而表現出相當的民主性。在藝術分析上，金人瑞有許多極爲出色的見解。在比較《水滸》與《史記》的不同特點時，他說：「史記是以文運事」，「水滸是因文生事」；「以文運事，是先有事生成如此如此，卻要算計出一篇文字來」，「因文生事即不然，只是順著筆性去，削高補低都由我。」這就指出了小說藝術的虛構特點。《水滸》爲何令人百看不厭？金人瑞說：無非是它「把一百八個人性格都寫出來」，這是說，小說的美感機制在於性格。《水滸》寫同一性格，也各具個性：「如魯達粗魯是性急，史進粗魯是少年任氣，李逵粗魯是蠻，武松是豪傑不受羈靮……」既有普通性，又有個性，「任憑提起一個，都似舊時熟識。」這是很出色的典型理論。作者是怎樣寫出這一百八個活生生的性格的呢？金人瑞分析說：「無他，十年格物而一朝物格」；不僅如此，創作時還要「動心」想像，如寫淫婦、偷兒，作者雖不是淫婦、偷兒，又要「親動心而爲淫婦，爲偷兒」。論結構，金人瑞又指出《水滸》犯中有避、避中求犯的特點，犯中有避，即在相同或相近的題材、細節的描寫中寫些不同性格者的不同行動，使同中見異，如武松打虎與李逵殺虎，潘金蓮偷漢與潘巧雲偷漢，江州城劫法場與大名府劫法場；避中求犯，即在不同的描寫中故作相近的描寫，以爲同中見異提供條件，從而顯示作者處理題材的高超才能。如此等等。他論述的問題很全面，也很深刻，使得他的小說理論在中國小說批評史上空前絕後。

他的戲曲理論見他評點的《第六才子書王實甫西廂記》。首先，他一反俗見，肯定《西廂》不是淫書。公子是絕代才子，小姐是絕代佳人，彼此相求而不辭千死萬死，乃「必至之情也」。至於小姐以身相許，則「自從盤古至於今日，誰人家中無此事者乎」？有人謂此「最鄙穢者」，正所謂「淫者見之謂之淫」。在藝術方面，他指出「劈空結撰」是《西廂記》的特點；作者所以能將人物寫得維妙維肖，與作者「心存妙境，身代妙人」的「設身處地」的「妙想」分不開；《西廂》是在人物與人物之間的交往關係中寫人的，「寫紅娘，止爲寫雙文；寫張生，亦止爲寫雙文」，雙文是《西廂記》的主腦。等等。他對《西廂記》的評點，充滿了個性解放的思想和精闢的藝術見解，是中國戲曲批評史上的一份寶貴財富。

三十九　李漁（一六一一—一六八〇）　字笠鴻、謫凡，別署笠道人、隨庵主人、新亭客樵，原籍浙江蘭谿，生於江蘇如皋，晚年定居杭州西湖，因號湖上笠翁，人稱李笠翁。工詩文，旁及雜藝，尤長戲曲。著作有傳奇《十種曲》、短篇小說集《十二樓》及詩文雜著《一家言》等。其曲論主要見於《閒情偶寄》中的「詞曲部」和「演習部」，近人將其單獨刊印，稱《李笠翁曲話》。《閒情偶寄》的詞曲部分六章三十八款，演習部分五章十六款，結構完整，體系嚴密。它突破「塡詞首重音律」的傳統，傾全力於創作規律、戲曲特點的探索總結，研究戲曲的社會功能，論述了表演、導演、欣賞批評等，內容較以往任何一本曲論專著都要全面。（詳見「古代文論名著」）

四十　吳喬（一六一一—一六九五？）　一名殳，字修齡，崑山人，著有《答萬季埜詩問》、《圍爐詩話》、《西崑發微》。「一生困阨，息交絕遊，惟常熟馮定遠班、金壇賀黃公裳，所見多合。」（《圍爐詩話》自序）稱馮的《鈍吟雜錄》、賀的《載酒園詩話》與自己的《圍爐詩話》爲「談詩三絕」。其《圍爐詩話》，在清代衆多的詩論著作中確係有些見識的著作。（詳見「古代文論名著」）

四十一　王士禛（一六三四—一七一一）　死後因避雍正（胤禛）諱，改稱士正，乾隆時詔令改稱士禎。字子眞，一字貽上，號阮亭，又號漁洋山人，山東新城（今桓臺）人。順治進士，康熙時官至刑部尙書，諡文簡。著作有《帶經堂集》，包括《漁洋詩集》二十二卷，《續集》十六卷，《漁洋文略》十四卷，《蠶尾集》十卷，《續集》二卷，《後集》二卷，《南海集》二卷，《雍益集》一卷。詩選有《漁洋精華錄》。詩話有《漁洋詩話》，筆記有《池北偶談》、《香祖筆記》、《古夫子亭雜錄》，又有《唐賢三昧集》、《古詩選》、《唐人萬首絕句選》等詩歌選本，亦有論詩之語，張宗柟輯爲《帶經堂詩話》，凡三十卷。

王氏詩論，初宗唐音，繼宗宋詩，最後又重舉「唐賢三昧」的旗幟。他既愛唐音，兼取宋元，不限一格，又有所專注。他一生詩論宏富，但除他三十歲時所作《仿元遺山論詩絕句》稍有系統外，都屬於片斷言論的彙集。他的詩論，以「神韻說」最爲著名。他曾以此自許：「『神韻』二字，予向論詩，首爲學人拈出……」（《池北偶談》）但「神韻」的內涵指什麼，他卻沒有說明。尋繹其義，約有以下特徵：一、創作上，要取「興會神到」。《池北偶談》云：「大抵古人詩畫，只取興會神到……」《香祖筆記》稱「神韻天然」之詩：「皆神到不可湊泊。」又說有人評他的詩「偶然欲書」，「此語最得詩文之昧。」《漁洋詩話》說：「王士源序孟浩然詩云：『每有製作，佇興而就。』余生平服膺此言……」二、言、意關係上，要「意在筆墨之外」（《蠶尾續文》）。《香祖筆記》云：「表聖論詩有二十四品，予最喜『不著一字，盡得風流』八字。」三、形式特徵上，必須「羚羊掛角，無跡可求」，「遇之匪深，即之愈稀」，既有錘煉工夫，又平淡自然，了無痕跡；四、在風格上，要含蓄、雋永、飄逸，且須「見以爲古淡閒遠而中實沈著痛快」（《芝麈集序》）。五、在作品的「意境」與現實的關係上，要離形取神。《池北偶談》云：「世謂王右丞畫雪中芭蕉，其詩亦然，如『九江楓樹幾回青，一片揚州五湖白』。下連用蘭陵鎮、富春郭、石頭城諸地名，皆寥遠不相屬。大抵古人詩畫，只取興會神到，若刻舟緣木求之，失其指矣。」王氏「神韻說」，總結了王孟山水田園詩派的創作經驗，繼承了司空圖、嚴羽的論詩宗旨，把「神韻」由文藝批評的一個術語發展到指導創作的一種理論，在清代詩壇曾發生過很大的影響。

四十二　葉燮（一六二七—一七〇三）　字星期，號已畦，吳江（今屬江蘇）人。晚年寓居橫山講學，時人稱橫山先生。康熙朝進士，曾任寶應知縣，爲人耿直，不善趨奉上官而被免職，遂從事遊歷和著述，有《已畦文集》。葉燮是我國十七世紀傑出的思想家和文學理論家，他在同當時文壇盛行的唯心主義、復古主義的文學思想的鬥爭中，總結歷史經驗，深入探討了文藝的本原，對藝術創新、藝術眞實、藝術特徵、作家修養等一系列問題，都作了全新的理論概括，從而寫出一部四卷本、分內外篇的詩論專著《原詩》。《原詩》把藝術問題提到哲學的高度來進行研究，以文學進化的眼光來探討藝術的本原、發展和創新，具有相當嚴密完整的理論體系，這在古代詩論著作中是極爲罕見的。（詳見「古代文論名著」）

四十三　沈德潛（一六七三—一七六九）　字確士，號歸愚，長洲（今江蘇蘇州）人。乾隆四年進士，曾任內閣學士兼禮部侍郎，以詩學得到乾隆的特殊賞識，繼王士禛而領袖詩壇。著有《沈歸愚詩文全集》，編有《古詩源》、《唐詩別裁》、《明詩別裁》、《清詩別裁》等，影響甚廣。論詩專著有《說詩晬語》，對《詩經》到明末之詩作了簡要的評論，對各體詩歌的藝術特徵作了一定的分析。

沈氏論詩，多受嚴羽和明代七子格調論的影響，有復古傾向，同時，作爲葉燮的學生，他又能在復古中求變通，從而使得他的理論變得比較圓通。一、格調說。沈德潛是以格調說著名論壇的。如果說嚴羽、李東陽、李夢陽、王世貞等人所講的「格調」是指筆力、音節、體制之類的形式因素，沈德潛的「格調」則偏指風格，它與嚴羽講的「氣象」倒頗爲相近。「格調說」的內容，是以李白、杜甫的格調爲宗，亦即對李、杜爲代表的「鯨魚碧海」、「巨刃摩天」，即由堅實的內容與雄健的筆力、高亢的音調、鏗鏘的節奏構成的雄渾風格的推崇。他所以肯定明七子，正在於他們規模盛唐而得李杜格調，造成了「雄渾悲壯」、「回翔馳驟」的風格。二、對溫柔敦厚詩教的提倡。沈德潛身爲統治階級在詩文領域的代表，自然要提倡「溫柔敦厚」的詩教，使詩歌爲封建階級政治服務，絕妙的是，他所解釋的詩教的尺度是相當寬的，像《巷伯》之類的有強烈批判性的作品，他認爲也符合「溫柔敦厚」的詩教（因爲它是選入《詩經》的），這就可見他的宗旨所在，不是去讚美那些阿諛奉承、粉飾太平或助紂爲虐之作，而是著重要求詩歌對不合理的現象有所揭露，對人民疾苦有所反映，讓統治者得以借鑑。三、在創作主體的要求上，強調「襟抱」、「學識」：「有第一等襟抱，第一等學識，斯有第一等眞詩。」四、在創作方法上，主張「比興互陳」，「議論須帶情韻以行」，並提出「以意運法」說：「詩貴性情，亦須論法。……然所謂法者，行所不得不行，止所不得不止，而起伏照應，承接轉換，自神明變化於其中。若泥定此處應如何，彼處應如何，不以意運法，轉以意從法，則死法矣。」五、論詩旣注重溯源，又不廢流變，體現了宏通的歷史眼光。這從他的幾個詩歌選本中可以看出來。他雖宗盛唐，然選唐詩，兼顧初、中、晚唐作家的優秀之作，故《唐詩別裁》在古代眾多的唐詩選本中成爲較好的本子，反映了他評詩的識見。

四十四　翁方綱（一七三三—一八一八）字正三，號覃溪，大興（今屬北京）人，乾隆十七年進士，官至內閣學士。有《復初齋文集、詩集》、《石洲詩話》、《小石帆亭著錄》。

翁方綱是經史、金石學家，詩論上，重視學問對詩歌創作的作用，標舉「肌理說」，而對王世禛的「神韻說」、沈德潛的「格調說」加以補正，並與同時袁枚的「性靈說」對抗。一、對「神韻說」、「格調說」的批評。翁曾著《神韻論》一文，專門批評王士禛，闡述他對「神韻」的看法。他認爲，「神韻之說」並非「自新城（王士禛出生地）始言之也」，是「詩之所固有者」，古代詩論中講的「神」、「理」即是「神韻」。「神韻」在詩作中是「徹上徹下，無所不該」的，「新城之專舉空音鏡像一邊」，「一以澄夐淡遠味之，亦不免墮一偏也」，「非神韻之全也」；並且，「神韻」又是「所以君形者」，「非墮入空寂之謂也」，王氏後學恰恰「誤執神韻，似涉空言」。他又著《格調說》，專門批評明七子。他認爲格調即詩歌的格式音節，是一切詩歌共有的，「非一家所能概，非一時一代所能專」，李夢陽、何景明「泥執盛唐諸家以爲唐格調」，「於是上下古今只有一格調而無遞變遞承之格調矣」。顯然，這是借批評七子批評沈德潛，因爲沈也專主盛唐李杜格調。他在《詩法論》中反對「強我以就古人之法」，主張「詩中有我在也，法中有我以運之也」，「行乎所不得不行，止乎所不得不止」，進而提出「文成法立」，與他對格調說的批評精神上是相通的。二、「肌理說」的內容。首先，它是義理與文理、言有物與言有序的統一：「義理之理，即文理之理，即肌理之理也。」（《志言集序》）「《易》曰：『

君子以言有物。』理之本也；又曰：『言有序。』理之經也。』（《杜詩『熟精（文選）理』『理』字說》）其次，它是理與調的統一：王士禛神韻說忽視理性，視「理與詞爲二途」，是「不善學者之過也」，「而矯之者，又或直以理路爲詩」，忽視詞釆，又「偏於一隅」。（同上）再次，學問考訂也是「肌理」的一部分，作詩只有以學問爲材料、爲根基，才不致落入空寂一派。他在《蛾術集序》中說：「考訂訓詁之事與詞章之事，未可判爲二途。」在《志言集序》中說：「士生今日，經籍之光，盈溢於宇宙，爲學必以考證爲準，爲詩必以肌理爲準。」他於古代詩人特重李商隱和黃庭堅，也透露了此中消息。翁氏把義理、考證、辭章、文理都融合在他的「肌理說」中，實際上是當時桐城派文論和學者的文論在詩論中的一種反映，而他主張以學問充實詩歌，既爲杜絕「神韻說」末流之「空寂」，亦爲針砭「性靈說」之空疏。翁氏此說，不無道理，然其論證過程，則充滿了邏輯矛盾，給人們理解他的學說帶來一定困難。

四十五　袁枚（一七一六——一七九八）　字子才，號簡齋，浙江錢塘（今杭州）人。乾隆四年進士，曾官溧水、沭陽、江寧等知縣，中年後辭官居江寧小倉山下隨園，號隨園老人，從事詩文著述，廣結四方文士，爲一派宗主，與蔣士銓、趙翼並稱「江右三大家」。著有《小倉山房集》八十卷，《隨園詩話》十六卷及《補遺》十卷，《子不語》二十四卷及續編十卷，尺牘、說部等三十餘種。

在詩論上，袁牧以「性靈說」著稱。他說：「凡詩之傳者，都是性靈」（《隨園詩話》卷五）。「性」即「性情」，是出自天然、具有個性印記的眞情實感。如他說：「詩難其眞也，有性情而後眞」（《隨園詩話補遺》卷六），「情最所先，莫如男女」（《答蕺園論詩書》），「作詩不可以無我」（《詩話》卷七）。「靈」即靈機、靈趣，它是作品的生機。如他說：「味欲其鮮，趣欲其眞」（《詩話》卷一），「詩不可以木」（卷十五），「筆性靈，則寫忠孝節義，俱有生氣；筆性笨，雖詠閨房兒女，亦少風情。」（《補遺》卷二）他在《錢璵沙先生詩序》中批評「今人浮慕詩名而強任之，既離性情，又乏靈機」，可見「性靈」即「性情」與「靈機」的結合。從「性靈說」出發，他指出詩「不關堆垛」學問，翁方綱的肌理說在詩中「塡書塞典」，弄得「滿紙死氣」，既離性情，又乏靈機，他給予尖銳批評；然而他又不一概反對學問，爲防止藝術表現上的「俚鄙率意」，他又主張以學問爲根基：「詩難其雅也，有學問而後雅，否則俚鄙率意也。」（《補遺》卷六）「詩文之徵文用典，爲美人之衣裳首飾」（同上）。又認爲詩是眞情實感的自然表現，「奇、平、艷、樸」各種風格「皆可採取」（《再與沈大宗伯書》），不同意沈德潛以「溫柔」「含蓄」爲詩之極格（《答沈大宗伯論詩書》）。從「性靈說」出發，他反對擬古主義：「無論儀神襲貌，終嫌似是而非」（《與稚存論詩書》），但並不反對向古人學習：「不學古人，法無一可；竟似古人，何處著我」（《續詩品》），關鍵在於要學習古人之法來著我之性情。此外，袁枚還就靈感、才情與學識的辯證關係等問題發表過好的意見。袁枚的「性靈說」繼承楊萬里的靈趣說和公安派的性靈說而加以豐富和發展，既重性情又兼顧形式，既尙天分又不廢學力，崇尙眞思實感，主張風格多樣化，對肌理說、格調說的弱點進行了有力的批評，給當時的詩壇注入了一股清泉。

在文論方面，他對清初盛行的漢學、宋學都不滿：「宋學有弊，漢學更有弊。。宋偏於形而上者，故心性之說近玄虛，漢偏於形而下者，故箋註之說多附會」（《答惠定宇書》）；反對「以考據爲古文」，認爲瑣碎的考據是造成當時古文「非序事噂沓，即用筆平衍」弊端的根源（《與程蕺園書》）；又認爲古文、駢文，各有所用，「不妨相異」（《書茅氏八家文選》），並鑑於古文由其散句單行而易於導致「蹈空」的流弊，主張以駢文來救其失：因爲「駢文必徵典」（《胡稚威駢體文序》），「勢難不讀書」（《與友人論文第二書》）。

四十六　劉大櫆（一六九八—一七七九）　字才甫，一字耕南，號海峰。桐城（今屬安徽省）人。乾隆時曾應博學鴻詞科和經學科的薦舉，都落選。後爲黟縣教諭，數年告歸。有《海峰先生集》，包括文十卷，詩六卷。又有文論著作《論文偶記》一卷。

劉大櫆是清散文領域中桐城派的代表作家之一。在理論上，他繼承方苞的義法論而加以豐富。方苞的「義」，指「言有物也」，但具體指什麼，則比較籠統。劉大櫆則具體指出：「義理、書卷、經濟者，行文之實」，但光有這還不足以成文，「若行文自另是一事」，「行文之道，神爲主，氣輔之」，作家主體的神氣是更爲重要的，「神氣音節者，匠人之能事也；義理、書卷、經濟者，匠人之材料也。」只有以「神氣」駕馭「義理、書卷、經濟」，才能成爲「大匠」。「神」與「氣」的關係是：「神者氣之主，氣者神之用。神只是氣之精處。」在作品中，「神氣者，文之最精處也；音節者，文之稍粗處也；字句者，文之最粗處也。」神氣、音節、字句之間的關係是：「音節者，神氣之跡也；字句者，音節之矩也。」如果「神氣不可見，於音節見之；音節無可準，以字句準之。……積字成句，積句成章，積章成篇，合而讀之，音節見矣，歌而詠之，神氣出矣。」世稱之爲「因聲求氣」法。散文自歐陽修一變韓愈風格以後，直到明代歸有光的散文，一直以平淡陰柔爲風格特點，劉大櫆在《論文偶記》中則重申「文貴奇」，並指出：「字句之奇，不足爲奇，氣奇則眞奇矣，神奇則古來亦不多見。」他論文又標舉「文貴遠」，講究「含蓄」、「味永」，字少意多，並指出：「理不可以直指也，故即物以明理，情不可以顯出也，故即事以寓情。」接觸到說理、抒情散文的形象思維特徵。劉氏以神氣音節駕馭義理、書卷、經濟而成文的思想，後來被姚鼐改造爲義理（觀點）、考證（材料）、辭章（藝術形式）相結合之論；他的神氣、音節、字句關係說，被姚鼐發展爲神、理、氣、味、格、律、聲、色論；姚鼐後來把文章風格之美區分爲陽剛之美和陰柔之美，並較爲偏尚陽剛之美，與劉大櫆的貴奇思想也不無關係。

四十七　趙翼（一七二七—一八一四）　清代著名的史學家、文論家，字雲崧，一字耘松，號甌北，江蘇陽湖（今常州）人。乾隆年間進士，官至貴西兵備道。但不久即辭官家居；主講安定書院，並專心著述。他長於史學，精於考據，有《廿二史札記》，《陔餘叢考》。文學上亦頗有成就，工五古、七律等，有《甌北詩鈔》，在詩中嘲諷理學，隱寓對時政的不滿。他論詩力主推陳出新，反對摹擬，著有《甌北詩話》十二卷，前十卷評論李白、杜甫、韓愈、白居易、蘇軾、陸游、元好問、高啓、吳偉業、查愼行十位詩人，涉及到唐、宋、元、明、清各朝重要作家，體現了他的文學發展觀念。後二卷論詩格、詩體，考證詳盡，語多精闢，時有創見，在詩歌理論史上具有獨特的風格。（詳見「古代文論名著」）

四十八　章學誠（一七三八—一八〇一）　字實齋，會稽（今浙江紹興）人。乾隆進士，官國子監典籍。主講於武州定武、保定蓮池、歸德文正等書院。後入湖廣總督畢沅幕府，贊助編纂《續資治通鑑》等工作。所著《文史通義》，是綜合探討史學、文學的理論名著。

章學誠的理論主要有以下幾點：一、對「道」的重新解釋。章學誠也贊成「文貴明道」，不過他所謂的「道」是指客觀規律：「道者，非聖人智力所能爲，皆其事勢自然，漸形漸著，不得已而出之，故曰『天』也。」（《文史通義·原道上》）因此，「道」不離「器」，「道」在「器」中：「道不離器，猶影不離形。後世服夫子教者自《六經》，以謂《六經》載道之書也，不知《六經》皆器也。」「夫天下豈有離器言道、離形存影哉？彼捨天下事物、人倫日用而守六籍以言道，則固不可與言夫道矣。」（《原道》中）二、對文章內容與形式的認識。他認爲，「文章之用，或以述事，或以明理」，「其至焉者，則述事而理以昭焉，言理而事以範焉」，同時，也不能放棄「取聲情色彩以爲愉悅」。由此提出了「義理」（言理）、「博學」（述事）、「文章」（聲情色彩）三者合一的標的。而他的「義理」不同於宋儒理學的「空言」，他的「博學」也不同於繁瑣的字句考證，它們是立足於「博覽」和「閱歷」的根基之上的（《答沈楓墀論學》）。三、對作者主體的要求。由於文章是義理、辭章、考證的合一，而「義理存乎識，辭章存乎才，徵實存乎學」，所以，「識」、「才」、「學」就成爲作者的必備條件。除此而外，作者還須具備「德」。史學作者的「德」指端正的「心術」（《文史通義·史德》），文學作者的「德」指「臨文必敬」，即「氣攝而不縱」；「論古必恕」，即「能爲古人設身處地也」（《文德》）。由「臨文必敬」出發，他對「發憤著書」說深表不滿。四、指出文之動人處在氣、情：「凡文不足以動人，所以動人者，氣也；凡文不足以入人，所以入人者，情也。氣積而文昌，情深而文摯，氣昌而情摯，天下之至文也。」（《史德》）五、又著《古文十弊》，對當時古文領域的不良風氣和弊病作了尖銳、全面的批評。章氏文論，在清代前中期學者的文論中是頗有代表性的。

四十九　張惠言（一七六一—一八〇二）　字皋文，江蘇武進（今屬常州）人。嘉慶四年進士，曾任翰林院編修。著有《茗柯文編》、《茗柯詞》。他以詞著名，爲清常州詞派開創者。亦能古文，與陽湖人惲敬同爲清散文流派陽湖派的領袖。如果說陽湖派的散文理論主要由惲敬闡明，而常州派的詞論則由他奠基。

張惠言論詞的主要見解，是強調詞「意內而言外」，要有「比興」、「寄託」（《詞選》序）。他曾選唐五代宋詞爲《詞選》，以宣揚其詞學。柳永、黃庭堅的艷詞，或流於猥褻；劉過的豪放詞，或過於粗率；吳文英的作品，藻飾工麗而內容時或不足，張惠言稱之爲「湯而不反，傲而不理，技而不物」，一概不選。而溫庭筠的詞，他則認爲很有寄託，所以他極度推崇，《詞選》總共選詞一百六十首，溫庭筠就入選了十八首。其實，他所舉的溫詞，大多並無深意。由此可見，他所強調的比興寄託，往往流於牽強附會，無中生有；他所崇尚的「意內言外」、含蓄委婉的風格，往往流於隱晦。這就使得他的《詞選》在去取之間頗多不夠恰當處，而許多眞有寄託、豪情洋溢的詞作卻被摒斥在《詞選》之外。張惠言論詞推崇詞體，重寄託，尚含蓄，對後世詞論頗有影響。周濟在《宋四家詞選序》中提出「非寄託不入，專寄託不出」作爲詞的準則，近代譚獻在《復堂詞話》中提出「作者之用心未必然，而讀者之用心何必不然」一說，陳廷悼在《白雨齋詞話》中強調「溫厚」「沈鬱」，都與他一脈相承。

五十　劉熙載（一八一三——一八八一）　字伯簡，號融齋，自號寤崖子。江蘇興化市昭陽鎮人。清道光二十四（一八四四）年中進士，改庶吉士，授編修。同治三年（一八六四），任國子司業，官至廣東提學使。晚年在上海龍門書院主講，達四十年之久。他一生以治經學爲主。他研究經學沒有漢、宋的門戶之見，不好考據。他精通天文、算法和聲韻，子、史、詩、賦、詞曲、書法，也無不通曉。他著述甚豐，有《古桐書屋六種》，包括《四音切定》、《說文雙聲》、《說文疊韻》、《持志塾言》、《昨非集》和《藝概》。《古桐書屋續刻三種》包括《古桐書屋札記》、《遊藝約言》、《制藝書存》。《清史稿》卷四八六《儒林》有傳。

劉熙載生活在我國近代史大變革的年代。鴉片戰爭、太平天國革命，在他中進士前後相繼爆發，資產階級的新學與封建主義的舊學的鬥爭也已展開並日益加劇。作爲一個正統的學者，他的思想趨於保守。但是他廣泛吸收了儒家特別是老莊哲學中的辯證法思想，又充分運用了歷代文藝批評家對文藝規律研究的成果，因而以《藝概》爲代表，在文藝理論和批評領域裡提出了許多精湛的見解，產生了廣泛的影響。

《藝概》分《文概》、《詩概》、《賦概》、《詞曲概》、《書概》、《經義概》。在每部分，作者按歷史線索品評了歷代主要作家的主要作品，並解釋了文、詩、賦、詞、書等概念的內涵，說明了它們各自的特徵、創作原理和具體的創作方法，運用的方法是舉此概彼、舉少概多，故名《藝概》。作者探討文藝的思想、方法是傳統的，闡述的文藝觀點也是地道的中國式的（這些方面與梁啓超、王國維不同），而論述之廣泛全面，觀點之穩妥精闢，使他的《藝概》成爲中國古代文藝美學的終結。（詳見「古代文論名著」）

五十一　龔自珍（一七九二——一八四一）一名鞏祚，字璱人，號定庵，浙江仁和（今杭州）人，道光進士，官禮部主事等。他不僅是近代著名的作家、經學家，而且在文學理論上也很有影響。

龔自珍主要的文學觀點，一是對完整個性的推尙。他在《書湯海秋詩集後》中指出：古代大詩人，「皆詩與人爲一，人外無詩，詩外無人，其面目也完。」所謂「面目也完」，即言「所欲言」，言「所不欲言而卒不能不言」，表現自己完全的「心跡」。在《己亥雜詩》中他以「狂」稱道別人和自己，在《病梅館記》中他借批判人工育梅而崇尙事物完整的自然性態，都有這種意思。二是對感情的張揚。龔自珍的作品中對「情」的強調是觸目可見的。在《長短言自序》中他提出「尊情」、「宥情」之說：「情之爲物也，亦嘗有意乎鋤之矣；鋤之不能，而反宥之；宥之不已，而反尊之。龔子之爲《長短言》何爲耶？其殆尊情者耶！」《題紅禪室詩尾》云：「不是無端悲怨深，直將閱歷寫成吟；可能十萬珍珠字，買盡千秋兒女心。」《己亥雜詩》中有云：「少年哀樂過於人，歌哭無端字字眞，既壯周旋雜痴黠，童心來復夢中身。」《琴歌》云：「欲爲平易近人詩，下筆情深不自持。」等等。龔氏尙情的觀點是與他尙「完」的觀點相通的。三、由於尊尚個性和情感，所以他反對桐城派的以考證爲古文，並崇尚創新。當他的好友魏源受桐城派影響而以考證爲文時，他曾寫信勸阻：「客言足下始工於文詞，近習考訂。僕豈願通人受此名哉！又云足下既習考訂，亦兼文詞，又豈願通人受此名哉！」表現出與桐城派不同的論文旨趣（《與人箋一》）。《文體箴》云：「予欲慕古人之能創兮，予命弗丁其時；予欲因今人之所因兮，予命弗丁其時；予欲因今人之所因兮，予荍然而恥之。」仰慕創造、恥予因襲之情溢於言表。《述思古子議》則更尖銳地批判清王朝科舉功令牢籠下的擬古學風與文風。此外，他對陶潛的評論也是著名的：「莫信詩人竟平淡，二分《梁甫》一分《騷》。」（《己亥雜詩·舟中讀陶詩》）龔自珍的文學思想，誠如梁啓超在《論中國學術思想變遷之大勢》中所指出的，對近代影響極爲深遠。

五十二　章炳麟（一八六九—一九三六）　一名絳，字枚叔，號太炎，浙江餘姚人。初嚮往維新派，任《時務報》撰述。戊戌政變後，與孫中山相識，積極宣傳資產階級民主革命。一九〇三年在上海《蘇報》發表《駁康有爲論革命書》，主張推翻清王朝；又爲《革命軍》作序，鼓吹武裝起義，因被捕入獄。一九〇六年至日本，任同盟會《民報》主編。晚年以講學爲主，反對新文化運動，但堅持愛國立場。有《章氏叢書》及其《續編》、《三編》。

章太炎不僅是在文學、歷史學、語言學等方面很有貢獻的著名樸學家，而且是著名的文學批評家。他的文學見解主要表現在《序革命軍》和《國故論衡》中的《文學總略》、《辨詩》、《論式》中。在《序革命軍》中，他對《革命軍》的「辭多恣肆，無所迴避」的風格和「立懦夫，定民志」的目的大加稱賞，明白宣稱文學作品要「爲義師先聲」，充當民主革命的宣傳工具，大力提倡「跳踉搏躍」、「震以雷霆」的文風，體現了作爲資產階級民主革命的批評家的理論特色。在《文學總略》（原題「文學論略」，修訂時改）中，他解釋了什麼叫「文」：「凡云文者，包絡一切著於竹帛者而爲言。故有成句讀文，有不成句讀文。」「局就有句讀者，謂之文辭。諸不成句讀者，表譜之體，旁行邪上，條件相分，會計則有簿錄，算術則有演算，地圖則有名字，不足以啓人思，亦又無以增感。此不得言文辭，非不得言文也。」「文學者，以有文字著於竹帛，故謂之文；論其法式，謂之文學。凡文理、文字、文辭皆稱文；言其采色發揚，謂之『彣』「凡『彣』者必皆成文，凡成文者不皆『彣』。是故榷論文學，以文字爲準，不以彣彰爲準。」

章氏如此定義「文」，一是反對阮元以有文彩聲韻的爲「文」的觀點，一是反對來自西方的「文學以增人感，學說以啓人思」的觀點。在他看來，不論有無文彩聲韻，只要見諸文字的作品，統統是「文」；像「簿錄」、「算術」、「地圖」上的「名字」這些「文」就不能「增人感」，而另有許多學術文章則不僅「啓人思」，也能「增人感」。章氏如此認識文學概念，雖反映了樸學家的觀點，但亦不無根據。著名的劉勰在《文心雕龍·書記》中就把簿錄和《九章算術》一類的文字視爲「文」。這種觀念，正反映了中國古代普遍的文學觀念。在《辨詩》中，他指出詩歌與論說不同，以情感文采爲尚而不重邏輯思維，以此他批判了宋詩及當時宋詩派的以學問爲詩，但他幾乎完全否定了唐宋以後的詩歌發展，則是不足。在《論式》中，他探討了論說文的作法，強調論說文要有嚴密的邏輯性，做到名實相符、文質相稱。以此他特尊先秦諸子和魏晉時期的論說文，而對兩漢、唐宋時期的大多數散文家的作品都深表不滿。此外，章氏在駁斥學說不可感人時說：「凡感於文言者，在其得我心。是故飲食移味、居處縕愉者，聞勞人之歌，心猶泊然；大愚不靈，無所憤悱者，睹眇論則以爲恆言也；身有疾痛，聞幼（窈）眇之音，則感慨隨之矣；心有疑滯，睹辨析之論，則悅懌隨之矣。」（《文學總略》）這實際上論及美的產生有賴於審美主體的積極參與，亦值得注意。

五十三　梁啓超（一八七三—一九二九）　字卓如，號任公，別號飲冰室主人。廣東新會人。資產階級改良運動的領袖之一。戊戌政變後逃亡日本。辛亥革命後，任司法總長，財政總長，晚年講學於清華。他不僅是傑出的政治活動家，而且是傑出的學者、著名的作家。一生著述極富，有《飲冰室合集》。

梁啓超在文學理論上的建樹也是多方面的。他曾主「文界革命」，在《清代學術概論》中批判桐城派，「以文而論，因襲矯柔，無所取材，以學而論，則獎空疏，閼創獲，無益於社會」（卷十九），並自述：「啓超夙不喜桐城派古文，幼年爲文，學晚漢、魏、晉，頗尚矜煉，至是自解放，務爲平易暢達，時雜以俚語、韻語及外國語法，縱筆所至不檢束，學者競效之，號『新文體』，老輩則痛恨，詆爲野狐，然其文條理明晰，筆鋒常帶感情，對於讀者，則別有一種魔力焉。」（卷二十五）在《小說叢話》中又指出：「由古語之文學變爲俗語之文學」，是「文學進化」之「一大關鍵」。由此可見他的散文見解。詩論上，他提倡「詩界革命」，「以舊風格含新意境」（《飲冰室詩話》），即以舊的詩歌體裁表現維新變法的新內容。在《夏威夷遊記》中，他又在

「舊風格」，「新意境」之外加上「新語句」一因素，其意思大抵即《詩話》中所要求的既不「太雅」又不「太俗」之文，它既含西語新名詞，又「不失祖國文學之精粹」。他認爲要成爲大詩人，不僅須有「天才之特絕，性情之篤摯，學力之深博」，而且必須具有極爲坎坷、豐富的生活「經歷」（《秋蟋吟館詩抄序》），也是很有意義的見解。

在小說理論方面，他的影響最大，觀點也最豐富。首先，他著眼於小說的巨大感人力量，推尊小說是「文學的最上乘」，要求小說創作爲改造人心、改造社會服務，即爲資產階級政治改良運動服務：「欲新一國之民，不可不新一國之小說，故欲新道德，必新小說；欲新宗教，必新小說；欲新政治，必新小說；欲新風俗，必新小說；欲新學藝，必新小說；乃至欲新人心，欲新人格，必新小說」。（《論小說與群治之關係》）這構成他「小說革命」的主要內容；其次，小說爲何具有這樣大的感人力量呢？他指出，這不僅是因爲小說「淺而易解」、「樂而多趣」，而且是由於小說可寫人「所經閱之境界」（反映現實）和「導人遊於他境界」（表現理想），並具有「重」、「浸」、「刺」、「提」的感染力（同上），他對此作了出色的分析，並把寫人「所經閱之境界」的小說歸爲「寫實派」，把「導人遊於他境界」的小說歸爲理想派，在我國文論史上首次觸及現實主義和浪漫主義兩種創作方法；再次，他認爲我國古代小說不出「誨盜誨淫」二端（《變法通議》），是「中國群治腐敗之總根源」（《論小說與群治之關係》），而對西方反映變革的政治小說則倍加推崇（《譯印政治小說序》）。其實，小說作爲意識形態，對政治、社會的作用是第二性的、有限的，梁以此爲群治腐敗之根源，是犯了歷史唯心論的錯誤；他把古代小說歸爲「誨盜誨淫」二端而給予貶斥，也是不合實情的。

戲曲理論方面，梁氏關於歷史劇的言論在當時也是有影響的。他認爲，既作歷史劇，「與歷史事實太相反之記載，終不可爲訓。」（《桃花扇》三十八齣註一）然而，歷史劇畢竟是「劇」，「既非作史，原不必刻舟求劍也。」（第七齣註一）意即歷史劇在大的事情上不能違反歷史，在細節方面不能拘泥歷史。這個觀點，在今天關於歷史劇（乃至歷史小說）的眞實與歷史事實的關係究竟應如何的討論中，也不失爲高明的意見。

五十四　王國維（一八七七—一九二七）　字靜安，號觀堂，浙江海寧人。清代秀才。曾留學日本。歸國後歷任學部所屬圖書館編譯。辛亥革命後，以遺老自居。晚爲清華研究院教授。著作極豐，有《觀堂集林》、《海寧王靜安先生遺書》。

作爲近代傑出的學者，王國維不僅在中國古代史學、古文字學方面很有貢獻，在詞學、小說理論、戲曲理論和戲曲史方面也獨具建樹。他在詞學上的最大貢獻，就是建立了完整的「境界說」體系。「能寫眞景物、眞感情者，謂之有境界。」（《人間詞話》）「文學之事，其內足以攄己，而外足以感人者，意與境二者而已。……苟缺其一，不足以言文學。」（《人間詞話》甲乙兩稿序）可見：「境界」是情、景交融，兼含意、境的。按意與境結合的不同情況，境界分爲兩個等級：「上焉者意與境渾，其次或以境勝，或以意勝。」（同上）而「出於觀我者，意餘於境」，「出於觀物者，境多於意。」（《人間詞話》乙稿序）「以境勝」者屬於「客觀之詩人」，「以意勝」者屬於「主觀之詩人」，對他們的要求是不同的：「客觀之詩人不可不多閱世，閱世愈深，則材料愈豐富、愈變化」，「主觀之詩人不必多閱世，閱世愈淺，則性情愈眞」（《人間詞話》）。從物我關係上分，「有有我之境，有無我之境」，「有我之境，以我觀物，故物皆著我之色彩；無我之境，以物觀物，故不知何者爲我，何者爲物。」（同上）從創作方法上分，「有造境，有寫境，此理想與寫實二派之所由分。然二者頗難分別，因大詩人所造之境必合乎自然，所寫之境亦必鄰於理想故也。」（同上）從境界的藝術表現與讀者的關係來說，言情則「沁人心脾」，寫景則「豁人耳目」，「語語如在目前，便是不隔」，否則便是「隔」（同上）。從審美效果上說，「無我之境，人惟於靜中得之。有我之境，於由動之靜時得之。故一優美，一壯美也。」就境界的創造要求來說，「詩人對宇宙人生，須入乎其內，又須出乎其外。入乎其內，故能寫之，出乎其外，故能觀之；入乎其內，故有生氣，出乎其外，故有高致。」（同上）由此可見，王氏「境界說」確是吸收前人「情景論」、「意境論」成果而又較前人大有豐富的。「詞以境界爲最上。」《人間詞話》正是以「境界說」評價歷代詞人詞作的。他推崇南唐北宋的詞，不喜花間派，尤不滿吳文英、張炎等作，顯示出與浙派、常州派不同的旨趣。

在戲曲研究方面，王國維有《曲錄》、《戲曲考原》、《錄鬼簿校註》、《優語錄》、《唐宋大曲考》、《錄曲餘談》、《古劇腳色考》、《宋元戲曲考》八種專著和論文若干篇。其《宋元戲曲考》，開近代戲曲史研究之風氣。論「戲曲」概念，指出只有曲文是「代言體」，並「合言語、動作、歌唱以演一故事」才稱得上「眞戲曲」（《宋元戲曲考》）；論人物塑造，認爲「我國作戲曲者尚不知描寫性格，然腳色之分工則有深意存焉」（《錄曲餘談》），指出古代戲曲中腳色的分工分三個階段，第一階段是中唐到宋、金，腳色分工大體表示人物的職業和地位，第二階段是元、明，腳色表示人物品性的善惡，清代以後是第三階段，腳色表示著人物氣質（《古劇腳色考》）。這些觀點，都富於開創性。他認爲我國眞正意義上的「戲曲」是到元代才出現的，對元代戲曲，他極爲推崇，對元劇的特徵和繁盛的原因都提出了獨到的見解。

在小說理論方面，王國維的《紅樓夢評論》是頗爲著名的。他認爲《紅樓夢》的根本精神就在於「以生活爲爐，苦痛爲炭，而鑄其解脫之鼎」。在批評索隱派以小說中人物比附現實中人物時指出，小說中的人物是作者根據「人類全體之性質」概括虛構的，在個別中包含、體現著一般，這實際上提出了藝術典型性的問題。此外，他還指出，美文學是「遊戲的事業」，它的特點是超功利（名、利），而在功利世界中要超脫功利，「自非天才，豈易及此！」（《文學小言》）因此，文學家必須是「天才」。不僅如此，文學創作還需要「偉大之人格」、「深邃之感情」、「銳敏之知識」（學問、閱歷）、瑰奇之「想像」（《文學小言》、《屈子文學之精神》），這些觀點，也値得珍視。總之，王國維運用西方的理論和方法研究文學，發表了一系列獨到、深刻的見解，在近代文學批評界產生了極大影響。

古代文學名著

一　詩經

《詩經》是我國第一部詩歌總集，共收入西周初年至春秋中葉大約五百多年的詩歌三〇五篇（「小雅」中的笙詩六篇，有目無辭，不算在內）。《詩經》共分風、雅、頌三個部分，風包括十五「國風」，有詩一六〇篇；雅包括「大雅」、「小雅」，有詩一〇五篇；頌包括「周頌」、「商頌」、「魯頌」三個部分，有詩四十篇。

《詩經》是我國文學的光輝起點，是古代文藝寶庫中晶瑩的瑰寶。它的出現及其不朽的思想成就和藝術成就，顯示了中華民族傑出的藝術創造才能，是我國文學很早就繁榮發達的標誌。它不僅奠定了我國古典詩歌的現實主義基礎，在文學史上永遠閃爍著奪目的光輝，而且在世界文化史上也占有崇高的地位。（詳見「古人文學之最」）

二　離騷

《楚辭》篇名。我國古典文學中最長的抒情詩。戰國時期偉大的愛國主義詩人屈原的代表作。詩人在前半篇反復傾訴其對楚國命運的關懷，表達了革新政治的強烈願望。詩人從早年起就汲汲自修，決心獻身祖國。他對楚王說：「不撫壯而棄穢兮，何不改乎此度？乘騏驥以馳騁兮，來吾導乎先路！」希望能及早輔助楚王進行政治改革。但是這一報效祖國的願望卻觸犯了貴族集團的利益，招來重重的打擊和迫害。不辨忠邪的楚王聽信謠言，最終放逐了屈原。面對絕境，詩人仍然堅信自己的信念：「民生各有所樂兮，余獨好修以爲常。雖體解吾猶未變兮，豈余心之可懲？」《離騷》的後半篇又通過神遊天上、追求理想和失敗後欲以身殉的陳述，反映出他的愛國之情。詩人被腐朽的貴族集團排斥在政治生活之外，苦悶徬徨，究竟選擇什麼樣的道路呢？「路漫漫其修遠兮，吾將上下而求索。」他上叩帝閽、下求佚女，通過對一系列虛幻境界的認識，否定了與他的愛國感情背道而馳的各種道路。「既莫足與爲美政兮，吾將從彭咸之所居。」詩人唯一的選擇是以死來反抗黑暗的政治現實。這樣，該詩爲理想而斗爭、爲祖國而獻身的主題得到了充分的體現。

《離騷》是一篇具有深刻現實性的積極浪漫主義作品。爲了塑造一位超出於流俗和現實之上的抒情主人公形象，《離騷》大量地採用了浪漫主義的表現手法。這突出地表現在詩人馳騁想像，糅合神話傳說、歷史人物和自然現象編織的幻想境界。如關於神遊一段描寫，想像豐富奇特，境界恍惚迷離，有力地表現了詩人追求理想的精神。《離騷》常常運用誇張的手法突出事物的特徵。如關於詩人品格的描寫：「高余冠之岌岌兮，長余佩之陸離。芳與澤其雜糅兮，惟昭質其猶未虧。」《離騷》的第一個特色是比興手法的廣泛運用。如詩人以眾女妒美比群小嫉賢；以婚約比君臣遇合；以駕車馬比治理國家；以規矩繩墨比國家法度等等。比興手法使得詩篇顯得形象生動、豐富多采。此外《離騷》打破四言詩的格調，採用民歌形式汲取散文筆法，構成巨篇，有力地表達了奔騰澎湃的感情。《離騷》語言精煉，大量吸收了楚國方言，遣詞造句也頗有特色。「屈平詞賦懸日月，楚王臺榭空山丘」。《離騷》的思想性和藝術性對後世的影響是巨大的。歷代志士仁人在民族危亡之際寫下許多愛國名篇，其中不難看出《離騷》的影響。《離騷》是我國浪漫主義的直接源頭，它的想像、比興、誇張等手法對古代詩歌有極大的影響。曹植的《美女篇》、杜甫的《佳人》直至近代的許多詠懷、感遇之作，都直接或間接受到《離騷》風格的影響。

三　左傳

我國古代最早而又詳細完備、敍事生動的以《春秋》爲綱的編年史。全稱爲《春秋左氏傳》，也稱《左氏春秋》。

《左傳》的作者，司馬遷和班固都說是左丘明，這種說法經兩漢、魏晉維持了幾百年。唐以後，學者多有異議，但也無可靠證據，多是猜測之辭。近二十年來，有的學者提出左丘明是春秋時期的盲史，類似古希臘詩人荷馬，《左傳》中的大部分歷史是根據他的傳誦，由儒家子夏的再傳弟子們筆錄整理，最後寫定的。按這種說法，《左傳》的作者應是春秋末期戰國早期某個熟悉歷史掌故和了解列國情況的人，不一定是左丘明，此說很受學術界重視。

《左傳》仿照《春秋》的體例，按魯君隱、桓、莊、閔、僖、文、宣、成、襄、昭、定、哀、悼十三公的次序，記載了自西元前七二二年（魯隱公元年）至西元前四五四年（魯悼公十四年）間的歷史。全書分六十卷，共十八萬餘字。

作爲一部歷史著作，《左傳》保存了大量古代史料。有春秋時期列國之間政治、軍事、外交、經濟、文化等方面的重大史實，具體而完整地顯示了時代概貌。有各方面代表人物的活動和他們富有風采的言論，如晉公子重耳和諸臣的活動，鄭子產的爲政，叔向、晏嬰等人的言論政績等等，爲後人留下可貴的思想資料。還保存了夏、商、周幾個歷史時期的部分史料。

《左傳》反映的思想內容也很豐富。如以「愛民」爲內容的民本思想（《曹劌論戰》、《師曠論衛人出其君》）；以反抗強暴爲內容的愛國思想（《弦高犒師全鄭》、《幼童汪錡執干戈以衛社稷》）；對統治者自私、殘暴的揭露批判（《晉靈公不君》、《齊襄公與文姜私通》）。當然，傳統的天命、禮教等思想觀念在書中也時有流露。

《左傳》又具有很高的文學價值。它長於記事，敍事委婉詳盡，情節富於戲劇性和故事性；語言生動活潑，簡潔優美；人物形象生動，性格鮮明。尤善描寫戰事，如齊魯長勺之戰，晉楚城濮之戰，秦晉殽之戰等，均寫得有聲有色。《左傳》爲散文的敍事議論和小說、戲劇的題材留下了深遠的影響。

《左傳》和爲《春秋》作傳的《公羊傳》、《穀梁傳》，又合稱《春秋三傳》，但一般都認爲它不僅僅解釋《春秋》，而是一部自成體系的史書。《左傳》的註本以西晉杜預作的《春秋左氏經傳集解》較爲通行。

四　國語

我國最早的國別體史書。二十一卷，包括《晉語》九篇、《周語》三篇，《魯語》、《楚語

》、《越語》各二篇，《齊語》、《鄭語》、《吳語》各一篇，共七萬餘字。全書按周、魯、齊、晉、鄭、楚、吳、越分國編次，記載了上起周穆王，下至魯悼公，前後五百餘年（約西元前九六七—前四五三）的史事。主要是春秋時期各國的史實，是研究春秋史乃至上古史不可缺少的重要典籍。

過去一般認爲《國語》的作者是左丘明，司馬遷在《報任少卿書》中曾明確指出：「左丘失明，厥有《國語》」，但這一看法現已被基本否定。比較合理的看法是，《國語》是一部彙編之書，很可能是當時各國史官把史事記下來後，有人在這些材料的基礎上，整理加工而成書。至於最後定稿者是誰，至今仍無定論。

《國語》記載八國史事，不是自始至終有系統的敘述，而只是有重點地記載若干事件。《晉語》最詳，以敘述晉公子重耳的經歷爲主，《周語》次之，記載西周穆王到東周敬王的史實較完整；《魯語》主要記述臧文仲，里革、公父文伯的事跡；《齊語》突出管仲輔佐齊桓公稱霸的政績；《楚語》著重講靈王、昭王；《吳語》、《越語》則反映吳越爭霸鬥爭。它雖然不像《左傳》那樣能比較全面地反映春秋時期的歷史，但從西周到春秋時期諸侯的朝聘、會盟，各國間的戰爭、締和及互相吞併的情況，書中都有較多的反映，仍具有較高的史料價值。

《左傳》長於記事，而《國語》以記言見勝。它往往通過一些歷史人物的言論、對話、論戰等，反映事件始末，塑造人物形象。如「召公諫厲王止謗」一篇中，召公把人民的力量比作水，說理形象，含意深刻，傳誦千載；又如《越語》記勾踐戰敗後用十年生聚，十年教訓的策略終至滅吳的故事，悲壯動人，發人深思；其它如《晉語》記叔向諫晉平公事，諷刺雋妙。《國語》的這種文學特色，對後世有一定的影響。當然，《國語》也有其歷史局限性，如有很多有關神鬼的記述等。

《國語》的註釋，最早有三國時韋昭的註本。此外，清洪亮吉有《國語韋昭註疏》，汪遠孫有《國語校註本三種》。近人徐元誥有《國語集解》。

五 戰國策

我國戰國時期的史料彙編。全書分國編排。有西周、東周、秦、齊、楚、趙、魏、韓、燕、宋、衛、中山十二策，共三十三篇。記事上起西元前四五三年（韓、趙、魏三家滅智氏），下迄西元前二〇九年（秦二世繼位），載錄了春秋以後到楚漢興起前二百四十餘年的史實。是研究戰國時期歷史的極其重要的資料。

《戰國策》中的各篇文章，是由各國的史官和策士分別記錄下來的，來源複雜，作者不詳。全書初無定名，「或曰國策，或曰國事，或曰短長，或曰事語，或曰長書，或曰修書」（劉向《戰國策書錄》）。後經西漢末劉向綜合整理，編輯修訂，定名爲《戰國策》，從此相沿流傳。北宋時書有缺佚，由曾鞏作了補訂，成爲流行至今的《戰國策》本子。

《戰國策》主要記載戰國時代謀臣策士游說各國或相互辯論時的言論，以及他們錯綜複雜的政治活動。書中記述的策士言行，有不少具有進步性：有的爲人排難解紛，消除戰禍；有的敢言直諫，憂國憂民；有的反抗強暴，蔑視權貴等。如「魯仲連義不帝秦」，「鄒忌諷齊王納諫」，

「觸龍勸說趙威后」，唐且的「布衣之怒」等，都是膾炙人口的名篇，在一定程度上反映了人民的願望。

《戰國策》的文學價值很高。文章長於論事，誇張渲染，有聲有色。善於刻畫人物，如荊軻的英勇壯烈，蘇秦的頹喪與得意，都寫得栩栩如生。語言風格獨特，融雄辯的論說、鋪張的敘事、尖刻的諷刺、雋永的幽默於一體。書中還大量運用寓言故事，如《畫蛇添足》、《鷸蚌相爭》、《狐假虎威》、《狡兔三窟》、《亡羊補牢》等，大大增強了文章的生動性和說服力。

《戰國策》集中反映了戰國時期我國封建制度確立這一歷史特點，對當時的社會現實表現得較準確深刻。但也有不少缺陷，如內容與信史相比有失實之處，對縱橫獵取功名富貴的行爲抱欣賞態度等。

《戰國策》在東漢時有高誘的註本，今殘缺。南宋鮑彪改變原書次序作新註本。元吳師道進一步補正成《戰國策校註》。此外，清黃丕烈著《戰國策札記》，近人金正煒有《戰國策補釋》，均有一定參考價值。

一九七三年，我國長沙馬王堆三號漢墓出土大批帛書，內有戰國縱橫家作品二十七章，一萬一千多字，編爲《戰國縱橫家書》刊行。其中十一章的內容見於《戰國策》和《史記》，另十六章，是失傳已久的佚書，對我們進一步深入研究《戰國策》提供了重要資料。

六　孟子

先秦儒家學派最有影響的經典著作之一，是記錄孟子言行的一部書。《史記·孟子荀卿列傳》

說，孟子游說諸侯不成，乃「退而與萬章之徒，序《詩》、《書》，述仲尼之意，作《孟子》七篇」。

孟子（約前三七二—前二八九），名軻，字子輿，鄒（今山東鄒縣）人。受業於孔子之孫孔伋（子思）的門人。是繼孔子之後戰國時期儒家學派最有權威的代表人物。後人一向把他看成是儒家的正統繼承人，與孔子並稱孔孟。

《孟子》基本上是對話語錄體，主要反映孟子的思想。孟子學說的核心是主張「仁政」，實行「王道」。這雖然和孔子的「仁愛」思想一脈相承，但有較多的人民性和進步性。例如他重視民心的向背，提出「保民而王」，「民爲貴，社稷次之，君爲輕」的觀點。他敢於揭露暴虐的統治，對殘暴的殷紂王，他不稱之爲「君」，而稱之爲「獨夫」。他還主張「制民恆產」，即讓農民有規定數目的田可耕。他在人性問題上提出「性善」論，反對兼併戰爭。他重視社會分工的必要性，但卻得出了「勞心者治人，勞力者治於人」的剝削理論。

《孟子》的文學特點是善於雄辯，氣勢充沛，感情強烈，辭鋒犀利。他的文章常能分析對方心理，然後因勢利導，步步深入地迫使對方接受自己的觀點。如《梁惠王》上篇的「齊桓晉文之事」一章，一開始就占據主動，層層進逼，使對王道本無興趣的齊宣王最終接受了他的「王道」主張。此外，《孟子》善用準確、生動的比喻和寓言說理，有時三言兩語，有時是寓言式的故事。其中如「揠苗助長」，「齊人有一妻一妾」等尤爲生動，歷來爲讀者所傳誦。《孟子》的語言也很流暢、簡練、形象，刻畫人物細緻傳神。因此，《孟子》在文學史上的影響超過《論語》，唐宋古文大家如韓愈、柳宗元、蘇軾父子等，都深受《孟子》文風的熏陶。

《孟子》的註釋，舊註有南宋朱熹《孟子集註》和清焦循《孟子正義》等，新註有蘭州大學的《孟子譯註》等。

七　莊子

先秦道家學派的重要著作，戰國中期道家學派的代表作。現存三十三篇，後人以《逍遙遊》至《應帝王》七篇為內篇，《駢指》至《北知遊》十五篇為外篇，《庚桑楚》至《天下》十一篇為雜篇。

一般認為，《莊子》中的內篇為莊子自撰，外篇和雜篇則出於他的門人後學之手，但全書基調基本一致。莊子（約前三六九－前二八六），名周，戰國時宋國蒙（今河南、安徽交界處）人，道家學派代表人物。《莊子》一書，主要記述他的社會觀、人生觀和主觀唯心主義的哲學思想。

《莊子》的思想，主要反映沒落階級的頹廢思想。它否定一切社會文明，主張順應自然而無視人的作用；否定是非、大小、有無、貴賤等客觀標準，抹殺萬事萬物的差別；對人生採取玩世不恭、逃避現實的態度；全書整體上流露出一種虛無主義、相對主義、悲觀厭世主義的思想傾向。但它又追求精神自由，對統治者採取批判態度，揭露「竊鈎者誅，竊國者侯」的不合理社會現象，在歷史上也曾起過某種積極作用。

《莊子》的文學成就在先秦文學中首屈一指。魯迅說它：「汪洋闢闔，儀態萬方，晚周諸子之作，莫能先也」。（《漢文學史綱要》）它的文章想像奇幻，構思巧妙，描繪傳神，善於比喻。文辭華瞻，語彙豐富，機趣橫生，揮灑自如。形成一種富有浪漫主義色彩的獨特風格。

《莊子》中的文章大都由寓言組成，構成了它的又一特色。其中一些著名的寓言故事，如《鯤鵬展翅》、《庖丁解牛》、《井底之蛙》、《蝸角之爭》、《匠石運斤》、《東施效顰》等等，皆含義深刻，流傳久遠，至今尙被廣泛引用。

《莊子》的註釋，有清郭慶藩的《莊子集釋》和王先謙的《莊子集解》等。

八　呂氏春秋

先秦雜家的代表著作。全書二十六卷，分八覽、六論、十二紀，共一六〇篇，約二十餘萬言。

《呂氏春秋》一書，由戰國末秦相呂不韋（？—前二三五）集合門客編成，故又名《呂覽》。內容以儒、道思想爲主，也吸收了墨、法、名、陰陽、兵、農各家學說，班固說是「兼儒墨，合名法」。它之所以成爲一部典型的「雜家」著作，有其社會根源和時代條件。當時處於戰國末期，封建制國家陸續形成後，接著要求政治、思想上的統一。爲了適應這種要求，法、儒、墨各家都提出自己學派的統一主張，雜家採取折衷的方法，集各家之長，通過總結百家爭鳴成果的方式，以達到結束思想界百家爭鳴局面的目的，爲秦王朝統一天下提供思想依據。

《呂氏春秋》一書內容廣泛，涉及政治、軍事、教學、文藝、禮制、農桑、術數、養生、天文、曆法各方面問題。由於調和各家學說，思想上比較混雜，也有自相矛盾的地方。如書中孟冬紀之下編入的《節喪》、《安死》兩篇，就把儒家的「孝親」和墨家的「節喪」兩種相反的觀點調和在一起，不倫不類。但全書大體上還有一宗旨，即「以道德爲標的，以無爲爲綱紀，以忠義爲品式，以公方爲檢格」（高誘《呂氏春秋註》）。

《呂氏春秋》由於容納「天地萬物古今之事」，對先秦各家學說「兼而聽之」，故全書保存了許多後來失傳的古代思想資料和遺文佚事，成爲一部史料總結，至今仍有較高的史料價值。

《呂氏春秋》的文筆也有一定特色。文章篇幅簡短，組織嚴謹，語言生動，富於形象。每篇往往以議論發端，然後擺事實、引比喻作例證，最後回復到原來的立論，首尾一貫，條理分明，有較強的說服力。書中引用的寓言故事，如《刻舟求劍》等，一直流傳至今。

通行的註本，有漢高誘撰《呂氏春秋註》，還有近人許維遹撰《呂氏春秋集釋》。

九　史記

我國第一部紀傳體通史。全書分十二本紀、十表、八書、三十世家、七十列傳五大部分，共一百三十篇，五十二萬餘字。

作者司馬遷（約前一四五—前八六），字子長，左馮翊夏陽（今陝西韓城縣）人。西漢武帝時繼父職任太史令，開始寫《史記》，歷十年艱辛，於征和初（約前九十二年）撰成此書。

《史記》記載了上自傳說中的黃帝，下至漢武帝太初年間，約三千年的歷史。史無前例地對這一漫長社會時期的政治、經濟、文化各方面的發展過程作了概括的記述，較全面深刻地反映了我國古代社會面貌，是一部浩瀚的史學巨著。《史記》開創了以「本紀」、「列傳」這種體裁爲中心的「紀傳體」體例，對中國史學貢獻極大，爲以後歷代史家所沿用，一部被稱爲「正史」的《廿四史》，基本上都用這種體例寫成。

《史記》一書具有強烈的批判精神和鮮明的人民性。它大膽揭露批判封建專制統治的黑暗：如《平準書》諷刺武帝迷信方士的荒誕行徑；《酷吏列傳》反映官吏的專橫殘暴；《魏其武安侯列傳》揭示外戚的弄權和互相傾軋等。它熱情讚揚下層人民的才智功德：如《陳涉世家》專爲農民起義領袖陳涉立傳，並歸於王侯之列；《刺客列傳》熱情讚頌荊軻、聶政等游俠抗暴扶危的精神等。它歌頌忠於國事的歷史人物，宣揚愛國精神：如盛讚屈原「雖九死而猶不悔」的愛國感情；高度評價李廣及士兵們爲國獻身的豪邁氣概等。它還通過《貨殖列傳》中商賈活動的描述，爲後世保存了極爲珍貴的古代經濟史料。由於司馬遷「不虛美，不隱惡」的嚴謹態度，使《史記》的思想價值明顯高出於後世一切官修史書。

《史記》又是一部優秀的文學作品，藝術成就非常突出。它塑造了一系列性格鮮明的人物形象，如項羽、劉邦、樊噲、荊軻、信陵君等，給人以巨大的感染力。它善於通過矛盾衝突和典型細節表現人物的不同性格，敍事詳略得當，結構嚴謹而富於變化，文章給人以美的享受。在語言運用上，用語明白曉暢，精煉生動，還汲取了大量民間口語，讀之琅琅上口，如見其人。《史記》的許多篇章，膾炙人口，是古代傳記文學的典範。魯迅譽爲「史家之絕唱，無韻之離騷」（《漢文學史綱要》）。

《史記》一書在司馬遷死後有缺佚，西漢元帝、成帝時，褚少孫補作了《武帝紀》等四篇，在書中冠有「褚先生曰」字樣。通行的註本有南朝裴駰的《史記集解》，唐司馬貞的《史記索隱》，唐張守節的《史記正義》三家。

十　漢書

我國第一部紀傳體斷代史。全書原分二十二帝紀，八表，十志（即《史記》中的「書」），七十列傳，共一百卷。後人將其中篇幅過長的卷再分上下卷，成爲現在通行的一二〇卷的《漢書》。

作者班固（三二—九二），字孟堅，扶風安陵（今陝西咸陽）人。其父班彪是著名史學家，曾作《史記後傳》六十五篇。父死後，班固繼續完成他的著作，被告發私作國史入獄，獲釋後被明帝任命爲蘭臺令史著《漢書》。他在父親著作的基礎上，花了二十年的時間，基本完成此書。死時未完成的「八表」和《天文志》由其妹班昭和同鄉馬續奉和帝命續修完成。

《漢書》記載了西漢自漢高祖元年（前二〇六）至王莽地皇四年（西元二三），共二百九十年的漢代歷史，是一部包舉一代、組織嚴密、體例完整的斷代史。它最大的特點是記事系統而詳盡，如范曄所評「文贍而事詳」，對後世史學影響較大。特別是書中的《食貨志》，系統地敍述經濟制度、社會矛盾，爲研究西漢歷史，尤其是經濟史，提供了極重要的資料。

《漢書》是奉詔而作的官書，作者從正統觀念出發敍述和評價人物，缺乏批判現實的精神，思想性不如《史記》。但由於作者還能夠重視客觀史實，同情人民，因而在一定程度上揭露了社會矛盾，暴露了統治階級的罪惡。如《霍光傳》揭發了外戚的驕橫暴虐，《朱買臣傳》諷刺了人情的勢利，《龔遂傳》反映了農民的飢餓和暴動等。作品在評價歷史人物時，也表現了一些進步的觀點。如對蘇武堅持民族氣節給以肯定，對晁錯愛國忘身加以歌頌，對能體恤人民的官吏龔遂給以讚揚等，在一定程度上代表了人民的意願。

《漢書》在文學史上也有一定的地位。它結構嚴謹，語言凝煉且常帶駢偶成分。描繪人物眞實生動，敍述史事激動人心，有較高的藝術成就。作爲傳記文學，其名聲雖不如《史記》那麼響亮，但也是文學史上傳記文學的代表作品，對後世有較大影響。

《漢書》的註釋，以唐顏師古的註本影響最廣，清王先謙的《漢書補註》最爲詳盡。近人楊樹達《漢書窺管》，陳直的《漢書新證》，均有一定的參考價值。

十一　吳越春秋

以史傳形式記述春秋末期吳、越二國（包括一部分楚國）歷史的著作。原書十二卷，今存十卷。前五卷記吳事，稱內傳，篇目是：《吳太伯傳》，《吳王壽夢傳》，《王僚使公子光傳》，《闔閭內傳》，《夫差內傳》。後五卷記越事，稱外傳，篇目是：《越王無餘外傳》，《勾踐入臣外傳》，《勾踐歸國外傳》，《勾踐陰謀外傳》，《勾踐伐吳外傳》。

作者趙曄，字君長，東漢會稽山陰（今浙江紹興）人。少曾爲縣小吏，後棄官求學。除《吳越春秋》一書外，還著有《韓詩譜》、《詩細歷神淵》、《詩道微》等，可惜均失傳。

《吳越春秋》一書，內容雜糅正史及民間傳說，史料價值較差。所記許多大事均已見於《左傳》、《國語》、《史記》等書中，而一些傳聞異說和民間故事又不能視爲史實。但本書有些地方比《史記》等正史的記載略為詳細，如吳兵破楚入郢之役，孫武為吳軍之將等，對歷史編纂和考證有一定的參考價值。

《吳越春秋》性質介於歷史與小說之間，類似後世的演義類小說，文學價值高於史學價值。書中人物描寫頗為生動，故事情節曲折引人。在眾多的人物中，伍子胥的形象尤為突出，對後世戲曲和小說的創作影響極大。唐代俗講中的《伍子胥變文》，宋元話本中的《吳越春秋連像評話》，明清以後的許多劇目，都以《吳越春秋》為藍本改編而成。

《吳越春秋》一書的註釋，有元代徐天祐的《吳越春秋註》。

十二　水經注

富有史學和文學價值的地理學著作。全書四十卷，三十萬字左右。

作者酈道元（約四六六－五二七），字善長，范陽涿鹿（今河北涿縣）人，北魏地理學家，散文家。他一生好學，博覽奇書，遍歷名山大川，所著《本志》十三篇及《七聘》等文章均亡佚，現存著作僅《水經注》一部。

《水經注》是給我國三國時的作品《水經》一書所作的註文。《水經》係記述我國河流水道的一部專書，但內容簡略，僅列舉河道一百三十七條。酈道元作註時，補充記述河道達一千二百五十二條，比原書增加近十倍。書中對我國現今各省的河流，如山西的汾水，山東的濟水、汶水，河南的汝水、潁水，陝西的渭水，湖南的湘、資、沅、澧諸水，都有詳盡的記載，是考查古代水道的重要資料，也是一部全面系統的水文地理著作。但因作者生於南北分裂的時代，故書中對地理形勢有「詳於北而略於南」的不足之處。

《水經注》的史學價值很高。全書引用大量資料，引書達四百種，其中不少已失傳，對研究我國古代的歷史地理有相當大的參考價值。書中依水流經過記載了兩岸的史跡沿革，城市建置，經濟建設，政治軍事活動，僅從古以來的大小戰役，就不下三百次，是研究南北朝歷史及古代史的重要資料。書中還記述了兩岸的風土人情，民間歌謠、方言、傳說，古碑石刻等，對民俗學、考古學研究也有一定的參考價值。

《水經注》富有文學氣息。全書有不少段短小精煉的遊記小品，歷來被文學史推爲山水遊記的首倡。書中還引用了許多魏晉人的詩賦和謝靈運的詩句，文采煥然，傳神達意。特別是書中的寫景部分，極富生命力。如《江水註》中關於三峽的描寫，寥寥一百五十字，既寫了三峽的險奇，又描繪了四季景色的迭變，高猿長嘯，巫峽蕭森，如臨其境，如聞其聲，成爲不朽的名篇。因此，《水經注》一直受到古今文學家的重視，它和裴松之的《三國志註》，李善的《文選註》，同被稱爲我國古代典籍中的三大名註。

《水經注》的註本，以清代金祖望的《校水經注》》，趙一清的《水經註釋》，戴震的《戴校水經註》三家最爲著名。清末王先謙曾合校諸家成《合校水經注》，使用方便。

十三　陌上桑

一名《艷歌羅敷行》。漢樂府《相和曲》名。長篇五言，是漢代著名民間敘事詩。作品敘述了一官僚貴族在路上調戲採桑女羅敷並遭受拒絕和奚落的故事，塑造了一位美麗、勤勞、機智、堅貞的女性形象，歌頌了古代勞動人民愛情專一、不爲利誘、不爲勢屈的高貴品質。作品運用浪漫主義的表現手法，首先以誇張鋪陳的側面襯托的手法生動地表現了羅敷的動人容貌和勤勞品質：「羅敷喜蠶桑，採桑城南隅。青絲爲籠繫，桂枝爲籠鉤……行者見羅敷，下擔捋髭鬚。少年見羅敷，脫帽著帩頭，耕者忘其犁，鋤者忘其鋤……。」這裡對羅敷美貌的描寫，不是從羅敷本身實寫，而是從旁觀者眼中、神態中虛摹，是具有獨創性的。接著通過對話等表現手法，寫太守的無恥要挾和羅敷的斷然拒絕。如：「使君一何愚！使君自有婦，羅敷自有夫」等，表現出羅敷不畏強暴的性格特徵。最後寫羅敷的機智反擊，她以其人之道還治其人之身，誇說自己丈夫的服飾、官職、儀表，以此來壓倒太守。羅敷越說越高興，太守越聽越掃興。「座中數千人，皆言夫婿殊」。詩歌就在羅敷誇耀丈夫以後，在充滿勝利快感的氣氛中戛然而止，結尾留待讀者想像。

《陌上桑》意味深長的結局表現了作者鮮明的愛憎感情。該詩是漢樂府詩中浪漫主義與現實主義相結合的力作。漢代，太守照例要在春天循行屬縣，說是「觀覽民俗」，「勸人農桑」，實際上往往「重爲煩擾」（《漢書．韓延壽傳》）。《陌上桑》所揭露的正是太守循縣時「重煩擾」的一個方面，具有其特定的時代背景。詩中主人公秦羅敷，既是來自生活的現實人物，又是蔑視權貴、反抗強暴的民主精神的理想形象。在她身上集中地體現了人民的美好願望和高貴品質。顯然該詩是在現實主義的精確描繪和浪漫主義的誇張虛構這兩種方法相互滲透的基礎上塑造出羅敷這一卓越形象的。

《陌上桑》是我國古代敍事詩邁入成熟發展階段的標誌之一。該詩突破了抒情主人公自訴的單一形式，開始採用第三人稱，藉助於語言描寫和動作描寫表現人物性格，構成比較完整的情節。從形式上看，以前尚未出現過如此完美的長篇五言敘事詩。《陌上桑》對後世產生過較大的影響。漢魏南北朝年間曾在國內廣爲流傳，南北朝蕭子範、顧野等所作《羅敷行》詩意即出於《陌上桑》。

十四　古詩十九首

《古詩十九首》是一群無名作家的作品，最早載於梁蕭統的《文選》，因爲作者姓名失傳，時代不能確定，蕭統編《文選》時，把它們選編在一起，題爲《古詩十九首》。關於它的作者和時代，曾經聚訟紛紜，現代一般研究者認爲，這組古詩並非一人一時之作，但因風格內容相近，被編輯在一起。其產生時代大概不出於東漢後期數十年之間，至早不過順帝末年，至晚亦在獻帝以前，約在西元一四〇—一九〇年間。

《古詩十九首》的內容主要反映的是當時中下層知識分子的生活和思想感情。概括地說大致可分兩大類：一是寫遊子思婦的離別相思之苦；一是寫求官不遂、仕途失意的苦悶和悲哀。

東漢末年，遊宦風氣很盛，中下層知識分子爲了尋求出路，或遊京師，上太學；或奔走權門，進謁州郡，請求推薦，這些「遊子」「蕩子」長期離鄉背井，自然有許多羈旅之愁；外有遊子的另一面是內有思婦，遊子之歌和思婦之詞便由於同一原因而產生。

明月何皎皎，照我羅床幃。憂愁不能寐，攬衣起徘徊。客行雖云樂，不如早旋歸。出戶獨彷徨，愁思當告誰？引領還入房，淚下沾裳衣。

一個在月光下憂愁不能寐的遊子形象被描繪得鮮明如畫。

青青河畔草，鬱鬱園中柳，盈盈樓上女，皎皎當窗牖。娥娥紅粉女，纖纖出素手。昔為倡家女，今為蕩子婦。蕩子行不歸，空床難獨守。

一個春日當樓倚窗的思婦躍然紙上。這類寫遊子思婦內容的約占十九首的將近一半，另一類主要是寫宦途失意的苦悶，所謂傷時失志之作。東漢末年，外戚和宦官交相干政，結黨營私，此起彼伏，於是，表現在一般士人作品中，有的愁榮名不立，有的恨知音稀少，有的憤慨世情涼薄，有的嘆老嗟卑，表現出他們的種種矛盾、苦悶和不滿。但這類作品往往不是指向社會的批判，而是表現了消極的人生態度和追名逐利、及時行樂的人生觀。如「人生天地間，忽如遠行客，爭酒相娛樂，聊厚不為薄。」「人生寄一世，奄忽若飆塵，何不策高足，先據要路津，無為守貧賤，轗軻長苦辛。」或及時行樂，或追逐富貴。這些詩雖然也曲折地反映出東漢末年黑暗現實的某種面影，有一定的認識意義，但散發出消極頹廢的情緒，是十九首中的糟粕。

《古詩十九首》的藝術成就很突出，主要特色是平淺質樸而詩情濃溢。前人說看去無一奇字，無一奇句，然無字無句不奇。自然美與整體美的純樸，勝過一切人工的粧抹與刻鏤。後代的陸機、江淹等人，竭力模仿，也只能得其形貌，既沒有它深厚的內容，更達不到它的神韻了。它是早期文人五言詩的典範，所以劉勰的《文心雕龍》譽它為「五言之冠冕」。

十五　蒿里行

這是三國時傑出的政治家、文學家曹操的代表作。在現存曹操的二十幾首樂府歌辭中，《蒿里行》可謂一篇戰鬥的檄文，具有鮮明的人民性和現實主義精神。這首詩不僅對漢末戰亂中陷於水深火熱的人民寄予深刻的同情，而且對造成人民苦難的首惡群兇給予無情的揭露和抨擊，同時也顯示了自己敢於同腐朽勢力堅決鬥爭、永不妥協的英雄氣概。明人鍾惺在《古詩歸》中稱讚這首詩「漢末實錄，眞詩史也」，它是當之無愧的。

《蒿里行》開篇以質樸簡練的語言，概述了漢獻帝初平年間的社會背景和鬥爭形勢：「關東有義士，興兵討群兇。初期會盟津，乃心在咸陽。軍合力不齊，躊躇而雁行。」當時，禍國殃民的董卓焚宮、毀廟，挾持獻帝，激起各將領的憤慨，大家決定興兵討伐董卓，並公推實力雄厚的渤海太守袁紹爲盟主。然而，袁紹及淮南尹袁術等地方軍閥並非眞正除奸誅惡、匡扶漢室，而是趁機爭權奪利、自相殘殺：「勢利使人爭，嗣還自相戕。」曹操對此感到十分失望，尤其是看到袁紹之流的倒行逆施造成了「鎧甲生蟣虱，萬姓以死亡」的社會動亂和災難，更激起內心無比的悲憤和憎惡。於是，詩人不畏強權，以犀利的筆鋒，對這群醜類的兇殘嘴臉和罪惡本質痛加撻伐，毫不留情。《蒿里行》的結尾四句寫得尤其驚心動魄：「白骨露於野，千里無雞鳴。生民百遺一，念之斷人腸。」正是袁紹之流的連年混戰，造成士兵們不能解甲歸田，老百姓死亡慘重，百不餘一，富饒的北方變得滿目瘡痍。面對著這幅哀鴻遍野、白骨累累的慘絕圖景，詩人不禁發出了「念之斷人腸」的呼喊。這是正視民生疾苦、大痛大悲之情的眞切、深沈流露。

《蒿里行》是曹操運用樂府舊題舊調來反映漢末社會動亂現實的名篇。全詩熔敍事、寫景、抒情於一爐，語言質樸，形象鮮明，感情眞摯，格調蒼涼。劉勰論及建安文學時指出：「觀其時文，雅好慷慨，良由世積亂離，風衰俗怨，並志深而筆長，故梗概而多氣也。」（《文心雕龍・時序》）我們由此可見一斑。

十六　桃花源記並序

這篇膾炙人口的散文，是陶淵明寫於距今一千六百年以前。當時正值東晉王朝與劉宋王朝交替的時代，社會動亂，人民受著外族和統治階級的雙重壓迫，生活極端痛苦。陶淵明作爲出身於沒落士族家庭的知識分子，從小懷有遠大的政治抱負，但在當時他的理想無法實現。從二十九歲起，他由於生活所迫，曾做過幾次小官，由於看不慣官場裡那種黑暗和腐敗的現實，終於在四十一歲那年，只做了八十多天彭澤縣令，就棄官歸田，和封建統治者決裂。晚年，由於他親自參加勞動，逐漸接近人民，了解和同情人民的痛苦，不滿壓迫人民、剝削人民的封建制度。他幻想著一個沒有剝削、沒有壓迫的理想樂土，《桃花源記》就是在這樣的思想基礎上產生的。

文章是寫東晉孝武帝太元年間，有一位漁人無意中發現了桃花源，這裡面的人是秦朝時到這裡避難的，經過了五六百年，世間發生了多次戰爭，桃花源裡的人連外面改朝換代都不知道，當然更不知世間人所遭到的痛苦了。這裡沒有君臣，沒有戰亂，沒有剝削，沒有壓迫，人人勞動，自食其力，過著和平、寧靜的幸福生活。桃花源裏的風俗也是淳樸的，完全沒有世間爾虞我詐的情形，彼此之間平等相愛，就是來自世間的漁人，他們也是當作客人「設酒殺雞作食」，招待得十分慇懃周到。作者筆下的理想社會，在當時社會情況下是沒有實現可能的，但從中可以看出作者對當時混亂的現實社會的不滿和否定，反映了人們的理想和願望。從這一點看是有積極意義的。但是，作者歌頌的桃花源是一個封閉停滯、文化落後的社會，他把消滅剝削壓迫的理想放在生產力非常低下的小農社會的基礎上，這就不能不說是一個缺陷了。另外，文中反映的逃避現實的消極傾向，也正是後世封建文人津津樂道世外桃源的原因。

這篇僅有三百多字的短文，之所以成爲千古流傳的名篇，還在於它有著強烈的藝術魅力。首先，作者具有豐富的想像力，把桃花源寫得變幻莫測，忽隱忽現，是無從查考的神奇的地方。另外，文章語言準確，精煉，樸素，自然。一開頭僅用十九個字就交代了故事發生的時間、人物和開端。第二段只一百多字就寫出了桃花源的場景、房舍、衣著等，表現了詩人高超的概括力。文章不重詞藻的華麗，不事雕琢，盡力做到樸素自然，接近口語。但是並不單調乏味，令人感到詩意盎然、淳樸渾厚。

十七　歸去來兮辭

陶淵明辭去彭澤令（西元四〇五年十一月）後剛回家時所作。描寫了歸家時的愉快心情和隱居的樂趣，表現了作者鄙視仕途生活，不願與官場中市儈小人同流合污的高尚情操和熱愛田園生活的高潔志趣，但也流露了逃避現實，樂天安命的消極思想。

陶淵明生活在晉宋易代的時期，這時的民族矛盾、階級矛盾、統治者內部矛盾都很尖銳。他出身於沒落的官僚家庭，青少年時代是在柴桑（今江西省九江市西南）度過的，廬山、鄱陽湖的秀麗景色培育了他對大自然的熱愛，老莊學說及儒家思想的熏陶，使他滿懷建功立業的雄心壯志。但是，黑暗的現實使他的理想不得實現。理想與現實的矛盾貫穿著他的一生，表現在他出仕和歸隱的反復以及歸隱以後內心的苦悶和悲憤。他最後一次出仕，是在東晉安帝義熙元年（西元四〇五年）八月任彭澤縣令，在做縣令期間，「深愧平生之志」，心情十分焦灼、悲憤。恰巧在十一月份郡裡派了一名督郵來到彭澤，督郵是負責督察檢核縣務的官，職位雖小但權力很大，非常驕橫跋扈。縣吏對陶淵明說要很好地恭維他。淵明氣憤地說：我哪能爲五斗米向小人彎腰呢？當天交了印綬，僅做了八十多天縣令就辭官回家了。辭官以後，心情輕鬆愉快。「舟遙遙以輕颺，風飄飄而吹衣」，寫出了他辭官歸田途中的歡快心情；「木欣欣以向榮，泉涓涓而始流」，不僅寫出了田疇的美麗春景，也寫出了作者參加農事後的快樂心情；「雲無心以出岫，鳥倦飛而知還」，作者以雲、鳥自喻，雲之無心出岫，恰似自己無意於仕途，鳥之倦飛知還，正像自己厭倦官場而隱歸。陶淵明棄官歸田，是在他對黑暗現實絕望之後，採取的一條潔身自好的道路。這雖然是一種消極反抗，但他不與統治者同流合污，歸隱田園躬耕勞動，保持自己高尙的品德，還是應該充分肯定的。

陶淵明是魏晉南北朝時期最有成就的詩人。《歸去來兮辭》是他辭賦的代表作，爲後代許多文人騷客所推重。歐陽修就曾說過：「晉無文章，唯陶淵明《歸去來兮辭》一篇而已」。這篇佳作藝術性的確是高超的。它情景交融，寄託深遠；語言清朗，音韻諧調；文氣和平，詩意濃鬱。充滿了詩情畫意，尤其是田園風光給人以美的享受，令人神往。他所獨創的田園詩，具有新穎的思想內容和獨特的藝術風格，爲詩歌創作開闢了一個新的天地。

十八　孔雀東南飛

亦名《古詩爲焦仲卿妻作》，又名《焦仲卿妻》，是漢末的作品。這首長篇敍事詩大約在民間流傳了三百多年，直到南朝陳代才由徐陵編入《玉臺新詠》。詩前小序記載了故事發生的時間、地點，說明了故事的梗概及詩的來歷，這對我們理解原詩是有一定幫助的。

這首詩通過描寫焦仲卿和劉蘭芝兩人因婚姻不自由而產生的悲劇，揭露了封建社會家長的罪惡，歌頌了對封建社會的反抗精神，眞實地反映了當時的社會現實。詩中的主要人物之一是劉蘭芝，她自小受過很好的教養，並且有很好的勞動技能。在封建社會，因爲得不到婆母的歡心，被迫離開了自己的丈夫，但她並沒有向封建家長制屈服。她在離開焦家時，鎭靜地修飾容儀，不露出一絲懦弱的樣子。回娘家後哥哥逼她再嫁，她感到今後已無可能與仲卿在一起生活了，便堅定地「仰頭」答復哥哥，毫無乞憐的意思。她與丈夫立下了磐石蒲葦之約，並毅然地向丈夫說：「黃泉下相見，勿違今日言」，最後「擧身入淸池」，不惜以死來反抗破壞幸福生活的惡勢力，她的死是對壓迫者有力的反抗。詩中另一主人公焦仲卿，他愛蘭芝，了解同情蘭芝，他對母親說：「今若遣此婦，終老不復取」，表現了他對愛情的專一。但在家長的淫威下，他讓步了，表現了他的懦弱和委屈求全的性格。最後，他終於沒有屈服，當他知道劉蘭芝死後，也「自掛東南枝」而自盡了。這對靑年男女在封建家長制度壓迫下堅強地反抗，並用自己的生命奉獻給了純貞的愛情。

這首詩是最早出現在我國文學史上的長篇敍事詩，也是我國古代樂府民歌中的代表作之一。由於作品具有深刻的現實主義精神和豐富的人民性，從它產生的年代起，一直爲廣大人民所喜愛。它的出現爲魏晉南北朝時代的五言詩奠定了基礎。這首長詩故事完整，情節曲折複雜，塑造了栩栩如生的人物形象，在表現手法上，運用了繁簡交錯的剪裁方法，生動傳神的對話，托物起興的開頭和幻想的結尾，鋪張、排比、對偶、頂眞等修辭手法的運用，體現了民間詩歌的藝術特色。具有如此強大的生命力的不朽詩篇，在中國文學史上是罕見的，所以，這首詩在文學史上具有崇高的地位。

十九　木蘭辭

又名《木蘭詩》，是我國古代著名的長篇敘事詩之一，收在《樂府詩集》裡。根據這首詩裡所反映的社會情況來推斷，它是北朝的一首民歌，在流傳的過程中經過了文人的潤色和加工。

詩的內容敘述女英雄木蘭代父從軍的故事。作品著力歌頌木蘭勇敢善戰的英雄氣概，不慕功名的高貴品質和與家人共享天倫之樂的平民願望。詩中所描寫的木蘭形象是一個女英雄的形象，作品一開始就描寫了她經常「當戶織」，是一個勤勞的農家姑娘。由於「軍書十二卷，卷卷有爺名」，而父親年邁，小弟年幼不能服兵役，她毅然代父從軍，體現了她的獻身精神；參軍以後，經歷了長期的酷烈的戰鬥，「將軍百戰死，壯士十年歸」，突出表現了她勇敢堅毅的優秀品質；在勝利之後，她「不願尙書郎」，只願「還故鄉」，充滿了勞動人民的驕傲，蔑視當官做老爺作威作福；木蘭回家以後，脫去戎裝換上紅裝，不矯揉造作，不以英雄自居，表現了勞動人民的英雄人物表裡一致、質樸謙遜的本色。木蘭的形象是古代千千萬萬勞動人民的高尙品質的集中表現，是人民理想中的女性的化身，既帶有浪漫主義的傳奇色彩，又充滿了樂觀主義的精神。木蘭的形象是我國文學作品中第一次顯示了勞動人民樸素的男女平等的觀念，也是對男性中心的封建社會的抗議。這種最先出現的對社會、對時代的抗議是十分可貴的。木蘭的形象是中國古代文學作品中傑出的藝術形象之一。

《木蘭辭》風格明朗，語言樸素生動，音節和諧，格律工致。它的語言技巧是很高的，既有生動活潑的口語，又有精緻優美的對句，如「朔氣傳金柝，寒光照鐵衣」、「脫我戰時袍，著我舊時裳」。它的結構也頗有特色，繁則極繁，簡則極簡，如出征前的準備和還家後的一段描寫，精雕細琢地詳寫，而十年戎馬生活則寥寥數筆簡要概括。題材的取捨也是很恰當的。另外，設問、比喩、排比、對偶、復疊等修辭手法的運用，增強了作品的藝術表現力。張萌嘉《古詩賞析》評論中指出：「木蘭千古奇人，此詩亦千古傑作；《焦仲卿妻》後，罕有其儔」。從這幾句話中，我們就可以看出《木蘭辭》在文學史上的地位了。

二十 搜神記

魏晉南北朝時期誌怪小說的代表作品。今本二十卷，東晉干寶撰。干寶字令升，新蔡（今河南新蔡）人，東晉元帝時以著作郎領國史，後任太守、散騎常侍等官。他「性好陰陽數術」迷信鬼神。在《搜神記·自序》中他自述編寫《搜神記》的主旨即「發明神道之不誣」。書中所記的故事有抄撮舊籍的，有採自近世的，其中六、七兩卷全抄《續漢書·五行志》。

從思想內容說，《搜神記》是儒家思想、方術、巫術和道教迷信的大雜燴，但也保存了不少優秀的民間傳說和故事，如《阮瞻》一篇，說阮瞻一向不信鬼，忽有客來和他辯論，辯不過他，就說「我就是鬼」，於是「變爲異形，須臾消滅」，把阮瞻嚇壞了，「歲餘而卒」。《蔣濟亡兒》一篇寫蔣濟亡兒死後在陰間衙門裡當差，這些都明顯是爲宗教迷信作宣傳的。《搜神記》中少數本是流傳於民間的神話故事和傳說，曲折地反映了社會矛盾，表達了人民的愛憎和要求，充滿了美麗的幻想，富有積極浪漫主義色彩，則是値得珍視的精華。如《干將莫邪》記巧匠莫邪給楚王鑄成雄雌二劍後被楚王殺死，其子赤鼻爲父報仇的故事。不僅揭露了封建暴君的血腥罪行，而且突出了人民反抗壓迫的英雄行爲。故事中寫山中行客見義勇爲、自我犧牲爲赤鼻復仇的豪俠氣概，令人驚心動魄：

客持頭往見楚王，王大喜，客曰：「此乃勇士頭也，當於湯鑊（開水鍋）煮之。」王如其言煮頭，三日三夕不爛。頭踔出湯中，瞋目（睜大眼睛）大怒。客曰：「此兒頭不爛，願王自往視之，是必爛也。」王即臨之（面對著開水鍋），客以劍擬王，王頭隨墮湯中，客亦自擬己頭，頭復墮湯中。三首俱爛，不可識別，乃分其湯肉葬之，故通名三王墓。

情節雖似離奇荒誕，卻深刻地表現了被壓迫人民反抗殘暴統治的堅強意志和英雄氣概。《韓憑夫婦》記述宋康王霸占韓憑的妻子何氏，韓憑被囚自殺。「其妻乃陰腐其衣，王與之登臺，妻遂自投臺，左右攬之，衣不中手而死。」何氏遺書要求與韓憑合葬，王怒，不聽，將兩人分葬，「宿昔之間，便有大梓木，生於二家之端，旬日而大盈抱，屈體相就，根交於下，枝錯於上。又有鴛鴦，雌雄各一，恆棲樹上，晨夕不去，交頸悲鳴，音聲感人。宋人哀之，遂號其木曰『相思樹』」。這個故事哀艷動人，不僅暴露了統治者的殘暴，更讚揚了被壓迫者不慕富貴、不畏強暴的崇高品質。還有如《吳王小女》、《李寄》等都具有積極的現實意義。《搜神記》是我國小說發展初期的產物，在藝術形式上還顯得粗糙，如上所述，其中少數作品已開始注意人物性格的刻畫。這類小說對後世小說的發展有深遠的影響。

二十一 世說新語

魏晉南北朝時期誌人小說的代表作品。所謂誌人小說是指記述人物的軼聞瑣事、言談舉止的筆記小說。誌人小說的發展是魏晉以來門閥世族崇高清談的結果。當時，文人學士以熟悉故事爲學問，競相炫耀以示淵博，編撰小說蔚爲風氣。《世說新語》的編撰者劉義慶（四〇三—四四四），彭城人，宋武帝劉裕的姪子，襲封臨川王，官至尙書左僕射，中書令。《宋書·劉道規傳》說他「招聚文學之士，近遠必至」，《世說新語》可能就是他和手下文人雜採眾書編纂而成的。今本共三卷，依內容分《德行》《言語》等三十六篇，記述後漢至東晉的高士言行，名流談笑，遺聞軼事，特別詳於王、謝、顧、郗等士族人物的玄虛清談和疏放舉動。梁劉孝標爲它作註，徵引廣博，所用書四百餘種，今多不存，所以極爲藝林所珍重。

《世說新語》標榜儒家名教，鼓吹忠孝。陳仲弓因小吏詐稱母病求假，就說他「欺君不忠，病母不孝」判他死刑。《世說新語》又極崇尙老莊的「自然」，對士族頹廢放蕩的言行，往往以讚賞的筆調加以描述。然而從其內容的客觀意義上說，它比較清楚地反映了士族階級的精神面貌與生活方式，具有一定的認識意義。

《尤悔》載王導向晉明帝陳說晉得天下之由，「具敘宣王創業之始，誅夷名族，寵樹同己，及文王之末高貴鄉公事」，以致明帝聽了覆面著床說：「前如公言，祚安得長」！暴露了司馬氏統治的殘暴恐怖。《汰侈篇》載石崇每燕客，常令美人行酒，客飲不盡，即斬美人。一次大將軍王敦去作客，竟堅決不飲，看主人怎麼樣。斬了三個美人，他面不改色，還不肯飲。丞相王導責備他，他卻說「自殺伊家人，何預卿事！」石崇的兇暴，王敦的殘忍，都駭人聽聞。《世說新語》中以大量篇幅記載名士們奇特的舉動和玄妙的清談，則是研究「魏晉風流」的重要資料。《任誕篇》載「劉伶縱酒放達，或脫衣裸形在屋中。人見譏之，伶曰：『我以天地爲棟宇（房屋），屋宇爲幝（褲子）衣，諸君何爲入我幝中？』」王孝伯說：「名士不必須奇才，但使常得無事，痛飲酒，熟讀《離騷》，便可稱名士。」兩晉的士族階級依據門閥制度壟斷了政治和經濟，又襲取了漢末清議的形式，換上士族階級的內容，製造一個精神的象牙之塔，從這些記載可見所謂「名士風流」是怎樣的貨色了。

《世說新語》還有一些片斷是長期以來人們熟悉的有積極意義的故事，如「周處除三害」，「陶侃性檢厲」等。

《世說新語》在藝術上有相當高的成就，魯迅先生說它「記言則玄遠冷雋，記行則高簡瑰奇」。他善於通過富於特徵性的細節勾勒人物性格和精神面貌，善於把記言和記事結合起來，能通過人物的片言隻語或一二行爲，表現人物的特徵，語言精煉含蓄，雋永傳神，是筆記小說的先驅，也是後來小品文的典範，對後世文學有深遠的影響。

二十二　洛陽伽藍記

北魏楊衒之撰，是一部記敍洛陽佛寺與園林的散文作品。全文分城內及四門之外共五篇，追敍北魏盛時洛陽城內外伽藍（印度梵語寺廟的譯音）的興隆景象，兼敍爾朱榮亂事及有關古跡、文藝等。北魏自西元四九五年遷都洛陽後，統治階級崇信佛教，大量修建佛寺。這些佛寺後來大部分在統治階級內部混戰中被兵火燒毀。西元五四七年，楊衒之經過洛陽，見戰後慘狀，回憶昔日盛況，感慨萬分，寫下了這部書。作者寓諷刺於記敍之中。揭露了北魏的豪門貴族不僅大造佛寺，廣建園林，而且驕奢淫佚、「競相侵漁百姓」。河間王元琛公然對人說道：「晉室石崇乃是庶姓，猶能雉頭狐腋，畫卵雕薪。況我大魏天王，不爲華侈！」章武王元融看見元琛的豪富氣派之後，更氣得「不覺生疾，還家臥三日不起」。從這些描述中可見北魏王族腐朽生活之一斑。本書善於用簡短的文字敍述故事和人物。《法雲寺》一節寫善吹壯士歌的軍樂家田僧超，他追隨征西將軍崔延伯作戰，每次臨陣「僧超爲壯士聲，甲冑之士，莫不踴躍。延伯單馬入陣，旁若無人」。用語不多，頗能顯示軍樂的動人力量。書中建築物也很精彩。如寫永寧寺九級浮圖，「金盤炫日，光照雲表；寶鐸含風，響出天外」。反映出我國古代勞動人民高超的建築藝術。此外，通過波斯國僧人達摩對州寺及浮圖的讚嘆，表現出這是當時「極佛界亦未有此」的偉大建築。書中還記載了許多類似南朝誌怪小說的宗教神怪故事。

這部著作在描寫時採用駢體，而在敍述時則用簡潔通順的散文。作者在寫景和記載洛陽里巷風土人情時，常穿插小故事，顯得生動形象。本書頗有文學價值，又有學術價值，還保存了有關資料。如其中所引《宋雲家記》敍述宋雲出使西行等處，爲研究古代中外交通史留下了寶貴的資料。這部著作文字簡明清麗，善於描繪建築物的神采，也善於用簡短文字敍述故事，刻畫人物，儘管駢偶成分偏多，寫景也常有重複，但瑕不掩瑜，其藝術成就對後代遊記、小品文的發展都曾產生影響。

二十三 《三吏》《三別》

唐代大詩人杜甫在唐肅宗乾元二年（七五九）春天，根據由洛陽到華州途中的所見所聞，經過藝術概括和提煉精心創作的一組既獨自成章又互相關聯的敍事詩篇，共有《新安吏》、《石壕吏》、《潼關吏》和《新婚別》、《垂老別》、《無家別》六首。它們形象而深刻地反映了唐代安史之亂造成的深重社會災難，表現了詩人熱愛祖國、同情人民的深厚思想感情，是輝耀千古的現實主義傑作！

《三吏》《三別》的時代背景都是安史之亂。唐王朝自相州兵敗之後，爲了補充兵力，抵抗安史叛軍的進攻，便大肆徵兵拉夫。《新安吏》就是用一種用同情和勸勉相交雜的筆觸，描寫新安（今河南新安縣）一帶壯丁已經抽光，連未成年的「中男」也被強徵去當兵的情況。《石壕吏》用白描手法再現了縣吏在石壕村（今河南陝縣東）深夜抓兵的殘暴：一家三個兒子都被徵去打仗，其中兩個已經戰死，剩下的老漢聞聲而逃，老婆婆也被抓走了。《潼關吏》則是描寫士卒們緊張地築城，官吏們對守關禦敵頗有信心。詩人以三年前哥舒翰失敗的敎訓，告誡守關將領要據險堅守，不要輕率出戰。《新婚別》寫一對貧苦的新婚夫婦，在婚後的第二天，丈夫被徵赴前線。全詩是新娘子的泣別詞，有血有淚地控訴了唐王朝大量徵兵給人民造成的災難。《垂老別》寫一個「

子孫陣亡盡」的老人被徵從軍，與老妻生離死別、互憐互慰的情景。《無家別》通過一個因潰敗而逃歸故鄉的士兵的自述，描述了戰區洛陽一帶田園荒蕪、人跡斷絕的景象。家中親人都死於戰亂，無人可以告別了。

《三吏》《三別》作爲一部形象而具體的「詩史」，它一方面深刻暴露了唐王朝在安史之亂中強行徵兵拉夫給人民帶來的深重災難，鞭撻了官吏不顧人民死活的殘暴行徑，同時也反映了人民對安史叛軍的憤恨，對唐王朝平息安史叛亂所持的支持態度，因而使這組詩的思想內容達到空前深廣、渾厚的歷史高度。在藝術表現上，繼承了古樂府的優良傳統，思想傾向寓於典型情節和人物言行的眞實描寫中，所謂「『三吏』夾帶問答敘事，『三別』純託送者、行者之詞。」（浦起龍《讀杜心解》）因而使作品更爲含蓄、有力、感人至深，把古代現實主義詩歌創作推向了一個新的高峰。

二十四　長干行

唐代大詩人李白的一首別具一格的敘事詩。李白作爲一個偉大的浪漫主義詩人，他的詩作多以熾熱噴薄的激情，奇麗驚人的想像，神奇莫測的筆觸，構成一種「興酣落筆搖五岳，詩成嘯傲凌滄洲」的藝術魅力，如膾炙人口的名作《蜀道難》、《行路難》、《夢遊天姥吟留別》等。但這首《長干行》卻以眞切、委婉、細膩的筆觸，塑造了一個天眞、羞澀、執著於愛情的少婦形象，讀之令人深刻難忘，回味不盡。

《長干行》採用倒敘的筆法，從女子「妾髮初覆額」的童年時代寫起，回顧了她與丈夫「郎騎竹馬來，繞床弄青梅」的這種親密無間的友情。接著用年齡序數法，一一交代了她的生活歷程。新婚時的天真、羞怯：「十四爲君婦，羞顏未嘗開。」婚後的相親相愛、幸福美滿：「十五始展眉，願同塵與灰。」但是，好景不常，他很快嘗到了離別的痛苦。詩情在此頓起波瀾，發生明顯轉折：「十六君遠行，瞿塘灩澦堆。」丈夫因經商而出門遠行，少婦也陷入對丈夫安危的深沈思念和憂慮中。「門前遲行跡，一一生綠苔。苔深不能掃，落葉秋風早。八月蝴蝶黃，雙飛西園草。感此傷妾心，坐愁紅顏老。」通過節令和景物的變換，生動烘托了少婦的內心世界和複雜的感情活動。夏天過去，秋天來臨了，她一直在默默地盼望著、等待著丈夫的歸來。看著雙飛雙舞的蝴蝶，心中翻騰著孤棲的苦味；想到時光在不停地流逝，又悄悄地爲青春的消失而憂傷。她是在何等刻骨銘心的相思中煎熬呵！詩的最後說：「早晚下三巴，預將書報家。相迎不道遠，直至長風沙。」樸實而又眞切地寫出了少婦對於會面的渴望，對於丈夫熱烈的愛，寫出了蘊蓄在心底的奔放的情感。至此，一個滿懷著熱烈、堅貞、專一的愛情的婦女形象，久久留在人們的心上。

《長干行》在藝術上也很完美，吸收了古樂府的種種長處，白描手法中間以恰到好處的誇張，少婦的情感活動刻畫得豐富而又變化；整體風格纏綿婉轉，具有柔和、流麗、深沈的美，在古代眾多表現婦女生活的詩篇中，是引人注目的藝術珍品。

二十五　長恨歌

傑出的抒情色彩濃鬱的敘事長詩，作者爲唐代著名詩人白居易。

唐憲宗元和元年（八〇六），白居易被任命爲長安西南的盩厔縣尉。這年冬天，他與友人陳鴻、王質夫一起到馬嵬驛附近的遊仙寺遊玩，談到唐玄宗（李隆基）、楊貴妃（楊玉環）的愛情悲劇故事。王質夫認爲像這樣特出的事情，如果沒有大手筆爲它潤色加工，就會隨著時間的遷移而消沒，便鼓勵白居易「試以歌之」，在王的提議下，他寫下了這篇膾炙人口、流傳千古的傑作。

楊玉環是蜀州司戶楊玄琰的女兒，隨叔父楊玄璬入長安。成年後嫁給玄宗之子壽王李瑁爲妃。後爲李隆基看中，欲占爲己有，但又有礙於名分，於是讓她出宮作女道士，然後再迎入宮中。李隆基原來勤於國事，得楊玉環後沈湎酒色，荒廢朝政。天寶後期，朝廷內矛盾重重，加上李隆基偏幸楊家，用楊玉環堂兄楊國忠爲宰相，眾姐妹都有封號，眾人不滿，促進了矛盾的進一步激化。天寶十四年，安祿山借討伐楊氏，以清君側爲幌子，發動叛亂，李、楊逃出長安，西行四川，至陝西馬嵬驛，軍士發難，要求誅楊氏兄妹以謝天下。玄宗無法，只得命高力士縊貴妃於佛堂前梨樹下。

對於《長恨歌》的主題，眾說紛紜，具有代表性的意見有三種：一、諷喻說。認爲本詩主要諷刺唐玄宗重色貪歡，荒淫誤國。二、愛情說。認爲此詩主要是歌頌李楊愛情的眞誠和專一。三、雙重主題說。認爲該詩主題是諷刺與同情兼而有之，詩的前部分偏於諷刺，後部分偏於同情，對李諷刺多一些，對楊寄予更多的同情。長詩自始至終貫穿著兩重性，貫穿著愛情悲劇的製造者與愛情悲劇的承擔者之間的衝突。衝突的體現者主要是兩個人物的本身，而衝突的必然結果是人物的長恨。以上三說，以第三說較爲客觀、中肯、符合作品的實際。

這首長詩有一百二十句，八百四十字。它具有很高的藝術成就。全詩既有現實主義的細膩描寫，又有浪漫主義的瑰麗想像；刻畫人物生動細膩：塑造了唐玄宗、楊玉環兩個人物，不僅生動地描繪了他們的行爲舉止，而且還細膩地刻畫了他們的心理。全詩敘事、抒情、描寫熔於一爐：敘述詳略合宜，舒捲自如。在敘事中，時時參以寫景狀物，多方渲染環境氣氛，同時又與人物的心情相感應。全詩或移情入景，或觸物傷情，筆端飽含情韻，一氣舒捲地記敘了李楊愛情悲劇的始末。詩歌的語言也很凝練，優美動人，通俗易懂。例如：「歸來池苑皆依舊，太液芙蓉未央柳。芙蓉如面柳如眉，對此如何不淚垂。春風桃李花開日，秋雨梧桐葉落時」。僅幾句就把環境、時節、人物、心情描繪得令人感到如臨其境，親感其情。

二十六 琵琶行

一題《琵琶引》，是一篇著名的敘事長詩。作者是唐代偉大的現實主義詩人白居易。

白居易，字樂天，號香山居士，原籍山西太原。青年時期家境貧困，貞元十五年（西元七九九年）進士，曾任翰林學士、左拾遺。元和十年平盧節度使李師道派人刺殺宰相武元衡，他首先上書請求嚴緝兇手，得罪了權貴，另外，他寫了一些針砭時政的諷喻詩，也引起了權貴們的忌恨，元和十年被貶爲江州司馬。這次打擊給他的心靈留下了很深的創傷，到江州後的一年生活更使他體驗了社會的殘酷和世態的炎涼。元和十一年秋，到湓浦口送別朋友，恰巧遇到琵琶女富有情感的彈奏，知道她悲涼的身世，詩人壓抑已久的感情便像開了閘的河水傾瀉而出，寫出了這篇六百一十六字的七言歌行。

這篇著名的詩篇，內容大致是這樣的：在一個深秋的夜晚，幾隻客船停泊在潯陽江頭，船篷裡透出微弱的燈光。這時，詩人送客來到江邊。主客登船飲酒，但誰也提不起興致。忽然，從水上傳來動人的琵琶聲，順著聲找去，原來是一位獨守空船的婦人，用琵琶排遣寂寞和哀愁。詩人移船相近，盛情邀請她過來相見。婦人難以推辭，終於開始了彈奏，她的技藝十分高超，周圍的聽眾被琵琶曲深深打動。彈後琵琶女訴說了自己的經歷：她本是京城長安人，十三歲就學得一手好琵琶，當時的著名琵琶師曹善才都嘆服，她的美貌也曾引起長安婦女們的忌妒。她演奏的時候，豪門子弟爭著給賞錢，這樣年復一年，在歡笑中輕易地拋擲了自己的青春，不知不覺地已經衰老，那些醉心於她的公子哥兒另尋新歡了。她不得不委身於重利寡情的商人，丈夫經常外出經商，拋下她孤守空船，在淒涼中度日。詩人聽了她的自訴，聯想到自己的遭遇，更是嘆息不已。「同是天涯淪落人，相逢何必曾相識」！他們的心是相通的，詩人忍不住向她訴說了自己的遭遇，並要求她再彈一曲，報之以一篇琵琶行，表達了自己對琵琶女的同情以及對黑暗社會的憤慨。

《琵琶行》是一首思想性藝術性都有傑出成就的古代長詩。它的突出的藝術成就是在敘事方面。首先，敘事與抒情很好地結合。例如，邀請琵琶女相見，「千呼萬喚始出來，猶抱琵琶半遮面」，把她遲疑、靦腆，既難忍受獨守空船的寂寞，又不便在夜間與陌生人相會的矛盾心情，十分細緻地刻畫了出來。其次，敘事富於詳略虛實的變化，脈絡分明，曲折生動，例如，「秋夜送客」寫得比較簡略，而對彈奏琵琶的音樂描寫卻很詳盡，把曲調的變化，彈奏的技巧，曲中的感情，淋漓盡致地描寫了出來。此外，這首詩結構細密，情節曲折，還有濃重的氣氛烘托，傳神的細節描寫。所以，詩的藝術技巧是高超的，千百年來一直為人民所喜愛。

二十七 秦婦吟

晚唐詩人韋莊作的長篇敍事詩。唐末農民大起義前後，社會動盪。深重的時代災難，尖銳的社會矛盾，在韋莊這一時期的作品中，得到一定程度的反映。僖宗中和三年（八八三年），韋莊因爲赴京去應舉，住在京洛一帶，耳聞目睹黃巢入長安後的社會情況，寫成了這首長篇敍事詩《秦婦吟》。詩篇通過一個被起義軍俘虜的少婦的自敍，描寫她在長安遇到起義軍入城以及逃到洛陽的情形。詩中對起義軍多所詆毀，對起義軍所誅殺的公卿貴族表示同情。如「內庫燒爲錦繡灰，天街踏盡公卿骨」等。詩人即使站在維護腐朽的唐王朝利益的立場上，但對官軍的腐敗和殘暴，也不能不表示憤慨。詩中有不少筆墨暴露了官軍殘害人民的罪行。如「閒日徒歆奠饗恩，危時不助神通力。我今愧恧拙爲神，且向山中深避匿。寰中簫管不曾聞，筵上犧牲無處覓。旋敎魔鬼謗鄉村，誅剝生靈過朝夕……」。在長篇敍事中插入這段自白，顯然諷刺那些不敢和起義軍交鋒卻躲在深山誅剝普通百姓的官軍。詩中還通過一位老翁的哭訴，描繪了官軍殘酷搜括人民的面目：「自從洛下屯師旅，日夜巡兵入村塢……入門下馬若旋風，罄室傾囊如捲土。家財既盡骨肉離，今日殘年一身苦。」這些描寫客觀地反映了歷史現實的部分眞相，具有一定的認識價值。

《秦婦吟》或是流露淒惋感傷的末世情調，或是懷慕承平繁華的往日生活，文筆都生動流麗。其中「今日殘年一身苦」、「夜宿霜中臥荻花」等句，流露出淒楚孤獨的離別之情。這與晚唐詩中普遍存在的感傷情調是一致的。這首敍事詩長達一千三百六十八字，構思完整嚴密，是唐詩中篇幅較長的詩篇。這首詩未收入《浣花集》，據《北夢瑣言》記載，是因爲忌諱「內庫燒爲錦繡灰，天街踏盡公卿骨」等句。現存的《秦婦吟》是淸末在敦煌所藏的唐五代寫本中發現的。

二十八　枕中記

傳奇小說。唐代文學家沈旣濟作。寫道士呂翁在邯鄲道上一家旅店裡，遇見一個不願從事農業生產，嚮往升官發財的封建知識分子盧生。盧生正在大發牢騷，自嘆貧困，道士爲了使他醒悟，明白「寵辱之道、窮達之運、得喪之理、死生之情」，便拿出一個青瓷枕頭，讓盧生睡在上面。盧生入夢後，娶了一個貴族小姐崔氏女，接著又考中進士，連續升官，終於出將入相，享盡人間榮華富貴。但最終爲飛語所傷，蒙冤入獄，幾乎喪命。受驚醒來後，卻是一夢，原先旅店裡蒸的小米飯還尙未熟呢！他才大徹大悟，始知功名富貴不過是凶險風波中的鏡花水月，於是萬念俱灰。

這篇傳奇含蓄地諷刺了一般封建士子熱衷功名富貴的思想，也揭露了封建社會官場的險惡和爭權奪利互相傾軋的醜態。但因作者受道家思想影響過深，對現實矛盾採取消極逃避的態度，這就影響了作品的思想性。作者越是渲染盧生的飛黃騰達和身受排擠，也就越發加強了作品「人生如夢」的主題。從創作藝術形式上看，它顯然受到劉義慶《幽明錄》「焦湖廟祝」的啓發，但已不是「焦湖廟祝」那類誌怪小說的「粗陳梗概」，而是融合寓言與誌怪小說的多種表現手法，結構新穎、情節出奇，描寫手法也趨於工細，初步具備了諷刺文學的某些特色。

《枕中記》的思想內容和諷刺手法等對後世產生了一定的影響。人們長期習用的成語「黃粱美夢」以及《列仙傳》所記《雲房先生謠》：「黃粱猶未熟、，一夢到華胥」等皆從此出。明代著名戲曲家湯顯祖的劇本《邯鄲記》也以《枕中記》爲題材。

二十九　柳毅傳

傳奇小說。唐代文學家李朝威作。《柳毅傳》寫落第書生柳毅途經涇河，遇見龍女牧羊荒郊。龍女自敍在涇河夫家備受虐待，要求柳毅傳書至洞庭湖。柳毅慨然應允，入洞庭龍宮。洞庭君弟錢塘君聞訊大怒，凌空而去，誅殺涇河逆龍，救出龍女。龍女與柳毅相互愛慕，後經幾度曲折，終於結成美滿婚姻。作品通過龍女與柳毅之間的神話故事反映了封建社會婦女的痛苦，對封建婚姻和夫權思想作了批判，同時也表現了對婚姻自主和愛情自由的嚮往和追求。

《柳毅傳》的人物形象鮮明生動。作品中的龍女是反抗夫權壓迫追求幸福愛情的婦女形象。父母包辦婚姻給了她無限的痛苦和折磨。但是經過她的堅決反抗，終於和柳毅結成夫妻。柳毅是一位富於正義感的書生。他的傳書，純係激於義憤，沒有任何個人企圖，因此當錢塘君酒後逼婚時，他竟毅然拒絕。後來愛上龍女主要是感於龍女的深情。作品中對錢塘君的描寫，有聲有色，在他出場以前，就藉洞庭君之口加以渲染；並通過洞庭君的軟弱謹愼，陪襯出他那烈火般的剛烈性格。他的對答簡短乾脆，與個性吻合，所以著墨不多而形象鮮明。

《柳毅傳》栩栩如生的人物描寫是建築在詩意的想像和戲劇性的衝突之上的。它比較典型地運用了通過幻想反映現實的表現手法，富於濃厚的浪漫主義色彩。這些對我國戲曲藝術的發展曾產生過一定的影響。「柳毅傳書」的故事在後世家喻戶曉、廣爲流傳。元朝尙仲賢的雜劇《柳毅傳書》即取材於此。

三十　霍小玉傳

傳奇小說。唐代文學家蔣防作。蔣防，字子微，元和時義興人。《霍小玉傳》寫歌妓霍小玉和書生李益的愛情悲劇。李益在長安與霍小玉相戀，後來李益以書判拔萃，授鄭縣主簿，臨行時向小玉發誓偕老，歸家後卻變易心志，另娶貴家女盧氏。同時封鎖消息，企圖迴避小玉。小玉相思成疾，沈綿不起。俠士黃衫客激於義憤，挾李益重入小玉家。小玉悲憤交集，痛斥李益，氣結而死。作品通過進士李益對霍小玉始亂終棄、小玉憤激而死的故事，反映了唐代封建社會中婦女被侮辱、被損害的悲苦命運，揭示了豪門士族與市井細民間的對立矛盾，譴責了李益勢利熏心的卑劣行徑。

在作者筆下，小玉是一個溫婉文雅、受盡封建社會壓迫凌辱而不肯屈服的悲劇形象。她本是霍王婢女所生，幼年受過貴族家庭教育。她與母親一起被逐的經歷，使她認識到封建貴族家庭的冷酷無情，因此，即使在出身高貴的李益最迷戀她的時候，也總是淚水盈面，相信被棄的命運是必然的，她只望能和李益相愛幾年，然後永遁空門。然而這一點可憐的願望也終歸破滅。小玉不甘心就此罷休，連年變賣服飾、囑託親友到處探尋李益。這種執著不移的痴情，不僅使讀者更加同情她的遭遇，也越發反襯出李益的冷酷無情。作者託名李益，創造了一個心理活動較爲矛盾複雜的薄倖男子的形象。他由軟弱、勢利進而表現爲虛僞，他最初愛上小玉，純爲「重色」，以後共同的生活，雖也在他心上引起過一點愛情，背約後感到一些慚愧，但終於屈從門閥勢力，背盟毀誓、另攀高枝。正因爲他既給小玉以希望、又親手粉碎了它，這就給小玉帶來更大的痛苦，自己最終也成了道義上的罪人。作者還藉助烘托手法，描寫了一連串陪襯人物，從而聯繫較爲廣闊的社會生活來描寫愛情，深化了主題的社會意義。

《霍小玉傳》是唐代傳奇中的優秀作品，與其它以愛情爲主題的文學作品相比，它沒有大團圓式的美滿結局，而是譜寫了一幕令人深思的愛情悲劇。正因爲《霍小玉傳》能夠根據主要人物的性格衝突推動情節發展，能夠聯繫社會背景來刻畫人物，因此它結構謹嚴、形象完美，創造出霍小玉、李益這樣富有典型意義的人物形象。《霍小玉傳》的藝術構思及思想內容對後世的愛情文學產生了深遠的影響。明代湯顯祖的《紫釵記》就曾取材於此，但情節不盡相同。

三十一　鶯鶯傳

又名《會眞記》。傳奇小說，唐代元稹作。元稹，唐代著名詩人，字微之，河南人，與白居易友誼甚篤，世稱「元白」，爲新樂府運動的支持者。《鶯鶯傳》係張生與崔鶯鶯一度相愛、終於負心背棄的愛情悲劇，對封建士大夫玩弄婦女的醜惡行徑有一定程度的暴露，說明了貴族青年在當時的歷史條件下不可能掙脫封建桎梏，而往往只能成爲封建禮教的犧牲品，同時也反映出封建衛道者的虛僞和殘酷。作者筆下的女主角崔鶯鶯，出身名門貴族，深受封建禮教的熏陶，舉止端莊，沉默寡言，因此，雖有強烈的愛情要求卻不能不十分克制，經常處在外表和內心相矛盾的狀態裡。她約張生出來，卻又板起面孔斥責他「無禮之動」，這表明她的封建意識和愛情要求間的深刻矛盾。但經過激烈的思想鬥爭，她突然自動乘夜至張生住所私會。這一行動有突破封建禮教束縛的現實意義。然而，當她意識到將遭張生拋棄時，卻無力起來鬥爭，只能自怨自艾，聽憑命運擺布。鶯鶯性格中的這些弱點，是與她的貴族身份地位、教養分不開的。小說中的男主角張生是一個虛僞而自私的封建文人。他對鶯鶯始亂終棄，是封建制度下士子追求功名富貴的眞實寫照。作者對他的卑劣行徑，不但缺乏批判，而且從封建道德規範出發，贊許他爲「善補過者」，這反映了作者世界觀中嚴重的封建意識。從藝術上來說，該作小說與詩歌相輔而行，文學式樣相互影響，形成詩歌與散文結合、抒情與敍事結合的特殊風格。但是作品後半篇以過多的詩文來代替生動的敍述，在相當程度上減弱了形象的感染力。《鶯鶯傳》所描寫的戀愛題材深受歷代文人喜愛，唐宋以後的許多作品，如宋代趙令時的《蝶戀花鼓子詞》、金代董解元的《西廂記諸宮調》、元代王實甫的《西廂記》等都是根據它演變而來的。

三十二　竇娥冤

亦名《感天動地竇娥冤》，元代偉大的雜劇作家關漢卿的代表作，我國古代著名悲劇之一。《竇娥冤》的批判現實主義價值，是成功地塑造了竇娥這個心地善良而又不向惡勢力低頭的女性形象。竇娥三歲喪母，七歲因給父親抵債而做了童養媳，十七歲守寡，後默默忍受磨難，侍奉婆婆。因張驢兒誣陷而入獄，忍受拷打。當府衙太守桃杌要拷打婆婆時，她委屈成招。在押赴刑場斬首時，她首先想到的是不要讓婆婆見到自己披枷戴鎖而傷心。這些雖有封建孝道因素，但也充分顯示了她的善良品德和犧牲精神。另一方面，當黑暗勢力向她襲來時，她又表現了頑強的反抗精神。她一次次嚴辭擊敗張驢兒的威逼；在公堂上無辜遭打後，大膽地揭露「衙門自古向南開，就中無個不冤哉」的元代社會黑暗現實。當她含冤走向刑場時，反抗意識上升到了對在封建社會有至高無上權威的天地的斥責（見第三折「滾繡球」）。臨刑前對天發下三樁誓願：一腔熱血飛在白練上，三伏天降三尺瑞雪，楚州亢旱三年。這更強烈表現了她至死不屈的反抗精神。

通過竇娥悲劇一生，使我們進一步看清了元代社會吏治腐敗、地痞橫行、人民生命毫無保障的黑暗現實，也向我們昭示出了元代高利貸的萌芽和由此而產生的社會矛盾。

在劇本中，作者通過大膽的超現實的藝術手法，表現其理想色彩和愛憎情感。竇娥的三樁誓願的實現以及最後鬼魂出場申冤報仇的情節，使整個劇本主旨得到了昇華。在劇本場面安排和關目處理上，緊湊合理，主次分明，矛盾集中。劇本對竇娥十七歲前的經歷只在楔子中幾筆交代明了，而大量的筆墨潑在了對竇娥同張驢兒、同官府的矛盾衝突的描寫上，從而既可大量揭露元代社會的黑暗，又可突出竇娥形象中的反抗性格，深化主題。劇本語言本色，貼切人物身分，竇娥在法場上對婆婆的一段道白，與一個封建社會小媳婦的口吻十分完合。總之，《竇娥冤》體現了現實主義與浪漫主義相結合的創作風格和藝術特色，堪稱中國戲曲史上的不朽之作。

三十三　救風塵

又名《趙盼兒風月救風塵》。元代雜劇。我國偉大的戲曲作家關漢卿所作。《救風塵》是一部傑出的喜劇。作品描寫了下層婦女在愛情、婚姻方面的鬥爭，熱情地謳歌了趙盼兒的正義、勇敢和機智，深刻地揭露了封建勢力對愛情的摧殘。劇中主角趙盼兒，曾經幻想能遇上一個知心的男人，過上自由幸福的生活，但是殘酷的現實一次又一次打破了她的夢想，長期的風塵生活使她積累了豐富的處世經驗，在生活中受到的凌辱使她對那些流氓無賴充滿了憎恨。因此，當她的結拜妹妹宋引章因爲幼稚被騙而遭到虐待時，她便針對流氓周舍喜新厭舊、酷好女色的弱點，鋪謀定計，深入虎穴，誘之以色，動之以財，與宋引章配合默契，以其人之道還治其人之身，把周舍這個花柳慣家一步步引入圈套，最終制服了這個流氓，救出了宋引章，從而收到大快人心的喜劇效果。

元雜劇四折一主角的體制不允許採用雙線並進的情節結構，但卻沒有妨礙關漢卿通過多組戲劇衝突把人物形象描繪得十分豐滿。劇作通過趙周鬥爭這一主要矛盾，表現趙的機智勇敢；通過趙、宋認識不同的次要矛盾，表現她對周舍的深刻認識和對宋引章的俠義心腸。正因爲寫了第二組矛盾，所以才能充分地把趙對周的鬥爭置於正義的基礎之上，使人們不僅看到趙盼兒機智巧妙的行動，而且看到這種行動所蘊含的深刻思想意義。另外，《救風塵》的關目布置不少飛來之筆。如在周舍咬碎休書之後，趙盼兒突然說出休書已被換過，咬碎的是假休書。這類布置大都已有伏筆在先，既變化莫測、出人意料；又能從前後呼應中展示情節變化之必然。

關漢卿的戲曲藝術修養使《救風塵》的戰鬥性和人民性得到充分的發揮。趙盼兒這一正面人物集中了人民的智慧，寄託了作者的理想，體現了現實主義和浪漫主義相結合的創作風格。《救風塵》對後世產生過一定的影響，它鼓舞了下層市井細民反對封建壓迫的鬥爭，在戲曲創作方面，本劇所創造的多組戲劇衝突和新穎出奇的關目設置等，爲後來的喜劇創作提供了典範。

三十四　單刀會

又名《關大王單刀會》。元代雜劇，我國偉大的戲曲作家關漢卿所作。《單刀會》是描寫歷史人物的歷史劇。作品通過關羽接受東吳魯肅的邀請渡江赴宴的故事，歌頌了關羽的大智大勇，突出了他豪邁剛毅的英雄氣概和磊落寬闊的胸襟。

《單刀會》戲劇結構的關目布置，緊張引人而又變化莫測。一開始寫魯肅設計造成懸念。然後關羽赴會，由舌戰到甲士埋伏，直至關羽持劍相襲，擊案破鏡，最後拉魯肅上船相送，刀光劍影，步步相逼，於高潮處戛然收場，顯得乾淨利落。劇中的鋪墊襯托手法也運用得十分成功。關羽在前兩折並未出場，而是通過喬玄和司馬徽之口繪聲繪影地描述了關羽的英雄氣概。這樣鋪墊襯托、先聲奪人，關羽的形象便已經豎立起來。

《單刀會》一劇吸收了前人的許多語言素材，熔鑄成自己的語言，第四折是全劇的高潮，關羽單刀赴會，面對滾滾東去的大江，抒發了他豪邁的胸懷。「大江東去浪千疊……我覷這單刀會似賽村社」，「水湧山疊，年少周郎何處也？不覺灰飛烟滅……」。這兩支膾炙人口的曲詞，顯然熔化了蘇軾《念奴嬌·赤壁懷古》的意境和一些語意，經過關漢卿的再創造，基調更爲蒼涼悲壯。在關羽孤帆渡江的特定情勢中，把抒情、寫景、敍事和諧地統一起來，從大江的千疊波濤，引發出人物內心的洶湧波濤，用壯烈的歷史人物，渺遠的歷史故事，烘托深沈的歷史感慨，抒發主人公創功立業的宏偉抱負和藐視強敵的豪邁氣概。

《單刀會》中的關羽豪氣四溢，是位被作者理想化了的英雄。作品通過對歷史英雄關羽維護漢家事業的歌頌，流露了一定的民族感情，鼓舞著人們的鬥爭勇氣。七百餘年來《單刀會》在我國舞臺上一直上演不衰，關羽的形象對歷史劇中英雄人物的塑造產生了深遠的影響。

三十五　西廂記

元代最有成就的雜劇之一，由王實甫在董解元《西廂記諸宮調》基礎上改寫而成。全劇共五本，一、三、四、五本各有四折一楔子，第二本是五折，沒有楔子，共二十一折。突破了元雜劇每劇四折的結構體例。

《西廂記》的故事最早見於唐代元稹《鶯鶯傳》，寫張生和崔鶯鶯的愛情故事，張生「始亂之，終棄之」。到了《西廂記諸宮調》中張生成爲有情有義的人物，鶯鶯敢於反抗封建勢力，兩人有了美滿的結局。而王實甫的《西廂記》雜劇，反封建的思想傾向更加強烈，人物形象更加鮮明，藝術技巧也大大提高了。它通過張生與鶯鶯的愛情故事，熱情歌頌青年男女反抗封建禮教、爭取婚姻自由的鬥爭，爲敢於向封建禮教挑戰的叛逆者安排了大團圓的勝利結局，表達了「願普天下有情的都成了眷屬」的思想。

貫穿全劇的矛盾在代表封建勢力的老夫人與追求自由幸福的青年一代——張生、紅娘之間展開。老夫人是相國夫人，她的一切言行都從維護「相府門第」的聲望出發。她不以女兒的幸福爲意，反對鶯鶯與張生結合，維護女兒與鄭尙書兒子鄭恆的親事。她還有權詐機變的一面，孫飛虎包圍普救寺要搶鶯鶯的時候，聲稱有能退兵的，將小姐嫁給他。但張生設計退兵後，又自食其言。後來無可奈何答應了張生婚事，又逼他上京趕考；張生走了，她又要鶯鶯與鄭恆成親。這個人物十足表現出禮教的虛僞和殘酷。張生是一個「白衣秀才」，先人雖曾任禮部尙書，但身後蕭條。他在普救寺見了鶯鶯，一心愛她，「不往京師去應考」了。他解普救寺之圍，救了鶯鶯母女。

考中狀元後，趕回來與鶯鶯成親。他鄙棄功名利祿，對愛情極其執著和專一，是劇中的正面人物。崔鶯鶯是一個相國小姐，聽到紅娘介紹張生便有了意思，花園燒香，相互月下吟詩，各訴衷曲。她心中的愛情日益滋長，對老夫人的約束越來越不滿。老夫人於張生退兵後賴婚，她更加反感。後來背著母親，毅然投身張生，掙脫了封建禮教的束縛。張生被迫上京趕考，鶯鶯長亭送別，唱出：「但得一個並頭蓮，煞強如狀元及第」。「蝸角虛名，蠅頭微利，拆鴛鴦在兩下裡。」她把愛情看得高於功名利祿，表現了她的叛逆性格。《西廂記》突出了紅娘的形象。她是張、崔之間的穿針引線之人。鼓勵和幫助鶯鶯克服猶豫和怯弱，成為封建禮教的叛逆者。她為張生出謀劃策，與鶯鶯會面。她敢於和老夫人鬥爭，在《拷紅》一折中，她機智善辯，迫使老夫人承認了崔張的愛情關係。紅娘這個婢女的形象，光彩奪目，是王實甫傑出的創造。

《西廂記》在元雜劇中被譽為「天下奪魁」。它的藝術成就首先是在錯綜複雜的戲劇衝突中，塑造了具有不同個性的鶯鶯、張生和紅娘等人物形象。其次作者善於描摹景物、醞釀氣氛，襯托人物的內心活動，形成獨特的優美風格。《長亭送別》中「碧雲天，黃花地，西風緊，北雁南飛。曉來誰染霜林醉，總是離人淚」，以典型的秋景，表達了離別之悲。第三，王實甫選擇、融化古代詩詞優美的詞句和提煉民間生動活潑的口語，使劇中人物具有不同風格的個性化語言。張生常常直抒胸臆，稚氣、誠摯，富有幽默感。鶯鶯則含蓄蘊藉，帶有傷感情調和清麗的色彩。紅娘是機智犀利，潑辣俏皮。

《西廂記》是我國古典戲劇現實主義的傑作。元明以來，廣泛流傳。後來許多以愛情為主題的小說戲劇包括《牡丹亭》、《紅樓夢》等，都在很大程度上受到它的影響。

三十六　梧桐雨

作者白樸。白樸字仁甫，號蘭谷。由金入元。因從小母親被蒙古軍擄掠，受盡國亡家破之苦，不肯做元朝的官。晚年寄居建康(今南京)，以詩酒自娛。

《梧桐雨》是白樸雜劇的代表作，它以唐玄宗與妃子楊玉環相愛的故事，再現安史之亂的起因與結局，是一部將個人的情愛與歷史結合起來寫的作品。唐邊將安祿山討奚丹戰敗當斬，因其善逢迎被唐玄宗赦免，留在宮中侍候。楊貴妃則收他爲義子並有了私情。唐玄宗擬任安祿山爲相，遭楊玉環兄楊國忠反對，改任漁陽節度使。安走後，楊貴妃十分想念他，但爲了邀寵又和唐明皇七夕對天密誓，願永世爲夫妻。自此唐玄宗更加寵愛楊貴妃，讓四川遠程進貢荔枝以滿足其享受。貴妃則制霓裳羽衣曲，登臺演霓裳舞以固寵。不久，安祿山以清君側爲名，在漁陽起兵，直逼長安。此時文武大臣無計禦敵，勸玄宗逃往四川，軍至馬嵬坡，陳玄禮統率的禁衛軍兵變軍諫。唐玄宗不得已處死楊國忠，縊死楊玉環。安史之亂平息後，唐玄宗回到長安，退位做了太上皇養老，但每日仍思念貴妃，教畫工畫了貴妃的眞容供奉，朝夕哭奠。宮裡景物依然，但已人逝樓空，引起往日回憶，更增傷感。一夕睡夢中，玄宗忽見貴妃到來，於是邀她到長生殿赴宴。醒來聽到的是窗外秋雨打梧桐的蕭蕭聲，情傷倍增。戲就在這一片淅淅瀝瀝的雨聲裡落下帷幕。清代的洪昇曾依此劇情寫了著名的傳奇《長生殿》。

《梧桐雨》是一部戲劇體的抒情詩。作者以秀雅含蓄的文筆，使人物的感情、獨特環境下的心理感受，以及性格的形成和變化貼切地融合，塑造人物將秋夜雨打梧桐聲與唐玄宗思念楊貴妃的心緒緊密聯繫在一起，表達人物的心態，歷來被人們稱道。在刻畫人物時，作者運用了多角度多層次的方法，從整體上把人物寫活。如他把唐玄宗寫成既是一個耽於女色、不理朝政，任用肖小，愚庸昏聵，釀造安史之禍，造成社會巨大動亂的罪人，又是一個對楊貴妃有著誠摯情愛的君王，還是一個善於表達、體驗的文雅皇帝。這樣唐玄宗就不是一個偶像，而是一個性格、情感複雜的人。再如楊玉環是一個鎖在深宮美麗多情的伴君的年輕女子，她有自己的慾望與情感，與宮內侍衛安祿山私通。這是作者寫出了她的人性的一面。但是楊氏兄妹之所以聲勢顯赫，全依仗唐玄宗的寵愛。爲了報答唐玄宗對她楊家的恩德，又眞誠祈禱與玄宗永世相愛。作者又寫出了她的社會性的一面。前人評論說這是作者寫得不圓滿之處，其實正是作者突破傳統線性寫人物之點。此種寫法對後世的戲劇創作有較大的影響。

三十七　牆頭馬上

元代雜劇優秀作品之一，作者白樸。

它受白居易《新樂府·井底引銀瓶》一詩的啓發，反映男女愛情婚姻問題。故事是這樣的：唐高宗時洛陽總管李世傑的女兒李千金，在花園牆頭看見了馬上的工部尚書裴行儉的兒子裴少俊。兩人一見傾心，當晚便在花園相會。後來，李千金私奔裴少俊。少俊把千金藏在長安自家的後花園裡，生了一兒一女。七年之後，少俊的父親在後花園發現李千金及其兒女，盛怒之下，痛罵李千金。裴少俊從郊外上墳回來，被迫寫下休書留下兒女，讓李千金一人回娘家去。裴少俊也上京趕考，狀元及第後，任洛陽縣尹，找到千金，千金不肯認他。這時候裴尚書夫婦帶著孫兒一齊趕來，知道李千金是李世傑女兒，當初曾與李家議過婚姻，加之千金與孩子間的眞情，夫妻終於團圓。

劇本成功地塑造了反對封建禮敎，追求婚姻自由的李千金的形象。她性格堅強、敢做敢當，在後花園與少俊約會，被奶媽撞見，她理直氣壯地爲自己辯護：「龍虎也招了儒士，神仙也聘與秀才，何況咱是濁骨凡胎」。愛上裴公子後，她敢於私奔。後花園住了七年，被公公發現後，公公罵她：「敗壞風俗」，「女嫁三夫」。千金回答：「我則是裴少俊一個」，「這姻緣也是天賜的。」當丈夫屈服於壓力把她休棄時，她予以嚴正的譴責。少俊做了官要求重新團圓，她也不肯答應。她在強大的壓力下，決不屈服，堅決維護自己選擇的道路。這樣的女性形象在古典文學中是不多見的。劇中的裴行儉，自稱是「八烈周公」，夫人是「三移孟母」，相信他的兒子在他們的敎育下，「不親女色」，此去洛陽，「萬無一失」。事情恰恰相反。後花園發現李千金，他氣勢洶洶，逼兒子休了她。最後又上門認錯，求千金與裴少俊重新團圓。這種主觀與客觀、言論和行動之間的矛盾，具有喜劇意味，揭露了封建禮敎的虛僞和醜惡，反襯出李千金的正義和美好。《牆頭馬上》結構完整、曲辭優美、對白自然。不足之處是戲劇衝突的解決是靠裴少俊中了狀元；兩人相愛只不過是做了多少年前雙方父母已經安排好的事情，即所謂的姻緣暗合。這就降低了作品的社會意義。

三十八　漢宮秋

作者馬致遠。馬致遠號東籬，元代著名的戲劇家和散曲家，曾做過（元）江浙行省務官。後退隱從事戲劇、散曲的創作，有「萬花叢中馬神仙」之稱。

《漢宮秋》是馬致遠雜劇的代表作。故事寫漢代美女王嬙(即王昭君)被漢元帝選入宮中，因無錢納賄，被畫工毛延壽點破美人圖，而打入冷宮。漢元帝偶然巡幸後宮，得見王嬙，並迷戀其姿色，從此不再理朝政。當得知毛延壽之過時，傳旨斬其首。毛延壽潛逃至匈奴，將王嬙美人圖獻給匈奴王。匈奴王派兵按圖索要王嬙。此時，大軍壓境，文武大臣各保身家性命，無人敢領兵退敵，只是追逼漢元帝將王嬙送去以息刀兵。王嬙爲顧全大局，自願請命和番。在出塞途經黑龍江時，王嬙奠祭祖國後投江而死。王嬙死後，漢元帝深居漢宮，在一個秋夜，耳聽孤雁哀鳴，引起了無限的思念愁緒。匈奴王見王嬙已死，怕與漢家結仇，便將毛延壽送回漢朝斬首，漢番和好。

元代是一個民族壓迫極嚴重的朝代，統治者對漢民族意識極力扼殺，法律規定凡妄撰詞曲者斬首或流放。馬致遠爲表達漢民族的普遍心理，藉助歷史上昭君和番的影子，將許多寫昭君的筆記和詞曲的片斷合成完整的故事。王昭君是位美麗正直、傲岸無畏、深明大義而又貞烈的農家姑娘。她被選入漢宮，拒賄退入永巷，空耗青春，是個悲劇。後被漢元帝寵幸，封爲明妃，做了玩偶，也沒有愛情和幸福。後大軍壓境，幾十萬鐵衣郎不能退兵，漢元帝不能自保，不能保護愛妃，這也是一個悲劇。作者將這兩個悲劇交織起來寫，有深刻的意義。特別是作者虛構昭君不願離祖國投江的情節，把國家積弱太甚，保衛不了一個弱女子，一個至高無上的皇帝的愛妃的悲劇，推向高潮，震撼人心。這在無數民間妻女被擄而破碎的心靈中激起了多麼大的哀痛和憤恨，點起了光亮的火把。作品既歌頌了王昭君漢民族意識的貞烈，又揭露鞭笞了腐朽無能的統治者。毛延壽的奸貪叛賣行徑，大臣的屈膝求和、諂媚事君，皇帝的昏庸，更加襯托了昭君光照漢宮的形象。

作者運用了情景交融及心理描寫，把國與家，臣與民的憂憤哀思交織在一起，使元帝思念昭君的情懷與秋夜孤雁哀鳴相應和，將這齣抒情悲劇推向了高潮，給以哀怨爲主的王昭君的形象裡加進了渾厚、陽剛、壯烈的主旋律，並和人民群眾的正義、愛國主義心聲產生共振。

三十九　瀟湘夜雨

楊顯之作。楊顯之，大都（今北京市）人，元代戲曲家。《瀟湘夜雨》寫的是讀書人崔通忘本負心、趨炎附勢，停妻再娶的故事。女主人公張翠鸞的父親張天覺是北宋末年的諫議大夫，累次向皇帝進諫高俅等人殘害百姓，反被誣貶到江州。她隨父親去赴任，行至淮河渡船覆沒，父女失散。翠鸞被打魚人崔文遠救起，並認崔爲義父。後由崔作主，嫁給姪兒崔甸士。婚後崔甸士上朝應舉，中了狀元。崔甸士假說尚未娶親又和主考官的女兒結了婚，做了秦川縣的縣令。三年後翠鸞聽說崔甸士做了秦川縣令，就歷盡艱險地去尋找。不料崔甸士不認，反誣她是「逃奴」，把她毒打一頓，刺配到沙門島，並叮囑解差在中途把她害死。翠鸞一路上受盡折磨，行至臨江驛，在驛門外休息。此時秋雨瀟瀟，翠鸞飢寒交迫，心裡想著父親，哭喊爹爹。恰巧其父升爲廉訪史，皇帝賜給他勢劍金牌，正在臨江驛內休息。翠鸞的哭聲驚破了他與女兒的夢中相會，查問之後父女相認，翠鸞的冤情大白。於是翠鸞回到秦川，其父捉拿了崔甸士夫婦問斬。此時崔文遠趕到，他們父女看在恩人的面上，饒了崔甸士的性命。翠鸞與崔甸士重新結婚，將新娶的妻子打做奴婢。戲劇在他們的婚禮中結束了。

古代的勞動婦女由於經濟不能獨立，受三從四德觀念的影響，成了男子的附屬品，造成了翠鸞的不幸遭遇。作品通過崔甸士卑鄙自私、心狠手辣、嫌貧攀富、喜新厭舊種種惡行，與翠鸞在惡劣的環境中，歷盡艱辛尋夫，遭到誣諂後積極地反抗鬥爭精神的對比，暴露了這一普遍的社會問題及封建社會法律的任意性、專制性。

四十　秋胡戲妻

作者石君寶，平陽府(今山西臨汾市)人，元代戲曲作家。共作雜劇十種，今流傳的有三種。

《秋胡戲妻》又名《桑園會》，是我國古代流傳最廣的故事之一。它描寫秋胡和村女梅英結婚剛三天，即被徵從軍。梅英在家勤勞持家，奉養高堂，一心只盼丈夫歸來。本莊財主李大戶看上了她，以梅英父母欠他四十擔糧食爲由加以脅迫，梅英的父母貪圖財利，威逼梅英改嫁於李大戶。梅英憤怒已極，痛斥了李大戶並揮手打了他一個耳光。十年之後的一天，梅英在桑園採桑，巧遇秋胡做官回家，因久別已不相識，秋胡便用金銀調戲梅英，被梅英痛罵一頓。秋胡碰了釘子，梅英逃出了桑園。當她回家得知調戲自己的就是盼望已久的秋胡時，十分傷心、失望、憤恨，深以爲恥，要堅決和他離婚。婆婆勸解無效，不得已以自縊相逼，這樣梅英才認了丈夫。

梅英是位善良、勤勞而堅強勇敢的勞動婦女。她捨己爲人，雖然孤單力弱，卻擔起侍奉老人的重擔，受到各種折磨而不低頭。李大戶以債務凌逼，父母爲錢財誘勸，年老多病的婆婆不能給予幫助，但是她毫不畏懼地、堅決與李大戶作拚死的鬥爭。秋胡在桑園以金錢利誘、官勢脅威相調戲，她以凜然不可侵犯的氣勢進行反抗，表現了貧賤不能移、威武不能屈的堅貞意志和對愛情的專一精神。梅英的遭遇是悲慘的，造成悲慘遭遇的是殘酷的戰爭、高利貸的盤剝、地主階級的迫害，和封建官吏的無恥。它既表現了對養育人類的婦女的同情，對封建社會制度進行抨擊，也歌頌了眞正的人生價值觀。

作品將秋胡追求權勢與金錢的喪德敗行，和梅英鄙視錢財、堅貞不屈相對照，給人以深刻鮮明的印象。這是一齣具有普遍社會性的戲劇，對社會倫理和後世戲劇創作都有較大的影響。

四十一　柳毅傳書

作者尙仲賢，眞定（今河北正定縣）人，元代戲曲作家。共作雜劇十餘種，今保存有三種。

《柳毅傳書》是根據唐人李朝威的傳奇《柳毅傳》改編的。敍述的是洞庭君之女龍女三娘嫁給涇河龍王之子涇河小龍爲妻。涇河小龍兇狠暴躁，又爲婢僕所惑，厭惡三娘並在老龍面前誹謗她。涇河老龍偏聽小龍一面之辭，一怒之下，將三娘發配到涇河岸上牧羊。三娘受盡折磨，時刻盼望家中來人救助，但無人傳書遞信。淮陰秀才柳毅落第回鄉，路經涇河河岸，對三娘的遭遇非常同情。三娘託他傳書到洞庭。幾經周折柳毅來到洞庭，見了洞庭君，報告三娘的處境。三娘的叔父火龍聽了大怒，帶領水卒打敗了涇河小龍，救回了龍女三娘。洞庭君感謝柳毅傳書救出龍女三娘之恩，願將三娘嫁給他爲妻。柳毅不答應，請求回家奉養老母。回家後，母親已爲他定下范陽盧氏女爲妻。成婚之日，柳毅發現盧氏女即三娘。原來三娘假作盧氏女與柳毅成親。柳毅驚喜不已，成了美滿的夫妻。

在封建社會裡封建家長的鐵腕扼殺了一切新生和正義，婦女的命運尤爲悲慘。作者運用神話故事，通過現實中不能實現的幻想的形式，來反映這一社會現實。這齣戲的基本衝突是殘暴兇狠成性的涇河龍王及其爲非作歹浪蕩兒子，與善良、淳樸的三娘，正直、見義勇爲的柳毅和錢塘君的矛盾展開的。三娘受迫害、被解救、報恩是這齣戲的中心情節，戲劇內容都是圍繞著它安排的。這齣戲的基本情節與《柳毅傳》相同，但也作了發展，如作品刪除了《柳毅傳》中柳毅成仙的結尾，讓脫離苦海的龍女三娘和見義勇爲的柳毅結成美滿的婚姻，樹立了做人的標準，展示了人生的價值，給受著封建家長制壓迫的人以鼓舞和啓示。

這齣戲詞曲優美，情節集中緊湊，使神、人巧妙地融爲一體，給後世的愛情戲劇創作很大的啓迪。

四十二　張生煮海

作者李好古，東平（今山東平陰）人，元代雜劇作家。作雜劇三種，《張生煮海》是僅存的一種。

《張生煮海》本是一個廣泛流傳於民間的極優美的神話故事。雜劇是李好古根據這個傳說編寫的。它寫的是秀才張生和龍女瓊蓮衝破重重阻礙終成眷屬的故事。張羽遊學，寄居東海石佛寺，夜晚撫琴散心。龍女瓊蓮出來遊玩，偷聽琴曲大爲感動，遂與張生相見，彼此一見傾心。張生愛她美麗，心地單純，兩人願結爲夫妻。瓊蓮送給他鮫綃帕一方，並約他於八月十五日到她家相會，招他爲婿。瓊蓮走後，張生思念心切，即到海濱尋訪。途中遇到東華仙姑，仙姑問明來因之後，深表同情，於是賜他銀鍋、金盞、鐵杓三件法寶，並教他使用的法術，讓他到東海沙門島上煮海。仙姑告訴他，只要把海煮乾了，龍王就會把瓊蓮送出來的。張生按照仙姑的吩咐去做，不一會就把海煮得沸起來。龍王忍受不住，只好託石佛寺長老去勸說，答應將瓊蓮嫁給張生。張羽這才收了法術，隨長老進入龍宮，和瓊蓮結成了美滿姻緣。

在封建社會裡，青年男女按照自己的意志自由地選擇伴侶，早爲人們所嚮往。那些不畏強暴，不避艱險，追求愛情、幸福的人更爲人們景仰。但是，封建的宗法婚姻制度的現實卻使有情人事與願違。於是人們創造出爲了追求愛情而移山塡海的人物，以滋潤數以萬計的乾涸的靈魂，使人們在黑暗中看到光明。張生追求愛情的頑強意志，感動了不食人間煙火的神仙；瓊蓮衝破封建禮教的束縛，主動地表示對張羽的情愛，這些，都歌頌了眞正的愛情，體現了人民的意志和力量，具有反封建的意義。這個故事曾被元雜劇《牆頭馬上》的貴族小姐李千金用來激勵自己去衝破社會、家庭的束縛，與丈夫私奔，走向自由。

作者以極其豐富的想像力，優美的詞曲，描繪了迷人的大海，神奇的龍宮，巨大能量的法寶，使故事充滿了傳奇色彩，表達了人民征服自然的願望和反對封建婚姻制度的信心和力量。純眞、無瑕的瓊蓮，熱情誠實的張羽，不僅感動了神仙、長老，還使兇暴的龍王自願招張羽爲婿。它歌頌了人類爲自由而奮鬥的決心與毅力，具有一股感人的力量，至今仍盛演不衰。

這齣戲運用琴聲傾述心聲，以此來描寫人物的心理變化，使封閉頭腦裡無法感知的情感，以可感的形式表達出來。這種方法大約是受到《西廂記》的創作影響，為後世所稱道。

四十三　趙氏孤兒

作者紀君祥，大都（今北京市）人。元代著名的雜劇作家，生卒年代不詳。《趙氏孤兒》是其劇作僅存的一種。

《趙氏孤兒》是世界著名悲劇之一。它取材於《史記·趙世家》、漢劉向的《新序·節士》篇，是一齣經過改造的社會歷史大悲劇。故事敘述春秋時晉靈公的奸臣屠岸賈，專權陷害忠良。大臣趙盾被迫害，全家三百餘口慘遭殺害，兒媳是公主並懷有身孕得以倖免。為撫養趙家遺腹子，報趙家的深仇大恨，草澤醫生程嬰願承擔此重任。孤兒的生母及看守的將軍韓闕相繼自殺，以解程嬰的後顧之憂，平安將嬰兒轉移出宮。程嬰將孤兒抱到太平莊與公孫杵臼共商保孤大事。屠岸賈得知孤兒出走，下令將全國半歲以下的小兒統統處死。程嬰為了保全孤兒及全國的嬰兒，便將自己的兒子交給公孫杵臼，冒充孤兒，然後告發公孫杵臼藏匿孤兒。公孫杵臼與程嬰有刎頸之交，甘願認做隱藏孤兒之人。屠岸賈得知後，將公孫杵臼抓獲。公孫杵臼受盡折磨，也不肯招認。當「孤兒」即程嬰之子被搜出後，公孫杵臼撞階而死，嬰兒被剁三截而死。程嬰目睹親生骨肉被殘害，悲痛欲絕，但必須壓抑。自此，程嬰被屠岸賈收為心腹，孤兒被認作義子。二十年後，孤兒學成武藝，經過程嬰點破，知道了自己的身世和國仇家恨，便殺了屠岸賈以謝天下。

《趙氏孤兒》是一齣封建時代的獨裁恃寵奸佞者與善良正直淳樸的官吏之間鬥爭的社會劇，

作者以春秋的筆法將褒貶賦予劇中人物的行動上，思想上，展現了中華民族扶弱滅兇頑邪惡的美德，善美和惡醜的大搏鬥，具有一種崇高的精神力量。面對著屠岸賈魔王似的毒辣狡詐兇殘的行動，那些與趙家素昧平生的人們，爲了保孤兒及晉國的幼嬰，一個個前仆後繼，義無反顧地用鮮血、生命乃至長期的忍受折磨爲代價，去換取人道和正義。那浩然正氣，壯烈的人生情操，感天地泣鬼神，激勵著讀者與觀衆，陶冶人們的情懷，受到人們的稱頌。這齣戲早在二百年前，就被譯成法文，早已爲世人所矚目。這也是一齣聯繫著全社會的歷史劇。它圍繞著孤兒的生存、成長和復仇展開情節，動人心弦。作品除了刻畫程嬰和屠岸賈兩個對立的形象外，還塑造了一個爲正義和人道而復仇的群像，這個群體不爲私利的獻身精神，是大寫的人的靈魂。

這齣戲的主題集中，很注意情節的眞實性與情理的邏輯性，矛盾展開自然。除全劇高潮外，每折都各有自己的高潮。第五折的復仇是壯烈而崇高的，令人迴腸盪氣。它克服了一般雜劇輕鬆的結尾，以及全劇一人唱到底的缺點，使揚善懲惡的主旨更加明確，突出。

四十四　拜月亭記

《拜月亭記》是南戲中成就最高、影響最大的作品。相傳是元代作家施惠據關漢卿的《閨怨佳人拜月亭雜劇》改編的。《拜月亭記》基本上沿用了關漢卿原作的人物和故事情節，但又做了創造性的加工。故事的內容比關作更豐富，人物性格更鮮明，反映的社會生活圖景更廣闊。

故事敍述的是金末蒙古軍進攻中都。忠臣陀滿海牙遭奸臣構陷，滿門抄斬，只有其子陀滿興福逃出，爲秀才蔣世隆所救，兩人結爲兄弟。此後，蒙古軍南侵，蔣世隆與妹妹蔣瑞蓮在兵荒馬亂中不幸相失。兵部尙書王鎭的夫人和女兒王瑞蘭也被亂軍衝散。蔣世隆與王瑞蘭相遇、相識，在患難中，兩人拜做兄妹，相互照料，後在旅店中結爲夫妻。蔣瑞蓮與王母偶遇，並被王母認作義女。戰後，王鎭路經廣陽鎭，在旅店巧遇瑞蘭。但是他欺貧貪權，不認蔣世隆爲婿，並責罵瑞蘭不守婦節，倚仗權勢將女兒強行帶走，把被疾病折磨的蔣世隆抛在旅舍中。在孟津驛，王鎭又遇夫人和瑞蓮，一家團聚。回到汴京，瑞蘭思念世隆，到後花園焚香拜月，爲世隆禱祝，被瑞蓮暗中聽到，始知瑞蘭即爲嫂嫂。後蔣世隆得到陀滿興福的救助，兩人同去應試，雙雙高中文武狀元。王尙書奉旨招婿，使他們分別與女兒和瑞蓮成婚。這樣，夫妻、兄妹方得團圓。

《拜月亭記》主要是寫蔣世隆與王瑞蘭在亂世中的愛情波折。全部情節在重大的歷史變動中展開，故其愛情不是通常的才子佳人式的一見傾心之愛，而是在兵燹患難途中相知、相扶中產生的。作品主要寫王瑞蘭衝破封建禮教的束縛，主動將愛情奉獻給蔣世隆的艱難過程。她是在戰亂中嘗到愁苦滋味，懂得恐懼和孤獨的千金小姐。在戰亂中，爲了生存，逼使她拿出智慧與勇氣去衝破封建禮教的樊籬。她主動要與蔣世隆同行，並以假夫妻相稱，去自由地支配一切。但當蔣世隆在患難中熱烈地愛上她時，又感到封建禮法枷鎖的重壓，違心地推脫、轉移、冷落蔣世隆的追求。當她與蔣世隆結爲夫妻後，則是一愛到底，既不屈服於父親的威逼，也不理睬聖旨的威壓，斷然抗拒招婿。這樣，作品歌頌了自由的情愛與自主婚姻，揭露了世俗的婚姻觀。原作是蔣世隆奉旨招親，這齣戲則改成蔣世隆得官後，寧丟烏紗帽也抗旨拒婚的情節，使他堅守節操、不屈不撓的性格得到進一步的展示。

這是一齣悲劇中的喜劇，作品既莊重嚴肅，又詼諧幽默，有濃重的抒情色彩。特別是其中的「曠野奇逢」諸折，充滿了機智、活脫和風趣的喜劇情調，深爲人民喜愛，至今仍被傳頌。

四十五　琵琶記

作者高明，字則誠，浙江瑞安人，元末明初的戲劇家。曾任元官吏，晚年隱居從事戲劇詩文創作。他自幼即受封建禮教的熏陶，主張以忠孝安天下，使封建秩序永固。他認爲傳奇是宣傳倫理思想的最好工具，能使子孝妻賢，因此便將民間傳說的棄親背婦爲暴雷震死的蔡伯喈的故事，改編成傳奇《琵琶記》，讓蔡伯喈以全忠全孝的面目出現在舞臺上，樹立了趙貞女爲侍奉公婆吃糠的貞烈榜樣，使這個故事廣泛的流傳，發生了很大的影響。明太祖朱元璋讚譽這齣戲如四書五經、珍饈百味一樣，家家不可少。

故事寫陳留郡聰穎的讀書人蔡伯喈，娶美貌的趙五娘爲妻。兩人極其孝順，共同奉養父母，朝廷招納賢人，蔡伯喈謹遵「父母在不遠遊」之道，不肯赴考。其父母嚴命伯喈上京應試，一舉中了狀元。爲了孝敬父母，他要求辭官回家，但皇帝不依從。後來牛相國強迫招他爲婿，他因家中已有妻室而辭婚，牛相國依勢高壓，蔡伯喈無奈，便與牛小姐結婚。婚後，蔡伯喈在思父母、想妻子中過著矛盾的生活。此時正逢荒歲饑月，趙五娘無依無靠，賣了釵環奉養公婆，自己卻咽糠充飢，被公婆誤解後也無怨言。不久，公婆雙雙餓死，趙五娘便把頭髮剪了賣掉來安葬公婆。趙五娘爲了到京城尋夫，她彈著琵琶沿途賣唱乞食，經過千辛萬苦在牛府與蔡伯喈相見。蔡得悉父母雙亡，極爲悲痛，要求回家祭奠。牛氏說服了權傾朝野頑固專橫的父親，並願做蔡伯喈的次妻，隨同蔡伯喈、趙五娘一起回家躬盡孝道。蔡伯喈這個棄婦重婚，享榮華富貴，不養上送終的「孝子」帶兩個妻子榮歸了故里。

趙五娘、蔡伯喈是《琵琶記》裡兩個核心人物。作者細膩地刻畫趙五娘溫順賢良而堅韌的性格，描繪她淳厚、克己爲人的品德，展示了封建社會裡千百萬婦女的人生價值，揭發和控訴了封建禮教的罪惡。趙五娘雖然有自己的理想，然而家庭的重擔和丈夫的遠離使她只能默默地咽吞苦水，雖偶而表現出不滿和抗爭，但在封建禮教的重壓下，也只能像螢火一樣消失在漫漫的長夜裡。她既是被封建倫理道德窒息的弱女子，又是一位具有中華民族善良、高尚人道精神的代表，得到世代人民的同情。

蔡伯喈原來是個負心忘義、不養上送終、重婚、迫害結髮妻子不得好死的典型。作者雖然極力用「三不從」來美化他，仍不能洗刷他造成趙五娘悲慘遭遇的罪過。他趨求功名，貪圖享受，在牛相府的權勢逼迫下戰戰兢兢地過日子，他棄親背婦的行爲總被千百萬人所鄙視和憎恨。

作品將趙五娘的受苦與蔡伯喈的富貴生活相對照，以窮與富、悲與喜，富貴的歡欣來反襯窮困悲慘，讓讀者、觀眾在悲喜交集、苦樂相錯中看到封建社會的面貌，具有很高的藝術手法。

這齣戲，語言精煉，詞藻典麗，極富表現力，被譽爲南戲的中興高峰，成了中國繼《趙氏孤兒》後第二部被譯爲外文的悲劇。

四十六　四聲猿

作者徐渭，字文長，浙江山陰（今紹興市）人。明代詩人、畫家、劇作家。有奇才，狂放不羈，曾開創水墨畫中的大寫意的青藤畫派，但他在封建社會的壓抑下卻名不出江浙。著雜劇《四聲猿》、《歌代嘯》兩種。

《四聲猿》是四則獨立的短劇，即《狂鼓史漁陽三弄》、《玉禪師翠鄉一夢》、《雌木蘭替父從軍》、《女狀元辭凰得鳳》，《狂鼓史》以戲中戲的方式，演敍了《三國演義》裡禰衡擊鼓罵曹操的故事。作者把戲安排在陰司，由「第五殿閻羅天子殿下」的一個判官指令鬼曹操登臺，要他仍舊扮作當年的丞相，與禰衡演述舊日打鼓罵座的事，不許曹操裝做小心畏懼，掩藏過去那狠惡的模樣，否則就打他一百鐵鞭。在三國故事中，禰衡對不可一世的曹操當面數落其罪過，已經是斗膽包天的壯舉了。但徐渭仍感到不痛快，於是把高居金鑾殿的權柄一變而成了閻羅殿的階下囚，讓禰衡居高臨下，恣意痛罵，將曹操一生的罪孽一起清算，痛加撻伐，並以民間曲調的怒龍挾雨的方式，酣暢淋漓地嘲弄諷刺。那十一遍鼓聲，一曲曲狂詞，令人拍案叫絕。

《雌木蘭》寫的是木蘭從軍的故事。勇敢的木蘭，替父從軍，上陣殺敵，南征北戰，屢建戰功，勝利後不願做高官，顯示了非凡的才幹，高超的智慧，平等自由的思想。劇中的木蘭以他自身的行動表示了對封建禮教的蔑視，要求與男人平等的生活權利。

《女狀元》寫美麗的黃春桃女扮男裝輕易地考取狀元，丞相欲迎她爲女婿，後來發現她是女身，終於納爲兒媳。黃春桃是一個聰穎過人的女子，書畫琴棋，吟詩作對，樣樣絕妙，一身兼「才子、佳人」。她不僅名登金榜，在平冤獄時還顯出驚人的才幹，丞相稱讚她是奇、巧、敏捷。全劇以世間好事屬何人，不在男兒在女子的呼喊聲中結束。這在封建禁錮最嚴酷的明代，其膽識其力量，是絕無僅有的。

《女狀元》、《雌木蘭》寫的是古代一文一武的兩個女奇人的功業。表達了只要允許婦女們施展才能，一定遠勝鬚眉男子的英雄主義氣概。以上三齣戲屬於歌頌性的喜劇，具有風趣、慷慨、雄越壯懷的樂觀精神，但也不乏詼諧、恣狂、憤世刺時之意，以及辛酸的哀怨之聲。

《玉禪師》寫的是玉通和尚與妓女紅蓮私通，後羞憤自殺，投胎而淪爲娼妓的故事。和尚與紅蓮私通的故事流傳已久。有的說是和尚不守清規見色亂道。有的說是紅蓮受人唆使故意引誘長老，使長老墜入地獄。徐渭的雜劇寫妙齡絕色妓女紅蓮借宿水月寺時，長老玉通禪師即動了情不能自持，同紅蓮行私後，又說這是無可奈何，落在紅蓮的圈套裡了，並作自我解嘲，於是主動投胎，做妓女去報復他人。這齣戲的重點是揭露和尚的虛僞，讓人認識社會上那種一邊做壞事，一邊誦聖經的醜惡現象，可與莫里哀筆下的「僞君子」比擬。

《四聲猿》以極其精煉的情節，奇巧的構思，深刻的思想，怒濤崩岩的氣勢，暴風急雨式的狂歌長嘯、盛讚、痛罵、深揭、狂笑，令人驚奇，震奮，駭世驚俗，峽猿夜啼，聲寒神泣。

徐渭一生與時不合，受盡打擊與迫害，幾乎至狂，但是他不頽廢、不悲傷，以積極進取之精神，採取俗語演新編，將那刁鑽的人情，有缺陷的社會，無價值的東西一一撕毀給衆人看，讓世人在笑聲中嘲弄它、懲治它、思考它、動搖它。他的劇作比關漢卿的喜劇更令人擊節。

四十七　牡丹亭

作者湯顯祖，字義仍，號若士，江西臨川人。明代著名的詩人，戲劇家。主要著作有《紫簫記》、《紫釵記》、《還魂記》、《南柯記》、《邯鄲記》傳奇五種。他的著作重內容重文采，主張寫現實抒性靈，是玉茗堂派的始祖，與重聲律的吳江派相對立。他早年中舉，因不肯攀附權貴，尖銳批評時政，一再遭貶。晚年辭官回家，在窮困境遇中致力寫作，並把畢生的藝術、哲學、人生的體驗、思考，寫入戲中。《還魂記》、《牡丹亭》就是這時創作的。

《牡丹亭》是湯顯祖的代表作，共五十五齣。寫的是太守小姐杜麗娘和書生柳夢梅的愛情故事。南宋時福建南安太守杜寶，爲使女兒成爲封建道德的楷模，對唯一的女兒麗娘嚴加管束，並請了迂腐秀才陳最良作教席。麗娘聰穎過人，在侍女春香的引導支持下，鬧了學堂去園中遊玩，發現了自己的生命價値。在牡丹亭畔小憩，夢見與一少年書生暗合，醒後相思成病，自畫眞容，囑咐死後埋在園中的梅花庵裡。廣州書生柳夢梅去臨安應試，路經南安，因病在杜府園中小住，拾得麗娘畫像，悅其美姸，終日賞玩。麗娘幽魂深爲感動，得知其爲夢中思念之人，遂令其掘墳再生。此時，金兵南侵，杜寶因拒敵有功已升遷。麗娘復活後，與夢梅同往臨安應試，在友人幫助下，雖高中榜首，卻因賊人作亂未能公布，於是同去淮安求其父母許婚。杜寶得知大怒，誣夢梅私掘女墳，將夢梅囚禁獄中。夢梅上書自辯，金榜公布，皇帝賜婚，於是夫妻團圓。

《牡丹亭》是一齣離奇的愛情劇。作者通過越過人鬼界限的戀愛故事，表達了青年人對自由婚姻、幸福生活的渴望和追求，對封建禮教的反抗。婚姻是人民最切身的問題，杜麗娘從大家閨秀認識到人不如鳥自由，到夢中與柳夢梅私自結合乃至爲情而死，越過生死界限由死復生，眞正與柳夢梅做夫妻，並衝破一切束縛以情鬼的面目向封建禮教宣戰，直至成功，其意義已遠遠超過愛情的範圍。它體現了一個時代的新生力量的覺醒，民主和個性解放思想的萌發，新興社會力量的發展壯大，腐朽的阻礙社會發展勢力的潰敗。柳夢梅是一位為情而敢於冒著「開棺見屍、不分首從皆斬」的生命危險，把麗娘發掘出來的書生。也是敢於到皇帝面前對證、嘲謔老丈人的犯上的人，是杜麗娘尋求自己生存價值的好伴侶。杜寶是封建社會倫理道德思想體系培育出來的典型人物。為維護封建社會，他既可以勤政愛民，公而忘私，為國忘家，忠心耿耿，又可以毫無人性地摧殘自己唯一的愛女，殘暴地阻撓青年合理的自由婚姻，使封建制度永固。

《牡丹亭》以幻想的離魂的人鬼之戀，無拘束地寫不可能實現的愛情，具有濃厚的浪漫主義色彩。特別是作者用極優美的辭曲，大膽地合理地驅使一切想像的事物為他服務，將愛情的力量放在超過任何力量之上，體現了對美好事物的讚頌，對惡劣勢力的批判，給人以鼓舞和啓示，並產生了巨大的轟動效應，成為家傳戶誦、幾令《西廂》減價之作。

四十八　玉簪記

作者高濂，字深甫，號瑞南，浙江杭州人。明代戲劇家。作傳奇《玉簪記》、《節孝記》兩種，詩、詞集各兩卷。

《玉簪記》是依據《古今女史》及《張於湖誤宿女貞觀》改編的傳奇劇本，共三十三齣。故事寫宋代開封府丞的女兒陳嬌蓮（妙常），為避靖康之難，在途中與母親失散，入金陵女貞觀出家，過著清燈伴古佛的清苦生活。官宦豪紳張於湖、王公子得知妙常美麗聰慧，便以權勢相追求，被妙常嚴詞拒絕。張、王懷恨在心。觀主的外甥潘必正應試落第，難以還鄉，來訪觀主，在觀中借住。潘必正見妙常貌美心善，頓生愛慕之心，妙常也很動情，各以琴聲訴心意，他們不顧寺院教規終成歡好。觀主發現後對潘必正嚴加訓誡，逼他早去會試，潘無奈只得乘舟離去。陳妙常不敢公開相送，便私雇小舟追上，以玉簪贈潘。潘也以鴛鴦扇墜回贈，相泣而別。潘至京會試及第，做了官，去金陵與陳妙常正式成婚。

《玉簪記》以清麗的詞曲，細膩的心理刻畫，主人公大膽的行動，描寫了陳妙常與潘必正衝破宗教的陳規求得理想婚姻的過程，展示了封建社會裡青年人的戀愛生活及心態。陳妙常雖然出家做了女道士，但青春的慾念並未泯滅，反而更加強烈，展示了宗教清規戒律與人性的巨大矛盾。這種矛盾的心境並不是簡單的婚嫁而是慎重的選擇。她曾回擊了富家子弟的無恥調戲，揭露王公子的欺詐，同潘必正在相互了解的基礎上相愛，並衝破宗教戒律的束縛，戰勝少女的羞澀與潘在尼庵裡結合。當潘必正被姑母逼走後，她又大膽勇敢地雇船追尋，表現了她的反抗精神。潘必正雖然是個封建書生，但是他敢於破壞宗教的法規，不屈服外界的壓力，始終真摯地愛著陳妙常，是難能可貴的。

這個劇作情節單純，沒有明傳奇枝蔓龐雜的通病，陳、潘二人的戀愛主線貫穿全劇，人物形象突出。其中的《琴挑》、《偷詩》、《追別》、《秋江》等齣，有濃厚的生活情趣，將那種愉快的、煩惱的、甜蜜的、痛苦的戀愛生活展示給觀眾，至今仍爲人們所喜愛，被各個劇種移植、演出著。

四十九　東郭記

作者孫仁儒，別號峨嵋子。明代傳奇作家。《東郭記》是其僅有的創作。

《東郭記》是一本四十四齣的傳奇劇作。作者以孟子離婁篇《齊人有一妻一妾》章爲主，吸收了《滕文公》篇，陳仲子之事和《孟子》中「私壟斷」、「齊人伐燕取之」等篇內容編寫而成。故事寫齊人有一妻一妾，過著荒淫的生活。他雖然貧困無食，但在妻妾面前則自吹自擂、自驕自傲，不可一世，爲吃飽肚子，他身穿破衣爛衫，手持打狗棒，到郊外東郭墓地向祭祀的人乞討殘食。儘管他受到歧視和侮辱，但不以爲恥，反而陪著笑臉裝聾作呆，甘心忍受，討得酒醉肉飽，然後再向妻妾們眩耀。日久他的妻子感到奇怪，便尾隨他到郊外墓地，見他正向祭祀者乞食。便回家告知了妾，並與妾相抱而泣，羞慚難當，齊人卻不以爲恥，仍每日欺騙妻妾，四處討乞鑽營。此間穿插了王驩、淳于髡、田戴、陳賈、景丑、陳仲子等卑鄙無恥、偷雞扒狗發跡的故事。王驩以納賄獻媚爲手段被舉爲大夫。淳于髡以滑稽博得齊王的歡心。齊人巴結淳于髡得到淳的賞識推薦爲大夫，成爲暴發的顯貴。齊人顯達後，乘駟馬衣輕裘，在東郭墓地間築起豪華府第。齊人爲不忘本，又向他人意氣飛揚地重新表演了一番過去乞食的情況。齊人富貴後經歷了官場的互相傾軋、弱肉強食後，突然醒悟，最後棄顯達歸隱去了。

這是一齣鬧劇。作者在此劇的結尾說意在以正話反說，俏皮挖苦，揭露「名利」場中的人物醜態及各色爲攫取功名富貴不擇手段，寡廉鮮恥，利慾熏心，道德喪盡的知識分子。把那種不惜卑躬屈膝，脅肩諂笑，吮痔乞求到一官半職，便裝模作樣，擺闊驕橫的知識分子的靈魂吊起來示眾，暴露封建官僚制度的黑暗腐朽，和道德風尚的頹敗。

作品以齊人一家為中心，將淳于髡、王驩、陳仲子等人的故事有機地編織在一起，加強了諷刺性，使情節波瀾起伏，富有戲劇性。閩劇《墦間祭》，川劇《文武打》都是該劇《墦間》一齣改編的，深受觀眾歡迎。

五十　浣紗記

明代戲劇家梁辰魚的傳奇作品。梁辰魚字伯龍，號少白，自署仇池外史，蘇州府崑山縣人。該傳奇共四十五齣，取材於《史記·越王句踐世家》、《吳越春秋》、《越絕書》和《吳地記》。由於范蠡、西施愛情的紀念品是一縷浣紗，因此得名。全劇以范蠡和西施悲歡離合的愛情故事為貫串戲劇情節的主線。圍繞著這條主線的展開，廣闊地顯示了吳越興亡的複雜變化過程：吳王夫差率兵破越，俘獲越王句踐；句踐忍辱負重，待機復仇。繼而句踐得赦返回越國，君臣發憤圖強，又獻西施於吳，離間吳國君臣，而吳國君臣驕傲自滿，淫佚享樂。進而句踐率兵滅吳，夫差自殺。最後范蠡功成身退，攜西施泛湖而去。傳奇通過這個興亡變化的過程，顯示吳國君臣驕橫貪婪，享樂腐化，終致敗國亡身，而越國君臣團結一致，艱苦奮鬥，最後復興國家。傳奇暗指明朝時政藉以「以古鑑今」，表示出作者的憂慮和感慨。

《浣紗記》歌頌了西施和范蠡的愛國精神。范蠡被拘留在吳國，未能實踐他和西施的盟約，而西施卻說：「尊官拘繫，賤妾盡知，但國家事極大，姻親事極小，豈為一女之微，有負萬姓之望」。後來范蠡要西施入吳，西施表示猶豫時，范蠡說：「若能飄然一往，則國既可存，我身亦可保，後會有期，未可知也。若執而不行，則國將遂滅，我身亦旋亡；那時節雖結姻親，小娘子，我和你必同作溝渠之鬼，又何暇求百年之歡乎？」這便通過戲劇情節明顯地把國家利益置於個人愛情之上。這在它以前的戲曲裡是少見的。應該說這是對一般傳奇作品中襲用「美人計」舊套子的突破。《浣紗記》雖然也寫范蠡、西施的愛情，卻不是單純的愛情劇，而是「以兒女之情，寫興亡之感」，另有寄託。這對後來的傳奇作品《桃花扇》產生了一定的影響。此外，《浣紗記》是首先採用經過魏良輔改進的崑腔演唱的傳奇戲，是崑腔興起的奠基石，對崑腔的興起和發展起了重要作用。劇中的若干齣戲，至今還在戲曲舞臺上流行，足見其影響之大。

五十一 嬌紅記

全名《節義鴛鴦冢嬌紅記》，晚明戲劇家孟稱舜作。

它描寫的是宋朝官宦小姐王嬌娘和青年書生申純的戀愛婚姻悲劇。素材是北宋宣和年間一個眞實的故事，元代宋梅洞有小說《嬌紅傳》。

申純在眉州客留期間與表妹嬌娘訂婚約。適逢番兵入侵，申純被催回家鄉。後來又到眉州，與嬌娘暗中來往半年，爲嬌娘侍女飛紅（嬌紅即從嬌娘、飛紅各取一字）發現。飛紅也鍾情申純，爲阻止申純與嬌娘的愛情，設計讓嬌娘的母親發現申純來眉州的祕密，於是申純被打發回家。後來申純中舉，再赴眉州求婚，得到嬌娘父親的同意，飛紅也回心促成他們的婚事。正在這時，鎭守西川的節鎭爲其無賴兒逼婚，嬌娘、申純雙雙殉情而死。從此以後，一雙鴛鴦出沒於巴山蜀水之間。這便是《嬌紅記》的故事情節。

《嬌紅記》在當時大量出現的才子佳人戲中，閃耀著新的思想與藝術光輝。嬌娘是大家閨秀，從歷史教訓和現實情景中認識到夫妻的美滿結合是一生幸福所繫，而所配非人則會終身遺恨。她提出夫妻應該是「死共穴、生同舍」的「同心子」。當受到逼迫要嫁給豪門子弟時，她不顧世俗觀念、父母深恩，絕食而死。這就不同於一般才子佳人戲中郎才女貌，一見鍾情千篇一律的浮淺描寫，帶有追求愛情幸福，不達目的誓不罷休的新時代特徵。在申純身上，也有新的思想，他把愛情放在科舉功名之上，「不怕功名兩字無，只怕姻緣一世虛」，最後毅然拋棄科舉功名而殉情。嬌娘、申純形象的出現，與明代中葉以來資本主義生產關係的萌芽，以及市民階層的擴大有關，在思想上是對封建禮教批判的深入和個性解放的追求。「同心子」的進步戀愛觀則給予以後的偉大愛情作品《紅樓夢》以很大影響。

《嬌紅記》寫嬌娘與申純的愛情是通過動人的細節與個性化的語言來展示的。如「生離」一齣裡，申純被迫離開王家，向嬌娘的父親辭別時，嬌娘暗中偷覷，和申純的目光相遇，她控制不住內心的悲痛，掩面而泣，而當她的父親喊她與申純作別時，她卻掩淚急下。沒有唱詞，沒有道白，但完全可以感受到她內心的悲痛。

《嬌紅記》有宿命論思想，結構不緊湊，有枝蔓之感，這是它的不足之處。

五十二　清忠譜

作者李玉，號蘇門嘯侶，江蘇蘇州人。明末清初的戲劇家。博學多才，在明代屢試不中。明亡後居家創作。有傳奇四十餘種問世。其戲劇多方面反映當時的社會生活。《清忠譜》成就最高。《一捧雪》、《千鍾祿》、《占花魁》等次之。

《清忠譜》原名《一笠庵彙編清忠譜傳奇》，共二十五齣。該劇以明末政治生活爲題材，描寫明東林黨人周順昌與蘇州市民反對魏忠賢等閹黨的殘暴統治。宦官魏忠賢被封爲九千歲，把持朝政，獨裁專斷。一方面廣招官僚政客爲乾兒義子，讓他們在全國建造「生祠」，供養其長生神像，大樹特樹其威信，並在宮裡私選心腹，日夜操練，圖謀篡權。另一方面以特務組織廠衛爲核心，搜羅心腹黨徒，假傳聖旨，掃蕩忠良，強行徵刮民脂民膏，加倍鎮壓人民的反抗鬥爭，造成了整個社會的黑暗和恐怖。東林黨人周順昌、魏廓園爲官淸廉，關心國事，立志肅淸閹黨，面對魏忠賢的橫行不法，十分憤慨，他們指責時政，結果被捕下獄。蘇州市民顏佩韋、周文元、馬傑等五人是一群忠義仁孝的血性男子，他們出於義憤，聚眾請願，包圍搗毀了西察院，打倒了官旗，並直接與官兵搏鬥。事敗後五人全被處死。周順昌等人也受盡酷刑而死。崇禎當朝，重新啓用東林黨人，魏黨倒臺，周順昌與顏佩韋五人得以昭雪。

這齣戲集中地揭露明末禍國殃民的宦官特務政治的罪惡，歌頌了周順昌等高風亮節、剛正耿直的知識分子，以及顏佩韋等正義淳樸市民對善良正直東林黨人的擁護，對邪惡閹黨統治的痛恨，反映了人民的心聲。魏忠賢雖然氣焰囂張，用各種毒刑殘害人民，終不敢篡逆。

明末是封建社會末期崩潰腐爛的社會，宦官專權，造成整個社會的矛盾激化。代表大地主集團利益的閹黨，排斥異己，窮奢極慾，巧取豪奪，無惡不作，使農商交困，民不聊生。代表失去權力的中小地主利益的東林黨，是封建社會裡有遠見的人。他們反暴政，反宦官，反掠奪，客觀上反映了市民的要求，有助於社會的發展。

作品把市民群眾自發掀起的巨大政治鬥爭現實提煉成集中的情節，塑造了英雄的群像，氣勢磅礴，情感激越，具有感天地泣鬼神的藝術力量，不愧爲我國封建社會裡第一部傑出的現實主義劇作。

五十三　十五貫

崑劇傳統劇目。劇本取材於明《醒世恆言》中的話本《十五貫戲言成巧禍》，舊戲名《雙熊夢》，幾經改編。一九五六年蘇崑劇院根據朱素臣的傳奇《雙熊夢》又加以整理，改編上演。

故事寫肉店屠戶尤葫蘆借得本金十五貫，酒醉夜歸，戲稱是養女蘇戍娟的賣身錢。蘇懼怕，趁尤葫蘆酒醉酣睡時逃出。賭徒婁阿鼠見肉店未關門，殺了尤葫蘆奪得十五貫潛逃。蘇戍娟慌亂之時半夜出走，與過路的店伙熊友蘭同路。熊友蘭恰巧帶了別人經商的十五貫錢，眾人認爲熊友蘭、蘇戍娟，因姦殺人外逃，告到官府。無錫知縣過於執，見人贓俱在，將蘇、熊二人問成死罪，並呈報刑部審批。蘇州知府況鍾奉命監斬，因蘇、熊二人喊冤，發現疑點，於是在深夜親到巡撫行轅叩見應天巡撫周忱，請求停刑重審。請求批准後，況鍾親赴現場勘查，又化裝成算命先生私訪，取得了罪證，抓住了眞兇婁阿鼠，將婁處以極刑，使蘇、熊的冤獄得到了平反。

這是一齣平冤獄頌淸官的社會戲。作者一反淸官借鬼神查淸冤情懲罰惡人的老套，讓只負監斬之責的知府況鍾，出於良心責任，在蘇、熊人頭即將落地之時停止行刑，並以自己紗帽擔保重審此案，終於抓住了眞兇。這種當官爲民的精神，在封建社會裡是難能可貴的。婁阿鼠是作者刻畫的刁鑽奸兇，爲私利可以無人性的社會渣滓的形象。

《十五貫》是一齣悲喜劇。作者用誤會、巧合之法，展開劇情。尤葫蘆酒醉後戲言造成養女出走，自己被殺。熊友蘭路過又恰與蘇戍娟同行，所帶的錢又與尤葫蘆失去的錢數相合，因此被拘，罹到了「巧禍」。蘇、熊即將遭斬時，況鍾出於良心停刑。作品將現實生活中誤會、巧合造成的糾葛，集中地搬上了舞臺，產生了獨特的戲劇效果，帶動了讀者悲喜交集的情緒。

這齣戲還用對比方法，描繪出封建社會兩種不同的官吏，突出了官場中捨己爲人，調查研究辨冤情的況鍾形象，有極大的現實性。該劇曾拍成電影。周恩來同志說：「一齣戲救活一個劇種。」即指此劇。

五十四　長生殿

作者洪昇，字昉思，錢塘（今杭州市）人，清代戲劇家。他才情卓著，一生貧困，四處流離。曾做了二十多年的國子監生，後因在皇后喪期裡演唱《長生殿》被革職，著有《稗畦集》及雜劇、傳奇多種。《長生殿》是他的代表作。

《長生殿》寫唐玄宗與妃子楊玉環生死不渝的愛情故事。這個故事自唐以後有兩種內容：一種著重寫他們荒淫的宮廷生活。另一種如《長恨歌》、《梧桐雨》側重寫他們的愛情，再現安史之亂的起因與結局，有濃厚的悲劇氣氛。《長生殿》是作者綜合了歷代關於唐天寶時期的史傳、雜劇、傳奇、小說編撰的。故事寫天寶年間，唐明皇去華清池，見楊玉環長得很美，便冊封爲貴妃，於是楊氏一家盡得寵幸。楊國忠做了宰相，賣官受賄，窮奢極慾，爲胡人安祿山掩蓋罪狀，並把他推薦給明皇，使安祿山得寵。楊、安兩人勾心斗角，楊國忠力圖排斥安祿山，並置他於死地。昏庸的唐明皇封安祿山爲節度使時，楊又逼反安祿山。楊玉環姿質艷麗，入宮後得寵，親製霓裳羽衣曲，壓倒了梅妃。她嫉妒宮人，得到明皇的專寵。唐明皇淫逸無度，不理朝綱，終日與楊貴妃遊宴、玩樂。他們情深意蜜，在七夕長生殿對著牽牛織女星發誓，願世世代代永爲夫妻。安祿山久有異志，以淸君側爲名發動叛亂，直取長安。唐明皇被迫入蜀，軍至馬嵬驛，六軍不發，進行兵諫。唐明皇不得已殺了禍首楊國忠，並賜楊貴妃自縊。安祿山之亂平息後，唐明皇重返長安，退居南宮，思念貴妃，遣臨邛道士覓魂，於蓬萊仙島上尋到楊貴妃。明皇和貴妃經過懺悔後，於八月十五日被引進月宮，在月宮內團圓。作品還寫了唐中興將領郭子儀平叛的業績，歌頌了樂工雷海青反抗安祿山而犧牲的壯舉。

安史之亂是中國歷史上的大事。作者把李、楊的愛情放在這個特定的社會背景中描寫，既揭示了他們悲劇的原因，又揭示了他們是造成社會大悲劇的罪人。楊玉環作爲正常女人，要求愛情專一是正當的。但是她的情愛專一卻又是保持鞏固楊氏傾國權勢的代名詞。楊氏的權力則愈極度膨脹，階級矛盾、民族矛盾也愈是激化。他們的愛情達到了高潮之時，也就是安史之亂爆發之日。楊李幸福的情愛轉瞬間成了生離死別、百姓塗炭的悲劇。雖然作者理性上不肯把楊玉環寫成害世之尤物，但殘酷的現實難逃歷史的結論。李隆基、楊玉環入月宮同歸仙籍，是他們的懺悔感動神仙後的結果，也是他們擺脫了帝王后妃現實的結局。

全劇共五十齣，分前後兩卷。前卷著重寫實，後卷著重抒情。作者圍繞帝王后妃的愛情發展，深刻地寫出了社會的大變故，場面壯麗宏偉，情節曲折多變，曲詞韻語流暢綺麗，充滿詩意，極富有表現力；全劇充滿了浪漫主義氣息和現實主義描述，備受人們推崇，成爲一代名著。

五十五　桃花扇

孔尚任貫注畢生精力創作而成的著名劇作。它以侯方域、李香君的愛情故事爲線索，表現南明王朝的興亡，「借離合之情，寫興亡之感」；並企圖進而總結明代三百年基業毀於一旦的歷史教訓，即作者所說：「知三百年之基業，毀於何人？敗於何事？消於何年？歇於何地？」（《桃花扇小引》）

《桃花扇》的本事是：當李自成攻下北京，淸兵乘機入關的時候，南京成立了弘光王朝，魏忠賢餘黨馬士英、阮大鋮等把持朝政，狼狽爲奸。史可法被排擠到揚州，負責指揮江北四鎭軍隊，防止淸兵南下。但四鎭不聽指揮，爲爭奪地盤而互相攻打。左良玉傳檄聲討馬、阮，江北軍被撤回。馬士英等「寧可叩北兵之馬，不可試南賊之刀」，黃河、淮河無人防守，給淸軍南下讓開了大道。馬、阮排斥異己，大肆逮捕東林黨人和復社文人。弘光帝縱情聲色，聽憑馬士英等胡作非爲。淸兵南下，揚州城失守，史可法殉國。南京兵無鬥志，馬、阮各自逃命，弘光朝迅速覆滅。它揭示了南明王朝的覆亡在於：藩鎭內訌，自相殘殺；閹黨當道，倒行逆施，愛國之臣，獨木難支。

《桃花扇》塑造了許多生動的人物形象。女主人公李香君是秦淮歌妓；但她深明大義，嫉惡如仇，不貪富貴，不畏強權。當復社文人侯方域要梳攏李香君而又無力購買妝奩時，閹黨餘孽阮大鋮通過楊文驄出二百兩銀子爲他置辦。李香君知道後，義正辭嚴責備侯方域的動搖：「阮大鋮趨附權奸，廉恥喪盡；婦人女子，無不唾罵。他人攻之，官人救之，官人自處於何也？」當場退還這些箱籠衣物。侯方域深受感動，稱之爲「畏友」。侯方域走了以後，她堅決拒絕了楊文聰要他嫁給田仰的要求。表現了她的志節。她曾經當面斥責馬士英、阮大鋮等閹黨餘孽。後來，她終於被送進內廷服役，一直到南明滅亡才逃了出來。李香君是我國戲曲舞臺上最光輝的婦女形象之一。

《桃花扇》中的侯方域是一個注重名節、關心國事、風流倜儻、才學出眾的復社文人。他反對閹黨餘孽。爲了救亡，曾經協助史可法安撫亂軍。但他也有沈醉歌樓酒館幾乎爲阮大鋮收買的動搖的一面。最後在張道士的當頭棒喝下到南山之南修眞尋道去了。通過侯方域，寫出了那個時代一部分文人的生活態度和政治面貌。

《桃花扇》中的阮大鋮是刻畫得很成功的反面人物。他早年依附過東林黨，看到閹黨勢力大，又做了魏忠賢的乾兒子。他無中生有，造謠誣陷侯方域，顯出他的卑鄙和狠毒。他厚顏無恥，諂媚逢迎，後來跟著馬士英混進內閣。一旦當上兵部侍郎，招搖過市，威風凜凜。後來終於投降清兵。阮大鋮品性惡劣，既是陰險的政客，又是狡猾的權臣。這批人的胡作非爲，是南明覆亡的重要原因。

《桃花扇》具有巧妙的藝術構思，它以侯方域、李香君二人的悲歡離合作爲貫穿南明興亡事跡的中心線索。以侯、李的結合寫出了復社文人與閹黨餘孽的鬥爭。侯、李被迫分離，由侯方域的活動反映南明各派政治勢力的矛盾。由李香君的遭遇，揭露馬士英、阮大鋮和弘光帝的荒淫腐朽。侯、李的再度會合，便是揚州失陷，南明政權的土崩瓦解了。戲劇對歷史眞實與藝術眞實有較好的結合。劇本中許多重要事實均有歷史依據，但又有藝術的創造。歷史上的侯方域在南明滅亡後，沒有保持住自己的晚節。但在《桃花扇》中爲了侯方域形象的完整性和反權奸主題思想的統一性，略去了侯方域的變節。此外，人物描繪、語言運用也都有獨到的地方。

《桃花扇》和《長生殿》是清初戲劇創作的雙璧。《桃花扇》曾被改編爲京劇、話劇、電影和各種地方戲曲，影響深遠。

五十六　三言

《喻世明言》（初名《古今小說》）、《警世通言》、《醒世恆言》三部短篇白話小說集的總稱，由明代通俗文學家馮夢龍先後編輯而成，每集四十篇，共一百二十篇。其中有宋元話本和明代擬話本，都經過馮夢龍不同程度的整理和加工。

《三言》的內容比較複雜，一些優秀的作品主要有以下幾方面的內容：（一）反映愛情婚姻問題，表現被壓迫婦女對幸福生活的追求。這類作品體現了時代特色，表達了市民階層的思想觀念。《賣油郎獨占花魁女》寫賣油爲生、本錢只有三兩銀子的秦重憑著對妓女莘瑤琴的尊重、體貼和眞誠的愛，感動了莘瑤琴，兩人結爲夫妻。《蔣興哥重會珍珠衫》中女主人公王三巧受騙失身，後來回到娘家，重新改嫁，但她對原先的丈夫始終不忘，經過一番曲折，夫妻重新團聚。《喬太守亂點鴛鴦譜》寫三個家庭的糾紛和三對青年男女的誤會，揭露和諷刺不合理的包辦婚姻。《杜十娘怒沈百寶箱》則是《三言》中最優秀的作品，塑造了杜十娘的典型形象。她追求眞正的幸福和愛情，多方考驗，決心委身李甲。可是雙雙乘舟南下時，李甲出賣杜十娘給孫富。杜十娘怒沈百寶箱，從容投江而死。它跳出了妓女「從良」嫁人的窠臼，杜十娘追求的是眞誠的愛情、人格的平等和尊嚴。李甲出賣她，她沒有用百寶箱使他回心轉意，也沒有逆來順受屈從孫富。「寧爲玉碎，不爲瓦全」，決不受人侮辱。在這些作品中多多少少打破了封建禮教的精神枷鎖，封建貞操觀念、門第觀念、等級觀念比較淡薄，強調男女雙方的情投意合，有男女平等、尊重婦女的民主傾向。（二）描寫封建統治階級內部鬥爭，揭露統治者的腐朽和罪惡。《沈小霞相會出師表》是其代表作。它寫沈煉向專權誤國的嚴嵩父子作堅決的鬥爭，揭露嚴氏父子對外不能抗禦入侵之敵，對內百般殘害百姓。沈煉爲國爲民，忠言直諫，大義凜然，終於被迫害致死。沈煉一家也受到嚴氏集團的迫害。作者還塑造了沈煉兒子沈小霞妾聞淑英的形象，有見識有才幹，危難之中協助丈夫逃出解差的手掌。這反映了明代中葉後統治階級日益腐朽、內部忠奸鬥爭激烈的歷史情況。（三）歌頌眞摯的友誼，斥責背信棄義的行爲。值得注意的是這些作品的主人公並不局限於封建文人，而較多的是商人和手工業者。《施潤澤灘闕遇友》寫自己養蠶、繅絲、織綢的施復，在街上拾了一包銀子，設身處地爲對方著想，還給了對方。有一年施復缺桑葉，得到對方的支援。這表現了兩個小手工業者之間的友誼。由於時代和作者思想的局限，《三言》中也有不少宣揚封建倫理道德和宿命思想的作品。

《三言》在藝術上既保持了話本的不少特色，又有所發展和創造。在形象的塑造上注意刻畫人物的個性特徵，充分展開細節描寫，通過人物的言行，深入表現人物的思想和性格。如《賣油郎獨占花魁女》中寫秦重等到喝醉的莘瑤琴歸來後，如何體貼入微，悉心服侍。有些作品還直接描寫人物細緻複雜的內心活動。其次，篇幅加長，主題思想較集中，情節曲折，組織嚴密。如《喬太守亂點鴛鴦譜》中寫三對青年男女之間的誤會、糾紛，情節複雜多變，但行文一絲不亂。《沈小霞相會出師表》中，以沈煉平常朗誦、書寫的諸葛亮《出師表》串聯情節。既以此刻畫沈煉與權奸鬥爭的品格，又成為沈小霞找到父親屍骨的媒介。第三，語言流暢、簡潔，淺顯通俗，雖然文白相雜，但和諧自然。如《杜十娘怒沈百寶箱》中寫杜十娘在妓院的活動，多用口語，寫杜十娘南下途中情景又多用文言。這是和特殊的場景緊密相關的。

隨著《三言》的出版，明末清初文壇出現了一個短篇小說搜輯和創作的熱潮，使我國小說文學從內容到形式更加貼近現實生活。

五十七　二拍

《初刻拍案驚奇》和《二刻拍案驚奇》的總稱，明末凌濛初模仿《三言》整理編寫而成。刊於崇禎年間，共收短篇小說七十八篇。

《二拍》中有些篇章寫色情、因果報應和封建說教，還有敵視農民起義的描寫。當然也有不少優秀作品。它們體現出明代中葉以後的社會特徵，常常把商人、手工業者作為小說的主人公，跳出了我國古代敘事文學多以帝王將相、英雄美人為主角的窠臼。如《轉運漢巧遇洞庭紅》，主人公文若虛，做生意總是賠本，一些從事海外貿易的商人帶他去見見世面。臨走他買了幾筐橘子帶去，結果在一個島上奇貨可居，大發其財。回來又從海島上揀回一隻大龜殼，想不到裡面有許多寶珠，於是成了百萬富翁。作者讚揚經商致富，與傳統觀念截然不同，反映出資本主義生產關係萌芽後的新觀念。《二拍》有不少描寫愛情的作品，《宣徽院仕女鞦韆會》中斥責世態炎涼，歌頌了拜住和速哥失里之間生死不渝的愛情。《滿少卿飢附飽颺》揭露了王魁式的負心漢滿少卿。這類作品中主人公對愛情的追求與《西廂記》、《牡丹亭》中的人物相比，顯得更加直率、大膽。這與市民階層的愛情觀念相一致。一些公案小說也有一定的社會意義，如《進香客莽看金剛經》，揭露貪婪卑劣的柳太守要盜賊誣攀洞庭山某寺爲窩藏盜賊之所，藉以脅取寺中收藏的白香山手書《金剛經》。

在藝術上，凌濛初在《二拍》中以簡潔的筆調，刻畫生動的人物，敷寫曲折的情節。「今之人但知耳目之外，牛鬼蛇神之爲奇，而不知耳目之內，日用起居其爲譎詭幻怪非可以常理測者多也。」（《初刻序》）作者善於在平凡的生活中，捕捉到不平凡的不可以常理測度的事件，從而創造出藝術形象，令人「拍案驚奇」。

五十八　浮生六記

我國文學史上一部少有的以散文筆法來寫的自敘傳。作者爲淸代沈復。

「浮生若夢，爲歡幾何」（李白《春夜宴從弟桃李園序》），可見作者是滿懷著感慨來寫這部書的。「六記」分別爲《閨房記樂》、《閒情寄趣》、《坎坷記愁》、《浪遊記快》、《中山記歷》、《養生記道》。現存前面四記。

《浮生六記》第一篇記夫妻間戀愛經過和婚後美滿的生活。第二篇記日常生活的閒情逸致。

第三篇歷述夫婦失歡於家庭，兩次離家出走，最後妻子鬱鬱而死的悲痛。第四篇集中敍述主人公「遊幕」三十年的浪跡生涯和所見到的山水勝景。

《浮生六記》寫夫婦關係和家庭生活，帶有紀實的性質，不同於一些矯揉造作的才子佳人小說，也區別於《紅樓夢》中虛構的兒女眞情。這在文學史上是別具一格的。而且，通過這樣眞切的描寫，含蓄而委婉地揭露了封建禮教和封建家長的罪惡。主人公的妻子陳芸爲封建家庭偏見所不容，終於慘死他鄉，便是鮮明的例證。

《浮生六記》記載所遊歷的名勝古跡、山水園林，體現了作者富有情趣的美學見解。嫌靈岩山「具勢散漫、曠無收束」，評「吾蘇武邱」爲脂粉所污，「失山林本相」，均有獨到之處。

這部小說字裡行間飽含深情，文筆動人，寫憂則催人淚下，寫樂則使人心曠神怡，如陳芸母子分離之悲，夫婦閨情和閒情之樂，即爲一斑。

兪平伯在《重印〈浮生六記〉序》裡指出：沈復「不存心什麼『名山之作，壽世之文』，所以情來興到，即濡筆伸紙，不知避忌，不假妝點。」「統觀全書無酸語、無贅語、無道學語」。

總之，在封建文苑裡，出現《浮生六記》這樣去假道學、露眞性情的自傳性作品，確是難能可貴。這也是這部書深受重視的原因。

五十九　聊齋志異

我國古代優秀的短篇小說集。它通過花妖狐魅的故事，把淸初社會的眞實面貌，活生生地展示在讀者面前。

《聊齋志異》裡寫得最多的是狐鬼精靈和人戀愛的故事。作者筆下的狐鬼愛情，擺脫了封建社會的束縛，曲折地描繪出青年男女平等自由的愛情生活的遠景，歌頌了被壓在封建社會最底層的婦女形象，讚美了反封建反禮教的鬥爭精神。《聊齋志異》中另一個重要內容是通過對貪官、豪紳的揭發，暴露和鞭撻了封建政治制度。作者深刻地觀察了現實生活，站在同情被壓迫人民的立場上，向封建制度發出控訴。比如在《促織》一篇中，深刻地揭露了封建統治階級給人民帶來的殘害和痛苦，展示了在階級社會中人民遭受的可怕的蹂躪。《聊齋志異》的又一個重要主題是通過對考試弊端的揭露和對一些知識分子精神面貌的剖析，批判科舉制度的腐朽。蒲松齡從親身的感受出發，對科舉制度的揭露十分有力，他是我國文學史上第一個廣泛地接觸到關於科舉制度題材的重要的作家。

《聊齋志異》在我國文學史上有著重要的地位，主要原因在於作品中反封建的意義的深刻性和普遍性，它所揭露的封建社會的腐朽黑暗，不僅是清代社會的眞實寫照，而且是幾千年來整個封建社會的現實圖畫，激起了讀者對整個封建統治的憎恨。但是由於時代和階級的局限，在《聊齋志異》中還夾雜著枯燥無味的封建說教，宣揚著忠孝節義的封建道德和神道迷信、因果報應等宿命論思想。這些又是作品的封建性糟粕。

《聊齋志異》的藝術成就是卓越的，作品以浪漫主義幻想和現實主義精神相結合，構成了《聊齋志異》的藝術眞實。作者通過優美豐富的文學想像，對現實進行詩的誇張，並把自己的理想，自己對生活的看法，深入到理想人物的精神世界中去。同時，他對現實生活也做了忠實的反映，人民的悲慘遭遇，統治者的兇殘暴虐，科舉制度的腐朽黑暗，在作品中都有逼眞的描繪。《聊齋志異》塑造了無數成功的典型形象，他抓住人物的本質，寥寥幾筆，無論是所批判的反面形象，還是所歌頌的理想人物，都是有血有肉、栩栩如生地浮現在讀者眼前。正如魯迅在《中國小說史略》中所說，《聊齋志異》中的「花妖狐魅，多具人情，和易可親，忘爲異類，而又偶見鶻突，知復非人。」

《聊齋志異》藝術上的另一個特色，是故事情節的曲折多姿，敍事淸晰，結構嚴密，保存了民間故事的特色，體現了中國短篇小說的特點。

《聊齋志異》可以說是文言小說的一個總結，又爲淸代文言短篇小說樹立了榜樣，在我國短篇小說發展的道路上，是承前啓後的里程碑。

六十　三國演義

我國古代優秀的長篇歷史小說。這部作品描寫了東漢靈帝中平元年（一八四）到西晉武帝太康元年（二八〇）將近一個世紀的軍事鬥爭和政治鬥爭的複雜情況。

在羅貫中編寫《三國志演義》以前，三國故事老早就在民間流傳。南朝裴松之爲陳壽《三國志》作註，就輯錄了大量軼事傳聞；北宋的說話伎藝中三國故事已是一項重要內容；元代至治年間刊行的《全相三國志平話》是長達八萬字的長篇講史話本；元雜劇中的三國戲，多達四十餘種。羅貫中多方面吸收前人的成果，寫成了這部巨著。《三國志演義》成書後，幾百年來每次翻印，屢有改動。現存《三國演義》的最早版本，是明嘉靖年間刊印的《三國志通俗演義》。淸代以來最流行的是康熙年間毛綸、毛宗崗父子修改過的一百二十回本子。

《三國演義》形象地再現了魏、蜀、吳三國鼎立局面的形成過程。它的主要內容和成就，是成功地描寫了封建統治階級的內部鬥爭，生動地表現了他們爲了爭權奪利，彼此之間爾虞我詐，勾心鬥角，玩弄權術，草芥民命，充分展示了統治階級兇殘醜惡的面目。在整部作品中，作者表現了「擁劉反曹」的強烈傾向性，認爲曹操託名漢相，其實漢賊；而劉備是漢朝宗室，是漢王朝的合法繼承人。這鮮明地表現了作者的正統觀念。

《三國演義》以大量的篇幅，生動地描寫了統治階級之間的軍事鬥爭，突出戰爭的主觀指導作用，強調戰略戰術的運用，每次戰爭幾乎各有特色，是我國古典文學中描寫戰爭的最好作品之一。作者在描寫複雜的矛盾鬥爭和軍事衝突中，提供了許多生活鬥爭的經驗和策略，啓示人們：軍事鬥爭與政治鬥爭的互相聯繫和鬥智鬥力的互相結合，往往是取得勝利的關鍵。諸葛亮是全書的中心人物，他具有傑出的智慧和卓越的軍事指揮才能，他料事如神，掌握鬥爭的規律；深謀遠慮，預見事態發展的前景。這個形象是作者傾力謳歌的對象，在讀者心目中成爲智慧的化身。

《三國演義》中也明顯地表露了作者的地主階級立場，他以敵視的態度描述黃巾起義，封建的忠義觀念在書中有強烈的表現，還多次宣揚了宿命論觀點和迷信思想。

《三國演義》在藝術上的成就是巨大的。作品記述了近一百年的歷史，描寫了四百多個人物，頭緒紛繁，主次分明，布局嚴謹，記事簡潔明快，一些主要人物形象都性格鮮明，栩栩如生。

《三國演義》的出現，標誌著我國古典歷史小說的最高成就。流傳六百多年以來，對社會和文學都有著深遠的影響，今後也必然會長遠地在人們面前放出異彩。正如魯迅在《中國小說的歷史的變遷》中所說：「人們都喜歡看它；將來也仍能保持其相當價值的。」

六十一　水滸傳

我國古代描寫農民革命鬥爭的著名長篇小說，它以巨大的思想和藝術成就，在我國文學史上放射著燦爛的光輝。

北宋末年，我國北方發生了以宋江爲首的農民起義。在《宋史·徽宗本紀》中有所記載：「淮南盜宋江等犯淮陽軍，遣將討捕。又犯京東江北，入楚海州界，命知州張叔夜招降之。」不過對宋江起義的結局，記載不一，有的說是招降，有的說是被鎭壓的。這次起義給北宋王朝以很大的威脅，起義者的英雄事跡和反抗精神在民間廣爲流傳，並得到了生動的描繪和渲染。南宋時的畫家兼文學家龔開作《宋江三十六人贊》，初次完整地記錄了宋江等三十六人的姓名、綽號。南宋的民間說話藝人，把水滸人物故事作爲重要的內容，進行講說。宋元之間的《宣和遺事》所錄水滸故事，雖只有簡略的數千字，但《水滸》的主要輪廓已有大體的勾勒，初步定型化了，是創作《水滸》的重要依據。除此之外，宋元之間還有不少關於水滸故事的話本。在元雜劇中，取材水滸故事的有二十餘種，在這些劇本中，梁山英雄已由三十六人發展到一〇八人。在民間上百年集體創作的基礎上，偉大作家施耐庵寫成了《水滸傳》，終於完成了一項重要的歷史使命。

《水滸傳》藝術地再現了梁山的農民起義隊伍的產生、發展和失敗的過程，揭露了朝政腐敗和貪官豪紳的罪惡，熱情地歌頌了起義英雄的反抗鬥爭，也具體描寫了起義軍失敗的結局。

作者指出在宋徽宗的縱容下，高俅、蔡京等把持朝政，殘害人民，禍亂天下。人民備受迫害，無路可走，只好奮起反抗，「撞破天羅歸水滸，掀開地網上梁山」。「官逼民反」，「亂由上作」是梁山農民起義的原因。梁山好漢們通過各自不同的不幸遭遇和反抗道路，一個個、一批批匯聚到起義軍中。

宋江是全書的中心人物，他仗義疏財，賙急扶困，受到江湖好漢的愛戴景仰。在幾經曲折後，宋江被逼上梁山，不久就當上了梁山義軍的領袖，表現了出色的組織才能和軍事才能。他提出「替天行道」的口號，立下嚴明的軍紀，起義軍迅速壯大，得到了人民群眾的擁護。但宋江又充滿了濃厚的封建忠孝思想，他始終對朝廷存在幻想。他只反貪官，不反皇帝，主張投降，接受招安，斷送了梁山義軍的事業，並成了鎮壓方臘起義的劊子手。《水滸傳》對宋江這個農民義軍領袖的形象寫得是成功的，他的性格始終是雙重的：反抗性和妥協性糾纏在一起。但作者對宋江始終充滿同情，這種忠君觀念是十分有害的封建糟粕。

《水滸傳》成功地塑造了許多叱咤風雲的英雄人物，如林沖、魯智深、李逵、武松等，作者把這些人物放在尖銳的鬥爭中，扣緊人物的身分、經歷，通過人物的行動，展現人物的性格，形象鮮明，各具特色。

《水滸傳》結構特點是採用單線發展的方法，每組情節既有相對的獨立性，又環環相扣，相互勾連，完整地寫出了農民起義的過程，表現了全書的主題。

六十二　西遊記

我國古代著名的長篇神話小說。它的出現標誌著我國浪漫主義文學達到了新的高峰。

唐僧取經是歷史上的一個眞實事件。唐太宗時，年輕的僧人玄奘隻身赴天竺（印度）取經，行程數萬里，歷時十七年，克服了許多難以想像的困難，終於取回佛經六百多部。這件事本身就帶有傳奇色彩，在民間早已廣爲流傳，加之佛教徒的故意渲染，附會上了神奇異說。玄奘的弟子慧立爲他寫的傳記《大唐慈恩寺三藏法師傳》問世後，這件事更帶上了宗教神祕色彩。宋代說話藝術興起後，說話人以這個故事爲題材，現存的《大唐三藏取經詩話》就是說話人的底本。在這故事裡就出現了「來助和尙取經」的猴行者，他是一個白衣秀士，自稱「花果山紫雲洞八萬四千銅頭鐵額獼猴王」，全書著重寫他在取經路上降妖伏怪的故事。從它身上已具備後來《西遊記》中孫悟空的影子。到了元代，出現了《西遊記平話》，取經故事的情節豐富起來，故事性也大大加強，以後百回本《西遊記》中的重要情節，在《西遊記平話》裡大體上都有了。唐僧取經的故事很早就被戲曲家搬上了舞臺，金人院本有《唐三藏》，元雜劇有《唐三藏西天取經》，使西遊記的故事又有了豐富和發展。在廣爲流傳的民間神話、傳說的基礎上，在西遊記的平話和雜劇的基礎上，偉大的作家吳承恩進行了集大成式的再創作。因此，長達八十餘萬言的長篇巨著《西遊記》的出現，旣是長期以來西遊記故事發展的總結，又是吳承恩天才的創作。

《西遊記》寫唐僧師徒西天取經的故事，主要是寫孫悟空一路上降妖伏魔的鬥爭。通過這些描寫，對黑暗的封建社會和兇殘的統治階級進行了嚴厲的鞭撻，表現了敢於戰勝困難、反抗一切邪惡勢力的鬥爭精神。

孫悟空是《西遊記》中的一個最光輝的形象。他大鬧天宮，表現了英勇反抗的精神；他的火眼金睛，能洞察一切僞裝的妖魔；他敢於鬥爭，不怕困難，積極樂觀，勇武機智，作者在他身上寄寓了自己的理想。孫悟空的性格十分鮮明、可愛，直到今天，他仍然受到廣大人民的喜愛。

《西遊記》是我國古代積極浪漫主義的傑作。它是一部神魔小說，是幻想化的，但從中可以看到現實生活和現實中人的影子。全書構思奇特，自由馳騁著無比豐富的想像，情節神奇生動，創造出許多引人入勝的故事。《西遊記》成功地塑造了不少人物形象，善於通過曲折尖銳的矛盾衝突，展現人物性格。《西遊記》的語言活潑曉暢，尤多詼諧幽默，輕鬆而有風趣，形成了特有的語言風格。

《西遊記》對以後的神魔小說有很大影響。《西遊記》出現後，許多人開始重視民間神怪故事的收集和整理，陸續寫出了《續西遊記》、《後西遊記》、《西遊記傳》、《西遊補》等書。後來的另一部長篇神魔小說《封神演義》，也受到了《西遊記》很大影響。

六十三　封神演義

一部流傳很廣的長篇神魔小說。產生於明隆慶、萬曆年間（一五六七——一六一九），作者是誰，已難詳考，一說爲明人許仲琳編，一說爲明時道士陸長庚作。《封神演義》成書以前很久，民間便流傳著關於武王伐紂的傳說；稍後的《武王伐紂平話》可以說是《封神演義》的前身，故事結構已粗具規模了。

《封神演義》全書共一百回，通過幻想的姜子牙封神的故事，運用富於神話色彩的描寫，講述了武王伐紂的歷史事件，表現了商周鬥爭。以仁慈愛民的武王和他的丞相姜子牙爲首的周，討伐以暴虐無道的紂王爲代表的商，被認爲是「以臣伐君」，「以下犯上」，但作者把這寫成是正義力量同非正義力量之間的鬥爭，並再三宣傳：「天下者，非一人之天下，乃天下人之天下也。」這是封建社會中進步觀點的反映。書中揭露了紂王的荒淫無恥、昏聵橫暴和對於群臣、人民的殘酷殺戮，表現了人民對他的切齒痛恨。書中的許多人、神都爲滅紂而戰，最終消滅了暴君，仁政得到勝利。

《封神演義》對某些與封建倫理道德相違背的行爲給予了肯定。如哪吒要求殺父報仇，廣成子勸殷郊伐君伐父，這些行爲在封建社會裡都是被視爲「忤逆亂倫」的，但作者對此採取了正面頌揚的態度。

在藝術上，《封神演義》塑造了一些較爲成功的形象，如姜子牙、申公豹、妲己等。作者還運用豐富的想像力，展示了神奇優美的幻想，如土行孫能在地底下行走，楊任的眼睛能看到地下的東西，雷震子長著肉翅在空中飛翔，哪吒有三頭八臂，楊戩有七十二變化，高明、高覺有千里眼、順風耳，都描寫得引人入勝，還可以啓發人們的智慧。這些幻想都是積極的，健康的，有益的。

《封神演義》的基本傾向是好的，在思想和藝術上是有成就的，但它還存在著一些嚴重的缺點。最突出的是因果報應、在劫難逃的宿命論思想。所謂「成湯氣數已盡，周室天命當興」，這是全書故事發展的關鍵；「此是天意合該如此」；「天數已定，萬物難逃」之類字眼，書中觸目皆是。既然好人被殘害，壞人殘害人，都是命中注定，這就大大削弱了反抗、鬥爭的意義。書中還流露出不少封建道德觀點，如忠君思想、尊卑等級觀念等等。

《封神演義》在藝術上的缺點也是明顯的，作者忽略了揭示人物的內心世界，許多人物的性格是模糊的。有的又千篇一律，公式化，三十回之後的神魔鬥法，內容多重複雷同，破「十絕陣」表現得最爲明顯。語言也較爲拖沓，缺乏生動、風趣。因此，從思想和藝術兩方面看，《封神演義》都不能算是傑出的作品。

六十四　儒林外史

我國古代優秀的長篇諷刺小說。作者吳敬梓（一七〇一——一七五四），字敏軒，號粒民，晚年又稱文木老人。

《儒林外史》的諷刺對象非常廣泛，筆鋒所指幾乎是整個封建社會。作者全面地揭露和批判了行將崩潰的封建制度的腐朽和罪惡，以反對功名富貴、科舉和八股文爲中心，由此而及於當時的官僚政治制度，社會風氣，人倫關係，學術活動，風俗習慣等。他所描寫的人物，以知識分子爲主，上至進士、翰林，下至市井無賴，無所不包。《儒林外史》是一幅不折不扣的封建社會的儒林敗類的百醜圖。

作者面對的是這種醜惡的社會現實：豪紳刁吏貪狠、欺詐、愚蠢、蠻橫，而名流學子多數都不學無術，利慾熏心，奴顏婢膝，虛僞迂腐。他描繪了科舉制度造成的弊害和讀書人精神生活的墮落、腐朽，揭發和抨擊了封建社會道德風俗的敗壞和政治生活的黑暗。書中的周進和范進，是熱中於科舉功名的老腐儒的典型形象。周進看到貢院的號板，悲痛欲絕一頭撞倒，揭示了儒生功名失意的絕望心理；范進看到了中舉報帖，高興得發了瘋，這是被科舉弄得失魂落魄的可憐蟲的生動寫照。匡超人原是心地純厚的貧苦少年，受了科舉的影響，成了八股迷，考上秀才後，墮落爲厚顏無恥、吹牛撒謊的無賴。由科舉出身的官吏豪紳無一不是橫行霸道，殘害人民；有的是無惡不作的惡棍，有的是江湖騙子，有的是市井光棍。這些人的種種醜態，在吳敬梓的筆下，被描繪得淋漓盡致。

同時，作者也塑造了一些正面人物形象，如王冕、杜少卿、荊元等。他們是一批品學兼優的知識分子，他們有學問，品行高潔，輕視科舉功名。在他們的身上寄託了作者的理想。

《儒林外史》還揭露和諷刺了封建官僚地主的貪婪刻薄。如舉人王惠一做太守，上任第一件事就是詢問撈錢的竅門，他一心記著「三年清知府，十萬雪花銀」的話，無恥地欺詐勒索，令人憎惡。其他如縣官的專橫，州官的受賄，表現了當時處處是黑暗政治，表現了作者對腐敗官僚制度的不滿。

《儒林外史》的諷刺藝術，在我國古典小說中成就很高。諷刺的生命是眞實，《儒林外史》中的許多人物，都以當時的實有人物爲原型，經過了藝術的概括和提高。作者善於通過人物本身的行動和語言，如實地刻畫人物性格，不加任何評議，讓讀者自己感覺到人物的可笑和可鄙。

在結構上，《儒林外史》沒有貫穿全書的中心人物和中心線索，魯迅說：「全書無主幹，僅驅使各種人物，行列而來，事與其來俱起，亦與其去俱迄，雖云長篇，頗同短制。」這種結構方法有利於表現廣闊的生活面中的各個角落、各色人物，各種事態；這種畫廊的形式，正好表現那百醜圖的內容。作品語言簡樸、準確、形象，隱含諷刺，有很強的表現力。它對後世的文學，尤其對晚清小說有很大影響，促進了諷刺藝術的發展。

六十五　金瓶梅

我國第一部由文人獨創的長篇小說。最早刊本《金瓶梅詞話》的序文中說作者是蘭陵笑笑生，但作者的眞實姓名和生平事跡都無可查考。據現有資料推斷，《金瓶梅》大約是在明隆慶二年至萬曆三十年（一五六八──一六〇二）之間寫成的。

《金瓶梅》是從《水滸傳》「武松殺嫂」一段衍生出來的，以惡霸西門慶爲全書主線和中心人物。西門慶原是破落戶出身的市井無賴，開生藥鋪子。本有一妻二妾，又和一批幫閒結拜十兄弟。偶遇潘金蓮，設計謀姦，毒死其夫武大。武松報仇，誤殺了李外傳，被刺配孟州。西門慶即娶金蓮爲妾，先後又謀娶寡婦孟玉樓和花子虛（十兄弟之一）之妻李瓶兒，又收了金蓮的婢女春梅。不久，西門慶因與權貴蔡京攀上義父子的關係，做了本縣提刑千戶，於是貪贓枉法，橫行無忌，魚肉鄉里，霸占良家婦女，過著極度荒淫無恥的縱慾生活。此後，西門慶因縱慾暴死，潘金蓮被武松所殺，瓶兒病死，春梅被賣給周守備爲妾，也因淫慾過度，突然病死。

作者通過西門慶這樣一個典型人物在社會上活動的脈絡，描寫了上自爲非作歹的宦官和擅權專政的太師，下至市井間招搖撞騙的幫閒篾片和狡詐蠻橫的地痞流氓等各色人物的精神狀態，通過這些人物的卑鄙行爲和罪惡活動，揭露了封建社會的腐朽和黑暗。書中深刻而露骨的描寫所給予人們的陰森徹骨的印象，反映了作者自覺地暴露黑暗的主觀態度，而這種暴露對於讀者具有相當的認識價值，有一定的反封建意義。

《金瓶梅》在塑造具體的人物形象上，也有出色的成就，如西門慶、潘金蓮、陳經濟等都有鮮明的個性。西門慶橫行鄉里，拚命地聚斂，瘋狂地放縱，是和他的亦官亦商的惡霸土豪的經濟基礎和社會地位分不開的。作者著力描繪，渲染烘托，寫得相當豐富。潘金蓮的性格刻畫遠遠超過了《水滸傳》的描寫，她恃寵生驕，成了摧殘和污辱自己的患難姊妹的「比主人還兇狠的奴才」。她殘忍毒辣，陰險刻薄，嫉妒說謊，荒淫無恥，而且又諂媚恭順，笨劣愚蠢。她的這種錯綜複雜的性格，使讀者感覺到她的惡行與毀滅是當時罪惡社會所造成的必然結果。

《金瓶梅》這部書存在著嚴重的缺點。作者對於當時的社會做了大膽而無情的暴露，但他不是用批判的態度，而是流露著艷羨欣賞的態度。作者對被剝削被侮辱的人很少表示同情，對壓迫者和凌辱者也很少表示憎恨，反映了他是站在封建統治階級的立場上的。此外，貫穿於全書的虛偽的懲勸說教，女子是禍水的見解，因果輪迴的封建迷信思想等，都是封建性的糟粕。

《金瓶梅》中的大量的色情描寫，使它陷入了自然主義的泥坑，失去了文學作品所應具有的社會教育作用，把人們引向庸俗卑劣和低級趣味。《金瓶梅》的創作有成功有失敗，其影響有好也有壞，必須仔細分析批判，不能一概否定，也不能過分頌揚。

六十六　紅樓夢

中國文學史上思想和藝術成就最高的長篇章回小說，是中華民族傳統文化的結晶和瑰寶。曹雪芹嘔心瀝血完成了前八十回，後四十回一般認爲是高鶚續補。

《紅樓夢》具有強烈的反封建精神。它以賈寶玉、林黛玉的愛情悲劇爲主線，結合描寫封建貴族家庭由盛而衰到徹底敗亡，控訴封建禮教殘害青年的罪惡，暴露封建社會的黑暗和腐朽，揭示了封建制度和貴族階級必然滅亡的歷史命運。

全書一百二十回，按情節結構可以分爲四個大段落。第一回到第五回是序幕，表明創作意圖，介紹主要人物。第六回到第二十三回是第二個段落。寫賈府昇盛情景。第二十四回到第七十四回是第三個段落。寶黛愛情進一步發展，封建家族內部矛盾衝突尖銳激烈，賈府由盛轉衰。第七十五回到第一百二十回是第四個段落。寶黛愛情遭到封建勢力的摧殘而被扼殺，賈府內外矛盾總爆發，主要人物的悲劇結局。全書內容紛繁，人物衆多，情節複雜，作者能夠寫得線索分明、布局和諧、有機結合、轉接自然，表現出精妙的藝術構思和結構技巧。

賈寶玉是《紅樓夢》中最重要的人物。他是大觀園中養尊處優的貴族寵兒，但他的思想行爲與封建統治階級的要求卻背道而馳。他鄙棄功名利祿，反對科舉制度，蔑視程朱理學。他把那些追求「仕途經濟」的士大夫罵爲「祿蠹」、「國賊」，不肯與之交往。他討厭四書五經，喜歡雜學旁收，稱讚《西廂記》眞正是好書。他輕視封建主義的倫常秩序，不管長幼嫡庶的關係。對奴婢態度寬厚，體貼和同情被壓迫者。他反對男尊女卑。他的名言是：「女兒是水做的骨肉，男子是泥做的骨肉，我見了女兒便淸爽，見了男子便覺濁臭逼人。」他追求自由的愛情，與林黛玉有共同的思想。凡此種種，都說明賈寶玉是具有新思想的封建貴族家庭的叛逆者。

林黛玉是書中第二個主要人物。她父母雙亡，沒有兄弟姐妹，孤苦伶仃，寄人籬下，養成了多愁善感的性格。她孤高自許，目下無塵，眞誠直率，任性不拘。她有強烈的自尊心，厭惡周圍的醜惡、虛僞和庸俗。她渴望得到自由的愛情，但又有封建禮教對她的束縛。金玉良緣之說困擾著她，寶玉對待其它姊妹的情景令她擔心。她不可能像崔鶯鶯、杜麗娘那樣做出大膽的違抗封建禮教的行動。但她愛得深沈，內心更爲複雜，悲哀與愁苦成爲與生俱來的性格特徵。因此，她的悲劇命運格外震動人心。

《紅樓夢》中塑造了許許多多令人難忘的人物。寶釵、晴雯、鴛鴦、平兒、香菱、襲人、尤二姐、尤三姐、探春、王熙鳳，以及賈母、王夫人、賈政、賈珍、賈璉等，都寫得栩栩如生，十分成功。

《紅樓夢》反映了極爲廣闊的社會生活。它展現了封建時代官僚地主階級的奢侈糜爛情景。秦可卿的棺材，花了一千兩銀子。最儉省的一頓螃蟹宴，花了二十幾兩銀子，劉姥姥說「夠莊稼人過一年。」一個主子，丫頭僕婦成群，日常生活，豪華成風。賈珍、賈璉是人形動物，柳湘蓮說過：「東府裏除了那兩個石頭獅子乾淨，只怕連貓兒狗兒都不乾淨。」這樣的生活是完全建築在對農民的壓榨和剝削的基礎之上的。烏進孝送租子，賈珍說：「不和你們要，找誰去！」王熙鳳肆意發放高利貸。不僅如此，他們憑藉權勢，爲非作歹，賈赦看上石呆子幾把扇子，無緣無故害得他家敗人亡；王熙鳳弄權鐵檻寺，害死兩條人命，得了三千銀子。對家中的奴隸更是操生殺之權，隨心所欲。《紅樓夢》用現實主義的筆觸，將封建社會末期的種種世態，呈現在人們面前。

它稱得上是封建末世百科全書式的偉大作品。

魯迅說：「自有《紅樓夢》出來以後，傳統的思想和寫法都打破了。」這是非常精刻的見解。《紅樓夢》通過普通的日常生活中的矛盾衝突的形成和發展的描寫，展示了人物音容笑貌和獨特的性格。其次，人物的語言比以前的小說呈現出多樣性和豐富性的特點，千變萬化，切合每個人物的口吻。第三，《紅樓夢》中的環境描寫也超越前人。瀟湘館「鳳尾森森，龍吟細細」的竹子，象徵著林黛玉高尚的節操，「淚滴湘妃竹」又是她多愁善感，抑鬱憂傷的烘托。怡紅院的富麗堂皇，切合寶玉的嬌生慣養；稻香村的樸素無華，突出李紈的心如死灰；蘅蕪院的擺設，表現出寶釵的「冷」與做作，與結局的獨守空閨也有關聯。至於書中的詩歌、曲文、酒令、謎語，無不與人物性格相關，也是一大創造。

《紅樓夢》問世以後，產生了深遠的社會影響。封建衛道者攻擊它是「淫書」，群眾中卻廣為流傳，贏得了極高的聲譽。在文學創作上，樹起了現實主義創作方法的豐碑，人們從中汲取深厚的營養。它引起人們研究的興趣，熱情探索，提要鈎玄，形成了「紅學」。

六十七　鏡花緣

繼《紅樓夢》以後比較優秀的一部小說，約寫成於嘉慶年間。作者李汝珍，字松石，直隸大興（今北京市大興縣）人。全書一百回，依內容可分為前後兩個部分。大致是前五十回為一部分，寫唐女皇武則天令百花寒冬齊放，眾花神不敢違旨，開花後遭到天譴，為首的花神百花仙子和其他九十九位花神被貶為一百個女子。百花仙子則託生為秀才唐敖之女，取名小山。唐敖科舉落第，心情沈鬱，隨妻弟林之洋泛海出遊，歷經幾十個國家，目睹各種異國風光和奇人異事。後來，唐敖吃了仙草，入小蓬萊山不返。唐小山思父心切，出海尋找，雖未遇其父，卻意外地在小蓬萊山泣紅亭中錄得「天書」一卷，上有一百名花神所主管的花名及降生人世後的姓名，然後乘船回國。後五十回爲第二部分，寫武則天開科考才女，所錄取的一百人，名次與「天書」所載竟完全相同。才女們拜謁宗師，連日飲宴、賦詩、遊戲，盡歡而散。唐小山重入蓬萊山尋父，也一去不返。最後唐中宗復位，尊武則天爲「大聖皇帝」。武則天又下令宣布明年重開女試，命前科錄取才女重赴「紅文宴」。

《鏡花緣》的作者根據《山海經》和其他筆記雜著的記載，馳騁想像，著力描寫海外世界的奇聞異事，目的在於抨擊現實社會的醜惡，寄寓自己的社會理想。如通過描寫無腸國的「富家」以糞作飯供應奴僕，痛斥了爲富不仁、刻薄吝嗇的剝削者；通過刻畫兩面國人兩張不同的面孔，鞭撻嫌貧愛富、表面和善實則兇惡狡詐的兩面派；又通過寫毛民國的生性鄙吝，靖人國的陰險詭詐，翼民國的酷好奉承，犬封國的吃喝成風，結胸國的好吃懶做，豕喙國的善於撒謊等，曲折地暴露了種種醜惡現象，具有一定的批判諷刺意義。作者在批判醜惡的社會現實的同時，還提出了自己的理想。如寫君子國謙讓成風，大人國的民風淳樸，待人寬厚，都體現作者「昇平世界」的社會理想。更可貴的是作者要求提高婦女的社會地位，要求女子有讀書機會，和男子同樣參加考試，反對男子壟斷文化，因而筆下的一百才女，有的文采驚人，有的深通醫理，有的精於數學，有的有膽識，有的有俠腸，都是巾幗奇才。小說中的女子不再是愛情故事的主角，而是社會活動的參與者。這在古典小說中是破天荒的，它表現出一種朦朧的民主主義思想。因爲作者是具有濃厚儒家思想的知識分子，所以在暴露現實和表達理想方面，也有明顯的不足。

《鏡花緣》在藝術上有一定的成就，寫出了像女兒國那樣的精彩片斷；有些細節具有較濃厚的生活氣息；語言風格也較活潑爽朗，幽默多趣。缺點是沒有著重刻畫人物性格，說教太多，學究味太濃，使小說的意味受到影響。

六十八　歧路燈

清代長篇白話小說。作者李海觀。

李海觀，字孔堂，號綠園。他講過學、中過舉，任過知縣。他花了三十年時間寫成《歧路燈》，計一〇八回。這部有獨特思想藝術價值的作品在本世紀二十年代以前僅有手抄本，又多殘缺，未受重視。一九八〇年人民文學出版社出版了校註本，受到廣泛注意。

《歧路燈》寫富家子弟譚紹聞，從小聰明伶俐，父親死後，受母親溺愛。在浮浪子弟引誘下，放縱自己，吃喝嫖賭，無所不爲，終於傾家蕩產。後來在父執諄諄告誡、族人的教誨提攜下，加上自己天良發現，他又跳出泥淖，脫胎換骨，重新做人。這由好變壞，再由壞變好的過程，對誤入歧途的人來說是指路明燈。《歧路燈》揭示了青少年失足的一般規律：家教不當，嚴則死板，愛則放縱，延師非人，交友不慎，自甘墮落。同時《歧路燈》也告訴人們怎樣對待失足的青少年。這一切都是通過譚紹聞以及盛希僑、王隆吉等幾個轉變的典型形象顯現的。《歧路燈》的出現填補了我國以教育爲題材的古典小說的空白。作者還把觸角伸到封建社會的許多角落。給讀者提供了一幅廣闊而逼眞的生活畫面：官場的腐敗、民間的陋俗、儒林的醜態，以及當時社會經濟情況、雇工剝削的盛行和高利貸的活躍。《歧路燈》稱得上是一種百科全書式的作品。

在藝術上《歧路燈》也取得多方面的成就。首先它塑造了譚紹聞、盛希僑、王隆吉等由「好」變「壞」又由「壞」變好的典型，這在我國小說史上是少見的。夏逢若作爲流氓無賴的典型在文學史上也有重要的地位。其次是出神入化的白描手法。小說第十二回寫譚孝移死後入棺一段，可謂神來之筆。「抬起棺蓋，猛可的蓋上，釘口斧聲震動，響得鑽心，滿堂轟然一哭，王氏昏倒在地，把頭髮都散了。端福只是抓棺材，上下跳著叫喚，王中跪在地下，手拍著地大哭。」合家傷心，如在眼前，充分顯示了傳統的白描手法的豐富表現力。第三，在結構上《歧路燈》借鑑繼承了《金瓶梅》的結構形式，以一個家庭爲中心，由一家而擴及當時整個的社會。此外，《歧路燈》語言簡煉精當，雅俗兼備。人物語言也合乎各自的身分和特點。

總之，儘管小說有理學氣味，卻不失爲中國古代第一流水平的長篇小說。

六十九　東周列國志

長篇歷史小說，全書一〇八回，敍寫了春秋、戰國時代五百多年間的大部分歷史故事。

「列國」題材的小說，遠在元代就有一些平話本。到了明代嘉靖、隆慶年間，余邵魚撰輯了一部《列國志傳》，共八卷二二六節。作品起於妲己驛堂被魅，終於秦統一六國，比較全面地記載了列國故事，如「蘇妲己驛堂被魅」、「穆王西遊崑崙山」等。到了明末，馮夢龍又依據史傳，對《列國志傳》做一番改訂的工作，刪去了若干民間流傳的故事，如「秦哀公臨潼鬥寶」

等，並「重加輯演」，成爲一〇八回的《新列國志》。這是一部除《三國演義》之外流傳最廣、影響較大的通俗歷史演義。淸人蔡元放對馮夢龍的《新列國志》加以評點，並改名爲《東周列國志》。現在流行的就是這個本子。

《東周列國志》敍事起於西周末年周宣王「聞謠輕殺」，迄於秦始皇統一天下。由於作者原意是要將它寫成一部令人「引爲法誡」的歷史演義，所以全書對春秋戰國時代的主要歷史人物，以及政治、軍事、外交等方面的主要歷史事件都有比較詳細的敍述，而且寫人敍事多符合歷史事實，因而在普及歷史知識方面發揮了積極作用。

《東周列國志》語言樸實生動，明白曉暢，在敍述歷史事件的過程中，許多情節描寫得有聲有色。如一〇二回「華陰道信陵君敗蒙驁，胡盧河龐煖斬劇辛」中寫秦王逼封朱亥，朱亥堅辭不受一節，通過對朱亥語言、神態、動作的誇張描寫，成功地塑造了朱亥豪壯義勇的形象，就是一個典型的例子。其他如「弦高假命犒秦軍」、「圍下宮程嬰匿孤」、「西門豹喬送河伯婦」等故事，表現了我國人民傳統的美德，都具有積極的意義。但是從總體上說這本書的文學色彩不濃。

七十　說岳全傳

全稱《精忠演義說本岳王全傳》，講史小說，淸人錢采在種種「岳傳」的基礎上編著，金豐增訂而成。錢采，字錦文，浙江仁和（今杭州市）人。全書八十回，主要描寫岳家軍英勇抗金的故事，並揭露了張邦昌、秦檜等與金人貴族勾結，陷害忠良，賣國求榮的罪行。

《說岳全傳》的作者本著「不宜盡出於虛，而亦不必盡由於實」的原則，參照史實而又不拘泥於史實，塑造了岳飛「精忠報國」的民族英雄形象。岳飛自幼孤貧，好結義友。岳母在他背上刺字，勉勵其「精忠報國」，而他自己也「以身許國，志必恢復中原，雖死無恨」。作者在岳飛的身上集中的許多優點：軍令森嚴而待人寬厚，常以愛國思想教育部下，使岳家軍人人皆知抗金目的。他能平等待人，團結不少綠林兄弟，共保宋朝。這固然有一定的史實依據，但更主要的是順應時勢要求，通過形象描繪，賦予岳飛重視民眾抗敵力量的卓越見識。然而作者筆下的岳飛帶有濃重的封建意識，愚忠、愚孝、愚仁都十分突出。在十二道金牌的催促下，他不敢採取「將在外，君命有所不受」的建議，終於給抗金事業和個人都帶來了無可挽回的損失。小說還以濃重的筆墨描寫了不少民間英雄，歌頌了那種同仇敵愾的正義行爲，這既曲折地反映了現實，也表明當時一部分愛國文人在現實教育下正在改變對農民義軍的盲目仇視，開始重視民間力量。作品中還描寫了一個李逵式的英雄牛皋。他曾獨闖金營，投遞戰書，令金兀朮不得不表欽佩。但是他不像岳飛那樣愚忠，敢於直斥「瘟皇帝」。當岳飛南歸，力阻不成，又聞岳飛凶訊時，首先發兵復仇；復仇不成就重新落草，以示與腐朽的朝廷對抗。但大敵當前，他仍然出戰，並且說：「我牛皋豈是怕兀朮的？就受招安，待我前去殺退了兀朮，再回太行山便了。」可見他的抗金，不是爲效忠宋主，而是爲國家效力。作品對一些反面人物的描寫也是成功的，如金兀朮的驕橫狡詐，頑固自信；秦檜夫婦的陰險毒辣，下流無恥，都寫得淋漓盡致，令人髮指。但是作者把岳飛與強寇權姦的矛盾歸結爲大鵬鳥、赤鬚龍、女土蝠之間的冤冤相報，既削弱了岳飛等愛國鬥爭的意義，又宣揚了因果報應的迷信思想。書中還歪曲了楊么領導的農民起義。這都是作者的局限性所致。

由於《說岳全傳》汲取了元明戲曲及說唱中有關故事的精華，所以作品充滿了生活氣息和傳奇色彩。該書影響很大，在民間廣爲流傳，其中有關故事還被寫成戲曲，搬上舞臺，獲得了長久的生命力。像《牛皋扯旨》、《櫃中緣》、《挑滑車》等至今仍常演出。

七十一　官場現形記

長篇小說，作者是清末的李寶嘉。李寶嘉字伯元，號南亭亭長。江蘇武進人。這部長篇小說是清末譴責小說的代表作之一。全書六十回，以譴責晚清的官場黑暗爲主題，塑造了清末官場的百醜圖。從中央到地方，從文官到武將，從最高統治集團到低級衙門的佐雜人員，舉凡軍機大臣、總督、巡撫、提督、道臺、知縣、典史等等，無不在作者的揭露之下現出原形。小說中描寫的官場群醜，雖地位有高低，權勢有大小，手段也各有不同，但「見錢眼開，視錢如命」，是他們的共同特徵。爲了錢，他們賣官鬻爵、貪贓枉法、殘害人民、出賣祖國以至出賣靈魂，無惡不作，無所不爲。第十二回到第十八回寫胡統領（胡若華）到嚴州「剿匪」，揭露封建官僚殘害人民的罪惡尤爲深刻。嚴州本沒有土匪，但是統治階級卻借「剿匪」爲名瘋狂殘害百姓。胡統領來到鄉下，一路上焚燒民宅，搶奪民財，姦淫婦女，殺老百姓的頭充當盜匪的頭邀功請賞。受害的群眾去縣衙訴冤，莊知縣和胡統領串通一氣，反賴眾人誣告，逼著大家給胡統領送幾把萬民傘才了事。人民群眾冤沈海底，胡統領卻殺民有功，莊知縣得到保舉。這段血淚文字反映了封建官僚機構的本質特徵，也表現了作者對人民苦難的同情。這幫腐敗的官吏在人民面前作威作福，在洋人面前卻卑躬屈膝，奴相十足。如第五十三回寫平日鼻孔朝天的江南制臺文明一聽說來求見的是

「洋人」時，「頓時氣焰矮了大半截，怔在那裡半天」，活畫出一副卑賤的奴才相。小說還揭露了封建官僚精神的墮落。作者筆下的封建官僚普遍嗜食鴉片，嫖妓、賭博更是習以爲常。爲了升官發財、享樂腐化，他們什麼事都幹得出來。如第三十一回寫冒得官爲了保住冒騙得來的官位，竟然無恥地央求自己的女兒去讓上司玩弄。在此類的描寫中，作者大膽地撕去了封建統治階級的種種遮羞布，揭露了封建官場的醜惡內幕和封建道德的虛僞。所以阿英先生稱《官場現形記》是「一篇討伐當時官場的檄文」。

《官場現形記》是由許多相對獨立的短篇蟬聯而成的，在結構上與《儒林外史》有類似之處。但在其他方面還是有自己的藝術特色的。作者善於描寫場面，善於運用誇張的手法，通過人物自己的語言和行動去揭露醜惡的靈魂，這些都是比較成功的。但全書缺乏中心人物和情節，有些描寫流於庸俗，思想上也有改良主義傾向，都說明它有一定的局限性。

七十三　老殘遊記

遊記體小說。在清末譴責小說中是一部有影響的作品。作者劉鶚，字鐵雲，別號洪都百煉生，江蘇丹徒人。全書二十回，主要寫一個搖串鈴的江湖醫生老殘在山東行醫途中的所見、所聞、所爲，反映了晚清社會的某些現實。

在晚清動盪的局面下，統治者往往藉助所謂「清官」來維持局面，而劉鶚則比較深刻地揭露了「清官」的罪惡。小說前六回著重揭露了一個所謂「清官」玉賢。這個玉賢自稱清廉，不要錢，但埋在他內心深處的，更甚於贓官的貪圖錢財。出任曹州知府「未到一年，站籠站死兩千多人」。群眾都畏懼和憎恨他的殘忍，說道：「俺們這個玉大人眞是了不得，賽過活閻王，碰著了就是個死！」他還在曹州一手製造了幾起冤案。如對于家一案，民間議論紛紛，有人酒後說了一句玉大人「好冤枉人」，被他以「妖言惑眾」的罪名「站籠」而死。他手下的人見于朝東一家四口慘死，動了惻隱之心，下決心要弄清這椿案情，終於抓住了眞兇。然而就是這個「清官」玉賢唯恐推倒這椿冤案後，受到上司的查辦，竟然釋放了強盜，最終得以加官進爵。在寫另一個「清官」剛弼時，作者把他的貪婪而又標榜「清廉」，殘忍而又故作善良的醜態暴露無遺。對這類「清官」，作者是深惡痛絕的。他借老殘之口，大罵他們是「下流的酷吏」，又讓老殘闖公堂厲聲質問剛弼濫施刑罰，「天理何在？良心何在？」這裡作者發表了前人從未發表過的議論：「官愈大，害愈甚：守一府則一府傷，宰天下則天下死！」這對行將崩潰的清末腐朽的封建社會，是有著很強的暴露力量的。小說在揭露酷吏的同時，對人民的苦難也有所描寫，如黃河決口後人民流離失所，甚至賣身爲妓等，表現了對人民的同情。但是《老殘遊記》在思想內容上也存在著問題，如稱太平天國爲「粵匪」，且多方攻擊；咒罵義和團是「疫鼠」、「害馬」、「裝妖作怪，蠱惑鄉愚」，「幾乎送了國家的性命」；誣蔑資產階級革命黨是「亂黨」，「只管自己斂錢，叫別人流血」的「英雄」。

《老殘遊記》繼承了中國古典小說的優秀藝術傳統，又有所創造。語言清新簡練，富有表現力。寫景敍事生動細膩，如王小玉美妙的歌聲，桃花山的月夜，黃河冰岸上雪月交輝的景致，尤其是大明湖、千佛山明麗如畫的景色，都寫得很有吸引力。作品中還出現了大段的心理描寫，這在以往的小說中是少見的。

七十四　孽海花

晚淸著名的譴責小說之一，作者曾樸，字孟樸，筆名東亞病夫，江蘇常熟人。全書以中法戰爭（一八八四）到中日戰爭（一八九四）期間的晚淸社會爲背景，以金雯靑、傅彩雲的故事爲線索，廣泛描寫了宮廷內部的混亂，官吏的貪贓枉法，和對外來侵略者的恐懼，以及封建知識分子的醉生夢死，資產階級舊民主主義革命的興起等。它揭露了晚淸封建統治的腐朽，反對列強蠶食中國，同情孫中山的革命主張，表現了一定的進步傾向。

和其他譴責小說相比，《孽海花》的不同之處是對帝國主義的入侵提出了直截了當的抗議。作品指責英、俄、法、德是「世界魔王」，把中國「看得眼紅了，都想鯨呑蠶食」。這反映了作者對帝國主義有一定的認識。小說從第二回到第二十七回，以大量的篇幅揭露和批判了封建統治階級。它的筆鋒甚至直指最高封建統治者，形象地勾勒了宮廷內部爾虞我詐的醜惡內幕。寫握有實權的慈禧太后處心積慮地控制光緒皇帝，以便爲所欲爲，寫她竟然把「一國命脈所繫」的海軍軍費拿去修花園，供自己享樂，甚至公然接受三萬銀圓的賄賂，授狄義以軍機要職。小說還以中法、中日民族矛盾爲背景，刻畫淸廷達官顯貴的醜惡靈魂。以李鴻章爲模特兒的北洋大臣威毅伯籌辦海軍是爲了擴充自己的實力，外國侵略者一來，不與交鋒就立即妥協投降。作品還描寫了官僚知識分子的形象，寫他們在「內憂外患，接踵而來」時的醉生夢死，渾渾噩噩。小說主人公金雯靑是個一舉成名的狀元。被派出使德、俄、荷、奧四國，有利國家的事什麼也沒做，平日「把正經公事擱著」，除了喝酒、吟詩，便埋頭搞《元史補正》和交界圖，結果闖了大禍，被帝國主義訛去八百里土地。所有這些都暴露了晚清統治的腐朽。小說在揭露的同時還表達了作者的思想見解。作品裡還出現了史堅如等革命黨人的形象，二十九回裡寫道：「眉宇軒爽精神活潑的偉大人物孫中山，轟轟烈烈革命軍之勇少年史堅如，沉著堅毅老謀深算革命軍之軍事家楊雲衢」，並說「有如許英雄崛起，中國何愁不雄飛廿世紀」。雖然有些概念化，但表明他對革命的同情和嚮往，這在當時是十分大膽的。

對於《孽海花》的寫作藝術，魯迅早有評論，說它「結構工巧，文采斐然」。從結構方面看，全書有貫串的中心人物，故事也前後聯繫，主題思想也比較統一，這就使得近代小說從流行的《儒林外史》式的結構提高了一步。小說的語言也還清新，對話敍事都較生動。所以魯迅的評論是中肯的。在人物刻畫方面能從不同角度、用各種手法來描寫人物、刻畫性格。如把傅彩雲放在她生活的環境中，著意寫她的美麗、聰明但感情不專一，又習慣於浪蕩生活，眞實地反映了這個名妓的精神面貌。

古代文論名著

一　詩大序

亦稱《毛詩序》或《詩序》。漢代傳授《詩經》的本有魯、齊、韓、毛四家，前三家皆亡佚，現僅存毛詩。毛詩在《詩經》的各篇名下均有一段較長的、總綱式的文字，比較全面地闡述了詩歌的性質、作用、內容、體裁、表現手法等問題，因而稱之「大序」。《詩大序》的作者歷來眾說紛紜，鄭玄說是孔子的弟子子夏。范曄說是東漢的衛宏，但均無確據。看來，它並非一時一人之作，大概是漢代學者綜合前人舊說並加以發揮而成的。

《詩大序》是我國第一篇較完整的詩論，是先秦到漢代的儒家詩歌理論的總結和發展。首先，它深刻揭示了詩歌抒情言志的重要特徵：「詩者，志之所之也，在心爲志，發言爲詩，情動於衷而形於言。」把《尙書·堯典》所提出的「詩言志」說推進到新的理論高度。其次，它非常重視詩歌的社會作用，說：「故正得失，動天地，感鬼神，莫近於詩。先王以是經夫婦，成孝敬，厚人倫，美敎化，移風俗。」「上以風化下，下以風刺上。」等等。這是對孔子的「思無邪」、「興觀群怨」思想的繼承和發展，對後世具有深遠的影響。第三，強調時代和政治與文學創作的密切關係，指出：「至於王道衰，禮義廢，政教失，國異政，家殊俗，而變風、變雅作矣。」認爲變風、變雅是西周中衰以後的作品，它們的產生有著必然性。此外，在詩歌的分類和表現手法方面，《詩大序》還提出一個「六義」說：「故詩有六義焉，一曰風，二曰賦，三曰比，四曰興，五曰雅，六曰頌。」並對風、雅、頌三種詩體和賦、比、興三種表現手法的特徵作了初步論述。

由上可知，《詩大序》在中國文學批評史上具有重要的地位和意義。當然，它的著眼點是「發乎情」，「止乎禮義」，歸根到底是服務於統治階級利益。而且，它對《詩經》的解釋頗多穿鑿附會之說，這對後代也起了消極影響。

二 典論·論文

三國魏文帝曹丕所撰，是其綜合性學術著作《典論》中的一篇。《典論》約成書於建安後期，原有五卷二十篇，但只流傳下來少數篇章，其中《論文》最爲著名。它涉及的範圍相當廣泛，討論了多種文體和多位作家，並論述了文學批評和文學發展中許多重要問題，諸如作家和作品的關係，文學批評的方法，文學的體裁和風格，文學的地位和價值等等。在這之前的文學論文，如《詩大序》等，往往都是就一種文體或一部書、一篇文章來立論，未能進行綜合性的、多方面的探討。所以，《典論·論文》可以說是我國最早的較系統的文學理論和文學批評的專著，是古代文論進入自覺時代的標誌。

《典論·論文》的內容和貢獻，擇其要可概括爲三個方面：一是探討了文學風格問題。曹丕認爲：「文以氣爲主，氣之清濁有體，不可力強而致。」即由作家的個性、氣質，情趣的差異導致作品的不同風格。同時又指出，文學風格還受制於不同的文體特徵，所謂「蓋奏議宜雅，書論宜理，銘誄尙實，詩賦欲麗。」從創作主體條件和文體客觀要求的兩個方面來談文學風格，是比較全面、精闢的。是高度肯定文學的價値和作風。曹丕一反漢代統治者視文人爲「倡優」的偏見，提出文學是「經國之大業，不朽之盛事」，鼓勵文人積極進行創作，「遺千載之功。」如此崇高的評價，是歷史上前所未見的，這對於提高文人的社會地位，促進古代文學的發展，有著重大影響。三是開創了文學批評的良好風氣。大力反對「文人相輕」的陋習，指出「各以所長，相輕所短」是不能正確開展文學批評的，應該採取「審己以度人」的態度。他在《論文》中就實事求是地分析了建安七子的作品，客觀地評述了他們的所長和所短，簡明扼要、切中肯綮，爲後世的文學批評樹立了良好的範例。

毋庸諱言，《典論·論文》畢竟只有六〇〇字，所論述的諸多問題未免簡略而欠透徹。但先驅之功不可抹煞，後來的陸機、劉勰、鍾嶸正是沿著曹丕所開拓的道路前進的。

三　文賦

西晉陸機撰。全文用賦體寫成，文前有「序」，說明其寫作原因、目的。「恆患意不稱物，文不逮意，蓋非知之難，能之難也。故作《文賦》以述先士之盛藻，而論作文之利害所由。」所謂「意稱物」，是指作者在創作過程中的思想、認識、構思、組織等，是否符合外界事物的眞實；所謂「文逮意」是指作者能否運用優美、恰當的語言，表達出所認識、所構思的具體內容。這是文學創作中一個極爲重要的問題，陸機正是以此爲中心展開論述的。所以，《文賦》實際是我國文論史上第一部系統而完整的文學創作論的專著。

《文賦》對古代文學理論的突出貢獻，首先是探索和描述了文學創作的複雜過程。它具體劃分爲這樣幾個階段：瞻物(「遵四時以嘆逝，瞻萬物而思紛；悲落葉於勁秋，喜柔條於芳春」)，即觀覽事物，孕蓄情感，培養創作慾望的階段；凝思（「收視反聽，耽思傍訊，精騖八極，心遊萬仞」），即聚精會神充分發揮想像和聯想的階段；賦形（「情曈曨而彌鮮，物昭晰而互進，傾群言之瀝液，漱六藝之芳潤」），即借鑒前人，汲取養料，在造意和修辭上慘淡經營的表達階段。在這裡，涉及到觀察事物、審美活動、藝術想像、語言修辭等等，所論之深入、精細、生動，是前無古人的。其次，探討了文學創作和技巧問題。陸機說：「其爲物也多姿，其爲體也屢遷，其會意也尚巧，其遣言也貴姸。暨音聲之迭代，若五色之相宣。」接著從創作的利弊方面提出許多精闢見解，擇其要有：精心剪裁，使「理」與「辭」、「義」與「言」結合得盡善盡美；在作品的關鍵地方，「立片言而居要」，突出警句，增加全文的光彩；力求獨創，避免與前人雷同」。「雖杼軸於予懷，怵他人之我先」。第三，總結了建安以來文學創作的新鮮經驗，提出「詩緣情而綺麗」的主張，進一步肯定了詩歌抒情化的發展方向。這不但突破了儒家的「詩言志」說，而且比曹丕的「詩賦欲麗」的提法更爲明確。此外，《文賦》對創作靈感、創作風格等問題也有新穎獨到的見解。

《文賦》積極吸取前人成果，又能結合自己的研究心得和創作經驗。它的出現標誌著我國古代文學理論進入了一個新高度，對後世的文學批評影響很大。當然，它過分強調「尚巧」、「貴妍」而忽視思想內容，在一定程度上也助長了形式主義的創作傾向。

四　文心雕龍

南朝劉勰所撰，約成書於南齊末年。這是一部在我國文論史上占據著突出地位、有創造性的理論批評巨著。它總結了南齊以前中國文學創作和文學批評的豐富經驗，議論精深，體系完備，結構嚴謹，文辭優美，開創了我國文學批評的新紀元。

《文心雕龍》全書凡十卷，五十篇，三萬七千餘言，包括總論、文體論、創作論、批評論四個主要部分。一、總論由《原道》、《徵聖》、《宗經》、《正律》、《辨騷》五篇組成，論述「文之樞紐」，是全書的理論基礎，其要點爲：①文章是「道」的表現，「道」是文的本源；②古代聖人「原道心」、「研神理」之後，創作文章以治理國家，進行教化；③聖人的經典是「恆久之至道，不刊之鴻教」，是後世各體文章的淵源，也爲作品的思想和藝術樹立了最高典範。二、文體論二十篇，每篇分論一種或數種文體，並對主要文體都作到「原始以表末，釋名以章義，選文以定篇，敷理以舉統」。如《明詩》、《樂府》等十篇所論的是有韻之文，即詩歌、辭賦等；《史傳》、《諸子》等十篇所論的是無韻之筆，即歷史散文、哲學散文乃至譜籍簿錄等應用文字。討論的文體共約三十五種，其詳細、系統和周密，遠遠超過曹丕和陸機。三、創作論十九篇，分論創作過程，作家個性風格，文質關係，寫作技巧，文辭聲律等類問題。如《神思》論藝術想像和藝術構思，發展了陸機的觀點；《體性》論作家的創作個性和「典雅」、「精約」、「壯麗」等八種文學風格；《通變》論文學創作的繼承和革新；《熔裁》論煉意和裁辭，《誇飾》、《比興》、《聲律》、《章句》等論文學創作中表現手法、語言修辭、謀篇布局及用典、對仗、聲律等，至今有值得借鑑之處。四、批評論五篇，從不同角度對過去時代的文風，作家的成就提出批評，並對批評的方法作了專門探討。如《知音》論述文學作品的鑑賞方法和批評態度，提出「六觀」說：「一觀位體，二觀置辭，三觀通變，四觀奇正，五觀事義，六觀宮商。」《才略》評述歷代作家的才能高低和貢獻大小，《程器》討論作家的道德修養對創作的重要性。最後一篇《序志》說明自己的寫作目的和全書部署意圖。《文心雕龍》的內容雖然分為上述四個部分，但理論觀點是首尾一貫、互相照應的。正如劉勰所說：「眾理雖繁，而無倒置之乖；群言雖多，而無棼絲之亂。」（《附會》）

《文心雕龍》問世以來，一直受到高度重視。劉勰同時代的沈約說它「深得文理，常陳諸几案」（《梁書·劉勰傳》）；唐代劉知幾把它作為自己寫作《史通》的楷模，清代章學誠譽之「體大而思精」（《文史通義》）。「五四」到解放後，更出現了許多研究此書的論文和專著。早在一千四百多年前，我國文學批評界就產生這樣的煌煌巨著，這是值得我們自豪的。《文心雕龍》較通行的版本，有清代黃叔琳的輯註本，以及近人范文瀾的《文心雕龍註》、劉永濟的《文心雕龍校釋》、周振甫的《文心雕龍註釋》等。

五　詩品

南朝鍾嶸所撰，約成書於梁天監十二年（五一三）。唐宋以前亦稱《詩評》，明清之後始以

《詩品》定名。全書分序文和正文兩大部分，系統論述漢魏至南朝齊梁時代的五言詩，是我國古代最早的一部詩歌理論專著。它與《文心雕龍》齊名，被視爲南朝文學理論批評的「雙璧」。

《詩品》的序文是全書的總論，全面闡述了自己的詩歌理論觀點，追溯五言詩的起源及歷史發展，並對當代形式主義的不良詩風，進行嚴肅、尖銳的批評。序文一開頭就指出，詩歌的產生是由於人們的性情受到外界事物的感召和激動：「氣之動物，物之感人，故搖盪性情，形諸舞詠。」強調詩歌的重大作用：「動天地，感鬼神，莫近於詩」。序文在追溯五言詩的發展歷程時，不拘「四言正體」的成見，肯定「五言居文詞之要，是衆作之有滋味者也。」並指出五言詩的主要特點是「指事造形，窮情寫物，最爲詳切。」序文還提出了五言詩的思想藝術標準是「乾之以風力，潤之以丹采」，追求「味之者無極，聞之者動心」的藝術效果。因此，反對濫用典故；「至乎吟詠情性，亦何貴於用事？」反對沈約等人「四聲八病」的主張，斥其「故使文多拘忌，傷其眞美。」這些見解頗有針對性和現實意義，促使了五言詩的健康發展。

《詩品》的正文三卷，共評論自漢至梁的一百二十二位詩人，依據他們的創作成就，分上中下三品。上品有無名氏古詩和李陵、陸機等十一人。中品有劉琨、陶潛、鮑照等三十九人，下品有班固、酈炎、曹操等七十三人。各品之中，「略以世代爲先後。」對每一位作家均有簡要評語，探討其淵源，標舉其特色，指陳其短長，言簡意賅，頗有見地。從中也體現了自己的詩歌理論主張。鍾嶸論詩的基本標準，在內容上是情兼雅怨，在形式和風格上是骨氣和文采相結合。如說曹植「骨氣奇高，詞采華茂」，說劉楨「眞骨凌霜，高風跨俗」等。他還注重品第高下，通過比較分辨諸家優劣，如說張協「雄於潘岳，靡於太沖」等。在批評方法上善於摘引佳句，以一斑而窺全豹；注意探討詩人之間的繼承關係，以國風、小雅、楚辭爲源頭，較系統地研究了五言詩流派。凡此種種，頗有創造性，爲詩學理論研究開闢了新途徑。

由於時代風氣影響和個人好惡的局限，《詩品》中亦有不少偏激之見，如一味指責用典和聲律，對它們在詩歌藝術中應有的貢獻認識不足；尤其是品評詩人時，有失公允恰當，如把陶潛居中品，曹操居下品，顯然是不妥當的。《詩品》較通行的版本，有今人陳延傑的《詩品註》等。

六　詩式

中唐釋皎然所撰，存世有一卷本、五卷本兩種，以五卷本爲完備。在唐代眾多討論詩格即詩歌體制和作法的著述中，《詩式》是値得注意的一部。它避免了過於瑣碎或穿鑿附會的缺點，而能側重總結以王維、孟浩然爲代表的一派詩人抒情寫景的創作經驗，在評述中又吸收了老莊和佛教神學思想，開了後來司空圖、嚴羽詩論的先聲。

《詩式》最引人注目的部分是關於詩歌風格的分類。在這之前，劉勰的《文心雕龍》有「八體」之說，初唐素嶠的《評詩格》有「十體」之說，皎然則把詩分十九體，各以一字標之：高、逸、貞、忠、節、志、氣、情、思、德、誡、閒、達、悲、怨、意、力、靜、遠。這十九體雖然還不能說十分周密而系統，但廣收博採了前人在這方面的研究成果，作了更爲詳細的劃分，在詩歌風格學的歷史發展上是有貢獻的。尤其是對十九體的具體解釋中，提出了一些新穎獨到的看法，如「意中之靜」、「意中之遠」等，是頗有見地和啓發性的。

《詩式》關於詩歌原理的部分，也包含著不少精闢的見解。例如，書中雖然崇尚自然之美，說：「天予眞性，發言自高」、「不由作意」，「氣格自高」、「不顧自採，而風流自然。」但又不否定人工的錘煉和刻苦創造，指出取境之時，必身入其境，要經過「至難至險」的體會、觀察和構思，才能得到奇句佳篇，這種人工與自然的結合，通過苦心錘煉來達到妙造自然的主張，是很發人深思的。再如，書中論述了詩的情、景及意境問題，強調作詩須有「意境」，也就是詩人之情與天地之景的融合，所描寫的形象中寄託著詩人的眞情實感，而形象的價值又超出它本身的意義。這些經驗之談，是符合詩歌特別是抒情詩的藝術特徵的。此外，《詩式》反對局限聲病、「溺而不返」的現象，主張「用律不滯」。還談到了詩的繼承和革新問題，要求作者「須知復變之道」。這一切都不乏合理可取之處。

皎然作爲一個佛教徒和「隱士」，難免有著唯心思想和超然物外的消極情緒，因而詩論中也就忽視詩歌的思想內容和社會作用，且語多玄虛，流於微妙，產生了一些不良影響。

七　二十四詩品

晚唐司空圖所撰。從唐初至唐末的詩歌，經歷了約三百年的發展，呈現出空前繁榮的景象，可謂百花齊放、爭妍鬥艷。面對著眾多風格和流派的優秀創作，加以品評、研究和總結，是當時文學批評的一項任務。《二十四詩品》的出現，正是體現了這種美學要求。所以，它和鍾嶸的《詩品》同名而異趣，主要不是評論詩人的優劣和探索淵源，而是對詩歌的風格、意境及相關的創作修養、方法進行探討。司空圖承擔了這一歷史任務，在古代詩歌理論中創立了一種獨特的評論體系。

《二十四詩品》把詩歌分爲雄渾、沖淡、纖濃、沈著、高古、典雅、洗練、勁健、綺麗、自然、含蓄、豪放、精神、縝密、疏野、清奇、委曲、實境、悲慨、形容、超詣、飄逸、曠達、流動等二十四品，每品各用十二句四言韻語來加以形象描繪。這較之曹丕、陸機、劉勰、皎然等人的論風格，不但分類更加細密，論述更加深入，而且化抽象爲形象，使讀者更容易把握、領會。從美學上看，二十四品中旣有偏於壯美的，也有偏於柔美的，以及偏於超脫的。這一方面顯示了唐詩的繁榮發達，另一方面也反映了司空圖主張藝術形式、藝術風格多樣化的思想。

司空圖在《二十四詩品》中，特別崇尙「自然」、「沖淡」的風格和意境。關於「自然」，他的描述是：「俯拾即是，不取諸鄰。俱道適往，著手成春。」強調自然流露，反對勉強做作。這一思想也表現於其他作品的描述中，如「實境」品的「性情所至，妙不自尋」；「精神」品的「妙造自然」等等。關於「沖淡」，他的描述是：「素處以默，妙機其微。飲之太和，獨與鶴飛。」這一個「淡」字，屢見於其他品中，如「典雅」品的「落花無言，人淡如菊」；「清奇」品的「神出古心，淡不可收」等。這種「自然」和「沖淡」的境界，反映了司空圖作爲一個山林隱士的生活習性和審美趣味，也與他偏愛王維、孟浩然一派的詩歌藝術有關。

《二十四詩品》還初步揭示了形象思維和藝術典型的特點。他說：「超以象外，得其環中。」又說：「淺深聚散，萬取一收。」司空圖要求詩歌創作要求「象」，但又不止於直接性的「象」，而應比它本身有更深、更遠的蘊含。因此，需要採取「萬取一收」即典型化的創作方法，以形求神，達到「不著一字，盡得風流」的藝術效果。

《二十四詩品》當然談不上嚴密的理論體系，有些議論也流於玄虛穿鑿。但對古代詩歌理論是一個重大開拓，後來宋人嚴羽的「妙悟」說，淸人王士禛的「神韻」說，都是沿著這條道路而來的。

八 六一詩話

北宋歐陽修撰。原名《詩話》，因作者號六一居士，因而後來被稱作《六一詩話》或《六一居士詩話》，一卷本共二十八條。歐陽修作爲北宋詩文革新運動的領袖，曾團結和提攜許多進步文人，在反對不良文風的鬥爭中作出貢獻。這部書寫於晚年，他在小序中自稱「退居汝陰而集以資閒談也。」可知是一部以隨筆漫談的方式來評論詩詞，在輕鬆活潑中表述自己對詩詞創作和鑑賞的見解。

《六一詩話》在記載詩人的身世故事和作品時，注意聯繫社會現實背景，展開分析評論。例如：對孟郊《謝人惠炭詩》的名句「暖得曲身成直身」，書中評曰：「非其身備嘗之，不能道此句。」對賈島《朝飢詩》名句「坐聞西床琴，凍折兩三弦」，書中評曰：「（賈島）不止忍飢而已，其寒亦何可忍也。」說明這些詩句的感人之處都在於出自詩人的眞切感受，寥寥數語就加深讀者的印象和理解。

《六一詩話》在叙述詩人故事和品評詩句中，也有一些值得注意的理論見解和美學觀點。其一，崇尚自然含蓄之美。書中借梅聖俞的話說：「詩家雖率意，而造語亦難。若意新語工，道前人所未道者，斯爲善也。必能狀難寫之景，如在目前；含不盡之意，見於言外，然後爲至也。」最後兩句已經成爲膾炙人口的詩論名言了。又如，歐陽修提倡「精擇去繁」，但又不主張刻意勉強，「須待自然之至」。這是頗有辯證觀點的。其二，重視藝術風格多樣化。書中說：「聖俞、子美（蘇舜欽）齊名於一時，而二家詩體特異。子美筆力豪雋，以超邁橫絕爲奇；聖俞覃思精微，以深遠閒淡爲意。各極其長，雖善論者不能優異也。」超邁橫絕與深遠閒淡是兩種迥然不同的風格，但因爲各極其長，就不應該強分優劣高低了。即使對於柔靡的「西崑體」，歐陽修也沒有一概抹煞其長處，顯示了一種寬容的批評襟懷。

《六一詩話》是我國最早以「詩話」題名的著作，開啓了以隨筆漫話的方式論詩的風氣。此後直到明清的文人紛紛仿效，「詩話」幾乎成了最主要的詩論方式，這是有其獨特的歷史功績的。

九　文則

南宋陳騤撰。陳騤（一一二八—一二〇三），字叔進，浙江臨海人。紹興二十四年進士，歷知贛、秀、太平、袁州，爲官清廉，關心民生疾苦。光宗時任吏部侍郎，寧宗時知樞密院事、兼參知政事。卒謚文簡。著作除《文則》外，還有《南宋館閣錄》十卷。

《文則》是我國早期的一部重要修辭學論著，作者「準經立制」，通過對六經諸子文章句法的比較分析，在修辭技巧方面提出不少可取的見解。其一，文章表達宜簡約。陳騤說：「且事以簡爲上，言以簡爲當。言以載事，文以著言，則文貴其簡也。」文章作到簡約並非易事，文雖簡而事理又須闡說得周到嚴密，所謂「文雖簡而理周，斯得其簡也。」否則，「讀之疑有闕焉，非簡，疏也。」從「文簡」和「理周」兩個方面來談簡約，防止把簡約變爲疏漏，這就比較全面合理了。其二，文章表達宜含蓄。陳騤主張文章要寫得含蓄有致，尤其是記叙文，應當言有盡而意無窮，留有思考、回味的餘地。他說：「文之作也，以載事爲難，事之載也，以蓄意爲工。」只有注意「蓄意」，才能激發讀者的想像和聯想。那種面面俱到，把話說盡的寫法，就會令人「意隨語竭，不容致思」，也就一覽無餘、索然無味了。其三，文章表達應形象生動。《文則》強調作文如作詩，要注意鮮明、生動、形象活潑。因此，必須善於運用一些修辭技巧和手法，尤其是新穎貼切的比喻。書中說：「《易》之有象，以盡其意；《詩》之有比，以達其情。文之作也，可無喻乎？」基於此，陳騤對比喻作了詳細的分類，共概括爲十種：直喻、隱喻、類喻、詰喻、對喻、博喻、簡喻、詳喻、引喻、虛喻。這種分類雖然過於瑣碎而不盡妥當，但思路開闊，對詩文的寫作不無啓迪意義。其四，文章表達不能硬套古語。《文則》反對泥古不化，生搬硬套古人語言，指出「古人之言，後世不能盡識，非得訓切，殆不可讀。」因此，盲目地「搜摘古語，撰叙會事」，勢必如「大家婢學夫人，舉止羞澀，終不眞也。」這種注意語言現實性和時代特徵的發展的觀點，是頗有見地，值得稱道的。

十　詞源

南宋張炎撰。這是一部詞學理論專著，分上、下兩卷，上卷專論音律及唱曲方法，下卷論述作詞的方法、原則及作品的批評鑑賞。《詞源》成書於元初，是張炎在宋亡後晚年所作。

《詞源》論詞偏重於形式技巧，在這方面提出了值得肯定的見解。首先，張炎對詞的協音合律提出了嚴格要求，強調「詞之作必須合律」，包括擇腔、擇律、按譜塡詞、隨律押韻等具體內容。不過，張炎也深知按譜死塡的流弊，又主張「音律所當參究，詞章先宜精思。俟語句妥溜，然後正之音譜，二者得兼，則可造極玄之域。」即作者在參究音律的同時，也要注意辭章，不要弄得文理不通，妨礙思想感情的表達。其次，張炎對詞的語言表現上提出了「雅正」和「清空」的要求。「雅正」主要指語言描寫上的蘊藉含蓄、意趣高遠，避免俚俗淺薄。他說：「古之樂章、樂府、樂歌、樂曲，皆出於雅正。」又說：「詞欲雅而正，志之所之，一爲情所役，則失其雅正之音。」除「雅正」外，張炎特別重視「清空」，說：「詞要清空，不要質實；清空則古雅峭拔，質實則凝澀晦味。姜白石詞如野雲孤飛，去留無跡。吳夢窗詞如七寶樓臺，眩人眼目，折碎下來，不成片段。」所謂「清空」就是注重攝取事物的神理，以空靈神韻爲貴。姜夔的詞正是這方面的典範。與之相對的「質實」，就是堆砌雕琢，凝澀晦味。吳文英的詞正犯了這方面的毛病。此外，《詞源》還提出了學習前人經驗，「取諸人之所長，去諸人之所短」；倡導創新，「須自作不經人道路」等，這些主張是頗有見地的。

《詞源》所繼承的是周邦彥、姜夔等格律派詞人的藝術觀點，反映了封建士大夫階級追求閒逸風雅的生活趣味和美學思想，因而書中貶抑蘇、辛爲代表的豪放詞，把慷慨悲歌、傷時感事的愛國詞排斥在雅詞之外，顯然是錯誤的、片面的。《詞源》較通行的版本，有蔡楨的《詞源疏證》、夏承燾的《詞源註》等。

十一　歲寒堂詩話

南宋張戒撰。原書已佚，清人丁福保輯爲上、下兩卷，收於《歷代詩話續編》中。上卷主要探討詩歌創作理論，下卷集中評論杜甫詩作。與其他詩話相比，《歲寒堂詩話》有一個顯著特點，就是把著眼點放在詩歌創作的思想要求上，而兼論藝術要求。

《歲寒堂詩話》以儒家詩教爲指導思想，要求詩歌創作發揮「邇之事文，遠之事君」的作用，強調「詩言志」的觀點，說：「言志乃詩人之本意，詠物特詩人之餘事。」顯然，把「言志」即思想內容看作是詩歌創作首要的、根本的地位。但也不一概排斥「詠物」，只是要像李、杜那樣「兼而有之」，即通過「詠物」來表達作者的思想情志。這對反對當時愈演愈烈的形式主義、唯美主義詩風，是頗有現實意義的。

《歲寒堂詩話》在藝術追求上發揮了司空圖的「韻」、「味」說，提出「詩人之工，特在一時情味。」這種「一時情味」在藝術表達上要含蓄、蘊藉，避免「淺露」，但又不是「雕鐫刻鏤」所能奏效的。應該自然天成，不加雕飾，看似平常、淺顯，卻又新巧、貼切、達意。對於詩歌風格的研究，張戒不滿足於表象分類，而力求探索其成因，如指出阮籍是「意」勝，曹植是以「韻」勝，陶潛是以「味」勝，李白是以「才力」勝，杜甫是以「意氣」勝，等等，雖不完全恰切，卻能別開蹊徑，發人深思的。

《歲寒堂詩話》最引人注目的，是在極力推崇杜甫的同時，指責蘇軾、黃庭堅。張戒稱「子美之詩……雄姿傑出，千古獨步，可仰而不可及」，甚至推爲「乃聖賢法言，非特詩人而已」。評價之高，無以復加了。相反，卻說蘇、黃「用事押韻之工，至矣盡矣，然究其實，乃詩人中一害，使後生只知用事押韻之爲事，而不知詠物之爲工，言志之爲本也。風雅自此掃地矣」，可謂慷慨激昂、不留情面！公允地說，批評蘇、黃詩風中過於講究「用事押韻」的流弊是有道理的，其見識和膽量也值得肯定；但一筆抹煞蘇、黃的創作成就，立論未免偏頗過激，這也反映了他囿於儒家詩教的局限性。

十二　滄浪詩話

南宋嚴羽撰。在眾多宋代詩話中，這是一部最享盛名的著作。全書共分五個部分：「詩辨」——關於詩歌創作的基本理論和主張；「詩體」——關於歷代詩歌體制流變的評述；「詩法」——關於詩歌創作的具體技法和法變；「詩評」——關於古今詩歌、詩人的評論；「考證」——關於一些詩篇作者的考訂、辨析。書後附錄《答吳景仙書》對詩話的主旨作了說明和補充，可視爲作者的自序。

《滄浪詩話》論詩的一個重要特點是「以禪喻詩」，即借佛家禪理來探索詩理，所謂「大抵禪道惟在妙悟，詩道亦在妙悟。」在這之前，雖然也有人用禪語來論詩，如唐代的皎然，宋代的蘇軾、黃庭堅等，但往往零碎、片斷。到了嚴羽之手，就更加集中、系統和理論化。在此基礎上，《滄浪詩話》在詩歌理論中提出一系列新穎獨到的見解。

第一，「妙悟」、「興趣」說。嚴羽論詩著力倡導「妙悟」，反復說過：「詩道亦在妙悟」、「惟悟乃爲當行，乃爲本色」。所謂「悟」，就是在熟讀歷代各種流派和重要作家作品的基礎上，通過主觀上認眞鑽研和體驗去把握詩歌創作的規律，包括詩的氣象、風度，詩的興會、靈感，詩的傳神境界，詩的渾然天成等。這涉及了詩歌創作的鑑賞一些重要問題。嚴羽在《滄浪詩話》中曾提出五項藝術標準：「詩之法有五：曰體制，曰格力，曰氣象，曰興趣，曰暗節。」而「興趣」是重要的一項：「盛唐諸人惟在興趣，羚羊掛角，無跡可求。故其妙處透徹玲瓏，不可湊泊，如空中之音，相中之色，水中之月，鏡中之象，言有盡而意無窮。」所謂「興」，就是觸物生情，展開想像，委婉表現的意思；「趣」則相當於詩的韻味，與鍾嶸說的「滋味」相近。兩者合起來就是詩歌創造一個即興漫興、隨語成韻、隨韻成趣、渾然天成、令人神往的藝術境界，即盛唐詩人所達到的境界。

第二，「別材」、「別趣」說。嚴羽說：「夫詩有別材，非關書也；詩有別趣，非關理也。……所謂不涉理路，不落言筌者，上也。詩者，吟詠情性也。」在這裡，嚴羽認識到詩歌和文藝與一般的「書」、「理」有著不同特點，需要藝術地感受、認識，表現世界和人的情性，單靠「鴻才碩學，博通典故」是寫不好的。這實際上也揭示了詩歌藝術的形象思維特點和獨特的表現方法，在文學理論上是富有創見性的突破。基於這一點，嚴羽對宋人「以文字爲詩，以議論爲詩，以才學爲詩」的傾向，提出尖銳批評，也切中時弊，有積極意義。

總之，《滄浪詩話》綜合、吸收了前人的詩論成果並加以系統化、理論化，作出了自己的建樹，對後世產生很大影響。在明代，它被視爲詩學理論權威，「終明之世，館閣宗之。」清代王士禛的「神韻」說、袁枚的「性靈」說都與它的「別材」、「別趣」之說有內在聯繫。當然，也有人加以非議，書中也確實存在一些闡述不清、迷離恍惚的神祕色彩。可參看今人郭紹虞的《滄浪詩話校釋》。

十三　論詩絕句

金元好問所撰。元好問（一一九〇—一二五七），字裕之，號遺山，太原秀容（今山西忻縣）人，曾任金行尚書省左司員外郎等職。金亡不仕，專事著述，是金元之際很孚重望的作家。著有《遺山集》。《論詩絕句》共三十首，系統地闡述了元好問對詩歌創作的看法，並對漢魏至北宋許多詩人作品進行了評論。以絕句形式論詩，在元好問之前，雖有杜甫的《戲爲六絕句》及宋代陸游、楊萬里等人，但他們或偶爾遣興，僅抒一時感觸；或微露契機，難以具體捉摸。元好問的這組詩卻具有明確的目的、計劃和嚴肅的態度，並作了較爲全面、系統的論述，在文學批評史上產生相當廣泛的影響。其主要見解有如下幾點：

一、注重詩歌的眞情實感。元好問指出情眞心誠是詩歌具有感染力量的根本，如果口不應心，言不顧行，那是寫不出好作品的。從這一點出發，《論詩絕句》之五高度讚美阮籍的詩筆縱橫，正是他高尚情懷、胸中不平之氣的表現：「縱橫詩筆見高情，何物能澆磈磊平？老阮不狂誰會得，出門一笑大江橫。」之六則無情嘲諷了潘岳的躁求榮利，諂事權貴，僞裝淸高：「心畫心聲總失眞，文章寧復見爲人？高情千古《閑情賦》，爭信安仁拜路塵。」一正一反的對比，較好地闡發了自己注重詩歌眞情實感的觀點。

二、崇尚雄渾、高古、自然、醇雅的風格。《論詩絕句》中很大一部分是評析詩歌藝術風格的。元好問崇尚雄渾、高古、自然、醇雅的風格，不滿柔靡、輕艷、險怪、雕琢之作。因此，他讚美建安曹氏父子、劉楨及晉代劉昆的詩風雄壯如虎：「曹劉坐嘯虎生風，四海無人角兩雄。」（之二），嚮往陶潛詩歌的樸素眞淳、歷代如新：「一語天然萬古新，豪華落盡見眞淳。」（之四）還高度肯定唐代杜甫、陳子昂，宋代歐陽修、梅堯臣等人作品，對孟郊的寒苦、盧仝的怪僻、秦觀的柔弱等進行譏評。

總之《論詩絕句》旨在繼承和發揚《詩經》開創的現實主義傳統，正本清源，去邪存正，反對一味追求辭采、聲律、典故的形式主義，對促進詩歌創作的健康發展，是有積極意義的。但過於宣揚儒家詩教，排斥通俗文學和激烈的抗議之作，又表現了元好問的歷史局限性。

十四　醉翁談錄

羅燁編，其生卒年及生平皆不詳，約生活在宋末元初，盧陵（今江西吉安）人。《醉翁談錄》在國內久佚，後於日本發現，一九四一年在日本影印。凡十集，每集二卷。書中收錄了大量關於古代（主要是宋代）的小說、戲曲和其他通俗文學的研究資料。卷首《舌耕敍引》中的《小說引子》和《小說開闢》是兩篇比較全面地總結話本創作經驗的理論文章，在我國小說理論批評史上有著重要的意義。針對傳統的卑視小說爲「末學」的觀點，羅燁指出：「夫小說者，雖爲末學，尤務多聞。非庸常淺識之流，有博覽該通之理。幼習《太平廣記》，長攻歷代史書。煙粉奇傳，素蘊胸次之間，風月須知，只在脣吻之上。……論才詞有歐、蘇、黃、陳佳句，說古詩是李、杜、韓、柳篇章。」「小說紛紛皆有之，須憑實學是根基。開天闢地通經史，博古明今歷傳奇；蘊藏滿懷風與月，吐談萬卷曲和詩。」（《小說開闢》）說明小說並非「末學」，而是有「實學」作根基的；小說家決非淺薄庸俗之輩，而是貫通經史、精熟詩文、具有深厚的知識積累和藝術修養，完全可以和第一流的大文學家並列的。這是爲提高小說及小說家地位的抗爭。其次，作者對通俗小說的藝術特點作了較全面的分析。他指出：小說可以廣泛地反映社會和歷史生活；其語言的特點是變「上古隱奧之文章，爲今日分明之議論」，即通俗明易；情節布局是虛實相間、跌宕有致：「講論處不僀搭、不絮煩；敷衍處有規模、有收拾；冷淡處提掇得有家數，熱鬧處敷衍得越長久」；敍事中可夾雜議論：「講論只憑三寸舌，秤評天下淺和深」。再則，作者在評論小說的社會作用時，不只一般地認識到勸戒作用，而且深刻地認識到藝術的審美感染力：「說國賊懷奸從佞，遣愚夫等輩生嗔；說忠臣負屈銜冤，鐵心腸也須下淚。講鬼怪令羽士心寒膽戰；論閨怨遣佳人綠慘紅愁。說人頭廝挺，令羽士快心；言兩陣對圓，使雄夫壯志。……噇發迹話，使寒門發憤；講負心底，令奸漢包羞。」這是最早的對小說寓教於樂的作用的深刻表述。另外，作者還對當時盛行的小說話本作了分類：「有靈怪、煙粉、傳奇、公案，兼朴刀、桿棒、妖術、神仙。」它將小說分爲八類，雖然也主要從題材上著眼，但比起以前的《都城紀勝》分做三大類，《夢粱錄》分做七小類，顯然更爲明確，加上作者又於每類後分別列出具體的小說名目，就顯得更有說服力，爲後人更加重視。要之，《小說引子》和《小說開闢》是對當時和以往小說創作的一次總結，代表了我國宋元以前小說理論批評的高度。

十五　錄鬼簿

元末鍾嗣成著，是我國最早的一部關於戲劇家和戲劇文學作品的研究專著。

鍾嗣成（約一二七九—一三六〇），字繼先，號醜齋，大梁（今河南開封市）人，後寄居杭州，元代戲曲兼散曲作家。因屢試不第，杜門居家，從事編劇著述活動。據傳著有雜劇七種，均失傳。

《錄鬼簿》初稿完成於元至順元年（一三三〇），後經過兩次訂正。全書二卷，比較豐富地記載了中國戲曲最繁盛時期的元代社會的書會才人、「名公士夫」的戲曲、散曲作家的生平事跡和作品目錄，且對其中某些部分加以評論。全書包括作家小傳一五二人，作品名目四百多種，分七類述評：一爲「前輩已死名公，有樂府行於世者」；二爲「方今名公」；三爲「前輩已死名公才人有所編傳奇行於世者」；四爲「方今已亡名公才人余相知者，爲之作傳，以《凌波曲》弔之」；五爲「已死才人不相知者」；六爲「方今才人相知者，紀其姓名行實並所編」；七爲「方今才人，聞名而不相知者」。通過這些述評，體現了鍾嗣成的戲曲理論：重元曲而首推關漢卿；重視職業藝人作家；提倡「解翻騰，今是古」、「發越新奇」的脫窠臼作風；提倡文采音律並重。由全書內容看，《錄鬼簿》不僅是我國戲曲批評史上第一部有關曲論的重要專著，也是我國戲曲發展史研究中第一部有關金元斷代史的專著，同時也反映了元代社會民族歧視政策下元雜劇作家的不幸遭遇及心中的憤懣不平。作者在序中闡釋了爲什麼將此書命名爲《錄鬼簿》的緣由：「人之生斯也，但以已死者爲鬼，而不知未死者亦鬼也。酒罌飯囊，或醉或夢，塊然泥土者，則其人與已死之鬼何異？……。」這就是後人所說的「有的人活著，但他已經死了；有的人死了，但他還活著」。鍾嗣成作《錄鬼簿》目的，正是爲了讚美那些眞正的「不死之鬼」，亦可見出作者胸中的突兀不平之氣。

明初，戲曲家賈仲明曾將鍾嗣成原著重爲塡補，寫成《錄鬼簿續編》。

十六　藝苑卮言

明王世貞撰。全書共十二卷，正文八卷，專論詩文，附錄四卷，分論詞、曲、書、畫。此書初稿成於嘉靖三十七年（一五五八），又經七年的陸續修改補充，至嘉靖四十四年（一五六五）才正式脫稿。其晚年時說：「作《卮言》時，年未四十，與于鱗（李攀龍）輩是古非今，此長彼短，未爲定論。行世已久，不能復祕，惟有隨時改正，勿誤後人。」可見王世貞對此書相當重視，寫作態度也很嚴肅，他「欲爲一家之言」而流芳後世。

王世貞是「文必秦漢，詩必盛唐」的積極鼓吹者，這種崇古、擬古的傾向，自然反映到《藝苑卮言》中。不過，在論述詩文的法度時，卻較爲靈活，不乏可取之處。如：「首尾開闔，繁簡奇正，各極其度，篇法也。抑揚頓挫，長短節奏，各極其致，句法也。點綴關鍵，金石綺采，各極其造，字法也。」「篇法有起、有束、有放、有斂、有喚、有應，大抵一開則一闔，一揚則一抑，一象則一意，無偏用者。句法有直下者，有倒插者，倒插最難，非老杜不能也。字法有虛、有實、有沈、有響，虛實易工，沈響難至。」這些都不失爲經驗之談。

《藝苑卮言》論詩以格調說爲中心。王世貞重唐詩而薄宋詩，也是從格調出發的。他所說的「格調」與前人不盡相同，已經涉及到藝術境界的創造，而且以才思爲基礎，說：「才生思，思生調、調生格。思即才之用，調即思之境，格即調之界。」此外，《藝苑卮言》也深受嚴羽的影響，不少地方闡述了嚴羽的觀點，如：「西京建安，似非琢磨可到，要學習，凝領之久，神與境會，忽然而來，渾然而就，無歧路可尋，無色聲可指」。「有俱屬象而妙者，有俱屬意而妙者，有俱作高調而妙者，有直下不對偶而妙者，皆興與境偕，神合氣完使之然。」這些與嚴羽的「妙悟」說是一脈相通的。

《藝苑卮言》的消極性也很嚴重。書中過於吹捧李夢陽、李攀龍等人，比之「一代詞人之冠」，「有化境在」，實屬誇大、溢美之詞。這種樹門立戶、廣引朋輩、互相吹捧的習氣，在當時及後代的文學批評中都產生嚴重流弊。

十七　唐詩品彙

明代高棅編輯的一部著名唐詩選本，凡九十卷，又拾遺十卷。《唐詩品彙》經十幾年的精心採摭，選錄了唐貞觀至天祐二八〇餘年間六二〇位詩人，共五七六九首作品。按五古、七古、五絕、七絕、五律、五排律、七律等七種體裁編次，每體之中又分正始、正宗、大家、名家、羽翼、接武、正變、餘響、旁流等九格，書前有高棅自撰的序文，標明其論詩的宗旨及方法。

《唐詩品彙》的主要貢獻，是對唐代詩歌歷史的分期。在他以前，嚴羽曾把唐詩分爲初唐體、盛唐體、大曆體、元和體、晚唐體，但那是在談何爲唐詩正音及學者學唐詩如何入手時提及的，高棅則在此基礎上，用歷史的眼光，對唐詩歷史作了專門分期：「大略以初唐爲正始，盛唐爲正宗、大家、名家、羽翼，中唐爲接武，晚唐爲正變、餘響」（《凡例》）。他把唐詩分爲初、盛、中、晚四個時期，爲後人廣泛承認和接受。高棅論詩的主要傾向，是對王、孟一派的平淡自然、含蓄不盡的境界和風格的推崇，亦即偏於興象、聲律等藝術性一路，如在他選的七類詩中，杜甫有五類是「大家」，兩類是「羽翼」，一類「正宗」也排不上；在他所略選的中唐詩歌中，劉長卿的選了一百六十七首，錢起的選了一百四十八首，韋應物的選了一百四十首，而白居易的只選了二十八首，而所選白詩中，新樂府一類作品一首也不選，所選的是《秋池》、《小閣》、《閒坐》、《長夏南池獨酌》之類的清淡含蓄的詩，這些都體現了他的這種追求。古代詩歌從唐到宋，一變而爲以文爲詩、以理爲詩，是一轉變，由宋至明，又是一變，那即是標舉氣象渾融的盛唐詩反對宋末詩人仿效的刻露尖新的晚唐詩，高棅的《唐詩品彙》正是明初代表著這一轉變的詩歌選本，它在明代流傳甚廣，影響甚大。《明史·文苑傳》謂「終明之世，館閣以此書爲宗。厥後李夢陽、何景明等，摹擬盛唐，名爲崛起，其肧胎實兆於此。平心而論，唐音之流爲膚廓者，此書實啓其弊；唐音之不絕於後世者，亦此書實衍其傳。」

十八　曲律

明王德驥著。《曲律》四卷四十一章，吸收了當時活躍於戲曲界的「吳江派」和「臨川派」兩家藝術的長處和見解，並在理論上作出了新的綜合、概括和創新，因而是明代戲曲理論研究有代表性的著作。

兼收吳江、臨川兩派之長，避其所短，主張「劑衆長於一治」，是王德驥《曲律》第一個值得注意的特點。王德驥歸納兩派的理論特點，認爲吳江守「法」，即創作中嚴格遵守格律；臨川重「詞」，即注意文詞才情。在他看來，其兩者各有利弊，因而主張法與詞應該兩擅其極。重視格律是必要的，但不能一意斤斤於守法，「寧協律而不工，讀之不成句」，從而違反戲曲藝術規律。戲曲之妙畢竟「不在聲調之中，而在句字之外」，而在於「摹歡則令人神盪，寫怨則令人斷腸」，創造出一種出神入化的藝術境界。所以，王德驥在《曲律》中即贊同「吳江派」代表人物沈璟的格律論，又十分推崇臨川派湯顯祖的作品。這種立論顯然是公允的、實事求是的。《曲律》第二個顯著特點是全局著眼，統籌兼顧，把戲曲創作的全過程作爲一個有機整體來全面考察和論述，所謂「論曲，當看其全體力量如何，不得以一、二語偶合。」這種「看全體力量」即全面評論的觀點，是非常精闢、深刻的。綜觀《曲律》一書，幾乎涉及了戲曲藝術理論的各個方面，例如：①立主意，抓頭腦，這是對作品主題思想的分析；②定間架，講構思，情節結構要「整整在目」，猶如「工師之作室也。」③貴剪裁，有緘線，也就是處理素材力求詳略得宜，跌宕有致；④在人物形象塑造上，要求作者「須以自己之賢腸，代他人之口吻」，即設身處地，準確把握人物性格特徵，做到人物語言的個性化；⑤重視戲曲的說白，指出說白「其難不下於曲」，並且要求「對口白須明白簡質」，⑥對宮調、平仄、陰陽、用韻、字句等戲曲格律，也作了仔細審定和闡發。其理論的全面性和系統性是前無古人的。

當然，《曲律》也有其局限性，如關於戲曲的社會功能的理解就有著濃厚的禮教色彩，宣揚「不關風化體，縱好也枉然」；重視藝術遺產的吸收，卻不重視時代現實的要求，忽視民間作品的價值，等等，這也是需要指出的。

十九　南詞敍錄

明徐渭撰，徐渭（一五二一—一五九三），字文長，山陰（今浙江紹興）人。他工詩文，善書畫，也擅長戲曲，著有雜劇《四聲猿》等。《南詞敍錄》是我國第一部南戲理論批評專著，對南戲的產生、發展、腳色、術語等有著豐富的記載。

南戲原是浙江溫州一帶的地方戲曲，南宋時稱作「永嘉雜劇」。元時北曲雜劇崛起，南戲則在民間流傳。到了明代，繼承南戲傳統的傳奇作品大量湧現，終於把稱雄劇壇的雜劇擠下了寶座。不過，由於文人創作傳奇日漸增多，也出現了不良的創作傾向，例如，宣揚封建倫理道德，追求華麗詞藻和生僻典故，大量運用四六駢體語言等。如邵璨的《香囊記》等。徐渭痛感於此，爲了解救「南戲之厄」，在《南詞戲錄》中大聲疾呼，猛烈抨擊這種典麗派的錯誤創作傾向。與之針鋒相對，徐渭提出了「本色」和「家常自然」的主張，反對駢儷、模擬和雕琢文飾。他認爲：「夫曲本取於感發人心，歌之使奴、童、婦、女皆喻，乃爲得體。」應該「句句本色語，無今人時文氣。」即要求通俗易懂，與口語相接近。徐渭還以這一思想來評論高則誠的《琵琶記》，說：「句句是常言俗語，扭作曲子，點鐵成金，信是妙手。」對《琵琶記》的藝術特點作了精闢、獨到的闡發。因此，《南詞敍錄》對於促進南戲的健康發展，是有重大歷史功績的。

《南詞敍錄》還從風格上論述了作詩與作曲的差別。徐渭從「詞須淺近」的角度出發，認爲晚唐、五代塡詞最高，宋人不及。宋人開口便學杜詩，格高氣粗出語便自生硬，是終不合格。」而元曲之所以絕妙感人，在於「元人學唐詩，亦淺近婉媚，去詞不甚遠，故曲子絕妙。」這些也是可取的見解。

二十　童心說

明李贄撰，見於《焚書》卷三。李贄是明代公開以「異端」自居的進步思想家、文學家，他激烈抨擊孔孟之道，反對「咸以孔子之是非爲是非」；大膽批判正統的宋明理學，認爲「存天理，滅人慾」是虛僞說教，尊重人的自然情性。在文學思想上，也深惡痛絕當時文壇上瀰漫的復古摹擬之風，提倡絕假純眞，抒寫眞情實感。其理論基礎，則是他的《童心說》。

李贄所說的「童心」，實際上就是眞心：「夫童心者，絕假純眞，最初一念之本心也。」他認爲，具有童心，才是眞人，才能寫出眞文，「天下之至文，未有不出於童心焉者也。苟童心常存，則道理不行，聞見不立，無時不文，無人不文，無一樣創制體格文學而非文者。」反之文人被封建說教的「聞見道理」腐蝕了「童心」，就失卻了眞心，只能寫些「假文」：「童心即障，於是發而爲言語，則言語不由衷；見而爲政事，則政事無根柢；著而爲文辭，則文辭不能達。……言雖工，於我何與？豈非以假人以假事，而事假事文假文乎？」李贄在當時「無所不假」，「滿場是假」的情況下，強調作家保持「童心」，尊重個性，直抒胸臆，擺脫束縛，對於復古摹擬的文風是沈重打擊。從「童心」出發，李贄還堅決反對作家代聖人立言，將創作淪爲虛僞的說教和反動道學的傳聲筒。他認爲以儒家經典來指導創作，指導評論，只能扼殺優秀的作品，說：「然則雖有天下之聖文，其湮滅於假人而不盡見於後世者。又豈少哉！」因此，他提倡作文要「有感於童心者之自文」，要「有爲而發」，猶如「因病發藥，隨時處方」，從現實出發，爲現實服務。此外，李贄在《童心說》中還否定了貴古賤今的觀點；「詩何必古選，文何必先秦？」認爲好文章不分古今，也不分體裁格式，只要眞實，詩文、辭賦、傳奇、雜劇都是好作品。這就衝破了封建正統文人的偏見，給予小說、戲曲在文學中的應有地位。

由於時代的局限，《童心說》不可能結合人的社會實踐和階級地位來談「童心」，帶有唯心主義的人性論的色彩。但這一思想顯然是接受了市民意識的影響，具有民主性的因素，與李贄的批判的、叛逆的精神緊緊相連。因此，它的提出在古代文學理論發展史上具有劃時代的意義。

二十一　太和正音譜

明朱權撰。朱權（？—一四四八），明太祖朱元璋第十七子，博古好學，廣泛涉獵諸子百家、十笟修煉、詩詞歷史等各類書籍，尤其愛好戲曲，著有雜劇和戲曲論著多種。《太和正音譜》成書於一三九八年，主要內容有戲曲（包括散曲）理論、戲曲史料、雜劇曲譜及典型作品舉例，是明初僅見的一本戲曲理論專著。

《太和正音譜》對我國戲曲發展的貢獻，首先表現爲對戲曲的社會功能的重視。朱權認識到戲曲與國家的治亂興亡的密切關係，認爲戲曲有益於「太平盛世」，「禮樂之和」，「人心之和」，進而要求戲曲粉飾太平，歌唱「皇明之治」。這固然反映了封建貴族的狹隘功利主義，但較之蔑視戲曲的頑固態度，畢竟前進了一步，有利於戲曲的繁榮和發展。其次，對戲曲劇本的重視。戲曲劇本作爲一種獨立的文學體裁，自元代以後日趨成熟完善，它不但完成了由敍事體向代言體的發展，而且在情節結構、戲劇衝突、人物塑造等各個方面，也都有長足的發展。戲曲劇本作為舞臺表演的基礎這一事實，開始逐漸為人們所認識。對此，《太和正音譜》作了詳盡的叙述，並引用趙孟頫和關漢卿的言論，明確指出了劇本的主導作用，把戲曲作品稱之為「鴻儒碩士」，「騷人墨客」，也是有積極意義的。第三，對元明時代的戲曲藝術家的藝術風格、藝術特點作了較形象、生動的評述。例如，論馬致遠：「馬東籬之詞，如朝陽鳴鳳。其詞曲風雅清麗，可與《靈光》、《景福》相頡頏」。論關漢卿：「關漢卿之詞，如瓊筵醉客。觀見詞語，乃可上可下之才。」論王實甫：「王實甫之詞，如花間美人，鋪叙委婉，深得騷人之趣。」等等，雖然未必很準確，卻有利於戲曲藝術欣賞的推廣。此外，對戲曲的音律也有論及。《太和正音譜》很強調「審音」，在書中詳列了十二宮調的曲牌三三五章，及其典型作品舉例，一一標明四聲，以便後學借鑑。書中還記載了當時曠野歌唱的盛況，繪聲繪色，頗為生動，不乏史料價值。

二十二　原詩

清葉燮著。全書四卷，分內外兩篇，每篇又分上下。內篇「標宗旨」，闡述數千年詩之正變，盛衰之所以然」；外篇「肆博辨」，泛論詩歌創作的主觀條件、獨創性，思維特徵、藝術技巧等多方面的問題。題名《原詩》，就是針對「古今之詩評雜而無章，紛而不一」的現象，試圖研究和探討有關詩歌創作的一些帶有根本性質的問題或「本原」，從根本上提出系統的理論。

葉燮在樸素的唯物論和進化發展思想的基礎上，建立了自己的完整的文學進化發展觀。他在《原詩》中說：「時有變而詩因之」，即詩歌創作是隨著時代的變化而變化的，而且這種不停的變化是「此理也，亦勢也，寧獨詩之一道膠固而不變乎？」從這種進化發展的觀點出發，葉燮論述了我國詩發展的歷史，指出從《詩經》開始，「上下三千餘年間，詩之質文、體裁、格律、聲調、辭句、遞嬗升降不同。」所以，他極力反對明代前後七子的復古理論，提倡革新創造，「必言前人所未言，發前人所未發，而後爲我之詩。」這一見解是振聾發聵的。

葉燮把詩歌創作的根本問題歸結爲表現客體的「理、事、情」與創作主體上的「才、膽、識、力」相結合。他認爲文章詩賦所表現的對象，「其道萬千，余得以三語蔽之：曰理、曰事、曰情，不出乎此而已。」「此三言者足以窮盡萬有之變態。」這較之傳統的「詩本性情」或「獨抒性靈」說有著重大的突破。作家要想全面正確地表現客觀現實中的「理、事、性」，自身又必須具備「才、膽、識、力」的主觀條件。他說：「大凡人無才，則心思不出；無膽，則筆墨畏縮；無識，則不能取捨；無力，則不能自成一家。」所以，「以在之四，衡在物之三，合而爲作者之文章。」此外，對於具體創作問題和詩人的評論中，葉燮也有許多精闢的見解。

總之，《原詩》是繼《文心雕龍》之後，我國古代文學理論中一本頗有眞知灼見、系統周密的重要著作，它對某些問題論述的透徹性，它所包容的民主性的精華，以及在建立樸素的唯物主義美學方面的貢獻，甚至是《文心雕龍》所不能比擬的。

二十三　薑齋詩話

清王夫之著。這是一本詩論專著。包括三個部分：卷一《詩繹》，卷二《夕堂永日緒論內編》，卷三《南窗漫記》。王夫之作爲我國十七世紀傑出的唯物主義哲學家，具有較豐富的樸素辯證法思想，他的《薑齋詩話》是清詩話中一部値得重視的著作，包含著許多深刻、精闢的見解。

首先，《薑齋詩話》對明代不良文風展開了多方面的批判。例如，痛斥明代復古主義者是「通身倒入古人懷中」，食古不化，在創作中毫無自己的特色，導致了「三百年如出一日」的可悲局面。在反對泥古不化的同時，主張「讀古人文字，以心入古文中，則得其精髓」，從而使自己的作品有所創造。又如，對於作爲統治階級幫閒文學的「應上官之索」，「受主人之雇託」，沒有眞情實感的詩歌，王夫之輕蔑地譏笑他們只不過是「猥賤」之極的「詩傭」，毫無價値可言。此外，對明代文人的門戶之見和形式主義的「法式」，也進行了尖銳批判。

其次，《薑齋詩話》反對詩文創作中的主觀唯心主義傾向，反對作家脫離客觀實際，主張創作須「身歷目見」：「身之所歷，目之所見，是鐵門限。」作者沒有對於客觀實際的親身閱歷，就不可能有眞切的感受和眞實的描寫，從而也不可能寫出動人的好作品。從這個唯物主義的創作觀出發，王夫之也重視作家的才情，要創作「內執才情，外周物理」，既「得物態」，又「得物理」。這種見解是極爲可貴的。

第三，《薑齋詩話》繼承我國古代「以意爲主」的進步詩歌理論，並加以新的補充和發揮，說：「無論詩歌與長行文字，俱以意爲主。意猶帥也，無帥之兵，謂之烏合。」又說：「煙雲泉石，花鳥苔林，金鋪錦帳，寓意則靈」。同時，把「意」和「勢」、「情」、「景」聯繫起來論述，指出「情景名爲二，而實不可分離，神於詩者，妙合無垠。」可見他所說的「意」當包容在情景交融的藝術境界中，由此而有神理，有性情，有興會，有風味，自然生其氣象。

《薑齋詩話》中也暴露了一些封建主義的倫理觀念和迂腐不當的見解，如貶低白居易的現實性較強的詩作和杜甫的歌行，攻擊李贄「佞舌惑天下」，等等，這是需要加以揚棄的。

二十四　帶經堂詩話

清王士禛著。王氏爲康熙時名重一時的文壇領袖，有《帶經堂集》、《漁洋詩話》等。清人張宗柟輯錄其詩論之語而成《帶經堂詩話》共三十卷，計分八門六十四類，一六〇〇餘條。

王士禛在《帶經堂詩話》中以系統標舉「神韻說」而引人注目。他的「神韻說」吸取了司空圖、嚴羽、胡應麟等人的詩論成果，並賦予其獨有的內涵，而作爲詩歌創作和理論的首要問題提了出來。所謂「總其妙在神韻矣。神韻二字，予向論詩，首爲學人拈出。」不過，王士禛並沒有對「神韻說」作過正面、詳盡、專門的論述，只是在詩文評的片斷中表露自己的見解。我們概括其要旨，就是崇高沖淡、清遠的藝術風格，要求詩人以精煉、灑脫的筆墨描繪出含蓄蘊藉的意境，從而傳達事物的風韻，抒發個人的情性。用王士禛的話來說，即：「天然不可湊泊」、「妙諦微營」、「雋永超詣」等等。所以，「神韻說」的實質與鍾嶸的「滋味說」、司空圖的「韻味說」、嚴羽的「興趣說」是一脈相通的。誠如翁方綱所指出：「詩人以神韻心得之祕，此義非自漁洋始也，是乃自古詩家之要妙處，古人不言而漁洋始明著也。」

王士禛在標舉「神韻說」的同時，還極力提倡「興會神到」，他說：「大抵古人詩畫，只取興會神到」、「古人詩只取興會超妙」。通俗地說，「興會神到」或「興會超妙」就是指詩人情感興致的爆發，創作的有效契機與形象思維極爲活躍的狀態，包含著創作衝動、創作靈感的因素。在王士禛看來：「夫詩之道，有根柢焉，有興會焉，二者率不可得兼。」即中國傳統詩歌，有兩種：一是本於《風》、《雅》、《離騷》漢魏樂府的詩歌，一是「發於性情」的「興會神到」的詩歌，後者的代表作家就是王維、孟浩然等人的田園山水之作。應該說，這是古人創作實踐經驗的一個重要發現，不過「興會神到」應該源於充實的生活積累和充沛的思想感受，而非王氏所說的脫離現實、虛無飄渺、不可捉摸的東西。正是在這些方面，反映了王士禛詩論的主觀唯心主義色彩，難免給詩歌的發展造成一定的消極影響。

二十五　閒情偶寄

清李漁著。這是一部關於我國民族戲曲藝術的較系統、較全面的論著，標誌著古代戲曲文學理論發展的一個新階段。曹聚仁先生在一九二五年曾從中摘編部分內容，以《李笠翁曲話》的書名出版。

《閒情偶寄》對戲曲的思想內容和社會作用的認識，顯然反映了李漁的封建禮教觀點，他說：「世間奇事無多，常事爲多，物理易盡，人情難盡。有一日之君臣父子，即有一日之忠孝節義。」主張戲曲藝術應該主要表現封建倫理觀念的「忠孝節義」，並把它們看作是永久不變的「物理」、「人情」。又說：「凡作傳奇者，先要滌去此種肺腸，務存忠厚之心，勿爲殘毒之事，以事報恩則可，以之報怨則不可。」也就是要求作家以儒家的中庸之道或恕道來指導戲曲藝術創作。就此而言，自然屬於陳腐之見。但是，《閒情偶寄》在戲曲藝術規律及戲曲創作的具體問題的論述中，卻有許多很深刻、很精闢的見解，值得吸取和借鑑。

《閒情偶寄》在戲曲理論上的突出貢獻，是對戲曲的情節結構問題作了深入、獨到的研究。

李漁提出了「結構第一」的觀點，把戲曲創作的結構安排比作工師建宅，在動工之前，必須先要「成局了然」，然後才可以「揮斤運斧」，否則，「勢必改而就之，未成先毀」。一些戲曲作品的失敗，大多在於「結構全部規模之未善也。」以此出發，他還具體提出了「立主腦」，「脫窠臼」，「密針線」，「減頭緒」，「審虛實」等安排情節結構的技巧，都不失精到的經驗之談。在戲曲人物形象的塑造上李漁主張「求肖似」，即富有鮮明生動的性格特徵。爲此，他探討了戲曲的寫意手法和以典型概括生活的規律，說：「傳奇無實，大半皆寓言耳。」「傳奇無實，妙在隱隱躍躍之間」。還探討了人物 語言的個性化，說：「言者，心之聲也。欲代此一人立言，先宜代此一人立心。」生、旦、淨、丑的語言都要各具特色，不能更替：「說張三要像張三，難通融於李四。」此外，《閒情偶寄》中還討論戲曲的懸念、科諢、音律、表演及選劇本、選演員等多方面的問題，體現了李漁豐富的創作實踐和舞臺經驗。

二六 說詩晬語

清代沈德潛撰，凡二卷。論詩上自先秦，下迄明代，對於詩的流變，以及作家和作品都有述評。《說詩晬語》的內容之一是提倡「格調說」，「格調說」的一個重要內容是崇奉明七子「詩必盛唐」的復古觀點，讚賞詩的格調「至有唐爲極盛」，而片面攻訐宋、元以下都「流於卑靡」。認爲「樂府之妙，全在繁音促節。……」「一首有一首章法………有起，有結，有倫序，有照應，若闕一不得，增一不得，乃見體裁。」雖然書中也有時談及「有第一等襟抱，第一等學識，斯有第一等眞詩」的言論，但《說詩晬語》的根本傾向，卻是形式主義的格調論。二、反復地、大力地強調詩的封建主義的政治功用和封建主義功利主義的觀點，如《說詩晬語》開篇就指出：「詩之爲道，可以理性情，善倫物，感鬼神，設教邦國，應對諸侯，用如此其重也。」三、極力提倡儒家的「溫柔敦厚」的詩教，認爲這是「詩教之本原」。在主張「溫柔敦厚」詩教的同時，也不完全否認諷刺，認爲用含蓄的手法進行諷刺，可以增加詩歌的藝術力量，含蓄而有餘味的詩，言淺情深，易於動人，所謂「事難顯陳，理難言罄，每託物連類以形之。鬱情欲抒，天機隨觸，每借物引懷以抒之，比興互陳，反復唱嘆，而中藏之歡愉慘戚，隱躍欲傳，其言淺其情深也。倘質直敷陳，絕無蘊蓄，以無情之語而欲動人之情難矣。」（卷上）四、《說詩晬語》一方面強調學古，「詩不學古，謂之野體」，另一方面，認爲應有所通變：「然泥古而不能通變，猶學書者但講臨摹……。」但這裡所指的通變，並沒有超出明代七子以唐爲宗的範疇。比如《說詩晬語》中反復強調要熟讀經史子書，要求以經史子入詩，這實際上是要求詩歌形式以古爲宗，詩歌內容以溫柔敦厚爲歸。正是從這一觀點出發，《說詩晬語》對明代七子的作品，予以極力讚揚：「王元美……樂府古體，卓爾成家……。」「李于鱗……七言近體，高華矜貴……自足名家。」

《說詩晬語》一書，由於其作者係廟堂重臣，思想觀點體現著封建王朝的政治利益，因此在清王朝乾隆時代，有著較大的影響。對本書的評論，可見《青照堂叢書》本李元春的評語以及《詩法萃編》的許印芳評語。

二十七　圍爐詩話

清代吳喬著，凡六卷。主要內容：一、強調思想內容在作品中的統治地位，亦即作者的思想感情在創作中的主導地位，詩歌作爲反映客觀生活、抒發主觀情志的藝術，考察其美學價值應首先看其思想內容，即「意」。所謂「意爲主將，法爲號令，字句爲部曲兵卒。由有主將，故號令得行，而部曲兵卒，莫不如臂指之用，旌旗金鼓，秩序井然。」二、強調比興，宗晚唐而抑兩宋，對明七子的模擬之風尤多排擊。認爲「不知比興而說詩，開口便錯。」認爲宋詩雖「有意」，但藝術表現不佳，明詩更等而下之；惟唐詩不僅「有意」，又講究「託比興」予以藝術表現，「如人而衣冠」，十分完美。明七子最大弊病就是盲目擬古，尤其是在一些應酬詩、壽詩中。對此，《圍爐詩話》指出：「不能苦思力索，以自發心光，而惟初盛之摹，造句必有晦色蒙氣……由其不尋詩意於我身心有關著否，故不覺耳。」那些應酬詩、壽詩則「惟人事之用者，用於龕肩酒榼，不足爲詩。」三、主張詩應有寄託，特別是詠物詩宜「非自寄則規諷」，反對機械地描摹物象外觀。四、倡導詩歌應寫出具備社會功能的思想內容，要「有用」，應於時世民生有所補益，發揮其美刺作用。五、主張詩有境有情，提出「詩中亦有人也」或「詩中須有人在」這一千古名言。「有人」就是「有情有景」，當然「有意」，他人之意不可代庖，指出了詩歌的個性化問題。而明七子卻「陳言剿句，萬篇一篇，萬人一人，了不知作者爲何等人，謂之詩家異物，非過也」。

《圍爐詩話》在一定程度上繼承了詩歌理論的現實主義傳統，被認爲是「膾炙藝林，其排擊七子，探源六義，議論精到，發前人之所未發。」（黃庭鑑《圍爐詩話·跋》）趙執信在《談龍錄》中曾專門述及：「崑山吳修齡論詩甚精，所著《圍爐詩話》余三客吳門，遍求之不可得，獨見其《與友人書》一篇。」由此亦可從某一方面反映出《圍爐詩話》在當時詩壇的影響，著名文士趙執信的詩論頗受其影響，其現實主義的創作思想，即既注重詩歌思想內容的深刻性和社會功能，又不輕視藝術形式對表現思想內容的反作用，以及主張詩意的個性化和創新，反對擬古等，具有一定的理論價值，對後代的詩論亦產生一定影響。

二十八　宋詩紀事

清代厲鶚撰，凡一百卷，成書於乾隆十一年（一七四四），有厲氏樊榭山房刻本，萬有文庫本等。上海古籍出版社一九八三年六月出版點校本。協助厲鶚輯《宋詩紀事》的有馬曰琯和馬曰璐。

《宋詩紀事》是繼《唐詩紀事》之後，裒輯宋代詩歌規模最大的一部著作。從宋人文集、詩話、筆記以至山經、地志等各種珍祕典籍中廣泛輯撰而成。「苟片言之足採，雖隻字亦兼收。」「稽其家數，三千有奇，惟此功夫，二十餘載。」可見，《宋詩紀事》是一部資料相當豐富的著作。宋詩沒有比較完整的總集，康熙時編的《宋金元明四朝詩》，宋詩只占七十八卷，計八八二人。吳元振的《宋詩鈔》，雖有一百零六卷，實際上僅收八十四家。而《宋詩紀事》入選作家三八一二人，在每一作家後，大多附有簡略小傳，所收詩歌，都標明出處大概，並有評論，或引詩話、地志、筆記等書籍加以註釋、說明。《宋詩紀事》爲研究宋代詩歌、研究宋代文學的發展狀況提供了極爲重要的資料。後來，除了陸心源的《宋詩紀事補遺》，宣古愚、羅以智、屈祥山又撰寫了《補遺》、《拾遺》等書，都是在厲鶚草創之後續寫而成的。這些著作爲研究宋代詩人和作品提供了可資參考的材料。

《宋詩紀事》實際上大部分是有詩而無本事，可以說與書名是不相符合的。這是該書與《唐詩紀事》在體例上的不同之處。從全書體例看，《宋詩紀事》實際上是一部宋代詩歌的總集。在編排上與《唐詩紀事》相比，有了一些改進，對詩人的世系爵里，選錄的詩篇與作詩的本事，排列得很清楚，便於查檢。

《宋詩紀事》的不足之處是對作家作品的取捨不很允當，不免挂一漏萬，考失重出，錯植誤移之處亦不乏見。

二十九　論文偶記

清代劉大櫆撰。全書共一卷，收入《劉海峰文集》，人民文學出版社於一九五六年將此書與清吳德施《初月樓古文緒論》、近人林紓《春覺齋論文》合刊出版。作者劉大櫆是桐城派重要作家，《論文偶記》是反映桐城派文學思想的重要著作。桐城派創始人方苞論文提倡「義法」，著重闡發「義」，《論文偶記》則專論散文的藝術形式問題，它繼承《典論·論文》提出的「文以氣爲主」的觀點，並加以發揮，以神、氣爲綱，探討散文創作的特點和規律。劉大櫆認爲「行文之道，神爲主，氣輔之。」「神者，文家之寶，文章最要氣盛；然無神以主之，則氣無所附，盪乎不知其所歸也。神者氣之主，氣者神之用。」氣，指文章之勢，神，指創作者的才性、氣質、思想在文章中的體現。該書認爲，神與氣是相互依存的關係。離開「神」去談論「氣」，「氣無所附」，如果離開「氣」去談論「神」，則「神無所體」，因爲「神」是「氣」之精處。《論文偶記》還進一步指出：「神」與「氣」雖然都是抽象的概念，似乎不易把握它，但在具體的文章中，卻是具體可見，有跡可循的。書中寫道：「蓋音節者，神，氣之跡也；字句者，音節之矩也，神、氣不可見，於音節見之，音節無可準，以字句準之。」這種從字句、音節中求神、氣的理論，有它的一定的合理因素。這種理論，對後世散文的創作和欣賞，特別是對桐城派的繼承者的文學思想，產生了較大的影響。但也應該看到：這種觀點，把散文創作看作僅僅是字句和音節的安排，認爲「音節高則神，氣必高」，這種觀點，顯然具有極大的片面性，有形式主義的傾向。

在《論文偶記》中，常常可以看到關於散文的藝術風格方面的論述，這些論述大多十分精闢，具有一定的啓發性。例如，《論文偶記》主張「文貴奇」，認爲，「字句之奇不足爲奇，氣奇則眞奇矣。」主張「文貴高」，「文到高處，只是樸淡意多。」主張「文貴疏」：「疏則生，密則死。」；主張「文貴簡」，認爲「詞切則簡，理當則簡，味淡則簡」，「簡爲文章盡境」；主張「文貴大」，主張散文創作要「道理博大，氣脈洪大，邱壑遠大」；《論文偶記》還主張散文創作「文貴遠」，認爲「說出者少，不說出多」，也就是要注意含蓄，注意形象，等等。這些關於散文藝術風格諸方面的論述，具有深刻的辯證思想，對當時和後世的散文創作和欣賞，有著積極的意義。

三十　隨園詩話

清代袁枚著，凡十六卷，補遺十卷。其主要內容是：一、倡導「性靈說」。認爲文學創作主要是抒發「性靈」。「從《三百篇》至今日，詩之傳者，都是性靈，不關堆垛。」（卷五）「性靈說」的理論核心或主旨，是從詩歌創作的主觀條件的角度出發，強調創作主體必須具有眞情、個性、詩才三方面要素。據此，提出創作構思需要靈感，藝術表現應具獨創性並流暢自然，作品內容應以抒發眞情實感，表現個性爲主，藝術形象要新鮮，靈活、生動，詩歌作品應激發人心，使人產生美感。《隨園詩話》所倡導的「性靈說」和公安派的「性靈說」不同。公安派的「性靈說」主張「信口而道」，《隨園詩話》卻反對「全無蘊藉，矢口而道，自誇眞率」（《補遺》卷三）。在藝術風格上主張作詩「不可不改」（卷三），主張「大巧之樸」，「濃後之淡」（卷五），主張「言之雖苦，出之須甘，出人意外者，仍須在人意中」等。《隨園詩話》「性靈說」針對的對象也不同。它是針對宣揚封建道統的沈德潛的詩論和翁方綱的 以學問爲詩的「肌理說」提出的，而明代公安派的「性靈說」則是針對明代的復古主義提出的。二、批判沈德潛和翁方綱的詩論。對沈德潛倡導的「溫柔敦厚」的儒家詩教，以及詩貴委婉含蓄的觀點提出了大膽的懷疑，並做出了較爲進步的解釋。對於沈德潛所提倡的形式主義的「格調論」，則進行了中肯的批判。指出：「須知有性情，便有格律，格律不在性情外。《三百篇》半是勞人思婦率意言情之事，誰爲之格？誰爲之律？……詩在骨不在格也。」（卷一）這就在一定程度上要求擺脫儒家「詩教」的傳統束縛，要求文學上的自由，這對封建正 統文學觀念無疑是一種衝擊。三、《隨園詩話》在寫作上提倡學習前人的經驗，而這種學習是爲了創新。同時提出，學習不能「生吞活剝」，不能泥古，不能「無我」。

《隨園詩話》提出的一些觀點，在當時的環境下，比格調說、比考據詩風具有更多的美學價值，具有一定的進步意義。現代著名學者錢鍾書認爲，《隨園詩話》中的詩評、詩論部分，「往往直湊單微，雋諧可喜，不僅爲當時之藥石，亦足資後世之攻錯」。（《談藝錄》第二三一頁）《隨園詩話》中也有許多關於低級庸俗的趣事、艷事的記載，也有對黃巢、李自成的攻擊。反映了作者思想上卑俗的一面和封建正統的立場。《隨園詩話》採錄和肯定了一些不滿禮教和程朱理學的詩篇，但書中所稱譽的，仍以抒發封建士大夫閒情逸致之作爲多。

三十一 甌北詩話

清代趙翼著，共十二卷，前十卷評論李白、杜甫、韓愈、白居易、蘇東坡、陸游、元好問和明代高啓、清代吳偉業、查愼行等十家，後二卷論詩格、詩體。書中多有大膽的創見；對十詩人的優劣，劈肌分理，深得三昧，具有一定的美學價值，「其體裁也「爲詩話中創格」（朱東潤語）。

《甌北詩話》中的詩學理論，大致包括三個方面的內容：在評論詩人方面，崇高才、氣、情，常常以「才氣」爲判定「詩之工拙」的首要條件，認爲「詩之工拙，全在才氣、心思、功夫上見」。爲此，書中稱讚李白「才氣豪邁，全以神運」。針對有人認爲杜甫「全乎學力」，沒有詩才的觀點，趙翼指出杜甫並不缺少「才分」，「蓋其思力深厚，……思分所到，即其才分所到，有不如是則不快者。此非性靈中本有是分際，而儘其量乎？出於性靈所固有，而謂其全以學力勝乎？」對杜甫的評論可謂眞知灼見、有膽有識。扭轉了某些人往往容易看到李白的天才，而忽視杜甫的天才的偏見。在評論其它八位大詩人時，也都以才、氣、情爲首要條件，如論蘇東坡「才思橫溢，觸處生春」，論陸放翁「才思靈敏」、「才思雄厚」，論明高靑邱「才氣超邁」，「天分不可及也」等。在評論詩人方面，《甌北詩話》不但高度評價唐、宋詩人，而且對元、明和清初詩人也給予較高的地位，這與明七子鼓吹「詩必盛唐，非是者不道」，和沈德潛贊同的「不讀唐以後書」的復古派的文學觀是迥然不同的。

《甌北詩話》在評論詩作方面，提倡新意新詞。認爲：「詩文隨世運，無日不趨新。」指出創新是詩歌藝術發展的客觀規律和必然趨勢，深刻地提出了詩歌創作受社會發展變化制約的唯物主義觀點。因此，在具體評論詩歌作品時，本書首先考慮的是創「新意」，即新鮮的內容。「李杜詩篇萬口傳，至今已覺不新鮮」，便是這一觀點的寫眞。除了重視詩作的新意，《甌北詩話》在評論詩作方面也不忽視詩歌的「新詞」，主張詩歌的內容與形式的完美統一。認爲詩作「詞意兼工爲佳」，認爲新意必須通過「新詞」來表現。否則，新意也將落空。書中指出：「三百篇以來，篇無定章，章無定句，句無定字……」。「杜詩又有獨創句法，爲前人所無者。」對韓愈的《南山》詩，則評曰：「此等詞句，徒聱牙轖舌，而實無意義，未免英雄欺人耳。」等等。

對詩歌的創作，《甌北詩話》強調自然、精純。認爲詩人一旦具備才氣或性情，在進行創作時，就應「不假雕飾，自然意味深長」；認爲：「少陵才思所到，偶然爲之；而昌黎則專以此求勝，故時見斧鑿痕跡。有心與無心異也。」「無心」則自然，「有心」則「見斧鑿痕跡」。

《甌北詩話》的作者是史學家，作者長於歷史考證，書中對衆多詩人的經歷以及與此有關的歷史事件，都有許多非常詳細的考證，形成了獨具一格的特色。

《甌北詩話》中的詩歌理論與袁枚的「性靈說」在乾嘉詩壇上相輔相成，對促進我國古典詩歌的發展起了一定的作用，今天，仍然有其可資借鑑的美學價值。當然，其中也存在著封建主義的正統思想，例如，作者曾詆毀明末的農民起義，認爲李白譴責封建統治者的詩是「誹謗」，說皮日休參加黃巢起義是「從賊」等等。

《甌北詩話》有霍松林、胡主佑校點本，人民文學出版社版。

三十二　雨村曲話

清代李調元著。戲曲論著，凡二卷。前有作者自序，序中對戲曲的社會作用進行了論述：「曲之爲道也，達乎情而止乎禮義者也。凡人心之壞，必由於無情，而慘刻不衷之禍，因之而作。人而有情，知其則而止乎禮義，而風醇俗美；人而無情，不知其則而放乎禮義，而風不淳、俗不美」，由此得出「曲者，正鼓吹之盛事」的結論。

《雨村曲話》上卷談元代作家、作品，多引前人評曲論述，然後加以論斷，用語簡短，多就文字技巧而論。在評論《琵琶記》和《拜月亭》時，提出戲曲作品要「有稗風教」的主張，該書認爲《琵琶記》「體貼人情，描寫物態，皆有生氣，且有稗風教，宜乎冠絕諸南曲，爲元美之極讚也。」

下卷談明、清作家、作品，突破性的創見很多。比如在評阮大鋮時，他把作家品格同作品相聯繫，指出：「其人心術既壞，惟覺淫詞可憎，所謂亡國之音也。」關於戲曲創作，該書主張「曲貴當行不貴藻麗」，並以元人作品的本色特點，來批評當時人的著作。「詞尚華靡」，「競爲剿襲」等等。這些批評，擊中了明、清很多作品的要害，表現了可貴的戰鬥性。此外，在《雨村曲話》中又提出了「作曲最忌出情理之外」、「詞雖稍俚，然讀之可以風世」等一些頗有價值的觀點。

《雨村曲話》中所體現的思想理論，在一定程度上代表了封建社會的興盛時期的進步觀點，對那些歌舞昇平，詞尚藻麗的平庸之作，是一種有力的抗爭。但是，由於時代和階級的局限性，《雨村曲話》的作者力主發揮戲曲的移風易俗作用，僅僅是對整個封建社會的細微末節的改良而已。

《雨村曲話》最早為一七八四年李調元輯刻的《函海》本，一九四九後有《中國古典戲曲論著集成》本。

三十三　文史通義

清代章學誠著，凡八卷，分內篇五卷，外篇三卷。內篇多半泛論文史，外篇論修志條例，闡述詳備。此書自乾隆三十六年（一七七一）開始寫作，至嘉慶六年（一八〇一年）作者去世時止，歷時三十年。此書版本較多，一九四九年後排印本據嘉業堂《章氏遺書》本增內篇一卷，補遺八篇，又新增補續五篇，比其它版本完備。

《文史通義》主要是關於史論的著述，但其中頗有一部分專門論文的文章。本書主要內容大致有：一、提出「史學」、「史識」、「史法」、「史意」等範疇，提倡學術著作必須「切於人事」，要服務於政治主張，反對「捨器而求道，捨今而求古，捨人倫日用而求學問精微」，又提出「六經皆史」之說，認爲六經都是古代典章制度的記載，用以申述作者「道不離器」的觀點。在文學上，《文史通義》強調內容，主張「文貴發明」，貴「世用」，反對內容空洞無物、無病呻吟，「不敢抒一獨得之見」的形式主義和模擬主義。同時對清代中葉的學風和文風，對「桐城派」所提倡的「法」式，也展開了批判。認爲文學創作問題，在於作者之自得，法或形式，只是「爲文之末務」，而且「文章變化，非一成之能所限」，「不足據爲傳授自祕」，更不能以此去規範一切。在《文史通義》文論部分裡，主要提出的正面主張有「文德說」和「文理說」等。在《文史通義》《內篇》二《文德》中，專門論述了「文德」問題，這裡所提出的，實際上是著作者和批評者的態度問題，作者的創作態度要「敬」，批評者的態度要「恕」：「凡爲古文辭，必敬以恕」，「知臨文之不可無敬恕，則知文德矣」。《文史通義》在提出「文德說」的同時，提出了「文理說」。主張「夫立言之要，在於有物」，「閒中肆外，言以聲其心之所得」，在清代煩瑣的考證之風盛極一時的情況下，提出「學資博覽」，「須兼閱歷」的觀點，此外，「文理說」還提出了形式與內容的關係，強調質的重要性，強調文要爲質——即形式要爲內容服務的觀點等。在史學上，《文史通義》要求在充分掌握史料的基礎上，「運以別識心裁」，自成一家之言，既反對空談義理，亦反對無目的的考證。

三十四　昭昧詹言

清代方東樹（一七七二—一八五一）撰。十卷，續八卷、續錄二卷，附錄、附考各一卷。於分體之中，按時代、家數論述。取材主要根據王士禛《古詩選》、姚鼐的《今體詩鈔》。該書作者是桐城派大師姚鼐的著名四弟子之一，所以，書中關於詩文的理論，主要是承襲桐城派的文藝思想，書中大力讚美「桐城派」，稱讚「先輩劉海峰、姚姜塢、惜抱三先生」為「近代眞知詩文者」，「姜塢所論，極超詣深微，可謂得三昧眞詮」，「海峰才自高，筆勢縱橫闊大，取意取境無不雅」等等。與此同時，《昭昧詹言》提倡「桐城派」的道統和文統，認為只有「桐城派」的道統和文統才是眞的。對於「桐城派」所提倡的義理及法式也大力宣揚。認為「講求文、理、義，此學詩之正軌也」，詩「非義理豐富，隨事得理，灼然見作詩之意，何以合於興、觀、群怨？」「古人得法帖數行，專精學之，便足名家。歐公得舊體韓文，終身學之。……古人之進德修業，未有不如此者。」由於強調法式，該書大量引用了沈德潛的《說詩晬語》，推重沈德潛的「格調說」，這些觀點表現了形式主義的傾向。但其中也有一些可取的見解。比如要求文章要有自己的特色，要「善因善創，知正知奇」，要求「文字有氣骨」，反對「只於枝葉上粉飾」；提倡「思積而滿，乃有異觀，溢出為奇」，反對「強索為之」；提倡詩歌創作要「自然發露」，反對「鋪陳賣弄」；提倡「詞必己出」，「自家有才有學識」，詩要「從自家胸臆性流出」；認為「詩文雖貴本領義理，而其工妙，又別有能事在」，將屈原的作品與六經相提並論，認為「皆天地之至文」；提倡「敘述情景，須得畫意」；提倡「詩外有餘境」、「用意高妙；興象高妙；文法高妙」；提倡要「善於摹寫，工於體物」，等等，這些雖然都是片語隻言，但均是合理的。

《昭昧詹言》的版本較多，汪紹楹依據武強賀氏本校點，由人民文學出版社於一九六一年出版，是現在的通行本。

三十五　藝概

清代劉熙載著，凡六卷，由《文概》、《詩概》、《賦概》、《詞曲概》、《書概》、《經義概》六個部分組成。分論詩、文、賦、詞曲各體，兼及法、制義。其中，除《經義概》是專門論述治經和八股文的寫作以外，其它幾部分都是論述文學藝術方面的種種問題的。

《藝概》以評點式的方法分條論述問題，評論作家作品，看起來是零言碎語，實際上卻章法有序，自成系統，雖然只言梗概，卻涉及到一些藝術創作的規律，接觸到了文藝理論中的一些較爲重大的問題。

《藝概》作於同治十二年（一八七三），是劉熙載的晚年著作。最早的版本見於劉熙載的《古桐書屋六種》。一九五〇年後，上海古籍出版社、人民文學出版社相繼出版了王國安以及杜維沫的兩種點校本。

《藝概》主張「文以載道」，文藝必須爲政教服務：「《樂記》言『聲歌各有宜』，歸於『直至而陳德』。可知歌無今古，皆取以正聲感人。故曲之無益風化，無關勸戒者，君子不爲也。」其次，該書還闡述了思想內容與藝術形式辯證統一的觀點：「論事叙事，皆以窮盡事理爲先。事理盡後，斯可再講筆法，不然離有物以求有章，曾足以適用而不朽乎？」《藝概》反復強調內容與形式的統一是以重內容爲前提的。該書認爲：藝術創作中，作家主觀的思想感情與客觀外物之間的關係應該是：「在外者物色，在我者生意，二者相摩相盪則賦出焉。若於自家生意無相入處，則物色則成閒事，志士遑向及乎？」客觀的物色觸動了作者，物意摩盪，才出現了文藝作品，這是主張文藝創作必須有感而發，有爲而作。

在品評作家作品時，《藝概》讚賞屈原、杜甫、白居易的作品反映了眞實的社會現實，抒發的是作者的眞情，批評那些「不能自容懷抱」的詩賦是「無病呻吟」，尤其可貴的是，該書明確指出，詩人應該深入生活實際，了解民生疾苦，用詩「代匹夫匹婦語」。

《藝概》關於藝術創作的形象化問題的見解是非常精闢的。它認爲：「賦以象物，按實肖象易，憑虛構象難。能構象，象乃生生不窮矣。」不僅說明了藝術創作必須具體地描寫客觀事物的形貌，而且需要虛構，既不能脫離客觀事物的眞實，又不拘泥於客觀事物自身，做到「似花還似非花」，創造出具有概括性的藝術形象，這裡涉及的，實質上是藝術的典型化的理論。此外，《藝概》還提倡藝術創作的獨創性，反對因襲模擬；辯證地闡述文藝創作中的美與醜、虛與實、襯與跌等技法，有許多觀點都是很精到的。

《藝概》對浙西詞派和常州詞派有較多的繼承，由於作者政治思想上的限制，書中宣揚了封建綱常名教思想，鼓吹儒家詩教，這是本書歷史的和階級的局限性的表現。

三十六　白雨齋詞話

清代陳廷焯（一八五三—一八九二）撰。陳廷焯，字亦峰，江蘇丹徒人，光緒舉人。書共八卷，六九六條，是詞話中篇幅最多的一種。

全書在論詞的宗旨時，針對當時詞壇受浙派詞餘波的影響，詞風「淸空」，有輕佻浮華的弊病，特別強調詞風的「沈鬱」，認爲：「作詞之法，首貴沈鬱，沈則不浮，鬱則不薄。」又認爲風騷的「忠厚之至，亦沈鬱之至，詞之源也。」從詞的起源上，強調「沈鬱」的重要。《白雨齋詞話》提倡「溫柔以爲體，沈鬱以爲用」。在詞的表現手法上，則承繼常州派「比興」、「寄託」的觀點，主張作詞要「意在筆先，神餘言外。」要「深微婉約」，過分地強調含蓄委婉。該書將「沈鬱」和「寄託」二者相結合，評論了自唐五代至清代的詞人、詞選和詞論，比起常州派的前人來，有不少創新，其中可取之處也很多。

《白雨齋詞話》在評論詞人時，認爲寫詞應該以溫庭筠、韋莊的詞風爲準則，特別讚賞溫飛卿，認爲「飛卿詞全祖《離騷》，所以獨絕千古」，是詞中「沈鬱」風格的完美之作，排斥了杜詩、辛詞那種體現時代精神，感情激烈悲壯的「沈鬱」之美，表現了作者論詞的偏愛。在評論兩宋名家，所謂詞中四聖時，亦如此。

《白雨齋詞話》是在常州派詞論的基礎上的進一步發展，在豐富和發展常州派理論上，有著重要的貢獻。本書和況周頤的《蕙風詞話》都是常州派論詞的重要著作，同爲常州派論詞的終結。

《白雨齋詞話》由於重視藝術上的「深微婉約」和詞的風格上的「沈鬱」，特別推重遠離現實生活、內容狹小、缺乏積極的社會內容的溫庭筠和韋莊，而作爲創作的最高原則倡導的，又是溫、韋的「忠厚」、「溫柔和平」、「忠愛」，及其表現上的反復纏綿，婉而不露。《白雨齋詞話》所提出的這種理論，是它政治上藝術上明顯落後的表現。

《白雨齋詞話》原刻本於光緒二十年（一八九四）刊行於世。該書之前，有作者光緒十七年

（一八九一）所撰自序，並有汪懋琨序、王耕心序、包榮翰跋、許正詩跋等。一九五九年有杜維沫校點本，人民文學出版社發行。

三十七　復堂詞話

清代譚獻撰。譚獻（一八三二—一九〇一）原名廷獻，字仲修，號復堂，浙江仁和（杭州）人，本書由其門人徐珂將散見於譚獻文集、日記、《篋中詞》及所評周濟《詞辨》的論詞的有關內容，彙輯成書，譚獻命名爲《復堂詞話》，徐珂跋語。有《詞話叢編》本《復堂詞話》。

《復堂詞話》十分推崇詞體，認爲決定作品高下的是「用心」。它指出：「昔人之論賦曰：『懲一而勸百』，又曰：『曲終而奏雅』。麗淫麗則，辨於用心；無小非大，皆曰立言。唯詞亦有然矣。」這就肯定了詞的地位和價値，詞和其它文學作品一樣，也能立言而不朽。在「比興」，「寄託」上，《復堂詞話》認爲，「寄託」不局限於詞，「千古詞章之能事盡，豈獨塡詞爲然」，把「寄託」說擴大爲整個文學創作的普遍規律，提高了「寄託」說的地位。其次，《復堂詞話》在品詞中還提出「作者的用心未必然，而讀者的用心何必不然」的主張，要求讀者用自己的感受和聯想去豐富作者的「比興」和「寄託」，使作品所創造的意境更加開闊，更加廣泛多樣。該書在詞學流派的評價上，儘管遵循常州派的理論，但對常州派的穿鑿附會的弊病已有所認識，故能對常州派和浙派的功過有較爲客觀的總結，具有一定的參考價値，是常州派在張、周之後的重要論詞著作。

《復堂詞話》過分強調「折衷柔厚」，含蓄雋永，對歷代豪放派的詞表示輕視，詞論過於偏狹，且有以微言大義附會詞論的傾向。本書所強調的「比興」、「寄託」等，對於矯正清初以來清空的詞風，雖然不能說毫無積極的意義，但從全書的基本政治思想和文藝思想看，「比興」和「寄託」等等，主要的仍是繼續提倡周濟、張惠言以來所倡導的觀點，並沒有什麼積極的內容，未能給詞論帶來重大的突破。《復堂詞話》的出現，說明了在新的迅速變化的歷史面前，封建文藝已經走向式微。

三十八 紅樓夢評論

近代著名學者王國維的早期美學著作，寫於一九〇四年，這是中國文學批評史上最早以西方資產階級哲學和美學觀點評論中國文學作品的著作。

《紅樓夢評論》高度地評價了《紅樓夢》的美學價值，認爲是「宇宙之大著述」，可以和哥德的《浮士德》相比擬，「我國美術（指廣義而言，包括文學）上之唯一大著述。」本書從叔本華的觀點出發，認爲詩歌是美術的頂點，悲劇又是詩歌的頂點。《紅樓夢》則是「悲劇中之悲劇」。在中國封建文學傳統面前，小說一直是受鄙視的，認爲是「小道」，「君子不爲」，本書對《紅樓夢》的高度評價，具有較大的進步意義。

本書還指出《紅樓夢》人物創造的典型性及其方法，最早地批判了《紅樓夢》研究中的繁瑣哲學。書中指出：「夫美術所寫者，非個人之性質，而人類全體之性質也。惟美術之特質，貴具體而不貴抽象。於是舉人類全體之性質，置諸個人之名字之下，故《紅樓夢》之主人公，謂之賈寶玉可，謂之「子虛」、「烏有」先生可，即謂之納蘭容若，謂之曹雪芹亦無不可。」因爲它是

「本於作者之經驗，則雕刻與繪畫家之寫人之美也，必此取一膝，彼取一臂而後可。」該書認爲文學的任務在於創造典型，而典型則是個性與共性的統一。

本書評論《紅樓夢》的哲學和美學思想的基礎是叔本華的唯意志論和厭世主義，從這一觀點出發，作者認爲：文學藝術的任務就「在描寫人生之痛苦與其解脫之道，而使吾儕馮生之徒，於此桎梏之世界中，離此生活之慾之爭鬥，而得暫時之平和，此一切美術之目的也。」而《紅樓夢》正是最形象生動地揭示了人生的慾望——痛苦——解脫的全過程。「其解脫之行程，精進之歷史，明了眞切何如哉！」本書對《紅樓夢》的高度評價正是從這一觀點出發的。因此，可以認爲，《紅樓夢評論》藉助《紅樓夢》宣揚了叔本華的哲學思想，表現了作者的世界觀和美學觀的階級局限性。

在《紅樓夢評論》中，對索隱派研究《紅樓夢》的方法作了批判。該書認爲：「作者之姓名，與作書之年月，其爲讀此書者所當知，似更比主人公之姓名爲尤要。」但卻「無一人爲之考證」，許多紅學家津津有味於考證《紅樓夢》中的主人公所寫的是誰，是「述他人之事」，還是「作者自寫其生平」，這是本末倒置的，所謂「《紅樓夢》之足爲 我國美術上之唯一大著述，則其作者之姓名，與其著書之年月，固當爲唯一考證之題目。而我國人之所聚訟者乃不在此而在彼，此足以見吾國人之對此書之興味所在，自在彼而不在此也。」王國維企圖扭轉當時《紅樓夢》研究的局面，是很有見地，遠遠高於當時的認識水平的。

本書還從美術（即文學藝術）的典型創造的角度出發，批判了「紛然索此書之主人公爲誰」

的錯誤研究方法。在批評舊紅學以考證、索隱的觀點、方法研究《紅樓夢》的傾向時，認爲，要通過具體的形象看到社會，通過個別反映一般，這正是藝術形象的典型化的基本原則。反對「對人類之全體，而必規規焉，求個人以實之」，這些見解也是十分精闢的。《紅樓夢研究》讚揚了《紅樓夢》的一些消極因素。如：「《紅樓夢》之寫寶玉，……彼於纏陷最深之中，而已伏解脫之種子，故聽《寄生草》之曲，而悟立足之境，讀《胠篋》之篇，而作焚花散麝之想，……其解脫之行程，精進之歷史，明了精切爲如何哉？」類似這樣的觀點充斥和貫穿於《紅樓夢評論》中，這仍然是作者以自己的見解，對《紅樓夢》的不確當理解。

三十九　人間詞話

近代著名學者王國維著。凡六十四則，發表於一九〇八年，是我國近代的重要詩論著作。作者早年嗜讀西洋哲學、文學著作，尤其愛好尼采和叔本華的學說。本書即是作者以我國傳統的古典文學理論融會西方資產階級哲學美學理論而寫成的具有嶄新體系的文學藝術理論著作。在文學論壇上，有著較大的影響。

《人間詞話》雖爲論詞而作，但旁通眾藝，涉及了相當廣泛的論題。其中最主要的可以概括爲三個方面：一是提出境界說，論述境界的隔與不隔，論述有我之境和無我之境，論述景語、情語，接觸到藝術特點、藝術形象的問題，對我國古代意境理論作了集中總結，極其全面地分析了意境的基本特點和構成。二是論寫境和造境，即寫實家和理想家之間的區別及其關係。接觸到文藝創作的方法問題，它以中西文論相結合的研究方法初步分析了現實主義與浪漫主義這兩種創作方法與文學的區別和聯繫。三是論述了文藝家觀察體驗人生的原則，提出「入乎其內」、「出乎其外」的重要思想，接觸到作家的創作修養問題。這些精到的見解，比起許多古代文論，有了新的發展，作出了承前啓後的貢獻。

《人間詞話》有多種版本，通行本爲徐調孚註、王幼安校訂本，即一九六二年版《蕙風詞話・人間詞話》本。此本輯註比較完備。全書分「人間詞話」、「人間詞話刪稿」、「人間詞話附錄」三卷。

四十　宋元戲曲考

近代著名學者王國維的戲曲研究名作。寫於一九一二年。本書最早運用西方資產階級的美學思想，系統地創造性地探討了中國戲曲的起源、發展和成熟的過程。第一次給元雜劇以正確的評價。這部著作和魯迅的《中國小說史略》在中國文學史的研究上「不僅是拓荒的工作，前無古人，而且是權威的成就，一直領導著百萬的後學」（郭沫若《魯迅與王國維》）。

本書以發展的觀點肯定了爲封建統治者所鄙棄的元曲，把它提高到與「楚之騷，漢之賦，六朝之駢語、唐之詩、宋之詞」的同等的地位。認爲元曲是「一代之文學，而後世莫能繼焉者也。」

本書認爲：中國的戲曲是從古代的巫覡和俳優發展而來。「巫以樂神，而優以樂人，巫以歌舞爲主，而優以調謔爲主。」巫優的歌舞調謔雖然還不是戲劇，但卻是戲劇的起源。漢代以後，民間演故事，歌舞會演開始於北齊，可爲標誌的作品則是《蘭陵王破陣曲》和《踏搖娘》。唐代則出現了以參軍和蒼鶻兩個角色扮演的滑稽戲。宋代由於小說、傀儡戲、詞曲的發達，也直接影響了戲曲的發展，到元代中國的戲劇才眞正走向成熟。元雜劇「至成一定的體段，用一定的曲調，而百餘年間無敢踰越者」。本書還意識到戲劇作爲一種綜合藝術的特點，認爲「後代之戲劇，必會合語言、動作、歌唱，以演一故事，而後戲劇之意義始全」「獨無雜劇於科白中叙事，而曲文全爲代言」，「不可謂戲曲上之一大進步也。此二者之進步，一屬形式，一屬材質，而後我中國之眞戲劇出焉。」有力地說明了元雜劇正是許多個別的藝術樣式發展到一定階段的必然產物。

《宋元戲曲考》中，作者在很大程度上突破了叔本華悲觀厭世哲學的束縛，這是需要充分肯定的，但也還留有這種思想影響的痕跡。比如：本書在談及《竇娥冤》和《趙氏孤兒》的悲劇性質的時候，說：「劇中雖有惡人交構其間，而其赴湯蹈火者，仍出於主人翁之意志。」從中仍然可以看出本書作者對悲觀主義哲學的信仰。

《宋元戲曲考》關於元曲的藝術特色，例如結構、敍事抒情、意境等的分析，是很精闢的。特別應當提出的是，本書對元曲的大量使用民間俗語的重視和提倡。書中說：「古代文學之形容事物也，率用古語，其用俗語者絕無。又所用之字數亦不甚多，獨元曲以許用襯字故，故輒以許多俗語或以自然之聲音形容之。此自古文學上所未有也。」「元劇實於新文體中自由使用新語言，在我國文學中，於《楚辭》、內典外，得此而三。」這種觀點是難能可貴的。

《宋元戲曲考》對我國古典戲曲的發展過程和歷史源流等均作了富有見地的、總結性的論述，是我國近代一部有重要價值的學術性的著作。同時，本書不但是中國第一部戲曲史，更是近代

第一部傑出的中國戲曲美學。

四十一　清詩話

丁福保彙輯。丁福保（一八七四—一九五二）字仲祜，號疇隱，江蘇無錫市人。

《清詩話》是一部規模較大的詩話叢書。共收輯了三十五家的四十三種詩話著作。清代詩話，諸家紛起，其特點是重在系統性、專門性和正確性，它的成就超越了以前各個時代。然而，由於評論者繁多，總不免於濫。《清詩話》在這一方面起了一些去蕪存菁的作用，在學術界有一定的影響。

由於作者急於成書，未能多方搜集材料，有些篇幅較大的著作，如袁枚的《隨園詩話》、翁方綱的《石洲詩話》等，未能收入。其次，在作者所收集的諸家詩話中，還不能顯現出清代詩話在各個方面取得的成就和特點，所收集的詩話，又大多數沒有序和跋。

《清詩話》有中華書局上海編輯所一九六三年整理重印本，上海古籍出版社一九七八年重版。書前有郭紹虞撰寫的前言，前言論述了清詩話的特點、成就，批評了該書的成績和不足，並按原書次序，對每種詩話作了提要式的介紹和評價。所附明代王兆雲《揮塵詩話》一種，是《歷代詩話續編》的補遺。

四十二　國故論衡

近人章炳麟撰。一九一〇年在日本排印出版。收入《章氏叢書》第十三至十五冊。另有民間庚辰（一九四〇）印製華西大學國學叢書本《國故論衡疏證》。

《國故論衡》分上、中、下三卷。上卷論小學，共十一篇。討論語言、音韻問題，根據聲韻轉變的規律，探語源，明流變，考證很詳核。下卷論諸子學，共九篇，通論諸子哲學的流變，推崇道家，認爲儒、法皆出於道家。中卷論文學，共七篇，分別爲《文學總略》、《原經》、《明解故上》、《明解故下》、《論式》、《辨詩》、《正齋送》。《文學總略》總論古今人對文學一詞的看法並加以總結，批評阮元的《文言說》和西歐文學理論中的強調感性特點，追溯到文學義界較早的主張，並以文字學爲文學的基礎，提出作者對文學概念的界定：「文學者，以有文字著於竹帛，故謂之文，論其法式，謂之文學。」這種廣義的文學概念，抹煞了文學和學術著作的區別，忽視了文學的自身特點。《文學總略》論詩歌和文學創作，從古文字學出發，認爲「文字本以代言，其用則有獨至，凡無句讀文，皆文字所專屬也，以是爲主。故論文學者，不得以興會神旨爲上。」反對曹丕的「文氣說」和王充《論衡·佚文篇》中提倡的「文德說」，把文字看得比「文氣」更重要，認爲治文學應推「修辭立其誠」爲首，考究「文氣」之類只是「末務而已矣」。

《辨詩》廣論一切韻文，著重闡述詩賦的流變發展，認爲詩起自民間，「興於巷陌」，是現實生活的反映，認爲詩歌應該抒發性情，承傳《毛詩序》、鍾嶸《詩品》的觀點，倡導言志抒情說：「『在心爲志，發言爲詩。』此吟詠情性，古今所同，而聲律調度異也。」認爲詩歌創作「本情性，限辭語，則詩盛；遠性情，喜雜書，則詩衰。」強調詩歌創作要有眞情實感，反對大量用典。《辨詩》中對唐代某些詩人的不恰當評論，即源於此。《辨詩》的另一主要內容，就是評論歷代詩人詩作，極力肯定《詩經·國風》和漢魏某些作家：「獨風有異，憤懣而不得錚，其辭從之，無取一通之書，數言之訓，及其流風所扇，極乎王粲、曹植、阮籍、左思、劉琨、郭璞諸家，其氣可以抗浮雲，其誠可以比金石，終之上念國政，下悲小己。」肯定了詩歌應當反映現實生活，反映民生疾苦，抒發人們的悲憤。

《辨詩》從詩應當反映現實生活這一文學觀點出發，對於曾國藩等的反動詩潮作了批評：「曾國藩自以爲功，誦法江西諸家，矜其奇詭，天下鶩逐……蓋自商頌以來，歌詩失紀，未有如今日者也。」《辨詩》還對玄言詩、宮體詩表示鄙夷並痛斥之。而對「建安風骨」則予以充分肯定。

《國故論衡》是一部學術著作，反映了作者的文學主張，其中有積極的可取的一面，也有消極保守的一面。對歷代詩賦、散文的評價，總的說來，尊崇晚周的論辨性散文，推重漢魏的詩賦，對中唐以後的詩賦則較爲輕視。

古代文學形象

一　秦羅敷

漢樂府民歌《陌上桑》中的女主人公，我國文學史上古代勤勞、美麗、堅貞、智慧的女性的典型形象。秦羅敷是一位採桑養蠶的農家女。她每天挎著籃子往城南桑田去採桑。那籃子的提把是用香桂的枝條編製的，上邊繫著青色的絲繩，顯得分外乾淨利索而且散發著芳香。她梳著「倭墮髻」的髮型，這是漢代洛陽一帶流行的婦女髮髻，歪向一側，也叫「墮馬髻」。她耳上掛著「明月珠」，下身圍著淺黃色裙子，上身穿著紫色短襖。這位打扮得非常雅致而容貌妍美絕倫的女子，使觀者無不驚異傾慕以至於神魂顛倒。挑擔的過路人見了她，不由自主地放下擔子站在那裡捋起嘴邊的鬍子；少年男子見了她，不知不覺地脫下帽子站在那裡整理包頭的紗巾；耕田的人見了她，站在那裡忘記了犁田；鋤地的人見了她，也忘記了鋤地。這些人回到家裡，有的抱怨妻子長得醜陋，有的遭受妻子妒忌怒火的攻擊。有一位太守經過桑田，一見美麗的羅敷就垂涎三尺，當即停下了車，派僕從前去打聽是誰家的美女，又叫僕從去問羅敷的年齡，當他得知羅敷正當青春妙齡的時候，便走到羅敷面前提出了「共載」回去做他的小老婆的要求，面對有權有勢的太守，秦羅敷落落大方、義正辭嚴地回答道：「您怎麼這樣愚蠢！您有您的妻子，我有我的丈夫。」接著便把自己的「丈夫」如何富貴、品貌如何出眾、風度如何不凡，著實誇耀一番。首先針對太守的「五馬」說：「東方千餘騎，夫婿居上頭。何用識夫婿？白馬從驪駒；青絲繫馬尾，黃金絡馬頭。」其次誇說夫婿「腰中鹿盧劍，可值千萬餘」。再次誇說夫婿從十五歲起充當太守府的小吏，二十歲就當上了朝廷的大夫，三十歲升任皇帝侍從，如今四十來歲已經是掌管一方的太守了。最後誇說夫婿相貌堂堂，人才出眾，贏得府中幾千官員的交口稱讚。這位聰明美麗的農家女終於用誇夫的辦法戰勝了淫逸的太守，成爲我國古代文學史上一個美麗而聰明的典型形象。

二　劉蘭芝

漢末長篇叙事詩《孔雀東南飛》中的女主人公。一位既善良、溫厚、勤勞、忠於愛情，又具有當機立斷、不向惡勢力示弱的反抗性格的女性。她以一死表示對封建家長罪惡勢力的反抗，是中國文學史上封建時代忠於愛情、富有鬥爭精神的悲劇人物形象。她從小就受到良好的教育和培養，擅長女紅，會彈箜篌，能誦詩書。她嫁給了廬江府小吏焦仲卿，在焦家晝夜操勞，克遵婦道，與丈夫兩情甚篤，卻遭到了婆婆的無理刁難和迫害。焦仲卿百般乞求阿母留下蘭芝，但阿母不肯，蘭芝終於被驅遣回娘家。臨別時，仲卿和蘭芝互相盟誓，約定不再婚嫁以期重聚，表示對愛情要堅如磐石，韌如蒲葦。蘭芝告別婆婆時，忍住內心痛苦，自尊自持，從容鎮定，表現十分溫厚、善良、剛強，但與小姑告別時卻「淚落連珠子」，在「出門登車去」時「涕淚百餘行」。她回到娘家以後，縣令家和太守家相繼來求婚。阿兄又以封建家長身分引誘和脅迫她改嫁。她既不能做一個對愛情不忠實的人，又無法實踐和焦仲卿重聚的誓約，便毅然採取了以一死作爲對封建家長罪惡勢力進行堅決反抗的手段。她佯允太守家的婚事，在婚禮之夜，「攬裙脫絲履，舉身赴清池」，給了壓迫者以沈重打擊。焦仲卿聞訊，也自縊而死。劉蘭芝的故事被後世多種戲劇搬上舞臺，成爲感人至深的一出悲劇；她的那種倔強性格和永不妥協的鬥爭精神，也成爲中國古典文學中光輝的婦女形象之一。

三　木蘭

這是北朝樂府民歌的傑出代表作《木蘭詩》的主人公，一個勇敢、堅毅、武藝卓越，又不失天眞、活潑、純潔本性的女英雄。她本是一個勤勞紡織的普通姑娘，在國難當頭、戰爭降臨的時刻，毅然改扮男裝，代父從軍，勇敢地承擔起一般婦女所不能承擔的重責：「願爲市鞍馬，從此替爺征！」木蘭親自買了「駿馬」、「鞍韉」、「轡頭」、「長鞭」，依依不捨地辭別了爺娘，義無反顧地踏上了征途。她歷經黃河黑水，北到燕山朔野，萬里縱橫，十年轉戰，屢建功勛。尤爲可貴的是，戰爭勝利結束後，木蘭卻功成不受賞，面對著天子的「策勛十二轉，賞賜百千強」的高官厚祿，毫不動心，氣宇軒昂地說：「木蘭不用尙書郎。願馳千里足，送兒還故鄉。」這是何等坦盪的襟懷，何等磊落的氣概，回到家裡後，在爺娘姊弟一片熱烈歡迎的氣氛中，木蘭「脫我戰時袍，著我舊時裳。當戶理雲鬢，對鏡貼花黃」時，同行的伙伴才驚訝地認出這個功勛卓越的「壯士」，竟然是一個溫柔俏麗的「女郎」。撲朔迷離的傳奇色彩和喜劇情調，使木蘭這個女英雄形象顯得更加眞實、可信，耐人尋味。

《木蘭詩》是現實主義和浪漫主義相結合的詩篇，而木蘭這個動人的英雄形象，旣是現實生活的寫照，又是人民理想的化身。她眞實反映了北方游牧民族慓悍尙武的社會風尙，因爲當時的北方婦女中的確活躍著一些英勇善戰、武藝超群的人物。另一方面，民歌的作者顯然又在木蘭身上集中體現了勞動人民的崇高品質，他們勇於犧牲的愛國精神和對安寧和平生活的嚮往。木蘭的英雄行爲及其壓倒鬚眉的英姿颯爽的形象，是對男尊女卑的封建傳統觀念的強烈衝擊，爲千千萬萬的婦女揚眉吐氣。所以，千百年來木蘭從軍的故事家喩戶曉，這位巾幗英雄一直活在人們心中。

四　王昭君

我國古代著名四大美女之一。西漢南郡秭歸（今屬湖北）人，名嬙，字昭君。王昭君的故事最早見於《漢書》，後來成爲歷代作家創作的題材。作爲文學形象，最早出現在元代著名雜劇作家馬致遠的前期代表作品《漢宮秋》中。劇中寫漢元帝派奸臣毛延壽，遍訪天下徵選宮女，王嬙入選，毛延壽向她索要黃金百兩，選爲第一，王嬙不肯，毛延壽便在王的畫像上做手腳，想使她入宮後永遠不得見君王。後被元帝發現，封爲明妃。毛延壽見事情敗露，便攜帶王嬙畫像逃亡匈奴，並勾結匈奴南侵，以武力威脅，向元帝索要昭君。滿朝文武束手無策，昭君毅然請行，表示願意爲保衛國家安全而以身和番。元帝忍痛割愛，悵然送別。昭君行到邊界，跳江而死。最後匈奴綁還毛延壽，情願講和，元帝將毛斬首，以祭明妃。

歷史中的王昭君與戲曲中的故事有很大差異。昭君被選入宮後，長期不得見君王，正好匈奴王呼韓邪單于來漢求婚，王昭君因不滿漢宮生活，自願請行。西漢元帝竟寧元年（即西元前三十三年）昭君出塞。入匈奴後，被稱爲寧胡閼氏，與呼韓邪單于生有一子；呼韓邪單于死後，根據匈奴習俗，漢成帝又命她嫁給新立的單于（呼韓邪單于前妻大閼氏之子）爲閼氏，又生二女。爲胡漢和好作出了貢獻。

《漢宮秋》不拘泥於史實，將王昭君這樣一個長期被冷落的女子，改寫爲漢元帝的愛妃，並把她塑造爲一個在匈奴大兵壓境，君臣走投無路的情況下，自願請行和番，最後爲國投江而死的巾幗英雄。作品中的王昭君美麗非凡，文辭華美，深受元帝的寵愛。但由於國勢衰敗，奸邪當道，國君無能，大臣庸碌，只得下嫁匈奴單于以身和番，釀成生死離別的人間悲劇，表現了王昭君的愛國思想。這種離別又是以漢元帝對王昭君的愛情作爲鋪墊的，元帝既不願讓她出塞，又不能不讓她出塞，這就突出了王昭君的出塞是由於文臣武將的無能，而總的背景又放在番國對漢朝的侵略上，說明帝王的愛情悲劇是由於民族矛盾而造成的，以此來突出王昭君的愛漢朝，愛祖國的感情。而當王昭君行至番漢交界處，「留下漢家衣服」，舉一杯酒向南澆奠後縱身投江，以身殉國，堅決不進入番國之境。這在當時蒙族統治者統治下的元代，是有著強烈的現實意義的。

五　蘇武

東漢著名史學家、文學家班固所著《漢書》中傳記文學佳作《蘇武傳》中的主人公，一位富有堅貞不屈的民族氣節和高尚品德，不畏強暴、不爲利誘、受盡折磨、寧死不屈的民族英雄形象。蘇武是著名的歷史人物，字子卿，西漢杜陵（今陝西西安市東南）人。他的父親蘇建以軍功封平陵侯，官至代郡太守。因此，他們兄弟三人都以父蔭被任用爲郎。漢武帝天漢元年（前一〇〇年），他以中郎將持節出使匈奴，被無理扣押。爲了使蘇武歸降，匈奴且鞮侯單于使用了威逼利誘等種種手段。先是借口副使張勝參與謀反，罪當斬，蘇武罪當連坐，但蘇武不爲所動。後來又將蘇武單獨幽囚於大窖中，斷絕飲食。適逢下雪，蘇武呑食帶有氈毛的雪得以幾天不死。匈奴以爲他是神人，便把他遷徙到北海上無人之處，叫他放牧雄羊，聲稱雄羊產子才能歸漢。「北海」，就是現在俄羅斯西伯利亞的貝加爾湖。蘇武到這裡後，匈奴不給糧食，只能挖掘野鼠所儲藏的草籽充飢，手持漢節牧羊，「臥起操持，節旄盡落」。接著，匈奴又派降將李陵前往北海勸降。李陵和蘇武曾同爲漢武帝的侍從官，交情素厚。儘管李陵動之以情義，誘之以利害，勸降的言詞娓娓動聽，但蘇武絲毫不爲所動。他說：「我自料早就應該死了！您若是一定要我降，那就請結束今天的歡聚，讓我在您面前獻出自己的生命吧！」蘇武在匈奴被扣留十九年，漢昭帝始元六年（前八十一年）因漢與匈奴和親才得以歸漢，任典屬國。《蘇武傳》通過一些具體情節的描寫和生動的人物對話，繪聲繪色地表現了蘇武高尙的民族氣節和大義凜然、視死如歸的英雄氣概。因此，蘇武這位歷史人物便成了中國古代文學史上光芒四射的民族英雄形象。

六　五柳先生

陶淵明的《五柳先生傳》中的主人公，也可謂是陶淵明的自畫像。南朝人沈約、蕭統都說陶淵明寫《五柳先生傳》是用以自況，時人皆視爲「實錄」。它突出地刻畫出一個脫塵拔俗、不與黑暗現實同流合污，具有高風亮節的人物形象。

陶淵明在《五柳先生傳》中先交代人物身分：「先生不知何許人也，亦不詳其姓字，宅邊有五柳樹，因以爲號焉。」表現人物既不重地望，也不重聲名，遠出流俗之外。接著突出五柳先生最本質的個性情操：「閒靜少言，不慕榮利」，說明他不爲榮利攀附應酬。下面分四個方面寫五柳先生守志安居的生活情態：一、「好讀書，不求甚解」，即喜歡尋求思想上的共鳴和感情上的寄託。二、「性嗜酒」，親舊招飮，一飮就醉，既醉就退，一點也不留戀，說明他於酒有情，於人無意。三、「環堵蕭然」，住的是破房子，穿的是粗布衣打補釘，缺吃少喝，他卻安然自在。四、「常著文章自娛」，借文章自樂，忘懷於世俗得失。通過這四方面，勾勒出一個堅守節操不隨流俗的高尚人物。結尾用「贊曰」，揭示五柳先生的精神品質。先借用黔婁之妻的話，說明他「不戚戚於貧賤，不汲汲於富貴」，最後說他「銜觴賦詩，以樂其志」，用反問語氣問道：「無懷氏之民歟，葛天氏之原歟？」等於說，他過的是理想社會的生活；隱含著對現實社會的鄙薄與厭棄。

《五柳先生傳》畢竟是藝術作品而非歷史傳記，因而沒有像通常的傳記那樣以記叙人物的生平事跡爲主要內容，它只是以輕靈樸質的筆法，通過人物的二三件生活瑣事，栩栩如生地刻畫了五柳先生的生活態度、愛好及思想情操。「五柳先生」作爲一個藝術形象，寄託了陶淵明的理想和追求，同樣也一直是封建社會中正直的知識分子所企慕和敬仰的人物。

七　柳毅

唐代李朝威所撰傳奇小說《柳毅傳》中的男主人公，俠義而正直的書生形象。小說寫落第書生柳毅途經涇陽，見一美婦人在荒郊牧羊，面帶愁容。她就是洞庭龍君的小女。柳毅聽了龍女在涇川夫家備受虐待的控訴和傳書給洞庭龍君的請託，慨然允諾，便按照龍女所囑入洞庭龍宮傳書。洞庭君見信掩面而泣，宮中無不痛哭。洞庭君之弟錢塘君大怒，凌空而去，直飛涇川，吞食了逆龍，救出了龍女。龍女回洞庭龍宮後，錢塘君向柳毅議婚，並以威勢相逼，所謂「如可，則俱在雲霄；如不可，則皆夷糞壤」。柳毅雖愛龍女，但認爲「殺其婿而納其妻」不義，因而堅決拒婚，並且當面批評了錢塘君違背正道的凌人氣勢，表示「敢以不伏之心，勝王不道之氣」，使錢塘君對他更加敬佩，兩人成了知心朋友。洞庭君的厚饋使柳毅回家後成爲淮右富族。柳毅先後娶了張氏、韓氏二妻均夭亡。龍女化爲名門之女范陽盧氏與柳毅結合，直至一年後生子才向柳毅說明眞情，表白了報恩之意。柳毅感於龍女的深情，夫妻歡好益篤。後來龍女把柳毅度爲洞庭神仙。《柳毅傳》中的錢塘君，性格剛烈，吞食了欺凌他姪女的涇川龍，還要把姪女嫁給柳毅，是一種婚嫁觀，而柳毅雖然也愛龍女，卻不肯殺婿納妻，反映了禮教的倫理觀。錢塘君的終於被柳毅所折服，也隱寓著禮義倫常的勝利。因此，這個故事通過傳書、拒婚和與龍女結合三個重要情節，不僅描寫了柳毅重義輕身、救人危難和諾必信言必果的俠義性格，而且也宣傳了封建禮義倫常，柳毅被作爲一個完美的男子典型，活躍在戲劇舞臺上。

八　龍女

唐代李朝威所撰傳奇小說《柳毅傳》中的女主人公，善良多情而富於鬥爭性的婦女形象。小說寫洞庭龍女的丈夫涇川次子行爲放蕩，厭惡並虐待美麗賢淑的龍女。龍女向公婆訴說，不但沒有得到同情反而遭到辱罵並被斥逐出門。龍女不甘受壓迫，但因遠離洞庭無法向龍父洞庭君告訴，幸遇書生柳毅，便哭訴不幸遭遇，並請託柳毅到洞庭龍宮傳書。由於得到柳毅的救助，她脫離了苦難，回到洞庭龍宮。龍女對見義勇爲的書生柳毅既愛慕又感激，不料當她的龍叔錢塘君向柳毅議婚時竟遭到了柳毅的拒絕。後來，龍女懷著無限深情化名爲高門世族之女范陽盧氏與柳毅成婚。一年後生了一子，龍女才向柳毅說明了實情，得到了柳毅的厚愛。從此，她把柳毅度爲神仙。李朝威用浪漫主義方法創造的龍女形象，實際上就是現實人間婦女的變型。她對柳毅說：「涇川之冤，君使得白。銜君之恩，誓心求報。」又說：「今日獲奉君子，咸善終世，死無恨矣。」「始不言者，知君無重色之心。今乃言者，知君有感余之意。婦人匪薄，不足以確厚永心，故因君愛子，以託相生。」她對柳毅相救之恩誓求必報，對柳毅的愛情堅貞不渝。她還特別提到在請託柳毅傳書時柳毅說過「他日歸洞庭，幸無相避」和自己說過「寧止不避，當如親戚耳」的話。這種情意纏綿的表現一如人間。

九　霍小玉

唐代蔣防所撰傳奇小說《霍小玉傳》中的女主人公。作者把她塑造成一個溫婉美麗、飽受壓迫凌辱而不肯屈服的封建社會下層婦女的悲劇形象。小玉本是霍王寵婢淨持所生。霍王死後，因庶出而被逐出王府，改姓鄭，淪爲娼妓。她「姿質穠艷」，「高情逸態，事事過人，音樂詩書，無不通解」。隴西書生李益一見鍾情，洞房之夜極歡之際，小玉涕淚滿面，向李益陳述了唯恐被遺棄的悲哀和惶恐。李益海誓山盟書於素縑：「粉身碎骨，誓不相捨」。相愛二年，李益以書判拔萃，授鄭縣主簿。臨行，小玉深知李益必娶正妻，而「盟約之言，徒虛語耳」，因而向李益提出最低的懇求：「妾年始十八，君才二十有二，迨君壯室之秋，猶有八歲。一生歡愛，願畢此期。然後妙選高門，以諧秦晉，亦未爲晚。妾便捨棄人事，剪髮披緇，夙昔之願，於此足矣。」但是，連這麼一點希望都終歸破滅，李益從此一去不返。小玉「博求師巫，遍詢卜筮，懷憂抱恨，凋歲有餘，羸臥空閨，遂成沈疾。」但她並不甘心就此罷休，於是變賣服飾，囑託親友，探尋李益。陽春三月，李益與同輩五六人遊崇敬寺，被黃衫豪士誘至小玉家。小玉面責李益負心，並說：「我死之後，必爲厲鬼，使君妻妾，終日不安」。說罷慟哭氣絕。霍小玉的痴情和強烈的反抗精神被刻畫得非常突出鮮明。

十　盧生

唐代沈既濟所撰傳奇小說《枕中記》中的主人公，一個熱衷於功名富貴、因受道家指點而徹悟、萬念俱灰的人物。小說寫不甘受農事困頓而一心嚮往功名富貴的封建士子盧生，在邯鄲客店裡遇道士呂翁。呂翁有神仙術，見盧生嘆農事之困而追求「建樹功名，出將入相，列鼎而食，選聲而聽，使族益昌而家益肥」的生活，便把青瓷枕借給盧生說：「子枕吾枕，當令子榮適如志」，盧生入睡，夢中經歷了「出擁節旌，入升臺輔」的富貴生活。他兩次被貶謫到荒遠的邊地，兩次當宰相，從中央到地方，從文官到武將，往來遷轉，前後五十多年，位高勢盛，子貴孫榮，享盡了榮華富貴，最後在皇帝詔慰之下病歿。醒來方知這一切只不過是還不到蒸熟一頓黃粱飯工夫的短夢，大失所望，因悟「寵辱之道，窮達之適，得喪之理，死生之情」，從而萬念俱灰。與此相似的李公佐所撰《南柯太守傳》中主人公淳于棼，也是夢中被槐安國召爲駙馬，出任南柯太守二十年，受到封賜，又榮升臺輔，後因與檀蘿國交戰敗北，公主又夭亡，寵衰謗起，終被國王遣返。醒來方知是夢，身臥堂下，杯中尚有餘酒。尋蹤發掘，所謂「槐安國」只不過是槐樹下的蟻穴，而所謂「南柯郡」不過是槐樹南枝而已。盧生和淳于棼的形象在揭露封建士子熱衷功名富貴和揭露封建官場險惡方面，有著一定的積極意義；但宣揚「人生如夢」的消極思想又有著一定的毒害作用，無助於人們樹立正確的人生觀。

十一　竇娥

元代雜劇的奠基人、偉大的劇作家關漢卿所創作的《感天動地竇娥冤》中的主人公，中國封建社會悲劇的婦女形象。竇娥小名端雲。她父親竇天章是個窮秀才，在她七歲時，因借高利貸把她抵債賣給蔡婆婆做童養媳，然後「上朝應舉」去了。從此她改名竇娥。十三年以後，竇娥二十歲已是一個失去丈夫的寡婦，默默地忍受著生活中接踵而來的種種磨難，盡心竭力地侍奉婆婆，發誓要恪守封建道德，服從命運的安排。然而禍事竟無端地闖進了家門，蔡婆婆被迫把潑皮惡棍張驢兒父子引進家中。竇娥爲了維護做人的尊嚴和起碼的生存權利毅然奮起反抗。她批評了婆婆的軟弱。當張驢兒要強逼竇娥與他成親時，竇娥嚴詞拒絕，表現出凜然不可侵犯的正義氣概。張驢兒又暗施毒計，想趁蔡婆婆生病之機，用從賽盧醫那裡買來的毒藥把蔡婆婆毒死，再逼竇娥成婚。不料下毒藥的羊肚湯被張驢兒的父親吃了。張驢兒便借機要挾竇娥。竇娥由於對官府缺乏認識，對潑皮惡棍的誣陷義憤塡膺，便表示情願見官以求「明斷」。竇娥在昏庸貪暴的封建官府裡經受嚴刑拷打，三次昏厥，但她意志堅強，毫不屈服，並且大膽地揭露了「衙門自古向南開，就中無個不冤哉」的黑暗現實。可是，當太守桃杌要拷打蔡婆婆時，她爲了使婆婆免遭酷刑而委屈招認了。暗無天日的官府未經復審就草草判處竇娥死刑。竇娥懷著悲憤走向法場，向封建社會具有至高無上權威的「天地」發出了「地也，你不分好歹何爲地？天也，你錯勘賢愚枉做天」的斥責。臨刑前，她發下三樁誓願：一腔熱血飛上白練；三伏天降下三尺瑞雪遮掩屍首；楚州大旱三年。竇娥至死不屈，悲壯犧牲。竇娥的一生是慘絕人寰的悲劇，她的死既慘痛又悲壯，既能喚起人們的無限同情，又能感發人們的生存力量。竇娥的性格既體現了封建社會普通婦女的悲劇命運，又體現了她們所具有的善良品德和堅持正義、向黑暗勢力進行頑強鬥爭的崇高精神。

十二　張生

張生作爲一個藝術形象富有喜劇性的變化，在古代不同的文學作品中呈現著不同的性格和面目。在唐代元稹所撰傳奇小說《鶯鶯傳》中，他是一個玩弄女性而不知羞愧的封建文人的形象。小說寫張生寄寓在蒲東普救寺，崔氏孀婦一家也住在大寺裡。崔氏爲張生之姨。適逢兵亂，蒲軍大掠蒲人。崔氏富厚，不勝惶懼。張生與軍將有舊，因而保護了崔氏一家。崔氏感張生之德，設宴致謝。席間，張生見崔氏次女「顏色艷異，光輝動人」，因而「行忘止，食忘飽」，不待明媒正娶而急遽央求崔女的侍婢紅娘爲媒介，與崔女私通。後來張生赴京科考，崔女鼓琴表達了唯恐被遺棄的哀怨。張生落第後留在京城。又給崔女寫信，崔女在復信中表達了聽憑命運擺布的態度和永託終身的誠悃。張生卻始亂終棄，並且大放厥辭，辱罵崔女爲「不妖其身，必妖於人」的「尤物」，並且聲稱：「予之德不足以勝妖孽，是用忍情。」張生就是這樣一個誘姦少女而後拋棄的負心人物，儘管作者的本意想把他美化成「時人多許張爲善補過者」。到了宋金時代，董解元作《西廂記諸宮調》，開始把張生改寫成有情有義、始終忠實於愛情，和鶯鶯一起爲爭取自由結合而鬥爭的形象，雖然也有輕狂、庸俗的一面。不過，一般人心目中所熟悉的張生，則是元代王實甫的雜劇《西廂記》所塑造的一個富於才情，能急人之難，對愛情執著和專一的正面形象。他名珙，字君瑞，雖有軟弱和迂闊的一面，但大膽追求愛情，爲了美麗多情的鶯鶯寧願拋棄功名，廢寢忘食。他和鶯鶯在紅娘的幫助下，終於克服了自身的弱點，取得了愛情的勝利。不同的張生形象，顯然反映了各個作家不同的創作目的和美學理想。

十三　鶯鶯

最初是唐代元稹所撰傳奇小說《鶯鶯傳》中的女主人公，一個受封建禮教束縛較深、有一定的反抗性卻又非常軟弱的大家閨秀。她舉止端莊，沈默寡言，把強烈的愛情要求深藏在心底，有時竟違反自己的初衷採取截然相反的行動。她在張生的《春詞》挑逗下，寄柬給張生，相約西廂幽會。張生前來赴約，她又端服嚴容，指責張生違禮。她的封建意識和愛情要求構成了深刻的矛盾。但她終於突破了封建禮教的束縛，自動前去私會張生。張生赴京應試，她意識到自己必將遭到被拋棄的命運，但她只能自怨自艾，欷歔哀嘆。在她寫給張生的信中，除了央求張生憐憫之外，只能表達「骨化形銷，丹誠不泯，因風委露，猶託清塵」的誠悃。後來，在宋金時代董解元的

《西廂記諸宮調》和元代王實甫的《西廂記》雜劇裡，鶯鶯被塑造成一個對封建禮教大膽反抗和對愛情大膽追求的少女形象。她深沈、幽靜、美麗，出身於相國門第。崔老夫人早已把她許配給「花花公子」鄭恆，但她遇到青年書生張珙時，一見鍾情。經過「隔牆酬韻」、「佛寺鬧齋」，對張珙感情益深，因而對母親的約束愈感不滿。老夫人賴婚，鶯鶯開始有了反抗心理，但又顧慮重重。幾經波折，終與張珙私下成親。在紅娘的幫助下，她終於克服了封建家庭在她思想上的影響，取得了反抗封建禮教和追求愛情的勝利。

十四　紅娘

唐代元稹所撰傳奇小說《鶯鶯傳》、宋金時代董解元所撰說唱文學《西廂記諸宮調》和元代王實甫所撰雜劇《西廂記》中的人物形象，一個助人完成美滿婚姻的典型人物。她是崔鶯鶯的侍婢，在張生和崔鶯鶯的戀愛故事中傳書遞柬，引線搭橋，設計撮合，促成了崔、張兩人的結合。在這三部文學作品中，紅娘的形象是有發展的。在《鶯鶯傳》裡，紅娘僅僅為張生設過用情詩打動崔鶯鶯的計謀，並在崔、張之間傳遞過書柬，並不是重要角色。但董解元的諸宮調卻把她寫成了相當突出的活躍人物。她熱心為崔、張奔走，勇敢機智地向封建勢力代表人物崔老夫人進行鬥爭，在崔、張結合上起了重要作用。在王實甫的筆下，紅娘更成了劇中主要人物。全劇二十一折，有八折由紅娘主唱。她爽朗、樂觀、熱情、聰明、勇敢，熟悉崔家各個人物的性格和弱點，不僅見義勇為，而且善於針對具體情況行事。當她看到崔、張的正當戀愛受到封建勢力摧殘時，正義感和同情心使她挺身而出，為他們設謀撮合，幫助他們克服自身的弱點，並且出面和封建勢力代表人物崔老夫人進行了卓有成效的鬥爭。老夫人拷打她，她以理和情說服了老夫人，使老夫人不得不應允鶯鶯和張生的婚事。她還陪伴鶯鶯，和鄭恆論理，指斥鄭恆「倚父兄仗勢欺人」，並且批判鄭恆所說的「官人只會做官人」，「窮民到老是窮民」的論調，理直氣壯地指出「將相出寒門」的道理。紅娘這個形象顯得非常機警、老練，成爲衝擊封建禮教、爭取婚姻自主的光輝形象，體現了封建社會下層婦女的優秀品質。

十五　趙盼兒

元代偉大雜劇作家關漢卿所撰傑出的喜劇《救風塵》中的女主人公，一個機智、老練，富於正義感、肯於捨己救人的婦女形象。她是一個淪落風塵的妓女，曾經有同一個知心的男人過自由幸福生活的幻想，但殘酷的現實使她的幻想破滅。長期的風塵生活使她對那些有錢的花花公子保持高度的警惕。她的結拜妹妹宋引章年紀輕、缺少生活經驗，貪戀富貴而不知審愼擇人，竟把已經訂了婚的一位忠厚的秀才安秀實拋棄了，準備嫁給花花公子周舍。趙盼兒知道了這件事，便勸她「事要前思，免勞後悔」，指出：「你道這子弟情腸甜似蜜，但娶到他家裡，多無半載週年相棄擲。早努牙突嘴，拳椎腳踢，打的你哭啼啼」。無奈宋引章不聽，結果一進門就吃了五十殺威棒。宋引章不堪虐待，寫信給趙盼兒求救。趙盼兒顧念姊妹的舊情，挺身而出。她針對周舍喜新厭舊、酷好女色而又十分狡猾的特點，周密計劃，設下圈套。她以迷人的風韻、色相，假裝要嫁給周舍，教唆周舍休了宋引章。周舍一見，魂不守舍，中了趙盼兒的計。「即以其人之道，還治其人之身。」趙盼兒用周舍欺騙宋引章的方法，對付了十分狡猾的周舍，令人拍案叫絕。結果，流氓成性的周舍被官府判定杖六十，宋引章仍與對她眞實相愛的安秀實成婚。關漢卿筆下的趙盼兒不僅大膽潑辣、聰明過人，而且頗有豪俠氣概。

十六　譚記兒

元代偉大的雜劇作家關漢卿所撰喜劇《望江亭》中的女主人公，一個智勇雙全、敢於鬥爭又善於鬥爭的封建時代光輝的婦女形象。她原是李希顏的夫人，夫亡後改嫁給潭州州官白士中爲妻。她十分珍視她和白士中的愛情，敢於爲保衛它而勇敢鬥爭。權豪勢宦楊衙內聽說譚記兒大有姿色，要納爲小夫人。譚記兒嫁給白士中，引起了楊衙內的妒恨。於是他妄奏白士中貪花戀酒，不理公事，拿著皇帝的勢劍金牌直往潭州來取白士中的首級。譚記兒聞知，毫無懼色，胸有成竹，打定了對付楊衙內的主意。中秋之夜，她喬扮爲漁婦，駕著一葉扁舟，以切鱠獻新爲名來到楊衙內的船上。在望江亭上，她用對詩和對對聯等手段，盡情地把淫棍楊衙內捉弄一番，把他灌得爛醉，然後賺得勢劍和金牌，粉碎了楊衙內的毒計，保全了丈夫白士中，保衛了她的愛情。譚記兒在和楊衙內對詞時特別指出：「有這等倚權豪貪酒色濫官員，將俺個有兒夫的媳婦來欺騙。他只得強拆開我長攙扶的連理枝，生擺斷我顫巍巍的並頭蓮，其實負屈銜冤，好將俺這窮百姓可憐見。」可見，關漢卿筆下譚記兒這個形象，是代表千千萬萬「窮百姓」鳴冤叫屈的，她的鬥爭也是代表千千萬萬「窮百姓」出了氣的。

十七　唐明皇

即唐玄宗李隆基，生於西元六八五年，卒於七六二年，七一二—七五六年在位。在位期間曾有過「開元之治」的社會繁榮時期。後任用李林甫、楊國忠爲相，政治腐敗，且愛好聲色，社會混亂，爆發了「安史之亂」，次年逃往四川，太子繼位，被尊爲太上皇，後抑鬱而死。

作爲文學形象，唐明皇先後出現在唐代詩人白居易的長篇詩作《長恨歌》、元代雜劇家白樸的雜劇《唐明皇秋夜梧桐雨》，和清代作家洪昇的傳奇劇本《長生殿》中，以《長生殿》爲最好。寫唐明皇寵幸楊貴妃，任楊兄爲相，安祿山作亂，進攻長安，唐明皇倉皇出走，將士於馬嵬坡殺死楊國忠，迫楊貴妃自縊。唐明皇對楊貴妃思念至極，感動上蒼，使他們同登仙籙，終成連理。

作品中的唐明皇是一位與楊貴妃有著眞摯愛情、這種愛情又給當時社會政治帶來嚴重後果的封建皇帝。他對楊貴妃的感情是從聲色之好到專寵再進而發展到生死不渝的愛情。他與楊貴妃密誓時說：「雙星在上，我李隆基與楊玉環，情重恩深，願世世生生，共爲夫婦，永不相離」，眞所謂「天長地久有時盡，此恨綿綿無絕期」。爲了表示對貴妃的愛寵，他不惜勞民傷財，不遠千里運來荔枝供其品嘗；當楊玉環被迫自縊身亡後，他痛心疾首，「恨不誅他肆逆三軍眾」，來祭他的愛妃。更有甚者，當唐明皇得知楊貴妃復歸仙籍之後，更是終日悲嘆「惟只願速離塵埃，早赴泉臺，和伊地中將連理栽」，表現出一個少見的忠實於愛情的封建帝王的形象。

但是，唐明皇在愛情上所表現的荒淫昏亂，又給人民生活和社會政治帶來嚴重後果。爲了給楊貴妃進荔枝，驛馬踩壞了莊稼，踏死了人；爲了討楊貴妃的歡心，他重用楊兄，使楊國忠「外憑右相之尊，內恃貴妃之寵」，明目張膽地「納賄弄權」、「賣官鬻爵」，最終導致社會的動亂。而這種政治形勢的逆轉，又促成了他們的愛情悲劇。並且，作爲封建帝王的唐明皇，生活極端奢侈靡爛，他與虢國夫人的偷情等，都明顯地表現出他玩弄婦女的腐朽思想。

十八　楊貴妃

即楊太眞，小字玉環。蒲州永樂（今山西永濟）人。生於西元七一九年，卒於七五六年。初爲唐玄宗之子壽王瑁妃，後入宮得玄宗寵愛，封爲貴妃。其兄楊國忠官至右相，政事敗壞，安祿山叛亂，即以誅楊國忠爲名。時玄宗攜楊貴妃逃至馬嵬坡（今陝西興平西），將士殺楊國忠，楊貴妃也被縊死。

作爲文學形象，楊貴妃先後出現在唐代詩人白居易的長篇詩作《長恨歌》、元代雜劇作家白樸的雜劇《唐明皇秋夜梧桐雨》和清代作家洪昇的傳奇劇本《長生殿》等多部作品中，其中以《長生殿》最具有代表性。該劇寫楊貴妃與唐玄宗的愛情悲劇，並聯繫他們的愛情生活，反映封建社會複雜的矛盾鬥爭。《長生殿》中的楊貴妃，是一個處在封建社會最高統治階層、與唐玄宗有著誠摯愛情，最後又成爲唐玄宗的替罪羔羊的悲劇人物形象。楊貴妃進宮之初，唐玄宗對她還只是聲色之好，而在貴妃的深情感動下，才漸趨專一，最終成爲堅貞的生死不渝的愛情。他們從「定情」開始，到「密誓」爲感情升華的轉折點，「埋玉」則表明愛情又上升到一個新的高度。在這種生離死別的情景中，她對唐玄宗沒有一點怨恨，而只是難捨難離。她說：「是前生事已定，薄命應折罰。望吾皇急切拋奴罷，只一句傷心話……痛生生怎地捨官家」，「我一命兒便死在黃泉下，一靈兒只傍著黃旗下」。在作者的筆下，楊玉環、唐玄宗這種感天動地的愛情終於感動了天地鬼神，最後讓他們同登仙籙，升入天宮，得到一個永久團圓的結局。

楊玉環和唐玄宗的愛情悲劇是發生在安史之亂的大背景下的，雖然作者有意避免了她與壽王、安祿山的關係，但在「女色亡國」、「逞侈心窮人慾」必然造成禍亂的思想指導下，楊玉環理所當然的成爲唐玄宗政治失敗的替罪羊了。安史之亂，將士們遷怒於楊家，楊玉環被縊死。即使在她死後，作者還要她進行懺悔，只有在懺悔之後才讓她和唐玄宗重逢。這說明即使像楊玉環那樣處於社會頂層的封建社會婦女，渴望愛情生活的理想也是不可能實現的，只有到天宮中才能永結連理。另外，作品中還有關於楊玉環奢華生活以及她對梅妃、虢國夫人的嫉妒、疑慮等描寫，這對於作爲帝王之婦和追求專一愛情的她來說是可信的，也是可以理解的。

十九　張羽

元代雜劇《沙門島張生煮海》中的人物。寫書生張羽和龍女瓊蓮「一見鍾情」，相約爲夫婦，未能如願，後在毛女仙姑幫助下，煮沸大海，制服龍王，迫使他送出女兒，得成婚配。

張羽本來是一個志誠老實的青年書生，但爲了愛情，他進行了熱烈而執著的追求，並向象徵著封建統治勢力的東海龍王進行了堅決的鬥爭。在龍女聽琴與他一見鍾情後，他省悟到聽琴的龍氏三娘原來是個龍女，她的父親就是十分兇惡的東海龍王時，仍不負約，仍然努力追求她，並急不可待地追到海邊，尋找龍女的蹤跡。當他得到毛女仙姑送給他的三件寶物——一只銀鍋、一枚金錢、一把鐵杓，就急匆匆舀起海水煮了起來，整個大海隨鍋裡水的沸滾而沸滾了起來時，石佛寺長老勸他停止煮海，他說：「老師父你不要管我，你且到別處化緣去，若那夜女子不出來呵，我則管煮哩。」表現了張羽對瓊蓮的痴情和不達目的誓不罷休的鬥爭精神。但作品中把張羽和瓊蓮單純、眞摯的愛情，說成是金童玉女在瑤池會上「思凡」的「宿債」，塗上了一層「神仙道化」的色彩，這使張羽的典型意義和作品的積極意義受到一定影響。

二十　趙氏孤兒

我國著名歷史悲劇《趙氏孤兒大報仇》中的人物。該劇爲元代雜劇作家紀君祥所作。演述春秋時晉國權臣屠岸賈與趙盾兩個家族的矛盾鬥爭。春秋晉靈公時，武將屠岸賈專權跋扈，與文臣趙盾不和，多次設計相害，殺了趙盾一家三百口，只剩趙朔的妻子，因是晉國公主未被殺害。公主在囚禁中生下趙朔的遺腹子——趙氏孤兒趙武，不滿一月，屠岸賈得到消息，要斬草除根。趙家門客程嬰與罷官歸老的趙盾好友公孫杵臼，定計救出趙武，由程嬰撫養成人，最後報了冤仇。

《趙氏孤兒》雖然反映的是封建統治階級內部的矛盾鬥爭，但圍繞趙氏孤兒的命運展開的「搜孤救孤」鬥爭，卻構成了一部正義與殘暴兩種力量鬥爭的壯烈悲劇。程嬰面對屠岸賈「有盜出孤兒者，全家處斬，九族不留」的榜文，從嚴密監守的公主府中捨命把趙氏孤兒帶了出來。富有正義感的屠岸賈部將韓厥，放走程嬰與孤兒，並自刎身亡以取信於程嬰。殘暴的屠岸賈聞知孤兒逃走，又要「把晉國內凡半歲之下，一月之上新添的小廝」，全部殺害以滅絕趙氏後代。程嬰爲報趙朔平素之恩並救晉國小兒的性命，和公孫杵臼商議，一個犧牲了自己的親生骨肉，一個獻出了自己的生命，終於救出了趙氏孤兒。程嬰救孤的最初目的是爲了「知恩報恩」，後來又加上「要救晉國小兒性命」，決定把自己的孩子扮作趙氏孤兒，並要求公孫杵臼告發他，以父子的死來救孤兒。而「曾與趙盾名爲刎頸交」的公孫杵臼，爲了「見義不爲非爲男」，寧願自己犧牲，讓較年輕的程嬰來撫養孤兒。這充分顯示了程嬰、公孫杵臼、韓厥的高貴品質和視死如歸的鬥爭精神。這種爲了正義，爲了幫助被迫害的弱者，爲了反抗強暴的所作所爲是符合人民意願的，是一種進步的道德思想的反映，在一定程度上也是人民思想的反映。但作品過多地渲染程嬰的報恩思想，有損於這個人物形象的光輝。

二十一　包拯

北宋廬州（今屬安徽合肥）人，字希仁。宋仁宗時任監察御史，後任天章閣待制、龍圖閣學士，官至樞密副使、權知開封府時，以廉潔著稱，他執法嚴厲，鐵面無私，不畏權貴。作爲文學形象，包拯最早出現在元代公案戲《包待制陳州糶米》中，以後成爲歷代作家創造的題材。《陳州糶米》爲無名氏所作，劇情大致是：「陳州亢旱三年，六料不收，黎民苦楚，幾至相食」。宋仁宗欲派人開倉救濟，劉衙內趁機保舉兒子小衙內和女婿楊金吾承擔此任。他們到陳州後，採取抬高米價，給米裡摻泥土，用小斗量米，大秤進銀等方法剋扣賑糧，引起人民的憤怒和反抗。剛直的張𢙇古同他們辯理，被小衙內用皇帝新賜的紫金錘打死。小𢙇古進京告狀，經包公查明案情，秉公審理，處死小衙內，爲人民報了仇。

在文學作品中，包公是作爲人民理想的清官化身而出現的。當他知道了小𢙇古的冤情後，慨然要爲人民伸冤，與權豪們作「敵頭」。當他接受了到陳州考察安撫的任務時，則表示「偏和那有勢力的官人每卯酉」，「與那陳州百姓分憂」。他私訪民間，了解案情，用智謀先斬了楊金吾，再讓小𢙇古用紫金錘打死小衙內，又利用劉衙內請來的「只赦活的，不赦死的」的皇帝赦書，赦免了小懺古。戲中的包公並沒有被神化，而是一個有血有肉，有眞實情感的人物。他已經「把那爲官事都參透」，知道在那樣黑暗的社會裡，清官不好做，許多賢臣良將屈死的事例，使他感到「爲官不到頭」的威脅，內心充滿著矛盾，覺得「不如及早歸山去」，也想「從今後不干己事休開口」。這說明包公並不是不懂世路而橫衝直撞的人。但當他看到現實生活中，權豪們飛揚跋扈，而百姓們受苦受難，同時人民對他寄託了很大希望時，又堅決地要掃除「打家的強賊」，爲民除害伸冤，使人感到可親、可敬、又可信。

元朝時期，社會政治黑暗，司法腐敗，道德墮落，人民在民族壓迫和階級壓迫的情況下，生活十分艱難。包公的形象說明了人民的希望和精神的寄託，包公作爲正義的象徵，也就成爲理想化的清官了。

二十二　岳飛

清代錢彩編次、金豐增訂的《說岳全傳》中的中心人物。歷史上實有其人，是南宋著名抗金將領、愛國英雄。《說岳全傳》在元明兩代編寫的取材於岳飛事跡的雜劇、傳奇和小說的基礎上，塑造出岳飛這樣一個忠君報國的民族英雄形象。小說寫岳飛降生三天後就遇黃河發水，母親抱著他在一個大水缸中倖免於難，母子二人被河北大名府的王員外收留。岳飛七歲，母親教他讀書，因家境貧寒，只能用楊柳枝作筆在沙土上寫字。關西人周侗發現岳飛虛心好學、抱負不凡，收他爲義子，傳授武藝。岳飛十六歲時到汴京參加武科考試，小梁王柴桂給丞相張邦昌送禮以求奪魁。可是，在校場比武時，岳飛以高超的技藝槍挑小梁王，觸犯了權勢，不得不逃出汴京。不久金兵攻進中原，包圍汴京，擄走徽欽二帝。在王淵建議下，宋高宗起用岳飛爲統制。岳飛作爲先行官率軍在六盤山與金兵會戰，首戰告捷，用八百士兵殲滅金兵三千餘人；而後又在青龍山和愛華山大敗金兵，把金兵趕回北方。金兵捲土重來，又組織了兩次大規模的進犯，牛頭山之戰和朱仙鎭之戰扣人心弦，最後宋軍大獲全勝。《說岳全傳》通過上述一系列戰爭，成功地塑造了傑出的指揮官和抗敵英雄岳飛的形象。他勇敢、倔強、耿直、胸懷開闊、正氣凜然，始終銘記母親在他背上刺的「精忠報國」四個字。他有著卓越的指揮才能，戰前親自觀察地形，周密計劃，出奇制勝，以少勝多；他置個人生死於度外，在戰鬥中身先士卒，在危難關頭一馬當先、力挽狂瀾；他軍令嚴明，且能體恤士兵。因此，岳家軍威名遠揚，使敵軍聞風喪膽。岳飛深深爲人民所愛戴。爬上丞相高位的內奸秦檜以「莫須有」的罪名用十二道金牌召回岳飛，並嚴刑拷打，最後把他勒死在風波亭上。岳飛之死也反映出他的愚忠思想，但作者對此也加重描寫，並給以頌揚。岳飛入獄，張保探監，要他越獄，他拒絕了，張保當場自盡，他放聲大笑，說：張保爲「義」而死，我們「忠、孝、節、義四字俱全了」。岳飛怕死後諸弟兄造反，壞了忠名，寫信安撫；又恐怕岳雲、張憲對抗殺頭聖旨，先將兩人綁上，再去接旨。這些描寫露骨地宣揚了封建道德，客觀上適應了清王朝加強思想統治的需要。

二十三　趙五娘

元朝末年南戲《琵琶記》中的人物。劇本爲高明所作，取材於民間傳說「趙貞女蔡二郎」的故事。故事寫蔡伯喈赴京應試，妻子趙五娘在家侍奉公婆，蔡在京中了狀元，招贅於牛相府中。

家中遭遇饑荒，二老餓死，五娘一路彈唱琵琶詞行乞，到京師尋找親夫，由於牛氏的幫助，終於和蔡伯喈團圓。

趙五娘是封建社會被壓迫婦女的典型形象。她溫順善良，既賢又孝，她對丈夫有著深厚的愛情，生活上不羨慕榮華富貴，因此不贊成丈夫上京趕考。但當丈夫迫於父命去了之後，她把自己的憂慮和痛苦都藏在心底，毅然擔負起獨自持家養親的重擔。她典盡了自己的衣衫首飾，勉強支持一家人的生活。爲了公婆，她「含羞忍淚」去「請糧」，拜求爲非作歹、兇惡如盜的鄉官。她盡最大的可能關懷侍奉公婆，而自己背地裏吃糠充飢。爲了埋葬死去的公公，她剪下青絲，沿街叫賣，麻裙包土，自築墳臺，最後她畫下公婆的遺像，背著琵琶，一路賣唱求乞，上京尋夫。趙五娘的經歷充分體現了我國婦女在惡劣的生活條件下，自我犧牲、捨己爲人的寶貴精神和善良、勤樸、堅忍、盡責等傳統美德。當然，在最困難的時候，趙五娘也絕望過，她想去投井，可是一想到丈夫，想到年老的公婆，想到自己的責任，她又堅持活了下來。這更顯示了趙五娘身上傳統美德的光輝，也更使人們對她的悲慘命運感到深切的同情。

趙五娘是封建主義社會的孝婦，也是封建禮教的犧牲品。最後大團圓的結局也不能彌補她精神上的創傷，她也並沒有贏得眞正完整的愛情。但她寬恕了丈夫的所作所爲，這一方面表現了她的淳厚、善良的品德，另一方面也表現我國婦女在封建禮教壓迫下被扭曲的性格。

二十四　杜麗娘

我國明代著名戲劇作家湯顯祖的傑作——《牡丹亭還魂記》中的人物。杜麗娘是太守杜寶的女兒，她聰明美麗，雖在舊禮教的束縛下，仍充滿青春活力，渴望理想的愛情生活，在夢中與書生柳夢梅結合，從此就追求這夢中的情人，經過生死不渝的鬥爭，終於結成夫婦。

杜麗娘是封建禮教叛逆者的典型形象。她出身於名門宦族之家，從小就受到嚴格的封建教育，具有大家閨秀穩重，矜持，溫順的外部特徵，但由於封建家庭生活上的束縛、單調，不能不使一個正在成長的青春少女感到苦悶，而《詩經》中的愛情詩又喚起了她青春的覺醒，因此，她埋怨父親在婚姻問題上太講究門第，以致耽誤了自己美好的青春。春天的明媚風光，也刺激了她要求身心解放的強烈感情，她一面悲嘆青春的虛度、個人才貌的被埋沒，一面執著於自由、幸福的追求。她說：「這般花花草草由人戀，生生死死隨人願，便酸酸楚楚無人怨」。她不滿於自己的處境，卻找不到這種痛苦的根源，她憧憬著自己的理想，卻找不到它的出路。這樣，就只有把自己的理想寄託於偶然在夢裡出現的書生柳夢梅身上。夢中獲得的愛情，更加深了她對幸福生活的要求，她要把夢境變成現實，「尋夢」正是她反抗性格的進一步發展。當在現實裡尋不到夢中的愛情時，她感到空虛和悲哀，終於憂悶而死，但她的游魂還和柳夢梅相會，繼續著夢中的美滿生活。這時的杜麗娘，已完全擺脫了封建禮教的束縛，在愛情生活中表現出更加大膽、執著的追求。她不滿足以游魂來和情人一起生活，她要求柳夢梅挖掘她的墳墓，讓她復生，為情人而死去，也為情人而再生，為理想而犧牲，也為理想而復活。經過生死不渝的鬥爭，終於結成夫婦。

明代是封建統治階級推崇程、朱理學，提倡「女德」最嚴重的時期之一，作者通過杜麗娘的「情」與封建社會的「理」的衝突矛盾，揭示封建禮教對婦女的摧殘。杜麗娘由夢生情，由情而病，由病而死，死而復生。這種出生入死的愛情，表現出強烈的個性解放要求，也是對封建禮教的反叛。當然，杜麗娘並沒有完全擺脫封建倫理觀念的影響，當她回生之後，還是想以「父母之命，媒妁之言」來完成和柳夢梅的婚姻，她鼓勵丈夫獲取功名富貴，也包含著促使父親承認他們婚姻的意思。這種時代特徵是完全符合情理的。

二十五　況鍾

明末清初人朱皠在《十五貫》傳奇中所塑造的一位清官形象。況鍾實有其人，《明史》本傳說他「剛正清廉、孜孜愛民。」他昭雪雙熊，也確有其事。《況太守集》說：「有熊友蘭、友蕙兄弟冤獄，公爲雪之，闔郡有包龍圖之頌。」朱皠的《十五貫》，就是將歷史上實有其人其事的況鍾，作了藝術描繪。在情節上，熊友蘭同蘇戌娟的冤案，是將宋人話本《錯斬崔寧》（馮夢龍《醒世恆言》題作《十五貫戲言成巧禍》）改造而來的；熊友蕙同侯三姑的冤案，是借用《後漢書》李敬於鼠穴中得繫珠璫珥的故事敷衍而成的。作者把這兩樁冤案用雙線結構，錯綜複雜地交織在一起，從「奇」從「巧」著筆，來描寫人物。

雙熊冤獄是山陰縣令過於執造成的。過於執也「決意要做清官」。然而在他身上積澱著封建官吏的普遍性惡習：即不深入調查，單憑一面之詞、表面現象，主觀臆測，隨意判罪。因此將二熊及侯三姑、蘇戌娟四人判爲死罪。況鍾爲蘇州太守，被委派監斬。只要他大筆一揮，就要送掉四個人的性命。臨刑前夕他在審訊中憑著清醒的推理，發現了他們的冤情。這個案件並非由他負責，只是由他執行監斬的任務。然而他感到「一筆千鈞」，不能錯斬無辜。於是冒著風險，深夜趕到都堂轅門，向巡撫周忱陳請乞命，執意要求爲小民雪冤。這樣便觸怒了周忱，斥責他「獨抗天條」，妄自尊大。況鍾爲了保全無辜，仍不退卻，逼得周忱不得不讓他去清查此案。況鍾在半個月的期限內，不辭勞苦，化裝成算命先生，深入民間調查研究，終於把冤案查得水落石出，捕獲了眞正的兇犯婁阿鼠，昭雪了熊氏兄弟等四人。

作者是在尖銳複雜的矛盾衝突中來刻畫況鍾這一形象的。在況鍾這個人物形象身上，作者賦予他以封建社會清官的優秀品質。他不僅有豐富的辦案經驗和才幹，而且有敢於向上司犯顏直抗的膽識和勇氣；不僅有深入調查，實事求是的作風，而且有體恤小民，不惜「一官勾抹」的正義和良心。也因此，這個形象寫得血肉豐滿，成了受滿城百姓歡呼的「況青天」。

況鍾的形象反映了勞動人民在當時吏治腐敗、被任意屠殺的社會條件下，轉而幻想有清官出現，拯救他們於水深火熱之中的強烈願望。

當然，況鍾作爲一個封建社會清官的形象，也不可能超越歷史的局限，他「孜孜愛民」目的是爲了「不使朝廷元氣刪」，也就是說最終是爲了鞏固封建統治。此外，他還宣揚因果報應宿命論，表現了這個形象迂腐的一面，但唯其如此，才使這個形象具有歷史的眞實性。

二十六　周順昌

明末清初傳奇作者李玉在《清忠譜》中所塑造的一位清廉剛直、嫉惡如仇、不畏強暴的明王朝的忠臣形象。

明中葉以後，東南地區資本主義生產關係已經萌芽。這時政治腐敗，統治者派出大批宦官充任礦監稅使，到處搜括。天啓年間，宦官魏忠賢集團把持朝政，政治更加黑暗。他們是大地主反動保守勢力的代表。同代表統治階級下層開明進步的東林黨人構成了尖銳的對立。周順昌是東林黨人，對於閹黨頭子魏忠賢，表現出不與共天的態度，因此慘遭閹黨殺害。

李玉的《清忠譜》，就是根據周順昌和蘇州人民反對魏忠賢的迫害眞實的這一歷史事件而寫成的傳奇戲曲。戲曲一開始，作者就滿懷崇敬之情，用自白口吻，對周順昌的形象作了濃墨重彩的描繪：「勁骨剛堅，天賦冰霜顏面。守韮鹽，窮通不變。微宮敝屣，只留得淸風如剪。憂懷千縷，忠肝一片。」他雖身居吏部員外，但在大雪紛飛的冬天，家中連火爐也升不起。他用白酒生腐招待做了縣官的學生；他對受魏黨迫害的朋友，十分同情，十分關切。當東林黨人魏廓園遭貶之後，大家唯恐受牽連，不敢過問。他卻獨往江邊送行，並主動與之聯姻，把女兒許配給魏廓園家。當閹黨的爪牙慶賀魏忠賢生祠落成時，他衝入魏閹鷹犬群集的魏氏生祠，指著魏忠賢的像盡情揭露痛罵，表現了不畏權勢的錚錚勁骨。後來他被閹宦逮捕至京，受盡嚴刑酷打，仍然毫不屈服。他慷慨悲壯地表白：「痛我完身兒粉，幸我完心無礙，勁骨千磨不壞，塡胸正氣，直將厲氣沖開！」在魏忠賢親自審問的法庭上，他堅決不肯下跪。當面歷數魏閹罪惡，踢翻兩桌，舉枷毆打陪審他的「閹家惡犬，廠內豪奴」。在他被敲掉門牙之後，仍然奮起指罵，以致審問他的「惡犬」「豪奴」都嘖嘖稱嘆，再也不敢對他進行第二次審訊了。在他就義之前，仍然高呼：「魏忠賢、魏忠賢！……我周順昌生不殺汝，死作厲鬼，擊殺奸賊便了。」表現了至死不屈，氣貫長虹的英雄氣概。

《清忠譜》是我國戲曲史上第一部「事俱按實」的歷史劇，甚至有些細節都是有事實根據的。但是在對周順昌的形象塑造中也還是作了不少藝術加工，從多方面刻畫了他的高風亮節，使他的孤松傲雪的形象十分生動豐滿，感人至深。

《清忠譜》除了描寫周順昌同閹黨的鬥爭外，還描寫了蘇州人民聲援周順昌而同閹黨展開的聲勢浩大的鬥爭。作者成功地渲染了轟轟烈烈的群眾鬥爭氣氛，著意刻畫了市民顏佩韋等五人的英雄形象。這樣就把東林黨人的鬥爭同人民群眾的鬥爭緊密地聯繫在一起，進一步揭示出周順昌反閹黨鬥爭的正義性。

作者通過對周順昌這一人物形象的描寫，廣泛而深刻地反映了明末政治的腐敗，鞭撻了以魏忠賢爲首的反動勢力的專橫殘暴。表現了市民力量的興起以及其參與政治鬥爭的態度。

二十七　李香君

清代劇作《桃花扇》中的人物。該劇寫明代末年，閹黨餘孽阮大鋮爲了收買才子侯方域，暗中出錢讓侯結識秦淮歌妓李香君，侯李拒絕阮的政治勾結，阮就依附大學士馬士英的勢力，對他們進行迫害。清軍攻入南京後，侯李雙雙出家。

李香君是一個溫柔、聰慧，反抗性格十分突出，又具有鮮明政治立場的女性形象。她雖然身爲歌妓，卻有著正直剛強的性格和對國家的忠義堅貞。她和侯方域的結合，除了雙方在才華、容貌上的相互傾慕外，主要是建立在憎恨「魏家種」、支持復社的共同政治態度上。所以，當她知道阮大鋮出資收買侯方域的陰謀時，義正辭嚴責備侯方域的動搖，並把阮大鋮暗中爲她置辦的妝奩丟了一地，對侯說：「官人之意，不過因他助俺妝奩，便要徇私廢公，那知道這幾件釵釧衣裙，原放不到我香君眼裏！脫裙衫，窮不妨；布衣人，名自香」。她早已認清馬、阮反動集團的猙獰面目和醜惡的本質，憤怒地指責、痛罵馬、阮之輩給國家帶來的嚴重災難。阮大鋮得勢後，逼迫侯方域避禍遠離，李香君堅守妝樓，等待夫君。馬士英強迫她嫁給南朝新用的同黨官僚田仰，她誓死不嫁，不管是利誘，還是威脅，都毫不動搖，公開聲稱「奴是薄福人，不願入朱門」。並用侯公子贈予她的定情詩扇毆打逼嫁的人，最後更不惜「碎首淋漓」，血濺扇面，染下桃花血痕。這不僅是對堅貞愛情的追求，也挫敗了阮大鋮對復社文人進行報復的卑鄙企圖。

李香君的愛情生活是與國家興亡的命運緊密聯繫在一起的。南朝偏安朝廷，由於上層統治階級的荒淫無道和「魏閹餘孽」喪心病狂的爭權鬥爭，加速走向了滅亡。李香君的反抗和鬥爭雖屬正面力量，但微弱得可憐，最多只能一吐「胸中之氣」，最後還是不得不懷著亡國之恨，割斷情絲，和侯方域走上雙雙入道的消極道路。

二十八　杜十娘

明代作者馮夢龍編輯的《古今小說》「三言」中的《杜十娘怒沈百寶箱》中的人物。她是京城「教坊名姬」，為了擺脫非人的境遇，她迫切要求「從良」，適遇書生李甲，兩人情投意合。十娘憑用自己的機智，跳出了火坑。但在她和李甲回家的途中，李甲在金錢引誘和個人利害考慮下，將她賣給富商孫富。十娘義憤塡膺，痛罵孫、李，抱持寶箱，投江而死。

杜十娘是被壓在社會最底層、又熱烈追求眞誠愛情的婦女形象。她一旦相信了李甲的愛情，便與貪婪、殘酷的鴇母展開了種種鬥爭。取得勝利後，她滿懷希望能過上一個正常人的生活，並與李甲共議如何同李父周旋，以求容納她這個出身卑賤的兒媳婦。當李甲最後屈服於封建家庭的利益和金錢勢力，拿她和孫富作骯髒交易，自己眞誠的愛情被出賣時，她絕望了，冷笑一聲道：「爲郎君畫此計者，此人乃大英雄也！郎君千金之資，既得恢復，而妾歸他姓，又不致爲行李之累，『發乎情，止乎禮』，誠兩便之策也」。於是四鼓便起身梳洗，她「脂粉香澤，用意修飾，花鈿繡襖，極其華艷，香風拂拂，光彩照人」。於船頭之上，她痛罵孫富，展示百寶，並一一扔入江中。當李甲「不覺大悔」，抱持十娘慟哭時，她毫不留情地推開了他，最後以自己的死來維護了她對愛情的理想，不允許其受到半點玷污。杜十娘從自贖自身到投江自盡的過程表明，她不甘心被侮辱被損害的悲慘地位，幻想自己謀求出路，但又遭到悲慘的結局，這反映了當時社會底層婦女的覺醒，也揭露了封建勢力的反動本質，說明了封建社會婦女追求眞誠愛情和幸福生活的理想是不可能實現的。

二十九　穆桂英

這是明代流行的通俗小說《楊家將演義》中的一個女英雄形象。她出身草莽，生長在山東穆柯寨。像北朝民歌《木蘭辭》所歌頌的女英雄木蘭一樣，穆桂英也是一個武藝超群、能征善戰，尤其擅長騎射的女中豪傑。但穆桂英身上，還體現了一種令人讚嘆的獨特性格：無視封建禮教的束縛，熱烈而大膽地追求婚姻自由。當三關將領楊六郎之子楊宗保盛氣凌人地到山寨逞威時，穆桂英一箭射倒了他的坐騎，活捉楊宗保而去。她對楊宗保一見鍾情，不顧身分門第，逼迫楊宗保和她私定婚約。楊宗保之父楊六郎對此事大爲惱怒。爲了維護封建宗法和禮教，決定要轅門斬子。於是，穆桂英帶兵殺奔宋營，解救了楊宗保，並且擒捉了楊六郎，使楊六郎不得不承認這位敢說敢做、智勇雙全的媳婦。

穆桂英身上另一個令人難忘之處，是她報國殺敵、英勇無畏的精神。她歸順宋營之後，在抗擊遼兵的侵擾時，躍馬披甲，戰無不勝，特別是大破天門陣的戰鬥，更使她的形象光彩照人。後來，楊宗保死於抗擊西夏的戰爭中，穆桂英悲痛欲絕，但沒有心灰意冷，置國事於不顧。所以，當佘太君百歲掛帥，率領楊家十二寡婦征西時，穆桂英以五十的高齡，仍然擔任先鋒，深入險地，浴血搏鬥，終於擊退敵兵的侵擾，保衛了大宋江山。穆桂英這種敢於反叛禮教又勇於殺敵報國的形象，使她在眾多的楊門女將中尤其富有典型意義，成爲人民理想的化身和喜聞樂見的女英雄。

三十　劉備

我國第一部著名長篇章回歷史小說《三國演義》中的人物。即蜀漢昭烈帝，三國時蜀漢的建立者。生於西元一六一年，卒於二二三年。在位時間爲西元二二一年—二二三年。字玄德，涿郡涿縣（今屬河北省）人。劉備從小家中貧窮，與母親販鞋織席爲業。東漢末年，他起兵參與鎮壓黃巾起義。在軍閥混戰中，先後投靠公孫瓚、陶謙、曹操、袁紹、劉表等。後來他採用諸葛亮提出的聯合孫權討伐曹操的主張，於西元二〇八年，大敗曹操於赤壁，占領荊州，後又奪取益州和漢中，擴充了蜀漢的地盤，西元二二一年稱帝，定都成都，國號爲漢，年號章武。次年，在吳蜀彝陵之戰中大敗，不久病死。

小說中的劉備是一個明君的形象。他以解救國家的危難、報效國家、安定百姓爲自己的理想。他懂得「舉大事者必以人爲本」的道理，以寬厚、仁義之心來對待關羽、張飛、諸葛亮、趙雲等心腹，使他的集團成員內部始終保持互相信任，互相支持，忠心耿耿，出生入死的氣勢。而且，在新野他敗於曹操時，仍帶著十萬難民，艱難前進，一日只能走十里路，有人勸他拋棄難民，輕騎前進，免得被敵人追上，以致受到更大的損失。他斷然拒絕了這個建議，並派關羽保護難民。劉備不僅有愛民之心，而且有愛才之情。當徐庶的母親被曹操騙到許昌，曹操以假信騙徐庶時，劉備不願因挽留徐庶，而使其母受害。他說：「使人殺其母，吾獨用其子，乃不仁也；留之而不使去，以絕母子之道，乃不義也。吾寧死，而不爲不仁不義之事也」。他一方面不忍行不仁不義之事，放徐庶歸曹，另一方面又對徐庶戀戀不捨。「三顧茅廬」更是集中地刻畫了劉備禮賢下士的品德，表現劉備對賢才的愛慕與敬重。諸葛亮出山之後，劉備與其「食則同桌，寢則共榻，終日議論，心地開悅，共議天下之事」。在作者的筆下，劉備的政治企圖和實際活動卻在一定程度上符合人民的要求。劉、關、張「祭天地桃園結義」一節中，他們的共同誓言是「上報國家，下安黎庶」。他的德、操、言行的核心就是「仁義」二字，所以他獲得了人民的擁戴。

但是，劉備的形象缺乏眞實的社會基礎，這種好皇帝只是一個寄託了作者理想的人物，在現實社會中是不存在的。因此作品在表現劉備仁義、寬厚、愛民的時候，就給人以一種虛僞的感覺。正如魯迅在《中國小說史略》中所說：「欲顯劉備之長厚而似僞。」

三十一　諸葛亮

我國第一部著名的長篇章回歷史小說《三國演義》中的人物。諸葛亮生於西元一八一年，死於二三四年。我國著名的政治家、軍事家。字孔明。琅邪陽都（今山東沂南）人。隱居在鄧縣隆中（今湖北襄陽西），被稱爲「卧龍」，劉備三顧茅廬而出山，爲劉備事業的發達建立了卓越的功績。蜀漢政權建立後，任丞相。劉備死後他獨自支持蜀漢政權，勵精圖治，賞罰嚴明，推行屯田政策，使當地經濟、文化得到發展。後與魏司馬懿在渭南相拒，積勞成疾，病死於五丈原軍中。

在民間說唱中，諸葛亮是個半神半人的形象，《三國演義》把諸葛亮恢復到人的位置，塑造成一個豐滿的有血有肉的藝術形象。作者是把諸葛亮作爲一個賢相來描寫的，在劉備集團中的人物，諸葛亮的形象最爲突出，他是忠貞和智慧的化身。他有感於劉備的知遇之恩，對劉備竭盡忠誠，爲興圖霸業而奮鬥了一生。諸葛亮不僅有政治抱負，而且有經天緯地之才，他知識淵博，才華出衆，對政治、軍事、外交、天文、地理無所不能，文治、武治、對內、對外、用人、治事無所不精。他隱居隆中，便對天下大勢了如指掌；初見劉備就提出了三分天下的隆中對策；赤壁之戰，他孤身到東吳，在身處危境中舌戰群儒，爭取了強有力的同盟，貫徹了聯吳抗曹的戰略。以後在草船借箭、三氣周瑜、奪取荊州等過程中，都表現出超過曹操和周瑜的見識和才能。並且，作者是把諸葛亮無與倫比的智慧和他「鞠躬盡瘁、死而後已」的忠誠結合在一起的。劉備死後，他受命託孤，仍竭忠盡智地扶助後主，他七擒孟獲，六出祁山，憂國憂民，抗曹到底，謙恭謹愼，從不驕矜，以至於「扶病理事，吐血不止。」這就塑造出了封建時代人民所幻想的「賢相」的完善形象。諸葛亮所擁有的才能和品質是封建時代人民所希望於一個掌權大臣應具有的才能和品質。

諸葛亮一生未能完成統一全國的大業，「孔明秋風五丈原」一節寫諸葛亮的死，淒楚悲涼，他臨終時發出「悠悠蒼天，曷此其極」的悲嘆，這悲嘆聲是諸葛亮對自己悲劇性結局的感慨，也是作者發自心底的呼聲。諸葛亮所追求的政治理想反映了作者心中的嚮往，作者同情失敗的英雄，讚美他的功德，這本身也表露了作者對現實的批判。

三十二　曹操

我國第一部著名長篇章回歷史小說《三國演義》中的人物。即魏武帝。三國時著名的政治家、軍事家、詩人。字孟德，小名阿瞞，沛國譙（今安徽亳縣附近）人。生於西元一五五年，卒於二二〇年。東漢末年他靠著鎮壓黃巾起義，發展了自己的勢力。獻帝初年隨袁紹伐董卓，占據兗州，分化、誘降青州黃巾軍的一部分，編為「青州兵」。西元一九六年，迎獻帝遷都許昌，自己做了大將軍和丞相，成為北方的實際統治者。在此期間，他接受了農民起義的教訓，採取打擊豪強、抑制兼併等有利於發展生產的政策。在北方實行屯田制，興修水利，對農業生產的恢復有一定作用，並為整個中國的統一打下了基礎。同時他不拘一格唯才是舉，在自己國家聚集了一批人才；他精通兵法，著有《孫子略解》、《兵書接要》等書；他善詩歌，寫有《蒿里行》、《觀滄海》等著名詩篇，是建安文學新局面的開創者。西元二一六年，曹操被封為魏王。曹操死後，曹丕稱帝，追尊曹操為武帝。

《三國演義》作者筆下的曹操，是一個有思想、有性格的複雜而又生動的藝術形象。由於作者擁劉反曹的傾向性，小說中的曹操是一個「治國之能臣，亂世之奸雄」的典型人物。在「奸」和「雄」兩個方面，作者又突出了「奸」的描寫，使曹操成爲壞人和惡德的代名詞。

小說認爲，曹操自幼就具有詭詐機變的特點。提出「寧教我負天下人，休教天下人負我」的處世哲學。他在行刺董卓失敗後，在成皋以怨報德誤殺其父好友呂伯奢全家；由於軍中缺糧，他借管糧官王垕的頭來示衆以釋衆怒；爲防有人行刺於己，他裝作夢中殺人，殺死給他蓋被的衛士，後又厚葬死者，以顯仁義之心。這些都寫出了曹操的詭詐、殘忍和多疑。在君臣關係上，曹操更是殺后逼帝，窮兇極惡。但作者筆下的曹操又是一個「能安天下」的「命世之才」，「有包藏宇宙之機，呑吐天地之志」的政治家，具有遠見卓識和宏大的氣度。他睿爽多智，對時局和當時的人物有著精闢的見解；他善於用人，不計貴賤，所以能「文有謀臣，武有猛將」；他精通兵法，善於用兵。官渡之戰，聽取謀士的意見，燒掉了袁紹的軍糧，一舉戰勝了十倍於他的袁紹主力。總之，曹操的形象是封建統治階級中具有普遍性和典型化的形象，從他的身上，可以淸楚地看到貪慾和權慾如何主宰了封建社會中君臣父子、兄弟夫婦等關係，充分暴露了剝削者彼此之間掠奪成性、冷酷無情的眞面目，也可以看到他作爲「非常之人、超世之傑」的奇才大略，眞正是古今奸雄中第一奇人。

三十三　宋江

《水滸傳》所塑造的梁山泊義軍領袖形象。作爲義軍領袖的宋江，他有値得稱道的特點和品性：反對強暴，反對貪官污吏，同情人民疾苦。宋江在日常生活中能夠「濟人貧苦，周人之急，扶人之困」，因而被江湖上稱爲「及時雨」。生辰綱事發後，他「擔著血海也似的干係」營救過晁蓋等好漢；爲了維護和梁山的關係，還殺了情婦閻婆惜。宋江爲人精明練達，懂得鬥爭策略，並有相當廣泛的社會關係，上至官僚地主，下至江湖好漢，多和他有深厚的情誼。正由於這些長處，宋江能夠把梁山好漢緊密地團結在自己的周圍，以「替天行道」爲號召，連續取得了三打祝家莊、踏平曾頭市、兩贏童貫、三敗高俅等一連串輝煌勝利，沉重打擊封建勢力，震撼了封建統治的根基。

但是，在起義鬥爭的堅決性、堅定性上，宋江存在著嚴重的問題。他出身地主家庭，本身原是「刀筆小吏」，有著較濃厚的正統觀念和忠君思想，一開始加入起義隊伍就帶著動搖性、妥協性。在他看來，政治的黑暗是奸臣蒙蔽聖君的緣故。所以，他一面援救晁蓋等人，一面又認爲他們劫了生辰綱是「滅九族的勾當」，「於法度上卻饒不得」。宋江上梁山十分勉強，經歷了頗爲曲折的過程。大鬧清風寨後，他曾率領一幫好漢去奔梁山；一封父親病故的假書信，又使他拋下大隊人馬「飛也似」的回去奔喪，並順服地接受了官府的發配。在刺配江州的道上，他從忠孝觀念出發，拒絕晁蓋的援救。直到他在潯陽樓上酒後題了反詩，事發被判死刑，由梁山英雄救出，才不得不上了梁山。上山後他還是「權借水泊暫時避難」，只待朝廷招安，嚮往著日後「封妻蔭子，青史留名」。宋江這些妥協、動搖的思想行爲，終於將轟轟烈烈的梁山義軍引上了「受招安」的悲劇結局。

《水滸傳》在塑造宋江這一複雜、矛盾的形象中，也反映了作者世界觀的複雜和矛盾。小說一再稱讚宋江「有仁有義」、「忠義報國」，完全肯定他受招安的道路。但在具體描寫上，又渲染了梁山義士受招安後的種種悲憤遭遇，充滿了悲劇氣氛。這似乎對招安的道路又有所批判，而且客觀上也告訴人們，接受封建統治階級的招安是沒有好結果的。

三十四　李逵

明代著名長篇歷史小說《水滸傳》中的人物。綽號黑旋風。李逵的故事最早見於元雜劇《李逵負荊》等。在《水滸傳》中，李逵是一個革命性最堅定的勞動人民的典型形象。他出身貧苦農民家庭，因仗義殺人，被迫流落江州當小牢子。由於他處於社會的最底層，受壓迫最深，因此反抗也最強烈，革命最徹底。他始終像一團仇恨和反抗的烈火，一股掃蕩黑暗腐朽勢力的旋風。他忠於農民革命，立場堅定，愛憎分明，淳樸爽直，勇敢頑強。他上梁山非常主動，沒有絲毫勉強，當宋江提出上梁山的主張，他第一個響應，叫道：「都去，都去，但有不去的，吃我一鳥斧」。他對統治階級從來沒有幻想，什麼法律制度和官僚機構，什麼大宋皇帝的寶座，都不在他的眼下，一概給以嘲笑和蔑視。起義軍攻下壽張後，他徑入縣衙，穿上錦袍朝靴，升堂問事，把公人和原被告戲弄了一番。在剛上梁山時，他就提出了「殺去東京，奪了鳥位」的要求。這種徹底、堅定的反抗精神，導致了他堅決反對招安的行動。當宋江吟《滿江紅》詞，流露出招安情緒時，他便「一腳把桌子踢起，撕做粉碎，大叫道：『招安，招安，招什麼鳥安！』」後來朝廷派陳太尉來招安，他便把「聖旨」扯得粉碎。即使在宋江受了招安後，他還屢次要反上梁山。甚至在他死後，大宋皇帝還夢見他掄起雙斧迎面砍來，嚇出一身冷汗。

李逵對自己弟兄們和受苦的人民懷有深厚的感情，這是他徹底革命精神的另一種表現。宋江關在牢裡，他「寸步不離，早晚在牢裡服侍」。江州劫法場，他第一個赤條條地掄起板斧殺將起來；高唐州救柴進，又是他第一個隻身下井。這些充分顯示了農民出身的李逵對事業和勞苦弟兄們的忠誠，也使李逵的形象更加豐滿光輝。

李逵又有簡單、魯莽、不講策略等缺點。當他誤聽宋江強奪民女的消息後，便大鬧忠義堂，砍倒杏黃旗。當眞相大白後，立刻向宋江負荆請罪。他打仗勇敢，但又往往不分對象亂砍亂殺。三打祝家莊時，他不理睬宋江的分化政策，排頭砍去，殺了扈太公的全家，破壞了義軍的策略。這些缺點，對於一個農民英雄來說是難以避免的，也顯得眞實可信和可愛。

三十五　魯智深

施耐庵寫成於元末明初的《水滸傳》中的主要人物，一個來自社會下層，扶危濟困、反抗官府，最終投奔梁山義軍的農民英雄形象。原名魯達，綽號花和尙，出身下級軍官。在《水滸傳》中，魯智深是以打抱不平、見義勇爲的姿態出場的。他雖然身爲渭州經略府的提轄官，但實際上既沒有房地產業，也沒有老小家口，孤身一人，無牽無掛，所以顧忌最小，包袱最輕。因此，他不但熱心幫助素不相識的金老父女，而且主動向惡霸挑戰，三拳打死地頭蛇鎭關西。「禪杖打開危險路，戒刀殺盡不平人」，概括了他性格中的這一基本特色。在《水滸傳》中，作者通過不少陪襯人物來對比展示魯智深的形象特徵。在渭州，爲幫助賣唱的金老父女返回東京，魯智深拿出身上全部銀子仍不夠，便向同座的李忠借，李忠只拿出二兩而使他不滿退還。由李忠的吝嗇自私，表現出魯智深的慷慨好義，救人危急。在東京，他與林沖不過是萍水相逢。林沖的妻子被他人調戲，林沖舉拳要打，見對方是高俅的養子高衙內，先自手軟；魯智深卻毫不以爲然，帶著一幫人要懲治行惡者。這就以林沖的委曲求全反襯出魯智深的不怕官府權勢。在桃花山又借周通等人搶劫行人財物贈送而不受，反映出魯智深的正直、豪爽、豁達。雖然魯智深生性毛躁，但經過生活的磨煉，他的性格在粗豪之中明顯增添了精細。例如他未料到僅三拳二腳就打死了鄭屠，便故意罵鄭屠裝死，拔步就走，避開官府捉捕。林沖發配後，他識破了高俅設下的毒計，沿途跟蹤，在野豬林救下林沖。魯智深見義勇爲，敢於反抗邪惡勢力，深受我國人民喜愛。

三十六　林沖

施耐庵寫成於元末明初的《水滸傳》中的主要人物，他從一個封建統治的依附者，一變而爲革命的英雄，在逼上梁山的眾多英雄中，是一個頗有典型意義的形象。林沖原是東京八十萬禁軍教頭，屬社會中上階層。雖然他有不甘屈辱的英雄本色，有「空有一身本事，不遇明主，屈沈小人之下」的悶氣。但是，教頭的地位，優厚的待遇，舒適的家庭，美麗的妻子，這種種條件形成了他安分守己、怯於反抗的性格。這在他出場時，與娘子到岳廟燒香的遭遇中突出地表現出來。有人明目張膽地調戲他的妻子，這在他這樣身分的人來說，是不可容忍的奇耻大辱。林沖本要大打，但跑近一看，那人竟是高太尉的義子高衙內，先自手軟了，又極力勸阻魯智深訴諸武力，他要保住飯碗和身家地位，只能大事化小、忍氣吞聲。但這卻助長了高衙內的醜行惡爲，他收買陸謙，再次污辱林沖娘子；接著高太尉又出面支持兒子，設下毒計陷害林沖，並將林沖刺配滄州；

林沖被迫給娘子寫了休書，娘子自縊而死。這位安分守己、忠實善良的武教頭弄到家破人亡、性命難保的地步，還是逆來順受、再三容忍。爲秉承高太尉之命對自己下毒手的董超、薛霸向魯智深討饒；甚至被貶斥到大軍草料場時，還想修屋苟安下來，絲毫不想與統治者決裂。最後，陸謙火燒草料場，並要拾其焚後遺骨回去討賞，他被逼到絕境之時，才忍無可忍，吐出長期積壓心頭的冤氣，奮起怒殺仇人，斷了重返統治營壘之路，才徹底反叛，投奔梁山。林沖的轉變過程突出反映出封建統治因其罪惡日甚而分化瓦解的態勢，林沖上梁山後，又火併了妒賢嫉能的王倫，爲梁山反抗事業的發展，掃清了障礙，增添了力量。正因爲他與高太尉之間有著如此這般的血海深仇，所以在招安問題上才有清醒的認識，成爲義軍隊伍中比較堅定的骨幹，成爲革命的英雄。林沖形象的塑造，對體現統治政權的崩潰和農民義軍的壯大，都有特別重要的意義。

三十七　武松

施耐庵寫成於元末明初的《水滸傳》中的主要人物，在那些出身於下層人民的英雄行列中是一個很有特色的形象。綽號行者，排行第二，人稱武二郎。景陽岡打虎除害，鬥殺西門慶，醉打蔣門神，大鬧飛雲浦，血濺鴛鴦樓，在武松這些經歷中充滿著英雄傳奇的色彩。他武藝高強，秉性剛烈，對於社會上的惡勢力和不義行爲敢於堅決鬥爭，表現出強烈的硬骨頭精神，堪爲力與勇的典型，由此而深受人民群眾的喜愛。但是，較之李逵、魯智深，武松帶有較多城市小私有者的思想意識。景陽岡打虎，他不肯示弱、後退，不肯乞求於人，不愧是一條血性漢子，然而這裡面隱含著明顯的個人意識。他是把酒家的「忠言當惡語」，賭氣上山；縣衙門的榜文證明此山確實有虎，他又怕被「恥笑」，硬著頭皮往前走。打死老虎後，他在兩個獵戶面前，在本處一個上戶人家的草廳上，在陽穀縣衙門的大廳前，三番五次地說自己「那打大蟲的本事」，自鳴得意之態可見。正因爲喜歡炫耀自己，他容易受蒙蔽、被利用。陽穀知縣重用他，提拔他爲步兵都頭，他便飄飄然起來，忠實地爲知縣把那些「不義之財」送到東京。爲大哥報仇，他殺死了兇手潘金蓮和西門慶，後又去陽穀縣衙門投案自首，仍對知縣抱有幻想。醉打蔣門神一舉，固然有打抱不平的一面，但主要是爲了報答施恩的知遇之恩。被張都監收爲心腹後，更爲小恩小惠所感，以至吃了大虧，差點把命都送了。從這些事例可見，在武松的思想深處，還有著較強的封建倫理意識和私人恩仇觀念。血的教訓，使武松對封建統治者的眞面目逐漸加深認識，反抗也隨之愈加激烈，飛雲浦和鴛鴦樓的火併，把他長期積壓在胸中的仇恨全部爆發出來了，終於走上了團結起義的道路。在日後長期的鬥爭中，革命意識逐漸堅定，成爲堅決反對招安的英雄之一。

三十八　西門慶

明代長篇小說《金瓶梅》的中心人物，一個生活糜爛、手段拙劣、本性貪婪的奸商形象。西門慶「原是清河縣一個破落戶財主」，開了一家生藥鋪。他善於投機鑽營，結納黨羽，串通官吏，因此「滿縣人都懼怕他」。他與潘金蓮勾結成姦，合謀害死潘的丈夫武大，又買通各級官吏，使武大沈冤莫白；他娶了寡婦孟玉樓，獨占了孟的全部嫁妝、錢財；他看到結義兄弟花子虛的妻子李瓶兒貌美富有，於是勾引並霸占了李瓶兒，使花子虛鬱鬱而死。當西門慶發現自己原先的後臺提督楊戩倒臺時，便轉而投靠太師蔡京，送去大量錢財，當上了山東提刑所的理刑副千戶。就這樣依靠結親、行賄、鑽營，地位越來越高，鄰府、鄰縣和碼頭、稅關的官員都和他串通一氣，本地管皇莊、木、磚廠的宮廷太監也和他不斷地宴會往來。他一邊做官，貪污行賄，一邊經商，大發橫財。又因爲是蔡京的乾兒子，提升爲正千戶提刑官，同朝廷、地方各級官吏完全結爲一體，聚斂財富，無惡不作，最後在極端荒淫、無恥的生活中死去。西門慶這個典型人物，是明中葉以來商品經濟高度發展，資本主義開始萌芽，封建統治階級更加腐朽沒落的現實基礎上產生的。西門慶依靠封建權勢進行瘋狂的占有和掠奪，表現出剝削階級的貪婪本性，反映出明中葉以後封建統治勢力市儈化的新特徵。可以說，投機奸商、土豪劣紳、貪官污吏集中於他一身。小說對西門慶罪惡行徑的描寫，洋溢著強烈的現實生活氣息，使讀者看到了那個罪惡的世界裡，如何滋生和活動著一群病態畸形的醜類。

三十九　潘金蓮

《金瓶梅》中貫串全書的重要人物，小說書名首字的「金」就是指潘金蓮，一個淫蕩、墮落而又狠毒的女性形象。她本來的身世較苦，是裁縫的女兒，因家貧無法生活，九歲便被賣到王招宣府裡。但她聰明伶俐，在府裡學會了描鸞刺繡、品竹彈絲，尤擅一手琵琶。她長得十分漂亮，「臉襯桃花，眉彎新月」，招人喜愛。王招宣死後，她又被賣到土財主張大戶家裡。在受盡張大戶的奸辱及主家婆的苦打之後，最後賣給五短身材的武大郎爲妻，過著寂寞、單調的生活。至此，潘金蓮作爲一個無辜的、身不由己的婦女，她的可悲的命運還是值得同情的。但是，隨著小說情節的推進，潘金蓮所牽連的三條人命，導致了她的人性不斷向惡的方面演變和發展。她爲了和西門慶過花天酒地的荒淫生活，在其指使下害死了丈夫武大郎，得以到西門慶家中爲妾。爲了爭寵和縱慾，潘金蓮又借助西門慶、孫雪娥一步步巧設毒計，逼得西門慶的寵妾宋蓮蓮自縊身亡。接著，潘金蓮越來越大膽，不但氣死、逼死另一寵妾李瓶兒，還將剛出生不久的無辜小孩扼殺在搖籃。至此，潘金蓮完全墮落了，她已經毫無人性，成爲沒有一點人類情感的兇殘動物！不過，潘金蓮除掉了李瓶兒這個爭寵的絆腳石之後，並沒有給她帶來多少好運。不久，西門慶縱慾身亡，潘金蓮失去靠山，地位也就急轉而下，終於被西門慶的正妻吳月娘變賣出去了。最後，武松爲了復仇，將潘金蓮剜心血祭武大亡靈，結束了她可恥可鄙的一生。

《金瓶梅》的作者不愧爲大手筆，他對潘金蓮形象的塑造，不像某些平庸小說那樣只是靜態地鋪敘人物一生，而是將她放在多重的、複雜的家庭關係網絡中，富有層次地展現她逐漸演化的性格風貌及其不可避免的悲慘結局。因此，我們固然應該嚴厲譴責潘金蓮的荒淫和狠毒，應該唾棄她那種畸形的縱慾追求，但同時更要憎恨那個把她推上這條人生之路的腐敗黑暗的社會！

四十 孫悟空

明代吳承恩所撰《西遊記》的中心人物。在小說的前七回中，他是一個帶有魔幻色彩的、爭取自由、破壞既定統治秩序的反抗英雄的典型形象。他從一塊大石裡生長出來，即驚動了天庭地界。他不滿足於花果山自由自在的生活，爲了主宰自己的命運，翻山過海去尋師訪道，練就一身本領，而後大鬧龍宮，討得天河定底神珍鐵（金箍棒）爲武器，又大鬧地府，用筆抹掉生死簿上所有猴屬的姓名。於是龍王和閻王就上告天庭，要求玉皇大帝嚴懲孫悟空。太白金星想出招安之計，把孫悟空騙到天宮，用弼馬溫這個小小官職加以管束。孫悟空發現受了捉弄，「不覺心頭火起，咬牙大怒」，手舞金箍棒，一路打出南天門，回到花果山，乾脆豎起「齊天大聖」的大旗。玉皇大帝派遣天兵天將征討又被他打得落花流水。狡猾的太白金星再次玩弄招安把戲，用一個「有官無祿」的空銜來安撫他，他再度進入天宮。蟠桃會未邀請他，他闖入瑤池，偷喝玉液瓊漿，香醪佳釀，索性連李老君五個葫蘆裏煉就的金丹也偷吃了，再一次把天宮攪得一場糊塗。玉皇大帝惱羞成怒，定要捉拿孫悟空歸案，但他的天兵天將卻無能爲力。最後請來如來佛，如來把孫悟空騙到手掌上，一翻至下，手掌化作五行山，把孫悟空壓到了山下。小說前七回的大鬧天宮等故事，是以風起雲湧、此伏彼起的農民起義和農民戰爭作爲現實基礎的，因此具有充沛而激烈的戰鬥熱情，塑造出孫悟空這個英勇頑強的叛逆形象。孫悟空被壓在五行山底下的描寫，與吳承恩的封建正統觀念、宿命論思想有關，在客觀上反映了農民的反抗鬥爭無法改變封建統治的社會制度。

小說從十三回後轉入取經故事的描寫，取經的歷程實際上也是孫悟空的戰鬥史。作品著力描寫他發揮高度的勇敢智慧，同各種各樣阻撓取經的妖魔作鬥爭，表現了百折不撓的頑強意志，以及掃蕩邪惡勢力，征服自然災害的巨大魄力和堅定信念，以及詼諧風趣的樂觀精神。孫悟空是我國人民喜愛的、具有浪漫主義色彩的英雄形象之一。

四十一　王冕

清代吳敬梓所著長篇小說《儒林外史》中的人物，是當時社會中不可多得的優秀知識分子形象。王冕歷史上實有其人。明朝初年宋濂所寫《王冕傳》中記載：元末詩人王冕曾經屢次應舉不中，而後到北京，在蒙古族大官僚泰不花（祕書卿）家裡當食客，泰不花十分器重王冕，要舉薦他做官，被他拒絕。王冕回南方後預言天下即將大亂，攜帶妻子兒女隱居在九里山中。吳敬梓沒有嚴格按照歷史記載來寫王冕。在小說中，王冕出身田家，天文地理經史上的大學問無不精通，而又安於貧賤，根本無心參加科舉考試，始終自食其力，靠賣畫爲生。諸暨縣縣令親自下鄉來拜訪他，他有意躲避不見，他極力避免與大官僚危素發生任何聯繫，以保持自身潔淨。顯然，小說中的王冕比歷史上的原型要清醒、正直、高尙得多。作者在楔子中推出這一正面知識分子形象，是爲了「敷陳大義」，「隱括全文」。所以，王冕在第一回中針對八股取士制度提出：「這個法卻定的不好，將來讀書人既有此一條榮身之路，把那文行出處都看得輕了。」所謂「文行出處」即文章、德行。王冕又說，看輕「文行出處」必使「一代文人有厄」，即一代知識分子的毀滅。這是全書的中心思想，《儒林外史》充分暴露了科舉制度的種種罪惡，最爲昭著的即是對讀書人的毒害。在作者看來，文士們只有像王冕那樣，講求「文行出處」，才能免於「功名富貴」的牢籠，不入科舉制度的圈套，堪稱「品地最上一層」。可見，在王冕身上體現了作者理想的楷模和臧否人物的標準。這一形象在當時具有一定的批判意義。

四十二　杜少卿

清代吳敬梓所著長篇小說《儒林外史》中的人物，一個比較激進的地主階級的開明派，帶有離經叛道色彩的知識分子形象。杜少卿出身於官僚地主家庭，本家族的同輩弟兄們都守著田園作舉業，唯獨杜少卿鄙棄功名利祿。安徽巡撫要舉薦他去做京官，他趕緊裝病躲過。他妻子問他爲何不去做官，他嘴上講要圖個輕鬆、自在、快活，實際上隱含著他對當時黑暗政治的不滿，不願與統治階級同流合污。他「鄉試也不應，科歲也不考，逍遙自在，做些自己的事」，罵那些學裡的秀才作奴才，罵熱中功名的臧蓼齋作匪類，毫不爲榮華富貴所動心。他與那些守財奴相反，慷慨好施，朋友或貧困者向他求助，他總是毫不吝惜地捧出大量的銀子來幫助，錢花完了，就變賣產業，直至淪爲貧困。他性情豪放，不受封建禮法的束縛，說：「《溱洧》之詩，也只是夫婦同遊，並非淫亂。」不顧他人的訕笑，手持金酒杯，與妻子同遊清涼山，一定程度上體現了個性解放的要求。他甚至對被當時士人奉爲金科玉律的朱熹對《詩經》的解釋提出懷疑，認爲這只不過是「自立一說」，「要後人與諸儒參看」。他的這些言行自然不合世情，因而遭到時人的種種非議，翰林院侍讀高老生說：「這少卿是他杜家第一敗類。」吳敬梓本人三十歲的時候寫過一組《減字木蘭花》詞，其中有一首曰：「田廬賣盡，鄉里傳爲子弟戒。年少何人，肥馬輕裘笑我貧」，由此可以看出，《儒林外史》中的杜少卿所受到的攻擊正是吳敬梓的親身經歷，杜少卿是作者以自己爲原型寫成的，是小說中寄寓著作者理想的正面人物。

四十三　周進

清代吳敬梓所著長篇小說《儒林外史》中的人物，一個在科舉制度下產生的腐儒的典型形象。周進原是一個家境貧寒的讀書人，在科舉考場上拚搏一生，六十多歲還是個童生，只能靠在村裡教私塾勉強餬口。小說通過兩件事寫出了這個科舉不第文人地位的低下。他初來薛家集教書時，衣衫襤褸，剛剛考中秀才的年青人梅玖被邀請來參加接待他的宴會，不肯前去迎接，只是在他進堂屋後方慢騰騰地站起來見面。在宴席上，梅玖稱他「小友」，以示輕蔑，並念了一首歪詩挖苦他，惹得眾人大笑，周進則狼狽不堪。後不久，考中舉人的王惠路過薛家集，遇雨而在周進住處停留。這個只有三十多歲的舉人在他面前趾高氣揚、盛氣凌人，不著邊際地吹噓自己在考場上得神仙之助，使他羨艷不已。而後，僕人給王惠送來酒飯，鷄鴨魚肉堆落一桌，而老和尚給他送來的仍是米飯加一碟老菜葉，一壺熱水，對比如此鮮明，小說充分地展示出由未爬上去而窮酸潦倒的周進，受盡了年青秀才和得勢舉人的侮辱、嘲弄。後來，周進因爲不會阿諛奉承，私塾先生也當不成，只好跟著姐夫去給商人記帳。但他留戀科舉考試之心不死。一個偶然的機會，他來到可望而不可及的貢院，幾十年的辛酸愁苦湧上心頭，「一頭撞在號板上，直僵僵不省人事」，醒來後更滿地打滾，號啕痛哭，直哭得口吐鮮血，這感動了一些商人，便湊錢替他買了個監生。從此時來運轉，他又考中舉人，再中進士，升了御史，欽點廣東學道。平步登天之後，「不是親的也來認親，不相與的也來認相與，」有人斂錢買禮物來賀喜，有人在他做學堂的觀音庵裡給他供上長生祿位牌，他以前寫的對聯也被揭下來仔細裝裱……。其實，他是一個除了八股文以外什麼學問也沒有的腐儒，但只要「功名」到手，立刻改變了社會地位，且享受種種特權。小說通過周進中舉前後的悲喜劇，揭示了科舉制度對讀書人心靈的腐蝕，也揭露了世態炎涼、人情冷暖的社會風氣。

四十四　范進

清代吳敬梓所著長篇小說《儒林外史》中的人物，在科舉制度下產生的腐儒的典型形象。范進原是一個老實而無用的讀書人。通過科舉考試爬上統治階級的行列，是范進夢寐以求的，他幾十年在考場上顛簸，一直考到五十四歲，鬍子都花白了，還是個童生。但他讀書求仕之心不死，參加了恰巧是周進主持的考試，周進看到窮得冬天只穿一件麻布大褂的范進，想起自己的過去，產生了同情心，索性以第一名錄取范進爲秀才。不久，范進又懷著僥倖心理去參加鄉試，臨行前向丈人胡屠戶借路費，被胡屠戶罵了個狗血噴頭。鄉試返回，家裡已經斷糧兩三天了。發榜那天，因無米下鍋范進不得不抱上一隻正在下蛋的母雞到集上去賣，萬萬沒有想到自己竟然中舉。當他從集上匆匆趕回，看清楚報喜的帖子確實掛在屋裡，自己中的是第七名，興奮過度，一跤跌倒，牙關緊咬，不省人事。被衆人救活過來，又得了瘋病，只是拍手大笑，四處亂跑，嘴裡喊著：「中了！中了！」神經完全錯亂。幸虧胡屠戶趕到，狠狠地打了他一個嘴巴，才清醒過來。此後，范進時來運轉，又中了進士，當了御史，幾年之後居然欽點山東學道。可是，就是這個主持科舉考試的大官，竟然連北宋的蘇軾是什麼人都不知道。而他的地位一經改變，就「有許多人來奉承他：有送田產的，有送店房的，還有那些破落戶，兩口子來投身爲僕圖蔭庇的。」他也結交官紳，蠅營狗苟，最終成爲卑污、庸俗的官僚。小說通過范進中舉前後的變化，寫出了科舉時代的社會環境，不僅引誘和逼迫讀書人把一生的精力都浪費在毫無用處的八股文之中，而且使讀書人喪失了是非觀念，陷入麻木不仁的精神狀態。

四十五　林黛玉

清代曹雪芹寫的《紅樓夢》中的主要人物，封建時代上層社會中的一個有叛逆性格的薄命女子形象。她出身於「清貴之家」，由於小時父母鍾愛，比較任性。後因父母早喪，寄居賈府，孤苦伶仃，更養成多愁善感的性格。她與賈寶玉自幼一處長大，「日則同行同坐，夜則同息同止……言和意順，略無參商」，在青梅竹馬的童年時代，已經深深埋下了愛情的種子。隨著年齡的增長，林黛玉不僅表現出優異的才能，而且「自矜自重、小心戒備」，以很強的自尊心、自愛心不受環境的污染，「孤高自許，目下無塵」，保持著自身純潔的個性，並以「比刀子還厲害」的語言，揭露身邊醜惡的現象，而被人視為「刻薄」。在賈府，唯獨賈寶玉與她有相同的志趣，鄙視封建文人的庸俗，詛咒八股功名的虛僞，奠定了兩人一致的叛逆性格，他們的愛情正是萌發在這種相互理解之上的。但是，所謂金玉良緣之說，始終像一個怪影遊盪在他們身邊。林黛玉警惕地注視著大觀園內發生的一切，擔心賈寶玉用情不專，賈寶玉也曾變著法子試探她的心意，兩人之間無數次愛情糾紛，都是在這樣的背景下發生的。第三十四回寶玉挨打之後，派晴雯送手帕給她，她心領神會，五內沸然，顧不得嫌疑避諱，在手帕上寫下情意纏綿的詩句，此時，兩人已完全心心相印。但是，父母雙亡的黛玉，深知自己孤立無援的境地，且病情日重，恐難持久，又生活在賈府「一年三百六十日，風刀霜劍嚴相逼」的生活中。因而，與她的愛情相伴而生的是痛苦和憂鬱，再加上她也深受封建禮法思想的束縛，缺乏崔鶯鶯、杜麗娘那樣強烈的反封建精神。這樣，她雖然始終保持著和封建勢力不妥協的態度，對寶玉的愛情也至死不變；但是，當寶玉被騙與薛寶釵成婚時，她只能一面吐血，一面焚稿，以死向這個黑暗社會做最後的抗爭。林黛玉形象塑造得個性鮮明、內涵深刻。這在整個中國小說史的女性形象系列中是少見的，不愧為不朽的藝術典型。

四十六　賈寶玉

清代曹雪芹寫的《紅樓夢》中的主要人物，貫穿全書的婚姻悲劇的受害者，在那個惡濁的環境中作者所著力肯定的進步力量的代表，一個封建貴族家庭的叛逆者形象。他出生在一個大官僚地主家庭，一生下來家庭就給他安排了一條通往功名富貴、榮宗耀祖的道路。但是，由於他自幼受祖母的寵愛，又生活在大觀園這樣一個封建禮法統治比較鬆弛的地方，在一群被壓迫的女孩子的影響下，逐漸形成了他的叛逆性格。他鄙棄功名利祿，不願意走讀書應舉、爲官作宦的生活道路。一次薛寶釵規勸他讀書上進，他說：「好好的一個清淨潔白女兒，也學的釣名沽譽，入了國賊祿鬼之流」。他懶於和士大夫接談，對賈雨村一類的官僚很反感，但與出身寒微卻毫不俗氣的蔣玉函、柳湘蓮等性情投合，結成傾心之交。他厭惡周圍世俗社會的惡濁環境，只能借封建時代文人雅士們那種流連風月、縱情詩酒的所謂「清高」的生活方式來對抗。由於他一點也不能擺脫對於封建貴族家庭的依賴，所以一直未能找到更好的生活道路。

賈寶玉性格上一個顯著的特點是把他的全部生活熱情和理想寄託在那些被侮辱被損害的女孩子身上。他認爲「天地間靈淑之氣只鍾於女子，男兒們不過是些渣滓濁物而已」，又說：「女兒是水做的骨肉，男兒是泥做的骨肉，我見了女兒便清爽，見了男子便覺得濁臭逼人」，表現出對「男尊女卑」的封建倫常的輕視。他不十分重視封建等級和名分，與輩分小的秦鍾以兄弟相稱；對待奴婢的態度比較寬厚，甚至能體貼和同情他們。但是在日常生活中他一刻也離不開奴婢的服侍，也沒有抹煞主奴的界限，他所主張的女尊男卑還遠不是近代意義上的男女平等，他更不敢直接和公開地違背封建家長的意志，因而他不可能與封建貴族家庭在觀念上徹底決裂。賈寶玉最突出的反抗精神表現在違背封建禮教、追求自由的愛情上。他與黛玉的愛情基礎遠遠超出了前代文學作品所描寫的「郎才女貌」的範圍，而主要是思想性格的相投、生活道路的一致。黛玉從來不曾勸他去「立身揚名」，所以他深深地尊敬黛玉，視爲「知己」。他們不考慮家世的利益而銘心刻骨地相愛，至死不移。但是他們又把自由戀愛看成非禮的行爲，不敢公開傾述情懷，只是用旁敲側擊的方式相互試探，受盡了痛苦的折磨，因而這只是一種軟弱無力的舊式戀愛。正由於賈寶玉還未能找到合理的生活道路，還未能與封建家庭在觀念上決裂，他的愛情追求不過是飽經痛苦、不欲明言的斷腸之曲。這樣，在他精神上受到種種沈重打擊時，終於由極端熱愛人生變爲極端感傷、心灰意冷，出家爲僧，墜入空門。在中國小說史上，賈寶玉是塑造得最爲成功的藝術典型之一。

四十七　王熙鳳

清代曹雪芹寫的《紅樓夢》中的人物，又稱鳳姐，在榮、寧二府的眾多封建家庭的主子中，她是一個塑造得最爲成功的女管家形象。在第六回中周瑞家對劉姥姥說：「這位鳳姑娘年紀雖小，行事卻比世人都大呢。如今出挑的美人一樣的模樣兒，少說些有一萬個心眼子。再要賭口齒，十個會說話的男人也說他不過。」在姿色、心計、口齒上的勝人一籌，促成了她的爭強好勝和善於察顏觀色、隨機應變。她知道要在榮國府站穩腳跟，必須得到賈母的支持，因此她經常注意秉承和迎合賈母的意志。賈母喜歡薛寶釵穩重平和，她就特意多拿錢爲寶釵過生日；賈母把貼身丫環花襲人撥給賈寶玉，她對襲人特別優待。平時還經常用詼諧討好的話逗賈母笑。有一次與賈母打牌，她故意輸錢又故意抵賴，使賈母開心。這樣，除賈寶玉以外，她成爲賈母跟前最得寵的人物，再加上她是王夫人的內姪女，自然倍受信任，一人獨攬了榮國府的財政、用人等大權。目光銳利、手腕靈活、行事幹練潑辣是王熙鳳管家的特點。如賈珍所說，她從小兒玩笑時就有殺伐決斷，嫁給賈璉後，在榮國府管事，鍛煉得更加老成。賈珍請她協助管理寧國府事務，她一到任就指出過去存在的五大弊端，對症下藥，立見成效。因此，本家族雖有衆多妯娌，沒有一個能與她抗衡。王熙鳳利用自己攫取的權力，不擇手段、貪得無厭地追求財富。她一貫剋扣經手的銀子，還挪用公款暗中放高利貸，爲了三千兩銀子，不僅破壞了張金哥的婚事，還害死了兩條人命。她陰險、狠毒、殘忍，如興兒所說：「嘴甜心苦，兩面三刀；上頭一臉笑，腳下使絆子；明著一盆火，暗是一把刀。都占全了。」毒設相思局，弄權鐵檻寺，逼死尤二姐等，她肆無忌憚地幹出各種壞事，連統治階級竭力宣揚的陰曹地府的威力也不以爲然。榮國府主要靠王熙鳳支持殘局，她利用掌權之機帶頭從內部腐蝕這個家庭，等到賈家終於被拖垮之時，她的心血也消耗殆盡。從「金陵十二釵」的判詞來推測，賈家被抄時王熙鳳的罪惡一一暴露，賈母死後她又失去權勢，最後被賈璉休棄，遣送回金陵，落了一個可悲的下場。王熙鳳在中國小說史的女性形象系列中是著名的藝術典型。

四十八　十三妹

清代文康的《兒女英雄傳》中所塑造的一個俠女形象。十三妹眞名何玉鳳，是中軍副將何杞之女，後因其父被大將軍紀獻唐（影射雍正年間的年羹堯）所害，奉母避禍青雲山，伺機爲父報仇。小說第五回盛讚十三妹道：「天生的英雄氣壯，兒女情深；是個脂粉隊裡的豪傑，俠烈場中的領袖。她自己心中又有一腔的彌天恨事透骨酸心，因此，雖然是個女孩兒，激成了一個抑強扶弱的性情，好作些殺人揮金的事業。路見不平，便要拔刀相助；一言相契，便肯瀝膽訂交。見個敗類，縱然勢焰熏天，她看著也同泥豬瓦狗；遇見正人，但是貧寒求乞，她愛得也同威鳳祥麟」。當安驥千里尋父，在「能仁古刹」遇難時，她仗義行俠，掃蕩了寺廟裡的兇僧，救了安驥的生命，同時也使困在寺廟中的村女張金鳳及其父母倖免於難。接著，小說描寫了十三妹爲安驥、張金鳳提親、主婚、贈金，爲安驥和張金鳳及其父母送別、贈弓等一系列俠義行爲，把一個俠烈機警而又極富人情的巾幗英雄形象展現在讀者面前。正如作者所指出的，十三妹與《西遊記》中的羅刹女、《水滸傳》中的顧大嫂作事大不相同，是一個疾惡如仇、匡扶正義的英雄。

小說最後寫十三妹父仇得報（紀獻唐被朝廷懲辦），也嫁給了安驥，她同張金鳳不妒不忌，合事一夫，且各生一子。昔日飛檐走壁，身敵萬夫的女俠客，變成了一個含羞的賢淑的少奶奶，安驥探花及第，官至副都位，又放爲欽差。夫貴妻榮，圓了作者心目中的理想人物夢。

《兒女英雄傳》對十三妹的形象刻畫，有其獨到之處。她始終憑著能被人理解的正常武功、正常智慧除強抑惡，仗義獻身。這就擯棄了唐宋以來俠義小說中飛劍吐丸、隱形變化、用藥食人頭等神異怪誕的內容，使人物更富有人性味和生活氣息，因而也標誌著我國俠義小說發展的一個新階段。

古代文學流派

一　玄言詩派

玄言詩是西晉末年的永嘉年間到東晉時期流行的一種詩派。鍾嶸《詩品》云：「永嘉時，貴黃老，稍尙虛談。於時篇什，淡乎寡味。爰及江表，微波尙傳。孫綽、許詢、恆、庾諸公詩，畢平典似《道德論》，建安風力盡矣！」這裡所指斥的就是玄言詩派，這個以孫綽、許詢等人爲代表的詩歌流派，統治了兩晉文壇達百年之久。

玄言詩派的出現是有著深刻的歷史根源的。早在魏正始年間，玄學已經興起，漢末的清議逐漸轉爲清談。崇尙虛無、消極避世的道家思想有了迅速發展，因而在阮籍、嵇康的作品中，便有濃厚的老莊思想，但仍不失健康充實的內容。到了西晉時期，腐朽的士族階級壟斷了政治和文化，玄學有了進一步的發展，學者們棄儒學而尙《老》、《莊》，奢談玄理，成爲風氣，「因談餘氣，流成文體」，進而以玄理入詩。到了東晉時期，士族清談玄理的風氣更盛，使文學創作也背離了「建安風骨」的傳統，成爲表現狹隘思想感情和低下藝術趣味的工具。孫綽、許詢等人的作品，大多以生硬、笨拙的形式來闡釋老、莊的哲學思想，所謂「詩必柱下之旨歸，賦乃漆園之義疏」，感情空虛貧乏，毫無新意可言。這種創作傾向在內容上是「世極迍邅而辭意夷泰」，嚴重地脫離現實，迴避社會矛盾，以高妙的玄理點綴風雅，炫耀才華，掩飾精神上的空虛蒼白。在藝術上是「理過其辭，淡乎寡味」，毫無藝術的形象性和生動性，令人讀之乏味生厭。

由於玄言詩違背了詩歌創作的基本規律，其藝術生命就必然是短促的。玄言詩派的詩人大多被歷史淘汰，湮沒無聞，保留下來的作品更是寥寥無幾。相反，總結這一歷史教訓、批評玄言詩的言論，卻俯拾皆是。除了前引鍾嶸《詩品》中的一段話，再如沈約在《宋書·謝靈運傳論》中就抨擊道：「莫不寄言上德，託意玄珠，遒麗之辭，無聞焉爾。」劉勰更是一針見血地諷刺玄言詩派「嗤笑徇務之志，崇盛亡機之談。」隨著晉末傑出的詩人陶淵明出現，給空虛的東晉文壇帶來富有現實內容的創作，玄言詩派也壽終正寢，退出了歷史舞臺。

二　宮體詩派

我國古代詩歌發展到南朝梁陳時代，形成了一個以宮廷文人爲主要作者隊伍而以繪聲繪色地描寫色情爲主要內容的宮體詩派，爲首人物是梁簡文帝蕭綱。

南朝詩人本來大多數是生活在宮廷、貴族周圍的幫閒侍臣，他們的詩歌內容受這種狹隘生活的限制，他們的興趣也以君主貴族的愛好爲轉移。南朝君主貴族的生活非常荒淫放蕩，宮廷文人也就不免要用詩歌辭賦來給他們助興。就連齊梁著名詩人沈約也未能免俗，寫過《夢見美人》、《夜夜曲》等色情作品，可見其時詩歌的腐化墮落正成爲一種風尚和必然趨勢了。

梁簡文帝蕭綱，是宮體詩的積極鼓吹者和創作實踐者。他自言：「余七歲有詩癖，長而不倦。然傷於輕艷，時號曰宮體。」（《梁書·簡文帝本紀》）「宮體」的名稱就由此而來。簡文帝不僅帶頭寫出《詠內人晝眠》、《美人晨妝》等色情宮體詩，而且還提出公開的理論主張：「立身之道與文章異，立身先須謹重，文章且須放蕩。」（《與當陽公大心書》）在蕭綱的積極提倡下，當時的宮廷文人庾肩吾、庾信、徐陵等人也就奉承他的旨意，大力扇揚宮體詩風。宮體詩的內容多爲閨思和閨房生活，有時直接描寫女色，甚至還寫女人的衣領、繡鞋、以及枕席臥具等物品。徐陵甚至「撰錄艷歌，凡爲十卷」，編成一本《玉臺新詠》，爲之推波助瀾。這種淫聲媚態詩風和詩派的出現，是南朝貴族腐朽生活和變態心理在文學上的反映。在它盛行時期，積極健康的文學傳統遭到排斥和中斷，不僅建安詩人被他們譏笑爲「古拙」，就連謝靈運的山水詩也被認爲是「酷不入情」。變態心理和低級趣味的宮體詩派左右著詩壇，自梁到初唐，影響延續了一百多年，直到陳子昂等人倡導詩文革新運動，才把這種淫靡頹廢的詩風掃滌以盡。

三　山水田園詩派

我國古代詩歌在東晉末年和南朝宋初之際，完成了由玄言向山水田園的轉變。《文心雕龍·時序》云：「宋初文詠，體有因革。莊老告退，山水方滋。」指的就是這一歷史變革。陶淵明作爲我國古代最早的田園詩人，以其《歸園田居》、《渭川田家》、《新晴晚望》等一系列描繪農村風光、展現自然美色的著名詩篇，首先打破了玄言詩一統天下的局面，給空虛蒼白的東晉文壇帶來一股清新空氣。南朝宋代的謝靈運，則熱衷於山水詩的創作，他「肆意遊遨」，每到一處「輒爲歌詠，以致其意」，使自然山水成爲獨立的審美對象和表現對象。陶淵明和謝靈運所開創的這一嶄新的詩歌創作領域和豐富的表現技巧，對後世產生了深遠的影響，到了盛唐時期，形成了一個聲勢浩大、成績斐然的山水田園詩派。

盛唐山水田園詩派的形成，有著特定的社會基礎和思想基礎。一方面，大唐王朝的經濟繁榮、社會安定給詩人們提供了優裕閒適的生活條件；另一方面，唐朝統治者篤信佛老，造成了一種奇特的政治局面：對於求仕困難的文人，可以由隱而仕，走一條「終南捷徑」；對於有了高官厚爵的文人，又可以由仕而隱，邊仕邊隱，名利雙收。因此，隱逸思想在唐代文人中廣爲流行，繼承陶淵明、謝靈運的傳統的山水田園詩便大量產生了。

盛唐山水田園詩派的代表作家是王維、孟浩然及儲光羲、常建、祖詠等人，其代表作品有王維的《山居秋暝》、《終南山》、《鳥鳴澗》等，孟浩然的《過故人山莊》、《春曉》、《臨洞庭湖贈張丞相》等，以及儲光羲的《田家即事》、常建的《題破山寺後禪院》、祖詠《終南望餘雪》等。它們或寫出了農村風光的安適、恬靜、淳樸，或寫出了山光水色的雄偉、清秀、瑰麗，追求一種姿態橫出，有聲有色的天然樂趣，表現閒適、淡泊的隱逸情懷，語言清新、優美，風格委婉含蓄，具有相當的藝術造詣。盛唐山水田園詩派與邊塞詩派各以其不同的旋律和特色，構成了唐詩萬紫千紅的春天。

四　邊塞詩派

盛唐開元、天寶年間形成的一個詩歌流派。代表詩人有高適、岑參及王昌齡、李頎、王之渙、王翰、崔顥等，以高適、岑參的成就最高，故又稱「高岑詩派」。

隋、唐以來的一百多年間，由於邊境戰爭的頻繁，疆土的擴大、以及中原內地與邊境上吐蕃、突厥、奚、契丹等少數民族之間經濟、文化、藝術等方面的不斷交流往來，人們對邊塞生活逐漸關心，對邊塞的知識也日益豐富了。邊塞在他們心中不僅不感到荒涼可怕，反而覺得粗獷、新奇。一部分文人更把立功邊塞作爲求取功名的新出路。在這種社會歷史背景下，從隋代以來，不斷有創作題詠邊塞生活和風光的詩歌；到了初唐「四傑」和陳子昂，對邊塞詩又有了新的發展。至盛唐時期，邊塞生活已經成爲詩人們共同關注的主題，從各個角度加以表現，形成了邊塞詩派，爲盛唐詩歌開拓了一個新的領域，大大促進了盛唐詩歌的繁榮。

邊塞詩派屬於浪漫主義中的一個重要流派。邊塞詩人大多持積極進取的人生態度，熱烈追求進步理想，充滿了蓬勃向上的精神。他們的作品突出了將士從軍報國的英雄氣概，不畏邊塞艱苦的樂觀精神。如高適的《燕歌行》、岑參的《走馬川行奉送出師西征》等；同時善於用豐富多彩的筆墨，描繪雄奇壯麗的邊塞風光和少數民族的習俗，讀之令人有身臨其境之感。有些邊塞詩反映了戰士的思家之情，揭露了將士間苦樂懸殊的不合理現象。如王昌齡的《從軍行》、李頎的《古從軍行》、王之渙《涼州詞》等，境界雄渾開闊，情調激越悲涼。在藝術上邊塞詩派也富有創造性，他們大多採用七言古詩和七言絕句的形式，風格豪放悲壯，想像豐富，色彩瑰麗，形象生動，語言遒勁，顯示出奇情異采的藝術魅力。

對邊塞詩的評價，學術界曾有過爭論。客觀地說，儘管由於時代的局限，少數邊塞詩中難免流露一些狹隘的民族主義情緒，但就總體創作傾向而言，它們主要歌頌衛國戍邊的正義戰爭，歌頌了雄偉瑰麗的邊塞山河，充滿了高昂的愛國激情和英雄氣概，眞實反映了一個時代的風貌，反映了蓬勃向上的盛唐時代精神，奏出了不同凡響的盛唐之音。所以，這是民族文化遺產中的一份彌足珍貴的瑰寶。

五　新樂府詩派

這是中唐一個現實主義詩歌流派，亦叫「元白詩派」，以白居易、元稹爲旗手，所謂「元和主盟，微之樂天而已。」（《舊唐書·元白傳贊》）張籍、王建、李紳等是這一詩派的中堅。「新樂府」一語是白居易提出來的，即自創新題而反映時事的樂府式詩篇。白居易以此爲標榜，興起了一場聲勢浩大的新樂府運動，並在運動中形成了新樂府詩派。

新樂府詩派的理論指導，是白居易的《與元九書》及《新樂府序》。其要點有：一、詩歌必須擔負起「補察時政」、「泄導人情」的政治使命，達到「救濟人病，裨補時闕」的政治目的。爲此，提出了「文章合爲時而著，歌詩合爲事而作」的響亮口號。白居易特別強調詩歌要反映民生疾苦：「惟歌生民病」、「但傷民病痛」，將詩歌和政治、和人民的生活密切結合，這是新樂府詩派的理論基石。二、認識到文學是現實生活的反映，以此出發，提出了詩的四要素：「詩者，根情、留言、華聲、實義。」還說：「感人心者，莫先乎情，莫始乎言，莫切乎聲，莫深乎義。」所謂「實義」或「深乎義」，就是要使具有美刺的內容，只有這樣才能感人至深、感人爲善。三、強調詩歌內容和形式的統一，主張形式服從於內容，所以「不求宮律高，不務文字奇」，力求做到詩的語言通俗平易，音節和諧婉轉，一反「雕章鏤句」的時代風尙和「溫柔敦厚」的詩教傳統。

新樂府詩派正是上述詩歌理論的指導下，爲推進新樂府運動而形成的。不論是白居易還是元稹、張籍、王建等人，他們的新題樂府詩和古題樂府詩都體現了或符合於這些理論精神。以白居易的諷喻詩爲例，其最突出的思想內容就是廣泛反映人民的痛苦，並傾注眞摯的同情，如《觀刈麥》、《杜陵叟》、《賣炭翁》等；對中唐統治者的荒樂和弊政，也進行了多方面的揭露和抨擊，如《輕肥》、《紅線毯》、《買花》等。同樣，元稹的《田家詞》、《織婦詞》，張籍的《野老歌》、《征婦怨》，王建的《水夫謠》、《田家行》，以及李紳的《憫農》等，無不貫注著一個重要主題：「惟歌生民病」。在藝術表達和語言風格上，通俗淺切、平易近人也是他們共同的特色。總之，新樂府詩派把我國古代現實主義詩歌創作和理論推向了一個新的階段，在歷史上產生過深遠的影響。當然，他們過於強調爲政治內容服務，有些詩寫得太盡太露，有時還流於空泛的說教，這也是毋庸諱言的缺陷。

六　韓孟詩派

中唐一個影響較大的詩歌流派，以著名詩人韓愈和孟郊爲代表，賈島、盧仝、劉叉、姚合等是這一詩派的重要作家。韓愈曾說過：「橫空盤硬語，妥貼力排奡」。這兩句詩可以概括他們的創作情趣和美學追求：以奇崛險怪的詩風爲標榜，刻意求工，推敲文字，講究瘦硬峭拔。

韓愈作爲中唐文壇的一個領袖，不僅倡導古文運動，還致力於詩歌革新。他爲了糾正大曆以來的平庸詩風，煞費苦心地探索詩歌的新形式、新風格，試圖開拓一條新的道路，創造獨樹一幟的局面。因此，他在詩歌創作中常常表現出雄才博學、好發議論、格調拗折、造語生新的特點。如《贈張籍》、《嗟嘆董生行》、《譴瘧鬼》等詩作。元和之後，韓愈的詩進一步向奇險的方面發展。以著名的《南山詩》爲例，採用了漢賦的排比鋪張手法來描述終南山的山勢形態和景色變化，而且盡力搜羅奇字、押用險韻。受到韓愈推崇的孟郊，是以苦吟著稱的詩人，對平庸浮艷的詩風也深表不滿，因而作詩苦思錘煉，追求瘦硬奇警、入木三分的詩句。如《秋懷》中自述貧困窮態境遇，揭露的冷酷無情，讀之令人驚心動魄。兩人在長安時寫過近十首長篇聯句詩，互相誇奇鬥險，不肯一字相讓。在韓孟的影響下，賈島也以「苦吟」著名，自稱「二句三年得，一吟雙淚流」，所以後人有「郊寒島瘦」之稱。還有姚合的《武功縣中作》、劉叉的《雪東》、盧仝的《月蝕詩》等，都顯示奇崛險怪的創作傾向和創作風格。

韓孟詩派糾正了大曆以來的平庸柔弱的詩風，發揚了杜甫「語不驚人死不休」的傳統，在中唐詩壇上開創了新的局面，把新的語言風格、章法技巧引入詩壇，從而擴大了詩的領域，推動了多種藝術風格的出現，歷史功績是不可抹煞的。但是，這一詩派也有走向極端的弊病，他們過分追求僻字晦詞、拗調硬語，有些甚至可以說是一種嘔心瀝血的文字遊戲；同時，還帶來了講才學、發議論、散文化的不良風氣，削弱了詩歌的形象和藝術性，給後世造成了一些消極影響。

七　花間詞派

晚唐時期形成的一個詞派，其名稱的來源，是由於五代後蜀趙崇祚選錄了晚唐五代詞人溫庭筠、皇甫崧、韋莊、薛昭蘊、牛嶠等十八家五百首詞，編爲《花間集》一書。他們的詞風大體一致，即追求華豔的風格，競相創製離別相思、綺羅香澤的作品，用歐陽炯的《花間集序》的話來說：「綺筵公子，繡幌佳人，遞葉葉之花箋，文抽麗錦；舉纖纖之玉指，拍按香檀。不無清絕之詞，用助嬌嬈之態。」後世因而稱之「花間詞派」。

花間詞派的鼻祖是溫庭筠。他精通音律，熟悉詞調，是晚唐較著名的詞人，現存詞六十餘首。其詞題材較狹窄，大多描寫婦女的容貌、服飾和情態，以適應那些唱詞的宮妓的聲口，也爲了點綴當時沒落王朝的醉生夢死的生活，如《菩薩蠻》「小山重疊金明滅」等。當然，也有一些表現婦女的離愁別緒的詞作，寫得較爲眞切動人。與溫庭筠齊名的韋莊，詞作稍有內容，風格上也較溫詞清新明朗，如表現少女天眞、爛漫、憧憬愛情幸福的《思帝鄉》「春日遊，杏花吹滿頭」等。其他人的詞也大多如此，儘管成就各有高下，但大多上承南朝宮體餘風，離不開紅香翠軟一套。這是當時特定的社會風氣和文學風尚所造成的。

花間詞派代表了一種唯美主義、反現實主義的創作傾向，陸游就曾一針見血地予以批評：「斯時天下岌岌，生民救死不暇，士大夫乃流宕至此。可嘆也哉！或者出於無聊故耶？」（《花間集跋》）不過，花間詞派也不可一筆抹煞，因爲他們在詞的藝術創造、表現技巧方面，還是有貢獻的。特別是溫庭筠、韋莊等人，在創造詞的意境上顯示了傑出的才能。他們善於選擇富有特徵的景物構造藝術境界，善於揭示婦女的內心情感世界，注意字句的修飾和聲律的諧協，加強了詞的文采和聲情。這些藝術方面的探索，對於詞的藝術特徵的形成，對於後來文人詞的繁榮發展，都起了一定的推動作用。

八　南唐詞派

五代時期形成的一個詞派，其得名是由於該派的主要作家李璟、李煜、馮延己等，都是南唐的君臣。他們集中在南唐的都城金陵，「內外無事，朋僚親舊或當宴集，多運藻思爲樂府新詞，俾歌者倚絲竹歌之，所以娛賓而遣興也。」（陳世修《陽春集序》）由此可見，南唐詞派是適應統治階級的酣歌醉舞而發展起來的，以聲色遊宴爲創作的主要題材，與花間詞派頗爲相似。不過，南唐在中主李璟的後期就面臨周、宋的威脅，國事日弱，終至萎靡不振。這些沒落小王朝的君臣，既不能勵精圖治，振作有爲，即使還強歡作樂，苟且偷安，卻不能不流露出絕望的心情，這就構成了南唐詞派的感傷和哀愁的基調，與那些依恃西蜀山川的險固而流宕忘返的花間詞人又有所不同。

南唐詞派成就最高的是後主李煜。他一生經歷了由君主降爲囚徒的變化，因而前後期也呈現出不同的風貌。前期的詞主要表現宮廷豪華生活，實際是南朝宮體和花間詞風的繼續，如《浣溪沙》「紅日已高三丈透」等，沒有多少價值。隨著南唐內外危機的深化，李煜詞中逐漸流露了深重的哀愁。特別是亡國之後，他從醉生夢死的生活中清醒過來，懷著「日夕以淚洗面」的深哀巨痛，創作了《虞美人》「春花秋月何時了」、《浪淘沙》「簾外雨潺潺」等傳唱一時的作品，奠定了他在我國詞史上的地位。中主李璟僅遺詞四首，比較著名的是《攤破浣溪沙》，內容雖是離愁別恨，但境界較闊大，感慨較深沈，不失爲一篇佳作。除了這兩位君主外，南唐詞派中還值得一談的是馮延己。他的《陽春集》有詞一百多首，以十幾首《鵲踏枝》最能代表他的成就。這些詞擺脫了對婦女容貌、服飾的描繪，而著力抒寫人物內心無可排遣的愁苦，讀之哀怨動人。

南唐詞派在思想內容方面沒有多少值得稱道的地方，他們的歷史貢獻主要在於藝術成就。他們使詞擺脫了長期在花前尊下曼聲吟唱的傳統風格，而成爲可以言懷述志的新詩體；他們善於用白描手法來抒寫眞實生活感受，善於用貼切的比喻將抽象的情感形象化，語言也明淨、優美，接近口語，進一步擺脫了花間詞人鏤金刻翠的作風，開啓了後來詞家在藝術手法上的創新。

九 西崑詩派

北宋初期形成的一個詩歌流派，因楊億編《西崑酬唱集》一書而得名，其代表人物是楊億、錢惟演、劉筠等十幾個御用文人。這是一個典型的點綴昇平的詩歌流派，誠如楊億在《西崑酬唱集》的序中所說：「因以歷覽遺編，研味前作，挹其芳潤，發於希慕，更迭唱和，互相切劘。」

宋初結束了晚唐五代長期分裂割據的局面，人民獲得比較穩定的生產環境，階級矛盾趨向緩和，社會經濟得到一定發展，呈現了繁榮景象。爲了粉飾太平，宋王朝有意提倡詩賦，君臣彼此唱和，形成風氣，使晚唐五代以來的浮靡文風得以繼續發展。西崑詩派的形成正是宋初文壇這種趨勢的集中表現。

楊億、錢惟演、劉筠等人作爲宮廷文學侍臣，他們在修書和寫作制誥的餘暇，彼此以詩唱和，引得當時許多人仰慕附和，後楊億又編輯《西崑酬唱集》，於是蔚然成風，西崑詩派以作詩爲消遣，其作品特點必然是內容空虛，思想貧乏，感情虛假。他們或寫官場宮掖生活，歌詠歷代君王故事，如《始皇》、《漢武》、《夜宴》等；或寫男女情愛，日常生活瑣事，如《代意》、《

無題》、《直夜》等；更多的則是詠物，如《梨》、《淚》、《柳絮》等。這些作品多爲粉飾現實，歌功頌德之作，缺乏眞正的生活感受，沒有什麼積極意義。他們在藝術上標榜宗祖李商隱，實際上只是形式上的剽竊模擬，而且片面地發展了李商隱創作中形式美的傾向。寫來寫去，無非是搬弄幾個典故推砌一起，雜湊成章，以爲那些生活空虛的官僚士大夫提供一種消遣。不過，西崑派的作品形式上頗講究，詞藻華麗，聲律諧和，對仗工穩，顯示了一定的藝術性；再加上楊億等人在書本知識與詞章修養上超過了晚唐五代的許多作者，加上朝廷對這種詩風又特別偏愛，「楊劉風采，聳動天下」，所以這個詩派在宋初風靡了數十年。

正當西崑派詩人酬唱方酣、影響愈來愈大的時候，宋眞宗於祥符二年（一〇〇九）下詔復古，指斥楊億等人「唱和宣曲詩，述前代掖庭事，辭多浮艷」。一些進步文人更是猛烈地抨擊他們「綴風月，弄花草，淫巧侈麗，浮華纂組」，給西崑派以沈重打擊。直至以歐陽修爲代表的詩文革新運動興起，才徹底消除了西崑體詩風的消極影響。

十　江西詩派

流行在北宋末年和南宋之間的詩歌流派。得名於北宋末年呂本中作《江西詩社宗派圖》，並刊行《江西宗派詩集》。據《詩人玉屑》卷十八《涪翁·宗派圖》載：「呂居仁近時以詩得名，自言傳衣江西，嘗作宗派圖，自豫章（黃庭堅）以降，列陳師道、潘大臨、謝逸、洪芻……，合二十五人，以爲法嗣。」由於所列宗派人物存有疑義，以後南宋詩人楊萬里增補《江西詩社宗派圖》爲《江西續派》，並爲《江西宗派詩集》作序，闡述了江西派的形式及其藝術特點，進行理論上的總結，使江西詩派從理論到創作，成爲一個較爲典型的文學流派。

江西詩派是我國古代詩歌史上第一次出現的並自覺結成的、譜系明確的詩歌流派。他們並非都是江西人，在理論和創作上也各有差異，但都以學習江西詩人黃庭堅相標榜，在理論和創作上的基本傾向是一致的，因而形成了一個影響較大、持續較久的詩歌流派。這個流派的開創者是黃庭堅，以猛烈攻擊西崑體詩人的聲律、對偶、辭藻而著稱。爲了在藝術上擺脫西崑詩人的影響，提出了「點鐵成金」、「奪胎換骨」等作詩方法，也就是學習杜甫、韓愈等人的作詩經驗，在材料的選擇上避免熟濫，在材料的運用上力求變化出奇，甚至有意造拗句，押險韻，作硬語，企圖推陳出新。江西詩派的另一重要詩人陳師道也是如此，主張作詩「不犯正位，切忌死語」，常常閉門苦吟，錘煉幽深。但由于北宋中葉以來，這百年以上的承平局面和新舊黨爭的風險，使許多詩人愈來愈脫離現實，只能走一條在書本知識和寫作技巧上爭勝的道路。這樣，江西詩派雖努力在詩法上向杜甫、韓愈以來的詩人學習，卻未能更好地繼承杜甫以來的詩家的現實主義精神。他們擺脫了西崑體的形式主義，又走上了片面追求藝術技巧的新的形式主義的道路。這個流派雖然形成了一種以生新硬瘦爲特徵的風格，詩中也能摒除陳言濫調，但仍無法掩蓋生活內容的空虛，基本傾向是脫離社會現實的，一味雕琢字句而忽視作品的思想性和藝術形象的創造。

江西詩派在反對西崑體的浮艷詩風方面有一定的歷史意義，他們那套強調句法、用事等藝術技巧的主張，對宋元以來許多生活圈子狹小而死鑽書本的文人，也有很大吸引力。因此，江西詩派成了宋代影響最大的詩歌流派，直到晚清的宋詩派還還盪漾著它的餘波。

十一　婉約派

宋詞兩大流派之一。明人徐師曾在《文體辨》中說：「論詞有婉約者，有豪放者。婉約者欲其詞情蘊藉，豪放者欲其氣象恢宏。」於是，文學史家論宋詞便有婉約派和豪放派之分。

婉約派雖然形成於宋代，但追根溯源，晚唐五代溫庭筠等人的「花間派」，可以說開了先聲。宋初著名詞人晏殊、晏幾道、柳永、歐陽修等，作詞尚沿襲五代餘風，講究委婉、綺麗，時見輕清宛轉、玉潤珠圓的詞句。如晏殊的《浣溪沙》「一曲新詞酒一杯」，晏幾道的《臨江仙》「夢後樓臺高鎖」，柳永的《雨霖鈴》「寒蟬淒切」，歐陽修的《踏莎行》「候館梅殘」等等。後來，秦觀、周邦彥、李清照等詞人繼承婉約派的道路發展，他們的詞作使婉約派在藝術上臻於成熟和完美，影響也日益擴大，成爲公認的婉約派的代表作家。例如，秦觀的《滿庭芳》「山抹微雲」一首，把離別的感傷情緒和寒鴉流水、燈火黃昏等淒清景象融爲一體，構造成深遠迷離的意境。周邦彥的《清眞詞》也風靡一時，音律更爲嚴格，詞句更爲工麗，章法也富於變化。這裡，特別值得一提的是李清照，前人有「婉約以易安（李清照字易安）爲宗」（清王士禛語）的說法，可見她在婉約派中的重要地位。由於李清照的一生經歷比秦觀、周邦彥等人更爲艱苦曲折，加以她對藝術的力求專精和文藝上的多方面才能，詞的成就也超過他們。她後期的詞還兼有豪放派之長，如《永遇樂》「落日鎔金」、《聲聲慢》「尋尋覓覓」及《漁家傲》「天接雲濤連曉霧」等，在兩宋詞壇上獨樹一幟，爲婉約派贏得了很高的聲譽。

婉約派題材比較狹窄，多寫男女情愛、風花雪月，詞風清切婉麗，纖巧優美，追求「富艷精工」、「縝密典麗」的格律，對後世影響很大。這一派以「正宗」自居，以「不諧音律」、「變體」來非議豪放派詞家，則是片面的。

十二　豪放派

宋代與婉約派相對的詞學流派，由北宋范仲淹開其先，蘇軾繼之發揚光大，南宋辛棄疾將其推向高峰，所以亦稱「蘇辛詞派」。豪放派詞人將北宋詩文革新運動成就引向詞壇，作品具有題材廣泛、境界壯闊、風格恢宏昂揚、語言清新樸素，以及「以詩爲詞」、「以文爲詞」，敢於打破格律框框等重要特點，是宋代詞壇最富有生氣和活力的詞派。

豪放派的形成有著深刻的歷史根源。由於北宋封建文化的高漲和文人政治地位的提高，一些懷有政治抱負的文人，不滿晚唐五代以來卑靡的文風，掀起了詩文革新運動，餘波所及，不能不在詞壇上產生影響，並力圖創造新的風格，開拓新的意境。范仲淹作爲一個懷有遠大抱負的政治家，雖然作詞不多，但大多是即景抒懷，表現了開闊而深沈的意境，與婉約派詞風全然不同。例如，表現邊塞淒清景象和將士憂國之心的《漁家傲》，直書所見，直寫所感，境界闊大，感情蒼涼，可以說上承唐人的邊塞詩，下開了豪放派的先聲。

蘇軾的出現標誌著豪放派的眞正確立。他進一步衝破了晚唐五代以來專寫男女戀情、離愁別緒的舊框子，擴大詞的題材，提高詞的意境，把詩文革新運動擴展到詞的領域裡去，凡懷古、感舊、遊記、說理等詩人慣用題材，他都可以用詞來表達，這就使詞擺脫了僅僅作樂曲的歌詞而存在的狀態，成爲可以獨立發展的新詩體，如膾炙人口的《水調歌頭·丙辰中秋》、《念奴嬌·赤壁懷古》、《江城子·密州出獵》等，可謂「一洗綺羅香澤之態，擺脫綢繆宛轉之度，使人登高望遠，舉首高歌而逸懷浩氣，超乎塵埃之外。」（胡寅《酒邊詞序》）蘇軾在語言上也一變花間詞人的作風，多方面吸收陶潛、李白、杜甫、韓愈等人的詩句入詞，也運用當時的口語，給人以清新樸素之感。豪邁奔放的感情，坦率開朗的胸懷，是蘇詞浪漫主義，也是整個豪放派詞家的基調。

繼蘇軾之後最傑出的豪放詞人是辛棄疾。他的《稼軒詞》六百多首，進一步擴大了詞的題材，經、史、子、集，任意驅遣，幾乎到了無事無意不可入詞的地步。他的代表作《水龍吟·登建康賞心亭》、《破陣子·醉裡挑燈看劍》、《南鄉子·登京口北固亭懷古》等，不但貫注強烈的愛國思想和戰鬥精神，而且創造性地融會了詩歌、散文、辭賦等各種文藝形式的優點長處，豐富了詞的表現手法和語言技巧，從而形成了辛詞獨特的風格。辛詞雄奇闊大的意境，比興寄託的手法、大量運用典故託古喻今，在豪放派中確立了崇高的地位。受辛棄疾的影響，南宋詞人陳亮、劉過、劉克莊等，繼承了辛詞的精神，以一種粗獷豪放的作風，使詞作成為反對妥協投降，力爭抗金勝利的號角，從而使豪放派成為一個聲勢浩大的愛國詞派。

十三　四靈詩派

南宋中葉以後形成的一個詩歌流派，亦稱「永嘉四靈」。其代表人物是生長在浙江永嘉（今溫州）的四個詩人：徐照，字靈暉；徐璣，字靈淵；趙師秀，字靈秀；翁卷，字靈舒。四個人同居一地，且字號又均帶「靈」字，故有此稱。

「四靈」社會地位都較低下，徐照和翁卷是布衣，徐璣和趙師秀只作過小官。但他們對於南宋中葉以後政治上的沈悶氣氛好像並無反感，反而樂得清閒。徐照說：「愛閒卻道無官好，住僻如嫌有客多」（《酬贈徐璣》），翁卷說：「有口不須談世事，無機唯合臥山林」（《行藥作》），可見他們處世態度的消沈、冷漠。這種處世態度反映到文學創作中，必然是「汩然安貧賤，心夷語自秀。」（趙師秀《哭徐璣》）在思想內容上，他們的詩主要是繼承了山水詩人、田園詩人的傳統，著力表現那種嘯傲田園、寄情泉石的閒逸生活；在藝術上，他們走晚唐賈島、姚合的道路，用清新刻露之詞寫野逸清瘦之趣，能以精煉的語言刻畫尋常景物，而不大顯露斧鑿的痕跡。且看翁卷的《鄉村四月》：「綠遍山原白滿川，子規聲裡雨如煙。鄉村四月閒人少，才了蠶桑又插田。」表現了鄉村農忙景象，畫面清新，語言質樸，生活氣息濃厚，讀來感到淳淡而親切。因此，四靈派的詩歌在封建社會中小地主階層裡擁有較多的讀者，對於那些在政治上找不到出路的文人也起了鎮靜劑的作用，從而在詩壇上得到廣泛的反應。劉克莊說：「舊止四人為律體，今通天下話頭行」（《題蔡炷主簿詩卷》），正好表現了這種情況。

四靈派總的來看是不關心政治，創作也脫離社會現實，因而作品的內容較貧乏，意境較狹窄，所取得的成就有限。但是，他們專工近體，尤其是五律，在推動律詩發展方面，以及在糾正江西派詩人「資書以為詩」，即以學問為詩、專在書本上找材料的創作傾向方面，還是有一定功績的。

十四　江湖詩派

南宋後期形成的一個詩歌流派。江湖詩人的得名，是由於南宋中葉後杭州書商紛起陸繼刊行了《江湖集》、《江湖前集》、《江湖續集》等詩歌集，收錄了姜夔、戴復古、劉克莊、劉過、方岳等一百餘家的作品，後遂稱其中所收之作家爲「江湖詩派」。

江湖詩人大都是一些落第文士，由於功名上不得意，只得流轉江湖，靠獻詩賣藝來維持生活。他們的作品較雜，思想內容和藝術風格也不盡相同，但大致可分爲兩類：一類是生活接觸面較狹，對政治不甚關心，只希望在藝術上有所專精，以贏得時人的賞識，近於所謂「狷者」。姜夔就是這類人的代表。他的作品大多數是記遊詠物之作，雖偶爾也流露他對於時事的感慨，但更多的是慨嘆他身世的飄零和情場的失意。姜夔在藝術上較有成就，善於構造清幽的意境來寄託寂寞的心情，感慨深沈而饒有韻味；還善於運用暗喻、聯想等手法，詠物和抒情結合得較好，語言也清新挺拔，富有氣勢。代表作有《昔遊》、《姑蘇懷古》、《湖上寓居雜詠》等。

江湖派的另一類是生活接觸面較廣，對當時政治形勢比較關心，愛好高談闊論，以博時名，近於所謂「狂者」，戴復古、劉克莊等就是這類人物。戴復古一生布衣，長期遊歷江湖，足跡遍及中國南部許多重要地區。他的《詩論十絕》推崇傷時的陳子昂、憂國的杜甫。他曾從學陸游，學其詩風，他的《石屏詩集》裡一些抒發愛國情思和反映民生疾苦的作品，一定程度上繼承了陸游的愛國精神，如《庚子薦飢》、《聞時事》等。劉克莊是南宋後期成就最高的辛派詞人，也是繼承陸游愛國主義傳統的重要詩人。他早期詩歌也沾染江湖詩人習氣，後才轉而傾向陸游，從此突破江湖派舊習，走上積極的創作道路，寫出了《書事》、《贈防江卒》等好作品。

總之，江湖詩人遭際近似，以江湖相標榜，多少表示了與朝廷當權者不同的身分，有些作品也確實譏刺了當權者。如陳起因此而坐罪流配。但這是一個較鬆散的詩歌流派，他們的思想和創作傾向不盡相同，文學批評主張也各有所從。這一派詩人除劉克莊喜歡用本朝故事表示詩人關心當代政治形勢外，一般都流於浮淺，缺乏創新精神。

十五　唐宋派

明代嘉靖年間出現的散文流派。主要成員有王愼中、唐順之、茅坤、歸有光等。他們反對前後七子「文必秦漢，詩必盛唐」的復古理論，提倡唐宋古文，並自覺地以它爲學習典範，因此被稱爲「唐宋派」。

唐宋派不滿前後七子的復古理論，認爲唐宋文完全可以同先秦、西漢散文相媲美：「文章至於宋元諸名家，其力足以追數千載之上，與之頡頏。」（歸有光《項思堯文集序》）而「學六經史漢，莫如韓、歐、曾、、蘇諸名家。」（王愼中《與道原弟書九》）爲了提高唐宋散文的地位，唐順之纂《文編》，大量選入韓愈、柳宗元、歐陽修、王安石、曾鞏、蘇洵、蘇軾、蘇轍的作品，茅坤更專編《八大家文鈔》，由此，「唐宋八大家」之稱定型，影響極爲深遠。

前後七子倡言文學退化論，唐宋派針鋒相對，抬高唐宋散文的地位，這自然有正確的一面。但他們的標榜唐宋，是以「道」作爲立論基礎的，他們認爲「文特以道相盛衰」。（茅坤《八大家文鈔總序》）漢、唐、宋三代之所以文盛，是因爲道盛的緣故。這種把文看作封建之「道」的附庸的觀點，顯然又是錯誤的。

創作上，唐宋派主張眞實感情的自然流露，反對因襲模仿。爲此，唐順之提出「心源說」；

「只就文章家論之，雖其繩墨布置奇正轉折，自有專門師法，至於中一段精神命脈，則非洗滌心源，獨立物表，具古今隻眼者，不足以與此。」（《答茅鹿門知縣書二》）在《與洪方洲書》中他說得更清楚：「近來覺得詩文一事，只是直寫胸臆，如諺語所謂開口見喉嚨者，使後人讀之，如眞見其面目，瑜瑕俱不容掩，所謂本色，此爲上乘文字。」「心源說」在提倡直寫獨立的見解與感情的同時，忽略了文學對客觀現實的反映，因而存在片面性。

唐宋派的散文，一般都平易自然，不事雕飾，特別是那些專寫眞情實感的篇章，尤其可讀。其中以歸有光成就最高，他的《項脊軒志》、《先妣事略》、《見村樓記》、《寒花葬志》等清雋豐腴，風味超然，廣爲傳頌。此外，王愼中文「鋪敍詳明，部伍整密，語華贍而意深長」（李贄語），唐順之文「洸洸紆折，有大家風」（《明史》語），也都各具特色。

唐宋派作家的興趣只在散文上，詩歌方面很少建樹，加之他們的理論未形成更大的影響，因而沒有能徹底動搖前後七子在文壇上的統治地位。

十六　竟陵派

晚明文學流派。以其代表人物鍾惺、譚元春都是竟陵（今湖北天門縣）人而得名。此外成員還有蔡俊一、張澤、華淑等。

竟陵派是後起並追隨公安派反對前後七子復古主義的派別。他們也提倡唐宋古文，比如鍾惺《東坡文選集》中曾這樣評價蘇軾散文：「……有東坡之文而戰國之文可廢也……今且有文於此，能全持其雄博高逸之氣，紆迴峭拔之情，以出入於仁義道德禮樂刑政之中，取不窮而用不敝，體屢遷而物多姿，則吾必捨戰國之文從之，其惟東坡乎！」竟陵派也主張抒寫「性靈」，但由於不滿意公安派的輕率俚俗，因而他們的「性靈」主要是指「幽情單緒」「孤行」「孤詣」，由此出發，他們便追求「幽深孤峭」的藝術風格。他們提倡「引古人之精神，以接後人之心目，使其心目有所止焉。」（鍾惺《詩歸序》）其目的也是爲了這個：「眞詩者，精神所爲也。察其幽情單緒，孤行靜寄於喧雜之中；而乃以其虛懷定力，獨往冥遊於寥廓之外。」（同上）在這種思想指導下，他們編選《古詩歸》、《唐詩歸》作爲創作範本，影響很大。《明史·鍾惺譚元春傳》說：「自宏道矯王（世貞）、李（攀龍）詩之弊，倡以清眞，惺復矯其弊，變而爲幽深孤峭，與同里譚元春評選唐人詩爲《唐詩歸》，又評選隋以前詩爲《古詩歸》，鍾、譚之名滿天下，謂之竟陵體。」

竟陵派不滿於前後七子的復古主義，也看到了公安派的流弊，這是他們高明的地方。但他們用以糾正的辦法卻是乞靈於古人和靠覃思冥求去創作，而且認爲只有「幽情單緒」才是眞性靈，這就忽視了對社會現實的觀察與反映，把文學創作引上了一條更狹窄的道路，其流弊比公安派更盛。

竟陵派的作品，佳者多是一些勾畫新奇風格遒巧之作，如鍾惺的《浣花溪記》，譚元春的《遊南嶽記》、《再遊烏龍潭記》等描寫生動，反映了作者一定的藝術功力和專心從事創作的態度。其下者則造語艱深，甚至到似通非通的地步。錢謙益《列朝詩集傳》說他們的詩「如木客之清吟，如幽獨君之冥語，如夢而入鼠穴，如幻而入鬼國，浸淫三十餘年，俗易風移，滔滔不返。」

算是擊中了他們的要害。

十七　駢儷派

明代成化年間出現的戲曲流派。其作品以工麗典雅，好用四六駢儷句爲主要特點，所以被稱爲駢儷派。代表作家有邱濬、邵燦、鄭若庸、梅鼎祚、屠隆等。

明代前期，階級矛盾緩和，經濟有所發展。社會的承平安定助長了文人雕琢作品的風氣。與此同時，統治階級大力提倡謳歌「神仙道扮及義夫節婦，孝子順孫」的戲文，這也給駢儷派的產生提供了溫床。

邱濬作傳奇四種：《投筆記》、《舉鼎記》、《五倫全備忠孝記》、《羅囊記》，前三種保存至今，其中以《五倫全備忠孝記》爲代表作，該戲虛構五倫全、五倫備兄弟倆孝義友弟的故事，竭力宣揚封建綱常道德，內容迂腐，多用四六駢體，講究辭藻華麗，喜用典故，不少曲文甚至全用古書句子組成，開始了駢儷派先河。徐復祚《三家村老委談》說它「全是措大書袋子語，陳臭腐爛，令人嘔穢。」

邵燦只有《香囊記》一種傳奇留世。該戲從關目到內容完全承襲《五倫全備忠孝記》，借張九成、張九思兄弟故事，作呆板、枯燥的封建說教。文詞綺麗，大量套用前代詩文成句，甚至連賓白也堆砌對偶句。徐渭《南詞敍錄》說：「以時文爲南曲，元末、國初未有也。其弊起於《香囊記》。《香囊》乃宜興老生員邵文明（燦字文明）作，習《詩經》，專學杜詩，遂以二書語句勻入曲中，賓白亦是文語。又好用故事，作對子，最爲害事。」這種風氣發展下去，到梅鼎祚《

玉合記》、鄭若庸《玉玦記》、屠隆《彩毫記》、《曇花記》等相繼出現，駢儷化遂被演化到高峰。這些戲文「句句用事，如盛書櫃子，翻使人厭惡。」（王驥德《曲律》）劇作也變成了供少數人閱讀的「案頭之曲」。

駢儷派出現後受到封建文人的追慕，一時形成風氣。就連當時很有成就的李開先的《寶劍記》、梁辰魚的《浣紗記》、傳爲王世貞作的《鳴鳳記》等也深受影響。直至以湯顯祖爲首的臨川派和以徐渭爲代表的本色派起來力矯其弊，駢儷派才漸漸銷聲匿跡。

十八　本色派

明代中葉戲曲流派。其理論核心是反對文雅，提倡本色，故名。代表人物有徐渭、沈璟、呂天成、王驥德等。

徐渭在《南詞敍錄》中闡發的本色理論要點有三：一、提倡「順口可歌」，反對尋宮數調。他說：「今南九宮不知出於何人，意亦國初教坊人所爲，最爲無稽可笑。」因此他盛讚「本無宮調，亦罕節奏，徒取其畸農、市女順口可歌」的永興雜劇。二、反對以八股時文入曲，提倡自然通俗：「以時文爲南曲，元末、國初未有也，其弊起於《香囊記》，……夫曲本取於感發人心，歌之使奴、童、婦、女皆喻，乃爲得體；經、子之談，以之爲詩且不可，況此等耶？」三、主張本色、通俗，同時又不滿過分俚俗：「塡詞如作唐詩，文既不可，俗又不可，自有一種妙處，要在人理解妙悟，未可言傳。」

沈璟也是本色論的主要倡導者之一。在《詞隱先生手札二通》中他自言「僻好本色」，在《

南九宮十三調曲譜》卷二十中他收入《桂花偏南枝》一曲，並加了這樣的評語：「『勒字』『特故』，俱是詞家本色字面，妙甚！時曲『你做勒兒』與此同。」可見他所欣賞的，只是一些未加提煉的家常語。

比起沈璟來，呂天成、王驥德對本色的認識要深入一些。比如，呂天成認爲本色應當出自作家的素養，不是模仿可以達到的。他在《曲品》中說：「本色不在摹勒家常語言，此中別有機神情趣，一點妝點不來。若摹勒，正以蝕本色。」王驥德在強調本色的同時，還能注意到本色同文詞的關係，他說：「大抵純用本色，易覺寂寥；純用文調，復傷琱鏤。……至本色之弊，易流俚腐；文詞之病，每苦太文。」（《曲律》）

本色派的出現，很快掃蕩了駢儷派的惡劣影響，促進了明代中後期戲曲的發展。但本色論者多半只在語言上下功夫，加之該派中的許多作家同時又是專主格律的吳江派成員，他們過分強調聲腔律呂，也有背徐渭倡導的本色論的初衷。

十九　茶陵詩派

明代詩歌流派。以茶陵（今湖南省縣名）人李東陽爲首，故名。主要成員有謝鐸、張泰、陸釴、彭民望、邵寶、何孟春等。

明代自永樂以來，以三楊（楊士奇、楊榮、楊溥）爲代表的臺閣體長期統治文壇。他們的詩粉飾現實，阿諛執政，嘽緩冗沓，毫無生氣。爲了匡革詩歌頹風，李東陽論詩，第一、主張宗法杜甫，兼學李白、王維、孟浩然，目的是想以深渾雄厚來糾正臺閣體的膚淺紆徐。第二、注重格律、音調，提出「具眼」「具耳」之說，認爲「眼主格」，「耳主聲」。因此他的尊杜也主要在這些方面，他說杜詩「頓挫起伏，變化不測，可駭可愕，蓋其音響與格律正相稱，回視諸作，皆在下風。」（《懷麓堂詩話》）第三、重視感情的抒發，倡言寫詩「貴意」「貴情思」。他說：「所謂比與興者，皆託物寓情而爲之者也……此詩之所以貴情思而輕事實也。」（同上）這些觀點，在當時都有一定的進步意義。

同臺閣體相比，茶陵派的作品較多地反映了社會問題，格調也深厚得多。比如李東陽《擬古樂府》中的一些篇章以及《寄彭民望》、《夜窗聽雨》、《風雨嘆》、《九日渡江》等，或指斥暴政，或反映人民疾苦，或抒寫情懷，或描摹山水，寫得眞切動人，剛健勁爽，給當時的詩壇帶入了一股清新的氣息。

茶陵派是一個由臺閣體向前後七子過渡的詩歌流派。它的出現，打擊了臺閣體的平弱詩風，對前後七子的復古理論產生過一定的影響。但茶陵派詩人大都身居要職，生活貧乏，眼界狹窄，才能平庸，藝術上只知追求形式的典雅，因而未能開創大局面，詩作成就不大。

二十　吳江派

明代戲劇流派，以其領袖人物沈璟爲吳江（今江蘇省縣名）人而得名。其主要成員還有呂天成、卜世臣、王驥德、葉憲祖、顧大典等。

吳江派理論的核心，是講究格律、音調，因而又被稱爲「格律派」。沈璟曾說：「名爲樂府，須教合律依腔，寧使時人不鑑賞，無使人撓喉捩嗓。」（《詞隱先生論曲》）爲此，沈璟還編纂《南九宮十三調曲譜》，於曲調、格式、音律、作法、唱法等詳加釐定，以爲楷模，這對糾正戲曲創作脫離舞臺的現象，起了一定的作用。但沈璟矯枉過正，甚至主張「論詞豈容疏放！縱使詞出繡腸，歌稱繞梁，倘不協律也難褒獎。」（同上）走上了典型的形式主義道路。在語言上沈璟倡導「當行本色」，這自然有進步的一面；只是他把當行本色局限在「摹勒家常語」上，卻又失之褊狹。

和吳江派理論相對立的，在當時有以湯顯祖爲代表的臨川派。兩派互相駁難、歷時日久，影響極大。吳江派雖詆臨川派爲不講音律，但其成就，卻是吳江派遠遠趕不上的。

對於沈璟的主張，吳江派內部也有不同意見，比如王驥德就不滿沈璟的死守格律，他說：「吳江（指沈璟）守法，斤斤三尺，不欲令一字乖律，而毫鋒殊拙。」他也講當行本色，但比沈璟的眼光要寬大，他認爲「曲以模寫物情，體貼人理，所取委曲宛轉，以代說詞。一涉藻繢，便蔽本矣。」並指出「本色之弊，易流俚腐；文詞之病，每苦太文。」（《曲律》）這些觀點在吳江派中雖不占主導地位，但其作用是不可低估的。

吳江派的戲曲創作成就不高，且多已失傳。保存下來的如沈璟「屬玉堂傳奇」中的《紅蕖記》、卜世臣的《冬青記》、呂天成的《齊東絕倒》等略有特色。但他們更多的作品卻鼓吹封建道德和宿命論，內容乏味，平鋪直敘，過分講究音律卻又束縛了他們的才情。凌濛初說沈璟「審於律而短於才，亦知用故實用套詞之非宜，欲作當家本色俊語，卻又不能，直以淺言俚句，掤拽牽湊。」（《譚曲雜札》）實際上是吳江派中人的通病。

二十一　臨川派

明代戲劇流派。以其領袖湯顯祖爲臨川（今江西省撫州市）人而得名。又因湯顯祖家有玉茗堂，其劇作有「玉茗堂四夢」，而被稱爲玉茗堂派。主要成員還有來集之、馮延年、陳情表、鄒兌金、阮大鋮、吳炳、孟稱舜等。

湯顯祖論戲，強調「意趣神色」，反對拘守格律聲調，他說：「凡文以意趣神色爲主，四者到時，或有麗詞俊音可用，爾時能一一顧九宮四聲否？如必按字模聲，即有窒滯迸拽之苦，恐不能成句矣。」（《致呂姜山》）因而他倡導感情說，針對道學家的性理說，他強烈地指出：「情有者理必無，理有者情必無。」（《寄達觀》）「世之假人常爲眞人苦。」（《答王宇泰太史》）他深刻揭示了人情和性理之間的尖銳矛盾，發出了衝破封建性理教條的束縛，爭取個性解放的呼聲，這正是明代新型生產關係萌芽時期的進步社會觀在文學上的投影。與此相聯繫，湯顯祖主張眞實感情的自然流露，反對因襲模仿，他說：「予謂文章之妙，不在步趨形似之間。自然靈氣，恍惚而來，不思而至。怪怪奇奇，莫可名狀。……故夫筆墨小技，可以入神而證聖，自非通人，誰與解此？」（《合奇序》）湯顯祖的這些觀點，對繁榮明代戲曲創作和在戲劇領域內反對道學氣及形式主義的鬥爭中，都起過巨大的積極作用。

從萬曆年間開始，主意趣的臨川派同主格律的吳江派之間展開了長期爭論。從保存下來的材料看，臨川派在論述形式與內容的關係時，有忽視格律的一面，因而存在片面性。但他們基本上擺正了內容與形式的關係，而且，他們也不是不講格律，只是反對因格律而傷害內容與感情。同片面強調格律的吳江派相比，臨川派理論的積極意義要大得多。通過這場爭論，兩派中的部分人士一定程度上看到了對方的長處和自己的不足，比如吳江派的王驥德就曾說：「臨川之於吳江，故自冰炭。吳江守法，斤斤三尺，不欲令一字乖律，而毫鋒殊拙；臨川尙趣，直是橫行，組織之工，幾與天孫爭巧，而屈曲聱牙，多令歌者齚舌。」（《曲律》）這種情形發展下去，到了明清之際，逐漸出現了兩派合流的現象。

臨川派的創作，以湯顯祖的「玉茗堂四夢」（《牡丹亭》、《紫釵記》、《邯鄲記》、《南柯記》）爲代表。這些作品藝術成就很高，尤其是《牡丹亭》一劇，反映情與理的鬥爭，歌頌眞摯愛情，抨擊封建禮教，成功地塑造了要求個性自由發展的杜麗娘形象，語言優美，是我國浪漫主義戲劇文學中的傑作。沈德符說：「湯義仍《牡丹亭》夢一出，家傳戶頌，幾令《西廂》減價！」凡此，是吳江派作家所望塵莫及的。

二十二 公安派

明代萬曆年間產生的文學流派。以其代表人物袁宗道、袁宏道、袁中道三弟兄爲公安（今湖北省縣名）人而得名。此外成員還有江盈科、陶望齡、黃輝、雷思霈等。

公安派是前後七子的強烈反對派。針對前後七子的復古理論，他們提出文學隨時代而變化的觀點，認爲：「文之不能不古而今也，時使之也。……夫古有古之時，今有今之時，襲古人語言之跡，而冒以爲古，是處嚴冬而襲夏之葛者也。」（袁宏道《雪濤閣集序》）因此在文學創作上他們倡導「性靈說」，反模仿，任自然，「務矯今代蹈襲之風」。袁宏道在《小修詩敍》中說袁中道的詩「大都獨抒性靈，不拘格套，非從自己胸臆中流出，不肯下筆。」他們認爲「出自性靈者爲眞詩。」因此他們尚天眞，推尊通俗文學，袁宏道說：「今之詩文不傳矣，其萬一傳者，或今閭閻婦人孺子所唱擘破玉、打草竿之類，猶是無聞無識，眞人所作，故多眞聲……任情而發，尚能通於人之喜怒哀樂嗜好情慾，是可喜也。」（《小修詩敍》）與此相聯繫，他們認爲作文當用平易淺近的語言，反對用典，主張「寧今寧俗，不肯拾人一字。」對於前人，則特別推崇白居易和蘇軾。

公安派理論是明初資本主義思想萌芽在文學中的反映。他們繼承和發揚了李贄的學說，在摧毀前後七子在文壇的統治地位以及打破封建思想的束縛方面，起過積極作用，對淸及近代文學產生過較大影響。但他們把文學的根源歸結爲抽象的「性靈」，忽視社會實踐在文學創作中的地位，則是不可取的。

公安派作家的成就主要在散文上，以袁宏道爲最。他們的作品較多地抒發了作者的眞情實感，文字也平易通暢。但他們強調的「性靈」只是封建士大夫的情調和興趣，因而除個別作品表現了對社會及道學的不滿之外，大部分內容貧乏，袁宏道就曾說他自己「詩中無一憂民字。」他們筆下表現得最多的是山水風光及生活瑣事，藝術上也常有輕佻、鄙俗的缺陷。

二十三 前後七子復古派

前七子是活躍在明代弘治、正德年間的一個文學流派，主要成員有李夢陽、何景明、徐禎卿、邊貢、康海、王九思、王廷相七人，以李、何爲代表。後七子爲活躍在明代嘉靖、萬曆年間的一個文學流派，成員也是七個：李攀龍、王世貞、謝榛、宗臣、梁有譽、徐中行、吳國倫，以李、王爲代表。前、後七子文學理論的核心是復古主義，因此合稱「前後七子復古派」。

前後七子的文學復古理論主要表現在兩個方面：一、主張文學退化論。他們認爲先秦兩漢散文和魏晉盛唐詩歌是最完美的，此後的一切都不値一讀。王世貞說：「西京之文實，東京之文弱，猶未離實也。六朝之文浮，離實矣。唐之文庸，猶未離浮也。宋之文陋，離浮矣，愈下矣。元無文。」（《藝苑卮言》卷三）李夢陽也主張「文自西京，詩自中唐而下，一切吐棄。」（《明史·文苑傳》）二、否認文學的獨創性，刻意摹擬古人。李夢陽甚至說：「夫文與字一也。今人摹擬古帖，即太似不嫌，反曰能書。何獨至於文而欲自立一門戶耶？」（《再與何氏書》）公開標榜摹擬，這段話可以說達到了登峰造極的地步。

不過，前後七子的觀點也並非完全一致。比如，何景明就主張在效法前人時「法同則語不必同」，對李夢陽「稍離舊本，便自杌隉，如小兒倚物能行，獨趨顚仆」（《與李空同論詩書》）的作風也很不滿。謝榛更反對「處富而言窮愁，遇承平而言干戈，不老曰老，無病曰病」（《詩家直說》）的摹擬之作，並一定程度地認識到了「文隨世變」，「有意於古而終非古也」（《四溟詩話》）的道理。

前後七子製作了大量篇篇仿擬句句剽掠的假古董，內容空虛，感情板滯，文字聱耳戟牙，讀者不能終篇。自然，他們也寫過一些現實意義較強的作品，部分摹擬之作意象開闊，藝術新穎，也有可取之處。具體地說，李夢陽古樂府略具漢魏蒼古，近體詩稍得杜甫沈鬱；何景明詩「清遠爲趣，俊逸爲宗」；謝榛詩筆力簡潔，字響句穩；王世貞詩頗有眞情實感。散文如宗臣的《報劉一丈書》，含義深刻，藝術價值也較高。

前後七子復古派在打擊臺閣體和八股文的過程中起到了一定的積極作用，並很快取代了臺閣體統治文壇的地位，「天下推李、何、王、李爲四大家，無不爭效其體。」（《明史·李夢陽傳》）後來又有所謂後五子、續五子、末五子、廣五子等，其創作傾向，都與前後七子基本一致。但是，前後七子否定唐以後的文學傳統，以摹擬代替獨創，其本意是想借此跳出臺閣體的樊籠，結果卻掉進了更深的危機之中。

二十四　桐城派

清代中葉出現的散文流派。以其代表人物方苞、劉大櫆、姚鼐都是桐城（今安徽省縣名）人而得名。成員還有姚範、管同、梅曾亮、姚瑩、朱琦、魯一同等。

開桐城派理論之先的是方苞。他論文以「義法」爲中心，他說：「義即《易》之所謂『言有物』也，法即《易》之所謂『言有序』也。義以爲經，而法緯之，然後爲成體之文。」（《又書貨殖列傳後》）這種要求形式服從內容，內容與形式相統一的思想，無疑是正確的。由此出發，方苞還提出了有關篇章結構、語言等方面的許多精闢見解。

劉大櫆對方苞「義法」說加以發展，指出：「義理、書卷、經濟者，行文之實；若行文自另是一事……故文人者大匠也，神氣音節者匠人之能事也，義理、書卷、經濟者匠人之材料也。」（《論文偶記》）也就是說，儘管文章的思想內容與形式是密切聯繫的，但內容只是材料，要寫好文章還得講究方法技巧。因此，劉大櫆對「法」作了較深入的探討，提出「神爲主，氣輔之」的觀點，但「神」「氣」畢竟是抽象的，於是他又說：「神氣不可見，於音節見之」，「音節無可準，以字句準之。」（同上）最終把作文的基點歸結到音節、字句上。

姚鼐是桐城派理論的集大成者，在方、劉的基礎上他提出「義理、考證、文章」三者合一的觀點：「余嘗論學問之事，有三端焉，曰：義理也，考證也，文章也。」（《述庵文鈔序》）三者之中，他認爲義理是主要的：「明道義、維風俗以昭世者，君子之志；而辭足以盡其志者，君子之文也。」（《復汪進士輝祖書》）而在義理與文章之間，考證徵實精神也很重要：「以考證助文之境，正有佳處」。（《與陳碩士》）

桐城派的古文理論也有局限性，他們的「義」，自然是封建道德觀念，「法」又主要是指音節字句，也不全面。但桐城派理論的基本傾向是適合封建統治階級需要的，他們提出的古文作法也較切實可學，所以很快就取得了散文創作的統治地位，當時就有「天下文章其在桐城乎」的讚譽。其影響所及，直到五四運動前後。

桐城派的散文感情淡泊，氣魄也不夠闊大，但不羅列材料，結構謹嚴，語言簡煉雅潔，通順流暢。以內容而論，多傳狀、碑誌，反映現實的較少，其佳作多是描寫山水風光和記事的文章，如方苞的《獄中雜記》、《左忠毅公逸事》，劉大櫆的《黃山記》，姚鼐的《登泰山記》等，都是長期傳頌的名篇。

二十五　浙西詞派

清代康熙、乾隆年間的重要詞派，以其創始人朱彝尊及大多數重要成員爲浙西人而得名。朱與龔翔麟、李良年、李符、沈皞日、沈登岸並稱「浙西六家」，是該派的中堅力量，此外還有汪森、錢芳標、丁彭等。稍晚的厲鶚大力發揚朱彝尊的詞學理論，也被目爲浙西詞派的重要作家。

詞至元明，漸趨衰微。明人詞，或繼花間餘緒，專寫閨情花草，或強爲壯語，流入叫囂。針對這種狀況，朱彝尊力主雅正，企圖振興詞壇。他認爲「詞以雅爲尚。」（《樂府雅詞跋》）「念倚聲雖小道，當其爲之，必崇爾雅，斥淫哇，極其能事，則亦足以宣昭六義，鼓吹元音。」（《清詞綜》）爲了貫徹自己的主張，他舉南宋詞爲楷模：「世人言詞，必稱北宋，然詞至南宋始極其工。至宋季而極其變。」（《詞綜發凡》）而於南宋，尤其推崇詞風醇雅的姜夔和張炎。他認爲「詞莫善於姜夔。」（《黑蝶齋詩餘序》）說自己填詞「不師秦七（秦觀），不師黃九（黃庭堅），倚新聲玉田（張炎）差近。」（《自題詞集》）

朱彝尊清空醇雅之說在當時影響很大。他自己曾說：「浙西填詞者，家白石（姜夔）而戶玉田。」（《清詞綜》）在這種理論指導下，朱彝尊一方面提倡填詞應「假閨房兒女之言，通之於《離騷》、變『雅』之義。」（《紅鹽詞序》）故其詠物詞往往空谷傳響，有所寄託；抒情詞中也有一些感慨遙深的作品。另一方面他又認爲「詞則宜於宴嬉逸樂，以歌詠太平。」（《紫雲詞序》）所以又寫了許多冶遊、瑣事一類作品，內容貧弱，大大降低了詞的社會作用。此外，他講清空雅正，多在字句聲律上作文章，並借此否定蘇辛詞，對後世產生了很壞的影響。

浙西詞人的作品，藝術上有獨到之處。其佳作，風格清麗高秀，音調圓轉瀏亮，筆觸疏細輕巧，字句工煉精美。尤其是朱彝尊所作，醇美雅俊，功力很深。陳廷焯《白雨齋詞話》評朱彝尊詞說：「疏中有密，獨出冠時」，「盡掃陳言，獨出機杼」，但「微少沈厚之意……託體未爲大雅」，下者，則意旨晦澀，過分講究藻飾，割綴撏扯，有碎巧飣餖之失。

二十六　常州詞派

清代嘉慶年間出現的重要詞派。以其創始人張惠言是常州（今江蘇省常州市）人而得名。代表作家還有張綺、董士錫、周濟、惲敬、左輔、錢季重、李兆洛、丁履恆、陳繼輅、金應珪、金式玉等。

自朱彝尊提倡清空醇雅，後繼者推而廣之，詞作內容越來越空虛、狹窄。有鑑於此，張惠言首倡「寄託」說。他認爲塡詞必須要有深刻寓意：「傳曰：『意內言外，謂之詞。』其緣情造端，興於微言，以相感動，極命風謠。……蓋《詩》之比興，變風之義，騷人之歌，則近之矣。」（《詞選序》）他認爲詞應該像《詩經》、《離騷》那樣，以微言寄託大義，這顯然超過了以朱彝尊爲代表的浙西詞派。基於此種理論，張惠言編《詞選》，大量選入唐、五代作品，少選南宋詞，姜夔、張炎詞選得更少。對入選各家還作了不少中肯的評語。但張惠言的「寄託」，並非眞正重視詞的現實內容，主要仍在形式上下功夫。再說他過分強調寄託，自然排斥蘇、辛；而且爲了尋求前人詞作中的「寓意」還作出了一些穿鑿附會甚至有背事實的評論。

繼承張惠言的理論並作了卓有成效的發揮的是周濟，他認爲詞應當有「論世」作用，不能僅僅是個人情緒的寄託。他說：「感慨所寄，不過盛衰：或綢繆未雨，或太息厝薪，或己溺己飢，或獨清獨醒，隨其人之性情學問境地，莫不有由衷之言。見事多，識理透，可爲後人論世之資。詩有史，詞亦有史，庶乎自樹一幟矣。」（《介存齋論詞雜著》）他發展張惠言的「寄託」說，提出了「非寄託不入，專寄託不出」等一系列著名論斷。在作家論上，他雖以周邦彥、辛棄疾、王沂孫、吳文英爲「領袖一代」的四大家，但同時又以辛詞爲變體，這說明周濟的理論仍在圍繞著詞的形式兜圈子，結果是有意無意地把詞作引入了迷離恍惚的境地。至於他以「非寄託不入，專寄託不出」爲論詞的唯一原則，就必然要否定正面反映現實的作品，影響也是很不好的。

常州派詞作，婉曲沈鬱，往往能以微言寄寓感慨。但他們常有手不及眼之弊，理論不能眞正貫徹到創作實踐中去，因此產生了許多內容貧弱的作品。藝術上也由於刻意追求深曲，致使流入晦澀一路。

常州詞派影響很大，至清末不衰。近代詞壇上的譚獻、王鵬運、朱孝臧、況周頤四大家就更多地接受了他們的理論，所以被某些論者列入到常州詞派之中。

二十七　陽羨派

清代初年詞派，以其代表人物陳維崧的家鄉宜興（今江蘇宜興市）爲古陽羨地而得名。同派作家還有曹貞吉等。

陳維崧詞的主要特點是題材廣闊。作爲由明入清的作家，他的詞有不少抒發了亡國之痛，其中一些，還在哀亡之中夾雜著對明末統治集團荒淫誤國罪行的譴責，意蘊分外深刻。此外，他的詞作也大膽揭露清代不合理的社會現象，譏刺剝削者的罪惡行徑，同情勞動群眾的悲慘境遇，凡此，在清人詞作中都是比較罕見的。至於那些抒寫懷抱、感傷身世之作，在陳維崧詞中爲數更多，藝術成就也更高。

陳維崧詞效法蘇、辛，尤與辛棄疾相近，風格豪邁奔放，多用賦體，喜爲壯語，遣詞自然，善借經史百家古文奇字入詞，尤其能在小令中寫入高歌壯語，寄託雄渾蒼涼的感情。陳廷焯評其《醉落魄·詠鷹》時說：「聲色俱厲，較杜陵『安得爾輩開其群，驅出六合梟鸞分』之句，更爲激烈。」（《白雨齋詞話》）正道著了陳維崧詞的這一特徵。

然而，陳維崧的詞風又是多方面的。他有不少詠物詞寫得婉美清嫻，意遠態穠，還有一些把剛健與俊雅結合得很好的作品。所以蔣景祁在爲其文集所作的序中說他的詞「以爲蘇、辛可，以爲周、秦可，以爲溫、韋可，以爲左、國、史、漢、唐宋諸家之文亦可……取裁非一體，造就非一詣，豪情艷趁，觸緒紛起，而要皆含咀醞釀而後出。」不同風格都能精到，說明作者工力之深。

陳維崧詞的不足之處，是寫了不少內容空虛甚至腐俗無聊的東西，藝術上也缺乏蘇、辛詞中那種深厚沈鬱的力度，又由於過分追求宏大的氣魄和壯闊的波瀾，因而往往流入「蹈揚湖海，一發無餘」和劍拔弩張的境地，出現了不少輕率的作品。

曹貞吉論詞，強調獨創，強調豪放。他的作品，也以蒼涼雄渾者爲上。王煒《珂雪詞序》稱其詞「語多奇氣，惝恍傲睨，有不可一世之意。」然其集中，同樣有不少刻畫工麗的詠物詞，這種情形，與陳維崧極相接近。

二十八　宋詩派

清代道光、咸豐年間的詩派，因爲該派理論以標榜、學習宋詩爲核心，故名。主要成員有程恩澤、祁寯藻、曾國藩、何紹基、鄭珍、莫友芝等。

明代以來，詩人崇尚漢魏盛唐，字模句仿，把詩歌創作引上了絕路。到了清代，不斷有人探索別的出路，宋詩派即是一例。

宋詩派受北宋江西詩派影響，寫詩推尊蘇軾、黃庭堅，也主張學杜甫、韓愈，個別成員還學李白、白居易等人。不過，他們的學習，目的是寫出自己的風格特徵。鄭珍《論詩示諸生時代者將至》說：「從來立言人，絕非隨俗士。」何紹基《使黔草自序》也說：「詩文不成家，不如其已也。」怎麼方可自成一家，何紹基認爲：「然家之所以成，非可於詩文求之也，先學爲人而已矣。」「人與文一，是爲人成，是爲詩文之成家。」（同前）此外，他們還倡導「性靈」和學識：「固宜多讀書，尤貴養其氣。」（鄭珍《論詩示諸生時代者將至》）想在當時平分詩壇的「神韻」、「格調」、「肌理」諸說之外另立門戶。從理論上講，他們的這些觀點都不乏可取之處，但他們的所謂「學爲人」是指封建士大夫的修養，就是要能「扶持綱常，涵抱名理。」加之他們中的大多數是達官顯貴或漢學家，生活貧乏，才力平庸，詩作中雖有一些同情人民、揭露現實的作品，更多的題材卻是山水、題畫、應酬、扈從，詩歌成了娛樂消遣的工具。藝術上過多地注重聲律字句，有意追求怪險古奧的風格，並賣弄學識，使詩歌成爲「長於考證」的「學人之詩」，呆板枯槁，缺乏生氣，更少創新，所走的基本上也是形式主義道路。

宋詩派在當時影響很大，甚至形成「宋詩運動」。同治、光緒年間陳三立、鄭孝胥、陳衍等創立的「同光體」，實際上就是宋詩運動的延續。

二十九　陽湖派

清代乾隆、嘉慶間散文流派。以其代表人物惲敬、李兆洛為陽湖（今屬江蘇省常州市）人而得名。此外代表人物還有張惠言。

陽湖派較多地接受了桐城派的理論，因此有時被算作桐城派的旁支。該派作家也提倡唐宋古文，也主張作文應闡明「聖人」之道，表達「聖人」之志。但他們不滿桐城派的專主孔、孟、程、朱，主張兼學諸子百家，惲敬說：「百家之敝當折之以六藝，文集之衰當起之以百家。」（《大雲山房文稿二集序》）不管學誰，都要取其所長，捨其所短：「斷斷焉折其正變，區其長短。」（《上曹儷笙侍郎書》）此外，他們還主張「通萬方之略」，統「事物之頤」，也就是說寫文章應注重考據及經世之學。在文風問題上，他們認為學古文要兼取駢文之長。這些觀點，自然比桐城派的理論要全面一些。可惜的是陽湖派作家沒有能夠把這些主張貫徹到創作實踐中去，因而其影響遠不如桐城派之深廣。

創作上，陽湖派有意糾正桐城派散文單薄拘謹之弊，行文駢散兼濟，較有氣勢，也注意辭藻；但卻往往由此流入駁雜，不如桐城派的典雅洗煉。加之限於才力，他們的散文成就也並沒有超過桐城派。具體說來，惲敬散文風格剛勁峻峭，張惠言文「不適於虛無，不溺於華藻，不傷於支離」（阮元《茗柯文編序》），李兆洛散文更善於汲取駢文之長，也都各有一番特色。

三十　漢魏六朝詩派

近代詩派。該派的主要創作傾向是模擬漢魏六朝古詩，故名。代表作家有王闓運、鄧輔綸、陳銳、程頌萬、高心夔等。

王闓運論詩，講究風格「家數」，他說：「文有朝代，詩有家數。……詩由心聲，故一人有一人之派。」（《緗綺樓說詩》，下同）他又講究「格調」：「詩以養性，且達難言之情，既不講格調，則不必作，專講格調，又必難作。」在學詩的方法上，他認為應當先從五言入手，而學五言，又必以漢魏六朝作品為楷模：「作詩必先學五言，五言必讀漢詩，而漢詩甚少，題目種類亦少，無可揣摩處，故必學魏晉也。詩法備於魏晉，宋齊但擴充之，陳隋則開新派矣。」關於形式和內容的關係，王闓運的主要傾向是偏重形式。他曾明確提出「重詞不重意」之說：「自來推曹子建為大家，無一靈妙句，阮嗣宗稍後之，便高華變化不可方物，而不為大家者，重意不重詞也。詩之旨則以詞掩意，如以意為重，便是陶淵明一派，……」然而在另一些地方，他又強調積極的內容對形式的主導作用：「五十年來事事新，吟成詩句定驚人。」（《憶昔行與胡吉士論詩因及翰林文學》）可見他在這個問題上的態度是複雜的。

漢魏六朝派的作品，有一些反映了社會現實，時代氣息較濃。如王闓運的《圓明園》譴責侵略者的罪行，傳頌一時。只是這種作品為數不多。藝術上，他們的部分詩篇蒼勁沈鬱，大有漢魏古風，但更多的作品模擬太甚，片面追求典雅，缺乏生氣及情韻。陳衍《近代詩鈔》說：「緗綺（王闓運號）五言古沈酣於漢魏六朝者至深，雜之古人集中直莫能辨。」「蓋其墨守古法，不隨時代風氣爲轉移，雖明之前後七子無以過之也。」自然，漢魏六朝派詩人的創作也並非全是一個面貌。比如高心夔七言學杜甫，程頌萬詩兼學李賀、李商隱、溫庭筠，視野就都比較開闊。

三十一　舊紅學派

《紅樓夢》研究學派，存在於清乾隆至五四運動的一百多年間。主要由「評點派」和「索隱派」兩部分構成。

評點派用傳統評點法闡發自己的觀點，大都在原書的重要字句、段落上加分評，每回另加總評。其中占重要地位的是脂硯齋。脂硯齋主人由於同曹雪芹有密切關係，所以評點中提供了有關曹雪芹的生平事跡、文藝觀點以及《紅樓夢》創作過程、取材、後四十回情節線索等具體材料，是後來的《紅樓夢》研究者常常採用的依據。此外，王雪香《新評繡像紅樓夢全傳》認爲《紅樓夢》意在宣傳「色」「空」二字，張新之《妙復軒評石頭記》認爲「《紅樓夢》是暗《金瓶梅》，較《金瓶梅》尤造孽」，哈斯寶《新譯紅樓夢》認爲《紅樓夢》是一部宣揚封建綱常的書，他們用唯心主義方法穿鑿附會地解釋原著，對後世發生過惡劣影響。

索隱派企圖從原著的字裡行間探求眞實史事的影射，代表觀點有：一、「明珠家事說」，張維屛《聽松廬詩話》、俞樾《小浮梅閒話》等認爲《紅樓夢》所寫爲康熙朝宰相明珠家事，賈政即明珠，賈寶玉即明珠子納蘭容若，賈雨村即高江村，「十二釵」皆爲納蘭家座上客。二、「清世祖與董小宛故事說」，代表著作是王夢阮、沈瓶庵的《紅樓夢索隱》。此說把《紅樓夢》故事附會成順治皇帝同董鄂妃的傳說，認定賈寶玉就是順治，林黛玉就是董鄂妃。三、「康熙朝政事說」，代表著作是蔡元培的《石頭記索隱》。此說認爲《紅樓夢》是反淸政治小說，其中所謂泥作的骨肉指滿人，水作的骨肉指漢人，「書中紅字，多影朱字。朱者明也，漢也。」「寶玉有愛紅之癖，言以滿人而愛漢族文化也。好吃人口上胭脂，言拾漢人餘唾也。」因此便認爲賈府影射淸朝，賈寶玉既是淸廷傳國玉璽，又影射康熙太子胤礽，林黛玉影射朱彝尊，薛寶釵影射高江村……此外，屬於索隱派的還有「和珅家事說」、「宮闈祕事說」等。索隱派離開小說中的藝術形象憑空臆測，如果說評點派還多少有點藝術鑑賞眼光，那麼索隱派則純屬無稽之談。

舊日列入索隱派的，還有王國維，他在論文《紅樓夢評論》中提出「解脫說」，認爲賈寶玉的玉就是生活之慾，而慾念又是人生痛苦之根源，因此寶玉出家，正是「滅絕生活之慾」的「解脫之道」。這種理論，是王氏消極思想在文學研究中的反映。王國維的功績在於他高度肯定了《紅樓夢》的美學價值，第一次從藝術與人生、藝術與現實、藝術與作家思想的關係的角度考察《紅樓夢》，這與評點派、索隱派有著本質區別。所以，王國維的學說，實際上已經開拓了新紅學派的先河。

三十二　新紅學派

《紅樓夢》研究學派，主要活動在一九一九年五四運動到一九五四年之間，代表人物是胡適、陳獨秀、顧頡剛、俞平伯等。

新紅學派在舊紅學派已經打下的基礎上，進一步作了大量的考證工作，爲《紅樓夢》的深入研究提供了材料。

胡適在《紅樓夢考證》等論文中，首先用較充分的證據證明了《紅樓夢》的作者是曹雪芹，並大體推斷出曹雪芹的生卒年和家世，然後提出《紅樓夢》是曹雪芹「自敍傳」的說法。這種理論廓清了舊紅學派罩在《紅樓夢》上的諸般迷霧，把作品同作者的生平聯繫起來，在說明文藝同現實生活的關係上起了積極作用。然而，胡適運用資產階級實驗主義哲學來研究《紅樓夢》，認爲這部「自敍傳」「只是老老實實」地與曹家「坐吃山空、樹倒猢猻散」的「自然趨勢」，是一部「平淡無奇」的「自然主義傑作」，這就否定了《紅樓夢》巨大的社會意義及不朽的藝術力量，從一個極端走上了另一個極端。

受胡適影響並在新紅學派中取得較大成就的是俞平伯。他的《紅樓夢辨》和《紅樓夢簡論》等著述考證、評論了前八十回、後四十回及各種續書，確認曹雪芹的原本只有前八十回和一些殘稿，後四十回則是高鶚所續。在《紅樓夢簡論》中，俞平伯還就《紅樓夢》的傳統性、獨創性等問題進行了深入的評析。俞平伯的不足，除考證繁瑣，有些地方又失之粗疏以外，主要是錯誤地提出了「釵黛合一」論。這種論調抹殺了寶釵和黛玉這兩個互相對立的形象之間的差異，否定了形象的社會意義，也就部分地否定了《紅樓夢》的巨大藝術成就。

三十三　鴛鴦蝴蝶派

近代小說流派。該派早期作品以言情小說爲主，在這些作品中，「佳人和才子相悅相戀，分拆不開，柳蔭花下，像一對蝴蝶，一對鴛鴦。」（魯迅《上海文化之一瞥》）所以稱爲鴛鴦蝴蝶派。又因他們發表小說的主要陣地之一是《禮拜六》雜誌，所以又被稱爲「禮拜六派」。代表作家有包天笑、周瘦鵑、陳蝶仙、徐枕亞等。

鴛鴦蝴蝶派是資產階級玩世縱慾的頹廢思想和封建文人吟風弄月習氣相結合的產物。鴉片戰爭後，帝國主義勢力夾帶著大量毒素湧進中國，進步思想受壓，頹廢享樂等世紀末思想泛濫。於是，聚集在上海的一些封建遺老和洋場新少便大量創作庸俗的言情小說，以適應有閒階級和小市民低級下流的追求與情趣。他們創辦了《小說叢報》、《民權素》、《小說新報》等期刊，公開宣稱《本雜誌不談政治，不涉毀譽」；標榜趣味第一，把文學當成遊戲和消遣的工具。爲了迎合讀者的需要，鴛鴦蝴蝶派小說宣揚愛情至上，甚至用欣賞的態度描寫色情。後來又由此擴展到武俠、神怪、公案、娼門、宮闈等領域。早期作品多用駢四儷六的文言，中間不時穿插一些香艷詩；後來受西洋小說的影響，又堆砌外來詞語，套用歐化句法。內容則千篇一律，千人一面，故事情節虛假，脫離現實，追求離奇曲折，藝術性極有限。

鴛鴦蝴蝶派的總傾向是反動的、腐朽的。但他們的某些作品也曾起過揭露現實和抨擊封建婚姻制度的作用。抗日戰爭時期，他們中不少人寫「國難小說」，反映了一定的愛國精神。藝術上，他們引進西洋小說中的一些表現手法，對中國現代小說，特別是短篇小說的發展，產生過積極作用。此外，該派部分作者翻譯、介紹外國文學作品，貢獻尤爲重大。

鴛鴦蝴蝶派形成於一九〇八年前後，辛亥革命後開始興盛。五四運動後經新文學的強大衝擊，營壘逐漸縮小，但眞正銷聲匿跡，卻是到了解放前後。

古代文學體裁

一　二言詩

每句兩字的詩體。這是原始時代人們集體口頭創作的一種古老歌謠，是適應短促的勞動節奏，以及當時語言中單音詞較多的情況而產生的。據《文心雕龍·章句》云：「唯祈父肇禋，以二言爲句。尋二言肇於黃世，竹彈之歌是也。」如《吳越春秋》所載的《彈歌》：「斷竹，續竹，飛土，逐宍（古肉字，指禽獸）。」這就是相傳爲黃帝時代的原始獵歌，通篇以二字爲句，簡練而完整地表現了先民的狩獵場面和過程。二言詩儘管在語言加工和形象描寫方面還很幼稚、粗略，但爲我國古代詩歌體制打下了初步的基礎，促成了以後各種古代歌謠和詩歌樣式的發展、繁榮。

二　三言詩

每句三言的詩體。宋嚴羽《滄浪詩話》：「三言詩起於晉夏侯湛。」清趙翼《陔餘叢考》：「三言詩：《金玉詩話》謂起於高貴鄉公。然《安世房中歌》『豐草葽』及『雷震震』二章，《郊祀歌》之『練時日』、『太乙貺』、『天馬徠』等章，已創其體，則不始於魏末矣。」

二言以後的詩體，曾經歷了一個不統一的時期，但方向是相同的，就是把詩句加以擴展、延長。三言詩作品不多，在我國詩歌史上沒有占據重要地位。

三　四言詩

每句四言的詩體。由於社會的發展和人類生活的日益豐富，語言也在不斷發展變化。二言體以後占主導地位的是四言體，這就是我國詩歌史上的《詩經》時代。

四言體詩，集中地保存在《詩經》中。它收集西周初年（西元前十一世紀）到春秋中葉（西元前六世紀）約五百年的周代詩歌，共三〇五篇。（參見《詩經》條）

四　五言詩

每句五言的詩體。包括五古、五絕、五律、五排等，是古代詩歌的主要形式之一。

五言詩產生於漢代，在民間歌謠中首先出現，然後被文人引入文壇，逐漸成爲詩體中的普遍形式。

漢末（主要是建安時期）魏晉六朝，是五言詩體的興盛時期，這一時期主要作家的著名作品，大多是用五言體寫成的。五言已成爲這時期最普遍的詩歌形式。劉勰在《文心雕龍·明詩》篇中說：「暨建安之初，五言騰踴。文帝、陳思（曹植），縱轡以騁節，王（粲）、徐（幹）、應（瑒）、劉（楨），望路而爭驅。」梁鍾嶸《詩品》是專門評論五言古體作品的批評專著。隋唐之後，隨著聲律理論的興起和成熟，又出現了五言近體（包括五絕、五律、五排）。

五　六言詩

每句六字的詩體，有古體、今體、律詩、絕句之分。

從現存史料看，漢末孔融的六言詩爲最早，此後有些詩人也曾做六言四句的短詩，在律詩興起後，平仄對偶多依律詩格調。如唐王維的《田園樂》：「桃紅復含宿雨，柳線更帶朝烟。花落家僮未歸，鳥啼山客猶眠。」此後六言詩創作不多，藝術上未能有較大提高，在我國文學史上無大影響。

六　七言詩

每句七字的詩體，包括七古、七律、七絕、七排等。它是古代詩歌的主要形式之一。

七言詩，始於漢武帝柏梁殿聯句，此後歷魏、晉而至南北朝時期，開始有了較大的發展。七言詩由文人試作到長足的進步，起關鍵作用的一是魏文帝曹丕，他的兩首七言《燕歌行》，句句用韻，意脈貫注，一洗騷體舊跡；二是劉宋時期的大詩人鮑照。鮑照出身寒微，富於反抗性。他的詩歌，從內容到形式都表現出卓然不同於流俗的風貌。特別是他積極向民間樂府歌辭學習，善於汲取民間詩歌營養而又加以創新。他的著名的《擬行路難》十八首，其中就有五首通體是七言。此後，七言詩日益爲人們所喜愛，蔚然而成大觀了。

七　八言詩

每句八字的詩體。淸趙翼《陔餘叢考》：「世罕有八言詩。《漢書·東方朔傳》，朔有八言七言上下。晉灼曰：八言七言詩各有上下篇也，然今已不傳。《毛詩》中，惟『我不敢效我友自逸』一句。顧寧人以『胡瞻爾庭有懸貆兮』爲八言，然兮字尙是語助，非詩中之字也，此外也不經見。《舊唐書》盧群在吳少誠席上作歌諷之曰：『祥瑞不在鳳凰麒麟，太平須得邊將忠臣。但得百僚師長肝膽，不用三軍羅綺金銀』此則通首八言。」古來通篇八言的作品是很少見的。

八　九言詩

每句九字的古體詩。梁蕭統《文選序》：「又少則三字，多則九字，各體互興，分鑣並驅。」唐呂向註：「文始三字，起夏侯湛；九言出高貴鄉公。」明汪珂玉《珊瑚網》載元時天目山僧明本有《梅花詩》云：「昨夜東風吹折中林梢，渡口小艇滾入沙灘坳。野樹古梅獨臥寒屋角，疏影橫斜暗上書窗敲。半枯半活幾個孱蓓蕾，欲開未開數點含香苞。縱使畫工善畫也縮手，我愛清香故把新詩嘲」。

九　雜言詩

長短句相雜的詩體。最初出於樂府，詩中句子字數長短間雜，無一定標準，最短一個字，長句有達九、十以上者，以三、四、五、七相間雜者為多。明徐師曾《文體明辨》：「古詩自四、五、七言之外，又有雜言，大略與樂府歌行相似，而其名不同，故別立為一類，以繼七言古詩之後。」

十　辭賦

文體名。辭指以屈原為代表的作家所創作的楚辭。賦指漢代興起的主要文學樣式漢賦。語出《史記·司馬相如列傳》：「會景帝不好辭賦」。又《漢書·枚乘傳》：「梁客皆善辭賦，乘尤高。」由於辭和賦在寫作上都有講究詞藻和注重鋪陳排比等特點，所以漢人認為辭和賦是同一體裁，因而常常並稱。實際上辭和賦是性質不同的兩種體裁。辭屬於詩歌的範疇，可以入樂演唱，它的最大特點是抒情。賦雖然也押韻，但它「不歌而誦」，其主要特點是「鋪采摛文」，是「體物寫志」。因此賦詠物說理的成分多，抒情的成分少。它的主要特點是鋪陳事物，多用散文句式，句子字數不限。句與句之間多用連接詞語。在形式上注意句子的整齊工巧，強調詞藻的華美艷麗，有意堆砌奇字怪字。在修辭上大作文章，排偶、對仗、比喻、夸張，無所不用其極。因而典型的漢賦是一種有韻的散文，其性質介乎詩與散文之間。但賦是由辭發展演變而來的。《文心雕龍・詮賦》說：「然賦也者，受命於詩人，拓宇於楚辭也。」可見，辭和賦的淵源關係。正因爲辭和賦，尤其是騷體賦，區別不大，漢人才從形式上把它仍看作同一類文體。後來也常用辭賦來指漢代的典型大賦，即古賦。

十一　騷體

古代韻文中的一種體裁。又稱「楚辭體」。楚辭，是屈原吸取楚國民間文學楚歌和巫歌的豐富營養，在南北文化交流的情況下，受戰國諸子汪洋恣肆、鋪陳辭采的文風的影響而創造的一種全新的文學體裁。在屈原所開創的楚辭體中，最有代表性、對後代影響最大的作品是《離騷》。故後人用「騷體」來稱代具有楚辭體特點的韻文作品。此類作品突破了四言定格，篇幅、字句較長，富於浪漫氣息，抒情成分較濃，多用「兮」、「些」等字以助語勢，是一種形式自由的抒情文體。騷體之名最早見於六朝，但模擬楚辭的騷體作品在西漢就很流行。如劉邦的《大風歌》、漢武帝的《瓠子歌》和《秋風辭》、王褒的《九懷》、劉向的《九嘆》、揚雄的《畔牢愁》等都是。宋人晁補之編有《續楚辭》二十卷，《變離騷》二十卷，後來朱熹據此二書加以增删，編《楚辭後語》六卷，收錄有歷代至宋具有代表性的騷體作品。一般而言，後來的騷體作品大多只是仿效屈原「楚辭體」作品的某些形式和技巧，內容比較貧乏，藝術上很少有創新。但騷體作爲一種文學體裁，對後代文學卻發生了深遠的影響。許多著名的作家，如李白、韓愈、柳宗元、蘇軾等，都寫過一些騷體作品。

十二　漢賦

漢代最主要的一種文學體裁。吸取《楚辭》、荀卿《賦篇》的體制詞藻、縱橫家鋪張的手法而形成。王國維在《宋元戲曲史序》中說：「楚之騷，漢之賦，六朝之駢語，唐之詩，宋之詞，元之曲，皆所謂一代之文學，而後世莫能繼焉者也。」又稱古賦，梁沈約《兎園賦序》：「聊爲古賦，以奮枚叔之制焉。」按傳統的觀點，賦是來源於《詩經》的。它由「詩六義」之一的賦——一種鋪陳直言的表現手法，發展演變爲一文學體裁。因而班固在《兩都賦序》中說：「賦者，古詩之流也。」在《藝文志》中說：「大儒孫卿及楚臣屈原離讒憂國，皆作賦以風，咸有惻隱古詩之義。」可見，屈原、荀卿和追踪屈子的詩人之賦皆屬於「賢人失志」之作，直接上承了「三百篇」中「詩言志」的傳統。此外，漢賦中尙有全用四言的體制，如揚雄的《逐貧賦》，劉歆的《燈賦》等。所以詩和賦的關係是很密切的，因而班固在《藝文志》中列有詩賦略。

荀子是最早以賦名篇的作家。荀賦託物言志，重在說理，體制上已和漢賦比較接近。但以屈原爲代表作家的《楚辭》，則對漢賦的形成起了重大的影響。楚辭華美的詞藻，誇張鋪排的手法，宏偉的結構，設爲問答的形式，都爲漢賦的形成起了重大的影響。因而劉勰在《文心雕龍·詮賦》中說：「及靈均唱騷，始於聲貌，然則賦也者，受命於詩人，而拓宇於楚辭也。」漢初的賦，很多在形式上完全採用楚辭的體制。如賈誼的《弔屈原賦》，司馬相如的《長門賦》，揚雄的《太玄賦》等。這些騷體賦的出現，可以看出賦和楚辭之間明顯的蛻變關係。特別是楚辭作家宋玉的作品，如《高唐賦》、《神女賦》和《風賦》等，文采穠艷，誇張鋪排，篇首設爲客主問答，和屈原諸作及宋玉本人的《九辯》判然有別，已完全與詩脫離，形成一種獨立的文體。因而班固在《藝文志》中說：「其後宋玉、唐勒，漢興枚乘，司馬相如，下及揚子雲，競爲侈麗宏衍之詞，沒其風諭之義。」劉勰也認爲荀子宋玉的作品，「爰錫名號，與詩畫境，六義附庸，蔚爲大國。遂客主以首引，極聲貌以窮文，斯蓋別詩之原始，命賦之厥初也。」正因爲如此，有的學者把荀宋或宋玉看作賦體的創始人。

漢賦是兩漢四百餘年文學的主要形式，在文學史上有一定的地位和價值。按體制可分爲三類：騷體賦、散體賦和抒情小賦。騷體賦主要盛行於漢初，是散體大賦的前驅形式。散體大賦是漢賦的主幹，主要盛行於武帝至和帝、安帝之世。抒情小賦是漢大賦的演變，出現於東漢。

十三　散體賦

漢賦的一種類型。最能代表漢賦的特色。是最典型的漢賦作品。散體賦假設問答，韻散間出，散文意味很濃。因其篇幅較長，體制恢宏，或稱漢大賦。劉勰在《文心雕龍·詮賦》中說：「賦者，鋪也，鋪采摛文，體物寫志也。」「鋪采摛文，體物寫志」是賦的特點。「鋪采摛文」指賦的形式，「體物寫志」是賦的內容。這兩點構成了漢賦的特質。

漢初的騷體賦受楚辭影響很深，以寫志為主，抒情氣息很濃。至枚乘的《七發》則結構宏大，全用對答式寫成。《七發》句式多散文化，已完成騷體向漢代大賦的轉化，是散體賦正式形成的第一篇作品。由於漢帝國的強大統一，社會經濟的繁榮，到了宣武之世，最能表現這種社會意識形態的漢賦就盛極一時，成為漢文學的主流。其代表作家司馬相如的《子虛》、《上林》，揚雄的《甘泉》、《羽獵》，描繪了封建帝國的宮苑遊獵；東漢班固的《兩都》，張衡的《二京》，鋪敘了漢代都城的氣勢規模和生活狀況。這些都是典型的漢賦作品。

典型的散體賦在結構上多採用主客對話形式。賦前往往有序，說創作緣由。賦文分三部分。「首」常常通過簡短對話，陳述賦中人物問對的情由。中間部分是「主」「客」問答，為作品主要內容。結尾以一方向另一方表示心悅誠服而告終，或採用楚辭體的「亂曰」等。從「鋪采摛文」來看，漢散體賦很講究形式美。它的語言詞藻豐富，文采艷麗。它「合纂細以成文，列錦繡而為織。」從各種角度對事物盡情描繪，力求窮形盡相。這就使鋪敘手法進而變得侈麗宏衍，更為鋪張揚厲。同時在對事作多角度的描繪時，大量使用排比、對偶等手法，大量鋪陳詞采，作出超越時間和空間的誇張。從「體物寫志」看，散體賦以體物為主，大部分都是歌功頌德、粉飾太平的作品。儘管在篇末附帶一點諷諫之意，也是「勸百諷一」。這種描寫都城建築，宮殿遊獵的作品，是純粹的宮廷文學。東漢以後，散體賦開始衰微，短篇的抒情小賦開始出現。

十四　抒情小賦

漢賦的一種類型。漢賦中價值較高的是東漢中葉以後出現的抒情詠物小賦。東漢後期，大賦衰微，抒情小賦逐漸興起，這是與當時的政治經濟有密切關係的。這時期外戚宦官專權，漢初以來表面的太平已經消逝，社會紛亂不堪。面對殘酷的現實，一些正直、有識的辭賦家感於時弊，一改前朝專事歌功頌德鋪采辭藻的長篇大賦，而製作諷刺時事，抒情詠物的短篇小賦。

班彪的《北征賦》寫沿途所見，觸景抒懷，開抒情小賦之先聲。趙壹的《刺世疾邪賦》是東漢著名的抒情小賦之一，是漢賦中的珍品。賦中揭露和譴責統治階級的「寧計生民之命，唯利己而自足」的貪婪本性和惡濁風氣，這種憤世嫉俗的反抗精神、明察政變的銳利目光和潔身自好的堅定信念，使這篇賦的思想內容極爲深刻。它的語言犀利，感情色彩強烈，寫法上變漢賦的板滯華麗、含蓄爲疏暢、通俗、直率，篇幅也較短，促使了賦體的變化，對後世有一定的影響。張衡的抒情小賦《歸田賦》抒情言志，表現了「仕不得志」的憤懣之情，贊美了田園生活，反映了不與權貴同流合污的思想。《述行賦》是蔡邕的辭賦名篇。小賦通過途中所見所感和古人古事的聯想，借古刺今，抒發了作者對人民貧困生活的同情和志士仁人受壓抑的憤懣。引類譬喻，言近意遠，風格沈摯典雅。《鸚鵡賦》是禰衡的代表作。小賦通過對鸚鵡神情體態及其內心活動的描繪，抒發了有志剛骾之士被迫隨人俯仰的痛苦，表現了作者身在樊籠，志向遠方的不屈性格。借物表情，物我詳一，構思縝密，情辭並茂。

這些抒情詠物小賦風格清新，有強烈的抒情味道，程度不同的避免了內容空洞，形式呆板，堆砌詞藻，理不勝辭的弊病。篇幅較短，風格峭麗清新，通篇押韻，比起長篇鋪敘、堆砌詞藻的散體賦有更強的藝術性和生命力。

十五　樂府

一種由專門機構編製、搜集起來的「歌詩」。

所謂「樂府詩」，主要是指自兩漢至南北朝由當時的樂府機關所採集或編製的用來入樂的歌詩，但這只是最初的情況。從後來文體分類上講，所謂樂府詩，它的範圍不僅指此。在文學史上，所謂樂府是包括後世作家的仿作在內的。這種仿作的作品也有幾種不同的情況：第一，按照樂府舊的曲譜，重新創作新辭，性質上還是入樂的。第二，由於舊譜的失傳，或由於創作者並不熟悉和重視樂曲，而只是沿用樂府舊題，模仿樂府的思想和藝術風格來寫作的，實際上已不入樂。第三，連舊題也不襲用，只是仿效民間樂府詩的基本精神和體制上的某些特點，完全自立新題和新意，當然它也是不入樂的。這三類中，以第二類爲最多和最常見。

利用樂府舊題作樂府詩，是從漢末建安時代開始的。建安時代，以三曹（曹操、曹丕、曹植）爲代表，出現了一批作家，又以曹操首開風氣之先，開始襲用樂府舊題，模仿兩漢樂府民間歌辭的風格來寫作樂府體的詩，在這些作品中，有的是依漢樂府的舊曲創作出來的新辭，但大部分則已是不再入樂的作品。所以劉勰在《文心雕龍》中說：「（曹）子建、（陸）士衡，咸有佳篇，並無詔伶人，故事謝管弦」。意思是說曹植、陸機都寫過許多優秀的樂府詩，但這些詩都不是用來供樂工演奏，即都不是入樂的作品。從這以後，文人創作的「樂府」或「樂府詩」，雖稱爲「樂府體」但與音樂是沒有關係了。隋唐以及隋唐以後，用樂府體寫詩一直很盛行，如唐代大詩人李白、杜甫、高適和張籍等，都有許多樂府名篇，他們都不過是用樂府古題，學習古代民間樂府歌辭的「緣事而發」的現實主義精神，在形式上不拘字數，不避雜言。

十六　漢樂府

兩漢時代的樂府詩。

漢樂府裡，除《房中歌》、《郊祀歌》等貴族廟堂詩歌外，流傳於後世的民間作品，大部分被著錄在沈約《宋書·樂志》中。沈約說：「凡樂章古詞今之存者，並漢世街陌謠謳，《江南可採蓮》、《烏生》、《十五》、《白頭吟》之屬是也。」後來，鄭樵的《樂略》、郭茂倩的《樂府詩集》在沈約著錄的基礎上又有所搜集擴充，但也魚龍混雜，被摻入一些並非漢世的作品。據前人考訂，現存的兩漢樂府民歌總共不過三四十首。沈約曾稱這些流傳下來的漢樂府詩爲「古辭」，因此，漢樂府又有了「樂府古辭」這一名稱。

兩漢樂府詩在體制上的主要特點是：

第一，漢樂府詩與基本上是四言體的《詩經》不同，從句式上說，三言、四言、五言、七言都有，完整的五言體已不少見，但一般是雜言。

第二，漢樂府詩都是入樂的歌辭，因此就往往形成重聲而不重辭的情況。樂工們在取辭配樂的時候，爲了方便，有時就把一些不同篇章的歌辭，或隨意拼湊在一起，或加以分割、截取，以至互相插入。

第三，樂府的曲調在音樂上往往分爲若干段落，每一段落稱爲「解」，所謂「解」是指音樂曲調上的一個反復。例如《陌上桑》詩分爲「三解」，《善哉行》詩分爲「六解」等。

第四，樂府詩原既屬於配有樂調的歌詩，因此，最初記錄歌辭時往往把聲，即樂調中的襯聲也用某些文字記寫下來。一般是用大字表辭，小字表聲。

第五，古樂府命題多用歌、行、曲、引、吟、謠等來名篇，後人常常加以解釋說：「守法度曰詩，載始末曰引，體如行書曰行，放情曰歌，兼之曰歌行，悲如蛩螿曰吟，通乎俚俗曰謠。委曲盡情曰曲」。（姜白石《詩說》）

十七　南朝樂府

樂府詩的一種。從題材上說，南朝樂府民歌以寫男女戀情的內容爲多，其體制上的特點是：

第一，以五言四句的短章爲主，間也有四言、七言和雜言體。如：「宿昔不梳頭，絲鬆被兩肩。婉伸郎膝上，何處不可憐？」（《吳聲歌·子夜》）這種情味雋永，形式整齊的五言四句體的小詩，是南朝樂府歌辭的主要形式，它對於後世文人創製的「絕句」體小詩的興起有很大影響。

第二，南朝樂府民歌中的愛情詩，有相當一部分是屬於男女對唱，相互贈答性質的，所謂「郎歌妙意曲，儂亦吐芳詞」（《子夜歌》）這一點體現了民歌風格的本色。例如「聞歡下揚州，相送江津灣，願得篙櫓折，交郎到頭還！（女子詞）」「篙折當更覓，櫓折當更安。各自是官人，那得到頭還！（男子答）」這種男女唱和，一問一答的形式，據後人研究，在「吳聲歌」中也不少見。

第三，歌辭中廣泛運用雙關隱語。採用這種表達形式，可以使詩的思想感情委婉含蓄。最經常見到的就是用「絲」、「蓮」、「碑」、「梧子」，代替「思」、「憐」、「悲」，「吾子」等。

十八　北朝樂府

樂府詩的一種。北朝樂府歌辭，又稱「胡吹舊曲」或「北歌」，流傳下來的歌辭數量遠沒有南朝樂府歌辭那麼多，主要保存在宋郭茂倩《樂府詩集》的「梁鼓角橫吹曲」一類中。

北朝樂府民間歌辭，一部分原是少數民族語言的作品，後被譯成漢文。另一部分是北人用漢語創作的。在題材上，北歌比南歌要廣闊一些，它除了歌詠男女愛情以外，還有一些反映民間疾苦、戰亂苦難、邊塞風光和歌詠英雄人物的詩篇。在語言風格上，也表現得頗爲豪爽粗獷，與南方的歌辭多纏綿悱惻之音不同。北朝樂府民間歌辭也以五言、四言的形式爲多見，另有四言四句的作品，如《地驅樂歌》四首，《隴頭流水歌》數首；七言四句的作品，如《捉搦歌》四首，這些都是南方樂府民歌所沒有的。另外，北朝樂府民歌也不用雙關隱語的寫法。這些是南、北歌之間的不同處。

十九　新樂府

樂府詩類名。郭茂倩在《樂府詩體》《新樂府詩序》中說：「新樂府者，皆唐世之新歌也，以其辭實樂府，而未常被於聲，故曰新樂府也。」

初唐詩人寫樂府詩，除沿用漢魏六朝樂府舊題外，已有少數詩人如長孫無忌、劉希夷等另立新題，雖辭爲樂府，已不被於聲律，故稱爲新樂府。此類新歌，至李白、杜甫而大有發展。杜甫所作如《悲陳陶》、《哀江頭》、《兵車行》、《麗人行》等，用樂府詩體制描寫時事，做到「即事名篇，無復依傍」。後來白居易、元稹等發揚了這種寫作方法，同時確定了新樂府的名稱。白居易所作五十首，頗多反映社會矛盾之作，在當時較有現實意義，其形式採用樂府歌行體，大多三言、七言錯雜運用。

二十　郊廟歌辭

漢統治者祭祀天地鬼神的郊祀歌。

郭茂倩在《樂府詩集》卷一《郊廟歌辭》序言中說：「《周頌·昊天有成命》，郊祀天地之樂歌也，《清廟》，祀太廟之樂歌也，《我將》祀明堂之樂歌也，《載芟》、《良耜》，籍田稷之樂歌也，然則祭樂之有歌，其來尚矣。兩漢以後，世有製作。其所以用於郊廟朝廷，以接人神之歡者，其金石之響，歌舞之容，亦各因其功業治亂之所起，而本其風俗之所由。武帝時，詔司馬相如等造《郊祀歌》詩十九章，五郊互奏之。又作《安世歌》詩十七章，薦之宗廟。」可知，漢的郊祀歌詩是漢統治者「用乎宗廟社稷，事乎山川鬼神」的祭祀樂章。

漢郊祀歌較之《詩經》「頌」詩，更具宗教性質和迷信色彩，這是文學經學化、神學化的典型反映。

二十一　橫吹曲辭

魏晉南北朝時期的北方詩歌。

橫吹曲，其始亦謂之鼓吹，《晉書·樂志》：「橫吹有鼓角，又有胡角。……橫吹有雙角，即胡樂也。」《樂府解題》：「漢橫吹曲，二十八解，李延年造。」《古今樂錄》：「梁鼓角橫吹曲有《企喻》……。」江淹《橫吹賦》：「奏《白臺》之二曲，起《關山》之一引。採菱謝而自罷，綠水慚而不進。」則《白臺》、《關山》又是三曲。又：郭茂倩《樂府詩集》「按歌辭有《木蘭》一曲，不知起於何代也。」

《橫吹曲》、《梁鼓角橫吹曲》皆爲北方草原民族樂歌，它們是魏晉南北朝時期的北方詩歌，與南朝民歌的纏綿纖巧、流暢華麗的風格截然不同，以粗獷豪邁的詩歌風格寫出北方遊牧民族特有的生活風貌和北方草原的獨特風光。它們與《短簫鐃歌》十八曲是中國文學史中北方草原文化的代表。它們的風格相同，但內容卻完全不同了，這是因爲《鐃歌》的內容已被篡改了。這些北方民歌有征夫之歌、牧民之歌、流浪者之歌以及反映北方草原婦女生活的詩，風格直率自然，明朗潑辣，質樸剛健，慷慨豪邁。《梁鼓角橫吹曲》不同於《短簫鐃歌》，它不再是雜言體，而是以五言、七言爲主的作品了，不再以抒情詩爲主，而是轉向敍事詩了。

二十二　鼓吹曲辭

鼓吹曲辭，又名「短簫鐃歌」。實則「鼓吹」爲「諸樂之總名」，而「短簫鐃歌」乃是北方或西方少數民族音樂歌辭之傳入。

崔豹《古今註》：「漢有黃門鼓吹，天子所以宴樂群臣也。短簫鐃歌，鼓吹之一章爾，亦以賜有功諸侯」。郭茂倩據此指出：「然則黃門鼓吹、短簫鐃歌與橫吹曲，得通名鼓吹，但所用異爾。」

綜上可以探知：「短簫鐃歌」是「異族之樂」、「非華夏之八音」，它們是北方或西北方草原文化的代表；它們產生在與華夏生活不同、文化不同、風俗語言不同的北方、西北方遊牧民族的社會之中，「其詞不雅馴」，且有不同於中原華夏民族的文學風格。

從秦漢以來，北方、西北方草原文化傳入中原，這種多民族文化融合的後果必然帶來民族文化新的繁榮。從形式上看，草原民族的自由的雜言體突破了《詩經》四言詩樣式，爲五言詩、七言詩的出現準備了條件。從內容上看，沖破了「雅」、「頌」歌功詩的傳統，而以更爲廣泛的社會生活作爲文學的主要題材，爲古典現實主義增加了新內容、新血液。

二十三 相和歌辭

「相和歌辭」是漢代地方民歌俗曲，是樂府中的精華，內容的社會性和敍事性很強，我們平常所說的樂府詩的特色，其實主要就是指這些篇章。相和歌本來是各地採來的民間樂調，以楚聲爲主，因此歌辭也多是漢世的民間歌謠。這些詩中除少數幾篇能確定爲西漢時的作品外，大部分都是東漢時代的。其中好詩很多，內容也非常廣泛。譬如寫窮人爲生計所迫、鋌而走險的《東門行》：

「出東門，不顧歸。來入門，悵欲悲。盎（瓦盆）中無斗米儲，還視架上無懸衣。拔劍東門去，舍中兒母牽衣啼：『他家但願富貴，賤妾與君共鋪糜（食粥）。上用（以）倉浪（青色）天故，下當用（以）此黃口（幼）兒。今非（現在的行爲不對）！』『咄！行！吾去爲遲！白髮時下（落）難久居』。」

丈夫因爲無法生活，想到東門外作非法的事，但掛念妻子，又回來了一次。他看到家中無衣無食的情形，遂不顧妻子的勸阻，又下定決心要走了。詩中寫出了一對貧窮夫妻在緊張關頭的對話，簡勁有力地表現了當時社會中善良人民被迫走上悲慘道路的情景，讀了不能不引起人們的憤慨。其它如《婦病行》寫一個窮人的妻子臨死前對丈夫、孤兒的訣別辭，以及妻子死後他照料二三孤兒的凄慘情況；《孤兒行》寫一個孤兒在父母雙亡後受兄嫂虐待的遭遇，也反映出了當時奴婢生活的情形。這些詩都寫得凄慘動人，藝術特色也是很突出的。

二十四　雜曲歌辭

樂府詩類名。它將從漢以來流傳的民間敘事詩與文人敘事詩收錄進來，還有一部分抒情詩和少數民族的歌曲。「雜曲歌辭」中也有一部分民歌，其中最有名的是產生於漢末的偉大長篇敘事詩《孔雀東南飛》（詳見「古代文學名著」）。

二十五　琴曲歌辭

琴曲，多爲古老的抒情詩，如《荊軻歌》、《力拔山操》、《大風歌》等，蔡文姬的《胡笳十八拍》也列爲琴曲。

郭茂倩在《樂府詩集》《琴曲歌辭序》中說：「古琴曲有五曲、九引、十二操。五曲：一曰《鹿鳴》，二曰《伐檀》，三曰《騶虞》，四曰《鵲巢》，五曰《白駒》。九引：一曰《烈女引》，二曰《伯妃引》，三曰《貞女引》，四曰《思歸引》，五曰《霹靂引》，六曰《走馬引》，七曰《箜篌引》，八曰《琴引》，九曰《楚引》。十二操：一曰《將歸操》，二曰《猗蘭操》，三曰《龜山操》，四曰《越裳操》，五曰《拘幽操》，六曰《岐山操》，七曰《履霜操》，八曰《朝飛操》，九曰《別鶴操》，十曰《殘形操》，十一曰《水仙操》，十二曰《襄陵操》。」

二十六　舞曲歌辭

樂府詩類名。郭茂倩在《樂府詩集》中說：「自漢以後，樂舜寖盛，故有雅舞，有雜舞，雅舞用之郊廟、朝享，雜舞用之宴會。」這是說雅舞爲廟堂舞曲，是爲祭頌詩。所謂「雅舞者，郊廟朝享所奏文武二舞是也。……漢魏以後，咸有改革，然其所用，文武二舞而已，名雖不同，不變其舞。」

雜舞爲敘事性歌舞曲，皆採自民間，然後用於朝廷。「雜舞者，《公莫》、《巴渝》、《槃舞》、《鞞舞》、《鐸》、《拂舞》、《白紵》之類是也。始皆出自方俗，後寖陳於殿庭。」它們是民間舞曲，被統治者「採詩夜誦」，成爲統治者朝會燕享作樂之用。

二十七　燕射歌辭

樂府詩類名。它是朝廷燕享的樂歌。

郭茂倩引《周禮·大宗伯》之職曰：「以飲食之禮親宗族兄弟，以賓射之禮親故舊朋友，以享燕之禮，親四方之賓客。」又引漢鮑業曰：「古者天子食飲，必順四時五味，故有食舉之樂，所以順天地、養神明、求福應也。」指出「食舉之有樂。」燕享食舉之樂，繼承了《詩經》「雅」「頌」詩傳統，「以歌大業，以舞成功」，以歌頌「功德聖業」爲其創作目的。

二十八　清商曲辭

樂府詩類名。郭茂倩在《樂府詩集》《清商曲辭序》中說：「清商樂，一曰清樂，清樂者，九代之遺聲。其始即相和三調是也，並漢魏以來舊曲。其辭皆古調及魏三祖所作。自晉朝播遷，其音分散，苻堅滅涼得之，傳於前後二秦，及宋武定關中，因而入南，不復於內地。自時以後，南朝文物號爲最盛。民謠國俗，亦世有新聲。故王僧虔論三調歌曰：『今之清商，實由銅雀，魏氏三祖，風流可懷。京洛相高，江左彌重。而情變所改，稍復零落。十數年間，亡者將半。所以追餘操而長懷，撫遺器而太息者矣。』後魏孝文討淮漢，宣武定壽春，收其聲伎，得江左所傳中原舊曲，《明君》、《聖主》、《公莫》、《白鳩》之屬，及江南吳歌、荊楚西聲，總謂之清商樂。」

據此知清商分新舊曲二種，相和三調屬漢魏舊曲，江南吳歌，荊楚西聲，則爲新曲，這是時代的區分，也是內容與形式的區分。

二十九　雜歌謠辭

是從先秦至唐代的歌謠與謠諺。

郭茂倩在《樂府詩集》《雜歌謠辭序》中說：「言者心之聲也；歌者聲之文也。情動於中而形於言，言之不足故嗟嘆之，嗟嘆之不足故永歌之。歌之爲言也，長言之也。夫欲上如抗，下如墜，曲如折，止如槁木，倨中矩，句中鈎，纍纍乎端如貫珠，此歌之善也。」《宋書‧樂志》曰：「黃帝、帝堯之世，王化下洽，民樂無事，故因擊壤之歡，慶雲之瑞，民因以作歌。其後風衰雅缺，而妖淫靡曼之聲起……《爾雅》曰：『徒歌謂之謠』。《廣雅》曰：『聲比於琴瑟曰歌。』

《韓詩章句》：『有章曲曰歌，無章曲曰謠』。梁元帝《纂要》曰：「齊歌曰謳，吳歌曰歈，楚歌曰艷，浮歌曰哇，振振而歌曰凱歌，堂上奏樂而歌曰登歌亦曰昇歌。」

據此可知，歷代對「歌」、「謠」的劃分標準，以及演變情況。

三十　近代曲辭

隋唐時期新興的民間詩歌。

郭茂倩在《樂府詩集》《近代曲辭序》中說：「近代曲者，亦雜曲也，以其出於隋唐之世，故曰近代曲也。隋自開皇初，文帝置七部樂：一曰西涼伎，二曰清商伎，三曰高麗伎，四曰天竺伎，五曰安國伎，六曰龜茲伎，七曰文康伎。至大業中，煬帝乃立清樂、西涼、龜茲、天竺、康國、疏勒、安國、高麗、禮畢，以爲九部，樂器工衣於是大備。唐武德初，因隋舊制，用九部樂。太宗增高昌樂，又造讌樂，而去禮畢曲。其著令者十部：一曰讌樂，二曰清商，三曰西涼，四曰天竺，五曰高麗，六曰龜茲，七曰安國，八曰疏勒，九曰高昌，十曰康國，而總謂之燕樂。聲辭繁雜，不可勝紀」。

據此可知，近代曲辭始於武德、貞觀，盛於開元、天寶。從文帝置七部樂到武德用九部樂，記錄了隋唐時期民歌的變化和進展。

三十一　神弦曲

神弦曲亦稱神弦歌，是江南一帶民間祭神用的歌曲。

神弦曲爲樂府《清商曲》的一部。《樂府詩集》引《古今樂錄》：「《神弦歌》十一曲：一曰《宿阿》，二曰《道君》，三曰《聖郎》，四曰《嬌女》，五曰《白石郎》，六曰《清溪小姑》，七曰《湖就姑》，八曰《姑恩》，九曰《採菱童》，十曰《明下童》，十一曰《同生》。」現存古辭共十一曲十八首。每曲少的兩句，多的六句，篇幅短小。後人或以為是南朝時民間祭歌，係詠嘆神、人戀愛之作。

三十二　古體詩

詩體的一種，又稱「古詩」、「往體」，同今體詩相對。

古體詩產生較早，但唐以前無古體詩的名稱，至唐有律詩，始名律詩為今體詩，稱非律者為古體詩。胡震亨《唐音癸籤》卷一說：「今考唐人集錄所標體名，凡效漢魏以下詩，聲律未叶者名『往體』。」又，李之儀《謝人寄詩並問詩中格目小紙》：「近體見於唐初，賦平聲為韻，而平側（仄）協其律，亦曰『律詩』。由有律體，遂分『往體』，就以賦側（仄）聲為韻從而別之，亦曰『古詩』。」但「往體」之稱，不很通行。倒是唐代和唐代以後，每把當時人效法古體詩寫的作品稱做「古風」，如李白集中就有所謂《古風五十九首》，這裡所謂「古風」，實際即指古詩或古體詩的意思。

關於「古體詩」的範圍，一般指唐代「近體詩」產生以前的詩歌。但是，在唐以前的詩歌中，如古歌謠諺、楚辭和樂府詩等，都是另具特點的；因此，在後世的文體分類上，並不把它們包括在「古詩」或「古體詩」的範圍之中。其次，所謂「近體」的格律詩雖然產生了，但「古體詩」作為一種詩體，特別是五言體和七言體仍然流行不衰，在文壇上為廣大詩人所採用，而這樣一些不遵「近體」格律，仿效古體形式而寫的詩歌作品，在文體分類上也稱爲「古詩」或「古體詩」。由此可見，在中國文體劃分上，所謂古、近體詩的區別，並不只是就產生的時代說的，主要還是從是否具備格律，即從格律的角度說的。

三十三　近體詩

也稱今體詩。唐以後律詩和絕句的通稱。與古體詩相對面言。字數、句數、平仄、用韻等都有一定的格律規定，又稱格律詩。規定要求每首句數固定；一般只押平聲韻，不許換韻，押韻位置固定；每句各字的平仄有規定：句子的對仗也有規定。近體詩的出現，是在我國詩歌發展過程中經過長期醞釀的結果，也是詩人們不斷實踐的結果。其間經過了一百多年的時間，到了唐代初年才正式形成。從此，格律嚴格的近體詩成爲我國詩歌中的一種重要形式，在我國詩歌史上，占有重要地位。近體詩主要包括律詩和絕句兩種，律詩有五言和七言兩種（詳見「律詩」）。絕句又稱律絕，以示與古體絕句相區別，絕句是格律詩中最短小的一種（詳見「絕句」）。近體詩的特點是在句式上有明確嚴格的要求，即詩有定句，句有定字，每一首詩皆有一定的句數，每句又有一定的字數，如五言絕句是每首四句，每句五字，在平仄上，近體詩每句中的每個字是否用平仄聲，皆有具體的規定，不能隨意變換。在對仗上，近體詩的對仗，主要指律詩而言，律詩要求必須對仗，而且對仗的位置也是固定的。律詩共八句，分爲首聯（一二句）、頷聯（三四句）、頸聯（五六句）和尾聯（七八句）四部分。每一聯中的前一句稱爲出句，後一句稱爲對句。所謂對仗，指出句與對句的對稱。律詩的中間兩聯（即頷聯和頸聯）必須對仗，至於首聯和尾聯可以對仗，也可以不對仗，對仗還要求句型一致，即句法結構相同，詞性相同或相近，出句與對句的字要避免重複。在用韻上，押韻的部位皆在句子的末尾，一韻到底，兩句一押韻，韻腳皆在雙句的末尾。押平聲韻，作韻的字不能重複。近體詩使古典詩歌在形式上更加規範化，因而更加富有表現力。

三十四　律詩

詩體名。語見宋歐陽修《新唐書·文藝·杜甫傳》「贊曰：『……至宋之問、沈佺期等，研揣聲音，浮切不差，而號「律詩」，競相延襲』。」詩分古體近體，律詩爲近體詩的一種，因格律嚴密而得名。起源於南北朝，成熟於唐初，在句數、字數、平仄、用韻、對仗等方面都有嚴格的規定。全首八句；每句五個字的稱五言律詩，簡稱五律；每句七個字的稱七言律詩，簡稱七律，一般以每首四韻爲定格，第二、四、六、八句押韻，首句可押可不押；通常押平聲，偶有押仄聲韻的；一韻到底，不能鄰韻通押。中間兩聯，即三句與四句，五句與六句必須分別對仗。每句之內，句與句之間按一定的格式平仄調配，超過八句的律詩稱長律或排律。排律一般爲五言，句數不定，但必須是偶數。

三十五　古律

也稱古體律詩，詩體名。與近體詩相對而言。大約產生在東漢末年至魏晉南北朝時。古體詩在句式、平仄、對仗、用韻等方面，都比近體詩自由得多。由於古體詩在形式上較靈活，限制也少，便於詩人在詩歌中敘事、抒情、寫景和說理，所以唐代以後，用古體詩進行創作的詩人仍大有人在。古體律詩可以劃分為四言、五言、七言以及雜言等幾種形式。最常見的是三言、四言、五言和七言。古體律詩的特點與近體詩的特點相反。從句式上看，詩無定句，句無定字。由於句式的靈活自由，適於表現複雜的內容，在平仄方面也是自由的，尤其在漢魏六朝的時候，更沒有任何限制。古體律詩可以對仗，也可以不對仗，對仗不受格律的限制，也不講究平仄，沒有固定的位置，也沒有固定的句數。對仗一般不要求工整，不避諱重字。用韻也較自由，韻腳不受平仄限制，可以用平聲，也可以用仄聲，還可以平聲韻與仄聲韻交替使用。古體律詩用仄聲韻腳，是比較普遍的，不像近體詩絕無僅有。可以一句一押韻，兩句一押韻，也可以三句或四句一押韻，多數情況是隔句押韻。一首詩究竟用多少韻，也沒有具體規定。可以一韻到底，也可以中間換韻。同樣是換韻，有的是固定幾句一換韻，有規律可循，多數是四句、六句一換韻，但在同一首詩中情況不一，沒有規律可循，可以從一個韻中選擇用作韻腳的字，也可以從相鄰的幾個韻中選擇用作韻腳的字。這種鄰韻相通的情況，在古體律詩中運用得比較多。允許出現重複的韻腳。由於古體律詩在形式上限制較少，形式自由靈活，便於表現較複雜的內容，歷來被人們重視，是詩人創作詩歌的主要形式之一。

三十六　**絕句**

詩體名。又名截句、斷句。截、斷、絕均有短截義，因定格僅為四句。語見明徐渭《南詞敍錄》：「唐之律詩絕句，悉可弦詠。」分古絕、律絕兩類。每首四句。絕句是格律詩中最短小的一種，以五言、七言為主，簡稱五絕、七絕，也有六言絕句。絕句又分古絕、律絕兩類。古絕即唐律詩形成以前的絕句。（詳見「古絕」）如南朝梁徐陵《玉臺新詠》中載有《古絕句》。古絕也押韻，平仄較自由。律絕爲唐以後通行的近體詩。平仄、押韻都有一定的格式要求。（詳見「近體詩」）絕句的對仗比律詩自由，因爲它只有四句，所以不要求一律對仗。可以對仗，也可以不對仗，即便是對仗，在對仗的位置上也不作限制。用韻與律詩有同樣要求，即必須一韻到底，一首詩從始至終只押一個韻，不允許中間換韻，一般是兩句一押韻，韻腳皆在雙句的末尾，也有少數在句首押韻。押平聲韻，韻腳要求必須是平聲，用作韻的字不能重複。

三十七　古絕

詩體名。古體詩中的一種形式。以區別近體詩中的絕句。它是指唐律詩形成以前的絕句。如南朝梁徐陵《玉臺新詠》中載有《古絕句》。每首四句，也押韻，但平仄較自由。在句式、平仄、對仗、用韻等方面自由靈活。具有絕句的一般特點，但又與近體詩中的律絕有明顯區別。對仗也自由，因只有四句，不要求一律對仗，是否對仗取決於內容，對仗的位置也不限制，押韻必須一韻到底，不允許中間換韻，一般兩句一押，韻腳一般在雙句的末尾，也有少數在句首押韻。必須押平聲韻，韻腳必須是平聲，韻字不能重複。對平仄沒有嚴格的要求。

三十八　回文詩

雜體詩名，亦作「迴文詩」。通常是指可以倒讀的詩篇。有的可以反復迴旋，得詩更多。多屬於文字遊戲。相傳始於晉代傅咸、溫嶠，詩皆不傳。今所見有王融的《春遊回文詩》：「池蓮照曉月，幔錦拂朝風」迴復讀之則爲「風朝拂錦幔，月曉照蓮池。」另有蘇蕙的《璇璣圖》等。

三十九　盤中詩

雜體詩名。因寫於盤中，屈曲成文而得名。語見清朱存孝《回文類聚·序》：「詩體不一而回文優異。自蘇伯玉妻「盤中詩」爲肇端，竇滔妻作《璇璣圖》而大奮」。此文將盤中詩歸入「回文詩」一類。但從「盤中詩」不能顚倒讀來看，有異於回文詩。宋嚴羽《滄浪詩話》則列盤中詩爲另一體。關於盤中詩的作者，歷來說法不一　明馮惟納《詩紀》說是漢代蘇伯玉妻作，南朝徐陵《玉臺新詠》則說是晉傅玄作，近人丁福保認爲是晉人蘇氏所作。從內容看，認爲蘇伯玉妻作較爲可信。據《玉臺新詠》載，蘇伯玉任蜀，久而不歸，其妻居長安，作此詩傾訴思念之情。詩成圓形圖，旋轉讀之，如詩走盤。也有人認爲是方圖。全詩一六八字，二十七韻，主要是三字句，共四十九句，亦有部分七字句。舊說寫於盤中，故稱「盤中體」。宛轉纏綿地表達出「吏人婦」「長相思」之苦，感情眞摯動人，極富感染力。其讀法由末句提示的「當從中央周四角」推測，盤爲方盤，詩在盤中由中央迴旋及於四角。

四十　離合詩

雜體詩名。語見宋魏慶之《詩人玉屑》卷二《詩體》上：「離合。」原註：「字相拆合成文。孔融漁文屈節之詩是也。雖不關詩道之輕重，其體制亦古。」離合詩有數種。普通的一種是在詩句內拆開字形，取其一半，與另一字的一半拼成一字，先離後合。漢魏六朝時已有。如漢末孔融有《離合作郡名姓字詩》，詩中用離合字的方式隱藏著「魯國孔融文舉」等字。南朝謝惠連有《離合詩二首》。第一首：「『放』棹遵遙途，『方』與情人別。『嘯』歌亦何言，『肅』爾淩霜節」。「放」字取掉「方」爲「文」，「嘯」去「肅」爲「口」，「文」和「口」合爲「各」字，取「各在一方」之意。離合詩雖爲一種文字的遊戲，有時，卻能起到特殊的作用。

四十一　玄言詩

西晉末年的永嘉年代至東晉時期流行的一種詩體。以申述莊、老哲學思想爲主要內容。那時士族清談玄理的風氣極爲興盛，士族階級一方面用老莊的任誕思想支持自己不受任何拘束的縱慾享樂生活；一方面又從老莊超然物外的思想中尋求苟安生活中的恬靜心境；同時還以清談高妙的玄理點綴風雅，炫耀才華，掩飾精神的空虛，學者棄儒學而崇尚《老》、《莊》，奢談玄理，成爲風氣。語見南朝梁劉勰《文心雕龍·時序篇》：「自中朝貴玄，江左稱盛，因談餘氣，流成文體。」進而以玄理入詩，人稱爲玄言詩。漢末清議之士，因批評政治而招致黨錮之禍，接著魏代漢，晉代魏，又大肆屠殺政治上的異己分子。在這種情況下，清議變爲清談，崇尚虛無，消極避世的道家思想就有了進一步的發展。何晏、王弼等人以莊、老思想解釋儒家經典，並註《老子》，擯棄世務，專談玄理，直接影響了當時的士風和文學創作。

四十二　遊仙詩

借描述《仙境》以寄託作者思想情感的詩歌。

《史記·秦始皇本紀》中曾記載：「始皇不樂，使博士爲《仙眞人歌》。」此《仙眞人歌》帶有濃厚的求仙思想，可能是我國最古的遊仙詩，但已失傳，漢樂府中的《上陵曲》、《董逃行·上謁》古辭等，內中也有幻想長生求仙的內容，這是今天能見到的較早的遊仙詩。

遊仙詩到了建安時期逐漸趨於成熟，特別是曹操的《氣出唱》、《秋胡行》、《精列》和曹丕的《折楊柳行》，曹植的《仙人篇》等問世，更提高了遊仙詩在文學史上的地位。此後西晉的何劭、張華、張協，東晉的郭璞等也都寫出過著名的遊仙詩。

四十三　山水田園詩

以描繪山水景物，反映田園生活爲主要內容的詩作。山水詩是南北朝宋齊時代興起的詩歌，從玄言詩中脫胎而來，逐漸取代了玄言詩的地位，南朝宋謝靈運是古代山水詩的開創者，寫了大量的山水詩，描寫江南秀麗的江山。後稱元嘉體山水詩，南朝齊謝朓繼之而起，以清新流利的詩作，推動了山水詩的發展，後稱永明體山水詩，人稱「小謝」，與謝靈運齊名。其山水詩的特點基本與謝靈運一樣，工於錘煉，語句新奇，描繪細膩，形象逼眞，聲韻和諧，對仗工整。但他更以秀麗、清新見長。許多刻畫自然景物的詩篇名句爲世人傳誦。田園詩是歌詠田園生活的詩歌，起於東晉的陶淵明，他最早把農村生活如實地寫入詩歌，不僅表現農村的恬美、靜穆和自己歸隱後怡然自得的情趣，而且描寫自身的勞動和對勞動的感受。寫農村景物，表現詩人對大自然的熱愛，在描寫農村靜穆平和的生活環境中表達作者不慕名利的曠達心情，反映農村生活的清寒和對豐收的喜悅，表現對古代簡樸生活的嚮往。從謳歌大自然的美景中寄託自己的精神生活，善捕捉事物的基本特徵，寥寥幾筆便寫出事物的神韻。結構嚴謹，平淡充實，給人以「氣象渾沌，難以句摘」的感覺、語言樸素自熟。唐代的王維、孟浩然等詩人繼承陶謝以來的田園山水詩的傳統，並加以發展，藝術上日趨精熟。

四十四　邊塞詩

指唐代以描述邊塞風光，反映戍邊將士生活為主要內容的詩歌。漢魏六朝時即有此類詩，但數量不多，至唐代已發展成熟。隋唐以來，由於邊塞戰爭的頻繁，疆土擴大，民族經濟文化交流增進，人民對邊塞生活逐漸關心。特別是一部分仕途失意的文人，把立功於邊塞當作求取功名的新出路，並寫出了大量反映邊塞生活的詩作，這些詩人被稱為邊塞詩人，代表詩人有高適、岑參、王昌齡、李頎以及王之渙、王翰、崔顥等，其中以高、岑成就最高，故又稱：「高岑詩派」，其詩便被稱為「邊塞詩」。

邊塞詩題材廣泛，內容豐富，主要內容包括：鼓勵立功報國，從軍邊塞，英勇殺敵；反映邊塞的艱苦生活，歌頌戍邊將士不畏辛勞、英勇戰鬥的精神；表現邊地戰事緊迫，表達自己對邊境安全的憂慮，及抗敵建功的願望、安邊定遠的思想；描寫將士和親人互相思念的心情；歌頌戰爭的勝利。邊塞詩人並沒有提出具體的創作主張，只是從各方面深入表現邊塞生活，在藝術上有新的創造。高適、岑參俱以雄渾浪漫的邊塞詩著稱，尤長七言古詩。高適的代表作是《燕歌行》，岑參的代表作是《走馬川行奉送出師西征》，《輪臺歌奉送封大夫出師西征》，《白雪歌送武判官歸京》。高、岑之詩在內容上多表現慷慨報國的英雄氣概和不畏艱苦的樂觀精神，藝術上表現為氣勢雄偉、想像豐富，色彩瑰麗，熱情奔放的浪漫主義特色，且在豪邁奔放中含有蒼涼悲壯的現實主義精神。王昌齡詩多用樂府舊題，寫戰士愛國思家的心情。以七言絕句見長，語言精煉，形式短小，其代表作品是《從軍行》七首和《出塞》兩首。李頎代表作是《古從軍行》、《古意

》等，擅長五古及七言歌行，王之渙的代表作《涼州詞》、《登鸛雀樓》等。總之，邊塞詩派作者的人生態度是積極進取的，他們大多有樂觀的情緒和愛國主義思想，他們善於描寫征人、離婦的思想感情，表現了對人民、對士兵的同情，在他們的筆下，塞外風光絢爛多彩，雄奇瑰麗。這類詩多用七言古詩或七言絕句，在我國詩歌的題材和體裁方面開闢了廣闊的領域，反映出昂揚豪壯的時代精神，成爲千百年來描寫戰爭的詩歌典範。

四十五 諷諭詩

揭示現實矛盾，諷諫棄惡揚善的詩篇。文學史上最著名的諷諭詩是唐代著名詩人白居易的《新樂府》和《秦中吟》。白居易在《與元九書》中說：「僕志在兼濟，行在獨善，奉而始終之則爲道，言而發明之則爲詩，謂之諷諭詩，兼濟之志也」。這裡指出諷諭詩的主題是「爲民請命」、「兼濟天下」。白居易的諷諭詩首先廣泛地反映人民的痛苦，並表示深切的同情。「足蒸暑土氣，背灼炎無光」。（《觀刈麥》）「願借馬殘粟，救此苦飢腸。」（《採地黃者》）深切感人。對宮女的痛苦有眞實的反映，例如「未容君王得見面，已被楊妃遙側目。妒令潛配上陽宮，一生遂向空房宿。宿空房，秋夜長。夜長無寐天不明。耿耿殘燈背壁影，蕭蕭暗雨打窗聲。」（《上陽白髮人》）其次，揭露了統治階級的「荒樂」和弊政。《賣炭翁》、《紅線毯》寫「宮市」之苦和「進奉」之災。第三，其《城鹽州》、《西涼伎》等詩作表達了詩人的愛國主義思想。從廣義上說，凡類此詩作，皆爲諷諭詩。諷諭詩的性質決定了它具有下列特點，即主題專一明確；人物形象多由外貌和心理表現；階級對比鮮明；語言通俗易懂；敍事和議論結合等。

四十六　閒適詩

描繪山水竹石、鳥魚花草、流連光景，抒寫閒情逸致、獨善其身的詩篇。文學史上白居易貶做江州司馬之後，爲避免牛李黨爭之禍，寫了大量的閒適詩。他享年七十四歲，四十三歲受貶。他把五十一歲之前寫出的一三〇〇多首詩編爲四類：一諷諭、二閒適、三感傷、四雜律。他在《與元九書》中說：「謂之諷諭詩，兼濟之志也；謂之閒適詩，獨善之義也。」白居易的閒適詩於優美文詞之外產生一些消極影響，據《法藏金碎錄》卷四中記述，一些自命「達道之人」甚至專門抄錄這類詩，名爲《養恬集》、《助道詞語》。其中也有一些較好的詩篇，如《觀稼》、《自蜀江至洞庭湖口有感而作》等，寫出了對自己的閒適而不安，仍爲國計民生而神往。

四十七　感傷詩

對景色、人事有所感慨傷心的詩。文學史上著名的感傷詩是白居易的《長恨歌》和《琵琶行》。據陳鴻《長恨歌傳》中說：「樂天因爲《長恨歌》。意者不但感其事，亦欲懲尤物，窒亂階，垂於將來者也。」《長恨歌》是採取民間傳聞，諷詠唐玄宗和楊貴妃的愛情故事，因是悲劇結局，故名「長恨」。詩前半寫長恨之因，是寫實，詩後半寫唐玄宗的入骨相思，運用浪漫主義的幻想手法。全詩有諷刺有同情，敍事寫景抒情融合無間，有曲折離奇自具首尾的情節，寫出鮮明生動的人物形象，發揮了樂府歌行的語言特點，勻稱流暢，和諧優美，便於歌唱。末有「天長地久有時盡，此恨緜緜無絕期」，給人留下無限的感傷。時稱「元和體」，又稱「千字律詩」。《琵琶行》寫琵琶女的高超技術和淪落身世、「平生不得意」的幽怨，以及詩人的感嘆。詩人在「

序」中說，聽琵琶女「自敍少小時歡樂事，今漂淪憔悴，轉徙於江湖間。予出官二年，恬然而安，感斯人言，是夕始有遷謫意。因爲長句，歌以贈之，凡六百一十二言，命曰《琵琶行》。」《琵琶行》反映出唐代妓女共同的悲慘命運，並聯繫自己的身世，淒切痛傷，憂憤難盡。詩作層次分明，描寫細緻，比喻新穎精妙，語言優美明快，寫出淒涼幽怨絕妙入神的意境。全詩感人肺腑，發人同情。

四十八 詞

也稱長短句、詩餘、樂府，是一種能伴樂歌唱的新詩體。詞體萌芽於南朝，形成於唐代，盛行於宋代。詞有調子，每調有一個名稱，由於配合不同的樂曲歌唱，每調的句數，每句的字數，以及用韻的位置，字聲的平仄，皆有一定的格式。它的顯著特點是絕大多數詞調的句子長短不齊，因此又稱長短句。根據字數多少，可分小令、中調、長調。

詞產生於民間，後來唐代西域音樂大量傳入中國，出現了與詞相配合的「燕樂」。民間詞的迅速興起與廣泛流傳使文人開始學習和模仿寫詞，其詞形式短小，反映生活的面不寬，語言與風格頗似敦煌曲子詞。到了晚唐，詞的寫作比中唐時有了很大的普及，寫詞的文人顯著增加，這時詞已爲樂工、歌妓和封建知識分子掌握。詞發展至晚唐，民間歌唱特點漸少，許多文人用華麗的詞句來描寫女人的衣著、表情和姿態。詞的別名很多，在唐五代被稱作曲子詞、曲詞或歌曲。宋時又稱歌詞或樂章，柳永的詞集名爲《樂章集》，姜夔的詞集名《白石道人歌曲》，它標誌著詞最後完全脫離音樂而作爲一種獨立的文學體裁而正式出現在文壇。後來作詞的人，多數並不懂樂理和曲調，只是按前人作品的模式塡詞。同是《菩薩蠻》，既可以用來寫愛國感情，也可以抒發懷才不遇的悲憤。詞文的內容與詞牌無關，所以，宋代詞人在塡詞時在詞調的下面常根據詞的內容寫一個標題。這樣詞文與音樂的關係漸小，形成一種新格律詩。

詞在結構上必須分段，一段稱一片。分三段或四段的，稱為三疊、四疊。根據詞調的長短，可把詞分爲令、引、近、慢四種。令是詞中篇幅短小者；引比令稍長些，字數比令詞多；近、慢相應的字數增加。它們的區別主要在字數。詞有自己的特點：必須根據詞譜規定的每一具體詞牌的格式塡寫，依照其對字數、句數、平仄、聲韻的具體要求塡寫。不允許任意更改詞的句子，在對仗上沒有明確的要求。即使對仗，相對的字詞也不一定平仄皆相對。用韻也較靈活，可押平、仄聲韻。但依據詞譜的規定押韻間疏不等，中間可以換韻，韻腳可以重複。平仄格式無規律可循。詞是我國古代文學中的一種重要形式，在文學史上占有重要的地位，後代的戲劇、小說等文學形式常引用詞文中的句子，借鑑其藝術技巧。

四十九　敦煌曲子詞

清末在敦煌石窟中發現的唐、五代民間詞。共一六〇多首，其寫作時代大約在八世紀到十世紀之間，除少數可考知作者的姓名的文人詞以外，絕大多數是無名氏的作品，來自於民間。就內容方面來看，所反映的生活面較為廣闊，有表現為皇帝歌功頌德的，如《感皇恩》；有宣揚菩薩靈驗的，如《蘇幕遮》；有反映人民對府兵制不滿的，如《阿曹婆》；還有反映農民戰爭，知識分子懷才不遇避世隱居的等等，更多的是反映歌妓生活和愛情生活。如《望江南》：「莫扳我，扳我太心偏。我是曲江臨池柳，者（這）人折去那人扳，恩愛一時間。」託物寄意，表現歌妓的不幸命運。就藝術方面看，敦煌曲子詞具有較完備的形式，以小令爲主，也有中調和長調，且語言活潑、清新，表現手法不拘一格。善用形象、比喩的手法，表達人物心情是細膩曲折的，善用擬人化的手法，語言通俗如話。這些曲子詞中的優秀作品，在藝術上保留了民間文學剛健清新的特色，形象鮮明，聯想豐富，語言生動。

五十　散曲

是曲的一種形式，和詩詞一樣，用於抒情、寫景、敍事，無賓白科介，便於淸唱，也叫「清曲」。有別於劇曲。元明兩代盛行。

散曲通常也稱爲「元曲」，是在金代「俗謠俚曲」的基礎上成長起來的，流傳於北方地區的一種新形式的韻文，元代開始盛行。又因其用北方口音演唱，故也稱爲北曲。其實散曲和雜劇都稱爲北曲，但雜劇是戲曲，是一種綜合性的舞臺藝術，而散曲是新詩體，是一種新的格律詩，同詞性質相近。散曲的形成有其歷史原因，正如徐渭在《南詞敍錄》中說：「今之北曲，蓋遼、金鄙殺伐之者，壯偉狠戾，武夫馬上之歌，流入中原，遂爲民間之日用。」至元代，知識分子地位低下，生活貧困，他們接近下層民眾，吸收民間歌曲和少數民族樂曲，完善發展了「曲」這種藝術形式而使其繁榮起來。

散曲包括小令和套數兩種主要形式，有的散曲還有「帶過曲」。小令又叫「葉兒」，是獨立的支曲。它是曲的最小單位，原本是流行於民間的詞調和小曲，句調長短不齊，而有一定的腔格。小令一般簡短精煉，可以重複，各首用韻也可以互異，常用來抒情寫景，如元馬致遠的〔天淨沙〕《秋思》。小令在元曲中占有重要地位，套曲和帶過曲均由小令組成，成就也最高。套數又叫散套或套曲，沿自諸宮調，是由兩首以上同一宮調的曲子相聯而成的組曲，一般都有尾聲，並且一韻到底。套數中間的曲調可根據內容要求在同一宮調內選用，調數亦可多可少，有些曲子還可以任意增加句數，比較適宜表達豐富複雜的內容。套數常用以敍述較完整的情節、事跡或夾議論，如元睢景臣的〔般涉調·哨遍〕《漢高祖還鄉》。帶過曲是介於小令和套數之間的曲調，是聯合同一宮調內的兩調或三調而成的曲子，如〔中呂〕裡的〔十二月〕帶〔堯民歌〕，〔南呂〕裡的〔罵玉郎〕帶〔感皇恩〕、〔採茶歌〕等，但三調相合的帶過曲比較少見。

散曲的特點表現爲：一、曲同詞一樣有曲調、曲牌，元曲共有六宮十一調，每一種曲調都分別屬於六宮十一調中的一個。經常被使用的只有五宮曲調，即正宮、中呂宮、南呂宮、仙呂宮、黃鍾宮、大石調、雙調、商調、越調。二、散曲的句子裡可以在本調之外加襯字，能自由靈活地表達作品思想內容；且不忌重複字、句出現。三、在押韻方面，散曲一般要求本韻相押，平聲也可以與仄聲相押，一韻到底，中間不能換韻。四、散曲在聲調上只有平、上、去三聲，入聲字分別劃入前三聲中。

現存金元散曲多是歌唱山林隱逸和描寫男女風情的作品，少數作品接觸到當時重大社會問題，具有一定的人民性。此外，還有一些寫景詠物的小令，清麗生動，有一定藝術價值。元代散曲作家可考者二百多人，另有許多佚名作者，形成不同風格和流派。元代散曲的發展可分爲前後兩期，以元成宗大德年間爲界，前期作品以感嘆人生短暫，及時行樂及表現男女戀情爲主，風格質樸自然，語言通俗活潑，與民間歌曲比較接近。著名作家有關漢卿、馬致遠等。馬致遠現存輯本《東籬樂府》一卷，小令一百零四首，套數十七套，是遺留作品最多的前期散曲作家。代表作品〔雙調·夜行船〕《秋思》等表現了他的由憤世嫉俗感情而發展成的不問是非、否定一切的虛無思想。散曲發展到後期，逐漸成爲流行詩體，對其理論與曲律的研究加強。但因片面追求形式，嚴重忽視了內容的發展。代表作家張可久的《小山樂府》和喬吉的《夢符散曲》等，作品帶有很多江湖遊士習氣，不可取。後期較重要的作家還有睢景臣、張養浩、劉時中等，他們創作了一批思想內容與藝術技巧都相當出色的作品。散曲從元朝後期開始漸趨衰落。

五十一　小令

（一）詞調體式之一。一般指字句短小的詞，單調的詞就是小令。如《憶江南》、《如夢令》等。明刻本《類編草堂詩餘》曾據字數的多少分類，以五十八字以內爲小令。實則並無根據，因已通行，故一般還沿用。又有人根據詞牌的段數來劃分，獨段者爲小令，雙段者爲中調，三段以上者爲長調。

令是詞中最早定型的一種形式，中唐詩人韋應物、白居易、劉禹錫等的詞多數都爲令詞。它可能是酒宴上即席填寫的小詞，樂調短，字數少，大多數只有一段，稱小令。但稱「令」的並非都是小令，如「百字令」等。

（二）散曲的一類。體裁短小，元人又稱「葉兒」。曲中的小令，由一支曲牌構成，如《山坡羊》、《天淨沙》。它原來是流行於民間的詞調和小曲。句調長短不齊，而有一定的腔格。與詞不同的是用韻加密了，幾乎每句都要押韻，且平上去三聲互叶，不似詩詞，一般平仄韻不能通押，其次是沒有雙調或三疊、四疊的詞；第三是能在本調之外加襯字。曲中小令常用以抒情寫景。如：元馬致遠的〔天淨沙〕《秋思》。

小令也有連用兩三個曲牌的，構成「帶過曲」的形式，所用曲牌必須彼此之間的樂律可以銜接，如雙調的《雁兒落》帶《得勝令》，南呂的《罵玉郎》帶《感皇恩》、《採茶歌》。「摘調」、「帶過曲」、「集曲」、「重頭」、「換頭」等都是小令的特殊形式。

五十二　中調

詞調體式之一。包括「近」和「引」等。依每首詞字數多少分類，小令字句短小，長調字句較長，中調字數介於二者之間，以其長短適中故名，如《蝶戀花》。明刻本《類編草堂詩餘》曾明確規定：五十九字至九十字爲「中調」，實則並無根據，如《七娘子》，有的五十八字，也有六十字的，很難確定。但這種用法已通行，故一般尙沿用之。

也有人依據詞牌的段數來劃分，以獨段者爲小令，雙段者爲中調，三段以上者爲長調。

五十三　長調

長詞之稱，詞調體式之一。唐宋音樂每以慢曲和急曲對舉，係指曲調有緩急不同。而長調係從體別上劃分，和慢詞意義有別。依每首詞字數多少分類，長調字句數一般較多，最多的可達二百餘字，如《鶯啼序》，明刻本《類編草堂詩餘》以九十一字以上爲長調，實無根據，因習用已久，故一般仍沿用之。

也有人依據詞牌的段數來劃分，以獨段者爲小令，雙段者爲中調，三段以上者爲長調。

五十四　慢詞

所謂慢詞是依慢調塡寫成的詞。慢調是詞曲的一種格調，因曲調舒緩而得名，意義與「長調」有別，也有由單調、小令演化而成的，如《浪淘沙慢》、《木蘭花慢》等。敦煌發現的唐代琵琶譜，即有《慢曲子》之名，但詞家仿作的一直很少，至宋代柳永爲樂工，他生活在市民階層之中，接受了當時歌妓、樂工的影響，依慢曲大量塡詞，這就給詞家在小令之外提供了可以容納更多內容的新形式，柳永的慢詞，多從都市生活汲取素材，在當時市民階層中傳唱最盛，但主要還在表現男女的離情別緒和悲嘆個人的淪落江湖。慢詞的產生引起了當時的注意，詞人塡製者益多。

五十五　雜劇

中國古典戲曲的一種，是在前代各種講唱文學和舞曲歌詞的基礎上，在民間逐漸演化而成的一種唱講、舞蹈和動作表演揉和在一起的新興的文藝形式。最初是一個總的名稱，即指各類的戲。以後用雜劇爲名的有宋雜劇、元雜劇、溫州雜劇、南雜劇等，但因盛行於元代，通常又專稱「元雜劇」。

雜劇約始於唐末，宋金時代已有雜劇名稱，《宋史·樂志》中記載宋代初年一次宮廷大宴時歌舞技藝演奏情況，曾兩次提到雜劇，可見當時已有很大普遍性。但當時所包括內容，有歌舞、滑稽表演、雜耍、講唱文藝等類技藝，仍不是純粹的戲劇。至元代，才在前代「雜劇」的基礎上發展成眞正的元代戲劇，它在十三世紀後期繁榮起來，標誌著我國古代戲劇藝術的發展進入了成熟階段，是戲劇發展的高峰。

成熟了的元雜劇是在兩宋雜劇基礎上發展起來的，由院本和諸宮調演變發展而成。它以北曲爲聲腔，綜合表演、說、唱、音樂、舞蹈的藝術形式。全劇一般由正末或正旦一人獨唱至終，其他角色有白無唱；形式上，採取分「本」、分「折」方式，多爲一、二本，每本有其獨立性，篇幅較短；一般按照劇情的開端、發展、高潮和結束劃分爲四折，有的另加楔子爲五折。每折都用同一宮調的若干曲牌組成套曲演唱。

雜劇作家多爲北方人，如元代的關漢卿、王實甫、馬致遠等。元雜劇是我國戲曲發展過程中一個很大的進步，一般所說雜劇的藝術成就，就是指元雜劇。（詳見《元雜劇》條）

五十六　宋雜劇

是宋代戲曲的一種形式。在宋金兩代已有雜劇名稱，但其內容只有歌舞、滑稽表演、雜耍、講唱文藝等類的技藝，仍然不是純粹的戲劇。《宋史·樂志》記載宋代初年一次宮廷大宴時歌舞技藝的演奏情況，曾經兩次提到雜劇。雜劇能夠在一次宮廷宴飲中連續兩次出現，說明雜劇技藝的表演不僅有了相當高的藝術水平，並且有了很大的普遍性。在宮廷宴飲中雜劇既然和其它歌舞音樂摻雜排列，以次演出，也反映了雜劇的角色不會太多，演出的時間也不會太長，顯然還不具備元代雜劇的規模。南宋時的雜劇，更是在北宋的基礎上有了進一步的提高和發展。據《武林舊事

》載，南宋時的宮本雜劇劇本就有二百八十本之多，數量比較大，於此可見當時雜劇創作與演出的盛況。在兩宋雜劇的基礎上，逐漸形成了元雜劇。

五十七　元雜劇

亦稱元曲，元代的戲劇。金末元初產生於中國北方，由金院本和諸宮調演變發展而來，以北方曲調作爲唱腔基礎，是一種綜合了表演、說、唱、音樂、舞蹈等技藝的藝術形式。

雜劇最早產生於唐末，宋金時代雖有了雜劇名稱，但包含內容龐雜，並不是純粹的戲劇。到元代，伴隨著蒙古貴族統一中國的艱苦過程，雜劇的題材和內容擴大了；民族矛盾和階級矛盾的尖銳，使中下層文人得以接近人民群眾，以創作雜劇爲主的書會紛紛建立；又因元代城市經濟的發展，爲雜劇興盛準備了充裕的物質條件，各民族之間的文化交流，特別是北方諸民族樂曲的傳播，都對雜劇的興盛起了一定作用。元代是我國戲曲史上的黃金時代，據鍾嗣成的《錄鬼簿》所載，元雜劇作家有一百一十多人，有姓名可考的八十餘人，戲劇作品五百多種，流傳至今的還有一百三十餘種。元雜劇空前繁榮的另一個標誌是雜劇作家行業性的組織——書會的廣泛建立。當時最大的組織是玉京書會，關漢卿、白仁甫等傑出戲劇家都是它的重要成員，還有馬致遠、李時中等人參加的元貞書會，杭州戲劇家組織的武林書會等。

元雜劇把歌曲、賓白、舞蹈、表演等有機結合起來，開始形成了具有獨特民族風格的戲劇藝術形成，並且產生了韻文和散文結合的結構完整的文學劇本。其主要特點表現爲：一、元雜劇基本上以北方曲調作爲唱腔基礎，所有曲調都分別歸屬於不同的宮調。伴奏以弦樂器爲主，戲曲帶有明顯的北方特點，氣勢粗獷，文辭質樸，不貴藻麗。二、雜劇在體制上一般是一本四折演一完整的故事，音樂要求嚴格，每折由聯綴同一宮調的若干支曲子組成，一折之中不變調子。元雜劇的多數劇本，在四折之外另有「楔子」，穿插於劇本中間，相當於現代劇中的過場；也有放在劇首的，相當於現代劇的序幕。一本雜劇可能有五折、六折（如《趙氏孤兒》、《鞦韆記》）或多本連演（如《西廂記》共有五本二十一折），楔子也可以增加到兩個。但這種情況比較特殊。三、元雜劇的角色有沖末、副末、外末、貼旦、外旦、搽旦、老旦、淨、副淨、丑等，但一齣戲的主要角色只有正末或正旦，唱詞基本上由一個主要角色主唱到底，所以又有正末本或正旦本之分。其他的角色不能演唱，只能說白。四、雜劇的劇本主要由曲詞和賓白組成。歌曲的作用主要在抒情、渲染，它是在詩、詞和民間說唱文學基礎上形成的新詩體，既有嚴格的韻律，又可以增句或加襯字，利於自由地表情達意。賓白包括人物的對白和獨白，由白話和部分韻語組成。劇本還規定了主要動作表情和舞臺效果，稱爲科範，簡稱「科」，如「做掩淚科」、「調陣子科」等。五、每齣戲文結束時，都有兩句或四句字數相當而又彼此對稱的文字，叫做題目正名。若是兩句對稱的文字，前一句是題目，後一句是正名；若是四句對稱的文字，則前兩句是題目，後兩句是正名。題目正名是對全劇內容的概括和總結。

元雜劇作家可以元成宗大德年間爲界線分爲前後兩期。前期以大都爲活動中心，代表作家如關漢卿、王實甫、白樸、馬致遠等；從現存史料來看，元雜劇最興盛的時期是在前期。作家們和人民群眾密切聯繫，眞實反映當時的社會現實，塑造了一系列下層被壓迫者形象，歌頌他們勇敢不屈的反抗鬥爭；少數作品反映了追求美好生活的願望，充滿樂觀主義精神。藝術方法上，以現實主義爲主流，結合浪漫主義。語言上以北方民間口語爲基礎，吸收民間文學的營養，具有質樸自然，生動潑辣的特點。後期以杭州爲中心，代表作家有鄭光祖、宮天挺等，成就不及前期。至明代，雜劇在文壇上的地位即被南戲取代了。

五十八　南戲

中國古典戲曲的一種，南曲戲文的簡稱，又稱「戲文」。它以南方曲調爲唱腔基礎，由宋雜劇、唱賺、宋詞及里巷歌謠綜合發展而成，流行於浙東沿海一帶，與北方雜劇、院本相對稱。

明祝允明《猥談》說：「南戲出於宣和之後，南渡之際（一一一九—一一二九），謂之溫州雜劇。」徐渭《南詞敍錄》中則說南戲始於宋光宗朝（一一九〇—一一九四），爲永嘉人所創，有《趙貞女》、《王魁》二種，盛行於宋室南渡之後，稱永嘉雜劇。從宋至元，南戲在南方一直有著比較深厚的群衆基礎，並與元代雜劇相互抗衡、影響，到明代，取代了雜劇的地位而成爲全國性的第一大劇種。此時，也有人稱南戲爲傳奇。

南戲在表演形式上有其鮮明特點。一、唱腔是以南方曲調爲基礎，基本上在溫州一帶俚俗小曲基礎上發展起來。分平上去入四聲，用韻不同於北曲，如「居魚」、「支時」有時合用，「車遮」、「家麻」不分，每齣戲不限通押一韻，也無一定宮調，有的沒有宮調，很少受曲調束縛。其曲調輕柔婉轉，帶有明顯的南方鄉音。從元至明初，南戲伴奏均用打擊樂器，到明代中葉以後則以管樂爲主。其題材偏於愛情故事及家庭糾紛。情節曲折而豐富。二、南戲又稱一場爲「一齣」，一本劇沒有定「齣」，且篇幅不限，可長可短，最為常見的是二十幾齣至四十幾齣。三、南戲演出開始，第一齣戲往往先由末或副末出場說明全劇概要，從第二齣開始才正式展開故事情節。重要人物出場都要先唱一段引子，接著是定場白，內容為自我介紹性質，每場戲結束都有下場詩，在一曲的末段多為二人或二人以上的合唱。全劇結束時有總詩，一般都是四句七言詩，或八句七言詩。四、在一齣戲裡，凡是上場的角色都可以演唱。而且演唱的規模也比雜劇要大，劇中各種角色，有時分唱，有時合唱或輪唱。

早期南戲除《趙貞女》、《王魁》外，還有《樂昌分鏡》、《王煥》等，舞臺影響深遠，但因宋代程朱理學思想束縛而未能流傳。現傳宋元南戲據近人搜輯，有傳本的十五本，有零星曲子流傳的一百一十九本，有三十三種全佚劇本的劇目，《永樂大典戲文三種》（《張協狀元》、《宦門子弟錯立身》、《小孫屠》）是早期的南戲劇本。其中《張協狀元》比較可靠，描寫書生張協在五雞山落難時與貧女結婚，富貴後忘恩負義，全本都用南方流行詞調和民間小曲演唱，開場時由說唱諸宮調引入，以後主角到哪，戲也跟到哪，雜有許多同劇情不大相干的插科打諢，表現了初期南戲的特徵。《宦門子弟錯立身》寫金國河南府同知的兒子完顏壽和走江湖戲班女藝人王金榜的愛情故事，從內容到形式都看得出雜劇的影響。《小孫屠》裡出現了南北合套曲，說明南戲已注意吸收雜劇樂曲來豐富自己。

元初，南戲曾一度趨於衰落，到元末，它吸收了北曲雜劇養料，逐步成熟定型，出現了高明、施惠等著名作家及其名作《琵琶記》、《拜月亭》等。他們的創作意圖都是為封建統治階級維護風化，很不足取，但都有對社會黑暗的現實主義描寫，藝術成就也很高。元末明初至清中葉，南戲成爲戲曲創作主流，並爲明清以來的傳奇奠定了基礎。

五十九 南曲

宋元時南方戲曲、散曲所用各種曲調的統稱，與「北曲」相對。在唐宋大曲、宋詞和南方民間曲詞的基礎上發展而成，盛行於元明。用韻以南方（今江浙一帶）語音爲標準，有平上去入四聲，明中葉以後也兼從《中原音韻》。音樂上用五聲音階，聲調柔緩宛轉，以簫笛伴奏。在音樂結構上採取曲牌聯套體的形式，但不如北曲嚴謹和成熟。後期的南曲也有宮調的規範，但較北曲靈活，在一套之中可用兩個至三個宮調。清代乾隆時所編《九宮大成南北詞宮譜》所收南曲曲牌一五一三個（包括集曲）。《南詞定律》所收有一三四二調。宋元南戲和明清傳奇都以南曲爲主。

南北曲同屬於我國最古老的兩支戲曲聲腔，但二者還有一定的差異：明代文學家王世貞曾說：「北主勁切雄麗，南主清峭柔遠。北字多而調促，促處見筋；南字少而調緩，緩處見眼。北辭情少而聲情多，南聲情少而辭情多。北力在弦，南力在板。北宜和歌，南宜獨奏；北氣易粗，南氣易弱」。

六十 北曲

北曲系統是由北方民間藝人創製的新聲，和唐末、五代流傳在北方的舊曲相結合而成。它是宋元時北方戲曲、散曲所用各種曲調的統稱，同南曲相對，同屬於我國最古老的兩支戲曲聲腔。

大都淵源於唐宋大曲、宋詞和北方民間曲調，並吸收了金元音樂。盛行於元代。用韻以周德清《中原音韻》爲準，無入聲。音樂上用七聲音階，聲調遒勁樸實，以弦樂器伴奏。有「弦索調」之稱；一說也用笛伴奏。在音樂結構上採取曲牌聯套體的形式，較南曲嚴謹。一本戲通常由四折一楔子構成。一折戲，在音樂上即是一組套曲；每套曲子只限於一種宮調。清代乾隆時所編《九宮大成南北詞宮譜》所收北曲曲牌有五八一個。《北調廣正譜》所收有四四七調。北曲又分劇曲與散曲兩種：劇曲是通過舞臺演出欣賞的，須有四組套曲的完整結構；散曲只是清唱，可以是一首單樂章的小令，也可以組成多樂章的套曲，即散套。元雜劇都用北曲，元末也有用「南北合套」的。明清傳奇也採用部分北曲。崑劇中的北曲唱法，一般認爲尚有若干元代北曲遺音。

六十一　院本

戲曲名詞。金元時稱藝人爲行院，行院演劇時所用的腳本爲院本。金代院本的文獻很少，從現存資料看來，它與雜劇有很多相似之處，元代陶宗儀的《輟耕錄》裡說：「院本、雜劇，其實一也。」在《輟耕錄》裡還記有一份《院本名目》，一共六九〇種。如果把這本《院本名目》和南宋周密《武林舊事》裡所記的《官本雜劇段數》相對照，就可以發現金院本和宋雜劇有若干的劇目是相同的。實際上院本是向元雜劇過渡的形式。演出時用五人，又稱「五花爨弄」。也和宋雜劇一樣，多寫歷史和愛情故事，表現下層人民的困苦，嘲諷封建統治階級及其幫兇的愚蠢和醜惡。它在當時極爲盛行，但作品多已佚失，流傳下來的零星段數，散見於元、明兩代的戲劇和《金瓶梅詞語》，其中如《杜甫遊春》、《陳橋兵變》、《張生煮海》等劇目和人物「家門」分別細緻看，可見當時表演藝術的進展。元代以後，也有稱短劇、雜劇和傳奇爲院本的。

六十二　諸宮調

諸宮調是宋、金、元時代說唱文學的一種，有說有唱，以唱爲主。因其用同一宮調和不同宮調的曲子聯套演唱，所以稱爲諸宮調。起源於北宋，神宗時藝人孔三傳以擅長諸宮調著名，在王灼的《碧雞漫志》和吳自牧的《夢粱錄》等書中都有對諸宮調的記載，其性質和體裁同變文相似，但以反映社會生活爲內容，曲調亦比變文複雜。諸宮調在結構上採取同一宮調的若干曲牌聯成短套，雜以說白聯成數萬言的說唱長篇故事，體制宏大而曲調豐富，以琵琶等樂器伴奏，也稱爲「搊彈詞」。

現存作品有金人（佚名）作《劉知遠》的殘篇，董解元作《西廂記》，以及元王伯成作《天寶遺書》的殘篇輯本。宋金時期唯一完整而又標誌了當時說唱文學水平的作品是董解元的《西廂記諸宮調》，又被稱爲《弦索西廂》或《西廂搊彈詞》，描寫了崔鶯鶯和張生爲爭取自由結合同封建勢力的鬥爭，以崔張出走和最終團圓作結，糾正了民間流傳故事中的一些封建觀點，並且成功地塑造了兩組對立的人物形象，深刻地表現了新的主題。藝術上也充分體現了諸宮調的特點，說唱結合，情節曲折，結構宏偉。

諸宮調對後代戲曲、說唱文學影響深遠，此後由說唱發展到舞臺表演，形成了雜劇，它對元雜劇的形成作用尤大。

六十三　彈詞

說唱文學的一種，流行於我國南方，是由宋代的陶眞和元代的詞話發展起來的，也稱「南詞」。明嘉靖年間開始風行。

彈詞名稱始見於嘉靖年間田汝成《西湖遊覽志餘》，原本卷二十記杭州八月觀潮時說：「其時優人百戲：擊球、關撲、魚鼓、彈詞，聲音鼎沸。」明代彈詞見於著錄可信者有兩部：嘉靖間梁辰魚的《江東廿一史彈詞》和明末清初陳忱的《續廿一史彈詞》，均已散佚。現代彈詞作品據胡士瑩《彈詞寶卷書目》輯錄有二百七十多種，多爲清中葉以前流傳下來的，以描寫才子佳人戀愛故事爲主，間有小部分作品有比較眞實的歷史背景，反映了一定的社會現實。

彈詞由說（說白）、噱（穿插）、彈（伴奏）、唱（唱詞）幾部分組成。說白部分爲散文，唱詞部分基本上是七言韻文，間或夾以三言襯句，成爲三、三、七或三、三、四的句式。多以三弦、琵琶或月琴伴奏，採用各地方言，自彈自唱。語言上，傳統彈詞分國音彈詞和土音彈詞，國音彈詞用普通話寫成，多演國家興亡的歷史故事，如《安邦志》、《天雨花》、《再生緣》等。土音彈詞用方言寫成或雜有方言，以吳音爲主，多敍閨閣情懷，如《珍珠塔》、《玉蜻蜓》、《義妖傳》等。

彈詞作品多爲長篇，一部作品往往要說上幾個月。比較好的彈詞作品有四部：《天雨花》、《再生緣》、《珍珠塔》和《義妖傳》。《天雨花》描寫了明末朝政的混亂和閹黨的弄權，主人公左維明與鄭國泰、魏忠賢的鬥爭。對閹黨屠殺東林黨人的譴責，表現了作者對明末現實的批判。但書中又多維護封建禮教和自然主義思想描寫，削弱了主題的鮮明性和形象的戰鬥意義。《再生緣》寫元代女子孟麗君與皇甫少華離別團圓的故事。藝術上情節比較離奇、曲折，作者圍繞主人公的婚姻這一主線展開一系列矛盾鬥爭，寫得波瀾起伏、引人入勝。《珍珠塔》是在以才子佳人愛情爲題材的彈詞中，最爲江南廣大人民熟悉的一部。敍述了書生方卿與表姐陳翠娥的愛情故事，在揭露封建社會的世態炎涼方面有一定進步意義。《義妖傳》即「白蛇傳」的故事，體現了我國人民特別是廣大婦女要求掙脫封建壓迫的強烈願望。

因地域不同，彈詞又有蘇州彈詞、揚州彈詞、四明彈詞、長江彈詞等種類之分。

六十四 鼓詞

說唱文學的一種，又稱大鼓。起源於明清兩代我國北方一些地區，由陶眞和詞話發展而來，用鼓板和三弦等樂器伴奏，主要說唱鐵馬金戈的戰鬥故事。與詞話關係更爲直接。

今傳最早的鼓詞，是明天啓刊本《大唐秦王詞話》，寫的是唐太宗李世民征伐群雄統一中國的故事。韻文爲十字句，與鼓詞相同，只是這時還不用鼓詞的名稱。正式使用鼓詞這一名稱的，是明末清初的賈鳧西，其《木皮散人鼓詞》，證實鼓詞這一曲藝形式至晚在明末清初已經流行，並轉而影響了文人的創作。

鼓詞的表演一般是一人自擊鼓、板演唱，另有人用三弦等樂器伴奏。它長於鋪敍和抒情，唱腔悠揚動聽，語言是韻文、散文相間的，以韻文爲主。唱詞爲七言或十言句，句式較爲靈活。曲目以短篇居多，也有中、長篇。鼓詞實際上有兩種：又說又唱的成本大書即鼓詞，只唱不說的小段即大鼓。大鼓出現較晚，清中葉以後，講唱成本大套鼓詞者漸少，「摘唱」風氣日盛。由開始摘唱鼓詞中的某段精華，到專門創作短篇鼓詞，此後流傳甚廣，發展成爲北方各地的大鼓，故一般認爲「鼓詞」即是「大鼓」的舊稱，亦將各種大鼓的唱詞統稱爲鼓詞。

鼓詞大部分是寫前代忠臣良將南征北戰的故事，作品主要是寫朝廷上忠奸的鬥爭和抵制外族入侵的戰爭，雖多是帝王將相的活動，卻多少反映了人民的愛憎和願望，較有代表性的如《呼家將》等。稍短的多講風月故事、民間傳說或講唱時事，影響較大的是《蝴蝶杯》。反映了人民所遭受的壓迫和他們的反抗情緒。還有一部分鼓詞是由文學名著改編的，根據小說的有《三國演義》、《水滸傳》、《聊齋志異》等，根據雜劇、傳奇的有《竇娥冤》、《西廂記》、《白兔記》等，對文學名著的普及有很大作用。

由於流行地區不同，伴奏樂器、唱腔等也有不同。鼓詞又有京韻大鼓、京東大鼓、西河大鼓、梅花大鼓、樂亭大鼓、上黨大鼓、湖北大鼓、安徽大鼓、山東大鼓、奉調大鼓等曲種。

六十五　詞話

元明說唱藝術的一種，有說有唱。長篇有明諸聖鄰的《大唐秦王詞話》等，它是敍述唐太宗李世民的歷史故事。也有短篇，如《清平山堂話本》中的《快嘴李翠蓮記》。一說詞話到明末就分化成了「鼓詞」和「彈詞」，一九六九年在上海嘉定出土的明成化年間的詞話刻本《新編全相說唱足本花關索出身傳》等十六種，是今見最早的詞話話本，也有人認爲詞話即「鼓詞」。

另外，明人創作小說於章回中夾有詩詞的，也稱詞話，如《金瓶梅詞話》等。

六十六　寶卷

由唐代寺院中的「俗講」發展而成的一種說唱藝術。原來題材多爲佛教故事，宣傳因果報應。以用七字句、十字句的韻文爲主，間以散文。現存《香山寶卷》一般認爲是宋代普明和尙的作品，到元明，寶卷內容逐漸擴大到寫神話故事，如《藥王救苦忠孝寶卷》等，明淸以後，取材一般民間故事的寶卷，日益流傳，有《梁山泊寶卷》、《土地寶卷》、《藥名寶卷》等，不少曲目內容與彈詞、鼓詞類同。目前已知寶卷作品有二百多種。江浙一帶和尙或佛教徒宣讀寶卷稱「宣卷」，並有專業演唱的藝人，後來發展成一種曲藝。

六十七　列傳

中國紀傳體史書的體裁之一。司馬遷撰《史記》時首創。爲以後歷代紀傳體史書所沿用。司馬貞《史記索隱》：「列傳者，謂列敍人臣事跡，令可傳於後世。」張守節《史記正義》：「其人行跡可序列，故云列傳。」一般用以記敍皇帝以外的人物事跡，「列傳」是古今有影響的人物的傳記。這是《史記》全書最主要的部分，涉及內容極廣。凡侯王而能世襲的，《史記》原列入「世家」，後代的紀傳體史書則取消「世家」一類，統稱爲「列傳」。它以人物爲中心來反映歷史事件，並借以表示出作者的觀點和態度。唐劉知幾和司馬貞認爲，「列傳」是用來「錄人臣之行狀」，使之傳於後世。但司馬遷的「列傳」所傳並不限於人臣。凡品行高潔和有功於天下的人物，甚或有一技之長，得以傳聞後世的，都在入「傳」之列。或一人一傳，或多人一傳。

六十八　傳記

記載人物生平事跡的文學作品。「傳記」名最早見於班固《漢書·劉歆傳》：「講六藝傳記，諸子、詩賦、術數、方技，無所不究。」又見三國魏楊修《答曹植箋》：「兼覽傳記，留思文章。」唐韓愈《獲麟解》：「雜出於傳記、百家之書。」《史記》是我國傳記文學的源頭。除表、書外，其中的本紀、世家、列傳，均以記載人物的生平活動爲主，特別是以記載古今特殊人物及其集團的列傳最爲精彩。這部分作品反映了人民的生活，具有永久的史學價值。《史記》是一部具有強烈的人民性和戰鬥性的傳記文學的名著。突出表現在對封建統治階級——特別是漢王朝統治集團和最高統治者醜惡面貌的揭露和諷刺。《史記》的人民性、戰鬥性，還表現在記載那些爲正史官書所不肯收的下層人物，並能從人民的觀點出發，分別給他們以一定的評價。作爲一種歷史著作，《史記》忠實於歷史，以翔實的史實爲基礎，同時也作了精妙的藝術加工，對素材進行了精心的選擇和裁剪，作者很注重人物性格的形象的刻畫，並參差運用細節和大場面描寫，把人物放到與之相關的重大事件中去寫，從而表現出其性格特徵。《史記》不僅使人物傳記正確地反映了他們在歷史上的活動作用，而且突出他們的思想和性格，表達作者的愛憎情感。

六十九　駢文

文體名。又稱駢體、駢體文，與散文相對而言。起源於漢魏，形成於南北朝。所謂「駢」，原指兩匹馬駢駕一車。兩人在一起叫做「偶」。因而駢文的特點是以字句兩兩相對而成篇章的文體。全篇以雙句（即儷句、偶句）爲主，語用駢偶，文多爲四六字句，語音平仄相對，講究詞藻、對仗和聲律。強調用典。駢句必須貫穿全篇，不僅要求句法結構要互相對稱，而且要求上下聯中相對的每一個詞的詞性也配對，至少做到詞類相當。文句採用四六句式。齊梁以後的駢文都是四字句或六字句。形成了固定的「四六」格式（不包括關聯詞語和語氣詞）。在具體行文中，有時是四字句連用，有時是六字句連用，更多的是四字句與六字句的交互使用。由於駢文句式上的「四六」特點，所以晚唐時又稱駢文爲「四六」文或「四六」體。即使是三字，五字，七字，也是在四六句基礎上變化的。所以劉勰在《文心雕龍・章句》篇中說：「四字密而不促，六字格而非緩；或變之以三五，蓋應機之權節也。」講究平仄是駢文的又一突出特點。駢文要求在每句中平對仄，仄對平。由於平仄的交替使用，使文章有抑揚頓挫的音樂美。魏晉以後的駢體文用典目的是使文章含蓄、委婉、典雅、精煉。但駢文強調句句用典，以用典爲工，爲用典而用典，使有些文章支離破碎，晦澀難懂。

由於駢文不適當地用典，過分強調字句的整齊，過於講究聲律，雕琢詞句，使它形成了忽視內容、追求形式的傾向。但也有些駢文作品，感情眞摯，內容深刻，藝術上有很高的成就。如孔稚珪的《北山移文》，丘遲的《與陳伯之書》、庾信的《哀江南賦序》、吳均的《與朱元思書》等作品，敍事、抒情、詠物、說理無不形象生動，深刻感人，千百年來成爲膾炙人口的佳作名篇。駢文在文學史上是不可忽視的現象，它對中國文學發展的影響在許多方面可以感覺到，尤其駢文注重用典、講究聲律，強調文辭華美，注意句子整齊，對後來文學的發展產生了積極的影響，增強了作品的文學色彩。

七十　四六文

駢文的一種。全篇多以四字、六字相間爲句。柳宗元《乞巧文》有「駢四儷六」之言，李商隱把自己所寫的四六文，稱爲《四六甲乙集》，爲四六之得名。中唐以後已很普遍。魏晉時之駢文，句的字數尚無嚴格限制，但以四字句居多。劉宋時，「四六」已具雛形，齊梁以後，「四六」格式形成。至中唐，則完全定型化。與駢文相較，它定型時間較晚，語句更加模式化，束縛人的思想的框框也加多。四六文所以能自成一體，有其客觀原因，劉勰說：「四字密而不促，六字格而非緩！式變之以三五，蓋應機之權節也。」（《文心雕龍·章句》）這裡說的「密而不促」和「格而非緩」的語句特點，就是其客觀依據。四六文語句對偶、講求聲韻；亦多用以堆砌詞藻典故。清蔣士銓《評選四六法海·總論》：「唐四六竟滯而不逸，麗而不逆。」北周文學家庾信被清《四庫提要》推爲「四六宗匠」。由於四六文窒礙太多，故少有好作品，四六文句式，約有五種，即四四式，六六式，四四四四式，四六四六式，六四六四式。

七十一　遊記

文學體裁之一，散文的一種。主要是記敍旅途中的見聞、某地的政治生活、社會生活、風土人情和山川景物、名勝古跡等，並表達作者的思想感情和審美情趣。遊記從六朝起，成爲一類重要的散文題材。其特色是新奇，雋永，筆調輕快，描寫生動，優秀的散文遊記，筆調流利，富於文學色彩。唐代散文家柳宗元、宋代王安石、蘇東坡等都是寫遊記的名家。唐柳宗元的《永州八記》，明徐宏祖的《徐霞客遊記》等都是遊記的名作。《鈷鉧潭記》、《遊褒禪山記》、《石鐘山記》都是遊記中的傳世傑作。柳宗元最著名的是山水遊記。他的山水遊記不是純客觀地描繪自然美，而是滲透著自己的痛苦感受和抑鬱的情懷，曲折地表現了他對現實的不滿。文筆清新秀美，富有詩情畫意。

七十二　筆記

文體名，又稱隨筆、筆談、雜識、答筆錄、雜記、札記等，是一種隨手筆錄的文章。始於魏晉，盛行於北宋；以「筆記」爲體裁名，由北宋文學家宋祁創定。筆記的內容十分廣泛，可涉及到政治、歷史、經濟、文化、自然科學、社會生活等許多領域，亦可專門記敍、論述某一個方面。筆記文學的發展，始於宋祁的《筆記》，他將該書分爲釋俗、考訂、雜說三卷，論者認爲比較精詳。南宋以來，凡雜記見聞者，常以筆記爲名，如龔頤正有《芥隱筆記》，陸游有《老學庵筆記》。現今可見的筆記作品還有沈括的《夢溪筆談》，楊彥嶺的《楊公筆錄》，洪邁的《容齋隨筆》，葉盛的《東方日記》，趙翼的《廿二史札記》等。筆記文學的作者並不刻意爲文，而是生活、學習、工作中實有所得，信筆寫來，樸實自然，常常表現出活潑清新，短小精悍的特點，其中也有鋪寫故事，以人物爲中心而又較注重結構的，稱之爲筆記小說。

七十三　八股文

明清時代科舉考試中規定的文體，也叫「時文」、「制義」或「制藝」。這種文體有特定的格式，即每篇由破題、承題、起講、入手、起股、中股、後股、束股八個部分組成。「破題」是用兩句說破題目要義；「承題」是承接破題並加以簡要說明；「起講」爲議論的開始，「入手」爲議論的入手處，以下四部分則爲文章的正式議論，其中尤以「中股」爲全篇的中心。在這四段中，都有兩股排比對偶的文字，合爲八股，所以叫「八股文」。八股文在題材和內容上也有限制，即必須以朱熹的《四書集註》爲依據，作者不能自由發揮、表達個人見解。所以，這種形式死板、內容單調、束縛人們思想的文體，只能是維護封建統治的工具，而無任何藝術生命力，清光緒時就被廢除了。

七十四　志人小說

亦稱「軼事小說」。是魏晉南北朝時期產生的專門記載士大夫文人軼聞遺事的小說。到了魏晉南北朝時，小說有了進一步的發展，出現了描寫神仙怪異的「志怪小說」和記述名人軼事的「志人小說。」魏晉的軼事小說，較早的有託名漢劉歆的《西京雜記》，實爲晉葛洪所撰，這部書內容很龐雜，記述了西漢的宮室制度、風俗習慣、怪異傳說等多方面內容，人物軼事是其中的一部分。純粹記錄人物軼事的小說，最早的作品是東晉裴啓的《語林》，後來有郭澄之的《郭子》，宋劉義慶的《世說新語》等。

七十五　志怪小說

魏晉南北朝時期產生的記敍神仙鬼怪故事的小說。魯迅在《中國小說史略》中，曾對志怪小說的淵源作過簡明扼要的論述：「中國本信巫，秦漢以來，神仙之說盛行，漢末又大暢巫風，而鬼道愈熾；會小乘佛教亦入中土，漸見流傳，凡此，皆張皇鬼神，稱道靈異，故自晉迄隋，特多鬼神志怪之書。」這是就宗教迷信思想盛行方面來說的志怪小說產生的原因。佛教和道教得到了廣泛的傳播，形成了侈談鬼神的社會風氣，志怪小說也就應運而生。另一方面，人民群眾在十分困迫的生活裡，常常把強烈的反抗意志和對理想的追求通過大膽的幻想，借助於神鬼故事曲折地表現出來。此外，對天地萬物，自然現象的探求也是志怪小說出現的原因。有代表性的是東晉干寶的《搜神記》。此外有託名漢東方朔的《神異經》、《十洲記》，託名漢班固的《漢武帝內傳》，題爲魏國曹丕的《列異志》，晉張華的《博物志》，宋劉義慶的《幽明錄》，東陽無疑的《齊諧記》等。在內容上，也有一些鞭撻統治階級、表現人民反抗鬥爭精神的作品，如《搜神記》中的《干將莫邪》等；有的作品諷刺了貪官污吏，如《述異記》中的《封邵》；《冤魂志》中的《弘氏》等；有的歌頌了勞動人民的崇高品質，如《搜神記》中的《董永葬父》、《李寄斬蛇》和《搜神後記》中的《白水素女》等；有的反映了封建制度下男女爭取婚姻自由，如《搜神記》中的《文喩》、《吳王小女》等。還有一些宣傳不怕鬼思想的故事，如《列異傳》中《宋定伯捉鬼》。藝術上，已注意到通過細節描寫人物性格。採用的非現實的故事題材，顯示出濃厚的浪漫主義色彩，結構較完整，描寫較細緻生動，有的情節曲折，曲盡人情。另外，簡短精悍、韻文與散文合糅也是顯著的特點。

七十六　唐傳奇

文體名。指唐代文人寫的文言短篇小說。晚唐作家裴鉶曾把一本小說集取名爲《傳奇》，「傳奇」即由書名變爲文體名。語見宋人趙彥衛《雲麓漫鈔》：「唐世舉人，先借當時顯人以姓名達主司。然後投獻所業。逾數日又投，謂之「溫卷」，如《幽怪錄》、《傳奇》等皆是也。」「傳奇」一詞，隨著社會和文學的發展而含意漸多，如宋代以諸宮調爲傳奇，元以雜劇爲傳奇，明以南戲爲傳奇，故有「唐傳奇」，「宋傳奇」以示區別。唐傳奇由六朝志怪小說發展演變而來，多以愛情、神怪、豪俠、歷史故事爲題材。其中愛情故事作品最有深度和藝術魅力。如《李娃傳》、《霍小玉傳》等，都以妓女爲主人公，揭露和批判了封建門閥制度的罪惡，同情、讚美女主人公的不幸遭遇和純眞的愛情。此外，《鶯鶯傳》、《柳毅傳》、《任氏傳》等都是難得的佳作。

七十七　變文

文體名。是唐代的一種看圖畫講故事的說唱文學。簡稱爲「變」。藝人在表演時一邊展示圖畫，一邊說唱故事。「圖」稱「變相」，說唱的腳本稱「變文」。起先只是一種給俗人講唱佛教故事和宣揚佛經的話本。後來爲了招徠聽衆，增加了非宗教的內容，逐漸出現了職業藝人講唱民間傳說和歷史故事的「變相」和「變文」。於是，變文就由宗教的宣傳變成通俗的民間文藝。程度不同地擺脫了佛教的影響，而成爲人民喜聞樂見的藝術形式。變文有兩層意思：其一，它把比較深奧枯燥的經文變爲市民通俗理解的通俗文；其二，俗講和僧講在內容和形式上有一定差異，就宣傳佛教經文的角度看，僧講爲正，俗講爲變。這種藝術採用詩文相間，有說有唱的形式。散文部分用來講，韻文部分用來唱。其中有的以散文講述故事，以韻文重複散文內容；有的是散文、韻文內容相互補充。行文敍事，善於渲染鋪陳；想像豐富，語言通俗易懂，具有民間文學清新的特色。韻文部分中的句式，大量的是七言句式。間或有三言和五言的句子，在用韻上，一般都是一韻到底，中間不能換韻。在散文部分裡，經常可以看到駢式的四六句或者對偶句。從中可以看到駢文對變文的直接影響。

變文是我國講唱文學和白話小說的先驅。唐傳奇中有的作品敘述中加入詩歌，近似散韻合體；《鶯鶯傳》、《李娃傳》等描寫生動，語言通俗，受變文的影響顯著。宋話本形式上亦有與變文相似之處。「變文」在宋時已消亡，清光緒年間在敦煌窟始得發現，現有王重民等集輯的《敦煌變文集》，共收集敦煌出土從唐代到宋初的寫本七十八種。

七十八　說話

說話是一種民間伎藝。就是講故事的意思。是隋唐間習用語。這一民間伎藝最遲在中唐就有了。從元稹《寄白樂天代書一百韻》詩中「翰墨題名盡，光陰聽話移」兩句的註解和段成式《酉陽雜組》中關於「市人小說」的片斷記載看，唐代的說話藝術已漸趨成熟。到宋代，達到空前繁榮的程度；城市經濟的繁榮，市民階層的壯大，爲說話的產生和繁榮提供了必要的物質條件，使說話藝術有了大量比較固定的聽眾，並有可能選擇比較固定的演出地點。當時說話的主要演出地點是瓦子勾欄。瓦子也稱瓦肆或瓦舍，是一種規模比較大的娛樂場所。勾欄也稱勾肆，意思是用欄杆圍起來，以便在其中演出。瓦子勾欄以外，茶樓酒肆，僧廟寺院，空場街道，也是藝人經常演出的地方。在許多瓦肆勾欄伎藝中，屬於說話範圍的有四家：一、小說，二、講史，三、講經，四、合生或說諢話。其中以小說、講史兩部最爲重要，影響也最大。由《醉翁談錄》可見說話內容的豐富和藝術上所達到的水平。以說話爲業的藝人稱「說話人」，宋代說話藝人還建立了書會、「雄辯社」等組織，用以出版書籍、切磋伎藝。《東京夢華錄》說北宋汴京有霍四究專說三國故事，尹常賣專說五代故事。《武林舊事》說南宋杭州講史有喬萬卷、許貢士等二十三人，說經、諢經有長嘯和尙、彭道士等十七人；小說有蔡和、李公佐、張小四郎等五十二人。說話人數比任何其他伎藝都多，而其中說「小說」的又比講史、講經的多出一倍以上。內容豐富，形式生動的說話藝術，眞實地反映了市民的生活、思想和願望，因此，更爲市民所喜愛。後來由於說話藝術發展的需要，用書面語言將故事完整地記錄下來，形成了話本。

七十九　話本

中國古典小說的一種樣式。始於唐代，盛於宋、元，是當時「說話」藝人演講、說唱故事所用的底本。「話」就是故事。話本多用接近口語的白話把小說、講史的內容記錄下來。有詩有話的稱「詩話」，有詞有話的稱「詞話」，有評有話的稱「評話」。內容上，「小說」多以城市下層平民爲正面主人公，反映他們的生活、讚揚他們的品德，揭露封建社會的黑暗與罪惡；現存「小說」話本以愛情、公案兩類作品爲最多，在愛情描寫中，歌頌了男女生死不渝的堅強鬥爭精神，尤其突出了婦女鬥爭的堅決和勇敢。《碾玉觀音》和《鬧樊樓多情周勝仙》是這類小說中成就較高的作品。打破了以往才子佳人故事舊套。公案類作品更多反映當時複雜階級矛盾和人民的鬥爭。《錯斬崔寧》和《宋四公大鬧禁魂張》是這類小說中較有特色的作品。現存宋元小說話本約四十篇，包括於《京本通俗小說》全部，《淸平山堂話本》大部分和《喩世明言》、《警世通言》、《醒世恆言》部分。講史類作品，大都依據歷史，講說歷史興廢之事，流露出作家對現實的民主要求。但藝術成就不及「小說」。現存宋元講史話本有《新編五代史平話》、《大宋宣和遺事》和《全相平話五種》。《新編五代史平話》敍述了梁、唐、晉、漢、周五代的興亡，在一定程度上反映了當時人民在封建暴政和長期戰亂中的苦難。《大宋宣和遺事》重點描寫了宋徽宗的昏淫及金人的入侵，表現了作者對黑暗政治的憤懣。一些情節成爲《水滸傳》最初面貌。《全相平話五種》刊行於元代至治年間，包括《武王伐紂平話》、《七國春秋平話》、《前漢書平話》續集和《三國志平話》，作品大多依據正史，刻畫出一些封建統治者的嘴臉。話本在藝術上能細緻刻畫人物，婉曲展開情節，一般包括六個部分：題目、篇首、入話、頭回、正話和篇尾。行文採取講唱結合，頗爲群眾歡迎。話本突破了六朝小說和唐代傳奇描寫社會上層或非現實情節局限，把作品接受對象擴大到社會各階層，在中國小說發展史上，居有重要地位，尤其對明清小說的發展有重要影響，開創了白話小說的新紀元。

八十　擬話本

模擬話本形成而作的小說。其名始見於魯迅《中國小說史略》一書。本用以稱宋元間受話本影響而產生的作品。如《大宋宣和遺事》等；今則多指明代文人模擬宋元話本形式而寫的短篇白話小說。

明代，話本藝術在社會上產生廣泛影響，不但人民群眾喜歡，也引起文人的注意。他們對舊話本進行編輯、整理、加工，並摹擬創製新作，這就是「擬話本」。話本是口頭文學的記錄，目的是說話藝人演出時使用，擬話本則是專供案頭閱讀的白話短篇小說。擬話本在創作上受話本影響，卻有自己獨特的藝術風格。其作品主題更明確集中，人物形象亦更鮮明，富有典型意義。其中優秀之作在思想、藝術方面較話本有很大提高。代表作如馮夢龍的「三言」中的大部分，凌濛初的《二拍》等。（詳見「古代文學名著」）

八十一　公案

中國舊小說的一種形式。由官員審案的桌子借指案件、事件。敍述冤獄訟案的故事。初見於宋代，南宋灌園耐得翁《都城紀勝》所載「說話」四家，第一家「小說」中就有「說公案」這一類。作品大多反映了當時複雜的階級矛盾，有的作品還表現了人民對統治階級的直接鬥爭。《錯斬崔寧》和《宋四公大鬧禁魂張》是這類小說中較有特色的作品。批判了封建官吏的昏聵殘酷、草菅人命，讚揚了人民的反抗鬥爭。此外，反映婦女生活的，如《簡帖和尙》，直接反映了封建社會中善良婦女任人擺布的悲慘命運；《鄭意娘傳》則讚頌了堅貞氣節和愛國主義思想。而《萬秀娘仇報山亭兒》則表現了下層人民捨己救人的高貴品質。公案類作品對封建統治階級殘酷迫害人民罪行多有譴責，具有一定思想意義和現實意義。明後期，公案小說大量出現，而主題轉向歌頌清官明吏。代表作品如《海公案》。書中的小故事皆獨立成篇，每個故事又分事由，訴狀、判詞三部分，又有《龍圖公案》，這兩部小說極力讚美海瑞、包拯等清官形象，反映了一些社會政治情況，有一定認識價值。清代中葉，俠義小說與之合流，代表作是《施公案》，宣揚封建倫理道德。晚清又有《彭公案》、《續施公案》、《李公案》、《劉公案》、《張公案》等，多出版於光緒年間，以清官率領俠客、義士西征東討爲主要內容，爲維護封建統治秩序服務，藝術上也很拙劣，失去了文學價值。

八十二　演義

古代小說的一種，由宋元講史話本的講史發展而來，是元末明初新興的文學式樣。係根據史傳或傳說敷演成文，並經過作者藝術加工而成的。這類作品很多，著名的有《三國演義》、《封神演義》等。（詳見「古代文學名著」）

八十三　章回小說

中國古代長篇小說的主要形式，由宋元講史話本發展起來。明清兩代的長篇小說多採用此種形式，而以《三國演義》和《水滸傳》為其成熟標誌。

宋代的說話中以小說與講史兩類最受歡迎。講史講述歷史興亡和戰爭故事，主要是根據正史敷演歷史故事，其中《大唐三藏取經詩話》即已具備章回小說雛形。《七修類稿》說：「小說起宋仁宗，蓋時太平盛久，國家閒暇，日欲進一奇怪之事以娛之，故小說得勝頭回之後，即云話說趙某年」。世或謂這就是小說分章回之始。又王國維《唐三藏取經詩話跋》云：「此書與《五代評話》、《京本小說》及《宣和遺事》體例略同，三卷之書，共分十七節，亦後世小說分章回之祖。」元末明初，講史話本正式發展成了長篇章回小說，出現了《三國志通俗演義》、《殘唐五代史演義》、《平妖傳》、《水滸傳》等作品，到明中葉以後，其發展更加成熟，出現了《西遊記》、《金瓶梅》等作品。

八十四　講史小說

宋元時期說話藝人底本的一種。「講史」本是宋元說話的一種形式，只說不唱。講述歷代興亡和戰爭故事。主要是根據史書敷演歷史故事，同後代的評書、評話關係密切。其內容先是在民間口頭流傳，以後經過說話藝人或書會才人的整理記錄，成為說話的底本。寫定的本子多稱「評話」、「平話」或「演義」等。語言半文半俗，結構比較散亂，可視為初具規模的講史小說。

現存宋元講史話本有《新編五代史平話》、《大宋宣和遺事》和《全相平話五種》。《新編五代史平話》敘述了梁、唐、晉、漢、周五代的興亡，一定程度地反映了當時人民在封建暴政和長期戰亂中的苦難。但它也歪曲了黃巢起義。《大宋宣和遺事》從歷代帝王荒淫失敗之事引起，敘述了北宋的政治演變，重點寫了宋徽宗的昏淫及金人的入侵，表現出作者對黑暗政治的憤懣。《全相平話五種》是元代刊本，包括《武王伐紂平話》、《七國春秋平話》後集、《秦併六國平話》、《前漢書評話》續集和《三國志平話》，以《三國志平話》成就較高，刻畫了一些封建統治者的嘴臉。此外，還有敘述高僧玄奘與白衣秀才猴行者克服種種障礙到天竺取經故事的宋刊本《大唐三藏取經詩話》。

講史小說是我國長篇小說的雛形，它對後代歷史小說尤有重要影響。

八十五　神魔小說

也稱神話小說。是一種以神話、傳說為題材，通過幻想的形式來反映社會生活的小說。作者運用想像、虛構　比擬、誇張等手法描繪虛幻離奇的故事情節，刻畫具有神奇色彩的人物形象，虛構神話境界，借以反映一定的現實生活，寄託某種思想感情。神魔小說是對一定現實生活的曲折反映，並非憑空杜撰的。

吳承恩的《西遊記》是我國神魔小說之祖，這是一部具有濃厚浪漫主義色彩的神話小說。作品主要寫孫悟空與他的兩位師弟護送唐僧赴西天取經的故事。吳承恩收集了民間流傳的取經故事集成《西遊記》。它所描寫的幻想世界和神話人物，大都有現實生活作基礎，同時在神奇的形態下體現了作家與人民的某些願望。作品塑造了大批個性鮮明的人物形象，結構上以取經人物的活動為中心，逐次展開情節。情節曲折、離奇，將善意的嘲笑，辛辣的諷刺和嚴峻的批判藝術地結合起來，完滿地表達了深刻的思想內容和作者鮮明的愛憎感情。《西遊記》問世以後流傳甚廣，並對神怪題材小說的出現產生重大影響。

八十六　俠義小說

古典小說的一種，即武俠、公案小說。是以俠客義士的故事為題材的作品。始見於唐人傳奇，以及宋、元時期「搏刀」、「趕棒」之類的話本，成熟和流行於清代。

所謂「俠」、「俠客」一類人物，指的是好逞意氣，以「俠義」自任的人。他們常常扶助被欺凌者，好打抱不平，但亦有些是反動統治階級的鷹犬。唐代傳奇最早將他們寫入小說，晚唐時代，藩鎮割據，人民受難，劍俠義士之風日盛，俠義小說也隨之發展。較著名的作品如《紅線傳》、《聶隱娘》等體現了知遇報恩思想，《崑崙奴》、《無雙傳》等則是俠士精神的愛情傳奇故事，這些作品都極力突出所謂俠士的驚人武藝，成為後世武俠小說的雛形。這種體裁發展到清代，逐漸成為定型的長篇小說，其早期多以描寫主人公路見不平、拔刀相助為內容，表達了人民群眾在看不到自己力量時所寄託的幻想；後期被統治階級利用，寫俠客、義士協助「清官」破案，「除暴安民」或保駕除奸，殺賊受賞，如描寫包拯和俠客義士平反冤獄，除暴安良故事的《三俠五義》，敍述南宋時僧人濟顚濟危扶困，嘲弄官府等神異事跡的《濟公傳》等。這些作品大多帶有公案性質，情節曲折離奇，人物性格誇張，藝術技巧粗俗。一些作品雖然反映了封建社會的黑暗腐朽，卻又往往把人民群眾反抗惡勢力的希望寄託在「淸官」、「俠客」、「義士」身上，宣傳了封建主義的正統思想及統治階級威力，汚蔑了反抗封建壓迫的草莽英雄，有的更直接爲封建統治階級服務。

俠義小說中以施耐庵編定的《水滸傳》成就最高，這是我國第一部長篇章回體俠義小說。作者在民間傳說、說話、雜劇等基礎上，以《大宋宣和遺事》爲主要依據加工創作而成。作品以北宋末年的廣闊社會爲背景，全面反映了以宋江爲首的農民起義從醞釀、發生至最後失敗的全部過程，歌頌了起義英雄的鬥爭精神和非凡氣概，揭示了官逼民反，民不得不反的道理。它是一部光輝的文學巨著，對明中葉以後英雄傳奇小說的出現產生直接影響。

八十七　狹邪小說

近代小說的一種。即「伎家故事」，指以妓女爲題材的小說。唐代傳奇《霍小玉傳》、《李娃傳》等即以妓女爲小說主人公。明代鼎祚的《靑泥蓮花記》、淸代余懷《板橋雜記》等亦屬此種。到了近代，更大量出現，始有《品花寶鑑》，繼則有《花月痕》、《靑樓夢》、《海上塵天影》、《海上花列傳》以及《九尾龜》、《海上繁華夢》等。上述作品中，除《品花寶鑑》主人公爲伶人外，其餘女主角均爲靑樓妓女。

近代狹邪小說在形式上從短篇發展成長篇巨製，往往至數十回。這是在明淸長篇通俗小說影響下的結果。內容上的變化，則體現在作者對妓女的態度和傾向上，是非褒貶，異常鮮明。這種情況的產生，與作者的地位、經歷、思想有關，也與作者表達觀點或理想的方式有關。如《青樓夢》裡的三十六妓，人人高雅風流，多情多義。這種情形並非寫實，而是通過浪漫、誇張的手段表現作者的思想。這是由於小說作者俞吟香功名上不得志，懷才不遇，認爲公卿士大夫中無一識我之人，從而把妓女當作了風塵知己，不以「青樓爲勢力場」，因此創作出理想化的妓女形象。韓邦慶的《海上花列傳》裡的妓女，卻有好有壞，這是因爲作者創作此書的目的是「欲覺晨鐘，發人深省」（第一回），故能對妓女生活作出較爲客觀的敍述和描寫，比較眞實地反映了半封建半殖民地的上海妓女的現實生活。張春帆的《九尾龜》，對妓女的態度又一變：「所寫的妓女都是壞人，狎客也像了無賴，與《海上花列傳》又不同。」（魯迅《中國小說的歷史的變遷》）《九尾龜》之類對妓女的攻訐和謾罵，乃出自作者「才子加流氓」的心理，名曰「給敲竹槓的壞妓女以懲罰」，實則成爲有閒階級的「嫖學教科書」。這樣，近代狹邪小說中的妓女形象凡三變。「先是溢美，中是近眞，臨末又溢惡。」（魯迅《中國小說的歷史的變遷》）

八十八　人情小說

我國古代長篇小說的一種，以描寫家庭生活爲題材。出現於元末明初。

署名蘭陵笑笑生的長篇小說《金瓶梅》是我國較早出現的一部社會人情小說。它是我國文學史上個人獨立進行創作的第一部長篇小說，也是第一部以封建社會中市民爲主角的長篇小說。通過展示西門慶一家興衰的醜惡歷史，對封建制度的腐朽與黑暗作了相當深刻的批判和暴露，具有積極作用與認識價值。但書中亦有許多自然主義的描寫，值得注意。人情小說最傑出的代表是產生於清代的長篇小說《紅樓夢》，它受《金瓶梅》影響，從平凡的日常生活描寫入手，通過寶、黛愛情悲劇的描寫，深刻揭露了封建社會的黑暗與封建禮教的罪惡。形象地解剖了中國封建社會末期的各種矛盾，客觀上預示了這個社會的必然崩潰。作者在廣闊的社會背景上，以精雕細琢的功夫描繪了一大批活生生的典型形象，並能根據人物所處不同地位，採用不同手法，將人物置於特定藝術氣氛中去表現內心情緒，其中日常生活的描寫也是細膩、逼眞的。《紅樓夢》是我國古典小說藝術成就的最高峰，它在創作上對民族文化傳統進行了巨大的創造和發展，社會影響很大。

八十九　諷刺小說

諷刺文學的一種，站在一定的立場上，用嘲諷的態度描述敵對的事物、勢力或思想的文學作品。進步的諷刺文學常用誇張、反語、比喻等藝術手法描述生活中落後、消極或反動的事物和新生、向上或先進的事物之間的矛盾，盡情揭露其可笑、可鄙的以至可惡的一面。

我國諷刺文學來源悠久，《西遊記》中即已顯露諷刺鋒鋩，明代擬話本和清初《聊齋志異》中都有諷刺作品。而標誌著我國古典小說諷刺藝術最高水平的是吳敬梓的《儒林外史》。閒齋老人的《儒林外史序》闡示其創作主題說：「其書以功名富貴爲一篇之骨。有心艷功名富貴而媚人下人者；有倚仗成名富貴而驕人傲人者；有假託無意功名富貴，自以爲高，被人看破恥笑者；終乃以辭卻功名富貴，品地最上一層爲中流砥柱。」作品把揭露和批判的矛頭首先指向科舉制和八股文，並以此爲中心，涉及到當時社會的人倫關係、社會風尙及官僚制度，尤其對於封建士大夫階層各色人物追求功名利祿的醜行，進行了辛辣的諷刺。其主要藝術成就，就在於作家對黑暗現實的冷靜分析與極其深刻而嚴肅的諷刺。在小說史的發展中，《儒林外史》奠定了我國古典諷刺小說的基礎，爲以後諷刺小說的發展開闢了廣闊的道路。

九十　譴責小說

中國舊體小說的一種，魯迅《中國小說史略》中稱清末的諷刺小說爲譴責小說，具體指清末戊戌變法維新運動失敗後大量出現的以揭露並直斥時政腐敗，譴責封建官僚，暴露世態人情及風俗習慣諸方面的醜惡現象，目的在於匡救時弊爲題材的小說。清末著名的譴責小說有李寶嘉的《官場現形記》，吳沃堯的《二十年目睹之怪現狀》，曾樸的《孽海花》，劉鶚的《老殘遊記》等。

譴責小說產生於晚淸時期與當時中華民族的命運日趨危急及小說藝術在民間廣泛流傳，已經具有思想戰鬥武器作用有關。這類小說有較爲豐富的政治內容，官場的黑暗，帝國主義的橫行霸道，以及政治生活中的一系列重要事件都反映在小說中，特別是宣傳改良主義已成爲小說主題。小說作者繼承了我國傳統的諷刺方法，又加以發展，筆無藏鋒，達到了極度的誇張和漫畫化程度，作者經常抓住一點，大力渲染，讀來痛快淋漓。結構上爲適應報刊連載需要，一般採用若斷若續的長篇形式。這類小說對於暴露黑暗社會的某些方面具有一定積極作用，但它們大都宣揚資產階級改良主張，把改革社會的希望寄託在封建最高統治者身上，進行譴責的目的在於探尋治世的藥方。

譴責小說以李寶嘉的《官場現形記》與吳沃堯的《二十年目睹之怪現狀》最爲著名。前者主要是抨擊清廷吏治的腐敗，作品從改良主義立場出發，抨擊了封建社會末期的官僚制度，著力描畫他們貪污腐敗，媚外賣國的醜態，以及對人民的殘酷迫害。後者側重對黑暗政治的批判，兼及揭露社會道德的敗壞。小說通過九死一生在二十年中耳聞目睹的無數怪現狀，爲讀者描繪了一幅行將崩潰的清帝國的社會圖卷。

古代文學典故

一　一葦

本指一束蘆葦，因可載人渡水而過，古代詩文中便常作小船的代稱。此典源於《詩·衛風·河廣》：「誰爲河廣？一葦杭（航）之。」孔穎達疏：「言一葦者，謂一束也。可以浮之水而渡，若桴筏然，非一根葦也。」例如：蘇軾的《前赤壁賦》：「縱一葦之所知，凌萬頃之茫然。」這裡的「一葦」即指小船，意思是任憑小船隨風飄盪，暢游於浩淼的萬頃碧波之上。

二　一鳴

原意是有一隻鳥三年不飛不鳴，但一飛便可沖天，一鳴便能驚人。後遂用「一鳴」、「一鳴驚人」、「一飛鳴」、「沖天翼」、「三年翼」等比喻有才華的人，平素默默無聲，一旦施展才華，突然做出驚人的事情。

此典源有二：《韓非子·喻老》：「楚莊王蒞政三年，無令發，無政爲也。右司馬御座，而與王隱曰：『有鳥止南方之阜，三年不翅，不飛不鳴，嘿然無聲，此爲何名？』王曰：『三年不翅，將以長羽翼；不飛不鳴，將以觀民則。雖無飛，飛必沖天；雖無鳴，鳴必驚人。」又《史記·滑稽列傳》載：「齊威王之時喜隱，好為淫樂長夜之飲，沈湎不治，委政卿大夫。」「淳于髡說之以隱曰：『國中有大鳥，止王之庭，三年不蜚又不鳴，王知此鳥何也？』王曰：『此鳥不飛則已，一飛沖天；不鳴則已，一鳴驚人。』」事與上相類似。

例如：李商隱《送千牛李將軍赴闕五十韻》：「政已標三尙，人今佇一鳴。」黃庭堅《王聖美三子補中廣文生》詩：「三級定知魚尾進，一鳴已作雁行連。」

三　三顧

漢末劉備為求人才，曾三次到隆中訪聘諸葛亮。後遂用「三顧」、「三顧茅廬」、「草廬三顧」、「三顧隆中」、「三訪謁」等表示誠心誠意地拜訪和邀請，亦表示對帝王的知遇之感。

據諸葛亮《前出師表》記載：「先帝不以臣卑鄙，猥自枉屈，三顧臣於草廬之中，咨臣以當世之事。」《三國志·諸葛亮傳》亦有記載。羅貫中《三國演義》第三十七回「劉玄德三顧草廬」即敍此事。

例如：杜甫《蜀相》詩：「三顧頻繁天下計，兩朝開濟老臣心。」李商隱《五言述德抒情詩一首四十韻》：「得主勞三顧，驚人肯再鳴。」

四　衛鶴

指濫予官爵，無功受祿，受到寵幸。此典源於《左傳·閔公二年》，載：「冬十二月，狄人伐衛。衛懿公好鶴，鶴有乘軒者。將戰，國人受甲者皆曰：『使鶴！鶴實有祿位，余焉能戰？』」衛懿公愛鶴，讓鶴乘坐大夫以上官員才能乘坐的軒車。後遂用「衛鶴」、「乘軒鶴」等寫濫予官爵，無功受祿，得到寵幸。

例如：劉筠《受詔修書述懷感事三十韻》：「乘軒思衛鶴，努力効劉驢」。

五　子路

子路在戰鬥中因爲帽帶子被碰斷，帽子戴不住，不合「君子死，冠不免」的禮義，所以結好帽帶子而死。後遂用「子路」、「結纓」、「仲由纓」等代稱大義凜然、不怕犧牲的勇士以及慷慨獻身，死於禮義的高尚行爲。

本典見《左傳·哀公十五年》：子路（亦稱仲由）爲衛大夫孔悝的家宰。孔悝作亂，子路不從，因而受到石乞、盂黶的戈擊，帽帶子被碰斷，子路曰：「君子死，冠不免。」結纓（帽帶子）而死。（《史記·仲尼弟子傳》等亦載。

例如：江淹《詣建平王上書》：「常欲結纓伏劍，少謝萬一；剖心摩踵，以報所天。」李商隱《送千牛李將軍赴闕五十韻》：「幽閃蘇武節，棄市仲由纓。」《清平山堂話本卷三·楊溫攔路虎傳》：「半千子路，五百金剛，人人有舉鼎威風，個個負拔山氣概。」

六　火牛

田單用火燒牛尾，縱牛衝殺燕軍，致使燕軍大潰。後遂用「火牛」、「火牛兵」、「燒牛」、「燒牛兵」、「田單術」、「田單火戰」等稱道能兵善戰，謀略奇特。

本典《史記·田單列傳》有記載：「燕攻齊，破齊七十二城。田單固守即墨。「收城中得千餘牛，爲絳繒衣，畫以五彩龍文，束兵刃於其角，而灌脂束葦於尾，燒其端。鑿城數十穴，夜縱牛，壯士五千人隨其後。牛尾熱，怒而奔燕軍，燕軍夜大驚。」遂潰敗。

例如：蘇軾《雲龍山觀燒得雲字》詩：「火牛入燕壘，燧象奔吳軍。」郝經《賢臺行》：「二城未了昭王殂，火牛突出騎劫誅。」顧炎武《不去》：「記作安平門下客，當時曾見火牛兵。」周曇《魯仲連》：「昔迸燒牛發戰機，夜奔驚火走燕師。」庾信《哀江南賦》「徒思拑馬之秣，未見燒牛之兵。」

七　書空

形容事出意外，令人驚異、憂慮，或喻徒勞無益。

此典源於《晉書·殷浩傳》：「浩雖被黜放，口無怨言，夷神委命，談詠不輟，雖家人不見其有流放之感。但終日書空，作『咄咄怪事』四字而已」。《世說新語·黜免》亦載「殷中軍（浩）被廢在信安，終日恆書空作字。揚州吏民尋義逐之，竊視唯作『咄咄怪事』四字而已。」意謂殷浩被貶後，常常用手在空中虛劃「咄咄怪事」四字。後遂以「咄咄怪事」、「書空」形容事出意外，令人驚異、憂慮。

例如：杜甫《對雪》詩云：「數州消息斷，愁坐正書空。」蘇軾《行香子·秋興》詞亦云：「問何事不語書空，但一回醉，一回病，一回慵。」元好問《鎮平縣齋感懷》詩亦云：「書空咄咄知誰解，擊缶烏烏卻自驚。」

八　生花

也作「夢筆生花」。喻文人才思橫溢，文思豐富。

此典源於五代王仁裕《開元天寶遺事·夢筆頭生花》，載「李太白少時，夢所用之筆頭上生花，後天才瞻逸，名聞天下。」相傳唐代大詩人李白所用之筆頭上生花，後才情橫溢，文思大進。後遂用「夢筆生花」、「生花」形容文筆富麗俊逸。

例如：趙翼《慰蕺園下第》詩：「生花不律行將禿，棄甲於思忍復來」。黃遵憲《己亥續懷人詩》之十一：「一卷生花《天演論》，因緣巧作續弦膠。」

九　西江

指不能解決問題的空頭許諾。此典源於《莊子·外物》：「莊周家貧，故往貸粟於監河侯。監河侯曰：『諾，我將得邑金，將貸子三百金，可乎？』莊周忿然作色曰：『周昨來，有中道而呼者，周顧視車轍中，有鮒魚焉。周問之曰：「鮒魚來，子何爲者邪？」對曰：「我東海之波臣也，君豈有斗升之水而活我哉？」周曰：「諾，我且南遊吳越之王，激西江之水而迎子，可乎？」鮒魚忿然作色曰：「吾失我常與，我無所處，吾得斗升之水然活耳，君乃言此，曾不如早索我於枯魚之肆。」後遂用「西江」稱不能解決實際問題的空頭支票。

例如：唐順之《與洪方州主事》云：「此事須速，不然則挽西江以救涸轍也。」趙翼《可型內弟自甌寧罷官歸慰贈》詩之四：「賴有西江潤，能噓涸轍枯。」嚴復《侯生行》之一：「有似西江潤涸轍，發棠荒歲周寒飢。」

十　葉公

葉公愛好龍，家里凡是可以用鈎鑿雕花的地方，都刻上了龍。但眞龍來到他的住處，他卻驚恐萬狀，掉頭就跑。後遂用「葉公」比喻徒有所好的人；用「葉公好龍」、「葉公好尚」等比喻只是表面上而並非眞誠地愛好某事物，或謂人愛好是假，懼怕是眞；用「葉公」比喻形似而實非的假象。

典源見漢劉向《新序·雜事》：「葉公子高好龍，鈎以寫龍，鑿以寫龍，屋室雕文以寫龍。於是天龍聞而下之，窺頭於牖，施尾於堂。葉公見之，棄而還走，失其魂魄，五色無主。是葉公非好龍也，好夫似龍而非龍者也。」

例如：周曇《哀公詩再吟》：「接下不勤徒好士，葉公何異魯哀公。」《後漢書·崔駰傳》：「公愛班固而忽崔駰，此葉公之好龍也。試請見之。」趙翼《岣嶁碑歌》：「盲翁捫籥但取似，葉公好龍固爲名。」

十一　弔屈

或作「弔屈原」，表示憑弔先人抒發內心憂憤。

此典源於漢賈誼《弔屈原文·序》：「誼爲長沙王太傅，既以謫去，意不自得。及渡湘水，爲賦以弔屈原。屈原，楚賢臣也，被讒放逐，作《離騷》賦，其終篇曰：『已矣哉，國無人兮，莫我知也。』遂自投汨羅而死。誼追傷之，因自喻。」意爲賈誼受人譏讒而被黜爲長沙太傅，在渡湘水時作文弔屈原，並以自比，感慨萬千。

例如：李白《贈漢陽輔錄事》詩：「應念投沙客，空餘弔屈悲。」許渾《太和初靖恭里感事》詩：「清湘弔屈原，垂淚擷頻繁。」

十二　沙蟲

指沒有戰鬥力的烏合之眾及芸芸眾生。又作「蟲沙」。

此典源於《藝文類聚》卷九十引《抱朴子》：「周穆王南征，一軍盡化，君子爲猿爲鶴，小人爲蟲爲沙。」今本葛洪《抱朴子·釋滯》作：「山徙社移，三軍之眾，一朝盡化，君子爲鶴，小人爲沙。」

例如：趙翼《愍忠寺石壇》：「邱貉屍難認，沙蟲命總冤。」王曇《住穀城之明日祭西楚霸王之墓》詩之三：「壁裡沙蟲親子弟，烹來功狗舊君臣。」

十三　投杼

喻流言可畏。又作「曾母投杼」。

此典源於《戰國策·秦策二》：「昔者，曾子處費（今山東費縣），費人有與曾子同名族者而殺人，人告曾子母曰：『曾參殺人。』曾子之母曰：『吾子不殺人。』織自若。有頃焉，人又曰：『曾參殺人。』其母尚織自若也。頃之，一人又告之曰：『曾參殺人。』其母懼，投杼（ㄓㄨˋ，織布梭）逾牆而走。夫以曾參之賢與母之信也，而三人疑之，則慈母不能信也。」

例如：李白《繫尋陽上崔相渙三首》之二云：「虛言誤公子，投杼惑慈親。」魯迅《書信·致李秉中》云：「然而三告投杼，賢母生疑，千夫所指，無疾而死。」

十四　待兔

喻墨守成規不知變通，或坐以待成，妄想不勞而獲，不通過主觀努力而得到意外收獲。

本典出自《韓非子·五蠹》：「宋人有耕田者，田中有株（樹樁），兔走，觸株折頸而死，因釋其耒而守株，冀復得兔，兔不可復得，而身爲宋國笑。」

例如：范仲淹《臨川羨魚賦》：「亦猶射雉之子，即亡矢以胡爲？待兔之人，非設罝而奚可？」

十五　背水

韓信率兵戰趙，背水設陣以誘敵，又出奇兵突入趙營，拔趙軍旗幟，換上漢軍紅色旗幟，大破趙軍。後遂用「背水」謂背水列陣、決一死戰；用「拔幟樹幟」、「拔幟」、「易幟」、「拔旗」、「拔趙旗」等謂戰而勝之，取而代之。

典源見《史記·淮陰侯列傳》：韓信與張耳擊趙，將至井陘口，信選輕騎二千人，人持一赤幟，從間道隱蔽山後以待。「信乃使萬人先行，出，背水陳（ㄓㄣˋ，通「陣」），以誘趙兵。趙兵開營擊信，韓信張耳佯棄旗鼓而走，趙果空營逐信。」信所出奇兵二千騎，「共候趙空壁（軍營）逐利，則馳入趙壁，皆拔趙旗，立漢赤幟二千。趙軍已不勝，不能得信等，欲還歸壁，壁皆漢赤幟，而大驚。」兵亂遁走，爲信所破。

例如：李世民《還陝述懷》詩：「登山麾武節，背水縱神兵。」陳毅《淮北初戰殲蔣九十二旅》詩：「人民怒撼山河動，背水奇功敵盡降。」張正見《賦得韓信》詩：「沈沙擁急水，拔幟上危城。」蕭綱《七勵》：「前鋒紛其易幟，後騎決其沙囊。」

十六　說項

思。

楊敬之到處誇揚項斯的優點，後遂用「說項斯」、「說項」等表示替人講好話、講情的意

典源見唐李綽《尙書故實》：「楊祭酒敬之愛才，公心賞之。江表之士項斯，贈之詩曰：『處處見詩詩總好，及觀標格過於詩。平生不解藏人善，到處相逢說項斯。』斯因此名振，逐登高科。」

例如：陳師道《寄泰州曾侍郎肇》詩：「今朝有客傳河尹，是處逢人說項斯。」李淸照《分得知字韻》詩：「誰遣好奇士，相逢說項斯。」《孽海花》第九回：「行轅中又送來了幾封京裡書札，雯靑一一檢視，也有親友尋常通賀的；也有大人先生爲人說項的。」

十七　南冠

原意是南方楚國的一種形狀獨特的帽子，常作囚犯的代稱。

此典源於《左傳·成公九年》：「晉侯觀於軍府，見鍾儀，問之曰：『南冠而縶者誰也？』有司對曰：『鄭人所獻之楚囚也。』」南冠亦稱楚冠，都是當作囚犯的意思。

例如：唐駱賓王《在獄詠蟬》：「西陸蟬聲唱，南冠客思深。」趙嘏《長安秋望》：「鱸魚正美不歸去，空戴南冠學楚囚。」

十八　畫餅

在地上畫餅子是不能當飯吃的。後遂用「畫餅」、「畫地爲餅」、「畫餅充飢」等比喻徒有虛名，無補於實用；多指以空想安慰自己。

典出《三國志・魏志・盧毓傳》：魏帝曹睿想找一位合適的人當中書郎，他請大臣盧毓去物色，並告訴他說，千萬不要徒有虛名的人。「選舉莫取有名，名如畫地作餅，不可啖也。」《後漢書・盧毓傳》亦載有此事。

例如：李嶠《讓靈臺少監表》：「空抱支離之疾，坐招尸素之飢，唯此絜瓶，有同畫餅，豈足以比肩良吏，參領密文。」蘇軾《二王書跋》：「畫地為餅未必似，要令痴兒出饞水。」劉時中《端正好・上高監司》曲：「充飢畫餅誠堪笑，印信憑由都是謊。」李清照《打馬賦》：「說梅止渴，稍蘇奔競之心；畫餅充飢，少謝騰驤之志。」

十九　胤螢

車胤家貧，無油點燈，便收集螢火蟲裝在白絹口袋裡照明讀書。後遂用「胤螢」、「囊螢照讀」、「囊螢」、「映螢」、「讀書螢」、「案上螢」等表示勤學刻苦。

典見《晉書・車胤傳》：「車胤字武子，南平人也。」「胤恭勤不倦，博學多通。家貧不常得油，夏月則練囊（白絹口袋）盛數螢以照書，以夜繼日焉。」

例如：李商隱《秋日晚思》詩：「枕寒莊蝶去，窗冷胤螢銷。」杜甫《題鄭十八著作文》詩：「窮巷悄然車馬絕，案頭乾死讀書螢。」

二十　忘味

孔子聽了舜時的《韶》樂，很長時間都嘗不出肉味。後遂以「忘味」、「三月忘味」、「忘味三月」等表示對某事物的熱愛到了入迷的境地；用「聞韶」指聽到美妙的音樂、好消息或得到嚮往的事物。

典出《論語·述而》：「子在齊聞《韶》（舜時樂曲名），三月不知肉味，曰：『不圖為樂之至於斯也。』」

例如：陸游《病思》詩之四：「本自入山緣服玉，不應忘味待聞韶。」辛棄疾《念奴嬌》詞：「繞梁聲在，為伊忘味三月。」黃庭堅《次韻答堯民》：「譬如聞韶耳，三月忘味嘆。」

二十一 直筆

稱頌據事直書正直不阿的精神。亦作「董狐直筆」等。

此典源於《左傳》：「宣公二年，乙丑，趙穿殺靈公於桃園，宣子（趙穿之族兄趙盾）未出山而復。太史書曰：『趙盾弒其君』，以示於朝。宣子曰：『不然』。對曰：『子為正卿，亡不越竟，反不討賊，非子而誰』？孔子曰：『董狐古之良史也，書法不隱。』」

例如：《晉書·郭璞傳》：「忝荷史任，敢忘直筆」。近人柳亞子《題太平天國戰史》詩曰：「成王敗寇漫相呼，直筆何人繼董狐。」

二十二 垂簾

原意為將簾子放下，後專指女后臨朝聽政，獨攬大權。

典出《舊唐書·高宗紀》：「自誅上官儀後，上每視朝，天后垂簾於御座後，政事大小，皆預聞之，內外稱為二聖。」中國歷史上除唐高宗的武后外，還有宋眞宗的劉后（章獻太后）、英宗的高后（宣仁太后），以及清咸豐之後的慈禧太后，都曾垂簾聽政。

例如：唐韋應物《韋蘇州集》二《趁府候曉呈兩縣僚友詩》：「立馬頻驚曙，垂簾卻避寒。」

二十三　鳴雁

喻嫁娶之期。此典源於《詩・邶風・匏有苦葉》：「雝雝鳴雁，旭日始旦。士如歸妻，迨冰未泮」。後以鳴雁指嫁娶之期。

例如：《文苑英華》九六四，唐楊炯《彭城公夫人爾朱氏墓誌銘》：「三星照夜，寧稽鳴雁之期；七日秉秋，坐薦飛皇之兆。」

二十四　穿楊

養由基離楊葉百步而射，每次射中。後遂以「穿楊」、「百步穿楊」、「楊葉箭」、「百發百中」等謂射箭技藝高妙，或泛稱本領高明、技藝好。

典出《戰國策・西周》：「楚有養由基者，善射，去柳葉者百步而射之，百發百中。」《史記・周本紀》亦載此事，俱言「柳葉」。楊和柳同科異屬，古代詩文中常通用，所以柳葉亦稱楊葉。

例如：《北史・隱逸傳・崔賾》：「況復桑榆漸暮，藜藿屢空，舉燭無成，穿楊盡棄。」李涉《看射柳枝》詩：「萬人齊看翻金勒，百步穿楊逐箭空。」杜甫《醉歌行》：「只今年才十六七，射策君門期第一。舊穿楊葉眞自知，暫蹶霜蹄未爲失。」

二十五　泰斗

喻眾所崇仰之人。也作「泰山北斗」。古人認爲泰山在五岳中最高，北斗在群星中最明，因常以比喻眾所崇仰之人。

例如：《新唐書》卷一七六，《韓愈傳贊》：「自愈沒，其言大行，學者仰之如泰山北斗云。」宋呂頤浩《忠穆集》六《與范正興書》：「頃在陝右有四軸，因兵火失之，今再獲見，如撥雲霧而睹泰山北斗也。」

二十六 結履

黃石公在下邳橋上故意將鞋掉到橋下，命張良爲他拾鞋、穿鞋，張良見他年老，忍怒取鞋跪著給他穿上。後遂用「結履」、「跪履」、「圯橋履」等謂委屈自己，尊敬老人，以求取教益。

典出《史記·留侯世家》：「（張）良嘗閒從容步遊下邳圯（一，橋）上，有一老父，衣褐，至良所，直墮其履圯下，顧謂良曰：『孺子，下取履！』良愕然，欲毆之。爲其老，強忍，下取履。父曰：『履我！』良業爲取履，因長跪履之。父以足受，笑而去。」「老父」即黃石公，後授兵書與張良。

例如：張問陶《邳州道中感留侯遺事》詩：「椎車結履不躊躇，進退人間早自如。」陸游《霜天雜興》詩：「谷城黃石今安在，取履猶思效子房。」趙翼《汪文端師歿已月以詩哭之》：「納履慚初學，升堂揖大賢。」

二十七 桃梗

桃木雕製的木偶，遇上發大水，便隨水漂泛，不知所去．然而它卻譏笑泥人被雨水一淋，便成爛泥。後遂用「桃梗」、「漂梗」、「梗泛」、「木偶乘流」等比喻飄泊無定的人或物，亦用以寫飄盪無定；又以「桃偶」比喻傀儡。

典出《戰國策·齊策三》：「有土偶人與桃梗相與語。桃梗謂土偶人曰：「子，西岸之土也，挺（謂捏製）子以爲人，至歲八月降雨下，淄水至，則汝殘矣。」土偶曰：「不然，吾西岸之土也，吾殘則復西岸耳。今子，東國之桃梗也，刻削子以爲人，降雨下，淄水至，流子而去，則子漂漂者將何如耳？」」

例如：駱賓王《晚憩田家》詩：「旅行悲泛梗，離贈斷雕蔴。」吳偉業《戲詠不倒翁》：「卻遭桃梗妍皮誚，此內空空浪得名。」黃景仁《雜感》詩：「歲歲吹簫江上城，西園桃梗托浮生。」

二十八　填海

喻勤勤懇懇，獻身大業，冤深力微，但能執著不捨，自強不息。又作「精衛填海」。

此典源於《山海經·北上經》：「發鳩之山，其上多柘木。有鳥焉，其狀如烏，文首、白喙、赤足，名曰精衛，其鳴自詨。是炎帝之少女，名曰女娃。女娃游於東海，溺而不返，故爲精衛。常銜西山之木石，以堙（塡塞）於東海」。

例如：庾信《擬詠懷二十七首》之七：「松木期塡海，青山望斷河。」柳亞子《香凝夫人屬題畫集再賦兩律》之一「補天捧日心原壯，塡海移山事已非。」陳毅《野營》詩：「微石終能塡血海，大軍遙祝渡金沙。」

二十九　懸頭

喻勤學苦讀，奮發向上。又稱「懸梁」。

此典源於《太平御覽》卷三六三引《漢書》，載「孫敬字文寶，好學晨夕不休，及至眠睡疲寢，以繩繫頭懸屋梁。後爲當世大儒。」

例如：唐李商隱《李義山詩集四。詠懷寄祕閣舊僚》詩云：「懸頭曾苦學，折臂反成醫。」武漢臣《生金閣》第一折：「想刺股懸頭去讀書，則我這當也波初，自窨付，怕不的滿胸中藏他萬卷餘。」

三十　推敲

指反復研究斟酌，引申爲對某種情狀、思想意圖或問題的分析研究。

此典源於宋胡仔《苕溪漁隱叢話前集》卷十九引《劉公嘉話》：「（賈）島初赴舉京師，一日，於驢上得句云：『鳥宿池邊樹，僧敲月下門』。始欲著『推』字，又欲著『敲』字，煉之未定，遂於驢上吟哦。時時引手作推敲之勢。時韓愈吏部權京兆，島不覺衝至第三節，左右擁至尹前，島具對所得詩句云云。韓立馬良久，謂島曰作『敲』字佳矣。」

例如：樓鑰《蔣慈谿鷂輓詞》詩云：「推敲詩益煉，駢儷語尤工。」李漁《曲話·賓白》：「笠翁賓白當文章做，文字俱費推敲」。魯迅《祝福》中說：「覺得偶爾的事，本沒有什麼深意義，而我偏要細細推敲。」

三十一　雁書

指書信，書信往來。又作「雁帛」、「雁足帛書」等。

此典源於《漢書·蘇武傳》：昭帝初年，「匈奴與漢和親，漢求（蘇）武等，匈奴詭言武死。

後漢復使至匈奴，常惠請其守者與俱，得夜見漢使，具自陳道。教使者謂單于，言天子射上林中，得雁，足有繫帛書，言武等在某澤中。使者大喜。如惠語以讓（譴責）單于。單于視左右而驚，謝漢使曰：『武等實在。』」

例如：王勃《採蓮曲》云：「不惜西津交佩解，還羞北海雁書遲」。杜甫《秋日荊南送石首薛明府》詩云：「歲滿歸鳧鳥，秋來把雁書。」

三十二　絶麟

指不事著述，從此絶筆，或喻生不逢時，理想抱負不得實現。

此典源於《左傳》，哀公十四年春：「西狩於大野，叔孫氏之車子鉏商獲麟，以爲不祥，以賜虞人。仲尼觀之，曰：『麟也。』然後取之。」《公羊傳》哀公十四年載，孔子「見所獲麒麟，曰：『孰爲來哉？孰爲來哉？』反袂拭面，涕沾袍。」《孔叢子·記問》謂，孔子「遂泣曰：『唐虞世兮麟鳳遊，今非其時來何求？麟兮麟兮我心憂』」。又據《春秋》哀公十四年杜預註云「麟者仁獸，聖王之嘉瑞也。時無明王，出而遇獲。仲尼傷周道之不興，感嘉瑞之無應，故因魯春秋而修中興之教，絶筆於『獲麟』之一句。所感而作，固所以爲終也。」

例如：李白《古風》（其一）：「希聖如有立，絶筆於獲麟。」陸游《夜泛西湖示桑甥世昌》：「明發復擾擾，吾詩其絶麟。」

三十三　望洋

指己之渺小，喻做事力量之不足。亦作「望洋興嘆」。

此典源於《莊子·秋水》，載：「秋水時至，百川灌河，涇流之大，兩涘渚崖之間，不辨牛馬。於是焉，河伯欣然自喜，以天下之美爲盡在己。順流而東行，至於北海，東面而視，不見水端。於是焉，河伯始旋其面目，望洋向若（海神）而嘆，曰：『野語有之曰：聞道百，以爲莫己若者，我之謂也……吾非至子之門，則殆矣，吾長見笑於大方之家。』」

例如：吳萊《次定海侯濤山》詩云：「寄言漆園叟，此去眞望洋」。趙明鑣《答周五溪書》亦云：「恐後學不得其旨，徒深望洋，奈何！」

三十四　望梅

喻一種不能實現之希望，以空想安慰自己。又作「望梅止渴」。

此典源於南朝宋劉義慶《世說新語·假譎》，載「魏武（曹操）行役，失汲道，軍皆渴，乃令曰：『前有大梅林，饒子，甘酸可以解渴。』士卒聞之，口皆出水，乘此得及前源。」

例如：羅隱《丁亥歲作》詩：「病想醫門渴望梅，十年心地反成灰」。黃庭堅《次韻答晁無咎見贈》：「空餘見賢心，忍渴望梅嶺」。辛棄疾《沁園春·和吳子似縣尉》詞：「搔首蜘躕，愛而不見，要得詩來渴望梅」。

三十五　寒士

指出身低微的窮苦讀書人。

此典源於《世說新語·假譎》，載：「我有一女，乃不惡。但吾寒士，不宜與卿，計欲令阿智娶之。文度（王坦之）欣然。」

例如：唐杜甫《杜工部詩史補遺》二，《茅屋爲秋風所破歌》：「安得廣廈千萬間，大庇天下寒士俱歡顏，風雨不動安如山。」

三十六　濫竽

指無眞才實學而混入行家中充數，或用作自謙之詞。又作「濫竽充數」。

此典源於《韓非子·內儲說上》：「齊宣王使人吹竽，必三百人，南郭處士請爲王吹竽，宣王說（悅）之，廩食以數百人。宣王死，湣王立，好一一聽之，處士逃。」《太平御覽》卷五八一引「湣王」作「文王」。

例如：蕭綱《與湘東王書》：「懷鼠知慚，濫竽自恥。」溫庭筠《開成五年秋書懷一百韻》：「對雖希鼓瑟，名亦濫吁竽」。

三十七　愚公

喻有毅力、堅持到底者。又作「愚公移山」。

此典源於《列子·湯問》篇，載「太形（行）、王屋二山，方七百里，高萬仞……北山愚公者，年且九十，面山而居。懲（苦於）北山之塞，出入之迂也，聚室而謀曰：『吾與汝畢力平險，指通豫南，達於漢陰，可乎？』雜然相許……遂率子孫荷擔者三夫，叩石墾壤，箕畚運於渤海之尾。……河曲智叟笑而止之，曰：『甚矣，汝之不惠！以殘年餘力，曾不能毀山之一毛，其如土石何？』北山愚公長息曰：『汝心之固，固不可徹；……雖我之死，有子存焉。子又生孫，孫又生子；子又有子，子又有孫；子子孫孫，無窮匱也；而山不加增，何苦而不平？』河曲智叟亡以應。」

例如：辛棄疾《玉樓春·用韻答傅岩叟葉仲洽趙國興》詞云：「青山不解乘雲去，怕有愚公驚著汝」。陸游《雪夕》詩云：「東郭稍能師順子，北山未敢笑愚公」。

三十八　遊子

指遠離故鄉之人。

此典源於《管子·地教》：「夫齊衢處之本，通達所出也，遊子勝商之所道。」《史記·高祖紀》也載：「謂沛父兄曰：『遊子悲故鄉，吾雖都關中，萬歲後吾魄獨樂思沛』」。

例如：唐孟郊《東野集》一，《遊子吟》：「慈母手中線，遊子身上衣」。

三十九　濯纓

比喻遁世歸隱或操守淡泊、高潔。亦作「濯足」，意義相同。

此典出於《孟子·離婁上》：「有孺子歌曰：『滄浪之水清兮，可以濯我纓；滄浪之水濁兮，可以濯我足。』孔子曰：『小子聽之，清斯濯纓，濁斯濯足。自取之也。』」

例如：西晉左思《詠史》：「被褐出閶闔，高步追許由。振衣千仞崗，濯足萬里流。」唐白居易《題噴玉泉》：「何時此岩下，來作濯纓翁。」宋·蘇軾《和毛國鎭濯纓庵詩》：「臨池濯足惜泉清，纓上無塵且強名。」

四十　雕蟲

喻小技末道，文人學士常用來對自己的才學作自謙之辭，意爲自己的作品低劣。亦作「雕蟲小技」。

此典源於西漢揚雄《法言》：「或問：『吾少而好賦？』曰：『然。童子雕蟲篆刻』。俄而曰：『壯夫不爲也。』」《文心雕龍‧詮賦》亦云：「此揚子所以追悔雕蟲，貽誚於霧縠者也。」按，西漢學童習秦書八體，蟲書爲其中一體，纖巧難工。故以指作辭賦之雕章琢句。

例如：唐李白《與韓荊州書》云：「至於製作，積成卷軸，則欲塵穢視聽，恐雕蟲小技，不合大小。」

四十一　一斗才

南朝宋謝靈運說天下共有才一石，曹植獨占八斗，他自己得一斗，天下共分一斗。後除用「八斗才」比喻有才學外，亦用「一斗才」、「才無一斗」等指才能平庸一般。

例如：蒲松齡《八月爲畢載老復顏山趙啓》：「至小兒分一斗之才華，單寒慧業；拋半窗之風雨，辜負藏書。」又《八月爲李大廳復孫俊服啓》：「生無一斗之才，慵開書卷；坐受五窮之累，羞擲鶯花。」

四十二　一字師

字面上的意思是改正一個字的老師，一般指那些爲他人的詩文稍作改動便更加精美的人。

此典源於宋計有功《唐詩紀事》：「鄭谷改僧齊己《早梅》詩『數枝開』爲『一枝開』，齊己下拜。人以谷爲一字師。」又，《詩話總龜》卷六載：張迥少年苦吟……有寄遠詩曰：『蟬鬢凋將盡，虬髯白也無？』攜卷謁齊己，點頭吟諷，爲改『虬髯黑在無』，迴遂拜作一字師。」有時也指那些糾正別人知識上細微差錯的人。如《鶴林玉露》卷十三曾載：楊萬里及晉干寶，誤作「于寶」，有吏民旁說：「乃『干寶』，非『于』也。」因檢書爲證，萬里大喜，說：「汝乃吾一字之師。」

四十三　一抔土

即一捧土，語出《史記·張釋之馮唐列傳》：「假令愚民取長陵一抔土，陛下何以加其法乎？」長陵，漢高祖的陵墓。後人便把「一抔土」引申爲墳墓的代稱。例如，駱賓王《代李敬業討武氏檄》：「一抔之土未乾，六尺之孤安在！」

四十四　一箭書

指以文克敵，不戰而勝。又作「魯連書」、「聊城矢」等。

此典源於《史記·魯仲連鄒陽列傳》載：「齊田單攻聊城歲餘，士卒多死而聊城不下。魯連乃爲書，約之矢以射城中。遺燕將。……燕將見魯連書，泣三日，猶豫不能自決。欲歸燕，已有隙，恐誅；欲降齊，所殺虜於齊甚眾，恐已降而後見辱。喟然嘆曰：『與人刃我，寧自刃。』乃自殺。聊城亂，田單遂屠聊城。」意謂魯仲連一封書信射入聊城，遂使守城燕將自殺而城破。

例如：李白《五月東魯行答汶上翁》詩曰：「我以一箭書，能破聊城功。」

四十五　三字獄

南宋時賣國賊、奸臣秦檜誣陷愛國名將岳飛父子及其部將張憲要造反，將他們投入監獄，韓世忠等質問秦檜，要他拿出事實來。秦檜支支吾吾地說：「飛子雲與張憲書雖不明，其事體莫須有。」（見宋李心傳《建炎以來繫年要錄‧紹興十一年》，亦見《宋史‧岳飛傳》）後遂以「三字獄」、「風波獄」、「莫須有」、「武穆冤」等指稱無罪被冤；也指無中生有，捏造罪名，陷害他人。

例如：孟亮揆《于忠肅墓》：「意欲豈殊三字獄，英雄遺恨總相同。」康有爲《故四品卿銜軍機章京參預新政候補知府譚君嗣同》詩：「竟無三字獄，遂以誅董承。」柳亞子《縛虎兩首疊舊韻作》：「十年成此日，三字忍重論。慷慨風波獄，奸回檜俊魂。」

四十六　四壁空

形容家境貧寒，一無所有。又作「家徒四壁」等。

此典源於《史記‧司馬相如列傳》，載「（卓）文君夜亡奔相如，相如乃與馳歸成都。家居徒四壁立。」

例如：杜甫《百憂集行》：「入門依舊四壁空，老妻睹我顏色同。」蘇軾《和劉柴桑》：「自笑四壁空，無妻老相如。」

四十七　五十弦

喻寫悲愴的曲調，或泛指美妙的音樂。

此典源於《史記‧封禪書》，載「太帝使素女鼓五十弦瑟，悲，帝禁不止，故破其瑟爲二十五弦。」據《史記正義》太帝謂「太昊伏羲氏」。後也用「素女」寫善歌悲愁的人物形象。

例如：李賀《上雲樂》詩：「三千宮女列金屋，五十弦瑟海上聞。」李商隱《無題》：「錦瑟無端五十弦，一弦一柱思華年。」

四十八　五雲書

韋陟在書信後面簽名，把「陟」字寫得像五朵雲。後遂用「五雲書」、「朵雲」、「飛雲五朵」、「五雲字」、「書五朵」等美稱別人的書信。

此典見《新唐書·韋陟傳》：「（韋陟）常以五彩箋爲書記（寫信），使侍妾主之，其裁答受意而已，皆有楷法，陟唯署名，自謂所書『陟』字若五朵雲，時人慕之，號『郇公五雲體』。」（韋陟封郇國公。）

例如：蒲松齡《頒賜御書表》其二：「則萬歲字成，北嘉祥於銀甕；五雲書就，卜餘慶於靈臺矣！」王洋《回謝王參義啓》：「尙稽尺牘之馳，先拜朵雲之賜。」

四十九　五斗折

陶淵明不願意爲五斗米的薪俸去對那些「鄉里小兒」鞠躬下拜。後遂用「五斗折」、「折腰五斗」、「爲米折腰」、「折腰營口」等表示爲了一點微薄的官俸而卑躬屈膝。

典源見梁蕭統《陶淵明傳》：陶淵明任彭澤縣令。「歲終，會郡遣督郵至，縣吏請曰：『應束帶見之。』淵明嘆曰：『我豈能爲五斗米，折腰向鄉里小兒！』即日解綬去職。」《晉書·陶淵明傳》亦載。

例如：黃庭堅《次韻奉送公定》：「不爲五斗折，自無三徑資。」楊萬里《歸去來兮引》詞：「五斗折腰，誰能許事，歸去來兮」。辛棄疾《鵲橋仙·席上和趙晉臣敷文》詞：「嘆折腰五斗賦歸來，問走了，羊腸幾遍？」秦觀《送劉承儀解職歸養》詩：「爲米折腰知我拙，下車入里見君榮。」

五十　五車書

惠施的方術很多，本事很大，他讀的書要五輛車拉。後遂用「書五車」、「五車」、「惠子書」、「惠車」、「學富五車」等指書多或形容讀書多，學識淵博。典出《莊子·天下》：「惠施多方，其書五車。」

例如：鮑照《擬古詩》之三：「兩說窮舌端，五車推筆鋒。」王維《晚春嚴少尹與諸公見過》詩：「松菊荒三徑，圖書共五車。」陸游《雲門過何山》詩：「空將書五車，自誑腹十圍。」

五十一　七步詩

原意是指曹植出口成章，能在七步之內吟成詩篇。後人用「七步詠」、「七步成文」、「詩成七步」、「陳思七步」、「七步嫌遲」、「七步才」多指此事，稱譽文思敏捷，才氣過人。典出自南朝《世說新語·文學》：「文帝（曹丕）嘗令東阿王（丕弟曹植）七步中作詩，不成者行大法。應聲便爲詩曰：『煮豆持作羹，漉菽以爲汁。萁在釜下燃，豆在釜中泣。本自同根生，相煎何太急。』帝深有慚色。」

例如：宋元《寄翰苑所知》詩：「學過三都賦，神超七步詩。」于志寧《冬日宴群公於宅各賦一字得杯》：「俱裁七步詠，同傾三雅杯。」

五十二　七縱擒

原是諸葛亮打孟獲，曾經七次擒拿又七次釋放，終使對方心悅誠服。後便用「七縱擒」、「七縱七擒」、「七擒七縱」、「七擒略」、「縱擒」、「擒孟獲」等比喻運用有收有放的策略控制對方，使對方心服口服。

典源爲《三國志·蜀志·諸葛亮傳》裴松之註引《漢晉春秋》：諸葛亮爲了鞏固蜀漢的後方，於蜀建興三年出兵南中，曾七次生擒當地酋長孟獲，又七次釋放了他，最後孟獲心悅誠服，聽從管轄。

例如：陸游《東窗獨坐書懷》詩：「潔齋入靜三熏沐，宴坐降魔七縱擒。」章孝標《諸葛武侯廟》詩：「七縱七擒何處在，茅花櫪葉蓋神壇。」

五十三　八斗才

南朝謝靈運說天下共有才一石，曹植獨占八斗。後遂用「八斗才」、「才高八斗」、「八斗陳思」、「多才子建」、「才論斗」、「才當曹斗」等比喻高才、有才學；用「一斗才」、「才無一斗」等指才能平庸一般。

本典初見宋無名氏《釋常談·八斗之才》：「謝靈運嘗曰：『天下才有一石，曹子建獨占八斗，我得一斗，天下共分一斗』。」

例如：李商隱《可嘆》詩：「宓妃愁坐芝田館，用盡陳王八斗才。」徐夤《獻內翰楊侍郎》詩：「欲言溫署三緘口，閒賦宮詞八斗才。」厲鶚《曉行蘇堤作》詩之二：「價重十千春易買，才高八斗景難摹。」

五十四　九方皋

伯樂善識馬之優劣，在其年老時，將九方皋推薦給秦穆公。九方皋不看馬的外表，將純黑的公馬說成是黃色的母馬，使秦穆公大為不樂，然而伯樂卻由此更加賞識九方皋相馬的工力。後遂用「九方皋」、「孫陽」、「伯樂」等指善於識別良馬、識別人才的人物；而用「牝牡驪黃」、「驪黃牝牡」、「驪牝」、「驪黃」、「玄黃」等比喻事物的表面現象，亦借指良馬。

典出《列子．說符》：伯樂，姓孫名陽。老年時把九方皋推薦給秦穆公去訪求駿馬。過了三個月，九方皋回來說在沙丘這個地方找到一匹。「穆公曰：『何馬也？』對曰：『牝而黃。』使人往取之，牡而驪（ㄌㄧˋ，純黑）。穆公不說（悅），召伯樂而謂之曰：『敗矣，子所使求馬者！色物、牝牡尚弗能知，又何馬之能知也？』伯樂喟然太息曰：『一至於此乎！是乃其所以千萬臣而無數者也。若皋之所觀，天機也，得其精而忘其粗，在其內而忘其外；見其所見，不見其所不見；視其所視，而遺其所不視。若皋之相馬，乃有貴乎馬者也。』馬至，果天下之馬也。」

例如：黃庭堅《過平輿懷李子先時在并州》詩：「世上豈無千里馬，人中難得九方皋。」元好問《虞坂行》：「孫陽騏驥不並世，百萬億中時有一。」李賀《馬詩二十三首》之十八：「伯樂向前看，旋毛在腹間。」

五十五　千日醉

劉玄石飲了中山酒，一醉千日。後遂用「千日醉」、「中山酒」、「玄石飲」等形容美酒濃鬱，飲之使人久醉不醒，多寓用飲酒忘懷俗世之意。

典出晉張華《博物志‧雜說下》：「昔劉玄石於中山酒家沽酒，酒家與千日酒，忘言其節度。歸至家當醉，而家人不知，以爲死也，權葬之。酒家計千日滿，乃憶玄石前來沽酒，酒向醒目。往視之，云玄石亡來三年，已葬。於是開棺，醉始醒。俗云：『玄石飲酒，一醉千日。』」又晉干寶《搜神記》卷十九載：「狄希，中山人也，能造千日酒，飲之千日醉。」

例如：庾信《燕歌行》：「蒲桃一杯千日醉，無事九轉學神仙。」杜甫《垂白》詩：「甘從千日醉，未許七哀詩。」李賀《河南府試十二月樂詞‧十一月》詩：「撾鐘高飲千日酒，戰卻凝寒作君壽。」

五十六　千里蒓

陸機去拜訪王濟，王濟指著身旁的羊酪說，你們江東，什麼能和它比美？陸機說：千里湖的蒓菜煮的湯，不需鹽豉調味就能比過它了。後遂用「千里蒓羹」、「陸機蒓」、「蒓豉蒓羹」、「蒓菜鹽豉」、「羊酪蒓羹」等指鄉土特佳的美味，多含讚譽、思戀故鄉之意。

本典見晉郭澄之《郭子》：「陸士衡（陸機）詣王武子（王濟），武子有數斛羊酪，指示陸機曰：『卿東吳何以敵此？』機曰：『千里蒓羹，未下鹽豉。』」

例如：杜甫《贈別賀蘭銛》詩：「我戀岷下芋，君思千里蒓。」陸游《病酒戲作》詩：「尚無千里蒓，敢覓鏡湖蟹。」

五十七　千金字

稱譽詩文寫的好，精心構製，辭意精警，不可更改，價值極高。

此典故出自《史記·呂不韋列傳》：「呂不韋乃使其客人人著所聞」，寫成《呂氏春秋》。「布咸陽市門，懸千金其上，延諸侯遊士賓客有能增損一字者予千金。」同類事還有劉安聘天下辯通人士著《淮南子》，書成亦布於都市，懸千金以延示衆士。見《文選·楊修〈答臨淄侯箋〉》李善註。又王獻之曾寫字給一老母賣，得錢千金。見王獻之《自論書》。後人講一字千金涉及書法的則指此事。與「千金字」同義的說法還有「一字千金」、「金懸秦市」。

例如：王維《上張令公》詩：「市閲千金字，朝聞五色書。」鍾嶸《詩品》卷上：「陸機所擬十四首，文溫以麗，意悲而遠。驚心動魄，可謂幾乎一字千金。」盧照鄰《雙槿樹賦》：「金懸秦市，楊子見而無言；紙貴洛城，陸生聞而罷笑。」

五十七　千金諾

季布的一個諾言，重於黃金百斤。以後人們用「千金諾」、「一諾千金」、「百金諾」、「黃金諾」、「諾如金」、「季布一言」、「季諾」、「季布千金」等，表示答應一句話，價值千金，形容說話算數，極有信用。

此典故始見《史記·季布欒布列傳》：「（曹丘）揖季布曰：『楚人諺曰：「得黃金百（斤），不如得季布一諾。」足下何以得此聲於梁楚間哉？』」

例如：錢起《送李判官赴桂州幕》詩：「且感千金諾，寧辭萬里遊。」皮日休《宏詞下第感恩謝兵部侍郎》詩：「空慚季布千金諾，但負劉弘一紙書。」吳融《離霅溪感事獻鄭員外》詩：「一飯意專堪便死，千金諾在轉難酬。」

五十九　千金骨

郭隗用買馬作喻，說古代用五百金買千里馬的馬頭骨，因而在一年之內得到三匹千里馬，勸燕昭王厚幣招賢士。後遂用「千金骨」、「死骨千金」、「駿骨」、「燕駿」、「燕臺駿」等稱良馬，比喻傑出的人才，或用以表示對良馬、人才未能及時發揮能力的嘆息。用「千金市骨」、「千金市駿」等，比喻求賢才十分誠切。

典源見《戰國策·燕策一》：燕昭王求賢，郭隗說：「古之君人，有以千金求千里馬者，三年不能得。涓人（內侍）言於君曰：『請求之。』君遣之，三月得千里馬。馬已死，買其首五百金，反以報君。君大怒曰：『所求者生馬，安事死馬？而捐五百金？』涓人對曰：『死馬且買之五百金，況生馬乎？天下必以王為能市馬，馬今至矣！』於是不能期年，千里之馬至者三。」

例如：張雨《廬疎齋集》詩：「難求冀北千金骨，空載江南數斛愁。」郝經《老馬》詩：「垂頭自惜千金骨，伏櫪仍存萬里心。」元好問《奚官牧馬圖息軒畫》詩：「曹韓畫樣出中祕，燕市死骨空千金。」

六十　力拔山

形容力量之大或心志之豪。

此典源於《史記·項羽本紀》，項羽軍被圍困垓下，聞四面楚歌，「則夜起，飲帳中。有美人名虞，常幸從；駿馬名騅，常騎之。於是項王乃悲歌慷慨，自為詩曰：『力拔山兮氣蓋世，時不利兮騅不逝。騅不逝兮可奈何，虞兮虞兮奈若何！』歌數闋，美人和之。項王泣數行下，左右皆泣，莫能仰視。」

例如：謝靈運《撰征賦》：「氣蓋天而倒日，力拔山而傾湍。」秦簡夫《東堂老》第二折：「你道有左慈術踢天弄井，項羽力拔山也那舉鼎，這斯們兩白日把泥球兒換了眼睛。」

六十一　太公釣

呂尙隱居，垂釣於渭濱磻溪，周文王打獵時和他相遇，談得極爲投機，即拜爲師。後呂尙幫助武王伐紂滅殷，建立周朝。後遂用「太公釣」、「呂釣」、「渭釣」、「磻溪釣」、「釣周」、「釣渭」、「大釣無鈎」、「直鈎釣國」、「磻溪直釣」等寫隱居、賢才待用，及賢能執政，大業盛隆；以「直釣魚」等表示心甘情願。

本典見《史記·齊太公世家》：「太公望呂尙者，……本姓姜氏，從其封姓，故曰呂尙。呂尙蓋嘗窮困，年老矣，以漁釣奸（干）周西伯（周文王）。西伯將出獵……遇太公於渭之陽，與語大說（悅），曰：『自吾先君太公曰：「當有聖人適周，周以興。」子眞是邪？吾太公望子久矣。』故號之曰『太公望』，載與俱歸，立爲師。」《六韜·文韜·文師》亦有類似記載。

例如：孟浩然《冬至後過吳張二子檀溪別業》詩：「閒垂太公釣，興發子猷船。」孔尙任《桃花扇》第十五齣：「金鰲上鈎，金鰲上鈎，好似太公一釣，享國千秋。」陸游《雜感十首》之一：「呂釣渭水濱，說築傅岩野。」

六十二　無弦琴

陶淵明不解音律，他有一張沒有弦的琴，常撫弄寄意。後遂用「無弦琴」、「靖節琴」、「

素琴」、「無弦木」等謂無弦之琴，自尋樂趣。或指稱意趣高雅不同流俗，或表示弦外情味。

梁蕭統《陶淵明傳》記載此典：「淵明不解音律，而蓄無弦琴一張，每酒適，輒撫弄以寄其意。」《晉書·陶潛傳》亦寫：「性不解者，而蓄素琴一張，弦徽不具，每朋酒之會，則撫而和之，曰：『但識琴中趣，何勞弦上聲！』」

例如：白居易《丘中有一士》詩之二：「行披帶索衣，坐拍無弦琴，不飲濁泉水，不息曲木陰。」侯善淵《漁家傲》詞：「獨弄無弦琴一操，個中始覺知音少。」白居易《新昌新居書事四十韻》：「陳室何曾掃？陶琴不要弦。」曾鞏《靜花堂》詩：「客來但飲平陽酒，衙退常攜靖節琴。」楊億《寄靈仙觀舒職方學士》詩：「華陰學霧還成市，彭澤橫琴豈要弦。」

六十三　女媧石

女媧煉五色石以補天的破縫，截斷鰲足以作爲撐天的大柱。後遂用：「女媧石」、「女媧補天」、「煉五色」、「補穹儀」、「補極」、「媧補」、「媧天」、「斷鰲」、「立極」、「鰲柱」等寫功業勛偉，志懷洪邁，才德超拔，對社會有所匡補，或稱這樣的人或物；用「鰲柱」稱天柱。

典出《列子·湯問》：「天地亦物也，物有不足，故昔者女媧氏煉五色石以補其闕，斷鰲之足以立四極。」《淮南子·覽冥訓》等亦載此事。又，關於共工怒觸不周山，致使天傾西北事，《列子·湯問》記在女媧補天之後，司馬貞《補史記·三皇本紀》謂在女媧補天之前。女媧所補，即所傾之西北天。

例如：楊堯臣《苦雨》詩：「灑盡天漢流，蒸爛女媧石。」丁復《題長江萬里圖》詩：「抵掌女媧石，浩然歌白紵。」虞集《戲作試問堂前石五首》之四：「碣石久淪海，女媧曾補天。」李白《崇明寺佛頂尊勝陁羅尼幢頌》：「共工不觸山，媧皇不補天。」

六十四 遼東鶴

遼東人丁令威學道離家，千年後化作白鶴回到故鄉，停在城門華表柱上，口吐人語，感嘆城郭如故，人民已非。後遂用「遼東鶴」、「丁令鶴」、「華表鶴」、「令威」、「鶴姓丁」、「鶴歸華表」、「鶴歸遼海」、「華表語」、「化鶴」等寫久別重歸，慨嘆人世的變遷，表達對鄉土的思戀。或用以寫人去世，也用以寫鶴。

典出晉陶潛《搜神後記》卷一：「丁令威，本遼東人，學道於靈虛山，後化鶴歸遼，集城門華表柱。時有少年，舉弓欲射之，鶴乃飛，徘徊空中而言曰：『有鳥有鳥丁令威，去家千年今始歸，城郭如故人民非，何不學仙冢壘壘。』遂高上沖天。」晉葛洪《神仙傳·蘇仙公》記載與此相類。

例如：杜甫《卜居》詩：「歸羨遼東鶴，吟同楚執珪。」王維《送張道士歸山》詩：「當做遼城鶴，仙歌使爾聞。」陸游《道院述懷》詩之二：「老翁正似遼天鶴，更覺人間歲月長。」

六十五 長安日

晉明帝說抬頭便可以看見太陽，長安卻很遙遠。後遂用「長安日」比喻聖君、帝都；以「日近長安遠」、「長安遠」、「長安不見」、「日近」等比喻嚮往帝都而不得至，多寓功名事業不遂，希望和理想不能實現之意。

典源見南朝宋劉義慶《世說新語·夙惠》：「晉明帝數歲，坐元帝膝上，有人從長安來，元帝問洛下消息，潸然流涕。明帝問何以致泣，具以東渡意告之，固問明帝：『汝意謂長安何如日遠？』答曰：『日遠。不聞人從日邊來，居然可知。』元帝異之。明日，集群臣宴會，告以此意，更重問之，乃答曰：『日近。』元帝失色曰：『爾，何故異昨日之言邪？』答曰：『舉目見日，不見長安。』」

例如：杜甫《建都十二韻》：「願枉長安日，光輝照北原。」李嶠《扈從還洛呈侍從群官》詩：「將交洛城雨，稍遠長安日」。蘇軾《次韻送程六表弟》：「憑君寄謝江南叟，念我空見長安日。」辛棄疾《鵲橋仙·和范先之送祐之弟歸浮梁》詞：「莫貪風月臥江湖，道日近，長安路遠」。

六十六　風馬牛

齊國征伐楚國，楚國派人對齊軍說：「你們在極北，我們在極南，眞和放佚馬和牛，牝牡不能相誘相逐是一個道理。不料你們會來我們這裡，究竟爲了什麼呢？」後遂用「風馬牛」、「風馬牛不相及」、「風馬不接」等比喻事物之間毫不相干。

典源見《左傳·僖公四年》：「四年春，齊侯以諸侯之師侵蔡。蔡潰，遂伐楚。楚子使與師言曰：『君處北海，寡人處南海，唯是風馬牛不相及也，不虞君之涉吾地也，何故？』」《尙書·費誓》有「馬牛其風」一語。風謂放佚，此處指牛馬牝牡相誘相逐。

例如：劉知幾《史通·斷限》：「其與曹氏也，非唯理異犬牙，固亦事同風馬。」湯顯祖《南柯記》第二十九齣：「太子，君處江北，妾處江南，風馬牛不相及也，不意太子之涉吾境也，何故？」楊萬里《和張器先十絕》之二：「向來一別十番秋，消息中間風馬牛。」

六十七　東山起

謝安原做佐著作郎的官，後來隱居東山多年，經朝廷多次聘請才又出山，官越做越大，高至司徒，後遂用「東山再起」、「謝公終起」等寫隱士出仕，多稱失勢之後又重新得勢。

典出《晉書·謝安傳》：謝安初為佐著作郎，因病辭官，隱居東山。「征西大將軍桓溫請為司馬，將發新亭，朝士咸送，中丞高崧戲之曰：『卿累違朝旨，高臥東山，諸人每相與言，安石不肯出，將如蒼生何！』安甚有愧色。既到，溫甚喜，言生平，歡笑竟日。」後謝安官至中書令、司徒等要職。南朝宋劉義慶《世說新語·排調》篇亦有記載。

例如：杜甫《暮秋枉裴道州手札率爾遣興寄近呈蘇渙侍御》詩：「無數將軍西第成，早作丞相東山起。」溫庭筠《題裴晉公林亭》詩：「東山終為蒼生起，南浦虛言白首歸。」蒲松齡《為韓樾老祭念東先生文》：「乃一旦征書交迫，不聽其眠熙世之高春，東山再起，補秩司農，不修幅於衫履，寄大隱於朝中。」

六十八　東山臥

謝安棄官隱居東山多年。後遂用「東山臥」、「東山高臥」、「東山」、「東山之志」等寫隱居、閒適。典源同「東山起」。

例如：李白《送梁四歸東平》詩：「莫學東山臥，參差老謝安。」李白《梁園吟》詩：「東山高臥時起來，欲濟蒼生應未晚。」謝靈運《還舊園作見顏范二中書》詩：「辭滿豈多秩，謝病不待年，偶與張邴合，久欲還東山。」王維《與工部李侍郎書》：「時與風流儒雅之士，置酒高會，吟詠先王遺風，翛然有東山之志。」

六十九　東郭履

東郭先生鞋有上無下，行走雪中，腳板踏地。後遂以「東郭履」、「步雪履穿」等謂窮困潦倒。

據《史記·滑稽列傳》記載：「東郭先生久待詔公車，貧困飢寒，衣敝，履不完。行雪中，履有上無下，足盡踐地。道中人笑之，東郭先生應之曰：『誰能履行雪中，令人視之，其上履也，其履下處乃似人足者乎？』」後被漢武帝看中，拜爲二千石。

例如：李白《贈宣城趙太守悅》詩：「自笑東郭履，側慚狐自溫。」李商隱《崔處士》詩：「雪中東郭履，堂上老萊衣。」黃庭堅《次韻秦少章晁適道贈答詩》：「寧穿東郭履，不遺子公書。」

七十　對床語

蘇氏兄弟最嚮往風雨之夜，兩人對床共語，傾心交談。後遂用「對床夜語」、「連床夜語」、「聯床雨」、「對床之約」等形容親友、兄弟的聚會及其歡樂之情。或指閒居。

典出蘇轍《逍遙堂會宿》詩序：「轍幼從子瞻（轍兄蘇軾）讀書，未嘗一日相捨，既壯，將遊宦四方。讀韋蘇州（韋應物）詩至『安知風雨夜，復此對床眠』，惻然感之，乃相約早退，爲閒居之樂。」「夜雨對床」之語，唐人多有，除韋應物外，還有白居易、鄭谷等，大都形容朋友相聚傾談之樂。到了宋代，因蘇軾、蘇轍兄弟名聲很大，情誼篤深，經常唱和，又相約早退，遂形成爲故事。

例如：張孝祥《欽夫子明定叟夜話舟中》詩：「誰知對床語，勝讀十年書。」蘇轍《後省初成直宿呈子瞻》詩：「射策當年偶一時，對床夜雨失前期。」張孝祥《和如庵》：「厭聽諸方三昧禪，卻思夜雨對床眠。」

七十一　馮唐老

馮唐身歷三朝，老尙爲郎，至武帝時，舉爲賢良，已九十餘歲，不能再做官了。後遂用「馮唐老」、「馮唐易老」、「老馮唐」、「嘆馮唐」等慨嘆生不逢時，命運不好，或表示身已衰老，再不能有所作爲了。

典源見《史記·張釋之馮唐列傳》：「唐以孝著，爲中郎署長，事文帝。文帝輦過，問唐曰：『文老何自爲郎?家安在?』唐具以實對。」「七年，景帝立，以唐爲楚相，免。武帝立，求賢良，舉馮唐。唐時年九十餘，不能復爲官。」《漢書·馮唐傳》亦載。

例如：吳融《寄貫休》詩：「已似馮唐老，方知武子愚。」徐鉉《送陳祕監歸泉州》詩：「三朝恩澤馮唐老，萬里鄉關賀監歸。」豚廬《童子軍》第二齣：「只是馮唐漸老，難厲鏌鋣鋒。」王勃《滕王閣序》：「時運不齊，命途多舛，馮唐易老，李廣難封。」杜甫《寄岑嘉州》詩：

「謝朓每篇堪諷誦，馮唐已老聽吹噓。」

七十二　問字酒

指受業者對授教者的酬謝，喻勤學好問。

典源於《漢書·揚雄傳》，謂揚雄「家素貧，耆（嗜）酒，人希至其門。時有好事者，載酒肴從遊學」。又：「劉棻嘗從雄學作奇字。」意爲揚雄家貧嗜酒，時人有好學者載酒肴從其遊學。

例如：宋陸游《致仕後述懷》詩云：「常辭問字酒，屢卻作碑錢。」清黃遵憲《別賴雲芝同年》詩云：「歸與兄弟謀稻粱，問字之酒束脩羊。」

七十三　竹林狂

嵇康等七人相與友善，常一起遊於竹林之下，肆意歡宴。後遂用「七賢」比喻不同流俗的文人；以「竹林笑傲」、「竹林狂」、「竹林遊」、「竹林宴」等指放任不羈的歡宴遊樂，或借指莫逆的友情。

典出《晉書·嵇康傳》：嵇康居山陽，「所與神交者唯陳留阮籍、河內山濤、豫其流者河內向秀、沛國劉伶、籍兄子咸、琅邪王戎，遂爲竹林之遊，世所謂『竹林七賢』也。」南朝宋劉義慶《世說新語·任誕》說他們「七人常集於竹林之下，肆意酣暢，故世謂竹林七賢。」

例如：沈約之《復輓于湖居士》詩：「竹林笑傲今陳跡，撫槻江皋涕泫然。」辛棄疾《水調歌頭·席上爲葉仲洽賦》詞：「綸巾羽扇顛倒，又似竹林狂。」綦毋潛《送鄭務拜伯父》詩：「奉料竹林興，寬懷此別晨。」

七十四　奪錦才

這是唐初深得武后賞識的宮廷詩人宋之問的故事。典出《新唐書·宋之問傳》：「武后遊洛陽龍門，詔從臣賦詩。左史東方虬詩先成，后（武后）賜錦袍。之問俄頃獻，后覽之嗟賞，更奪袍以賜。」後來，人們就把具有超人的才華稱之爲「奪錦才」。例如，明高啓《謝賜衣》：「被澤獨深厚，慚無奪錦才。」

七十五　杯中蛇

客人見杯中的弓影，以爲蛇在酒中，勉強喝下，即疑慮而 生病；明白眞相後，疑慮消失，沈痾頓癒。後遂用「杯中蛇」、「廣客蛇」、「雕弓蛇」、「弓影浮杯」、「畫蛇杯」、「樽中弩」、「杯弓蛇影」、「杯底逢蛇」等指因錯覺而產生疑懼，形容懷疑多端的，自相驚擾。

典源漢應劭《風俗通義·怪神》：「予之祖父郴爲汲令，以夏至日請見主簿杜宣，賜酒。時北壁上有懸赤弩，照於杯中，其形如蛇。宣畏惡之，然不敢不飲。其日便得胸腹痛切，妨損飲食，大用羸露，攻治萬端，不爲癒。後郴因事過至宣家，窺視，問其變故，云畏此蛇，蛇入腹中。郴還聽事，思維良久，顧見懸弩，必是也。則使門下吏將鈴下侍徐扶輦載宣於故處設酒，杯中故復有蛇。因謂宣：『此壁上弩影耳，非有他怪。』宣意遂解，甚夷怪，由是瘳平。」《晉書·樂廣傳》亦載，謂是樂廣待客事。

例如：蘇軾《次韻錢舍人病起》：「床下龜寒且耐支，杯中蛇氣未應衰。」湯顯祖《牡丹亭》第五四齣：「你香魂逗出了夢兒蝶，把親娘腸斷了影中蛇。」

七十六 識途馬

桓公、管仲等回來時迷失了方向，於是放馬領路，終於找到了歸路。後遂以「馬識路」、「老馬識途」、「老識途」等比喻年長而有經驗的人熟悉情況，能提出解決問題的辦法，起指導作用；用「識途馬」、「識途驥」等比喻富於經驗、知是識非的人。

本典《韓非子·說林上》有記載：「管仲、隰(ㄒㄧ)朋從桓公伐孤竹，春往冬反，迷惑失道，管仲曰：『老馬之智可用也。』乃放老馬而隨之，遂得道。」

例如：黃景仁《雜感四首》之二：「馬因識路眞疲路，蟬到蠶聲尙有聲。」毛滂《寄曹使君》詩：「請同韶濩公勿疑，老馬由來識途久。」杜甫《觀安西兵過赴關中待命二首》之一：「老馬夜知道，蒼鷹飢著人。」

七十七 陳平社

陳平在鄉里祭社時因分配肉食均勻，受到父老稱讚。他說如果能主持天下，也會像分肉一樣公平合理。後遂用「陳平社」、「陳平分肉」、「宰社」等寫辦事公平，或指在小事中顯出辦大事的才能。

典出《史記·陳丞相世家》：「里中社，平爲宰，分肉食甚均。父老曰：『善，陳孺子之爲宰！』平曰：『嗟乎，使平得宰天下，亦如是肉矣！』」

例如：李俊民《即事》詩：「誰能宰似陳平社，那免悲如宋玉秋。」杜甫《社日兩篇》詩之二：「陳平亦分肉，太史竟論功。今日江南老，他時渭北童。」

七十八　依景升

王粲投靠劉表希圖施展才能，劉表因他相貌醜陋，又不拘小節，不予使用，後遂用「依景升」、「依劉」等稱依附有權勢的人。

典出《三國志·魏志·王粲傳》：「（粲）年十七，司徒辟，詔除黃門侍郎，以西京擾亂，皆不就。乃之荊州依劉表（字景升）。表以粲貌寢而體弱通侻，不甚重也。」

例如：陳人傑《沁園春·送高君紹遊霅川》詞：「但使豫州，堪容玄德，何必區區依景升。」杜甫《奉送郭中丞兼大僕卿充隴右節度使三十韻》：「隨肩趨漏刻，短髮寄簪纓，經欲依劉表，還疑厭禰衡。」

七十九　青白眼

東晉文學家阮籍的故事。他常以青眼（眼睛正視）表示對人的尊敬或喜愛；以白眼（眼睛斜視）表示輕蔑或厭惡。於是，古代詩文中也常「青眼」或「白眼」表達喜愛或憎惡之情。

此典出於《晉書·阮籍傳》：「籍又能爲青白眼。見禮俗之士，以白眼對之。及嵇喜來弔，籍作白眼，喜不懌而退。喜弟康聞之，乃賫酒挾琴造焉。籍大悅，乃見青眼。」

例如：杜甫《短歌行》：「仲宣樓頭春色深，青眼高歌望吾子。」王維《過崔處士興宗林亭》：「科頭箕踞長松下，白眼看他世上人。」

八十　胸有竹

喻做事之先，已有成算。或稱「胸有成竹」。

典源於宋蘇軾《文與可畫篔簹谷偃竹記》：「故畫竹，必先得成竹於胸中，執筆熟視，乃見其所欲畫者，急起從之，振筆直遂，以追其所見，如兔起鶻落，少縱則逝矣。」

例如：清劉獻廷《代壽浙撫公一百韻》：「代交胸有竹，草檄筆如椽。」晁補之《贈文潛甥楊克一學文與可畫竹求詩》亦云：「與可畫竹時，胸中有成竹。」

八十一 筆如椽

王珣夢中得如椽大筆，醒來果然要他負責起草重要文章。後遂以「筆如椽」、「椽筆」、「大手筆」等稱揚著名作家、作品，比喻筆力雄健或宏篇巨製的文詞，或譽寫作才能極高。

典出《晉書·王珣傳》：「珣夢人以大筆如椽與之，既覺，語人曰：『此當有大手筆事。』俄而帝（晉孝武帝司馬曜）崩，哀冊諡議皆珣所草。」

例如：黃庭堅《寄題榮州祖元大師此君軒》詩：「公家周彥筆如椽，此君語意當能傳。」元好問《范寬秦川圖》詩：「我知寬也不辨此，渠寧有筆如修椽。」劉獻廷《代壽浙撫李公一百韻》：「代交胸有竹，草檄筆如椽。」

八十二 咸陽哭

表示求救他人情眞意切，亦用以形容悲傷至極。亦作「哭秦庭」。

此典源於《左傳·定公四年》：「初，伍員與申包胥友。其亡也，謂申包胥曰：『我必復（覆）楚國。』申包胥曰：『勉之！子能覆之，我必能興之。』及昭王在隨，申包胥如秦乞師，曰：『吳爲封豕長蛇，以薦食上國，虐始於楚。寡君失守社稷，越（流落）在草莽，使下臣告急……

』秦伯使辭焉，曰：『寡人聞命矣，子姑就館，將圖而告。』對曰：『寡臣越在草莽，未獲所伏，下臣何敢即安？』立，依於庭牆而哭，日夜不絕聲，勺飲不入口七日。秦哀公爲之賦《無衣》，九頓首而坐，秦師乃出。」

例如：胡曾《詠史詩·秦庭》云：「包胥不動咸陽哭，爭得秦兵出武關」。

八十三　笑裡刀

喻外表和藹內心陰險。

典出《新唐書·李義府傳》：「義府貌柔恭，與人言，嬉怡微笑，而陰賊褊忌著於心，凡忤意者，皆中傷之，時號義府『笑中刀』」。《舊唐書·李義府傳》亦載，作「笑中有刀」。

例如：唐白居易《勸酒十四首》之十四云：「且滅嗔中火，休磨笑裡刀。」秦簡夫《東堂老》第一折亦云：「都是些綿中刺，笑裡刀。」

八十四　雀捕螂

喻只顧眼前利益而不顧後患。

此典源於漢劉向《說苑·正諫》：「吳王欲伐荊，告其左右曰：『敢有諫者死。』舍人有少孺子者，欲諫不敢，則懷操彈於後園，露沾其衣，如是者三旦。吳王曰：『子來！何苦沾衣如此？』對曰：『園中有樹，其上有蟬，蟬高居悲鳴飮露，不知螳螂在其後也；螳螂委身屈附欲取蟬，而不知黃雀在其傍也；黃雀延頸欲啄螳螂，而不知彈丸在其下也。此三者皆務欲得其前利而不顧其後之有患也。』吳王曰：『善哉』！乃罷其兵。」

例如：陳高《丁酉歲述懷一百韻》：「讒構蠅棲棘，呑圖雀捕螂。」

八十五　復燃灰

韓安國因事坐監，看守田甲侮辱他，他說：「死灰難道不可再燃嗎？」不久，韓果被起拜爲梁內史，田甲便逃走了。後遂用「復燃灰」指重新得勢的人或勢力；用「死灰復燃」、「長孺燃灰」等表示失勢後重新得勢，被打倒的勢力重新抬頭；用「死灰不燃」、「寒灰不燃」等謂失勢者已不可能再起；用「死灰」、「寒灰」、「不燃灰」等比喻失勢的人或敗亡的勢力。

典出《史記·韓長孺列傳》：韓安國（字長孺）事梁孝王爲中大夫。後「坐法抵罪，蒙獄吏田甲辱安國。安國曰：『死灰獨不復然乎？』田甲曰：『然即溺之。』居無何，梁內史缺，漢使使者拜安國爲梁內史，起徒中爲二千石。田甲亡走。」

例如：梅堯臣《詠懷》詩之三：「欲溺復燃灰，敗筆前已陳。」陳亮《謝曾察院啓》：「劫火不燼，玉固如斯；死灰復燃，物有待爾。」蘇轍《謝復官表》之一：「時雨既至，靡物不蒙，遂使死灰再燃，朽骨重肉。」

八十六　桃花面

崔護京都郊遊，邂逅一美女，次年再訪，物在人去，題詩慨嘆，感念不已。後遂用「桃花面」，「人面桃花」等形容女子貌美或稱花艷麗；也指所愛慕而又不能相見的女子，以及由此產生的悵惘心情。用「題詩崔護」、「前年崔護」、「崔護重來」、「謁漿崔護」、「乞漿見女」等指遇艷之人，又表示未遇的惆悵和嘆惋。

典見唐孟棨《本事詩・情感》：「博陵崔護，姿質甚美孤潔寡合，舉進士第。清明日獨遊都城南，得居人莊一畝之宮，而花木叢萃，寂若無人。叩門久之，有女子自門隙窺之，問曰：『誰耶？』以姓字對，曰：『尋春獨行，酒渴求飲。』女以杯水至，開門設床，命坐，獨倚小桃斜柯佇立，而意屬殊厚。妖姿媚態，綽有餘妍。崔以言挑之，不對，目注者久之。崔辭去，送至門，如不勝情而入，崔亦眷盼而歸。嗣後，絕不復至。及來歲清明日，忽思之，情不可抑，徑往尋之，門牆如故，而已鎖扃之。因題詩於左扉曰：『去年今日此門中，人面桃花相映紅。人面不知何處是，桃花依舊笑春風。』」

例如：張炎《渡江雲・山陰久客》詞：「常疑即見桃花面，甚近來翻笑無書。」楊珽《龍膏記》第十一齣：「臨風空憶桃花面，御溝紅枉到人間。」袁去華《瑞鶴仙》詞：「縱收香藏鏡，他年重到，人面桃花在否。」

八十七　桃花源

指避世隱居之地，喻世外仙境。

此典源於《桃花源記》：晉太元年間，武陵漁人沿溪捕魚，忽逢一處桃花林，芳草鮮美，落英繽紛。在林盡水源處，有一山洞，由洞入內，別有天地，「土地平曠，屋舍儼然。有良田、美池、桑竹之屬。阡陌交通，雞犬相聞。其中往來種作，男女衣著悉如外人。黃髮垂髫，並怡然自樂。」洞中人「自云先世避秦時亂，率妻子邑人，來此絕境，不復出焉，遂與外人間隔。」漁人停數日辭去。後欲復尋其處，遂迷不復得路。

例如：李白《古風》之三十一：「一往桃花源，千春隔流水。」

八十八　章臺柳

這是唐代詩人韓翃的故事。據唐孟棨《本事詩》載：韓翃有一愛妾柳氏，在安史之亂中失散，後韓翃派人尋柳氏，並給她帶來一首詩《章臺柳》：「章臺柳，章臺柳，往日青青今在否？縱使長條似舊垂，亦應攀折他人手。」柳氏收到後，即作一首詩回答：「楊柳枝，芳菲節，可恨年年贈離別。一葉隨風忽報秋，縱使君來豈堪折。」韓翃與柳氏歷經艱難終於團圓。後遂以章臺作妓院的代稱，章臺柳則指妓女。

例如：宋周邦彥《瑞龍吟》：「章臺路，還見褪粉梅梢，試花桃樹。」元關漢卿《南呂一枝花·不伏老》：「賞的是洛陽花，攀的是章臺柳。」

八十九　曼倩飢

謂官低俸微的人貧寒飢餓。

此典源於《漢書·東方朔傳》：東方朔（字曼倩）「紿（ㄉㄞˋ，欺騙）騶朱儒曰：『上以若曹無益於縣官，耕田力作固不及人，臨眾處官不能治民，從軍擊虜不任兵事，無益於國用，徒索衣食，今欲盡殺若曹。』朱儒大恐，啼泣。朔教曰：『上即過，叩頭請罪。』居有頃，聞上過，朱儒皆號泣頓首。上問：『何為？』對曰：『東方朔言上欲盡誅臣等。』上知朔多端，召問朔：『何恐朱儒為？』對曰：『臣朔生亦言，死亦言。朱儒長三尺餘，奉一囊粟，錢二百四十。臣朔長九尺餘，亦奉一囊粟，錢二百四十。朱儒飽欲死。臣朔飢欲死。臣言可用，幸異其禮；不可用，罷之，無令但索長安米。』上大笑，因使待詔金馬門，稍得親近。」

例如：許渾《早秋三首》之二曰：「老信相如渴，貧憂曼倩飢。」清趙翼《七十自述》詩亦曰：「斗食敢嫌飢曼倩，書生榮遇是詞曹。」

九十　袁安雪

指文人志士寧可困守寒門不願乞求他人的氣節。

此典源於《後漢書·袁安傳》，李賢註引晉周斐《汝南先賢傳》載：「時大雪積地丈餘，洛陽令身出案行，見人家皆除雪出。有乞食者，至袁安門，無有行路。謂安已死，令人除雪入戶，見安僵臥。問何以不出。安曰：『大雪人皆餓，不宜干人。』令以爲賢，舉爲孝廉。」

例如：顧炎武《吳興行贈歸高士祚明》詩雲：「窮冬積陰天地閉，知君唯有袁安雪。」

九十一　流麥士

指讀書專致或嘲謔書痴，或稱「書呆子」、「高鳳流麥」。

此典源於《後漢書·逸民傳》：「高鳳字文通，南陽葉人也。少爲書生，家以農畝爲業，而專精誦讀，晝夜不息。妻嘗之田，曝麥於庭，令鳳護雞。時天暴雨，而鳳持竿誦經，不覺潦水流麥。妻還怪問，鳳方悟之。」

例如：蘇軾《送公爲遊淮南》詩：「讀書莫學流麥士，挾策莫比亡羊人」。

九十二　秦臺鏡

指一種明鏡，能分辨是非，鑑別善惡。

此典源於晉葛洪《西京雜記》卷三：「高祖初入咸陽宮，用行庫府，金玉珍寶，不可稱言。其尤驚異者……有方鏡，廣四尺、高五尺九寸、表裡有明。人直來照之，影則倒見；以手捫心而來，則見腸胃五臟，歷然無硋（礙）；人有疾病在內，則掩心而照之，則知病之所在；又女子有邪心，則膽張心動。秦始皇常以照宮人，膽張心動者則殺之。」

例如：唐杜甫《贈裴南部》詩曰：「梁獄書應上，秦臺鏡欲臨。」徐夤《詠懷》詩亦曰：「借取秦宮臺上鏡，爲時開照漢妖狐」。

九十三　黃粱夢

謂虛幻之事，慾望的破滅，非分之想。

典出《文苑英華》，唐沈既濟之《枕中記》載：「盧生於邯鄲客店中遇道者呂翁。生自嘆窮困，翁乃授之枕，使入夢。生夢中歷盡富貴榮華。及醒，主人炊黃粱尚未熟。」

例如：宋郭印雲《雲溪集十・上鄭漕》詩云：「榮華路上黃粱夢，英俊叢中白髮翁。」元好問《過邯鄲四絕》之四詩：「邯鄲今日題詩客，猶是黃粱夢裡人。」

九十四　胯下人

亦稱「胯下之辱」。指有才能者未顯達時受人鄙視，遭受恥辱，並能忍辱。

典出《史記・淮陰侯列傳》：「淮陰屠中少年有侮（韓）信者，曰：『若雖長大，好帶刀劍，中情怯耳。』衆辱之曰：『信能死，刺我；不能死，出我胯下。』於是信孰視之，俛（俯）出胯下，蒲伏。一市人皆笑信，以爲怯。」

陳基《淮陰雜興四首》之一：「老來易感山陽笛，年少休輕胯下人。」蘇軾《自淨土寺步至功臣寺》詩亦云：「長逢胯下辱，屢乞桑間飯。」朱熹《次季通韻贈范康侯》：「年來身老大，甘此跨（胯）下辱。」

九十五　屠龍手

稱懷有眞才實學而不爲世所用之人。

此典源於《莊子·列禦寇》：「朱汗漫學屠龍於支離益，單（殫）千金之家，三年技成，而無所用其巧。」

例如：宋蘇軾《分類東坡詩十七。次韻張安道讀杜詩》：「巨筆屠龍手，微官似馬曹。」黃庭堅《林爲之送筆戲贈》詩：「早年學屠龍，適用固疏闊。」元好問《文湖州草蟲爲劉君賦》：「蟲魚瑣細君休笑，學會屠龍老卻人。」

九十六　食嗟來

喻帶有輕蔑性的施捨。亦作「嗟來之食。」

此典出於《禮記·檀弓下》：「齊大饑，黔敖爲食於路，以待餓者而食之。有餓者，蒙袂輯（拖著）屨，貿貿然（眼睛看不清外物之狀）來。黔敖左奉食，右執飲，曰：『嗟！來食！』揚其目而視之，曰：『予唯不食嗟來之食，以至於斯也！』從而謝（拒絕）焉，終不食而死。」

例如：趙翼《活計》詩曰：「死何妨速朽，生不食嗟來。」黃庭堅《次韻張仲謀過酺池寺齋》亦云：「苟祿無補報，幾成來食嗟。」

九十七　斷腸猿

表示思念極其悲切。

典出晉干寶《搜神記》卷二十：「臨川東興，有人入山，得猿子，便將歸。猿母後自逐至家。此人縛猿子於庭中樹上，以示之。其母便搏頰向人，欲乞哀狀，直謂口不能言耳。此人既不能放，竟擊殺之。猿母悲喚，自擲而死。此人破腸視之，寸寸斷裂。」《世說新語·黜免》也載：「桓公入蜀，至三峽中。部伍中有得猿子者，其母緣岸哀號，行百餘里不去，遂跳上船，至便即絕。破視其腹中，腸皆寸寸斷。」

例如：張說《岳州別子均》詩：「津亭拔心草，江路斷腸猿。」李白《贈武十七諤》詩：「愛子隔東魯，空悲斷腸猿。」黃庭堅《上彖》詩亦云：「養雛數毛羽，初不及承奉，康州斷腸猿，風枝割永痛。」

九十八　漂母恩

韓信年少家貧。受餐於漂母，及其達志以後，投千金以爲報答。以後遂用「漂母恩」、「漂母食」等表示在人急難或貧困的時候，給予恩賜和愛憐。用「千金一飯」、「千金答漂母」等形容不忘舊恩，加倍報答。又以「漂母」指惠施的人；用「食依漂母」、「淮陰飢」、「韓信貧」等謂貧困或有本領的人處於厄境。

典出《史記·淮陰侯列傳》：「（韓）信釣於城下，諸母漂，有一母見信飢，飯信，竟漂數十日。信喜，謂漂母曰：『吾必有以重報母。』母怒曰：『大丈夫不能自食，吾哀王孫而進食，豈望報乎！』……信至國，召所從食漂母，賜千金。」縱觀歷史，報恩於一飯之事頗多：如春秋晉有靈輒報趙宣子，見《左傳·宣公二年》；伍子胥投百金於瀨水，見《吳越春秋·闔閭內傳》等。

例如：陶潛《乞食》詩：「感子漂母惠，愧我非韓才。」顧炎武《吳興行贈歸高士祚明》詩：「寧受少年侮，不感漂母恩。」

九十九　楚歌聲

項羽在垓下被圍，兵少糧盡，陷入重圍，夜間聽見漢軍皆唱楚地（項羽家鄉）的歌曲，以爲漢軍已盡得楚地。後遂用「楚歌聲」、「四面楚歌」、「楚帳聞歌」、「垓下聞歌」等形容窮途受困，四面受敵，處境孤危。

典見《史記·項羽本紀》：「項王軍壁垓下，兵少食盡，漢軍及諸侯兵圍之數重。夜聞漢軍四面皆楚歌，項王乃大驚曰：『漢皆已得楚乎？是何楚人之多也！』」

例如：辛棄疾《虞美人·賦虞美人草》詞：「驀然斂袂卻亭亭，怕是曲中猶帶，楚歌聲。」柳亞子《題太平天國戰史》詩：「楚歌聲裡霸圖空，血染胡天爛漫紅。」

一〇〇　舞雞聲

祖逖和劉琨少有壯懷，立志爲國盡力，半夜聽雞叫，便起身操演武藝。後遂用「舞雞聲」、「聞雞夢醒」、「劉琨聽雞」、「聞雞起舞」等比喻有志之士及時奮發。

典出《晉陽秋》：「（祖）逖與司空劉琨俱以雄豪著名，年二十四與琨同辟司州主簿，情好綢繆，共被而寢，中夜聞雞鳴俱起，曰：『此非惡聲也。』每語世事，則中宵起坐，相謂曰：『

若四海鼎沸，豪傑共起，吾與足下相避中原耳。』」

例如：吳融《蕭縣道中》詩：「楚歌早聞歌鳳德，劉琨休更舞雞聲。」元稹《紀懷贈李六戶曹崔二十功曹五十韻》：「運甓調辛苦，聞雞屢寢興。」

一〇一　望夫石

形容精誠至極，也指思念、盼望丈夫。

典出南朝宋劉義慶《幽明錄》：「武昌陽新縣北山上有望夫石，狀若人立。相傳：昔有貞婦，其夫從役，遠赴國難，婦攜弱子，餞送此山，立望夫而化爲石，因以爲名焉。」又安徽當塗縣西北亦有「望夫石」。宋樂史《太平寰宇記》載「昔其人往楚，累歲不還，其妻登此山望之，久之乃化爲石。」

例如：元稹《春六十韻》：「望夫身化石，爲伯首如蓬。」關漢卿《救風塵》第一折：「有朝一日，準備著搭救你塊望夫石。」

一〇二　望塵拜

指奸佞之徒，諂事權貴，卑躬屈膝。

典出《晉書·潘岳傳》：「岳性輕躁，趨世利，與石崇等諂事賈謐，每候其出，與崇輒望塵而拜。」又「安仁（潘岳字）挾彈盈果，拜塵趨貴，斯才也，有斯行也。」《晉書》石崇傳亦記其二人見賈謐車，「降車路左，望塵而拜。」

例如：趙翼《有以疏慢見責者書以志愧》詩云：「望塵未慣車前拜，樗散孤蹤敢不恬。」

一〇三　塞翁馬

指壞事變好事。

此典出《淮南子·人間訓》：「近塞之上人，有善術者，馬無故亡而入胡。人皆弔之。其父曰：『此何遽不爲福乎？』居數月，其馬將胡駿馬而歸。人皆賀之。其父曰：『此何遽不能爲禍乎？』家富良馬，其子好騎，墮而折其髀。人皆弔之。其父曰：『此何遽不爲福乎？』居一年，胡人大入塞，丁壯者引弦而戰，近塞之人，死者十九。此獨以跛之故，父子相保。故福之爲禍，禍之爲福，化不可極，深不可測也。」

例如：淩濛初《二刻拍案驚奇》卷三：「只認盒爲眞，豈知人是假？奇事顚倒顚，一似塞翁馬。」唐孫華《閒居寫懷十首》之六：「憂喜塞翁馬，得失楚人弓。」

一〇四　孺子牛

喻甘願爲大眾作公僕。

典出《左傳·哀公六年》齊景公愛庶子荼，曾口中銜繩讓孩子牽著走，跌掉了牙齒。死前遺命立荼爲君。死後，陳僖子欲立公子陽生，鮑牧對僖子說：「汝忘君之爲孺子（指荼）牛而折其齒乎？而背之也！」

例如：魯迅《集外集·自嘲》詩：「橫眉冷對千夫指，俯首甘爲孺子牛。」郭小川《登九山》詩亦云：「人在變，思想在變，多少英雄甘當孺子牛。」

一〇五　囊中稿

指優美之詩作。

典出唐李商隱《李長吉小傳》：「每旦日出與諸公遊，未嘗得題然後爲詩，如他人思量牽合以及程限爲意。恆從小奚奴，騎距驢，背一古破錦囊，遇有所得，即書投囊中，及暮歸，太夫人使婢受囊出之，見所書多，輒曰：『是兒要當嘔出心乃已爾。』上燈，與食。長吉從婢取書，研墨疊紙足成之，投他囊中。非大醉及弔喪日，率如此。」

例如：陸游《初寒》詩：「作詩老恨無奇思，時取囊中斷稿看。」吳偉業《鹽官僧香海問詩》詩：「索我囊無剩稿，廣陵散絕並琴亡。」

一〇六　一丘一壑

原指古代隱者所居之地遠離鬧市，清靜安謐；後多用以比喻詩文寄情山水，意境幽深，風格淡泊、清雅。亦可簡作「丘壑」。

此典出於南朝宋劉義慶《世說新語・品藻》：「明帝問謝鯤：『君自謂何如庾亮？』答曰：『端委廟堂，使百官準則，臣不如亮；一丘一壑，自謂過之。』」例如：杜甫《解悶》詩：「不見高人王右丞，藍田丘壑浸寒藤。」黃庭堅《題子瞻枯木》詩：「胸中元自有丘壑，故作老木蟠風霜。」明徐宏祖《題小香山梅花堂詩序》：「兄以一丘一壑過之，且築塘於側，與山締生死盟。」

一〇七　文不加點

形容才思敏捷，技術純熟，下筆成章，無須修改。亦作「文無加點」。

此典出於漢·禰衡《〈鸚鵡賦〉序》：「衡因爲賦，筆不停綴，文不加點。」例如：《後漢書·禰衡傳》：「衡攬筆而作，文無加點，辭采甚麗。」《梁書·蕭介傳》：「高祖招延後進二十餘人，置酒賦詩，介染翰便成，文無加點。」明笑笑生《金瓶梅詞話》五十回：「這蔡御史終是狀元之才，拈筆在手，文不加點，字走龍蛇，燈下一揮而就。」

一〇八　巧發奇中

比喻善於伺機巧妙發言，而且說得非常得體又切合事實，恰中事理，切中要害。

此典出於《史記·孝武本紀》：「（李）少君資好方，善爲巧發奇中。嘗從武安侯飲，坐中有九十餘老人，少君乃言與其大父遊射處，老人爲兒時從其大父行，識其處，一座盡驚！」裴駰集解：「如淳曰：時時發言有所中也。」

例如：漢·王充《論衡·道虛》：「少君匿其年及所生長，常自謂七十，而能使物卻老……善爲巧發奇中。」宋代洪邁《夷堅志·甲志卷九·俞翁相人》：「或問其故，曰：『日在子，又屬水，水旺於子，金至此死焉。』其巧發奇中美是。」

一〇九　江郎才盡

江郎指南朝著名文學家江淹。江淹少有文名，才華橫溢，時人謂之「江郎」。晚年的江淹才思減退，詩作多無佳句，大家又認爲他「才盡」了。後來，人們就用「江郎才盡」、「才盡江郎」、「江郎失筆」等，比喻一些本來很有文才的作家本領使盡，才思衰退，寫不出好作品了。

此典出於《南史·江淹》傳：「嘗宿於冶亭，夢一丈夫自稱郭璞，謂淹曰：『吾有筆在卿處多年，可以見還。』淹乃探懷中得五色筆一以授之。爾後爲詩絕無美句，時人謂之才盡」。
例如：歐陽修《答判班孫待制見寄》：「唯恨江淹才已盡，難酬開府句清新。」清李汝珍《鏡花緣》第九十一回：「（紫芝道）：『如今弄了這個，還不知可能敷衍交卷。我被你鬧得眞是江郎才盡了。』」

一一〇　**後庭遺曲**

原指南朝陳後主所製的樂曲《玉樹後庭花》。陳後主荒淫奢侈，耽於聲色，終至亡國。後人便把《玉樹後庭花》看作亡國之音。《舊唐書·音樂志》引杜淹語：「前代興亡，實由於樂。陳將亡也，爲《玉樹後庭花》也；齊將亡也，而爲《伴侶曲》。行路聞之，莫不悲切，所謂亡國之音也。」古代詩文中的「後庭花」、「玉樹」、「後庭遺曲」，大多以此意爲典。
例如：杜牧《泊秦淮》：「商女不知亡國恨，隔江猶唱後庭花。」許渾《金陵懷古》：「《玉樹》歌殘王氣終，景陽兵合戍樓空。」王安石的《桂枝香·金陵懷古》：「至今商女，時時猶唱，後庭遺曲。」

一一一　**曲高和寡**

原意是曲調高雅，卓越不凡，知音難得。後多比喻言論或作品高妙艱深，知之者甚少。
此典出於戰國楚宋玉《對楚王問》：「客有歌於郢中者，其始曰《下里巴人》，國中屬而和者數千人……其爲《陽春白雪》，國中屬而和者不過數十人。引商刻羽，雜以流徵，國中屬而和者不過數人而已。是其曲彌高，其和彌寡。」

例如：晉阮瑀《箏賦》：「曲高和寡，妙伎難工，伯牙能琴，於茲為朦。」清劉鶚《老殘遊記續集》第五回：「我在省城只聽人稱讚靚雲，從沒有人說起逸雲，可知道曲高和寡呢！」

一一二　行雲流水

比喻詩文書畫流暢自然，舒捲自如；或為人才思敏捷，處世超脫自得，無拘無束。此典出於宋代蘇軾《答謝民師書》：「所示書教，及詩賦雜文，觀之熟矣。大略如行雲流水，初無定質，但常行於所當行，常止於所不可不止，文理自然，姿態橫生。」

例如：明韓昂《圖繪寶鑑·大明》：「（史廷直）性犖犖不羈，以詩酒為樂，畫山水得行雲流水之趣。」明·馮夢龍《警世通言》卷二：「（莊周）今日被老子點破了前生，如夢初醒……把世情榮枯得喪，看作行雲流水，一絲不掛。」宋·洪咨夔《朝中措·壽章君舉》詞：「流水行雲才思，光風霽月精神。」明·湯顯祖《邯鄲記·極欲》：「容止則光風霽月，應對則流水行雲。」

一一三　高山流水

原是古代鍾子期和俞伯牙的故事。因鍾子期善解琴音，後世即用「高山流水」比喻藝術上的知音，也用以形容樂曲的精妙動人。

此典出於《呂氏春秋·本味》：「伯牙鼓琴，鍾子期聽之。方鼓琴，而志在太山。鍾子期曰：『善哉乎鼓琴，巍巍乎若太山。』少選之間，而志在流水。鍾子期又曰：『善哉乎鼓琴，湯湯乎若流水。』鍾子期死，伯牙破琴絕弦，終身不復鼓琴，以為世無足復為鼓琴者。」

例如：宋賀鑄詞《小梅花》：「愁無已，奏綠綺，歷歷高山與流水，妙通神，絕知音，不知暮雨朝雲何山岑？」金董解元《西廂記諸宮調》：「不是秦箏合衆聽，高山流水少知音。」

一一四　巫山雲雨

比喻男女之間的幽會與愛戀。或簡作「雲雨」、「巫山」、「高唐」等，意思相同。

此典出於戰國宋玉《高唐賦》：「昔日先王嘗遊高唐，怠而晝寢，夢見一婦人，曰：『妾巫山之子女也，爲高唐之客，聞君遊高唐，願薦枕席。』王因幸之。去而辭曰：『妾在巫山之陽，高丘之陰，旦爲朝雲，暮爲行雨，朝朝暮暮，陽臺之下。』旦朝視之，如言。故爲立廟，號曰朝雲。」

例如：李白《清平調》詩：「雲雨巫山枉斷腸。」五代李珣《河傳》：「朝雲暮雨，依舊十二峰前，猿聲到客船。」五代馮延已《鵲踏枝》：「水闊華蜚，夢斷巫山路。」宋黃庭堅《醉蓬萊》：「巫峽高唐，鎖楚宮朱翠。」

一一五　洛陽紙貴

形容文章寫得好，風行一時，流行很廣。亦作「紙貴洛陽」、「紙貴洛城」。

此典出於《晉書·文苑·左思傳》：「（左思）復欲賦三都……遂構思十年」，寫成後「豪貴之家競相傳抄，洛陽爲之紙貴。」

例如：唐盧照鄰《〈同崔少監作雙槿樹賦〉並序》：「金懸秦市，楊子見而無言；紙貴洛城，陸生聞而罷笑。」清李汝珍《鏡花緣》：「人說洛陽紙貴，誰知今日鬧到長安紙貴。」鄭逸梅《南社叢談·南社的成立及其它支社》：「詩文歌詞，歲出二三冊，萬流景仰，紙貴洛陽矣。」

一一六　尋章摘句

讀書時只注意搜尋、摘錄現成詞句，不作深入研究。也指說話、寫作只套用前人章法、詞句，沒有創造性。亦作「搜章摘句」、「摘句尋章」。

此典出於南朝·宋·裴松之《〈三國志〉註》。《三國志·吳書·吳主傳》：「屈身於陛下者，是其略也。」裴松之註引《吳書》：「（趙）咨曰：『吳王……博覽書傳後史，藉採奇異，不效諸生尋章摘句而已。』」

例如：唐李賀《南園》詩其六：「尋章摘句老雕蟲，臨月當簾掛玉弓。」《新唐書·段秀實傳》：「（秀實）舉明經，其友易之。秀實曰：『搜章摘句，不足以立功。』乃棄去。」明湯式《一枝花·贈人》套曲：「論文時芸窗下摘句尋章，論武時柳營內調絲弄竹。」

一一七　蒓鱸之思

西晉文學家張翰曾藉口思念故鄉的蒓菜、鱸魚而辭官歸鄉。後人因以「蒓鱸之思」、「思鱸」等比喻思鄉或歸隱。

此典出於《晉書·張翰傳》：「齊王冏辟爲大司馬車曹掾，……翰因見秋風起，乃思吳中菰菜，蒓羹，鱸魚膾，曰：『人生貴得適志，何能羈宦數千里，以要名爵乎！』遂命駕而歸。」

例如：宋陸游《枕上詩》：「採若未能浮楚澤，思鱸猶欲釣吳松。」辛棄疾《水龍吟·登建康賞心亭》：「休說鱸魚堪膾，盡西風，季鷹歸未？」

一一八　黍離之悲

黍本是我國北方的一種穀物，俗稱「黃米」；離是指其果實低垂貌。在古代詩文中，「黍離」、「離黍」、「黍離之悲」常作爲亡國憂傷的代稱。

此典出於《詩經·王風·黍離》：「彼黍離離，彼稷之苗。行邁靡靡，中心搖搖。」《詩序》云：「《黍離》，閔宗周也。周大夫行役，至於宗周（指周都城鎬京），過宗廟宮室，盡爲禾黍。閔周室之顛覆，彷徨不忍去，而作是詩也。」

例如：向秀《思歸賦》：「嘆黍離之愍周兮，悲麥秀於殷墟。」宋張元幹《賀新郎》：「夢繞神州路。悵秋風，連營畫角，故宮離黍。」姜夔《揚州慢》自序：「千岩老人以爲有黍離之悲也。」

二一九　鑿壁偷光

原指西漢匡衡在壁上鑿一洞，引鄰舍之燭光夜讀。後因以「鑿壁偷光」形容刻苦夜讀。亦作「鑿壁透光」。

此典故出自晉·葛洪《西京雜記》卷二：「匡衡字稚圭，勤學而無燭，鄰舍有燭而不逮，衡乃穿壁引其光，以書映光而讀之。」

例如：唐駱賓王《螢火賦》：「匪偷光於鄰壁，寧假輝於陽燧。」唐獨孤鉉有《鑿壁偷光賦》。元喬孟符《金錢記》三折：「便好道君子不重則不威，枉了你窮九經三史諸子百家，不學上古賢人囊螢積雪，鑿壁偷光。」魯迅《且介亭雜文·難行和不信》：「一個說要用功，古時候曾有『囊螢照讀』、『鑿壁偷光』的志士。」

一二〇　驥服鹽車

原指千里馬被驅使去拖拉鹽車，比喻人才被埋沒。有時亦作「服鹽車」、「汗血鹽車」等。

此典出於《戰國策·楚策四》：「夫驥之齒至矣，服鹽車而上太行。蹄申膝折，尾湛胕潰，漉汁灑地，白汗交流。中阪遷延，負轅不能上。伯樂遭之，下車攀而哭之。驥於是俛而噴，仰而鳴，聲達於天，若出金石聲者，何也？……彼見伯樂之知己也。」

例如：漢賈誼《弔屈原賦》：「騰駕罷牛，驂蹇驢兮；驥垂兩耳，服鹽車兮。」宋辛棄疾《賀新郎·老大那堪說》：「汗血鹽車無人顧，千里空收駿骨。」

一　詩三百

對《詩經》篇數的概稱。《詩經》本名《詩》，因漢代尊奉爲儒家經典之一，故後世稱爲《詩經》。其「風」、「雅」、「頌」共三〇五篇，舉其成數，則言「詩三百」。《論語‧爲政》：「《詩》三百，一言以蔽之，曰：思無邪。」司馬遷的《報任安書》亦云：「《詩》三百篇，大底聖賢發憤之所爲作也。」後來，人們常用「詩三百」作爲《詩經》的代稱了。（詳見「古代文學名著」）

二　六笙詩

這是《詩經‧小雅》中《南陔》、《白華》、《華黍》、《由庚》、《崇丘》、《由儀》六篇有篇目而無文辭的佚詩的合稱，也稱「笙詩」。據《儀禮‧燕禮》記載，在「鄉飲酒禮」和「燕記」中，此六詩都以笙爲樂，因而得名。至於它們爲何自漢代以來就有目無辭，歷來有種種推測，或說原辭在流傳過程中亡佚了；或說笙詩是笙樂的名目，本來就有聲無辭，猶今之曲譜。究竟如何，尚無定論。

三　四家詩

這是對漢代魯、齊、韓、毛四家詩學的合稱。漢時傳《詩經》者共四家，其中魯、齊、韓三家屬於今文詩學，皆立於學官，置博士。他們雜採先秦五行陰陽學說，斷章取義，割裂詩句，後逐漸衰亡。「齊詩」亡於三國魏時，「魯詩」亡於西晉；南宋後，「韓詩」亦亡，僅傳《外傳》。「毛詩」爲古文詩學，先通過私學傳授，東漢時盛行，馬融爲之作傳，鄭玄爲之作箋。魏晉以後通行的《詩經》，就是「毛詩」，四家都企圖通過對詩的註釋來宣揚儒家思想，但對於詩義的說明、文字的解釋，卻有所不同，這對於加深詩的理解，以及廣泛了解古代的民俗、宗教儀節和生活狀況，是有幫助的。淸人陳喬樅的《四家詩異文考》可資參考。

五　風雅

本指《詩經》中的「國風」和「大雅」、「小雅」。據《詩大序》所說，「風」有教化、諷刺之義；「雅」是「正」的意思，「言王政之所由廢興也。」它們都是《詩經》中最富有社會性、現實性和人民性的精華。因此，後世進步的作家和文論家就常常把「風雅」作爲作品社會內容的代稱，作爲詩歌創作和品評的準繩，用以反對脫離現實、無病呻吟、矯揉造作的形式主義詩風。如白居易《讀張籍古樂府》：「風雅比興外，未嘗著空文。」

六　風騷

風騷是《詩經》和《楚辭》的並稱。《詩經》中的《國風》和《楚辭》中的《離騷》都是最有代表性的重要作品，所以，中國古代文學家就將其簡括爲「風騷」。最早見於《宋書・謝靈運傳》：「自漢至魏，四百餘年，辭人才子，文體三變。……是以一世之士，各相慕習，原其風流所始，莫不同祖《風》、《騷》。」因此後人常常「風騷」並舉，用來指《詩經》和《楚辭》，也泛指中國古代文學的精華和優良傳統。

七　屈宋

戰國時期楚國大詩人屈原和辭賦家宋玉的並稱。語見《文心雕龍·辨騷》：「自《九懷》以下，遽躡其跡；而屈宋獨步，莫之能追。」又杜甫《戲爲六絕句》：「竊攀屈宋宜方駕，恐與齊梁作後塵。」屈原作爲我國第一個大詩人，他創作的《離騷》等作品對後世文學的影響極爲深遠，魯迅讚之「逸響偉辭，卓絕一世。後人驚其文采，相率仿效。」（《漢文學史綱要》）宋玉則是繼屈原而起的最有名的楚辭作家，其《九辨》也是文學史上的名作，他不僅繼承了屈原的文學傳統，在藝術上還有所創造和發展。正因爲他們對我國文學發展有著不可磨滅的功績，故有此並稱。

八　詩教

這是我國古代儒家關於文學的社會作用和美育功能的重要見解。語出《禮記·經解》：孔子曰：「入其國，其教可知也。其爲人也，溫柔敦厚，《詩》教也。」它集中反映了儒家「中和」的文學主張和美學思想，認爲文學作品對現實政治的諷刺應該是溫和的，有所節制的，不能鋒芒畢露，過於激烈，如同《詩經》一樣，教人以溫柔敦厚。顯然，詩教既不完全符合《詩經》的內容實際，也取消了文學的批判鬥爭精神。

九　六詩

亦稱「六義」，是《詩經》的體制分類和表現方法的概括。語出《周禮·春官》：「大師敎六詩：曰風、曰賦、曰比、曰興、曰雅、曰頌。」又《毛詩序》：「故詩有六義焉：一曰風、二曰賦、三曰比、四曰興、五曰雅、六曰頌。」對於六詩的解釋，歷來頗多分歧，而以孔穎達的「三體三用」說較爲通行：「風雅頌者，詩篇之異體；賦比興者，詩文之異辭耳。」（《毛詩正義》）即風、雅、頌是《詩經》的體制分類，賦、比、興是《詩經》的表現方法。更具體地說：風是用於敎化和諷諫的作品，雅是表現政治時事的作品，頌是歌頌統治者盛德的作品。賦就是直接鋪敍，比就是比喻，興就是起興、寄託。

九　史漢

指司馬遷的《史記》和班固的《漢書》兩部歷史著作。《史記》開創了我國紀傳體的歷史學，同時也開創了傳記文學的先河。《漢書》是我國第一部斷代史，同樣對後代史學和文學發生了巨大影響。因此，後人常以「史漢」、「班馬」並稱，作爲史學家和文學家學習的楷模，所謂「百代以下，史官不能易其法，學者不能捨其書。」（鄭樵《通志總序》）

十　五經

五經是《詩經》、《尚書》、《周易》、《禮記》、《春秋》等五部儒家經典著作的總稱。漢武帝建元五年設置五經博士，始有五經之稱。班固《白虎通·五經》：「五經何謂？謂《易》、《書》、《詩》、《禮》、《春秋》也。」五經中的《尚書》是古老的歷史文獻彙編；《禮》在漢時指《儀禮》，後世指《禮記》；《春秋》相傳孔子修訂，後來又和《左傳》合併，有《左氏

》、《公羊》、《穀梁》三傳，以《左氏傳》影響最大。《周易》分「經」、「傳」兩部分，是古代的巫書。《詩》，即《詩三百》，漢儒家把它奉為經典，始稱《詩經》。「五經」是我們研究古代歷史、哲學和文學的珍貴資料。

十一　兩司馬

兩漢兩司馬是漢代辭賦家司馬相如與歷史學家、散文家司馬遷的並稱。兩漢的文學主要成就是史傳文學和賦，史傳文學以司馬遷的《史記》為代表，賦以司馬相如的《子虛》、《上林》等為代表，二人又同一姓氏，故後人有「文章兩漢兩司馬」之稱。魯迅先生在《漢文學史綱要》中也說：「武帝時文人，賦莫若司馬相如，文莫若司馬遷。」

十二　漢賦四大家

指西漢賦家司馬相如、揚雄和東漢賦家班固、張衡，合稱漢賦四大家。四人中除司馬相如是專業作家外，其餘三人，除作賦外還有別的專長。揚雄是哲學家、語言學家，班固是歷史學家（他們的事跡見前），張衡是科學家。張衡（七八—一三九）字子平，河南南陽西鄂（今河南南召縣）人。曾兩度擔任執管天文的太史令。精通天文曆算，創製世界上最早利用水力轉動的渾天儀和測定地震的地動儀。他第一次正確解釋了月蝕的成因，說明了月光是日光的反照，月蝕是由於月球進入地影而產生的。天文著作有《靈憲》，總結了當時的天文知識。在《靈憲》一書中，明確地提出了「宇之表無極，宙之端無窮」。認識到宇宙的無限性。並認識到行星運動的快慢與距離地球的遠近有關。其賦作的名篇是《二京賦》、《歸田賦》等。《二京賦》分為《西京賦》、

《東京賦》兩篇，是張衡的力作，據說「精思傅會，十年乃成」。賦中詳述了漢代西京長安、東京洛陽兩地的政治形勢、物產及文化生活等盛況，反映了漢政權的聲威。《東京賦》中規勸統治者修明政、愛民力，規諷之意多於其他大賦。

十三　蘇李詩

指蘇武和李陵的詩。《文選》載蘇武詩四首，李陵《與蘇武詩》三首，以及其他書中所稱蘇李詩，皆五言詩。據後人研究，都是無名氏古詩的一部分，訛傳爲蘇李作品。鄭振鐸《中國文學史》中說：「然豈是李陵別蘇武之詩。」又豈是「置酒賀武曰：『異域之人，一別長絕』，因起舞而歌，泣下數行，遂與武決的李陵所得措手的！《古文苑》及《藝文類聚》中，又有李陵的《錄別詩》八首『有鳥西南飛』，『爍爍三星別』等等，則更爲不足信了。」又說：「蘇武亦傳有『結髮爲夫妻』、『黃鵠一遠別』諸詩，其不足信，更在李陵詩之上。」蘇武（？—前六〇），字子卿，西漢杜陵（今陝西西安東南）人，天漢元年（前一〇〇）奉命赴匈奴被扣，十九年後回朝，官典屬國，李陵（？—前七四），字少卿，西漢隴西成紀（今甘肅秦安）人，李廣孫，武帝時爲騎都尉，率兵出擊匈奴貴族，戰敗投降，病死。二人生年在西漢，而文人五言詩的出現始於西元後的東漢，世傳蘇李詩疑爲假託。齊梁時代已不相信西漢時有文人五言詩，據《文心雕龍·明詩》中說：「『成帝品錄，三百餘篇，朝章國採，亦云周備。而韻人遺翰莫見五言，所以李陵、班婕好見疑於後代也。』至於五言歌謠，春秋末即已出現，西漢時尤多，武帝之後，大量地被採入樂，引起文人的注意和愛好，至東漢班固、張衡、秦嘉、蔡邕等，五言詩日趨成熟。假託蘇李之名，意在引起人們對民族、國家的熱愛。

十四　三曹

漢魏間曹操與其子曹丕、曹植的並稱。他們因政治上的地位和文學上的成就而顯赫於世，故後人合稱「三曹」。曹操是中國歷史上傑出的政治家和軍事家，同時又是一位文學家。作爲一位政治家，曹操在詩中主要抒發自己的政治抱負，《短歌行》（「對酒當歌」）和《步出夏門行》中的《龜雖壽》是這類作品的代表，其中「老驥伏櫪，志在千里；烈士暮年，壯心不已」，表現了作者積極樂觀的精神，是千古傳誦的名句。曹操還有一些反映現實和描寫自然景物的詩，著名的如《薤露行》、《蒿里行》、《步出夏門行·觀滄海》等。曹植的詩由於他的政治地位而多慷慨悲涼之調，風格與曹操相近。代表作有《雜詩》六首、《七哀詩》、《箜篌行》、《贈白馬王彪》等。曹丕在詩歌創作上略遜乃父與乃弟，但其《燕歌行》則是千古言情名作。其文學批評的成就則高於「二曹」，著有文學論文《典論·論文》，是我國古典文學批評史上最早的一篇文學理論專著，其中提出了著名的文藝理論觀點「文氣說」，對後代詩評家影響很大。

十五　建安之傑

建安之傑是對建安詩人曹植的譽稱。鍾嶸《詩品》云：「陳思（曹植封陳王，諡號思）爲建安之傑。」曹植是漢魏建安時代最傑出、最有代表性的一位詩人。在文學上，無論散文、辭賦或詩歌，其成就都不是同時文人所能比擬的。鍾嶸《詩品》稱他「骨氣奇高，詞采華茂，情兼雅怨，體披文質，粲溢古今，卓爾不群。」曹植的散文文筆流暢，詞藻優美，內容豐富。代表作《與楊德祖書》，論斷簡潔有力，文辭典雅優美。曹植一生寫過很多辭賦，現存辭賦四十五篇，均爲抒情詠物小賦，文辭華麗，音韻和諧。他常以辭賦來傾瀉在政治上受壓抑的憤懣之情，代表作有《洛神賦》等。曹植在文學上成就最高的是詩歌。這也是鍾嶸稱他是「建安之傑」的原因。在建安文人中，曹植的詩數量最多，成就最高，對後世的影響也最大。他早期具有強烈的功名事業心，因之他的詩歌充滿了昂揚奮發的精神，後在政治上受迫害，壯志受到挫折，詩風一變爲慷慨悲涼。在詩歌藝術上，曹植具有建安文學總的特色：慷慨悲涼、文辭則健。同時又繼承了樂府民歌「清新流麗」的特點。

十六　建安七子

東漢建安年間孔融、陳琳、王粲、徐幹、阮瑀、應瑒、劉楨七位文學家的並稱。曹丕《典論·論文》對七子頗爲推崇：「今之文人，魯國孔融文舉，廣陵陳琳孔璋，山陽王粲仲宣，北海徐幹偉長，陳留阮瑀元瑜，汝南應瑒德璉，東平劉楨公幹。斯七子者，於學無所遺，於辭無所假，咸以自騁驥騄於千里，仰齊足而並馳。」他們才華橫溢，均以詩文顯赫當世，與「三曹」一起，是建安時代的重要作家。

七人中，王粲成就最高。劉勰說他是「七子之冠冕」（《文心雕龍·才略》）。沈約則把他和曹植相提並論：「子建、仲宣，以氣質爲體，並標能擅美，獨映當時。」（《宋書·謝靈運傳論》）王粲的代表作是《七哀詩》和《登樓賦》，前者以質樸的語言，眞實地描寫了漢末動盪殘破的社會面貌；後者是作者流寓荊州後期，登當陽縣城樓有感而作，抒發了作者懷才不遇的感慨和欲建功立業的抱負。格調悲涼，深沈，具有濃鬱的抒情氣氛，是當時膾炙人口的抒情小賦。除王粲外，孔融的散文，劉楨的五言詩，阮瑀、陳琳的檄文等，也曾顯赫一時，飲譽當代，但總的成就都不及王粲。

「建安七子」是「建安文學」的主要作家，對於造成當時「後才雲蒸」、「彬彬之盛」的文學盛觀，和「建安風骨」的形成，促成五言詩體的確立，做出了很大貢獻，在中國文學史上占有重要地位。

十七　建安風骨

亦稱「漢魏風骨」，是對建安文學風格的形象概括。漢末建安時期是中國詩史上的繁盛時期，作家迭出，作品繁盛。當時比較著名的作家是「三曹」和「建安七子」。建安文學的內容或反映社會的動亂，或抒發渴望祖國統一及個人建功立業的抱負，風格蒼勁雄渾，情辭慷慨悲涼，充滿了昂揚進取的豪邁精神，有力地表現了建安時代的特色。後人將這種鮮明的特色稱作「建安風骨」。

「建安風骨」這種文學風格，對後世文學影響很大。唐初詩文革新家陳子昂所提倡的「漢魏風骨」，即指此而言。他主張作詩要具有「骨氣端翔」（《修竹篇序》）的雄健風格，對於扭轉唐初「采麗競繁」的不良文風起了巨大作用。

十八　竹林七賢

指曹魏正始年間的七位詩人，即阮籍、嵇康、山濤、向秀、阮咸、王戎、劉伶，是正始文學的代表作家。《魏氏春秋》載：「嵇康寓居河南之山陽縣，……與陳留阮籍，河內山濤，河南向秀，籍兄子咸，瑯琊王戎，沛人劉伶相與友善，遊於竹林，號爲七賢」。

「竹林七賢」中以阮籍和嵇康二人成就最高。阮籍的代表作是《詠懷詩》八十二首。在恐怖的現實環境中，阮籍在行動上佯狂放誕，史載他「時率意獨駕，不由徑路，車跡所窮，輒慟哭而返。」他把隱藏於內心深處的痛苦與憤懣在《詠懷詩》中以隱晦曲折的方式傾瀉出來。鍾嶸《詩品》評曰：「《詠懷》之作，可以陶性靈，發幽思。言在耳目之內，情寄八荒之表，……自致遠大，頗多慷慨之詞。」嵇康擅長散文，代表作《與山巨源絕交書》，語言潑辣，風格幽默，表現了作者放蕩不羈、疾惡如仇的性格，是一篇具有濃厚文學意味和大膽反抗思想的優秀散文。除阮、嵇二人外，山濤、王戎、阮咸三人無作品傳世；劉伶除了《酒德頌》，只有五言《北芒客舍詩》一首流傳於世；向秀僅存《思舊賦》一篇，爲悼念亡友嵇康之作，而成就遠不及阮、嵇二人。

十九　左思風力

指西晉詩人左思的文采風格。左思風力繼承並發揚了「建安風骨」，其特點是筆力矯健，情調高亢，氣勢充沛，具有積極浪漫主義特色。其《三都賦》名震當世，競相抄誦，洛陽爲之紙貴，其《詠史》詩更是顯示風力。《文心雕龍》讚之「盡銳於《三都》，拔萃於《詠史》。」左思現存詩十四首，南朝·梁·鍾嶸《詩品》稱他「文典以怨，頗爲精切，得諷諭之致。」他出身寒微，筆鋒直向門閥制度，具有強烈的反抗精神。他寫道：「鬱鬱澗底松，離離山上苗，以彼徑寸莖，蔭此百尺條。世胄躡高位，英俊沈下僚。」（《詠史》第二首）：「浩天舒白日，靈景耀神州，列宅紫宮裡，飛宇若雲浮。峨峨高門內，藹藹皆五侯。」（第五首）左思蔑視豪門權貴，他寫道：「高眄邈四海，豪右何足陳。貴者雖自貴，視之若埃塵；賤者雖自賤，重之若千鈞。」（第六首）左思志高才雄，胸懷曠邁，他的詩風力充實，沒有冗沓平弱的毛病，詩中充溢著自己的鬥爭精神。張玉谷《古詩賞析》說他「或先述己意，而以史事證之，或先述史事，而以己意斷之，或止述己意，而史事暗合。或止史事，而己意默寓。」詠史詠懷結合，顯示出左思風力。

二十 竟陵八友

指南朝齊竟陵八位文學家。據《梁書·武帝本紀》：「竟陵王子良開西邸，招文學，高祖（蕭衍）與沈約、謝朓、王融、蕭琛、范雲、任昉、陸倕等並遊焉，號曰八友。」他們作詩注重聲律，都是竟陵王蕭子良門下，其中沈約、謝朓是「新詩體」的主要作家。沈約，南朝宋武康人，字休文，生活於西元四四一—五一三年，博通群籍，能爲文，於詩則主張四聲八病之說，與謝朓、王融等人作詩，人稱「永明體」，歷仕於宋、齊、梁，曾校四部圖書，官至尚書令。著有《宋書》、《四聲韻譜》，明人輯有《沈隱侯集》。王融，南齊琅琊臨沂人，字元長，生活於西元四六七—四九三年，博覽而富有文才，舉秀才，與竟陵王子良友善，以爲寧朔將軍軍主，官至中書郎。著有《王寧朔集》。蕭衍，字叔達，南蘭陵（今江蘇常州西北）人，生活於西元五○二—五四九年，南朝梁的建立者，長於文學、樂律、書法，創製準音器四具，名「通」，製長短器十二枝以應十二律。曾任齊雍州刺史，乘齊亂取帝位，建號梁。明人輯有《梁武帝御製集》。范雲，字彥龍，南梁舞陽人，生活於西元四五一—五○三年，善文章尺牘，仕齊，官至國子 博士，蕭衍專齊政以雲爲侍中，參與機密，衍廢齊立梁，雲遷吏部尚書，封宵城縣侯，卒謚文。任昉，字彥昇，樂安博昌（今山東壽光）人，善表、奏、書、啓，沈約善詩，時人有「任筆沈詩」之稱，仕宋、齊、梁三代，歷任侍郎、太中等職，其作品，據《隋書·經籍志》著錄有《雜傳》一四七卷，《地記》二五二卷等，已佚，明人輯有《任彥昇集》。蕭琛，字彥瑜，幼明悟，富才辯，武帝與其有舊，累遷西平長史，江夏太守。琛爲官清廉，不事產業，進金紫光祿大夫，有《齊梁拾遺》文集。陸倕，字佐公，少年勤學，讀書一遍便可口誦，嘗借《漢書》失《五行志》四卷，後書寫奉還，竟無遺脫，仕太常卿，善屬文，有文集。謝朓，陳郡陽夏（今河南太康縣附近）人，生活於西元四六四—四九九年，長五言詩，多寫山水風景，風格秀麗清新，淡遠雋永，語言精煉，重聲律，曾任宣城太守，後人集有《謝宣城集》。

二十一　山中宰相

這是南朝梁代文學家陶弘景的別稱。陶弘景（四五六—五三六），字通明，秣陵（今南京市）人，自號華陽隱士。他少時勤奮好學，搏覽書籍，精通道術，並有多方面的才能，善醫術，喜琴棋，工草書。陶弘景學識豐富，自稱「一事不知，深以爲恥。」在文學創作中亦頗有成就，詩作《寒夜怨》，清新活潑，傳誦一時；散文《答謝中書書》，簡煉淡雅，更是一篇摹寫風景的名作。他在宋、齊時曾爲官，政績斐然，後隱居句曲山（今江蘇茅山）。梁武帝即位後，慕其盛名，多次聘請他出山爲仕，但堅辭不就。據《南史·陶弘景傳》載：「國家每有吉凶征討大事，無不前以咨詢，月中常有數信，時人謂之『山中宰相』」。後來，人們便常用「山中宰相」比喻隱居的高人賢士。

二十二　元嘉三大家

南朝宋元嘉間詩人顏延之、鮑照、謝靈運。三人詩文艷麗工整，世稱「元嘉體」，成爲元嘉三大家。《滄浪詩話·詩體》：「元嘉體，宋年號，顏、鮑、謝諸公之詩。」顏延之（三八四—四五六），字延年，南朝宋臨沂人。謝靈運（三八五—四三三）南朝陳郡陽夏人。鮑照（四一四—四六六），字明遠，南朝上黨人，後遷居東海（徐州境內），出身貧寒，少年時即有文思，其詩歌繼承了建安傳統，表現建功立業的願望及對門閥制度的反抗，其風格俊逸豪放，奇矯凌厲。陸時雍在《詩境總論》中說：「鮑照材力標舉，凌厲當年，如五丁鑿山，開人世之所未有。當其得意時，直前揮霍，目無堅壁矣。駿馬輕貂，雕弓短劍，秋風落日，馳騁平岡，可以想此君意氣所在。」沈德潛在《古詩源》卷十一中說：「明遠樂府，如五丁鑿山，開人世所未有，後太白往往效之。五言古亦在顏謝之間。」存詩二百餘首，其中變七言詩逐句押韻爲隔句押韻、自由換韻，開拓了七言詩的廣闊道路。

二十三　文心

指爲文的用心。《文心雕龍·序志》中說：「夫文心者，言爲文之用心也。」《文心雕龍》黄叔琳校本原《序》中說：「夫文之用在心，誠能得劉氏之用心，因得爲文之用心，於以發聖典之菁英，爲熙朝之黼黻，則是書方將爲魚兔之筌蹄（蹏）」。劉勰說：「昔涓子琴心，王孫巧心，心哉美矣，故用之焉。」又說：「文果載心，余心有寄」。（《文心雕龍·序志》）《釋名·釋言語》中說：「文者，會集眾采以成錦繡，會集眾字以成辭義，如文繡然也。」《釋藏》跡十釋慧遠《阿毗曇心序》中說：「《阿毗曇心》者，三藏之要頌，詠歌之微言，管統眾經，領其會宗，故作者以心為名焉。有出家開士，字曰法勝，淵識遠鑑，探深研機，龍潛赤澤，獨有其明，其人以為《阿毗曇經》源流廣大，難卒尋究，非贍智宏才，莫能畢綜。是以探其幽致，別撰斯部，始自界品，訖於問論，凡二百五十偈，以為要解，號之曰心。」

二十四　三準

劉勰提出的寫文章應注意的三個準則。《文心雕龍·熔載》：「草創鴻筆，先標三準；履端於始，則設情以位體；舉正於中，則酌事以取類；歸餘以終，則撮辭以舉要」。這段話的意思是：在起草大文章的時候，先標出三項準則，也就是標出煉意的三項步驟：首先是「設情以位體」，其次是「酌事以取類」，最後是「撮辭以舉要」。「設情以位體」的「體」是體制，即指文章的體裁，也包括對這一體裁的風格要求。這句話的意思是在思想感情的基礎上，安排用什麼體裁來寫，規格要求和風格要求是什麼。也就是根據情感的性質對作品風格作不同的安排。「酌事以取類」，是斟酌選擇事例來說明問題的時候，要選取類似和內容貼切的典故。「撮辭以舉要」，是撮取簡單的辭令來揭示文章的要領，換言之，就是擬出要點或者列出內容提綱，先把文章內容的要點突現出來。劉勰認為經過這三項煉意的安排，寫出來的文章就能「首尾圓合，條貫統序」，內容就有條有理，有組織有次序了。

二十五　四聲八病

指漢語的四種音調和詩歌聲律上的八種毛病。古代以平、上、去、入爲四聲。四聲和用韻有關係，古代用韻分上古韻和中古韻，上古韻大體可分三十部，先秦文學作品是這種韻部。中古韻可分一〇六部，平聲三十韻，上聲二十九韻，去聲三十韻，入聲十七韻。現代漢語以陰平、陽平、上聲、去聲爲四聲，古代的入聲分別併入陰平、陽平、上聲、去聲中。詩歌聲律上的八種毛病爲平頭、上尾、蜂腰、鶴膝、大韻、小韻、旁紐、正紐。其具體病症是平頭，五言詩第一字第二字與第六字第七字同聲；上尾，上句尾字與下句尾字或第一句尾字與第三句尾字爲雙聲；蜂腰，第二字與第五字同聲（一說全句全濁而且中有一字清聲）；鶴膝，五言詩第五字與第十五字同聲，一句中首尾兩字同聲唯第三字仄聲，全句中只一字濁其餘皆清；大韻，一聯中用了與韻腳同韻部的字；小韻，一聯中除韻腳外其餘幾字有犯同聲者；旁紐（亦稱大紐），都是雙聲（五言句中有「月」字，不得再安「魚」、「元」、「阮」、「願」等與「月」字同聲紐之字）；正紐（一名小紐），同聲母之字四聲相承。

二十六　風雅興寄

指詩風傳統，要求反映社會現實生活，具有政治傾向。明確指出這種傳統的是唐代詩人陳子昂，他在《脩竹篇序》裡指出：「僕嘗暇時觀齊梁間，彩麗競繁，而興寄都絕，每以詠嘆，思古人，常恐逶迤頹靡，風雅不作，以耿耿也。」他積極主張詩歌革新。「風雅」，原指《詩經》中的國風和大雅小雅，後來借指詩歌應有的社會內容。白居易《讀張籍古樂府》曾讚譽說：「風雅比興外，未嘗著空文。」按《詩·大序》所說，風是用於教化，風（諷）刺，「以一國之事，繫一人之本。」雅釋爲正，「政者，正也」，「言王政之所由廢興。」「興寄」要求繼承詩歌批判現實的傳統，富有鮮明的政治傾向。「風雅興寄」的詩風主張，不僅具有理論意義，而且富有實踐意義，爲新詩風開闢了道路。

二十七　北朝三才

指魏末至北齊時期出現的詩人溫子昇、邢邵、魏收。溫子昇（四九五—五四七），字鵬舉，北魏濟陰冤句（今山東菏澤西南）人，曾任侍讀兼舍人，以詩文聞名於北方，嘗作韓陵山寺碑文，文章清婉，詩似南歌，爲同時南朝詩人庾信所推重。王暉業說：「我子昇足以陵顏（之推）轢謝（靈運），含任（昉）吐沈（約）。」梁武帝稱讚他說：「曹植、陸機，復生於北土。」明人輯有《溫侍讀集》。邢邵（四九六—？），字子才，河間鄚（今河北任丘北）人，十歲便能屬文，博學有才思，聰明強記，反對佛教的神不滅論，與溫子昇齊名，時稱「溫邢」。北齊官至中書監，攝國子祭酒，授特進。明人輯有《邢特進集》。魏收（五〇六—五七二），字伯起，下曲陽（今河北晉縣西）人，任北魏散騎常侍，編修國史，北齊時任中書令兼著作郎，奉詔編撰《魏書》，是非失實，號爲穢史。與邢子才並以文章顯名，世稱「大邢小魏」、「邢、魏」。

二十八　初唐四傑

指初唐四位詩人，王勃、楊炯、盧照鄰、駱賓王。《舊唐書·楊炯傳》：「炯與王勃、盧照鄰、駱賓王以文詞齊名，海內稱爲王、楊、盧、駱，亦號爲四傑。」王勃（六五〇—六七六）字子安，唐絳州龍門（今山西河津）人，六歲善文辭，年十四，舉幽素科，授朝散郎，爲沛王府修撰。因渡海省親，溺水，驚悸而死，年僅二十七歲。其詩偏於描寫個人生活，亦有抒發政治感慨，表達對豪門不滿之作，詩風清新，略顯華艷。王勃才氣高、成就大。有《王子安集》，舊唐書，新唐書有傳。《新唐書·文藝傳》云：「唐有天下三百年，文章無慮三變。高祖、太宗、大唯始夷，沿江左餘風，絺句繪章，揣合低昂，故王、楊爲之伯。」杜甫《戲爲六絕句》：「王楊盧駱當時體，輕薄爲文哂未休，爾曹身與名俱滅，不廢江河萬古流。」作了恰當的評價。楊炯（六五〇—六九三）唐弘農華陰（今陝西境內）人，十二歲舉神童。長於五律，其邊塞詩頗有氣勢，嘗曰：「吾愧在盧前，恥居王後。」有的作品未脫綺艷之風。歷官校書郎，崇文館學士，盈川令。《舊唐書》載《文苑傳》、《新唐書》附《王勃傳》，明人輯有《盈川集》。盧照鄰，字昇之，唐范陽人，博學善文，有文集二十卷。官新都尉，因病，手足攣廢，退居具茨山下，著《五悲文》以自明。因久不癒，投潁水而死。駱賓王，唐婺州義烏（今浙江境內）人，其詩作情感悲憤，又善駢文。高宗末年官爲長安主簿，後因言事貶爲臨海丞，徐敬業反對武則天，曾隨而爲之作《討武曌檄》，武則天讀檄文曾嘆曰：「宰相安得失此人！」徐敬業兵敗，駱賓王失蹤，或曰被殺，或曰爲僧。著有《駱賓王集》，新、舊《唐書》有傳。

二十九　文章四友

指唐杜審言、李嶠、崔融、蘇味道。《唐書·杜審言傳》：「少與嶠、崔融、蘇味道，爲文章四友，世號崔李蘇杜。」杜審言（六四五？—七〇八），字必簡，杜甫祖，唐襄陽人，遷河南鞏縣。詩多爲應制、酬和及寫景之作，長於五律，格律嚴格，嘗自詡文章當得屈宋作衙官，筆當得王羲之北面。官至修文館直學士，恃人傲世，明人輯有《杜審言集》，新、舊《唐書》有傳。李嶠（六四四—七一三），字巨人，唐趙州贊皇（今河北）人，善詩文，多詠物之作，官至中書令，明人輯有《李嶠集》。蘇味道（六四八—七〇五），唐趙州欒城人，少時以文辭知名，武曌時曾居相位數載。崔融，字安成，其文章華婉典麗，朝廷大手筆多委之。官宮門丞，中宗為太子時遷侍讀，典東朝章疏，坐附張易之兄弟，貶袁州刺史，尋召拜國子司業，卒謚文。

三十　斗酒學士

指唐朝詩人王績。據唐李才《東皋子集·序》、《新唐書》卷一九六本傳記述，王績於武德初待詔門下省，每日由官給酒三升。或問：「待詔何樂耶？」答曰：「良醞可戀耳！」因此，「侍中陳叔達命每日給酒一斗。時人因之稱績為斗酒學士。王績，字無功，號東皋子，絳州龍門（今山西河津）人，生活年代：西元五八五—六四四年為隋祕書省正字，唐初以原官待詔門下省，反對宮廷詩，放誕縱酒，作詩常模仿阮籍、嵇康、陶潛，風格清新樸素，在唐詩中是最早擺脫齊梁浮艷氣息的近體詩，其思想和藝術風格，為唐代山水田園詩派的先驅。

三十一　詩仙

唐代大詩人李白的特稱。他那嘯傲山林，求仙尋道，縱酒狂歌的言行和作品，都給人一種飄逸如仙的感覺。據唐孟棨《本事詩》載：「白自蜀至京師，舍於逆旅，賀監知章聞其名，首訪之，請所為文。白出《蜀道難》以示之，讀未竟，稱嘆者四，號為謫仙。」李白自己也說過：「太子賓客賀公，於長安紫極宮一見余，呼余為『謫仙人』，因解金龜換酒為樂。」（《對酒憶賀監二首》序）因此，後人便稱李白為「謫仙」、「詩仙」、「仙才」，如白居易《奉贈元九學士閣老》：「詩仙歸洞里，酒病滯人間」；嚴羽《滄浪詩話·詩評》：「人言太白仙才，長吉鬼才。」清龔自珍還對此作了較詳盡的描述：「莊、屈實二，不可以併，併之以為心，自白（李白）始；儒、仙、俠實三，不可以合，合之以為氣，又自白始也。」

三十二　詩聖

唐代大詩人杜甫的特稱。他一生創作了一千四百多首詩，廣泛反映了唐代「安史之亂」前後的社會現實，深沈表達了憂國憂民的思想感情，其卓越的思想和藝術成就，被後人推崇為詩中的聖人。此稱初見於宋魏慶之《詩人玉屑》：「誠齋謂李（李白）神於詩，杜聖於詩。」又清葉燮《原詩》：「詩聖推杜甫」；李沂《秋星閣詩話》：「子美詩聖。」當然，封建時代推崇杜甫為詩聖，還著眼於他的「每飯不忘君」的忠君思想。其實，杜甫的忠君是和愛國憂民密切結合的。此外，還指杜甫的詩歌「兼備眾體」，且能創新，具有豐富多樣的藝術風格和特色。郭沫若為成都杜甫草堂撰有一聯：「世上瘡痍，詩中聖哲；人間疾苦，筆底波瀾。」闡述最為透徹，精確。

三十二　詩史

對杜甫詩歌的稱謂。由於杜甫詩作反映歷史現實的廣闊而眞實，因而稱其為詩史。語見唐孟棨《本事詩》：「杜（甫）逢（安）祿山之難，流離隴蜀，畢陳放詩，推見至隱，殆無遺事，故當時號為詩史。」又《新唐書·杜甫傳贊》：「甫又善陳時事，律切精深，至千言不少衰，世號詩史。」杜甫詩廣泛而深刻地反映了安史之亂前後政治的腐朽和社會的戰亂、經濟的衰敗、廣大人民群眾生活的痛苦和願望等，構成了一部形象而生動的歷史。

三十四　詩佛

唐朝詩人王維的特稱。王維作爲盛唐名重一時的詩人，其詩歌題材頗爲廣泛，政治詩、邊塞詩、山水田園詩都有成就。他曾抨擊權貴，不滿現實，描寫衛國將士的豪情壯志和蔑視死亡的英雄精神。寫田園山水，景色壯闊，又細緻入微，多有獨特意境。晚年失意並信佛，詩中常有虛無冷寂的情調。《舊唐書》本傳記述：「在京師，日飯十數名僧，以玄談爲樂，齋中無所有，唯茶鐺、藥臼、經案，繩床而已。退朝之後，焚香獨坐，以禪誦爲事。故有「詩佛」之稱。

三十五　詩囚

指沈溺於作詩，仿佛爲詩所囚的苦吟派詩人。一般將唐代詩人孟郊、賈島稱詩囚。元好問《放言》詩云：「長沙一湘累，郊島兩詩囚。」這裡的「郊島」，即指孟郊、賈島。

孟郊一生「拙於生事，一貧徹骨。裘褐懸結，未嘗俛眉爲可憐之色」（《唐才子傳》）。他的詩多描述百姓和個人貧病飢寒的苦況，表現出作者激越悲憤的情緒。如《寒池百姓吟》、《織婦辭》、《秋懷》等。孟郊作詩以苦吟著稱，創作態度十分嚴肅。他逐奇險，尚古拙，苦思錘煉，冷僻凝警，《苦寒吟》便是這種風格的代表。韓愈評其詩有「劌目鉥心，刃迎縷解」之說。

三十六　詩豪

謂唐代傑出詩人劉禹錫。他的詩歌氣勢豪邁，筆力雄健，鋒芒畢露，故獲此稱謂。白居易《長慶集》六十《劉白唱和集解》：「彭城劉夢得（禹錫），詩豪者也，其鋒森然，少敢當者，予不量力，往往犯之。」《新唐書·劉禹錫傳》：「素善詩，晚節尤精，與白居易酬復頗多。居易以詩自名者，嘗推爲詩豪。」

三十七　孟詩韓筆

指唐代孟郊的詩和韓愈的散文，稱讚其具有創新精神和獨特的風格。唐趙璘《因話錄》卷三中說：「韓文公與孟東野友善，韓公文至高，孟長於五言，時號孟詩韓筆。」孟郊，字東野，生活於西元七五一—八一四年。其詩一反浮艷詩風，提倡「六義」、「下筆證興亡，陳辭備風骨。」（《讀張碧集》）以苦吟著名，多硬語，思力深刻。韓愈讚其詩是「橫空盤硬語，妥貼力排奡。」亦頗受蘇軾、賈島等著名文人推崇。作品有《孟東野詩集》。韓愈，字退之，生活於西元七六八—八二四年，是中國文學史上繼司馬遷之後的散文大家，其作品內容豐富，形式多樣，文風雄奇奔放，多曲折變化，而又行文流暢，「如長江清秋，千里一道，沖飆激浪，瀚流不滯。」（皇甫湜《諭業》）

三十八　郊寒島瘦

指唐朝孟郊詩和賈島詩的風格。二人詩風淸峭瘦硬，好作苦語，簡嗇孤峭，寒涼凄冷，故有此稱。語見蘇軾《東坡集》中《祭柳子玉文》：「元輕白俗，郊寒島瘦。」

三十九　王孟韋柳

指唐詩人王維、孟浩然、韋應物、柳宗元。他們都擅長山水田園詩，且詩風相似，均屬沖淡閒遠，並生活在西元七〇〇年至八〇〇年之間，故並稱。（詳見「古代著名作家」）

四十　竹溪六逸

指唐詩人李白等六人，因其曾隱居泰安府徂徠山下之竹溪，每日縱酒酣歌，時人稱爲「竹溪六逸」。語見元辛文房《唐才子傳》：「（李白）喜縱橫擊劍，爲任俠，輕財好施。更客任城，與孔巢父、韓准、裴政、張叔明、陶沔居徂徠山中，日沈飲，號『竹溪六逸』。」《新唐書·李白傳》亦載有此說。李白在《送韓准裴政孔巢父還山》一詩中，詳細地描述了他們的隱居生活和志趣。

四十一　古今七律第一

指盛唐詩人崔顥《七律·黃鶴樓》，據《該聞錄》曰：「崔顥題武昌黃鶴樓詩，爲世所誦，李太白負大名，尙曰，『眼前有景道不得，崔顥題詩在上頭。』」嚴羽《滄浪詩話》評黃鶴樓詩也說：「唐人七言律詩，當以此爲第一。」《七律·黃鶴樓》即景生感，弔古懷鄉，氣槪非凡。全詩爲：「昔人已乘黃鶴去，此地空餘黃鶴樓。黃鶴一去不復返，白雲千載空悠悠，晴川歷歷漢陽樹，芳草萋萋鸚鵡洲，日暮鄉關何處是？煙波江上使人愁！」崔顥（七〇四—七五四），唐汴州（今開封）人，殷璠判論他「少年爲詩，屬意浮艷，多陷輕薄，晩節忽變常體，風骨凜然。一窺塞垣，說盡戎旅。」

四十二　七絶聖手

指唐代詩人王昌齡。他擅長七絕，風格雄渾，格調高昂，後世有「七絕聖手」之譽。王昌齡現存詩一七七首，五絕十四首，七絕占七十五首。他的絕句所寫內容可分爲邊塞詩、贈別詩、閨宮怨詩三類。士兵的愛國豪情和鄉愁離恨，友人的深摯情誼，宮閨女子的哀怨，在詩中得到表現。在藝術技巧上，特別善於細緻刻畫觸景生情的刹那間感觸，表現主人公情感，又句句精心處理。常以雷鳴聲勢打開局面為起句，第三句又能在高險的基調上開闢新境，獨出新意。結句含蘊有力，具有「不盡之意，見於言外」的餘韻。

四十三　文起八代之衰

這是宋代文學家蘇軾在其所作《潮州韓文公廟碑》中稱韓愈的話。其文云：「文起八代之衰，而道濟天下之溺；忠犯人主之怒，而勇奪三軍之帥——此豈非參天地，關盛衰，浩然而獨存者乎？」所云「八代之衰」，按自東漢、魏、晉、宋、齊、梁、陳、隋等八個朝代以來，盛行駢體文，這種文體形式死板，很難具體細微地表現內容，只圖辭藻華美，不重視內容的逼真和情感的表達，形成一種程式化的浮誇文風。韓愈提倡文章散文化，向先秦西漢古文學習，領導了文壇上的古文運動，推動了我國文學的發展。蘇軾以「文起八代之衰」等語句，讚揚其領導的古文運動所取得的豐功偉績。

四十四　古文運動

文學史上反對駢文，提倡古文的文體革新運動。古文運動形成並發展於唐德宗貞元至唐憲宗元和之間二三十年中，其主將是唐文學大家韓愈和柳宗元。古文運動的形成和發展基於三個方面的條件，即思想準備、社會狀況、倡導者的實踐。六朝時代生活空虛，士族文人追求駢辭儷句，逐漸成為統治文壇的文風，而當時的文學理論家劉勰，以及文學家顏之推、隋唐的王勃、陳子昂、梁肅等則主張文章必須宗經，載道、取法三代兩漢。這些主張爲古文運動作了必要的思想準備。天寶以來的社會動亂、藩鎮割據的形成，佛教道教的盛行，以及貞元的苟安太平，觸醒人們要求「中興」，古文運動的主張正反映了這種「中興」的要求，成爲合乎時宜的文學運動，這是古文運動的社會狀況，韓愈發揚前代的復古主義文學主張，批判佛老，論述儒道，反對六朝以來「飾其辭而遺其意」的駢文，棄因襲，主張獨創，大力實踐不拘長短，抒寫自由，傳道授意的散文創作，又得文學大家柳宗元成果卓著的散文創作相助，古文運動便得以形成並發展。古文運動是文學史上散文發展的一個轉折點，它不僅恢復了司馬遷以來的散文地位，而且擴大了散文的實用範圍。在著書立說之外，又開闢了抒情、寫景、言志的園地，此後宋代更盛，元明衰微，至明末復興，歷清、民初，而有桐城派、陽湖派。就古文運動在文學史上全過程，約可分爲四期，一爲草創並發展時期，始於北周迄於五代，以韓愈、柳宗元爲代表；二爲全盛時期，始於北宋迄於元初，以歐陽修、曾鞏、王安石、三蘇爲代表；三爲衰微時期，始於元代迄於明代張岱，以王世貞、何景明、歸有光等爲代表；四爲復活時期，始於明代黃宗羲迄於民國嚴復，以桐城派、陽湖派諸古文學家爲代表。

四十五　新樂府運動

唐代著名詩人白居易倡導的樂府詩體運動。「新樂府」一名是白居易所提出的，其理論也是白居易確立的。宋人郭茂倩編《樂府詩集》一百卷分十二類，其第十二「新樂府辭」，即本於白居易。漢樂府「緣事而發」，曹魏借古題寫時事，李杜「即事名篇，無復依傍」，元結、顧況相承。白居易繼承前人精神，明確提出「文章合爲時而著，歌詩合爲事而作」、「唯歌生民病」，「但傷民病痛」，作出新樂府運動的理論指導，同時採用樂府歌行體，三言七言錯雜運用，反映社會矛盾，作新樂府五十首，開展了新樂府運動。新樂府與舊樂府不同有三：一是用新題，不是借古題，故又名「新題樂府」；二是寫時事，專作「刺美見（現）事」，不是雖有新題而不寫時事；三是不以可否入樂爲標準，「未嘗被於聲」，不是配樂的樂府辭。這種新樂府，從文學角度說與漢樂府精神相一致，屬眞正的樂府辭。新樂府運動以批判現實爲宗旨，適應了當時社會的要求。貞元、元和間，階級和民族矛盾日益尖銳，內憂外患，文人要求改革現實，這種社會思潮，便是新樂府運動的社會根源。新樂府運動影響深遠，晚唐皮日休、聶夷中、杜荀鶴，宋代王禹偁、梅堯臣、張耒、陸游，晚清黃遵憲等，都有所繼承。

四十六　泰山北斗

文學史上讚譽唐代文學家韓愈之辭。語見《新唐書·韓愈傳》：「自愈沒，其言大行，學者仰之如泰山北斗云。」古人以泰山爲五嶽之首，北斗爲眾星所拱，因用以比喻受到仰慕的傑出人物。韓愈正是以他文學創作的巨大成就，爲世仰慕，被視爲巍峨的泰山和指示方向的北斗星。他倡導轟轟烈烈的古文運動，寫了許多傳誦千古的散文佳作，列爲「唐宋八大家」之首；又致力於詩歌的革新，糾正大曆年間的平庸詩風，進一步擴大了詩歌領域，並創立了一種新的語言風格和章法技巧，對後世文學產生了深遠影響。「泰山北斗」後來也簡稱「泰斗」，泛指一些品德高尙、學問淵博或藝術修養精深，堪作榜樣的人物。

四十七　大曆十才子

大曆年間出現文壇的十位詩人。據計有功《唐詩紀事》：「大曆十才子……盧綸、錢起、郎士元、司空曉（曙）、李端、李益、苗發、皇甫曾、耿湋、李嘉祐。」十人中郎士元、錢起成就爲大。「大曆」，唐代宗李豫最後年號，起於七六六年，至七八〇年，十才子在此期間活躍文壇。他們長於五言律詩，吟詠山水，歌頌昇平，稱道隱逸，多屬唱和應制之作，很少反映社會動亂和人民疾苦，有形式主義傾向，缺乏藝術特色。據《四庫全書總目提要·錢仲文集》：「大曆以還，詩格初變，開寶渾厚之氣，漸遠漸漓，風調相高，稍趨浮響，升降之關，十子實爲之職志。起於郎士元，其稱首也。然溫秀蘊藉，不失風人之旨，前輩典型，猶有存焉。」郎士元字君冑，中山（今河北定縣）人，與錢起齊名，詩多酬贈之作，有《郎士元集》，天寶進士，官郢州刺史。錢起字仲文，工詩，以「體格清新，理致清淡」爲特色，與郎士元齊名，時有「前有沈宋，後有錢郎」之語，有《錢仲文集》，天寶進士。據《新唐書》卷二〇三《盧綸傳》中說：「綸與吉中孚、韓翃、錢起，司空曙、苗發、崔峒、耿湋、夏侯審、李端皆能詩齊名，號大曆十才子。」十才子人名，亦另有別說。

四十八　唐宋八大家

唐宋時期出現的、在我國散文發展史中具有傑出成就和地位的八位散文作家的合稱。他們是唐代的韓愈、柳宗元和宋代的歐陽修、王安石、蘇洵、蘇軾、蘇轍和曾鞏。

這八位散文家的創作代表我國古代散文自秦漢之後出現的第二個高峰。這些作家都確立了彼此接近的、進步的文學觀點。韓愈、柳宗元是唐代古文運動的領袖，他們在理論上提出了文道合一、文以明道、反對形式主義、「不平則鳴」等主張，以及「唯陳言之務去」、「文從字順各識職」的革新文體的具體標準。後來歐陽修積極繼承唐代古文運動的成果，倡導了北宋詩文革新運動。歐陽修極力推崇韓愈，繼韓愈「文以戴道」說之後，更提出了「文道並重、道先文後的觀點，繼「不平則鳴」論之後更提出了「窮而後工」論，堅持和發揚了我國古代散文創作的優秀傳統。他的這些主張對王安石、三蘇和曾鞏等人均有很大的影響。唐宋八大家的文學思想總的精神一脈相承。

八大家的散文創作都取得了突出的成就。他們各具風采，早就有「韓如潮，柳如泉，歐陽瀾，蘇如海」之說。深探其作品，韓文渾浩流轉，柳文清拔澄澈，歐文紆徐明暢，蘇文恣肆瀟灑，王文雄健峭刻，曾文樸實嚴謹。儘管風格各異，但在反映和批判現實，善於敍事、議論、寫景抒情和駕馭文體與語言能力方面，均堪稱泱泱大家。這八位散文家的文學觀和創作成就在歷史上也產生了重大影響。明代唐宋派把八大家作爲反對擬古文風的旗幟。他們自己的創作也深受其浸潤沾溉。明代古文家歸有光推崇韓、歐，並非常欣賞曾鞏的文風和章法。清代桐城派「義法說」的提出和散文創作在很大程度上也得力於八大家散文。

最先將八大家散文作品編選成集的，是明初朱右的《八先生文集》。明中葉唐順之所纂《文編》，選錄唐宋散文作品，也只收有韓、柳、歐、王、三蘇和曾等八家。明嘉靖時古文家茅坤在前人基礎上又編選了《唐宋八大家文鈔》一書，共一六四卷，從此「唐宋八大家」一名流傳廣遠，聲名更加顯赫。

四十九　六一居士

北宋文學家歐陽修的別號。歐陽修在他去世前二年作《六一居士傳》說：「六一居士，初謫滁山，自號『醉翁』。既老而衰且病，將退休於潁水之上，則又更號『六一居士』。」歐陽修還對他爲何在晚年自號「六一居士」做了解釋：「吾家藏書一萬卷，集錄三代以來金石遺文一千卷，有琴一張，有棋一局，而常置酒一壺。」「以吾一翁，老於此五物之間，是豈不爲六『一』乎？」

五十　三蘇

指北宋文學家蘇洵與其二子蘇軾、蘇轍。「三蘇」並稱始見於宋王闢之《澠水燕談錄》。該書卷四「才識」條說：「蘇氏文章擅天下，目其文曰『三蘇』，蓋洵爲老蘇，軾爲大蘇，轍爲小蘇也。」

五十一　蘇門四學士

北宋蘇軾門下四位著名詩人黃庭堅、秦觀、張耒、晁補之。《宋史·文苑·黃庭堅傳》云：「（黃庭堅）與張耒、晁補之、秦觀俱遊蘇軾門，天下稱爲四學士。」黃庭堅居「四學士」之首，文學成就最高。其詩與蘇軾並稱「蘇黃」，詞與秦觀並稱「秦七黃九」。尤其是他的詩，對宋代文壇產生了很大影響，成爲江西詩派的領袖。

五十二　烏臺詩案

這是北宋文壇上一次駭人聽聞的「文字獄」。北宋統治者為加強中央集權，特設御史臺以糾察、彈劾各級官員，烏臺即御史監獄的代稱。宋神宗元豐二年（一〇七九），著名詩人蘇軾被御史臺彈劾，關進御史監獄，審訊達一月之久。監察御史何正臣、舒亶等人，從蘇軾的詩中斷章取義、穿鑿附會，羅織了「譏諷文字」、「愚弄朝廷」等罪名，對蘇軾嚴刑逼供，必欲置之死地而後快。後由於曹太后及張方平、范鎮等元老重臣的極力營救，才得以寬大處理，貶作黃州團練副使。這次詩案，打擊面也相當寬，涉及範圍也很廣，當時許多著名詩人與蘇軾有過交往的人，都受到了牽連，成為轟動一時的大冤案。於是，後人便把蘇軾被審的有關文件、札子及供狀等資料，編錄為《烏臺詩案》一書。

五十三　三影郎中

指北宋詞人張先，因歷官至都官郎中，又在他的寫景詞句中出現過「雲破月來花弄影」、「簾壓捲花影」、「柳徑無人，隨風絮無影」的「三影」景觀，而獲得「張三影」和「三影郎中」的雅號。

據《苕溪漁隱叢話》引《古今詩話》云：「有客謂子野曰：『人皆謂公「張三中」，即「心中事，眼中淚，意中人」也。』子野曰：『何不目之為「張三影？」』客不曉，公曰『「雲破月來花弄影」、「嬌柔懶起，簾壓捲花影」、「柳徑無人，隨風絮無影」，此余生平所得意也。』」「三中」為張先《行香子》中句，「三影」分別見於他的《天仙子》、《歸朝歡》、《剪牡丹》。張先詞中還有「浮萍斷處見山影」、「隔牆送過鞦韆影」等名句。晚年所作《玉樓香》又有「中

庭月色正清明，無數楊花過無影」之句，朱彝尊評價說：「余嘗嘆其工絕，在世所傳『三影』之上。」（《靜志居詩話》）

五十四　紅杏尚書

指北宋文學家和史學家宋祁。語見張恩岩《詞林紀事》：「景文過子野（張先）家，將命者曰：『尚書欲見「雲破月來花弄影」郎中。』子野內應曰：『得非「紅杏枝頭春意鬧」尚書耶』？」又陳廷焯《白雨齋詞話》：「宋人如『紅杏尚書』、『賀梅子』、『張三影』……之類，皆以一語之工，傾倒一世。」宋祁曾官工部尚書，擅長詩詞，善煉字句，描寫生動，其名篇《玉樓春》中「紅杏枝頭春意鬧」一句，表現蜂圍蝶舞、春光爛漫的景象，尤爲人津津樂道，所謂「著一『鬧』字，而境界全出」（王國維語）。因此，宋祁當時就獲得了「紅杏尚書」的美稱。

五十五　永嘉四靈

南宋後期的四位詩人：徐照，字靈輝；徐璣，字靈淵；翁卷，字靈舍；趙師秀，字靈秀。他們四人都以晚唐詩體相標榜，刻意效仿賈島、姚合的詩風，形成一個創作流派，在當時詩壇上頗有影響。因其字號中都有一個「靈」字，又因都是浙江永嘉（今溫州市）人，故稱爲「永嘉四靈」。

「四靈詩派」是舉起反對「江西詩派」的旗幟而登上詩壇的。南宋後期，「江西詩派」末流的詩風愈益顯得生硬拗捩、枯瘠卑靡，漸爲人所厭聞。「四靈詩派」反其道而行之，他們反對「江西詩派」搬用典故成語，「資書以爲詩」的習氣，主張復興「唐體」，歸趣晚唐賈、姚諸家，並在理論上得到了永嘉學派大師葉適的支持。

五十六　一祖三宗

元代方回撰《瀛奎律髓》，崇奉江西詩派，倡一祖三宗之說。他遙推杜甫爲初祖，又以黃庭堅、陳師道、陳與義配爲「三宗」。

方回將江西詩派的代表作家「三宗」，置於「一祖」之下，這主要因爲江西詩派的代表作家「三宗」黃庭堅、陳師道、陳與義在其詩歌理論和創作實踐方面，都以師法杜甫相標榜。

五十七　秋思之祖

即元代傑出的散曲作家馬致遠的代表作——《天淨沙·秋思》。

這首千古絕唱的散曲，曲子很短，一共五句二十八字。前三句每句都用三種景物組成，三句共寫了九種景物，組織巧妙，構成一幅眞實動人的秋郊夕照圖，並且準確地刻畫出了旅人淒苦飄泊的心境。二句通過寫小橋流水的幽靜環境及安居其間的人家，反襯出旅人奔波不定，以及由此而引起的羈旅之苦。全篇音節和諧，畫面色彩鮮明，顯示出作者捕捉形象的高度藝術才能。元人周德清曾把這首小令譽爲「秋思之祖」。

五十八　南戲之祖

在我國戲曲史上，曾被稱作「曲祖」、「南曲之宗」的，是我國元代戲曲學家高明的代表作《琵琶記》。語見明魏良輔《曲律》：「（《琵琶記》）雖出於《拜月亭》之後，然自爲曲祖。」

高明工詩文，擅書法，尤以製曲爲最，他得以名傳後世，主要是因爲寫了《琵琶記》。《琵琶記》是高明隱居寧波時的作品。劇寫蔡伯喈被父親逼迫赴京應試，考中狀元後，又被牛丞相奉旨強召爲婿。他的父母災荒中相繼餓死，妻子趙五娘彈唱琵琶，尋夫至京。劇終夫妻團圓，廬墓旌表。《琵琶記》是南戲由民間過渡到文人創作的轉折點，在南戲發展史上具有重要的地位。

五十九　四大南戲

指元末明初四部著名的傳奇雜劇，即柯丹丘的《荊釵記》、無名氏的《劉知遠白兔記》、施惠的《拜月亭》、徐畛的《殺狗記》，簡稱「荊、劉、拜、殺」。語見明王驥德《曲律》：「古戲如『荊、劉、拜、殺』等，傳之凡二、三百年，至今不衰。」又王國維《宋元戲曲史》：「元之南戲，以『荊、劉、拜、殺』並稱，得《琵琶》而五。」這四部作品對南戲諸腔的影響很大。

六十　四大愛情劇

指元雜劇中四部描寫青年男女愛情故事的優秀劇本。它們是關漢卿的《拜月亭》、王實甫的《西廂記》、白樸的《牆頭馬上》和鄭光祖的《倩女離魂》。這四部劇本在人物形象的塑造、細膩入微的內心活動抒寫、詩情畫意般的氣氛渲染及華麗的語言方面，都成爲後來愛情劇創作的典範。

六十一　前後七子

明代從明憲宗成化年間到明穆宗隆慶年間（一四六五—一五七二）的一百餘年中，文壇上出現了一場復古運動，這場運動給文壇帶來了變化，使曾長期占據明初文壇統治地位的「臺閣體」

失勢。倡導並實際參加這場文學復古運動的代表人物，文學史上通稱爲「前後七子」。「前後七子」實是同一宗旨下兩個文學集團的合稱，按時代先後，他們分爲「前七子」與「後七子」。「前七子」包括李夢陽、何景明、徐禎卿、邊貢、康海、王九思、王廷相等七人，其中以李夢陽和何景明爲代表。「後七子」以李攀龍和王世貞爲首，包括謝榛、宗臣、梁有譽、徐中行、吳國倫。

六十二　公安三袁

即指明萬曆時期的公安派的代表人物袁宗道、袁宏道、袁中道兄弟三人，因他們是湖廣公安（今湖北公安）人，所以稱公安派，又稱公安三袁。袁宗道著有《白蘇齋集》，袁宏道著有《袁中郎全集》，袁中道著有《珂雪齋集》。兄弟三人中以袁宏道最著名。他們的「獨抒性靈，不拘格套」的文學主張，在一定程度上衝破了儒家思想的清規戒律對文學的束縛，從而影響了一代文風。

六十三　四遊記

《四遊記》是明代四種神魔小說的合集。

《東遊記》，一名《上洞八仙傳》，又名《八仙出處東遊記傳》。二卷五十六回，題「蘭江吳元泰著」。書寫鐵拐李、呂洞賓、張果老、何仙姑等八仙得道後，共渡東海，東海龍王子摩揭，奪藍采和所踏之玉版，並捉去藍采和，遂與八仙大戰。龍王兵敗，請天兵相助，又大敗而歸。後得觀音和解，方各自謝歸，故書取名曰《東遊記》。

《南遊記》亦名《五顯靈官大帝華光天王傳》。四卷十八回，題「三臺山人仰止余象斗編」。余象斗為晚明時閩南地方書商，刊刻過《三國演義》、《水滸傳》等書。小說寫華光救母的故事。書中敍及華光種種變化，降妖伏魔諸節，構想豐富，文字亦較為生動而有光彩。

《西遊記》四卷四十一回，題「齊雲楊致（或作志）和編」。全書情節與吳承恩所著《西遊記》相似，而較為簡略，也可以說是吳著的《西遊記》的節本。大致說來，此書前十五回與吳著前十四回相同，嗣後為壓縮篇幅，與其他三部遊記保持平衡，編者大加刪改。吳著的《西遊記》後八十餘回書被縮成二十六回。造成首尾不能照應的局面。文字乾癟笨拙，甚至不成文理，與吳著《西遊記》相去甚遠。

《北遊記》，又名《北方眞武玄天上帝出身志傳》。四卷二十四回，亦余象斗所編。

《四遊記》意在弘揚佛道，勸人得道成仙，鼓吹三教同源，它反映明季統治階級的思想意識。小說在表現這個主要傾向的同時，也多少反映了封建時代的社會生活和人民群眾的觀點。小說情節豐富，曲折動人，頗具吸引力，在民間廣泛流傳。

六十四　南洪北孔

在清初戲曲舞臺上，繼李玉等人的現實主義劇作之後，又出現了洪昇和孔尙任兩位曲壇巨星，他們分別以自己傑出劇作——《長生殿》和《桃花扇》轟動了劇壇。因為洪昇是杭州人，孔尙任是山東人，所以當時有「南洪北孔」之稱。正是這兩位傑出的劇作家，把清初戲曲推向了一個新的高潮。清代戲曲評論家陳棟在《北涇草堂曲話》中說：「國初人才蔚生，即詞曲名家，亦林林焉，指不勝屈。必欲於中求出類拔萃，則高莫若東塘（即孔尙任），大莫若稗畦（即洪昇）。」

六十五　臨川四夢

是明代萬曆年間傑出的劇作家湯顯祖撰寫的《紫釵記》、《牡丹亭》、《南柯記》和《邯鄲記》等四部傳奇的統稱。由於作者是江西臨川人，四部傳奇都有人物夢境活動的情節，用這個稱呼來概括，以顯示其在取材和構思上獨樹一幟的特色。（詳見「古代文學名著」）

六十六　三言二拍

「三言」爲《喻世明言》、《警世通言》、《醒世恆言》的總稱。我國古代著名的通俗文學家馮夢龍纂輯。相繼刊刻於明代天啓年間，是三部白話短篇小說集。每集收作品四十篇，總數爲一二〇篇，凡宋、元、明三代四五百年間創作和流行的比較優秀的白話短篇小說，幾乎已經「搜括殆盡」了，實際上是我國古代文學史上第一部規模宏大的白話短篇小說總集，也是白話短篇小說發展歷程上由口頭藝術轉爲案頭文學的第一座豐碑。

晚明「三言」的出現，立即震動了當時的文壇，影響所及，便是白話短篇小說的創作相繼湧現，其中，時間相距最近而成就最高的，卻是淩濛初的「二拍」。

「二拍」是《拍案驚奇》和《二刻拍案驚奇》的簡稱，它們先後寫成於天啓七年（一六二七年）和崇禎五年（一六三二年），各爲四十篇。由於卷二十三的《大姊魂遊完宿願，小妹病起續前緣》兩書重收，二刻卷四十爲雜劇《宋公明鬧元宵》，所以「二拍」實收白話短篇小說七十八篇。這七十八篇小說幾乎完全是淩濛初個人的創作，這一點在我國古代白話小說發展史上具有重要的意義。

六十七　四大奇書

明代人曾稱《三國演義》、《水滸傳》、《西遊記》和《金瓶梅》爲「四大奇書」。所謂「奇」者，不僅指它們的新奇和傳奇色彩，其中還包含著對它們所取得的創造性成就的高度肯定。語見清李漁《三國演義序》：「馮猶龍亦有四大奇書之目，曰：《三國》也、《水滸》也，《西遊》與《金瓶梅》也。」

《三國演義》和《水滸傳》產生於元末明初；《西遊記》、《金瓶梅》則產生在明中葉後。它們出現至今都已有好幾百年的歷史。在此期間，很多小說隨著時光的流逝而湮沒無聞。然而這四部巨著卻始終保持著旺盛的藝術生命力，開闢了我國長篇小說創作的新時代，形成了小說史上的一個高峰。（詳見「古代文學名著」）

六十八　四大譴責小說

清末李寶嘉的《官場現形記》、吳沃堯的《二十年目睹之怪現狀》、劉鶚的《老殘遊記》和曾樸的《孽海花》四部小說的並稱。語見魯迅《中國小說史略》：「雖命意於匡世，似與諷刺小說同論，而辭氣浮露，筆無藏鋒，且過甚其辭，以合時人嗜好，則其度量技術之相去亦遠矣，故別謂之譴責小說。」這四部小說的共同特點，是對清末的社會黑暗和腐敗現象，包括官場、商場和洋場，以及官僚、軍閥、名士、文人的醜態，都進行了廣泛的暴露和尖銳的嘲諷、批判。其中以《官場現形記》最有代表性。

六十九　文氣說

關於作家創作的獨特個性和風格的理論主張。其首倡者爲曹丕，他在《典論·論文》中說：「文以氣爲主，氣之清濁有體，不可力強而致。」氣，指的是作家氣質、才智、個性；而氣又有「清」、「濁」之分，即俊爽超邁的陽剛之氣和凝重沈鬱的陰柔之氣。這種作家的氣質、才智、個性的差異，表現在文學創作中，自然形成了不同的風格特色。據此，曹丕還聯繫「建安七子」的作品實際，作了深入、中肯的評析。「文氣說」對於文學批評的方法論，對於研究作家和作品的風格差異，具有開創意義，對後世產生很大影響。劉勰的「才有庸雋，氣有剛柔」（《文心雕龍·體性》），沈約的「剛柔迭用，喜慍分情」（《宋書·謝靈運傳》），乃至清代桐城派的陽剛美和陰柔美之說，都可以說是「文氣說」的繼承和發展。不過，「文氣說」過於強調作家先天的稟賦、氣質，忽視後天的學習、鍛煉，包括社會實踐和藝術修養對創作的影響，是其理論上的局限性。

七十　緣情說

關於詩歌創作的理論主張，認爲詩歌的基本特徵是抒情。《毛詩正義序》云：「夫詩者……六情靜於中，百物盪於外，情緣物動，物感情遷。」這可謂「緣情說」的發軔。第一個明確提出這一理論主張的，是陸機的《文賦》：「詩緣情而綺靡，賦體物而瀏亮。」強調了詩歌的抒情性特徵，與之相應則要語言精美，富有文采。「緣情說」是對先秦以來傳統的「詩言志」理論的重大突破，也是文學創作的繁榮發展，特別是建安文學的繁榮發展在理論上的反映。對此，近人朱自清先生作了精闢的評析：「陸機《文賦》第一次鑄成『詩緣情而綺靡』這個新語。『緣情』這個詞組將『吟詠情性』一語簡單化、普遍化，並概括了《韓詩》和班《志》的話，扼要地指明當時五言詩的趨向。」（《詩言志辨》）陸機之後，許多文論家堅持「緣情說」，進一步肯定了詩歌抒情化的發展方向。如沈約的「以情緯文，以文被質」（《宋書·謝靈運傳》），劉勰的「詩者，持也，持人情性」（《文心雕龍·明詩》），以及明代公安派提倡的「獨抒性靈」等，都和「緣情說」義脈相通。

七十一　聲律說

關於詩歌創作的聲韻格律的要求和主張。據《梁書·沈約傳》載：「又撰《四聲譜》，以爲往昔詞人，累千載而不寤，而獨得胸衿，窮其妙旨，自謂入神之作。」可見沈約爲其首創者。「聲律說」的主要內容有兩方面：一是運用「四聲」以協調詩的音律，二是作詩時要避免「八病」（「四聲」「八病」見前）。沈約要求詩歌應該「一簡之內，音韻盡殊；兩句之中，輕重悉異」，這樣才能富於變化，具備動聽的音樂美。「聲律說」的確立是文學史上的創舉，是近體律詩形成的重要基礎。此後，文人開始自覺運用聲律來進行詩歌創作，這對於加強詩歌的音樂美和藝術感染效果是有益的。不過，「聲律說」的限制過於嚴格煩瑣，也束縛了詩歌創作，客觀上助長形式主義詩風的發展，用鍾嶸的話來說：「故使文多拘忌，傷其眞美。」（《詩品》）

七十二　滋味說

關於詩歌批評的標準和主張。陸機首先以「味」論詩，他在《文賦》中說：「闕太羹之遺味，因朱弦之清氾。」把「味」比作詩歌的藝術感染力量。劉勰也說：「繁采寡情，味之必厭。」（《文心雕龍·情采》）明確指出「滋味說」的，則是鍾嶸的《詩品》：「五言居文詞之要，是衆作之有滋味者也。」高度肯定漢末以後逐步取代四言詩地位的新型五言詩，善於反映複雜的社會生活，具有強烈的藝術感染力量。詩歌怎樣才能具有「滋味」呢？鍾嶸進一步提出：「干之以風力，潤之以丹采，使味之者無極，聞之者動心。」也就是說，內容和形式的和諧統一、結合，是形成詩歌「滋味」的基礎。此後，「滋味說」不僅是論詩的重要標準和要求，人們還以此爲基礎，從辨味出手，形成了我國古代一種獨特的批評方法。例如，唐代詩論家司空圖強調「辨於味，而後可以言詩也。」（《與李生論詩書》）宋代楊萬里更主張論詩「以味不以形」（《江西宗派詩序》），通過詩味來區分詩歌創作的風格流派。

七十三　韻味說

這是唐司空圖論詩的基本觀點和總原則。他說：「愚以爲辨於味而後可以言詩也。」（《與李生論詩書》）辨味即審美，也就是從識別詩的不同味道入手，評析詩的不同美感、品格及其成就的高下優劣。在這方面，司空圖繼承了《文心雕龍》、《詩品》等著作的理論研究成果，又總結了自己進行詩歌創作和鑑賞的實踐經驗，創立了頗具理論體系的「韻味說」。此說主要見於他的《二十四詩品》，包括三個基本觀點：「味外之旨」、「韻外之致」、「象外之象」，即後人所謂的「三外」。司空圖立足於詩的韻味，提出了一系列獨到的藝術原則，如「直致所得」、「思與境偕」、「離形得似」、「返虛入境」、「不著一字，盡得風流」，等等。這裡，涉及到詩歌創作的形象、意境、旨趣、精煉、含蓄等藝術規律的認識。所以，「韻味說」是古代詩歌審美理論的重大發展，對後世產生了深遠的影響。宋代的嚴羽，清代的王士禛等著名詩論家都吸收了這一文學思想。「韻味說」過分強調詩歌意境的朦朧性，主張詩歌描寫閒適的生活情趣，忽視詩歌對重大社會現實的反映，在文學史上也起過消極作用。

七十四　興趣說

這是宋代詩論家嚴羽關於詩歌創作和鑑賞的理論主張。他在《滄浪詩話·詩辨》中說：「盛唐諸人唯在興趣，羚羊掛角，無跡可求。故其妙處透徹玲瓏，不可湊泊，如空中之音，相中之色，水中之月，鏡中之象，言有盡而意無窮。」所謂「興」，大體指詩人在客觀物象的感發下所進行的形象思維活動，諸如想像、聯想、寄託、象徵等；「趣」則指情趣，相當於詩歌的韻味、魅力。嚴羽把「興」和「趣」聯成一個概念，意在說明詩歌要運用委婉、含蓄、象徵等表現手法，構造空靈蘊藉、美妙動人的意象，追求一種深婉不迫、與現實保持一定距離的境界，令人神往而不膠著板滯。爲此，詩歌創作就要做到「語忌直，意忌淺，脈忌露，味忌短。」（《滄浪詩話·詩法》）。「興趣說」與鍾嶸的「滋味說」、司空圖的「韻味說」，在內容上可以說是一脈相承的。而它對清代王士禛的「神韻說」的形成，又有著直接的影響。這就構成了中國獨特的詩歌審美理論體系。

七十五　神韻說

這是清代詩論家王士禛所倡導的一種詩論主張和美學觀點。王氏並沒有系統的理論著作來正面闡述，他往往舉若干詩句爲例，或者援引有關的前人之說，由此來佐證、表達自己的見解。於詩例，他推崇王維、孟浩然等人清遠淡雅的作品；於詩論，他一再引述司空圖的「不著一字，盡得風流」的說法，以及嚴羽的「興趣」、「妙悟」的主張。再加上他曾說過：「詩如神龍，見首不見其尾，或雲中露一爪一鱗而已，安得全身，是雕塑繪畫者耳。」可見「神韻說」的核心，就是主張詩歌應該清遠、淡雅、蘊藉、含蓄、追求一種無工可言，無法可言，渾然天成，色相俱佳的理想境界。由於「神韻說」揭示了詩歌創作和鑑賞的一些獨特的藝術規律，曾影響清代詩壇達百年之久。

七十六　性靈說

這是清代袁枚的詩歌理論主張，闡述詩歌創作的某些藝術規律，具有較高的美學價值。所謂「性靈」，就是要有眞性情、眞感情。他在《隨園詩話》卷一說：「熊掌豹胎，食之至珍貴者也；生吞活剝，不如一蔬一筍矣。牡丹芍藥，花之至富麗者也；剪彩爲之，不如野蓼閒葵矣。味欲其鮮，趣欲其眞，人必知此而後可與論詩。」把眞實的感受生動活潑地表現出來，眞摯而不虛假，生新而不陳腐；這就是「性靈說」的眞諦所在。

性靈說既然主眞情，就必然重個性。他說：「詩者，人之性情耳。」（《答施垞蘭論詩書》）又說：「詩者由情生者也，有必不可解之情，而後有必不可朽之詩（答蕺園論詩書）。因而他反對明前後七子及唐宋派的摹仿因襲，主張自我獨創，反對人云亦云。袁枚認爲「作詩不可以無我」，「我」即個性。袁枚認爲除了眞情、個性以外，詩人主觀條件尙須有詩才。「詩人無才不能……運心靈。」（《蔣心余藏園詩序》），即難以表達性靈，因此詩才是性靈說內涵不可缺少的第三個因素。因爲只有眞情、個性、詩才的結合，其詩作才有「生氣」或「生趣」。「性靈說」一出，震動詩壇、風靡天下，「筆陣橫掃千人軍。」其歷史貢獻是應該肯定的。「性靈說」的缺點是只求生新而忽視思想性，乃至讚美輕佻浮滑之作，沈湎於生活瑣事的詠嘆、風霜雪月的歌唱，缺乏深刻的思想內容，這是應該加以揚棄的。

七十七 肌理說

「肌理說」是清翁方綱提出的詩論主張。翁氏反對袁枚的性靈說，又認爲王士禛的神韻說「太虛」，欲救神韻說之失，便提出了肌理說。他說：「士生今日，經籍之光盈溢於世宙，爲學必以考據爲準，爲詩必以肌理爲準。」（《言志集序》）又說：「義理之理，即文理之理，即肌理之理也。」肌理就是肌肉的文理，杜甫《麗人行》「肌理細膩骨肉勻」。翁對詩歌風格的要求，取譬肌理，即要細密。

肌理說注意條理，用字辨音，講究縝密，可以救空疏和模擬字句的毛病，這是它的成就。肌理說的提出，從立意到結構、造句、用字、辨音，從分賓主、分虛實到蓄勢、突出重點、前後照應等，都要研究，要能反映當時的政治事件，構成一種縝密的風格，這是可取的。但翁方綱把學好儒家的經術，當作寫詩的根本，只能導致在詩中堆垛學問，使詩歌遠離現實。袁枚說「誤把抄書當作詩」（《仿元遺山論詩》），就是對翁方綱這一傾向的諷刺。

七十八 格調說

清康熙末年至乾隆中葉，風行詩壇的理論是沈德潛的格調說。

沈氏論詩吸收了他的老師葉燮的某些觀點，又受到明代前後七子的影響，開創「詩貴性情，亦須論法」的格調說。他一方面強調詩歌的思想內容，另一方面強調詩歌的格調，講求詩格、詩體、詩法、詩律。特別推崇杜甫、韓愈兩家「格」、「調」之美。這樣既講詩的內容，又講詩的形式、技巧、風格。它不像神韻說那樣空泛，也不像性靈說那樣浮滑。但沈氏強調的內容，是封建道德和溫柔敦厚的詩教，起了維護封建統治的作用。

沈德潛在《說詩晬語》卷上說到《九歌》、《九章》的風格，有哀艷和哀切的分別，是把風格的差別聯繫到內容來講。又把漢樂府同五言詩分別，就是指敍事詩同抒情詩的不同，聯繫內容來講體制。又就陶詩的影響說，講到王維詩的清腴，孟浩然詩的閒遠，儲光羲詩的樸實，韋應物詩的沖和，柳宗元詩的峻法。注意各家詩的不同風格，這也是格調說與神韻說、性靈說不同的地方。神韻說偏重講一種風格，性靈說偏重於講性靈的詩，不像格調說比較注重各家各派的特色，更有利於各方借鑑。

七十九　境界說

「境界說」是王國維文藝理論的核心。他所說的「境界」是指詩詞中描寫的事物所達到的藝術境界。王國維判定某首作品是否有境界就是以是否做到了情景交融爲標準。做到了就是有境界，否則便是無境界。什麼是「境界」呢？他說：「境非獨謂景物也。喜怒哀樂亦人心中之一境界。故能寫眞景物眞感情者，謂之有境界，否則謂之無境界。」可見「眞景物」、「眞感情」，或者說「物境」、「心境」，是他境界說的兩個方面。王國維還具體地對「境界」作了多方面的闡述，如（一）從題材來說有大小境界之分，但不以大小而分優劣，凡有眞境者皆佳；（二）從主人公來說有「有我之境」和「無我之境」之分，前者以情爲主，感情色彩鮮明，後者以景爲主，感情色彩隱蔽；（三）從感受者來說，有「詩人之境」和「常人之境」之分；（四）從創作方法來說，有「造境」和「寫境」之分；（五）從藝術造詣來說，境界又有「隔」與「不隔」之分。王國維認爲：「紅杏枝頭春意鬧」（宋祁·玉樓春），著一「鬧」字，而境界全出，是因爲這個「鬧」字既逼眞地刻畫出紅杏怒放的蓬勃生機，又滿含著詩人喜迎春色的歡愉之情。著一「鬧」字而春意盎然而生，全句進入了高的境界。王氏又認爲「雲破月來花弄影」（張先·天仙子），著一「弄」字，而境界全出，是因爲「弄」字既細緻地刻畫出淡雲拂月，花枝搖曳的美好夜色，也隱隱透露出詩人對於春色將闌的惋惜之情。總之，這兩句都是情景交融的名句，所以有境界。王氏要求文學語言做到渾然天成，不假琢飾。「境界說」的出現，豐富了我國古代文論，並對後世的文學批評和創作產生了深刻影響。對建立富有我國民族特色的文藝科學有著借鑑的價值。

八十　建安體

指曹氏父子及建安七子的詩文風格。建安，是漢獻帝的年號。文學史上稱的建安時期，則指建安至魏初的一段時間。因曹氏父子（曹操、曹丕、曹植）和建安七子（孔融、陳琳、王粲、徐幹、阮瑀、應瑒和劉楨）的文學活動都同在這一時期，又有相同或相近的詩文風格，因此稱他們的詩文風格爲建安體。曹氏父子及建安七子都曾捲入動亂的時代旋渦，對苦難的社會現實有深刻的了解。他們繼承漢樂府民歌的傳統，並有所創新，製作了大量樂府歌辭，緣事而發，反映當時的社會生活，抒發自己建功立業的願望和統一天下的宏偉抱負。「七子」爲曹氏羽翼，與曹氏父子一起，共同掀起了文人詩歌的高潮，以豐富的作品，反映社會現實，表現新的時代精神。他們的詩歌，情調慷慨悲涼，語言剛健爽朗。建安是我國文學史上一個「俊才雲蒸」的時代，不僅湧現了大量作家、作品，而且各種文體都得到了發展，尤其是詩歌方面打破了漢代四百年的沈寂局面，五言詩從這時開始興盛，七言詩也在這時奠定了基礎。歷來作家常把建安看作文學的黃金時代。他們在反對綺靡柔弱的形式主義文風和強調作品的現實意義時，往往提出建安作品來作爲效法的典範。唐代陳子昂提倡「漢魏風骨」，就是最好的例子。

八十一　黃初體

北魏初期與建安文學一脈相承的詩文風格。宋人嚴羽《滄浪詩話》：「黃初體，魏年號，與建安相接其一體也。」以曹植後期的作品最富特色。曹植作品的基本精神雖然是前後一致的，但由於生活環境的變遷，前後期的作品又存在著顯著的不同。前期的作品多數是吐露自己的志趣與抱負之作。後期，由於他在流離顚沛中更清醒地正視了現實，生活的經驗也隨著豐富起來，因而其作品反映生活的深度和廣度都比前期大大前進了一步，在藝術上也更趨成熟。揭露統治者對他的迫害和抒寫個人不幸是他後期作品的主要內容。最足以代表他後期創作特色的是《贈白馬王彪》。這首詩作於黃初四年。詩中對曹丕所加於他的迫害提出了憤懣的抗議。曹植的詩歌在藝術手法上富有獨特的創造性，歷來爲評論者們所推崇。詩歌到曹植手裡，已逐步趨向華美，注意辭藻、對仗和警句的安排，但又不流於矯飾和纖弱。鍾嶸說他「骨氣奇高，詞采華茂」，指他的詩歌具有雄健的筆力，能夠在使用美麗辭藻的同時，保持著渾厚的氣象。

八十二　正始體

三國時期曹魏正始年間（二四〇—二四九）形成的一種詩風，即阮籍、嵇康諸詩人的詩風。宋嚴羽《滄浪詩話·詩體》中說：「正始體，魏年號，嵇、阮諸公之詩也。」自正始至晉，士大夫普遍好老莊玄學，崇尚清談，文學創作普遍脫離現實，宣揚消極思想，其間只有嵇康、阮籍的作品還能以隱蔽的手法表現彷徨苦悶的心情，流露不滿現實的情緒，有較大的成就，在文學史上有一定的貢獻，後人稱他們的詩爲正始體。梁朝劉勰《文心雕龍·明詩》：「乃正始明道，何晏之徒，率多浮淺，唯嵇旨清峻，阮旨遙深，故能標焉。」指出了何晏等人詩多玄談的弊端，和嵇、阮詩風「峻切」和隱晦曲折的特點。

八十三　太康體

宋人稱西晉太康年間左思等一批詩人的詩。宋嚴羽《滄浪詩話·詩體》：「太康體，晉年號，左思、潘岳、二張、二陸諸公之詩。」太康文壇比較繁榮，作家衆多。嚴羽稱的二張，指張協兄弟，宋人魏慶之在《詩人玉屑》中又稱「三張」，即指張協和他的哥哥張載，弟弟張亢。二陸，指陸機和陸雲。陸機代表了當時文學的主要傾向，產生的影響也較大。他的詩大都感興不深，缺乏動人的內容，詩的語言過於雕琢，有時強調對偶，流於拙滯。潘岳的才名和陸機相當，晉人已經將他和陸機並稱，後來論西晉文學的往往以潘、陸爲首。鍾嶸《詩品》將潘、陸都列在上品，有「陸才如海，潘才如江」之說。其實，他們的詩在晉代都不是上乘，但他們追求綺麗的總趨向卻大致相同，而這共同的傾向，代表了太康時期的形式主義詩風。張協的詩才不僅超過他的弟兄，也超過潘、陸等人，他的詩造語新穎，練字練句方面頗用功力。代表太康時代文學最高成就的是左思。左思的詩精萃五言，代表作是《詠史》。鍾嶸《詩品》曾提到「左思風力」。這個「左思風力」，是和「建安風骨」一脈相承的。形成這種風力的是那種豪邁高亢的情調和勁挺矯健的筆調。「左思風力」代表西晉詩歌創作的最高成就，給後來詩人有良好影響。

八十四 淵明體

指晉代詩人陶潛（淵明）爲代表的詩風。宋周紫芝《竹坡詩話》三：「古今詩人多喜效淵明體者，如和陶詩並不多，但使淵明愧其雄麗耳。」又稱「陶體」。宋嚴羽《滄浪詩話·詩體》：「陶體，淵明也。」陶淵明世稱靖節先生，對士族地主政治的黑暗腐朽深爲不滿，一生不願與統治階級合作，隱居不仕，對農民和田園生活卻有深厚的感情。歷來論詩的人都把陶淵明看作「田園詩人」或「隱逸詩人」。在他現存的一二〇多首詩中最爲人們所傳誦的大多是歌唱農村景色和村居生活的作品。其中最有名的，是《舊田園居》五首和《桃花源詩並序》。他的這些詩，構思奇特，語言清新，質樸自然。在一些寫景作品中，還往往體現出詩人自己的性格。幾乎每一詩都富有眞情實感，沒有矯揉造作之辭。陶詩以它高超的藝術技巧頗爲後世崇尚、效法。唐、宋以來，詩人以和陶詩爲名，多有模擬之作，故有淵明體之稱。

八十五 元嘉體

南朝宋文帝元嘉年間形成的一種詩風。宋嚴羽《滄浪詩話·詩體》：「元嘉體，宋年號，顏、鮑、謝諸公之詩。」顏，指顏延之；鮑，指鮑照；謝，指謝靈運。謝和顏，晉、宋之際名聲最大的詩人。他們兩人的成就不同，但在作風上卻有相同之處。他們都講究雕琢字句，鋪陳典故，注意詩的形式美，使詩歌的語言增加了色澤和光彩。但是，由於他們過於注重雕琢、堆砌，不免陷入平板，又往往缺乏眞情實感，開始形成了「文章殆同書抄」（鍾嶸《詩品·總論》）的壞風氣。謝靈運的作品主要是山水詩。他遊覽的山水很多，觀察自然景物很仔細，再加上他的高度藝術修養，他的詩確實能眞實地反映山水中存在著的自然美。對山水詩的盛行起了重要的作用。顏延之雖與謝靈運齊名，卻不能像謝靈運那樣細緻地觀察自然，而只是一味搬典故，在故紙堆中覓句。因此外表雖然顯得凝煉，然而雕琢之病更甚，而且缺乏創造性。眞正能與謝並驅以至超過他的是鮑照。在謝靈運大量作出山水詩時，鮑照以「文甚遒麗」的樂府詩聞名於詩壇。他的樂府詩，得力於漢樂府，頗能繼承和發揚漢樂府的優秀傳統。他的樂府詩雖運用華美的辭藻，卻不乏強勁的骨力，和當時詩人們柔弱的作風有顯著的不同。尤其是他的七言樂府詩，更是爲後來的七言歌行奠定了良好的基礎。最傑出的代表作是他著名的《行路難》十八首。淸沈德潛稱鮑詩「其高處遠軼機（陸機）、雲（陸雲），上追操（曹操）、植（曹植）。」李白、杜甫都很推重他。

八十六　玉臺體

以《玉臺新詠》爲代表的一種詩風。《玉臺新詠》是繼《詩經》、《楚辭》之後的一部古詩選集。南朝陳代徐陵選編。共十卷。前八卷收錄從漢至梁的五言詩，第九卷爲歌行，末卷收錄五言二韻之類的詩。編者徐陵是當時的宮體詩代表作家。他在序中說明編選目的是「至如青牛帳裡，餘曲既終，朱鳥窗前，新妝已竟。方當玆縹帙，散此絲繩，永對玩於書幃，長循環於紈手，」即意在供貴族士女們消閒。因此，所選詩歌除少數優秀樂府民歌如《孔雀東南飛》等，表現眞摯愛情和婦女的痛苦，有相當價値外，其它多是南朝文士及梁朝諸帝有關宮廷生活，男女私情，綺靡艷麗的作品，後來一些文人模仿擬作這類作品，稱爲宮體，又稱玉臺體。

八十七　齊梁體

南朝齊、梁兩代形成的一種詩風。宋嚴羽《滄浪詩話·詩體》：「齊梁體，通兩朝而言之。」沈約爲當時詩壇領袖，是這種詩風的倡導者。齊、梁詩人作詩，講求音律、對偶、詞藻等，內容多貧乏，風格頹靡，後世稱齊梁體，又簡稱齊體。宋魏慶之編的《詩人玉屑》載：「晦庵云：齊梁間人詩，讀之使人四肢皆懶慢不可收拾。」指出了齊梁體詩輕艷柔靡，平庸乏味，影響極壞。

八十八　永明體

南朝齊武帝永明時期形成的一種詩體。《南齊書·陸厥傳》：「永明末盛爲文章，吳興沈約，陳郡謝脁，琅琊王融，以氣類相推轂；汝南周顒，善識聲韻，約等人皆用宮商，以平上去入爲四聲，以此製韻，不可增減，世呼爲永明體。」沈約、謝脁等所開創的永明體，標誌著我國詩歌從比較自由的「古體」走向格律嚴整的「近體」的一個重要階段。這派詩人的創作特點是注意聲律和對仗，而且體裁一般比較短小。對仗工整的詩，在《詩經》中就已存在。建安以後的詩人更有意識地運用了對句。至於聲律的細密，也是把自魏李登《聲類》起的一系列音韻學硏究的成就運用到詩歌創作中來的結果。沈約把同時人周顯發現的平、上、去、入四聲用於詩的格律。沈約的詩歌理論是：「夫五色相宜，八音協暢，由乎玄黃律呂，各適物宜，欲使宮羽相變，低昂互節。若前者有浮聲，則後須切響。一簡之內，單韻盡殊；兩句之中，輕重悉異。妙達此旨，始可言文。」（宋書《謝靈運傳論》）他們對格律過於苛細，連沈約本人的作品也沒有完全做到。注意詩歌的格律並不是壞事，甚至可以說有一定的進步意義。但沈約等人的詩歌理論和創作實踐卻僅僅留意於形式而忽視了作品的思想內容，不免助長了當時詩歌綺靡柔弱的傾向，因此，「永明體」頗為後人所非議。

八十九　吳均體

指南朝梁代吳均為代表的詩風。《南史·吳均傳》：「均文體清拔有古氣，好事者或學之，謂為吳均體。」吳均，既長詩歌，又擅史學。他出身貧寒，性格耿直。在撰寫史書《齊春秋》時，不顧蕭衍的忌諱，如實地記錄了齊、梁間的歷史，因而遭到迫害。今存詩一三〇餘首。他的詩歌，比較注重反映社會現實。《邊城將四首》等歌頌了戰士們報國立功的氣概；《閨怨》等反映了出征士兵家屬的相思之苦，表現了對他們的同情。這種內容在當時詩歌中是罕見的。他不少的詩歌，如《贈王桂陽》、《行路難五首》、《贈別新林》、《發湘州親贈故別三首》等，還流露出對當時現實憤激不平的情緒。這種情緒，使他的詩富有感情。在體裁上，常模仿樂府古詩，時有樂府民歌那種剛健清新的氣息。他在當時文壇，影響頗大，一些人曾經模仿他，號為吳均體。

九十　徐庾體

南朝梁時徐摛、徐陵及庾肩吾、庾信兩家父子等人的詩文風格。《周書·庾信傳》：「父肩吾爲梁太子中庶子，掌書記，東海徐摛爲左衛率，摛子陵及信並爲抄撰學士。父子東宮，出入禁闥，恩禮莫與比隆，既文並綺艷，故世稱徐庾體焉。」徐陵，梁時任散騎侍郎，入陳遷光祿大夫、太子少傅等職。當時以詩文著稱，其詩輕靡綺艷，爲當時「宮體詩」的主要作家之一。較好的詩作有描寫邊塞的《關山月》、《出自薊北門行》等數首，語簡潔，已與唐人詩風相近。所編《玉臺新詠》，爲現存最早的詩歌總集之一。庾信，是被強留於北方的南朝使臣。他的父親庾肩吾是著名的宮體詩作家。庾家父子和徐摛、徐陵父子一起出入宮廷，寫作綺麗的詩文，著名於當世。庾信早期的作品如《春賦》、《燈賦》等，能夠避免排比和堆砌奇字、僻典的毛病，具有抒情意味，但內容卻較貧乏，也沒有脫出綺靡柔弱的風氣。後期作品反映生活的面比前期廣泛得多，藝術上也更趨於成熟，形成了一種蒼勁、悲涼的風格。代表作有著名的《哀江南賦》、《小園賦》、《枯樹賦》和《詠懷二十七首》等。庾信在駢文方面，與徐陵齊名，他們的駢文，歷來被視爲典範之作。實際上庾信駢文的成就也遠在徐陵之上。庾信的《哀江南賦序》最爲著名，可說是一首無韻的抒情詩。

九十一　宮體

一種描寫宮廷生活的詩體。《梁書·簡文帝本紀》：「（簡文帝）雅好題詩。其序云：余七歲有詩癖，長而不倦，然傷於輕艷，當時號曰宮體。」南朝的君主及大批貴族，生活十分荒淫放蕩，一些幫閒文人投其所好，專門創作描寫閨情和宮廷生活的詩，去迎合他們的低級趣味，因而形成了這種不健康的詩風。梁簡文帝是寫這種詩的帶頭羊。他們主張：「文章且須放蕩。」宮廷文人庾肩吾、庾信父子和徐摛、徐陵父子等人極盡阿諛奉承之能事，著意寫作這類輕綺靡麗、格調卑下的詩歌。稍後的江總、孔範等人，又大力大煽動，遂使其風靡於世。宮體詩不管在形式上或內容上，都標誌著詩的墮落，在文學史上產生了極壞的影響。自梁至唐，其惡劣影響竟延續一百年之久。

九十二　唐初體

唐朝初期的詩風。宋嚴羽《滄浪詩話·詩體》：「唐初體：唐初，猶襲陳隋之體。」在唐初的詩壇上，詩歌的主要創作傾向，仍是沿襲六朝的華艷風習。當時的詩風不振，有其社會、文化等多方面的原因，而主要有這樣兩個方面：①六朝以來的華靡詩風相沿已久，積習甚深。唐初大多數詩人一時還不知擺脫這種頑固的影響。其中雖有少數詩人如「四傑」等，在他們的創作中表現了較爲清新開闊的意境，但也常常帶著濃重的華艷色彩，因此不足以扭轉當時的風氣。②由於唐代封建帝國的繁榮富強，專制統治者和貴族統治階級日漸耽於奢靡享樂，他們需要一批文人來歌功頌德，點綴昇平，這樣，那些專門奉承皇帝的應詔詩大量地湧現出來。在唐初浮艷詩風泛濫的時候，寫作宮廷詩或艷情詩的詩人多不勝數。出現較早也較有名的有虞世南、李百藥、楊師道、長孫無忌、李義府、上官儀等人。其中，最有名的要算是上官儀，他所寫的詩幾乎全是「應詔」、「應制」或「奉和」之作。在形式上，專門追求辭藻的典麗；在內容上，無非是把皇帝、公主奉承歌頌一番。像「沛水祥雲泛，宛郊瑞氣浮」、「花明棲鳳閣，珠散影娥池」一類的浮詞艷句，觸目皆是。比上官稍後，出現在唐初詩壇上的蘇味道、李嶠、崔融、杜審言，以及沈佺期、宋之問和劉希夷等，也受六朝詩風影響，寫了大量應制詩，內容空泛，形式華麗，無非是點綴昇平，討好皇帝，自是很少價值。但他們中有的人如沈佺期、宋之問，寫詩很講究音韻和對仗，形式力求工致，在所謂「回忌聲病，約句準篇」等方面，下過一番功夫，繼承了六朝以來在詩律上由沈約所首先提出來的一些創作經驗，發展爲比較完整的律詩形式。因此，對唐代律詩的形成和發展具有一定的貢獻。

九十三　盛唐體

唐代開元至大曆年間一代詩人的詩風。唐玄宗開元至唐代宗大曆，歷時五六十年，爲唐代詩歌的鼎盛時期。這段時期，傑出的詩人大量湧現，而又集中出在玄宗開元至天寶的四十餘年間。宋人嚴羽在他的《滄浪詩話·詩體》中說：「盛唐體，景雲以後，開元天寶諸公之詩。」開元天寶時代，唐朝國勢的強大和經濟繁榮都達到了頂點，但在強盛繁華背後，卻潛伏著衰落危機：在政治上從開元的比較開明時期轉入天寶年間的黑暗和腐敗；上層統治階級日趨驕橫自滿和荒淫無恥，加強對人民的剝削以滿足他們窮奢極慾的享受；對外卻又好大喜功，不時發動開邊拓土的戰爭，消耗國力，貽害人民；這樣就加深了社會的各種矛盾。矛盾的集中表現就是安史之亂的爆發。在這樣錯綜複雜的時代裡，同時並存的各家思想既得到充分發展的條件，各個階級和階層也必然對現實採取不同的態度，提出不同的要求。詩人們爲了反映豐富多彩的現實生活，表現各種願望和理想，在詩歌創作上便發展了各種體裁和形式，開創了衆多的流派，蔚爲壯觀，從而形成了我國古典詩歌發展中高度繁榮的時代，這就是文學史家一向所羡稱的「盛唐」。

過去的文學史家習慣於按題材來劃分流派，他們把這個時期的王維、孟浩然等稱爲田園山水詩人，把高適、岑參等稱爲邊塞詩人。田園山水詩人繼承謝靈運和陶淵明的藝術傳統，在反映自然美和描寫技巧上都有所豐富和發展。邊塞詩的作者結合壯麗、寥廓的邊地景色，表現了馳驅沙場、建功立業的英雄壯志，抒發了慷慨從戎、抗敵禦侮的愛國思想，也反映了征夫思婦的幽怨和士卒的犧牲和艱苦，更揭示了漢族和他族、統治者和被統治者、將軍和士卒之間的矛盾。就創作方法上來劃分這個時期的詩歌流派，影響最遠而成就最大的兩個流派，是以李白爲代表的浪漫主義和以杜甫爲代表的現實主義。李白和杜甫各以自己的詩歌天才、廣博而精湛的藝術修養以及對祖國和人民的熱愛、對現實生活的理解和認識，運用不同的創作方法，建立各自的藝術風格，從各方面表現了那個偉大的時代，創造了「千匯萬狀」的作品。李白和杜甫雖運用不同的創作方法，屬於不同的藝術流派，但他們在批判地繼承、以復古爲革新的方向上基本上是一致的。

九十四　大曆體

唐代宗大曆年間十個詩人的詩風。宋人嚴羽《滄浪詩話·詩體》：「大曆年：大曆十才子之詩」。大曆十才子，指大曆時期的十個詩人。《新唐書·文藝·盧綸傳》：「綸與吉中孚、韓翃、錢起、司空曙、苗發、崔峒、耿湋、夏侯審、李端，皆能詩，齊名，號大曆十才子」。他書所載，十人姓名略有出入。計有功《唐詩紀事》謂：「大曆十才子，…盧綸、錢起、郎士元、司空曙（曙）、李端、李益、苗發、皇甫曾、耿湋、李嘉祐。又云：吉頊、夏侯審亦是。或云：錢起、盧綸、司空曙、皇甫曾、李嘉祐、吉中孚、苗發、郎士元、李益、耿湋、李端。」而嚴羽《滄浪詩話》又說：「冷朝陽在大曆十子中爲最下。」其名又出於上述記載之外。在十才子中，盧綸和李益最爲突出。盧綸的一些詩，雄勁有氣概。如《臘月觀咸寧王部曲娑勒擒虎歌》，描寫和虎搏鬥的英雄姿態，在今天讀起來還覺得虎虎有生氣。李益寫了不少描寫邊塞生活的詩歌，一時頗爲流傳。他對邊塞情景和征戍士卒的心情具有較爲深刻的理解，所寫《塞下曲》、《夜發軍中》等詩歌，歌頌了戰士們慷慨激昂、勇於犧牲的精神，反映了當時人民要安邊定遠的心願。唐代以寫詩歌評論出名的皎然，在他的《詩式》一書中說：「大曆中詞人竊占青山、白雲、春風、芳草等以爲己有，吾知詩道初喪，正至於此。」指出了當時詩人們的病痛。但皎然又說：「大曆末年，諸公改轍，蓋知前非也。」說明大曆後期的詩風還是有所改變的。盧綸、李益等十才子的詩歌創作實踐，便是有力的佐證。

九十五　元和體

①指唐憲宗元和年間元稹、白居易的詩風。《新唐書·元稹傳》：「稹尤長於詩，與居易名相埒（ㄌㄧㄝˋ），天下傳諷，號元和體。」②指唐代中後期出現的摹擬元稹、白居易等人的詩歌作品。唐李肇《唐國史補》卷下：「元和以後……歌行則學流蕩於張籍。詩章則學矯激於孟郊，學淺切於白居易，學淫靡於元稹。俱名爲元和體。」元和體詩風主要以白居易、元稹的詩歌理論和詩歌創作爲代表。唐詩發展到元稹、白居易的時代，又一大變。他們感覺到大曆詩人的道路狹窄，要遵行杜甫的道路，打開新的局面，建立新的風格，正像白居易說的「詩到元和體變新」（《余

思未盡加爲六韻重答微之》）。他們不僅能夠及時地建立起基本上符合現實主義的詩歌理論，而且在創作實踐上表現了平易通俗、周詳平直的詩風，筆觸所及，沒有不達的情意。元和體詩歌作品，主要指白居易和元稹「即事名篇」的新樂府詩。這些詩一般平易通俗，深刻地揭露了當時黑暗的社會現實，反映出了人民的痛苦生活。他們的詩歌理論和創作實踐，推進了新樂府運動的開展。就創作成就和在新樂府運動中所起的作用而言，白居易應居第一，元稹次之。就他們全部詩歌創作來看，不僅反映現實的作品多而有力，而且方面很廣，成爲所謂「通俗詩派」的一面大旗，確能繼「盛唐」而再盛。晚唐黃滔說：「大唐前有李、杜，後有元、白，信若滄溟無際，華岳干天。」（《答陳墦隱論詩書》）這是肯定了元、白在唐代詩壇上的地位。

九十六　富吳體

指唐代文學家富嘉謨和吳少微爲代表的文風。《舊唐書·文苑傳》中《富嘉謨傳》：「先是，文士撰碑頌，皆以徐、庾爲宗，氣調漸劣；嘉謨與少微屬詞，皆以經典爲本，時人欽慕之，文體一變，稱爲富吳體。」《新唐書·尹元凱傳》又稱吳富體。富、吳二人皆爲進士，同官相友。當時文章多祖徐（陵）、庾（信），以雕琢爲工，富、吳一反流俗，爲文以儒家經典爲本，厚重雄邁，古樸典雅，爲時人推重，爭相模仿。富所作《雙龍泉頌》、《千蠋谷頌》，詞最高雅。唐文學家張說說：「富家謨如孤峰絕岸，壁立萬仞，濃雲鬱興，震雷俱發」（《大唐新語·文章》）。吳所作《崇福寺鐘銘》，也爲時人稱讚。

九十七　溫李體

指中唐詩人溫庭筠和李商隱的詩歌風格。清翁方綱《石湖詩話》：「宋初楊大年、錢惟演諸人館閣之作，曰《西崑酬唱集》。其詩效溫、李體，……。」李商隱的詩深情綿邈，典雅華麗，屬對工整，形象鮮明。有些詩很講究典故和詞藻，爲宋代的西崑體所效法，因此，宋人嚴羽在《滄浪詩話》中說：「李商隱體，即西崑體也。」溫庭筠的詩風格濃艷，詞藻華麗。所謂「溫李體」即指溫、李二人相近的綺麗華艷，用典琢句的詩風。其實，李商隱的詩還有精純的一面，他的整個詩歌創作，不僅在唐代，而且在我國古典詩歌的傳統中，都是很有特色的。過去文學史家常把李商隱和溫庭筠這兩個詩人當同一流派的作者，且並稱爲「溫李」，實際上，在詩歌創作的成就上，溫庭筠遠不如李商隱，在藝術風格上和題材的選擇上，也有很大差異。李商隱寫過許多諷刺帝王的詠史詩和反映民生疾苦的好詩，而溫庭筠卻很少接觸到這方面的題材。李商隱的愛情詩雖然思想內容有不健康的成分，但往往能用華麗的詞藻構成生動優美的藝術形象，傳達出眞摯深刻的感情，很有藝術特色和獨創的風格。溫庭筠雖然也寫過許多追求異性和有關婦女生活的詩，但因爲他長期放蕩於歌場舞榭之中，對於異性缺乏眞摯的感情，只是堆砌一些綺麗香艷的詞藻來敍述燈紅酒綠的放蕩生活，因此，他這一類詩的風格是浮艷淺薄的。

九十八　三十六體

借指中唐詩人李商隱、溫庭筠、段成式三人共有的一種詩風。宋歐陽修《新唐書·文藝·李商隱傳》：「商隱儷偶長短，而繁縟過之。時溫庭筠、段成式俱用是相誇，號『三十六』體。」李、溫、段三人排行皆十六，時稱「三十六」。因三人詩風相近，文筆華麗，風靡一時，故稱他們的詩爲「三十六體」。溫庭筠有「花間鼻祖」之稱，以寫離別相思、綺羅香澤的作品見稱。李商隱詩也有過分追求辭藻華麗、好用僻典的傾向。段成式，工詩，駢文與李商隱、溫庭筠齊名。詩多華艷戲謔之作。「三十六體」實際上是一種堆砌華麗詞藻、追求格律工巧、內容平庸的詩風，對當時詩壇影響較壞。

九十九 澀體

中晚唐時期形成的一種艱澀難讀、自成一體的文體。唐李肇《國史補》：「元和以後，爲文章，則學奇詭於韓愈，學苦澀於樊宗師。」這樣形成的一股文風，當時稱爲澀體。韓愈是唐代古文運動的倡導者，又是傑出的古文家。他不僅提出了進步的文體理論，而且對其理論進行了良好的實踐。他的文章的語言，一般說來，是新穎、簡潔和生動的。他不僅善於吸收古人語言中的有益養料來熔鑄新詞，更善於在當時的全民語言中，選擇富有表現力的語言，或者在當時口語的基礎上加以提煉。他所創造的詞語，往往言簡意賅，生動活潑，有的已成了現代漢語的成語或常用詞彙。但在他有的文章中，卻多選用難字，讀之佶屈聱牙，晦澀難懂。他的某些詩也過分追求新奇，運用僻字晦詞，拗調硬語。這些本是不可取之處，卻有人偏要模仿、提倡。韓愈以後，他的弟子李翺論文偏重於文道，而皇甫湜論文則偏重於奇，實際是重在文。晚唐孫譙論文也主奇，提倡爲文要力求險削奇崛，欣賞「拔地倚天，句句欲活，讀之如赤手捕長蛇，不旋控騎生馬」的文章。澀體作家最趨極端的是樊宗師。樊與韓愈、柳宗元等同時，作文力求詼奇險奧，流於艱澀怪僻，幾乎使人不可卒讀。另一澀體的代表作家是徐彥伯。他爲人多變異求新，如以「鳳閣」爲「

鷃閣」，「龍門」爲「虬戶」，「金谷」爲「銑溪」，「玉山」爲「瓊岳」，「竹馬」爲「篠驂」，「月兔」爲「魄兔」，等等。澀體這種文風在中晚唐和北宋前期影響甚大，直到歐陽修改革文風，才告結束。

一〇〇　**晚唐體**

指唐末、五代至宋初一脈相承的詩風。宋人嚴羽《滄浪詩話·詩體》：「晚唐體、本朝體：通前後而言之。」初唐、盛唐、中唐、晚唐，是對唐詩的四個分期，但具體的時間劃線不全一致。一說以唐初到玄宗開元爲初唐，開元到代宗大曆爲盛唐，大曆到文宗大和爲中唐，大和到唐末爲晚唐。（見明人高棅《唐詩品彙》）一說以高祖武德至玄宗開元初爲初唐，由開元至代宗大曆初爲盛唐，由大曆至憲宗元和末爲中唐，由文宗開成初至五代爲晚唐。（見明人徐師曾《文體明辨》）唐末時期，是大動亂、大動盪的時代，李唐王朝在內外關係上都出現了深刻的矛盾。面臨這種局勢，詩人們因各人的出身、社會地位和生活經歷的不同，對現實抱著不同的態度：出身於貴族或上層地主階級的、或者是較有地位的詩人，有的明顯的站在反動的立場上仇恨農民起義，有的則企圖逃避現實，放浪於山林或沈醉於享樂的生活；他們雖都有較高的藝術修養，但大部分作品的思想內容是消極的。這一類詩人可以韋莊、司空圖和韓偓爲代表。另一批出身比較貧寒的詩人，比較能接觸到社會現實生活，看到較多的人民疾苦，在詩歌創作上就很自然地繼承了現實主義的傳統，反映了勞動人民的生活。皮日休、聶夷中、于濆、曹鄴、杜荀鶴和羅隱等就是屬於這一類的詩人。但是，唐詩發展到這個時期，就整個詩壇來說，比之李白、杜甫時代或白居易時代都顯然地衰落了。晚唐詩風總的傾向是詞藻典麗而內容空虛，這種詩風一直延續到五代、宋初，以至形成西崑體。

一〇一 **西崑體**

北宋初期出現的一種文風，主要表現在詩歌方面。宋魏慶之《詩人玉屑》卷十《含蓄》：「篇章以含蓄無成爲上，破碎雕鏤爲下。如楊大年西崑體，非不佳也，而弄斤操匠太甚，所謂七日而混沌死也。」卷十七《西崑體》：「楊大年、錢文僖、晏之獻、劉子儀爲詩，皆宗李義山，號西崑體。」西崑，本指西方崑崙之山，傳爲古代帝王藏書之所。西崑體代表作家楊億、劉筠、錢惟演等人均爲朝臣，經常出入於宮廷藏書處，在修書和寫作制誥之暇，作五、七律詩互相唱和，楊億將這些詩編輯成集，名曰《西崑酬唱集》，西崑體即由此得名。西崑派的文風主要表現爲模擬李商隱、溫庭筠的詩歌，追求詞藻，堆砌典故。他們在雕飾和晦澀上比李商隱更甚，但缺少李商隱詩裡那些可貴的深思和激情，內容多是寫內廷侍臣優遊的生活或歌頌歷代帝王等。《西崑酬唱集》實際上是御用文人點綴昇平的詩歌集。西崑體在宋初風靡數十年，出現了「楊劉風采，聳動天下」的形勢，但「不隔一朝，遽而湮沒。」（清馮武《重刻西崑酬唱集序》）它遭受到歷史的冷落，是很自然的。

一〇二 **元祐體**

指北宋元祐年間蘇軾、黃庭堅、陳師道諸人的詩風。宋人嚴羽《滄浪詩話·詩體》：「元祐體：蘇、黃、陳諸公。」元祐宋趙煦（哲宗）年號，西元一〇八六—一〇九三年。哲宗即位，高后專政，啓用守舊派人物，蘇軾任禮部郎中，轉起居舍人、端明殿學士、翰林侍讀學士、禮部尙書等職。由於政見不同及官場傾軋，又幾次爲地方官。哲宗新主政事後，熙寧、元豐時代的所謂新黨人物重新上臺，把當時在朝廷任要職的許多人劃爲「元祐黨人」，進行打擊、迫害，蘇軾兄弟也首當其衝。黃、陳諸人出自蘇軾門下，進退與共。蘇軾多才多藝，詩、詞、文、書、畫譽滿天下，門下諸人也都以詩、詞、文著名於世，黃、陳又是「江西派」重要作家。他們的詩作都有獨特的風格，風行元祐詩壇，故稱爲「元祐體」。

一〇三　江西宗派體

指以黃庭堅爲首的江西詩派詩人的詩歌風格。宋人嚴羽《滄浪詩話·詩體》：「江西宗派體：山谷爲之宗。」山谷，即黃庭堅，因其號爲山谷道人。江西詩派是北宋後期著名的詩歌流派，主要成員有陳師道、潘大臨、謝逸、洪芻、饒節、僧祖可、徐俯、洪朋、林敏修、洪炎、汪革、李錞、韓駒、李彭、晁沖之、江端本、楊符、謝薖、夏倪、林敏功、潘大觀、何覬、王直方、僧善權、高荷等。這一派詩人並非都是江西人，但因其領袖人物黃庭堅是江西人，故有此稱。黃庭堅在《答洪駒父書》中，提出了明確的詩歌創作主張：「老杜作詩，退之作文，無一字無來處；蓋後人讀書少，故謂韓、杜自作此語耳。古之能爲文章者，眞能陶冶萬物，雖取古人之陳言於翰墨，如靈丹一粒，點鐵成金也。」這可說是江西詩派最重要的綱領。黃庭堅的主觀願望是要反晚唐、反西崑的詩風，在詩歌運動上有所建樹，但由於他文藝觀上的錯誤，卻在正確的前提下走上了歧途。晚唐、西崑詩風的柔弱、華靡，是作者脫離廣闊的現實生活，造成作品思想內容空虛、貧乏的結果。黃庭堅和江西詩派的作者沒有認識到這個根本的弊病，因而也沒有對症下藥地去提倡作者注視現實，關心人民的疾苦，使作品具有充實的內容，以便進一步掃除西崑體影響，把詩歌運動推向前進，卻錯誤地以爲晚唐、西崑的弊病主要的是在於作者讀書不多和缺乏藝術技巧。於是他們提倡多讀書，提倡學韓、杜，學孟郊、張籍；在技巧上，他們提倡「無一字無來處」；提倡「點鐵成金」和「脫胎換骨」；提倡創製拗律等。這是捨本逐末，違反內容決定形式的規律，以形式主義來反形式主義的錯誤道路。江西詩派的不良詩風，對後世詩壇影響頗大。

一〇四　鐵崖體

指元末詩人楊維楨的詩歌風格。楊維楨，字廉夫，號鐵崖，別號鐵笛道人。元末詩格纖靡，歌行多爲小調，維楨力挽其弊，以樂府擅名，所作時稱鐵崖體。他的樂府詩客觀上揭露了一些社會黑暗。所作竹枝詞的語言顯得通俗、清新，很有民族風味。但總的說來，他的詩由於過分追求新異，往往陷於怪誕、晦澀，爲後人詬病。

一〇五　臺閣體

明代初期上層官僚間所形成的一種文風，流行於永樂、成化年間。其特徵是形式典雅工麗，內容多是粉飾太平和爲統治者歌功頌德。代表作家有楊士奇、楊榮、楊溥。因他們先後官至大學士，以太平宰相的地位進行創作，故稱臺閣體。楊士奇（一三六五—一四四四），建文初，以史才薦入翰林，充太祖實錄編纂官。成祖北巡，留輔太子。仁宗即位，擢禮部侍郎兼華蓋殿大學士。宣宗、英宗時，與楊榮、楊溥同掌國政，並稱「三楊」。楊榮（一三七一—一四四〇）建文二年進士，授編修。永樂時入文淵閣。以多謀善斷爲成祖所重，多次隨行巡邊。仁、宣兩朝及英宗初年，皆在朝輔政。楊溥（一三七二—一四四六），建文二年進士，授編修。永樂時爲太子洗馬。太子監國，遣使迎帝，以遲獲罪，在獄十年。仁宗即位獲釋，任翰林學士。宣宗時任禮部尙書。英宗初年進武英殿大學士。「三楊」在政治上志得意滿，生活上驕奢安逸，對那個時代和統治階級的維護和歌頌猶恐不夠，因此在文學上不可能作出多大的貢獻。但由於他們的地位和影響，終於形成了壟斷文壇的一代文風。

一〇六 公安體

指明代後期公安派的文風。公安派是受李贄直接影響的大張「反復古」旗幟的一個文學流派，代表人物有袁宗道、袁宏道及袁中道三人。由於他們是湖北公安人，故稱「公安派」。袁宗道（一五六〇—一六〇〇），字伯修，有《白蘇齋集》。袁宏道（一五六八—一六一二），字中郎，有《袁中郎全集》。袁中道（一五七五—一六三〇），字小修，有《珂雪齋集》。他們中袁宏道成就最大，他自稱「掃時文之陋習，爲末季之先驅，辨歐韓之極冤，搗鈍賊之巢穴」，是反復古的一員主將。明嘉靖中王世貞、李攀龍主張文必秦漢，詩必盛唐，復古之風大盛。三袁提出了和復古派針鋒相對的文學主張，有力地駁斥了復古派的種種謬論。在文學發展觀上，他們認爲文學是隨著時代發展的，各個時代的文學都有其自己的特色，不應該厚古薄今。在創作觀上，他們反對模擬。認爲既然文學是隨著時代的發展而發展的，那麼就完全不必要模擬古人。在創作實踐上，主張「獨抒性靈，不拘格套」，即要求文學充分表現作者的個性，反對復古派在文學表現方法上所定下的種種清規戒律。三袁對待現實的態度決定了他們的寫作傾向。在當時宦官擅權、政治腐敗、朝內黨派鬥爭劇烈的環境中，他們不敢參加鬥爭，又不願同流合污，想置身於是非之外，於是退守田園，忘情山水，以此來痲醉自己。因此，他們的作品大都缺乏深刻的社會內容，局限於抒寫「文人雅士」的閒情逸致，或描寫景物，或記敍身邊瑣事。比較好的作品是抨擊時政、反對道學的作品和山水小品。文壇上頗有影響。

一〇七　竟陵體

指明末竟陵派的文風。竟陵派，是在公安派勢力大張的時候，文壇上出現的另一個異軍突起的流派。其代表人物是鍾惺和譚元春。鍾惺（一五七四—一六二四），字伯敬，有《隱秀軒集》。譚元春（一五八六—一六三一）字友夏。他們都是湖北竟陵人，被稱爲「竟陵派」。其作品世稱竟陵體。兩人共同編選過《古詩歸》及《唐詩歸》，曾風行一時。在文學主張上他們反對復古派的機械模擬古人詞句，提倡抒寫「性靈」，和公安派有共同之處。就這點說，有一定的進步意義。但他們所提倡的「性靈」，比公安派來得狹隘，只認爲表現了「幽情單緒」、「獨行靜寄」的作品才是「眞有性靈之言」。公安派的創作中不時還有憤懣之語，有對道學家的嘲弄，有自由曠達、反對禮法束縛的一面，而在竟陵派的作品中幾乎看不見這些，所能看到的只是作家孤僻的情懷，對現實的淡漠，在那裡冷靜地觀賞自然，自得其樂。竟陵派反對公安派平易近人的文風，認爲那是「俚俗」，而大力提倡一種所謂「幽深孤峭」的風格。在他們看來，這樣的風格才能充分表達那種「孤懷」、「孤詣」的內容。爲了造成這樣的風格，他們不惜用怪字、押險韻，把不同的句子構造形式湊在一起，故意破壞語言的自然美，所以他們的作品念起來佶屈聱牙，意義費解，格調不高。

一〇八　同光體

活動於清末和辛亥革命後一段時期的一個詩體。代表作家有陳三立、陳衍、沈曾植等。作品模仿江西詩派，忌熟避俗，流於隱晦艱澀。思想上對民主革命流露不滿情緒。陳衍在《石遺室詩話》中把同治、光緒以來「詩人不專宗盛唐者」稱「同光體」，後遂為這一詩派文體的名稱。

古代文學工具書

一　北堂書鈔

隋末唐初虞世南編纂。虞世南（五五八—六三八），字伯施，越州餘姚（今屬浙江）人。少與兄世基同師顧野王，「文章婉媾」，受到當時大文學家徐陵的稱讚，由是知名。隋時，任祕書郎。入唐，爲秦王府參軍記室。太宗朝，歷弘文館學士，祕書監，封永興縣子，時稱「虞永興」。

《北堂書鈔》，一六〇卷（原書一七三卷，後散佚不少，今日刊印本是清人整理校註的本子），是虞世南任祕書郎時彙輯古籍中可供吟詩作文之用的典故、詞語和一些詩文摘句，分門別類地抄撮而成。「北堂」是祕書省的後堂，故得名。全書分十九部，爲：帝王、后妃、政術、刑法、封爵、設官、社儀、藝文、樂、武功、衣冠、儀飾、服飾、舟、車、酒食、天、歲時、地等。部下分類，一共有八五二類。類下再摘引字句作標題，標題之下徵引古籍。如「車部」「指南車」類在「周公所作，馬鈞遺法」題下徵引崔豹《古今輿服法》中的文句：「大駕指南，舊說周公所作。周公致治太平，越裳氏重譯來貢，使者迷其舊路。周公賜以駢車五乘，皆爲司南之製，載之以南，期年而得返其國。使大夫婁將送至國而還，亦乘司南而背所指，亦期年而還至。始以屬巾車氏，收而載之，常為前導，車法具在尚方故事。漢末喪亂，其法中絕，馬鈞悟而作焉。今指南車，馬先生之遺法也。」本書引文掐頭去尾，常不連貫，有的還不註明出處，所以實用價值不大。不過它畢竟成書較早，所徵引的都是隋以前古籍，而且大部分都已散失，因此，還是有不少學者的研究、考據之作，樂於引以為據。

《北堂書鈔》，清光緒十四年（一八八八）南海孔廣陶刊本《影宋北堂書鈔》為最善，比較接近原作的面目，也較易得。

二　初學記

唐徐堅、張說等編纂。徐堅（六五九—七二九），字元固，湖州長城人。多識典故。幼即舉秀才及第，後入集賢院，副張說知院事。張說（六六七—七三〇），字道濟，洛陽人。為文屬思精壯，長於碑誌，與蘇頲齊名，時人合稱為「燕許大手筆」。

《初學記》編成於玄宗開元年間（七一三—七四二）。當時駢體仍很流行，作文章講究堆砌辭藻典故。唐玄宗為了諸皇子作文時引用典故，檢尋事類的方便，敕命修編，因為其內容便於初學者使用，所以起名《初學記》。

《初學記》共分二十三部，三十卷。計：天二卷，歲時二卷，地二卷，州郡一卷，職官二卷，禮二卷，樂二卷，人三卷，政理一卷，文一卷，武一卷，道釋一卷，居處一卷，器物二卷，寶器一卷，果木一卷，獸一卷，鳥、鱗介、蟲一卷。部下分類，又分三一三項子目。

《初學記》的編排，先爲「敍事」，次爲「事對」，最後是徵引詩文。以「歲時部」「寒食類」爲例：「敍事」，羅列了《荆楚歲時記》等書有關寒食的傳說和民間風俗的材料，並加以說明辨證；「事對」，從所敍的事中，概括對偶聯語，還註明典故出處，如「一日寒食，三日斷火」這一聯語，典出周斐《汝南先賢傳》及陸翽《鄴中說》等；「徵引詩文」，徵引了李崇嗣《寒食》、宋之問《途中寒食》等詩。這樣的編排、剪裁得當，條理清晰，而且也注意了引文內容的聯繫。《四庫全書總目提要》對此評價很高，認爲它「敍事雖雜取群書，而次第若相連傳。……在唐人類書中，博不及《藝文類聚》，而精創勝之。若《北堂書鈔》及《六帖》（即《白孔六帖》），製出此書之下遠矣。」

《初學記》所引古籍，除隋唐以外，兼及初唐的一些著作。保存了許多有關歷史、地理、民情風俗等方面的材料，對今人研究、考證、校勘古籍、輯佚很有用處。

該書中華書局一九六二年曾點校出版，並附有「校勘表」，前些年又重版過一次。

三 白孔六帖

也叫《唐宋白孔六帖》，唐白居易編撰，宋孔傳續撰。白氏原書本名《白氏六帖事類集》，只有三十卷。其內容是：把唐代以前的經籍史傳和其他雜書中的典故、詞語、重要字句以及詩文著作中的名篇佳句，分門別類地一段段抄錄、彙集在一起，體例與《北堂書鈔》大致相同。不過更加瑣碎。北宋時代，孔傳把唐、五代時的史籍和詩文依白氏原書體例續加鈔輯，又成三十卷，名爲《六帖新書》（也叫《後六帖》）。大約到了南宋末年，有人把這兩部書合編在一起，不知何據又析爲一百卷，這樣便成了今日通行的《白孔六帖》。

《白孔六帖》不另設總目，只用《白帖》中一三六七項子目做標題。每一門內，《白帖》在前，《孔帖》在後，都以〔白〕、〔孔〕兩字樣分別原作與續補。材料的排列毫無次第，註文也很簡略，很多引文根本沒有任何解釋，使後人幾乎無法引用；相反，有的材料雖註出處，卻有錯誤，如卷一「目」門，《孔帖》引了「嘗聞古老言，疑是蝦蟆精」和「臣有一寸刀，可刳兇蟆腸」等詩句，這都出自韓愈《月蝕詩效玉川子作》，《孔帖》卻把它們置於李白《古風》引文的後面，而標上「同上」的字樣，這就使人誤認爲出自李白的《古風》了。這些都是《白孔六帖》的缺點。

不過，《白孔六帖》也有值得一用之處，它保存了若干古籍的佚文，對後世學術研究，特別是對校讀唐詩等，有一定的使用價值；《孔帖》中《鸜鵒》二引裴啓《語林》謝尙酒後作鸜鵒舞一條，爲其他所有類書不載，也十分珍貴。

該書最早有明刻本。

四　藝文類聚

唐歐陽詢等奉敕編撰。歐陽詢（五五七—六四一），字信本，潭州臨湘（今湖南長沙）人。敏悟過人，博覽經史，歷官太常博士、給事中、太子率更令、弘文館學士等。著名的書法家、文學家。

《藝文類聚》編成於高祖武德七年。全書一百卷，約百萬字有餘，所徵引古籍達一千四百餘種；材料分門別類，以類相從，按目編次；故事居前，詩文在後，大致按作品時代的先後順序排列；所引故事，一律註出書名，所引詩文，一概註出年代、作者和題目，並按不同文體用詩、賦、贊等字樣標明類別。因爲所引多屬文學作品，故名《藝文類聚》。

《藝文類聚》全書分「天」，「歲時」，「地、州、郡」、「山」、「水」，「符命」，「帝王」等四十六部。每部之下又分若干子目，共有子目七二九項。（還有「七百四十餘類」、「七百二十七類」等說）每一子目下徵引古書中的有關材料，依次羅列。如「歲時部」，在「寒食」子目下，即引《周禮》、《荊楚歲時記》、《先賢傳》、《鄴中記》、《後漢書》、《古今藝術圖》等古書中有關寒食節的記載，解釋與傳說。在這一部分的後面，又標一詩字，再引李崇嗣、宋之問、沈佺期等有關寒食的詩句。然後再一「令」字，引魏武帝《明罰令》，說北方天冷，寒食容易得病，所以下令禁止寒食。以往類書，多只是記事，或摘錄詩文，《藝文類聚》卻是整篇徵引。這也是此書的一大特色。

從所分部類、編排方法及其整篇徵引等方面來看，《藝文類聚》是早期類書中比較完善的一種。歷代學者都很重視它的資料。宋陳振孫曾說：「其所載詩文賦頌之屬，多今世所無之文集，」清嚴可均輯《全上古三代秦漢三國六朝文》，也主要據此抄錄而成，足見此書對古典文學研究的用處之大。

一九五九年，中華書局根據上海圖書館所藏國內唯一的宋刻本影印出版，共十冊，分裝二函，是目前最名貴的一種版本，並據明本、馮舒校本及《北堂書鈔》、《初學記》、《太平御覽》

等進行比勘，出版了排印本。此本凡宋本的誤處，都已校正，是一個完善的普及本。此本前些年又印過一次。

五　太平御覽

宋李昉等十四人編撰。李昉（九二五—九九六），字明遠，深州饒陽人（今屬河北）人。五代後漢乾祐進士。曾仕後漢、後周兩朝。宋初加中書舍人。歷直學士院、知貢舉、翰林學士。太平興國中改文明殿學士。遷參知政事，旋拜平章事。淳化二年加監修國史。卒贈司徒。奉敕主編《太平御覽》、《文苑英華》、《太平廣記》等書。原有集，已佚。詩文頗淺近易曉。

《太平御覽》，太平興國二年（九九七）奉太宗之命修撰，歷八年成書。初名《太平總覽》。全書一千卷，分「天」、「時序」、「地」、「皇天」、「偏霸」、「皇親」、「州郡」等五十五部，每部之中又分若干子目，計四五五八類，可謂分類細密。該書引證廣博，徵引古籍達二五七九種（據馬念祖統計）。這些書的十之七八現都已失傳，故其中的漢人傳記百種，舊地方志二百種，更是十分難得的珍貴資料。這部書的體例：每條引證都先寫書名次錄原文，按時代先後排列，而不加己見。所採多爲經史百家之言，小說和雜書引得較少。一條之中引同一書的，一律排在一起，於最前刻書名，後面只標「又曰」二字以區別。

《太平御覽》部頭大，取材廣，徵引廣博，許多失傳已久或今本所無的文字，皆賴之得以存留，錄入了宋以前類書的不少內容，可資輯佚、訂訛、學術研究等參考。此書在歷代都很受推崇，清人即據此輯出過不少古籍佚文，有「類書之冠」的美稱。

當然，此書也不免有些缺點，如：所分部類，略嫌紛雜失當；照抄以前「類書」，而不核對原文，沿訛襲謬的現象間或存在；標列的書名，往往有誤，引用的書名，前後也有不一致的地方。

該書有錢亞新的《太平御覽索引》、洪業的《太平御覽引得》，據此查找資料時，十分方便。

版本方面，該書的《四部叢刊三編》的影印本爲最佳。一九六〇年，中華書局據此本重新印行，共分四厚冊，書前有詳細目錄可查。

六　冊府元龜

宋王欽若、楊億等在眞宗景德二年（一〇〇五）九月，奉眞宗的命令修撰，至大中祥符六年（一〇一三）八月成書，歷時八年。全書一千卷，九百多萬字，共分三十一部。每部前有總序，詳述本部事跡的沿革；部以下又分若干門，共有子目一一〇四門，每門之前有小序，論議本門的內容。小序之後，即按時間先後順序羅列本門有關材料。

《冊府元龜》和唐宋其他類書的內容、體例全部不同。它專門輯錄自上古到五代的歷代君臣事迹，按事迹和人物，分門編次；所採材料，以「正史」爲主，間及經書、子書，不取小說、雜書。

《冊府元龜》最初擬名《歷代君臣事跡》。宋眞宗敕命修編此書的目的，是以歷代君臣的事跡作榜樣，使後世的大小統治者從中取得經驗教訓，供行事的鑑戒。所以書成後定名爲《冊府元龜》。「冊府」，典策的淵藪；「元龜」，即大龜，爲古代用以占卜的寶物。命名的意思是說，這是一部蘊藏豐富，可供君臣上下行事借鑑的典籍。

《冊府元龜》爲我們留下了豐富的歷史史料。它的篇幅比《太平御覽》更多，幾乎概括了全部十七史。其中五代史實，更爲詳細。詔令、奏議等文獻，也保存了不少。這些對訂補史書缺誤，校正今本史書的不足，有很高的價值。清劉文淇等曾據《冊府元龜》校勘《舊唐書》而頗有成績。

《冊府元龜》的缺點與不足之處是取材僅據正史、經子等書而捨棄其他，「故亦不能該備」（宋洪邁《容齋隨筆》語）；參加編纂的人手多，徵引資料錯誤、罣漏和互相矛盾的地方也不少；所引書籍都不註書名，使讀者不易知道它的出處；等等。

一九六〇年，中華書局曾據明刻本將《冊府元龜》影印出版，共分十二厚冊。書前有總目，每冊有分部目錄，書後有全部類目索引，可據以查找原書的正文。

七　玉海

南宋王應麟輯。王應麟（一二二三—一二九六），字伯厚，號深寧居士。先世浚儀（今河南開封）人，遷居慶元（今浙江鄞縣）。理宗淳祐初進士，寶祐四年中博學鴻詞科，歷官浙江安撫使祕書郎、禮部尙書兼給事中，知識淵博，著述豐富。除《玉海》外，還有《困學記聞》、《漢書藝文志考證》、《深寧集》等。

全書二百卷，分天文、律曆、地理、帝學、聖文、藝文、詔令、禮儀、車服、器用、郊祀、音樂、學校、選舉、官制、兵制、朝貢、宮室、食貨、兵捷、祥瑞二十一門，每門又分子目，共二四〇餘類。書後還附有《詞學指南》四卷，搜集了有關文學方面的資料。

此書原爲科舉考試而作。唐玄宗時，曾經開設「博學鴻詞科」，用來選拔博學能文的知識分子供朝廷委用，這是封建統治者在正規的科舉制度之外的一種籠絡讀書人的手段。南宋初年，宋統治者也以同樣名目網羅一些所謂「通儒碩學」的人材爲自己服務。《玉海》就是專爲當時知識分子應付「博學鴻詞科」而編撰的工具書。因此，所列門類，大都是「巨典鴻章」，所錄故事，又多是「吉祥善事」。編纂者在此書中徵引的經史子集、百家傳記，特別是宋代掌故，多根據《實錄》、《國史》、《日曆》、《會要》等文獻，爲後世史志所未詳。書中記事，一般以年爲經，始於伏羲，終於宋代；每遇異事，便採納諸子加以簡要考證。

全書條理通貫、眉目清楚，在唐宋類書中，可與杜佑《通典》抗衡。但《玉海》的編纂者只是把許多資料分別從各種書中抄錄下來，沒有進一步考訂這些材料的是非眞僞，因此有時會出現自相矛盾或明顯錯誤的內容，這些是在引用時應予注意的。

八　唐才子傳

元辛文房著。辛文房，字良史，西域人，生平事跡不詳。此書完成的時間，據卷一中自撰引言稱，是在「有元大德甲辰春」，即元成宗大德八年（一三〇四）春天。這時，辛文房尚未入仕，也沒有科舉的壓力和干擾（元重新開科在仁宗延祐二年，即一三一五年）。

此書意在爲唐代諸詩人立傳。十卷，二八〇篇。立傳者二七八人，又附帶提及一二〇人，共三九八人。不僅提供了豐富而翔實的傳記資料，而且有對作家作品的評論。《四庫全書總目提要》曾說：《唐才子傳》「所載之人，亦多詳其逸事，及著作之傳否，而於功業行誼，則只攝其梗概。蓋以論文爲主，不以記事爲主也。」所以，《唐才子傳》不僅是研究唐代詩人的重要史料，而且是一部關於唐詩人及詩歌的文學批評著作。有人認爲，在元代的文學理論專著中，《唐才子傳》最有見地，最有理論水平，並不爲過譽之辭。

《唐才子傳》論詩，極力鼓吹宗唐復古。他認爲宋詩發展至江西末流，已是窮途末路，亟需革新。這一主張，大大推動了元初詩風的轉變，有著開一代風氣之先的重要作用。

不過，《唐才子傳》中也存在不少問題。如謂高適字仲武，顯然是把高適與高仲武誤爲一人；又載宋之問遇駱賓王事，顯然是相信了宋人的無稽之談。同時，《唐才子傳》中還有一些反映在承訛襲訛方面的錯誤。

《唐才子傳》是治唐詩的必備參考書和工具書，一直受到人們的重視。一九二四年，商務印書館曾影印日本刊佚存叢書本；一九五七年，古典文學出版社據此校勘標點出版了排印本，書後附有《四角號碼人名索引》，極便檢索。近年來，此書倍受重視，先後有幾家出版社整理出版。

九　中原音韻

元周德清編著。周德清（一二七七—一三六五），字挺齋，高安（今屬江西）人。音韻學家，散曲作家。北宋詞家周邦彥後代。工樂府，曉音律。所作散曲，爲時人所重，語言精煉，音節流暢，詞采雋妙，風格工麗。

《中原音韻》出現以前，文人士子唱詩作曲，一般都以平水韻爲標準。而平水韻實際上卻是一個不倫不類的音韻系統，它既不能反映中古時期的語音，也不能反映宋以後的語言實際。在這種情況下，周德淸爲元曲作家做了一件非常傑出的工作——著出了《中原音韻》一書，同時也給音韻學史開創了一條新的道路。

《中原音韻》二卷，初稿完成於元泰定元年（一三二四），嗣後作者又加以修改，於元明帝元年（一三三三）刊刻定本行世。這部書既是對北曲用韻實踐的總結，也是對當時北方話語音的比較準確的記錄，是一部供當時人從事北曲（包括北雜劇和散曲）創作的準繩性著作。前卷爲韻書，收字五千八百七十六個，歸納分韻；後卷爲附論，題爲「正語作詞起例」，具體說明作者的觀點。書中還有作者「自序」一篇，對當時某些北曲作家泥古不化、墨守舊韻，所作作品入譜而不能上口的弊病提出了嚴厲的批評。

本書反映了當時北方話入聲已經消失，入聲字分別讀作平、上、去三聲，和現代的普通話已極爲接近。這部書還反映了當時北方話的平聲有陰陽之分的實際，在音韻學史上，第一次揭示了北方話平聲分陰陽的事實。這一點已經跟現代的普通話一樣了。全書韻部劃分簡單實用，只有十九韻，且四聲不分立。這和元曲四聲通押的實際情況是不一致的。十九個韻腳是：一、東鐘；二、江陽；三、支思；四、齊微；五、魚模；六、皆來；七、眞文；八、寒山；九、桓歡；十、先天；十一、蕭豪；十二、歌戈；十三、家麻；十四、車遮；十五、庚靑；十六、尤侯；十七、侵尋；十八、監咸；十九、廉纖。

《中原音韻》成書以後，不但成爲北曲創作用韻的依據，也是後來北曲演員唱曲、吐字發音的標準。

此書的《中國古典戲曲論著集成》本最爲通行。

十　永樂大典

明成祖永樂元年（一四〇三）解縉等奉敕輯編，是我國歷史上一部規模巨大的類書。全書凡二二八七七卷，另外有「凡例」和「目錄」六十卷，共裝成單冊一一〇九五冊，總字數達三·七億。此書初名《文獻大成》，參與編輯者二一〇〇餘人，歷時五年，至永樂六年冬竣工。書成後改今名。「目錄」六十卷有單行本。

《永樂大典》收錄經、史、子、集以及天文、地志、陰陽、醫卜、釋道、技藝等古今圖書八千餘種，保存了不少宋元以前的佚文祕籍。其編輯體例是：「用韻以統字，用字以繫事」，即每韻下列單字，每字下列各項有關資料；把自古至明初以來的有關資料（整段或整篇，甚至整部書）的題目，按明初官修韻書《洪武正韻》的韻部編排，例如元末明初的古本《西遊記》平話有一段題爲「夢斬涇河龍」佚文，就收在第一三一四九卷「送」韻的「夢」字條下。

《永樂大典》因卷帙浩繁，當時無法刊印，只謄寫了一部。後至明世宗嘉靖、穆宗隆慶年間，又重新抄錄了正本、副本。原本存南京，正本存北京文淵閣，副本至光緒時也殘缺很多，剩下不足五千冊了。一九〇〇年，八國聯軍入侵，《永樂大典》（副本）遭到空前浩劫，有的被毀，有的被竊，事後又陸續丟失，僅餘六十冊，存於當時的教育部圖書館中。解放後，經過政府的多方努力，目前由國家保存的《永樂大典》抄本，已增加到二一五冊。一九六〇年，中華書局曾將現有存書影印出版，共七三〇卷。可惜，這只占原書的百分之三。

《永樂大典》對保存我國古代文獻的功績，無疑是巨大的。自清朝以來，僅輯佚一項所取的成果，就足使人瞠目結舌；清四庫館臣戴震從中輯出古代要籍三八五種，而其中的《春秋釋例》、《元和姓纂》、《舊五代史》、《建炎以來繫年要錄》、《傷寒微旨》、《直齋書錄解題》，都是海內難得的祕籍；近人錢南揚從中輯出現存最早的南戲劇本《永樂大典戲文三種》；至於其中可補今本不足的歷代文學作品更是不計其數。

十一　康熙字典

清張玉書、陳廷敬等奉詔，依據明梅膺祚《字彙》、張自烈《正字通》兩書加以增補修訂，費時六年（西元一七一〇—一七一六年）編纂而成。這是我國第一部以「字典」命名、規模和影響較大的字書。因成書於康熙年間，故名《康熙字典》。

張玉書（一六四二—一七一一），字素存，江蘇丹徒人。順治進士，官至文華殿大學士兼戶部尚書。

《康熙字典》四十二卷，仿照《字彙》及《正字通》體例，以十二時辰標分為十二集，每集又分上、中、下三卷，按二一四個部首（《四庫全書總目提要》認為分二一九部，與今通行本不同）把字輯錄在十二集內，共收字四七〇三五個，在我國古代字典中收字最多。書前有「總目」、「檢字」、「辨似」、「等韻」各一卷，書後附有收錄冷僻字的「補遺」及收錄不通用字的「

備考」各一卷。

《康熙字典》按筆畫多少順序排列部首和每部中所收的單字。在每個字目下，先音後義。註音先列反切，將《廣韻》、《集韻》、《韻會》等韻書的音切一一列在下面，再加直音。再解釋字的本義，次及引申義，並引古代典籍爲書證。如有考辯，則附於註末，加「按」字以標明。這個字的「古文」（指古體）、重文、別體、俗書訛字列於正體之後。後來刊本還把見於《說文解字》的篆體列於書眉，以資參考。

這部字典的特點是：一、收字豐富。在一九一五年《中華大字典》出現前，它收字最多，而且有許多一般字典中查不到的古字、僻字，也可以從中查到。二、引證詳盡。儘量收集每一個字的不同音切和意義，又大都列舉例證，且多是最早見到的出處。三、不拘泥古說。如改動了《說文》部分過於陳舊的部首分類，使之合理化、科學化。這部書的主要缺點是：一、有些字互相註音、詮釋，不解決問題。二、解釋過於簡略，有的字通俗用法並不加以說明。三、有的部首劃分不合理。四、成於眾手，校勘粗疏、錯誤較多。對此，王引之著有《康熙字典考證》，指出了錯誤二五八八條。日人渡部溫《康熙字典考異正誤》指出了錯誤四七〇〇多條。

《康熙字典》的版本，清代有殿本和木刻本行世。晚清時，國文書局曾據殿本銅版影印。一九六三年，中華書局據同文本重印，書前有部首頁碼索引，便於檢尋。書後附有王引之《字典考證》，以資核對、使用。

十二　佩文韻府

清張玉書、陳廷敬等編纂。康熙四十三年（一七〇四）開始纂修，康熙五十年（一七一一）成書，是一部規模較大的官修工具書。「佩文」是康熙帝玄燁的書齋名。

《佩文韻府》是以元代陰時夫《韻府群玉》和明淩稚隆的《五車韻瑞》爲底本，又大加增補而成。原書一〇六卷，到乾隆年間修《四庫全書》時，改爲四四四卷。《佩文韻府》的編纂目的是爲文人吟詩作賦時，運用詞彙，查找材料的方便；今天可用來查字面的出處和一般典故。

全書收不同單字一萬個，引錄文章典故不下四十萬條。每條詞目下註明出處，有的只註誰人所作，少數引有篇名。其體例是：按平水一〇六韻排列，一韻之內，先平、上，後去入；每字先標音，後釋義，再註出處；以「字」爲單位，下列這個字爲詞尾的詞彙；單字方面，羅列詞彙，詞彙又分兩部分，一標爲「韻藻」，是根據《韻府群玉》、《五車韻瑞》原材料鈔錄的，二標爲「增」，爲後補的材料；「韻藻」後面，還有「對語」（對聯）、「摘句」等。

由於本書所收的材料只限於經、子、史和元明以前的某些詩文集，詞曲均不收錄，所據資料，又大多轉抄自其他「類書」，所以襲謬很多。再加只註書名，不標篇名，也不解釋詞義，很難核對原文與弄清原義；所以本書不能算是一部理想的工具書。

《佩文韻府》除舊刻本外，商務印書館有精裝影印本。查舊刻本時，要先查出詞尾的韻部，然後按韻檢索，查商務本，則可以利用附錄的詞頭字四角號碼索引進行查閱，較爲方便。

十三　淵鑑類函

清張英、王士禛等編撰。張英（一六三七—一七〇八），字敦復，號樂圃，安徽桐城人。康熙六年（一六六七）進士。性淡泊。一生主編著作多種。王士禛（一六三四－一七一一），本名士禛，因避雍正帝胤禛諱改士正，字子眞，一字貽上，號阮亭，又號漁洋山人，新城（今山東桓臺縣）人。順治十二年（一六五五）進士。官至刑部尙書。著名文學家，繼錢謙益、吳偉業之後的文壇領袖。著述甚豐，有《帶經堂集》九十二卷、《池北偶談》二十六卷、《帶經堂詩話》三卷等。

在此書以前，明代兪安期曾歸納合併《北堂書鈔》、《藝文類聚》、《初學記》、《白孔六帖》等唐代類書，删簡重複，編成《唐類函》一書。及至淸代康熙帝認爲兪編「博而不蘗，簡而能核」，就命張英、王士禛等人在《唐類函》基礎上進行增補，是爲《淵鑑類函》。成書時間是康熙四十九年（一七一〇）。《唐類函》所收典故、詩文，止於唐代；《淵鑑類函》更博採《太平御覽》、《玉海》、《山堂考察索》、《天中記》等書，廣收宋元明各代的文章、事類，臚列綱目，彙爲一編。從資料的數量來看，《淵鑑類函》較爲豐富。

《淵鑑類函》共四五〇卷，分「天」、「歲時」、「地」、「帝王」、「后妃」等四十五部。每部之下又分若干子目，有二五三六小類。每類的內容，各分五項：一、釋名、總論、沿革、緣起；二、典故；三、對偶；四、摘句；五、詩文。不具備某項內容的，則付闕如。每一類內容都分「原」、「增」兩部分，「原」的部分表示《唐類函》原書所有，「增」的部分則表示爲張英等人所續增。全書所有引文，均註明出處。

《淵鑑類函》的卷數雖不足《太平御覽》的一半，但篇幅實較《太平御覽》還多一倍，內容相當充實，檢索唐宋以至明嘉靖時的典故辭藻，都可以利用。

《淵鑑類函》版本很多，以一八八三年上海點石齋石印本最便使用。

十四　古今圖書集成

清康熙時編撰，本名《彙編》。最初由誠郡王（胤祉）命其門客陳夢雷纂集，於康熙四十五年（一七〇六）成書，未刻。到世宗即位，又命蔣廷錫等據《彙編》重新編校，改稱《古今圖書集成》。雍正四年（一七二六），用銅活字排印出版。

全書一萬卷，目錄四十卷，分曆象、方輿、明倫、博物、理學、經濟六編，乾象、歲功、曆法以至祥刑、考工等三十二典。每典再分子目若干部共六一〇九部，總字數達一．六億左右，每部內的資料，按順序加以編排：一、彙考，即是紀大事，引各種古書，考證原委；二、總論，收所謂「純正」的議論；三、圖；四、表（此兩項依需要繪製，不是每部都有）；五、列傳，列有關人物的傳記；六、藝文，選有關的詞藻華麗的詩文；七、選句，再從詩文中選出麗詞、偶句，供吟詩作文時參考；八、紀事，收錄雜錄也不收的材料，多屬荒唐無稽之言。

《古今圖書集成》是現存類書中一部規模最大、用處最廣、體例也最完善的類書。它比《大英百科全書》大三、四倍，有「康熙百科全書」之美稱。這書所輯錄的各種內容，往往把原書整部、整篇或整段抄入，不加改動，因此，完整地保存了許多古籍。其中引證詳其出處，標明書名、篇目和作者，便於查對，它分類細致、明確，條理清晰，糾正了以往類書部類重複、分合不當的毛病，而且每部又逐項排比事文，去取謹嚴，頗有條理，使讀者能由此找到較有系統的材料。

此書的缺點是校核粗疏，引文錯誤多。類目名稱和分類方法，不盡合理，不便於一般讀者檢索。

《古今圖書集成》原是銅版活字精印本，後來又有石印本、鉛印諸本。一九三四年，中華書局曾據殿版原本縮小影印，共八百冊，目錄八冊，查閱比較方便。

十五　四庫全書總目

清永瑢、紀昀等編纂。永瑢，乾隆第六子。紀昀（一七二四—一八〇五），字曉嵐，一字春帆，直隸獻縣（今河北獻縣）人。學者，文學家。官至禮部尚書、協辦太學士。「四庫」即經、史、子、集四部。

《四庫全書總目》初稿草成於乾隆四十七年（一七八二），其後不斷補充、抽換、增改，終於在乾隆五十四年寫完，並由武英殿刻版印刷。

全書二百卷，分經、史、子、集四大部類；大類之下再分小類，共四十四類；某些小類之下又分若干子目，共六十五個子目。每一大類之前，各有「總序」一篇；在四十四小類之前，各有「小序」一篇；在某些子目的後面，有時也附以按語，扼要說明各種學術思想的淵源、流派、相互關係，以及劃分這一類目的理由。《四庫全書總目》所著錄書籍共三四六一種，七九三〇九卷；另有「存目」六七九三種，九三五五一卷（據一九六五年中華書局影印本「出版說明」）。「存目」指的是四庫館中有目無書的古籍。《四庫全書總目》所著錄的每一種書，包括「存目」在內，都附有一篇「提要」，故此書又叫《四庫全書總目提要》。

《四庫提要》的內容是：「先列作者之爵里，以論世知人；次考本書之得失，權眾說之異同；以及文字增刪，篇帙分合，皆詳爲訂辨，巨細不遺。」（原書「凡例」）對每一部書作者的生平事跡，著述淵源，書的內容性質、版本、文字，及其他方面的優缺點，都作了簡括的介紹、考證和評論。

《四庫全書總目》是一部由乾隆帝下詔督辦的官修目錄，它是在清政府爲了實行文化統治，控制學術思想這一特定的歷史環境下完成的，所以，無論是從圖書的入選，還是著錄的內容等方面都有鮮明的政治考慮。這是今天在翻檢這部書目時必須注意的。

《四庫全書總目》是一部收書最多的目錄。它不僅保存、著錄了清乾隆帝以前豐富的文化典籍，而且對我國古籍版本源流、文字異同、著者事跡等也作了較爲詳細的考證。另外，《四庫全書總目》的分類和編寫分法、著錄內容和體例，也都總結了前人的得失，使其更加完善。所以，本書是一部使用價值較高的書籍總目。

《四庫全書總目》版本很多，清代有武英殿本、杭州刻本、粵東刻本；後來有漱六山莊等石印本數種。商務印書館有排印本。現通用的是上海大東書局一九六二年影印本。解放後，中華書局曾影印了浙江的翻刻本，並附載了索引，極便檢索。

對於此書考證、訂補，有胡玉縉的《四庫全書總目提要補正》和余嘉錫的《四庫提要辨證》可供閱讀。

十六　書目答問及補正

清末以來，有一本頗爲流行的工具書，這就是張之洞的《書目答問》。張之洞，清末大官僚，提倡「洋務運動」。在學術方面，主張「中學爲體，西學爲用」。《書目答問》一書的編撰目的，就是告訴初學者「應讀何書」及「書以何本爲善」，以引導當時的讀書人走復古尊經之路。這是今天利用《書目答問》這部工具書時應予以注意的。

《書目答問》共列舉古籍二二〇〇種，大體按四庫分類法編排。每部之下又分若干子類。小類的分合則不完全依照四庫分類法。每類之中的書目以時代先後爲序，每一部書，先列書名，次註著者，再註各種版本、卷數異同。對當時認爲十分重要的書籍，則加上簡單的按語。它所標明的版本都是經過斟酌的，並不炫奇示博，也不單純追求古本，而是以不缺少誤、習見常用的爲主。此書還列有「叢書目」、「別錄目」、「清朝著述諸家姓名略總目」附錄三種。

《書目答問》對人們讀書、掌握古籍、研究問題都有參考價值，很受學術界的重視。魯迅先生也曾說過：「我以爲要弄舊的呢，倒不如姑且靠看張之洞的《書目答問》摸門徑去。」

《書目答問》刊行於清光緒二年（一八七六），著錄的書籍斷至光緒元年。

《書目答問補正》，近人范希曾撰，一九三一年刊行，後不斷有重印本。這部書是以《書目答問》爲底本的補充著作，分類和編次悉從原書面貌。補充的內容有以下幾項：一、補充原書不載的版本；二、原書只著錄書名，如果遺漏了作者姓名或書籍的卷數，就爲之補充說明；三、校正原書中的錯誤；四、光緒二年之後出版的書，擇要補入；五、補充原書對版本優劣的評價。

十七　曲海總目提要及補編

《曲海總目提要》，清無名氏撰，近人董康輯補。

這是一部重要的古典戲曲書目。舊題清黃文暘撰，其實黃氏《曲海》，早已失傳。現在的這部《曲海總目提要》，是近人董康根據《樂府考略》並參考《傳奇彙考》，加以排比纂錄而成。

全書四十六卷，共收錄元、明、清初的雜劇、傳奇等劇目六八四種。每種劇目都註明作者，間附作者簡歷，並且叙述作品的簡單劇情，考證故事的源流。由於所收劇目有不少是今天已經失傳的作品，因而成爲研究古典戲曲的重要參考資料。

人民文學出版社於一九五九年根據大東書局印本重排出版《曲海總目提要》。原書很多作者不詳或錯誤，重排本將能知者作了考訂註明；雜劇、傳奇原本不分，重排本將雜劇在題下註明。書後並附筆畫檢字索引，供讀者查閱。

曲海總目提要另有《補編》出版，北嬰編著。一九三六年以《曲海總目提要拾遺》爲名，刊載於《劇學月刊》五卷三、四兩期中。解放以後又進行了整理和補充，於一九五九年單行出版。它根據各種不同傳本的《傳奇彙考》，輯錄了《曲海總目提要》所遺漏的或文字不同的劇目共七十二種，著錄體例與《曲海總目提要》相同，可以補充正編的不足。書後有《曲海總目提要》和《補編》的綜合索引，便於查閱。

十八　經籍纂詁

清阮元主編。這是一部把唐以前的經、史、子、集各書的舊註和古代的訓詁書、字書、韻書的一些解釋都彙集在一起的古漢語字典，是一部專講訓詁的書。所謂「訓詁」，又叫「訓故」、詞義。

「故訓」，用通俗的話解釋詞義叫「訓」、解釋古今之異言叫「詁」，簡言之，就是解釋古書的詞義。

《經籍纂詁》以單字、單詞爲條目，依據《佩文韻府》的一〇六個部分，分平、上、去、入編成，每韻一卷，共一〇六卷。每字爲一條，先列字的本義，次及引申義或假借義。一字如有數音，則分別採入幾個韻部，並因字義的不同，各加解釋，它不同一般字書的，是只釋字義，而無註音，只標訓詁，不標反切。

《經籍纂詁》雖無新的觀點，但材料相當豐富；同時它又記載了許多在一般字典中查不到的古義古訓，確如王引之序文中所說：「檢一字而諸訓皆存，尋一訓而原書可識」，可說是我國古代訓詁學資料的索引，對於研究古漢語學和閱讀唐以前的古籍，提供了方便。因此，本書是研究古書字義必備的工具書之一。

檢讀《經籍纂詁》時，應注意幾種符號的含義。豎線（「｜」），代替所要查的本字。圓圈（「〇」），表隔斷上下兩種不同的解釋。方框（「口」），表書名和篇名。該書的註文中，有時標明某書轉引某書（後者是已佚的書），或某書作這個字而他書作另外一字，則其中的一個書名是沒有標誌的。又，原書無標點，閱讀時要注意斷句。

《經籍纂詁》的版本很多，因而檢索的方法也各不相同。查阮氏原刻書，可據字檢索，也可依韻檢字；查上海漱六山房石印本，可查每一韻前的單字「目錄」和「檢韻」；最便檢索的是一九三六年世界書局影印的阮氏原刻本，此書附有「目錄索引」，「同字異體」則標明各個異體字的寫法，通過這個表可查到本字，然後再去查「索引」。此書成都古籍出版社於一九八二年影印出版，合併了「目錄索引」和「同字異體」，並將它們冠於書首。

由於《經籍纂詁》乃眾手所成，難免有校勘不精和與原文不符等缺點，使用時須核對原書。

十九　販書偶記

清代以來的著述總目，其作用相當於《四庫全書總目》的續編，編著孫耀卿。

孫耀卿，名殿起，別字貿翁，河北冀縣人。早年在北京琉璃廠開設通字齋書店，經營古籍收售業數十年。他在販書事業中頗留心於目錄、版本之學，由於業務關係，得與繆荃孫、陳垣等著名學者相識，受業非淺，乃勤勞不息地將他所經手或目睹的書冊一一詳細記錄。記錄內容一般包括書名、卷數、版本、作者姓名籍貫、刻版年代等項目。如果卷數和版本有異同，作者姓名需考訂以及書籍的內容有待於說明的，也偶有備註。共二十卷。

《販書偶記》原名《見書偷閒錄》，內中所錄古籍共約百余種。就著錄體例而言，本書有如下一些特點：

第一、凡見於《四庫全書總目》者，一般不收，偶有收錄者，其卷數、版本等必與《總目》所收有不同之處。而且，《偶記》對總目所不屑收錄的演義小說等文藝作品也作了收錄。著錄範圍絕大部分是清代的著述，兼及辛亥革命以後，迄於抗日戰爭以前（約止於一九三五年）的有關古代文化著作。其中也有一些是《總目》漏收的明代著作。

第二、只收單刻本，不收叢書本。間有後來又被收入叢書裡的，也必屬於初刊的單行本或抽印本，才予著錄。因此此書可以負擔起「叢書子目索引」這一類書目所欠缺的一種功能。

第三、《偶記》以清代以來著述爲主，例不涉舊刻名鈔，但對作者目睹的某些善本，也稍有著錄，如元刻本《新編孔子家譜章句》，小倦遊閣寫本《北溪字義》，清呂留良《晚村詩文集》稿本等。這些珍貴的版本，是在其他目錄中少見的。

《偶記》以四庫分類法編次，計分經部二十二類，史部十八類，子部四十類，集部五類。有的類下又析爲若干子目，書中稱爲「屬」。

《販書偶記》初刊於一九三六年，但印數不多，流傳不廣。一九五九年中華書局重印此書，除校正錯字外，並編製四角號碼書名，著者名綜合索引於後，以便檢索。近年，上海古籍出版社又重印此書，並附有雷夢水《販書偶記校補》或補於各條之下，或附於書末，共補正一千余條。

二十　詩詞曲語辭彙釋

六卷，張相著。張相（一八七七—一九四五），字獻之，原名廷相，清諸生。曾肆力研究日語，欲探東西各國富強之源。光緒二十八年（一九〇二）被聘爲安定學堂講席，以後又擔任杭州府中學堂及宗文學堂講席。一九一四年曾就中華書局聘請做校勘工作，不久即歸，仍在三校任教。最後卒於上海。

在唐宋金元明人的詩、詞、曲中，習慣用的特殊語辭大半出於當時的通俗口語，以前未有專門彙輯作解之書。張相以十多年的精力，從單字以至短語，彙輯標目五三七個，附目六百多，分條八百條，撰成此書。

此書每條編排次序，大致先詩後詞，再後爲曲，依次爲組，詩以唐爲主，宋詩次之，詞以宋爲主，金元詞次之，曲以金元爲主，元以下次之。爲了給語辭作解，從金元明的詩詞曲中擷取例證，由十餘則到五十餘則，然後取其義，放在各例之中，能一一通用解釋。從此書中不僅可以明其訓詁，也可以了解辭義的演變。

《詩詞曲語辭彙釋》歸納起來大致有如下三個特點：一、搜羅豐富；二、解釋辭義不是憑空杜撰，而是在歸納很多具體材料之後，自然得出的結論，方法靈活，又有說服力；三、不僅注意解釋辭義，有的地方還涉及語辭的語源和文法結構的探索、分析。

本書的缺點是：詩詞中的語彙收錄較多，相形之下，戲曲中的語彙，尤其是俗語的收錄顯得不夠完備。全書說解通用文言，也嫌不夠通俗。另外，個別語辭解釋錯誤或有穿鑿附會的現象。對一些虛詞的解釋，只靠上下文的比較，缺乏訓詁上的根據。

到目前爲止，《詩詞曲語辭彙釋》是一部有關詩詞曲語辭彙釋方面最豐富、便利的工具書。對從事古典文學、語言學的研究及字典辭書的編纂工作均有參考價值。

此書一九五三年中華書局初版發行，以後又陸續重版多次。書末附有「語辭筆畫索引」，檢索很方便。

二十一　十三經索引

葉紹鈞（聖陶）編，一九三四年開明書店出版，一九五七年由中華書局修訂出版新印本，是一部檢查古書語句出處的工具書。

「十三經」是我國古代儒家奉爲經典的十三部著作的總稱。即《易》、《詩》、《禮記》、《周禮》、《儀禮》、《春秋左傳》、《春秋公羊傳》、《春秋穀梁傳》、《論語》、《孝經》、《爾雅》、《孟子》。

《十三經索引》一書將這十三部著作摘成單句，以每句的首字筆畫順序排列，註明該句所在的原書和篇目名稱的簡稱，可供查找一句古語是否出自「十三經」，如果出自「十三經」又在哪一部著作的哪一篇中。

例如要查「不亦說乎」出於哪部著作的哪一篇中。可先查該句的首字「不」字（四畫）；即可查到「不亦說乎」出於「論學一」。「論」指《論語》，「學」指《學而篇》，「一」指第一節。

這部著作，以「修訂本」爲最好，它更正了舊版中的不妥或錯誤。

二十二　楚辭書目五種

姜亮夫著，是反映從劉向、劉歆、王逸以來一千九百多年間無數學者從事於輯集、註釋、考訂、評議、辨論、圖繪或紹述屈宋古辭成就的一部目錄學著作。內容計分五個部分：

一、《楚辭書目提要》，內分輯註、音義、論評、考證四類，著錄書籍二二八種。著錄體例，仿照朱彝尊《經義考》和謝啓昆《小學考》，詳載原書序跋，以明著述宗旨；另增版本敍錄一項，對書刻情況，也有所紀錄。

二、《楚辭圖譜提要》，包括法書、畫圖、地圖、雜項四類，共著錄四十七種。著錄體例，大致和《楚辭書目提要》相同，而對於眞跡的傳遞源流，也注意說明。

三、《紹騷隅錄》，著錄漢以來摹擬《離騷》著作的篇名和彙輯的書名，以見屈原賦對後世文學的影響。共著錄書籍十九種，篇章一九二題。

四、《楚辭札記目錄》，著錄趙宋以來各家讀書札記中考論《楚辭》文字的條目，以便稽檢。共收入八〇二題，又書籍一種。

五、《楚辭論文目錄》，著錄重點爲「五四」以來各家所撰有關《楚辭》及其作者的論文目錄，在此以前的單篇論著也附收在內。共著錄四四七題。

《楚辭書目五種》是一部提供研究《楚辭》資料的工具書，著者曾以長久的時間，辛勤地搜集編成，對於專業研究者頗有參考價值。但是這部著作也有一些不周到的地方。

書前有著者的自序、書影及插圖，書末附四角號碼《本書書名篇名著者名綜合索引》。中華書局上海編輯所一九六一年出版。一九六三年，著者又撰成《楚辭書目五種補逸》，分新增、補缺、待訪三部分，共著錄七十八題。（該文收入《成均樓論文集第一種、楚辭學論文集》中，上海古籍出版社一九八四年出版）。

二十三 史記人名索引

鍾華編，是專供查找一九五九年版中華書局《史記》校點本人物傳記資料之用的一部索引。

這部索引以姓名或曾用稱謂作主目。其他稱謂如別號、字號、封號、謚號、綽號等，附註於後，並一律作爲參考條目，可以從各種名稱進行翻檢。人名之後所列數碼，是本條的《史記》中所見的卷數、頁碼。有正傳、附傳，或本紀、世家的世系中有專載的人，既列其正傳、附傳，或專載的首見卷頁數，又列其散見的卷頁數。並用「*」標明正傳、附傳或專載的首見卷頁數。

這部索引對一人異名、異稱、數人同名、同稱、王侯稱號等都進行了考證，並恰當地處理了合分問題。

索引編排採用「四角號碼」檢字法。爲方便不會使用「四角號碼」檢字法的人，書後又附有筆畫索引。

例如，要查找淮陰侯韓信的傳記資料，利用「四角號碼」檢字法查到四四四四「韓」字，在其下就可得知在《史記》中有關韓信的近十條資料。

這書一九七七年由中華書局出版發行。

二十四　唐集敍錄

萬蔓著。該書著錄有傳本的唐人詩、文和詩文合集共一〇八家。每種唐人別集，按作者年代先後爲序編排，分別著錄著者、書名、卷數、成書的年代、編輯者、刊刻者、收藏者等項內容。

《唐集敍錄》比較注意版本的考述。著者對每種集子的版本，在唐、宋、元、明、清各朝，以至近代的流傳、演變、或有、或缺、或佚、或未見等情況作了清楚的介紹，並間有考證。

《唐集敍錄》收羅宏富，徵引廣博，凡唐以後歷代官修史目、正史中的藝文志、經籍志，新舊《唐書》中的詩人本傳，私家藏書目錄，以及清及近代一些著名考訂家、校讎家、鑑賞家的藏書敍錄、題跋，均在採用之列。該書還重視並汲取了本世紀初以來才興起的「敦煌學」的研究成果，著錄了幾種敦煌出土的唐寫本殘卷。

《唐集敍錄》是一部研究唐代詩文別集的專題目錄著作，中華書局一九八〇年初版，本書的出版，對於唐代文學史的研究，以及對目錄學、版本學的探討，都有重要的參考價值。

二十五　曲錄

近人王國維著。王國維（一八七七—一九二七），字靜安，又作靜庵，號觀堂，浙江海寧縣人。著名學者。一生著述宏富，在哲學、美學、文學、史學、古文字學、地理學上均有重要成就。

《曲錄》，全書共六卷，共收古代戲曲劇目三一八〇種。其內容為：宋金雜劇院本九九七本；元劇有主名的四九六本；明雜劇有主名的一五六本；元明雜劇無主名的二六六本；清雜劇八十三本；清以前傳奇八八七本；清傳奇八七五本，並有作者小傳，劇目下間有考證。書後附錄《戲曲考原》一卷。

《曲錄》通行的有清宣統年間《晨風閣叢書》，「中國戲曲論著集成」本，可供閱讀。

二十六　紅樓夢書錄

一粟編。這是一部有關《紅樓夢》的著述和資料的綜合目錄。全書共分七大類：

一、版本、譯本，著錄了《紅樓夢》的各種版本和幾種外文譯本。

二、續書，附仿作（仿作因牽涉較廣，又難嚴格區分，故只選其中若干種）。

三、評論，附報刊（評論不包括文學史和文學概論中有關論述《紅樓夢》的部分）。

四、圖畫、譜錄。
五、詩詞(不包括應和書中人物之作品的)。
六、戲曲、電影(包括曲藝、不包括影劇評論)。
七、小說、連環畫。

全書所收集的資料以有書面記載的爲限，共彙集了從《紅樓夢》問世直到一九五四年十月以前的有關作品或資料九百種，並酌加提要或摘錄。從這本目錄中，我們可看出二百多年來《紅樓夢》研究的大致線索與發展情況，以及《紅樓夢》在民間的流傳之廣和影響之大。這書是研究《紅樓夢》的一本必備參考書。

《紅樓夢書錄》初版於一九五八年，由古典文學出版社印行。一九六三年，中華書局又增訂重版。增訂本在原來的基礎上校訂訛誤，又增補了一些漏收的條目，並將戲曲、電影、小說合爲一類，删去連環畫，使原來七大類變成六大類。增訂後所收條目九七〇餘種，大致按時間先後排列。

書後附有書名、人名索引和筆畫檢字表。

二十七　敦煌變文字義通釋

蔣禮鴻著，中華書局一九五九年初版，一九六二年經作者增訂修改後重印。

變文是我國古代民間文學的重要組成部分，對後世小說、戲曲和民間說唱文學影響頗大。《敦煌變文字義通釋》主要以《敦煌變文集》(人民文學出版社)爲依據，考釋了其中許多現已不易理解的疑難詞語四百餘條。本書不僅對研讀變文有幫助，而且對研究詩、詞、曲以及漢語史也有參考價值。

《敦煌變文字義通釋》的釋詞方法是：從若干例證中排比疏通，從而歸納得出切合變文原意的解釋。這正如作者「自序」中所說：「歸納整理變文材料，以期窺探唐五代口語詞義」。

全書共分六篇：

一、釋稱謂。如「博士」（有技藝的人）、「所由」（吏人名稱）等。

二、釋容體。如「妖桃」（美色）、「差惡」（醜陋、難看）、「專顓」（縮手縮腳，無精打彩、倒楣的樣子）等。

三、釋名物。如「芆火」（柴火）、「火曹」（燒焦的木頭）等。

四、釋事爲。如「透」（跳）、「抱」（拋）、「趁」（追趕）等。

五、釋情貌。如「咍咍、咳咳、該該」（喜笑貌）、「慘醋」（氣惱、羞愧）、「踴移、勇伊」（猶豫）等。

六、釋虛字。如「熠沒」（這些，如此）、「阿莽」（這麼樣）、「只手、只首」（實在、誠然）等。

書後附有《變文字義待質錄》、《敦煌詞校議》，書末有四角號碼索引。

二十八　晚清戲曲小說目

阿英編，是研究晚清戲曲小說的參考書。

阿英（一九〇〇—一九七七），原名錢杏邨，筆名魏如晦，安徽蕪湖人。現代作家、文學史家。一九二六年加入中國共產黨，一九二七年冬組織「太陽社」，一九三〇年加入「左聯」，任常委，「文總」常委等職，一九四六年任中央華東局文委書記。解放後，歷任天津市市長、華北文聯主席、全國文聯副秘書長等職。阿英一生，著述豐富，尤以對中國近代文學資料的整理與研究最爲卓著。有小說集《義冢》、散文集《夜航集》、劇本《碧血花》、《李闖王》等；有史論《晚清小說史》，資料集《鴉片戰爭文學集》、《晚清文學叢鈔》；有書目《晚清戲曲小說目》等。

《晚清戲曲小說目》是編者的《晚清戲曲錄》和《晚清小說目》兩本書目的結集。《晚清戲曲錄》初稿寫成於一九三四年，嗣後陸續增補，至一九四〇年重新寫定，比初稿多收十目。關於晚清政治社會戲諸曲，大都爲石印或鉛印本，多爲藏書家所不收。本書意在補缺，故所錄的石印、鉛印本爲主。內容收戲曲、話劇劇本一六一種，包括傳奇五十四種，雜劇四十種，地方戲五十一種，話劇十六種。每種劇都是著者親自收集到的劇本，僅知其名者不錄。《晚清小說目》分創作、翻譯二卷，所收以單行本爲主，旁及雜誌上刊登的作品，共收錄自光緒初年起至辛亥革命止約四十年間發表的創作和翻譯小說一千餘種，按書名第一字的筆畫順序排列，書前有「檢字索引」。每種書目著錄書名、著者（或譯者）、出版時間、版本等項。此書可以補充《中國通俗小說書目》的不足。

本書印本頗多，有一九五四年、一九五五年上海文藝聯合出版社本，一九五六年、一九五九年中華書局本、一九五七年古典文學出版社本等。

二十九　中國通俗小說書目

孫楷第著。是研究中國小說史的一部重要工具書。

書凡十卷，收錄宋、元、明、清（截至一九一一年爲止）的白話小說八百餘種。分前後兩大部分。前七卷分爲四部：一、宋元部、（卷一）；二、明清講史部（卷二）；三、明清小說部甲（卷三）；四、明清小說部乙，其中又分四類：①烟粉類（卷四）；②靈怪類（卷五）；③公案類（卷六）；④諷諭類（卷七）。後三卷是附錄，共三種：一、存疑目（卷八）；二、叢書目（卷九）；三、日本訓譯中國小說目錄（卷十）。

本書著錄的書目下，首先註明存佚情況，包括現存、已佚、未見三類；然後著錄作者、版本等。有的書目之後，還摘錄了有關該書的筆記、掌故。對於現存各書，大部分撰有簡要的題記，以說明內容等情況。凡孤本、珍本，一律註明收藏者或藏書的處所。有些已佚、未見的書目，並其文體內容也不知道的，則入附錄「存疑目」。

《中國通俗小說書目》寫成於一九三一年，一九三二年曾由北京圖書館中國大辭典編纂處印行。一九五七年作家出版社又重印，重印時，作者曾作了一些修訂。

書後附有書名索引、著者姓名和別號索引。

三十　中國古典戲曲總目八編

中國戲曲研究院主編。這是一本專門著錄宋、金、元、明、清五朝戲曲家作品，包括院本、雜劇、戲文、傳奇等在內的戲曲劇目。共分八編：一、《宋金元雜劇院本全目》，二、《宋元戲文全目》，三、《元代雜劇全目》，四、《明代雜劇全目》，五、《明代傳奇全目》，六、《清代雜劇全目》，七、《清代傳奇全目》，八、《中國古典戲曲研究書目》。目前已出版了其中的第三、四、五三編。

第三編《元代雜劇全目》，六卷，傅惜華編，作家出版社一九五七年出版。共著錄元代雜劇劇目七三七種，內元人雜劇五五〇種，元明之間無名氏作品一八七種。每種作品都列舉其名目、版本、存佚情況，現在收藏處所及作家小傳等。書後還有「引用書籍解題」、「作家名號索引」、「雜劇名目索引」三種附錄。

第四編《明代雜劇全目》，三卷，傅惜華編，作家出版社一九五八年出版。共著錄明代雜劇五二三種，內中作家姓名可考者三四九種，無名氏作品一七四種。編輯體例與《元代雜劇全目》相同。

第五編《明代傳奇全目》，六卷，傅惜華編，人民文學出版社一九五九年出版。共著錄明代傳奇九五〇種，內中作家姓名可考者六一八種，無名氏作品三三二種。編輯體例與《元代雜劇全目》、《明代雜劇全目》二書相同。

《元代雜劇全目》是目前最爲完備的一部元人雜劇總目，《明代雜劇全目》、《明代傳奇全目》是目前比較完備的明代雜劇和傳奇的總目。這三種劇目對從事戲曲史研究有重要的參考價值。

三十一　中國戲曲曲藝詞典

上海藝術研究所、中國戲曲家協會合編，上海辭書出版社一九八一年出版。

這是一部淺易的中型戲曲、曲藝專科詞典。共收詞目五六三六條。分爲：一、總類，二、戲曲名詞術語，三、戲曲聲腔、劇種，四、戲曲作家、理論家、演員、團體，五、戲曲作品、論著、刊物，六、曲藝名詞術語，七、曲藝曲種，八、曲藝作家、理論家、演員、團體，九、曲藝作品、論著等門類，詞目按門分類排列。各個門類的詞目，除總類外，一般均按時代先後或全國統一的省、市、自治區標準排列順序爲序。名詞術語並適當歸類。

這部詞典選詞比一般常用者爲準，過於專門、冷僻的不收，不求全備。釋義內容能尊重歷史，客觀地評價人物和作品；對有爭議的問題，編者不輕易下結論，儘可能地提供一些資料。

這部詞典的顧問爲劉厚生，主編爲湯草元、陶雄，分科主編爲蔣星煜、邵曾祺、張成濂、黃菊盛，主要撰稿者四十九人。

三十二　中國叢書綜錄

上海圖書館編。爲我國歷史上規模最廣的一部叢書目錄。收錄了全國各大城市的四十一所主要圖書館當時實藏的歷代叢書二七九七種，古籍三八九一種。它以宏大的規模，嚴謹的體例，超過以往所有的叢書目錄，基本上反映了我國歷代出版的叢書的全貌。

全書共分三冊。

第一冊爲「總目分類目錄」，即「叢書總目」。分「彙編」和「類編」兩部分。「彙編」又分雜纂，輯佚、郡邑、氏族、獨撰五類；「類編」又分經、史、子、集四類；各類之下均再分若干細目。本冊以叢書的名稱爲主，詳細地列出了每部所收的書名（子目）作者。書後附有「全國主要圖書館收藏情況表」、「叢書書名索引」及「索引字頭筆畫檢字」。

第二冊爲「子目分類目錄」。其內容是將叢書所收的古籍，按經、史、子、集四部分類，每書著錄其名稱、卷數、著者，及所屬叢書名稱。想知道某種書收入哪部叢書中，可檢查此冊。此冊共收子目七萬餘條，收錄書籍實際總數爲三八九一部。

第三冊爲「索引」，包括「子目書名索引」和「子目著者索引」，是爲第二冊服務的工具書。因爲第二冊子目七萬餘條，數量太多，檢查不便，故另編索引，方便檢索。「索引」按四角號碼檢字法的順序排列。書前有「四角號碼檢字法」、「索引字頭筆畫檢字」及「索引字頭漢語拼音檢字」三部分。

因這部圖書用處較大，檢索時須注意方法及途徑。比如查找某人有哪些詩文集、著作？收入哪些叢書？這些叢書屬哪個圖書館所藏？首先，可以檢索第三冊「子目著者索引」，查出這個人有哪些著作、詩文集？然後，再通過第三冊「子目書名索引」在第三冊中檢查到這部書所屬的叢書；最後，再利用第一冊「叢書總目」，檢到每部叢書屬哪個圖書館所藏。了解了這些，便可以「按圖索驥」了。

本書由中華書局出版，第一冊出於一九五九年，第二冊出於一九六一年，第三冊出於一九六二年。後又有重印本。

三十三　歷代人物年里碑傳綜表

姜亮夫纂定，陶秋英校。原名《歷代人物年里碑傳綜錄》，一九三七年出版。一九五九年中華書局出版修訂本，改爲今名。後曾多次重印發行。

全書收入上自孔丘（約生於西元前五五一年），下迄蔡際民（卒於西元一九一九年）等以文學家爲主的一二〇〇〇餘人，按人物生卒年的年代先後順序，以圖表形式分別註明姓名、別名、年齡、籍貫、生卒年代，各包括歷朝帝王年號、年數、甲子、西元等項：最下一欄爲備考，註有史傳、碑傳等出處，並列舉傳記材料和有關生卒年的不同說法的考訂。爲全面了解某個作家的生平提供了可貴的線索，具有較大的參考價值。

本書材料比較豐富，所作考訂也較爲可靠，所錄人物，凡唐以前生卒年可考者一概收入，宋以後稍加選擇，明清以後則甄選嚴格。清末到辛亥革命後更爲嚴格。另外，凡著名僧人也一律不收，意於同陳垣的《釋氏疑年錄》避免重複。

書末附有人名筆畫索引，按姓氏筆畫多寡排列。一姓之內，兩字名居前，三字名在後。索引註明人物的生卒年，如果只想知道某人的生卒年，而不準備深入了解，只查索引就可以了。

下面以白居易爲例，簡要說明查閱方法。

「白」字五畫，先在《筆畫索引》中查得白居易：旁註七七二－，表示生年是七七二年；據此查到白居易條：「字樂天，先太原人。終年七十五歲，生於唐代宗大曆七年（西元七七二年），卒於唐武宗會昌六年（西元八四六年）。又查「備考」，可知「後家韓城。新唐書卷一百十九。李商隱刑部尙書致仕贈尙書右僕射太原白公墓碑銘，白樂天自編年譜，宋李潢白樂天年譜，何友諒樂天年譜，陳振孫白文公年譜，汪立名編白香山年譜，或作年七十六」。

這樣，讀者對白居易生平，特別是對關於白氏生平記載有哪些資料，就可以有較爲全面淸楚的了解。

三十四　中國歷代名人年譜目錄

李士濤編。一九一四年商務印書館出版。

年譜是考察和記錄歷史人物的生平活動和著述情況的重要資料。歷代的年譜積今已達數千種之多，分散各處，尋檢頗爲不便。《中國歷代名人年譜目錄》就是專爲檢索歷代名人年譜而編撰的一部使用價値較高的工具書。

《中國歷代名人年譜目錄》所收年譜目錄，共著錄譜主九六四人，譜幹一一〇八部，其編次方法以譜主所在朝代爲序，自先秦至近代爲止，最晚收至生於淸代而卒於一九三二年的人物。每種年譜下註明編著者姓名及版本，並以中西年曆紀譜主的生卒年代。

書前附有「年譜合刻一覽」（即數人共居一譜，如《高郵王氏父子年譜》二卷等），書後附有譜主、編著者姓名索引。

三十五　古今人物別號索引

陳德芸編，一九三七年培英印務局出版，廣州嶺南大學圖書館發行。

此書所收「別名」範圍很廣，包括字、號、別號、別名、筆名、謚號、爵里稱謂、齋舍自署，以及帝王廟號等，內容相當龐雜。所收人物時間也較長，辛亥革命以後甚至當時還活著的不少人的筆名、別名，也都收錄在內。本書共收古今人物四萬餘，別名七〇二〇〇餘條，比陳乃乾的《室名別號索引》內容要多約四倍（陳書所收室名、別號一七〇〇〇多條）。

索引前列有參考書，提出了查找人物資料的線索。索引後附「檢目」，按筆畫順序排列，查找比較方便。查閱時，對索引後的「補遺」與「續補遺」不能忽略，有些人物的本名只有從此處才能查到。

這本索引缺點很多。一、體例不嚴，校核不精，收錄對象比較駁雜。

二、對一人有幾個別名或筆名，分散數處，未能歸納合一，使讀者查其一、而不能知其二。

三、檢查不便。此書按「一」、「丨」、「丶」、「丿」、「乛」五部分類。但說明字形，不用符號，卻用漢字。如「匡」字，排爲「橫、橫、橫、直、橫、曲」；「秦」字排爲「橫、橫、橫、撇、捺、撇、橫、直、撇、捺」，看起來很費力，查起來也十分麻煩。

由於這本書作者抗戰期間即去世，原書久未再版，雖然還有使用價値，可惜流傳不廣。

三十六　中國文學家大辭典

譚正璧編撰。本書所錄，以中國歷代文學家爲主，上起春秋戰國時代的李耳（老聃），下迄近代的劉師培、黃爲基，凡姓名見於各家文學史及各史《文苑傳》，或其文學著作爲各史《藝文志》及《四庫全書》所收者，一概錄入。

本書依照所錄人物生年或在世年代的先後次序排列，共收錄中國歷代文學家六八〇〇餘人。

書末附有姓氏筆畫索引，檢索方便。

本書所錄的內容是：各文學家的姓名、字號、籍貫、生年、卒年、（或在世年代）歲數、性情、事跡、著作，若哪一項無考，即註明其「不詳」或「無考」字樣。如果所錄之人，有可傳的韻事特行、名言雋句，也都根據史傳和有關書籍錄入。

本書還對所錄文學家的著作名目、卷數，一一註明：凡屬於某人的文學著作，儘量多錄，而對於其他著作，則僅錄其若干代表作。

本書的缺點在於內容繁簡不一，體例也欠謹嚴。有的並非文學家，如李耳（老聃）是哲學家，也收錄在內。經學家、理學家則又多失收；戲曲作家，遺漏更多。

本書一九三四年由光明書局出版發行。全書除正總目、例言、本文索引外，還附有補遺、校勘記兩項。

一九六一年香港文史出版社曾翻印發行。現在常見的是一九八一年上海書局影印的一九三四年本。

三十七　中國古今地名大辭典

臧勵和等人合編，一九三一年商務印書館初版，以後曾多次重印。

這部辭典從「五四」以前即開始編輯，至一九二九年始付印，地名一改再改，頗費周折，書中所收錄的地名，上自遠古，下迄現代，凡是比較重要和顯著的，大抵收入在內，共約四萬餘個，內容比較完備，能注意古今地名的通解。在新的地名大辭典問世之前，它仍有使用價值。

這部辭典的特點是：凡是每一地方的山水名勝，名城要塞，都有比較詳細的記載。例如「長城」一條，除了從地理角度說明它起迄的地點，首尾的長度和通過的省份外，還從歷史角度詳細敘述了歷代修建過程，改築原因和設置要塞的具體位置等。

書後附有「各縣異名表」，如「淮陰」註明即江蘇淮安，「麥城」即湖北當陽，「函谷」即河南寶靈等。互相對照，眉目清楚，對學習歷史有頗多方便。

這部辭典的查法是按地名首字的筆畫，同一筆畫又按部首次序為序。晚出的版本附有四角號碼索引，用起來較為方便。

這部辭典的缺點也十分明顯。它編成距今已五十多年，許多說法都已過時。特別是我國政治制度發生了根本變化，政治地理有許多重大變動。這書所說的「今地」與今天的地點往往相差很大。因此，還必須參考現在出版的各種地圖工具書。如《中華人民共和國地圖集》、《中華人民共和國行政區簡冊》、《漢語拼音〈中華人民共和國地圖集〉地名索引》、《中國歷史地圖集》等。

三十八　中國歷代年譜總錄

楊殿珣編。這部年譜總錄，共收入一九七八年以前編輯的中國歷代年譜三〇一五部，其中包括一些稿本和臺灣地區出版的年譜，是目前年譜中收錄數量最大的一部。

《中國歷代年譜總錄》所收的年譜，編者幾乎都親自見過，故資料翔實可靠。著錄年譜，一般以原書原題為準。若原名過簡，則補以名號；若原名過繁，則略加刪節，將原題列入按語之中。對有些年譜生卒年月說法不一的，編者將考證生卒年月的論文一一附於年譜之後。

《總錄》的編次，以譜主生年爲序。著錄時註明卷數、編者。版本及出處，書後還附有譜主和編者人名索引，頗便查找使用年譜。

書目文獻出版社一九八四年出版。

三十九　中外歷史年表（第一卷）

翦伯贊主編，齊思和、劉啓戈、聶崇岐合編。一九五八年三聯書店出版。到目前爲止，該書是同類工具書中質量較高的一種。

《中外歷史年表》（第一卷），起自西元前四五〇〇年，迄於「五四」運動的前一年（一九一八），按時間順序概括記載了中外歷史上所發生的重大歷史事件及其發生年月。選錄史實的範圍包括：（一）生產工具和生產技術的改進；（二）經濟制度、政治制度改革和重大法令的頒行；（三）階級鬥爭及統治階級內部矛盾；（四）重要科學技術的發明與發現；（五）國際間和民族間的關係；（六）著名歷史人物的生卒年。

該書內容詳細、廣泛，是學習、研究中外歷史的重要參考資料。特別是本書把中國史與世界史加以對照，它的用途就更爲突出，便於讀者把有關人物和事件放到中、外歷史背景中去考察和評價。例如，我國第一個大詩人屈原，在他所處的時代（西元前三四〇—前二七〇），中國及外國都沒有出現過像他這樣的傑出大作家，所以屈原被列爲世界文化名人之一。

本書編排方式，以西元紀年爲經。每一年代下面分爲中外兩部分，國內大事詳記，國外的則分國略記。中國的這一部分，在西元紀元下面，先列干支，次列各朝帝王年號，然後按月份記事。例如「西元一四二九年，己酉，明宣德四年」，以下三月、四月、六月、九月、十二月等按月記載重要史實。叙述扼要，文字簡潔。

中國史部分的編排體例，主要有以下幾項：

（一）凡是統一的王朝，一般用一個帝王年號；如遇不統一時，如三國、南北朝及五代十國，則將若干政權的年號同時並列。

（二）人民反抗運動，如確知其爲起義，就標明「起義」，不能確定的，就寫作「起事」。

（三）洪水、大旱、大蟲害、大地震等嚴重災害，都有記載。人口數字也有擇錄。

（四）漢族以外的國內諸部族或種族，名稱都用新改的，如瑤族、僮族等。還沒有改動的，暫仍其舊。

四十　古書典故詞典

杭州大學中文系《詞典》編寫組編。江西人民出版社一九八四年出版。

古書典故是我國古代文化成果中的璀璨珠璣。古人寫作立論，多愛用典。精彩的典故，往往片言隻語，形象地點明歷史人物的運籌機竅；寥寥數字，深刻地揭示出人世哲理。詩文用典，可使作品熠然生輝；議論用典，可使論證強勁有力。

《古書典故詞典》所收典故，上自太古周秦，下至明清。主要指古代詩文和小說戲曲等經常引用的古代故事或有來歷的詞語，共收典故詞目五四〇〇餘條。

各條典故包括釋義和來歷出處兩個部分。釋義力求精確，同一典故有不同用法的，另立義項，並用數碼標明。有的還有用典例句。例如：「面壁」，《詞典》註：「①表示對事物毫不介意或無所用心。《晉書·王述傳》：『謝奕性粗，嘗忿述，極言罵之，述無所應，唯面壁而已。』②佛教坐禪的別名。意爲面對牆壁默坐靜修。《五燈會元》……」來歷出處一般節錄原文；若原文過長者，取夾敍夾議方法，力求忠實原文。

條目不同而典故內容、出處相同的，詳於正條，餘爲參見。例如：「嘗膽」條，註：「詳見『臥薪嘗膽』條」；「貽笑大方」條註：見『見笑大方』條」。不過，也保留了部分典故相承，引文、釋義、用法各有側重和特色的條目。

本書還對出典引文中的難字、難句，作了必要的註音、解釋和串講。

書前有「筆畫檢字表」。

四十一　中國古典文學研究論文索引

（增訂本）（一九四九—一九六六）河北、北京師範學院中文系資料室及中國社會科學院文學研究所圖書資料室合編。中華書局一九七九年出版。

本書收錄中央和地方各省市級報刊、學報、集刊上發表的有關論文篇目，也酌收少量與某些作家的文藝思想有關的政治、哲學思想研究方面的篇目。收錄時間自一九四九年起，至一九六六年爲止。

全書分前後兩部分。第一部分一九四九年至一九六二年底。共分三輯：一、關於中國文學史的編寫與研究；二、文學史分類研究；三、作家作品研究。第二、三輯或按文章體裁，或按歷史時間先後，按類編排，下列若干子目。每一門類的篇目，又按其文章發表的先後排列。

從編排的體例來說，這一部分索引先列篇名和作者，後列報刊名稱以及出版年月日和卷期。如果論文發表後又收入專書出版的，則註明書名、編著者姓名和出版社名稱。但只收入專書而未在報刊上單篇發表的，則不列入篇目索引中。這一部分的末尾附有「引用期刊報紙目錄」。

第二部分是一九六三年至一九六六年六月的篇目索引。編排體例與上部分相同，但其分類卻與上部分有不同之處。

這部分索引分概論和作家、作品研究兩部分。概論又分爲八個小類。各類均按文章發表時間先後排列。作家、作品部分，按年代排列，研究論文較多的作家，則先列作家的生平思想，次列作品，均按文章發表先後排列。一篇文章論及兩個以上不同時代的作家則互見；如論及同一時代的數個作家則排在該時代的綜論部分。對某些提出不同意見有針對性的文章，酌情註明有關文章的題目、作者及出處。對有些過於簡單籠統，不易看出內容的篇目，則簡介內容。

古代創作格言

道德修養（三十條）

詩言志。

——《尚書》

詩可以興，可以觀，可以群，可以怨。邇之事父，遠之事君。多識於鳥獸草木之名。

——《論語》

是故治世之音安以樂，其政和；亂世之音怨以怒，其政乖；亡國之音哀以思，其民困。聲音之道，與政通矣。

——《樂記》

詩者，志之所之也。在心爲志，發言爲詩，情動於衷而形於言。

——《毛詩序》

詩三百篇，大抵賢聖發憤之所爲作也。

——漢·司馬遷《史記》

爲世用者，百篇無害；不爲用者，一章無補。

——漢·王充《論衡》

實誠在胸臆，文墨著竹帛，外表內裡，自相副稱。意奮而筆縱，故文見而實露。

——漢·王充《論衡》

蓋文章，經國之大業，不朽之盛事。年壽有時而盡，榮樂止乎其身，二者必至之常期，未若文章之無窮。

——魏·曹丕《典論·論文》

志足而言文，情信而辭巧，乃含章之玉牒，秉文之金科也。

——南朝梁·劉勰《文心雕龍》

詩者，持也，持人情性；《三百》之蔽，義歸無邪。

——南朝梁·劉勰《文心雕龍》

讀書破萬卷，下筆如有神。

——唐·杜甫《奉贈韋左丞丈》

陶冶性靈存底物，新詩改罷自長吟。

——唐·杜甫《解悶二十首》

非求宮律高，不務文字奇。唯歌生民病，願得天子知。

——唐·白居易《寄唐生》

文章合爲時而著，歌詩合爲事而作。

——唐·白居易《與元九書》

大凡物不得其平則鳴……人之於言亦然。有不得已者而後言，其歌也有思，其哭也有懷。凡出乎口而爲聲者，其皆有弗平者乎。

——唐·韓愈《送孟東野序》

蓋世之所傳詩者，多出於古窮人之辭也。……蓋愈窮則愈工。然則非詩之能窮人也，殆窮者而後工也。

——宋·歐陽修《梅聖俞詩集序》

器大者聲必閎，志高者意必遠。

——宋·范開《稼軒詞序》

先生之詩文，皆有爲而作。精悍確苦，言必中當世之過。

——宋·蘇軾《鳧繹先生文集序》

其明必足以周萬事之理，其道必足以適天下之用，其智必足以通難知之意，其文必足以發難顯之情。

——宋·曾鞏《南齊書目錄序》

汝果欲學詩，功夫在詩外。

——宋·陸游《示子遹》

人之邪正，至觀其文則盡矣、決矣，不可復隱矣。

——宋·陸游《上辛給事書》

讀萬卷書，行萬里路，胸中脫出塵俗，自然丘壑內營，自成郛郭，隨手寫出，皆爲山水傳神。

——明·董其昌《畫旨》

身之所歷，目之所見，是鐵門限。

——清·王夫之《姜齋詩話》

詩品出於人品。

——清·劉熙載《藝概》

文之不可絕於天地間者，曰明道也，紀政事也，察民隱也，樂道人之善也。若此者，有益於天下，有益於將來，多一篇，多一篇之益也。

——清·顧炎武《日知錄》

志高則言潔，志大則辭宏，志遠則旨永。

——清·葉燮《原詩》

有第一等襟抱，第一等學識，斯有第一等眞詩。

——清·沈德潛《說詩晬語》

詩與人爲一，人外無詩，詩外無人。

——清·龔自珍《書湯海秋詩集後》

古今成大事業、大學問者，必經過三種之境界：『昨夜西風凋碧樹，獨上高樓，望盡天涯路』，此第一境也；『衣帶漸寬終不悔，為伊消得人憔悴』，此第二境也；『眾裡尋他千百度，回頭驀見，那人卻在，燈火闌珊處』，此第三境也。

——清·王國維《人間詞話》

詩人對宇宙人生，須入乎其內，又須出乎其外。入乎其內，故能寫之；出乎其外，故能觀之。入乎內，故有生氣；出乎外，故有高致。

——清·王國維《人間詞話》

立意構思（三十條）

精騖八極，心遊萬仞。

——晉·陸機《文賦》

其會意也尚巧，其遣言也貴妍。

——晉·陸機《文賦》

常謂情志所託，故當以意為主，以文傳意。以意為主，則其旨必現；以文傳意，則其詞不流。

——南朝宋·范曄《獄中與諸甥姪書》

文之思也，其神遠矣！故寂然凝慮，思接千載；悄然動容，視通萬里。吟詠之間，吐納珠玉之聲；眉睫之前，捲舒風雲之色。

——南朝梁·劉勰《文心雕龍》

夫神思方運，萬塗競萌，規矩虛位，刻鏤無形，登山則情滿於山，觀海則意溢於海。

——南朝梁・劉勰《文心雕龍》

庾信文章老更成，凌雲健筆意縱橫。

——唐・杜甫《戲為六絕句》

片言可以明百意，坐馳可以役萬里，工於詩者能之。

——唐・劉禹錫《董氏武陵集記》

文質半取，風騷兩挾。言氣骨則建安為儔，論宮商則太康不逮。

——唐・殷璠《河岳英靈集》

凡為文以意為主，以氣為輔，以辭采章句為之兵衛。

——唐・杜牧《答莊充書》

學不考儒，務掇菁華；文不按古，匠心獨運。

——唐・計有功《唐詩紀事》

不著一字，盡得風流。

——唐・司空圖《詩品》

東坡作文，工於命意，必超然獨立於眾人之上。

——宋・范溫《潛溪詩話》

畫寫物外形，要物形不改；詩傳畫外意，貴在畫中態。

——宋·晁補之《題李申畫雁》

詩文不可鑿空強作，待境而生，便自工耳。每作一篇，先立大意，長篇須曲折三致意，乃可成章。

——宋·魏慶之《詩人玉屑》

狀難寫之景，如在目前；含不盡之意，見於言外。

——宋·歐陽修《六一詩話》

盛唐諸人唯在興趣，羚羊掛角，無跡可求，故其妙處，透徹玲瓏，不可湊泊。

——宋·嚴羽《滄浪詩話》

詩有四種高妙：一曰理高妙，二曰意高妙，三曰想高妙，四曰自然高妙。

——宋·姜夔《白石道人詩說》

奇外無奇更出奇，一波才動萬波隨。只知詩到蘇黃盡，滄海橫流卻是誰？

——金·元好問《論詩絕句》

善爲詩者，由至工而收於不工，工則粗，不工則細；工則生，不工則熟。

——元·方回《程斗山吟稿序》

大凡作詩，先須立意。意者，一身之主也。

——明·黃子肅《詩法》

揮纖毫之筆，則萬類由心；展方寸之能，而千里在掌。

——明·楊慎《畫品》

詩外有詩，方是好詩；詞外有詞，方是好詞。古人意有所寓，發之於詩，非徒吟賞風月以自蔽惑也。

——清·陳廷焯《白雨齋詞話》

煙雲泉石，花鳥苔林，金鋪錦帳，寓意則靈。

——清·王夫之《姜齋詩話》

詩之至處，妙在含蓄無垠。思之微渺，其寄託在可言不可言之間。其指歸在可解不可解之會。

——清·葉燮《原詩》

得之雖苦，出之須甘；出人意外者，仍須在人意中。

——清·袁枚《隨園詩話》

詩如神龍，見其首不見其尾，或雲中露一爪一鱗而已。

——清·趙執信《談龍錄》

古人意在筆先，故得舉止閒暇；後人意在筆後，故至於手忙腳亂。

——清·劉熙載《藝概》

揭全文之指，或在篇首，或在篇中，或在篇末。在篇首則必後顧之，在篇末則必前注之，在篇中則前注之，後顧之。顧注，抑所謂文眼也。

——清·劉熙載《藝概》

排場有起伏轉折，俱獨闢境界，突如其來，倏然而去，令觀者不能預擬其局面。

——清·孔尚任《桃花扇凡例》

傳奇所用之事，或古或今，有虛有實，隨人拈取。古者，書籍所載，古人現成之事也；今者，耳目傳聞，當時僅見之事也。實者，就事敷陳，不假造作，有根有據之謂也；虛者，空中樓閣，隨意構成，無影無形之謂也。

——清·李漁《閒情偶寄》

章法技巧（二十五條）

蓋奏議宜雅，書倫宜理，銘誄尚實，詩賦欲麗。

——魏·曹丕《典論·論文》

選義按部，考辭就班。

——晉·陸機《文賦》

夫情致異區，文變殊術，莫不因情立體，因體成勢也。

——南朝梁·劉勰《文心雕龍》

規範本體謂之鎔，剪截浮詞謂之裁。裁則蕪穢不生，鎔則綱領昭暢。

——南朝梁·劉勰《文心雕龍》

首句標其目，卒章顯其志，詩三百之義也。

——唐·白居易《新樂府序》

近而不浮，遠而不盡，然後可以言韻外之致。

——唐·司空圖《與李生論詩書》

繹慮於險中，採奇於象外，狀飛動之趣，寫眞奧之思。

——唐·皎然《詩評》

波瀾開闔，如江湖中，一波未平，一波又起。

——宋·姜夔《白石詩說》

味摩詰之詩，詩中有畫；觀摩詰之畫，畫中有詩。

——宋·蘇軾《書摩詰藍田煙雨圖》

凡作一文，皆須有宗有趣，始終關鍵，有開有闔，如四瀆雖納百川，或匯而為廣澤，汪洋千里，要自發源注海耳。

——宋·黃庭堅《答洪駒父書》

規矩自備，而能出於規矩之外；變化不測，而亦不背規矩也。——宋·呂本中《夏均父集序》

詩人之工，特在一時情味，不可預設法式也。

——宋·張戒《歲寒堂詩話》

或問文章有體乎？曰：無。又問無體乎？曰：有。然則果如何？曰：定體則無，大體須有。

——金·王若虛《文辨》

首尾開闔，繁簡奇正，各極其度，篇法也；抑揚頓挫，長短節奏，各極其致，句法也；點綴關鍵，金石綺彩，各極其造，字法也。篇有百尺之錦，句有千鈞之弩，字有百煉之金。

——明·徐師曾《文體明辨序說》

凡起句當如爆竹，驟響易徹；結句當如撞鐘，清音有餘。

——明·謝榛《四溟詩論》

作人貴直，而作詩文貴曲。

——清·袁枚《隨園詩話》

章有章法，句有句法，字有字法。到純熟後，縱筆所如，無非法也。

——清·吳德旋《初月樓古文緒論》

開手筆機飛舞，墨勢淋漓，有自由自得之妙，則把握在手，破竹之勢已成，不憂此後不成完璧。

——清·李漁《閒情偶寄》

古人作文一篇，定有一篇之主腦。主腦非他，即作者立言之本意也。

——清·李漁《閒情偶寄》

古人文法之妙，一言以蔽之曰：語不接而意接。血脈連貫，詞語高簡，《六經》之文是也。

——清·方東樹《昭昧詹言》

詩貴情性，亦須論法。亂雜而無章，非詩也。然所謂法者，行所不得不行，止所不得不止，而起伏照應，承接轉換，自神變化於其中。

——清·沈德潛《說詩晬語》

文貴參差。天生之物，無一無偶，而無一齊者。故雖排比之文，亦以隨勢曲注爲佳。

——清·劉大櫆《論文偶記》

詞起結最難，而結尤難於起。結有數法：或拍合，或宕開，或醒目本旨，或轉出別意，或就眼前指點，或於題外借形。

——清·沈祥龍《論詞隨筆》

情景名爲二，而實不可離。神於詩者，妙合無垠。巧者則有情中景，景中情。

——清·王夫之《夕堂永日緒論》

故法者，當乎理，確乎事，酌乎情，爲三者之平準，而無所自爲法也。——清·葉燮《原詩》

語言文采（三十條）

修辭立其誠。

——《周易》

情欲信，辭欲巧。

——《禮記》

辭，達而已矣。

——《論語》

質勝文則野，文勝質則史。文質彬彬，然後君子。

——《論語》

女惡丹華之亂窈窕也，書惡淫辭之淈法度也。

——漢・揚雄《法言》

口則務在明言，筆則務在露文。高士之文雅，言無不可曉，指無不可睹。

——漢・王充《論衡》

立片言而居要，乃一篇之警策。

——晉・陸機《文賦》

假象過大，則與類相遠；逸辭過壯，則與事相違；辯言過理，則與義相失；麗靡過美，則與情相悖。

——晉・摯虞《文章流別論》

酌奇而不失其眞，玩華而不墜其實。

——南朝梁・劉勰《文心雕龍》

善爲文者，富於萬篇，貧於一字；一字非少，相避爲難也。

——南朝梁・劉勰《文心雕龍》

言近而旨遠，辭淺而義深，雖發語已殫，而含意未盡。

——唐・劉知幾《史通》

淸水出芙蓉，天然去雕飾。

——唐・李白《憶舊遊書懷》

爲人性僻耽佳句，語不驚人死不休。

——唐·杜甫《江上水如海勢聊短述》

爲文者必當尙質抑淫，著誠去僞。

——唐·白居易《策林六十八》

吟安一個字，拈斷數根鬚。

——唐·盧延讓《苦吟》

不詭其詞而詞自麗，不異其理而理自新。

——唐·裴度《寄李翺書》

當其取於心而注於手也，惟陳言之務去。

——唐·韓愈《答李翊書》

語與興驅，勢逐情起，不由作意，氣格自高。

——唐·皎然《詩評》

古之能爲文章者，眞能陶冶萬物，雖取古人陳言入於翰墨，如靈丹一粒，點鐵成金也。

——宋·黃庭堅《答洪駒父書》

意與言會，言隨意遣，渾然天成，殆不見牽率排比處。

——宋·葉夢得《石林詩話》

詞要清空，不要質實。清空則古雅峭拔，質實則凝澀晦昧。

——宋·張炎《詞源》

一語天然萬古新，豪華落盡見眞淳。

——金·元好問《論詩絕句》

文字最忌排行，貴在錯綜其勢，散能合之，合能散之。

——明·董其昌《畫禪室隨筆》

凡作詩先得佳句，以爲發興之端，全章之主。格由主定，意從客生。

——明·謝榛《四溟詩話》

作詩繁簡各有其宜。譬諸衆星麗天，孤霞捧日，無不可觀。

——明·謝榛《四溟詩話》

意常則造語貴新，語常則倒換須奇。他人所道，我則引避；他人用拙，我獨用巧。

——明·王驥德《曲律》

如不能字字皆工，語語盡善，須擇其菁華所萃處，留備後半幅之用。

——清·李漁《窺詞管見》

我手寫吾口，古豈能拘牽？即今流俗語，我若登簡編，五千年後人，驚爲古斕斑。

——清·黃遵憲《雜感》

含蓄無窮，詞之要訣。含蓄者，意不淺露，語不窮盡，句中有餘味，篇中有餘意。

——清·沈祥龍《論詞隨筆》

文采可也，浮艷不可也；樸實可也，鄙陋不可也。

——清·陳廷焯《白雨齋詞話》

補充資料欄

補充資料欄

補充資料欄

補充資料欄

版權所有

請勿翻印

古代文學多功能手冊／江蘇教育出版社授權

主編：袁 野・許 霖

出 版 者／建安出版社有限公司

發 行 人／林 哲 賢

登　　記：北市建商公司字第 430367 號

地　　址：台北市中正區 100 重慶南路一段 63 號 8 樓之 6

電　　話：(02) 23314516 · 23818884

傳　　真：(02) 23816664

劃撥帳號：19688451

戶　　名：建安出版社有限公司

發行日期／2004 年元月再版

法律顧問／蕭雄淋律師

北辰著作權事務所

物流中心／

地址：台北縣238樹林市東園里田尾街 153 號

電話：(02)26801001 (代表號)

傳真：(02)26801173

門 市 部

總　　店／台北市重慶南路一段 63 號
電　　話／(02)23314516 · 23818884
建 弘 店／台北市重慶南路一段 41 號
電　　話／(02)23881351 · 23881352
上 品 店／台北市重慶南路一段 71 · 73 號
電　　話／(02)23123190 · 23123196
景 美 店／台北市羅斯福路六段 218 號地下一樓
電　　話／(02)29349733 · 29349447
芝 山 店／台北市士林區福國路 71 號
電　　話／(02)28375534 · 28375537
八 德 店／台北市八德路四段 83 號地下一樓
電　　話／(02)27479946 · 27479942
忠 孝 店／台北市忠孝東路五段 976 號
電　　話／(02)26547486 · 26547487
北 安 店／台北市大直北安路 616 號
電　　話／(02)25323448
敦 南 店／台北市忠孝東路四段 162 號 2 樓
電　　話／(02)27415512

建宏 五楠 關係企業門市部
中山店／(04) 22260330
逢甲店／(04) 22555800
師大店／(02) 23684985
高雄店／(07) 2351960
嶺東店／(04) 23853672
屏東店／(08) 7324020
桃園店／(03) 3475882

特價：500 元

■本書如有倒裝、缺頁、污損，請寄回本社換新，我們將迅速為您服務。謝謝！